大忙しの蜜月旅行

ドロシー・L・セイヤーズ

とうとう結婚へと至ったピーター・ウィムジイ卿と探偵小説作家のハリエット。披露宴会場から首尾よく新聞記者たちを撒いて、従僕のバンターと三人で向かった蜜月旅行《ハネムーン》先は、〈トールボーイズ〉という古い農家。ハリエットが近くで子供時代を送ったこの家を買い取っており、ハネムーンをすごせるようにしたのだ。しかし着いてみると、家は真っ暗で鍵がかかっており、待っているはずの前の所有者は見当たらず。訝《いぶか》りながらも滞在していると、地下室で死体が発見されて……。シリーズ最後の長編が創元推理文庫についに登場！　後日譚の短編も収録。

登場人物

ピーター・ウィムジイ卿……………………貴族探偵
ハリエット・ウィムジイ…………………ピーター卿の妻
マーヴィン・バンター……………………ピーター卿の従僕
ウィリアム・ノークス……………………〈トールボーイズ〉の前の所有者
アグネス（アギー）・トウィッタトン……ノークスの姪
マーサ・ラドル……………………………〈トールボーイズ〉の隣人
トム・パフェット…………………………煙突掃除の得意な建築屋
フランク・クラッチェリー………………庭師
ポリー・メイスン…………………………フランクの恋人
サイモン・グッドエイカー………………牧師
マクブライド………………………………弁護士の助手
ジョーゼフ（ジョー）・セロン…………巡査
サム・カーク………………………………警視
ジェイムズ・クレイヴン…………………医師

デンヴァー先代公妃……………………ピーター卿の母
ジェラルド・ウィムジイ………………ピーター卿の兄
ヘレン・ウィムジイ……………………ジェラルドの妻
ポール・デラガルディ…………………ピーター卿の伯父

大忙しの蜜月旅行

ドロシー・L・セイヤーズ
猪　俣　美　江　子　訳

創元推理文庫

BUSMAN'S HONEYMOON

by

Dorothy L. Sayers

1937

目次

大忙しの蜜月旅行

——推理によって中断する恋愛小説

そんな恋する男をまともに演じられたら、涙なしには観られんだろう。俺が演《や》るなら、観客はお目々に用心することだ。涙の嵐を巻き起こすほど、たっぷり悲嘆に暮れてみせよう……本当は悪役、エラクレスなんかが得意なんだがね。猫を八つ裂きにして、何もかもぶち壊す役とか……それにくらべりゃ、恋人なんて辛気くさいものさ。

ウィリアム・シェイクスピア『真夏の夜の夢』

ミュリエル・セント・クレア・バーン、ヘレン・シンプスン、マージョリー・バーバーに

親愛なるミュリエル、ヘレン、そしてバー

『大忙しの蜜月旅行』の執筆中に、あなたがたがどれほど女らしい忍耐力を振りしぼってこの物語に耳を傾けてくださったかは、主なる神がご存じです。わたしは幾たび、倦《う》み疲れた太陽を空から沈めてしまうほど話し続けたことか（W・J・コーリーの詩のもじり）……それは考えたくもありません。いつでもあなたがたの訃報が届いたら、自分の長話のせいだと信じたことでしょう。けれどなぜかあなたがたは生き延び、この謝辞を受け取ってくださる運びとなりました。

まずはミュリエル、あなたは端《はな》から、犠牲となるべく定められていたようなものです。なぜならこの小説は、あなたと共作した戯曲から派生し、枝葉を広げたものにほかなりません。その分、こちらの負った恩義もそちらの忍苦も多大になったわけです。いっぽう、ヘレンとバー、あなたがたは謂《いわ》れもなく友情という祭壇に捧げられた生贄《いけにえ》です。女同士の友情などありえないと言うけれど、そんなのただの嘘っぱちよね！

そんなわけで三人すべてに、このセンチメンタルな喜劇を謹んで差し出し、涙とともに捧げます。

これまでわたし自身を含むあまたの人々が、色恋の要素は推理小説には邪魔なだけだと言ってきました。けれど登場人物たちにしてみれば、推理的な要素のほうが自分たちの恋物語には邪魔な、苛立《いらだ》たしいものに思えることでしょう。本書はそんな状況を描いています。さらには、多くの読者からのありがたいお問い合わせ――ピーター卿と彼のハリエットは結婚という難題をいかに解決したのかというご質問に、何がしかの答えを提供するものでもあります。推理がちょっぴりしかない、ひどく甘ったるい作品だとしても、おめでたい機会に免じてご容赦ください。

心からの感謝を込めて

ドロシー・L・セイヤーズ

結婚予告

ウィムジイ＝ヴェイン　十月八日、オクスフォード市、聖十字架《セント・クロス》教会にて。新郎：ピーター・デス・ブリードン・ウィムジイ（第十五代デンヴァー公爵、故ジェラルド・モーティマー・ブリードン・ウィムジイの次男）、新婦：ハリエット・デボラ・ヴェイン（ハーフォードシャー、グレイト・パグフォード、故ヘンリー・ヴェイン医学博士の一人娘）。

祝婚歌

セヴァーン・アンド・テムズ伯爵夫人ミラベルより、デンヴァー先代公妃ホノーリア・ルーカスタへ

親愛なるホノーリア

　では本当にピーターは身を固めたわけね。さきほど、わたくしの知人の半分近くのために、ヤナギ（失意や哀悼の象徴とされる）の輪飾り《リース》を注文したところよ。ヤナギが落葉樹なのはわかっているけれど、裸の枝しか残っていなくても、それを送ってやるつもり。胸を叩いて嘆くのにぴったりですからね。

　ともあれ、ざっくばらんなお婆ちゃん同士のここだけの話、あなたはどう感じてらっしゃるの？　そこらの皮肉屋さんはさぞ大喜びでしょう。あなたのあの色男の息子がオクスフォード出のインテリ女流作家と結ばれるなんて……今季の社交界を大いに沸かせてくれる話題だわ。

まあ、ピーターがどれほど気障《きざ》な道楽者のふりをしていても、わたくしはそれを見抜けないほど目が節穴《ふしあな》じゃありません。もう五十歳ほど若ければ、彼と結婚してみるのも悪くはないと思ったことでしょう。でもお相手は、生身の人間らしさを備えた娘さんなの？

あなたによれば、彼女はピーターにぞっこんのようだし、もちろん、以前に詩人もどきの男と青臭い恋をしたのは聞いてます。でも、よりにもよって、詩人なんてね？ 閨《ねや》へ行くたびに、歌のひとつも作らないではいられない連中よ。ピーターに必要なのは、彼の手を握って詩を吟じる、ただの熱烈な崇拝者じゃありません。それに、一度に一人の女性しか相手にできない彼のおかしな性癖は、永続的な関係を持つには不便かもしれないわ。たしかに、近ごろは〝永続的〟と言える結婚は多くはないけれど、ピーターが離婚裁判所でさらし者になるのを楽しむとは思えない……ただし必要とあれば、彼なら堂々と耐え抜くでしょう（それで思い出したわ。うちの甥の馬鹿息子のヒューイが、例によってへまをしでかしてね。紳士らしく責任を取ろうと、お金で雇った女とこそこそブライトンへ出かけたはいいけれど（当時は離婚をスムーズにするため、夫側の浮気を演出するケースがあった）、判事はホテルの勘定書もメイドの証言も信じようとはしなかった——即座にぜんぶ見破られてしまったの。おかげで、一からやり直しというわけよ）。

でもまあ、いずれはなるようになるのだし、わたくしのことならご心配なく。せいぜいピーターの奥さんを援護するつもりよ——あのヘレン（ピーター卿の兄嫁で、現デンヴァー公妃）を懲らしめるためだけにでも。ヘレンはさぞ何かにつけて、新たな義妹にできるだけ不快な思いをさせることでしょう。もちろん、身分違いの縁組云々という彼女の俗っぽいたわごとに耳を貸す気はありません。

そんなの馬鹿げているし、時代遅れよね。近ごろ目にする映画界やナイトクラブあがりの小娘たちにくらべれば、たとえ詩人との過去のひとつぐらいあっても、田舎町の医者の娘なんてじつにご立派じゃないの。当人に脳ミソと度胸さえあれば、じゅうぶんうまくやっていけますよ。

二人は子供を持つつもりなのかしら? もしもそうなら、ヘレンは怒り狂うでしょうね。ずっとピーターの財産がセント・ジョージ(デンヴァー公爵夫妻の息子)のものになるのを当て込んでいたから。デンヴァーのほうは、わたくしの見るかぎり、むしろ公爵家の跡取りが確保されて一安心といったところでしょう——セント・ジョージはいつ何時《なんどき》、例の車で首の骨を折りかねませんもの。まあ、どのみち誰かが憤慨するのだから、新郎新婦はお好きなようにすることね。

ご披露宴にはうかがえなくて残念でした。あなたは記者たちをものののみごとに料理なさったようだけど、こちらは近ごろ喘息《ぜんそく》がひどくなってしまってね。とはいえ、この齢《とし》までそこそこ丈夫でユーモア感覚を保てただけで感謝しなければ。ピーターにはその謎めいたハネムーンから戻りしだい、ハリエットを連れて訪ねてほしいと伝えてちょうだい。そして親愛なるホノーリア、わたくしが(こんな口の悪い年寄りでも)常にあなたの心からの友であることを信じてくださいますように。

ミラベル・セヴァーン・アンド・テムズ

*

チッパリー・ジェイムズ夫人より男爵令嬢《オノラブル》トランプ＝ハート夫人へ

……ところで、仰天もののニュースがありますの！　ピーター・ウィムジイが結婚――そう、何と結婚したんですのよ――例のとんでもない娘と。ほら、社会主義者だか音楽家だかと同棲したあげく、その男を殺すか何かした――よくは憶えてないけれど、もうずいぶんまえの話だし、近ごろはそういう妙な事件がしじゅう起きますものね？　あんな資産家が、もったいないこと。でもこれで、ウィムジイ家の人たちがどこか普通でないことがはっきりしたんじゃないかしら。例のモンテカルロの小さなヴィラにこもりっきりだとかいう遠縁の男も、ただの変わり者とは思えません。どのみち、ピーターはもう四十五歳にはなるはず……じつはね、わたくし以前から、あなたが彼をモニカのために確保しようとなさってるのを、どんなものかと思っていましたの。もちろん、あなたが懸命に話をまとめようとなさってらっしゃるときには、そうも言いかねましたけど……

＊

ダライラ・スナイプ夫人よりアマランス・シルヴェスター＝クイック嬢へ

……もちろん、目下のいちばんの話題はウィムジイ＆ヴェインの結婚よ。あれはきっと社会学上の実験みたいなものなのね。だってほら、あなたもよーくご存じのとおり、彼は学者ぶった世界一の冷血漢だもの、相手の娘さんが気の毒でならないわ。いくらお金や爵位があっても、あんな片眼鏡のおしゃべり氷柱《つらら》に縛りつけられるなんてごめんよね。まったく耐えがたい話よ。といっても、長続きはしないでしょうけど……

＊

デンヴァー公爵夫人ヘレンより、レディ・グラミッジへ

親愛なるマージョリー

ご心配ありがとうございました。火曜日はじっさい、精根尽き果てる一日でしたが、今夜はいくらか元気を回復できたように思います。ともあれ、わたくしたちみなにとって忍びがたい体験でした。ピーターはもちろん、思いきりだだをこね、それはもう大変……。

何よりもまず、彼は教会で式を挙げると言い張ったのですが、すべてを考え合わせれば、むしろ登記所のほうがふさわしそうでした。それでもこちらはハノーヴァ広場《スクエア》の聖ジョージ教会での挙式に賛同し、どうせなら万事がきちんと運ばれるように、全力を尽くすつもりでいたのです。ところが結局、何もかも義母に取りしきられてしまいました――挙式はわたくしの提案どおり、来週の水曜日とはっきり決まっていたはずですのに。あなたならおわかりでしょうが、

あれはいかにもピーターらしい小細工でした。無礼にもほどがありますわ。何といっても、こちらはあの娘さんに礼を尽くし、晩餐《ばんさん》にまでお招きしていたのですから。

それがまあ！　この月曜の晩、わたくしたちがデンヴァーの屋敷にいると、ピーターから電報が届いたのです。ことものげに、「僕が結婚するのを本当に見たければ、明日の二時にオクスフォードの聖十字教会に来られたし」と書かれた電報が。ほんとに頭にきましたわ――オクスフォードは遠いいし、わたくしのドレスは用意できていないしで……しかも、間の悪いことに十六人もの方を狩猟にお招きしていたジェラルドは、馬鹿みたいに大笑いして「あっぱれピーター！」なんて言うばかり。以後もそんな調子で、お客さまには好きなようにさせて二人で出かけようと言い張りました。

どうもジェラルドは事前にすべて知っていたのじゃないかと思えてなりません、本人はきっぱり否定していますけど。いずれにせよ、ジェリー（セント・ジョージの愛称）は間違いなく知っていて、それでロンドンに留まったのでしょう。あの子には常々、あなたは両親よりも叔父さまのことが大事なのねと言っていますの。奥さまには申しあげるまでもありませんが、あの年頃の若者にはピーターの影響力は致命的だと思います。ジェラルドはいかにも男らしく、ピーターには自分の好きなときに好きな場所で結婚する権利があるとか言っていました。こうした奇矯《ききょう》な行動が周囲に与える混乱と迷惑を考えてもみない人なのです。

ともあれ、わたくしたちはオクスフォードへ行ってそこを見つけました――脇道にある無名の小さな教会で、ひどく陰気な湿っぽいところです。新婦は（さいわい、存命する親族はいないのですが）、何と母校の女子学寮から送り出されてくるとかで、せめてピーターがまともな礼装で登場したのにはほっとしました。彼は大学の角帽とガウンで挙式するつもりなのではないかと、心底気になりはじめていたのです。ジェリーも新郎の付添人として同席し、そこへ義母が堂々たる盛装姿であらわれました。みんなで何かをみごとにやってのけたとばかり、満面に笑みを浮かべて。あのポール・デラガルディ伯父まで担ぎ出され、お気の毒に、関節炎の手足をギシギシいわせていました。襟にクチナシの花を挿し、かくしゃくたるふりをしてらしたけど、あのお齢《とし》では見られたものではありません。堂内にはありとあらゆる奇人変人が詰めかけていました。こちらの知人はほとんどおらず、例のクリンプスンとかいうおかしな老嬢（ピーター卿の調査係）や、ピーターが種々の〈事件〉を通して出会ったお取り巻き、それに警官が数人……。チャールズとメアリ（ピーター卿の妹夫妻。チャールズはスコットランドヤードの首席警部）はぎりぎりになって顔を見せました。チャールズは救世軍の制服姿の男を指さして、あれは引退した強盗だとか言っていましたが、いくらピーターでも、そんな者を呼ぶとは信じがたいところです。

　そうこうするうちに、新婦が目を疑うような付添人たちに囲まれてやって来ました――そろいもそろって大学の女教師！　新婦を新郎に引き渡したのは、学寮長とおぼしき奇妙な黒髪の女性です。それでもありがたいことに、ハリエット（今ではこう呼ぶしかないのでしょう）は白いサテンとオレンジの花で着飾ったりはしていませんでした。あんな過去のある女性にしては上出来です。ただし金色のドレスより、ごく簡素な衣裳のほうがふさわしいのにと思わずにはいられませんでした。近いうちに、しかるべき服装について彼女に諭《さと》してやる必要がありそうですが、素直に聞いてもらえるか……。とにかく、あれほど露骨に勝ち誇った顔をした人を見たのは初めてです。それも当然なのでしょう。彼女がじつにうまく立ちまわったことは認めざるをえません。まあ、ピーターのほうは顔面蒼白で、今にも倒れそうに見えました。自分がどんな羽目に陥ったか気づきかけていたのでしょう。わたくしが全力で彼の目を開かせてやろうとしなかったとは、誰にも言わせません。二人は昔ながらの、粗野な祈禱書《きとうしょ》の文言どおりに夫婦の契《ちぎ》りを交わしました。新婦が夫に〝つき従う〟と誓って。あれは彼らなりのユーモアなのでしょう、彼女はラバのように強情そうですから。

その後は控室で誰もが相手かまわずキスし合い、奇妙な一団が（おそらくピーターの雇った）数台のハイヤーに押し込まれて、みなでロンドンへ戻ることになりました。地元の新聞記者たちをぞろぞろあとに従えて。

わたくしたちは——警官たちや元強盗まで含めた全員が——義母の小さな家へ行き、お披露目の会食（あれがたいそう美味だったのは認めざるをえません）をいただき、デラガルディ伯父のフランス風美辞麗句を連ねた祝辞を聞きました。結婚祝いの品も山ほど贈られましたが、中にはひどくおかしなものもありました。例の元強盗のプレゼントは、下卑《げび》た替え歌の分厚い賛歌集！　そうこうするうちに新郎新婦が消え失せ、みんなで長いこと待たされたあと、義母がにこやかに階下《した》へおりてきて、二人は半時間前に行き先を告げずに旅立ったと宣言する始末です。今もって彼らがどこにいるのかわたくしには見当もつかないし、ほかの誰もがそうでしょう。

そんなわけで、こちらは何とも不快な馬鹿げた立場になってしまいました。たいそう悲惨な事態の、恥ずべき結末といったところでしょう。今後はあのあきれた娘さんを義妹と紹介しなければならないのかと思うと、なおさら滅入るばかりです。メアリが警官ふぜいと結婚したのも考えものですが、彼は少なくとも物静かで行儀を心得た人です。ところがピーターの奥さんときたら……いつ何時《なんどき》、派手な醜聞とまではいかないまでも、妙な評判を巻き起こしかねないのです。それでも、こちらはせいぜい冷静にかまえているしかありません。ここまでお話しできるのは、あなただけ……。

お気遣いに心から感謝します。

愛を込めて

ヘレン・デンヴァー

＊

マーヴィン・バンター氏より、先代バンター夫人へ

親愛なる母上

田園地帯の〈某所〉からのこの便りが、無事にお手元に届けばよろしいのですが。ちょっとした家内の惨事のせいで、蠟燭《ろうそく》の光を頼るしかないため、乱筆のほどはご容赦ください。

さてと、母上、本日めでたく例の婚儀をすませましたが、じつにけっこうなお式でした。ありがたいお言葉に甘え、母上にもご列席いただければ何よりでしたが、御前にも申しあげたとおり、八十七歳というお齢《とし》ではいかなる体調不良に見舞われても不思議はありません。脚の具合はいかがでしょうか。

先般もお知らせしたように、わたくしたちは公妃の横槍を回避すべく心を合わせ、計画どおり、すべてがとどこおりなく進められました。新たな令夫人、すなわちかつてのヴェイン嬢は前日のうちにオクスフォードへ発たれ、御前と甥御のセント・ジョージさまとわたくしは、晩方あとを追って〈司教冠亭《マイター》〉に宿を取りました。御前はたいそう温かく、わたくしの二十年間のご奉公をねぎらわれ、新たな所帯でも遠慮は無用だと仰せくださいました。そこで今後はせいぜい分《ぶん》をわきまえ、ご満足いただけるように努める所存だとお答えしたしだいです。それが出すぎた言葉だったのか、御前はひどく動揺され、あまり馬鹿を言うなと申されました。やむなく、こちらの一存で鎮静剤を処方し、ようやくお休みいただきましたが、セント・ジョージさまに叔父さまを冷やかすのもたいていになさるように言い含めるのは一苦労でした。もともと思慮深いとは言えないお方とはいえ、昨夜のあの悪乗りはシャンペンのせいもあったのでしょう。

御前は朝には平静な決然たるご様子でしたので、大いにほっといたしました。なにしろ、こちらは山ほど用事があったのです。続々とハイヤーで到着する名もなき知人友人たちが、心地よくつろぎ、なおかつ羽目をはずさぬように目配りせねばなりません。

そして、母上、みなで早めの軽い昼食を取ったあとには、お二人の閣下を盛装させて教会へお連れしなければなりませんでした。御前は従順そのもので、何ら手を焼かせず、いつもの冗談すら口にされなかったというのに、セント・ジョージさまのほうがすっかり舞いあがってしまわれ、わたくしはそちらで手一杯のありさまでした。あの方は五度も新郎の指輪を失くしたふりをしたあげく、出発まぎわに本当にどこかへ置き忘れてしまわれたのです。結局、御前がいつもの推理力で見つけ出し、以後は自らお持ちになりました。

そんな番狂わせにもかかわらず、予定の時刻きっかりにお二人を祭壇のまえにお連れすることができ、その晴れ姿にこちらも面目をほどこしたと言えましょう。麗《うるわ》しいご容姿の点ではセント・ジョージさまの右に出る者はなさそうですが、わたくしの見るところ、どちらがすぐれた紳士かは申すまでもありません。

さいわい、ご新婦はみなを待たせたりはしませんでしたし、それはもうおきれいで……金色ずくめのご衣裳に、みごとなキクの花束。決して美人ではないものの、印象的なお顔立ちとでもいうのでしょうか。それにたしかに、御前のほかは誰も目に映らぬご様子でした。付添人は同じ学寮の四名のご婦人で、通常のドレス姿ではありませんでしたが、みなさん小ぎれいな、淑女らしい装《よそお》いで、御前もお式が終わるまで厳粛そのものにふるまわれていました。

その後はみなでロンドンへ戻り、先代公妃さまの町屋敷でご披露宴が開かれました。ご新婦のお客さまへの接し方には、ほとほと感じ入りました。誰にでも分けへだてなく、気さくで温かいのです。もとより御前なら当然、あらゆる点で申し分ない淑女を選ばれるはず。あの奥さまなら間違いありますまい。

ひととおりの挨拶がすむと、ご夫妻は裏口からそっと連れ出されました。新聞記者どもを残らず小さな客間に閉じ込めたあとで。それはそうと、母上……

＊

オクスフォード大学シュローズベリ・カレッジ学生監、レティシャ・マーティン女史より、同校科学担当教官、ジョーン・エドワーズ女史へ

親愛なるテディ

さてと！　例の結婚式が終わりました——我が学寮《カレッジ》の歴史上、もっとも記念すべき一日が！　リドゲイト先生、ディ・ヴァイン先生、おちびのチルパリック女史とこのわたしが花嫁の付添人で、学寮長は彼女を花婿に引き渡す役。いいえ、あなた、誰もひらひらのドレスは着ませんでした。こちらとしては、いっそ母校の式服のほうが調和が取れると思ったのですけど、新婦が〈気の毒なピーター〉はただでさえ、あれこれ新聞に書きたてられて大変だろうと言い出して……それでみんないつもの礼拝用の晴れ着にして、わたしは新しい毛皮のショールを着けたというわけ。ディ・ヴァイン先生の髪を結《ゆ》いあげ、どうにか形を保っておくのは、一同総がかりの大仕事でしたよ。

式にはデンヴァー一族も残らず顔を出していました。先代公妃はじつにすてきで、小柄な十八世紀の女領主さながらでしたけど、今の公妃は気むずかしげで、ひどく不機嫌そうな、しゃっちょこばったタイプです。彼女が学寮長に偉そうな態度を取ろうとするのは、見ていて何とも滑稽《こっけい》でした——もちろん、あの女史が相手じゃ勝ち目はなし！　とはいえ、さすがの学寮長も控室では形無しでした。新郎に片手を差しのべて、お祝いの言葉をかけようと近づいたら、いきなりぎゅっと抱きしめられてキスをされてね。おかげで、どんな祝辞を述べるつもりだったのかは永遠の謎！　新郎はさらに、わたしたちみんなにひととおりキスをして（いい度胸よね！）、感極まったリドゲイト先生に熱烈なキスを返されました。そしたら新郎の付添人（例の見目麗《みめうるわ》しいセント・ジョージとかいう子）まで加わって、誰彼なく抱きしめはじめたものだから、こちらはまたもやディ・ヴァイン先生の髪を結いなおす羽目になったわ。その後は新郎から、花嫁の付添人にそれぞれすてきなクリスタルのデカンタとカットグラスのセット（〈シエリー酒の集い〉のためだとか。酔狂なこと！）が贈られて、学寮長には何と気前よく、ラテイマー育英会への二百五十ポンドの小切手が渡されました。

それはともかく、興奮のあまり花嫁のことをすっかり忘れていましたね。ハリエット・ヴェインがあれほど印象的な姿になろうとは、想像もしていませんでした。わたしはいまだにいつも彼女のことを、不器用なぼさぼさ頭の新入生のように考えてしまうの。痩せっぽちの、不満げな顔の女の子としてね。でも昨日の彼女はルネッサンスの肖像画から抜け出たようでした。初めはもっぱら金ラメの効果かと思っていたけれど、よく考えてみると、あれは〈恋〉のなせるわざなのでしょう。あの二人が生涯を誓い合うさまは、何やらまぶしいほどでした。まるで互いのほかは何ひとつ、誰ひとり意味はなく、この世に存在すらしないと言わんばかりで――とにかく、自分のしていることを正確に理解し、それをやり抜くつもりでいるらしい新郎を見たのはこれが初めてです。

ロンドンへ向かうさいには――ああ！　ちなみに、ピーター卿はメンデルスゾーンと〈ローエングリン〉を断固拒否して、わたしたちはバッハの曲で送り出されたのですが――デンヴァー公爵とご一緒しました。公爵は例の不機嫌な令夫人から慈悲深くも引き離されて、わたしがお相手を仰せつかったのです。いかにも名門貴族らしい容姿端麗なお馬鹿さんで、ヘンリー八世をいくらか細身にしてひげを剃《そ》り、現代風にした感じかしらね。ちょっぴり心もとなげに、あの娘は本当に弟に惚れているのだろうかと尋ねられたので、間違いありませんとお答えすると、じつは昔からピーターのことがさっぱり理解できなくて、と打ち明けられました。あいつが結婚するとは思いもしなかった、うまくいけばいいのだが、ですって！　どこか意識の奥底で、薄々気づいていらっしゃるのじゃないかしら――弟ピーターには何か自分にはない特別な資質があり、しかもそれは、領地のことさえ考えずにすむなら、悪くない資質かもしれないと。

先代公妃のお屋敷での披露宴は大いに盛りあがり、結婚式にはめずらしく、食べ物が――飲み物も！――たっぷりありました！　ただし、さんざんな目に遭ったのは、気の毒な新聞記者たちです。このころにはもう噂を嗅ぎつけて、彼らが大挙して屋敷に詰めかけていましたが、戸口で二人の筋骨隆々たる従僕に襟首をつかまれ、残らず別室に閉じ込められてしまったのです。じきに〈閣下〉が自らお目にかかるという約束で。その後、ようやくあらわれた〈閣下〉――ピーター卿ではなく、外務省のウェルウォーター卿――がアビシニア（エチオピアの旧称）情勢についてのきわめて重要な声明を長々と読みあげたので、記者たちは静聴せざるをえませんでした。声明の朗読が終わったころには、肝心の閣下と新婦はとうに裏口から抜け出し、あとに残されたのは部屋いっぱいの結婚祝いとウェディングケーキの残りだけ。それでも、先代公妃が姿を見せて愛嬌をふりまくと、記者たちはまずまず機嫌よく立ち去りましたが、写真やハネムーンに関する情報はいっさい手にできなかったというわけです。じつのところ、先代公妃を除けば誰ひとり、新郎新婦が本当はどこへ行ったか知らないんじゃないかと思います。

まあ――そんなところでしょう。あとは二人が至福の人生をすごすように願うばかりです。ディ・ヴァイン先生はどちらも知性が勝ちすぎているとお考えのようだけど――あまり何ごとにも悲観的になるのはどうかしら。わたしはどちらも知性が皆無なのに、ちっとも幸せでないカップルを山ほど知っています。だからどのみち、人の幸せはそれだけで決まるわけじゃなさそうですものね？

かしこ

レティシャ・マーティン

*

デンヴァー先代公妃、ホノーリア・ルーカスタの日記より

五月二十日

今朝がたピーターから電話。可哀想なあの子は興奮しきって、ようやく本当にハリエットと婚約したことを伝えてきたのだ。それなのに間抜けな外務省が、朝食後ただちに再度ローマへ発つよう指示してきた——いかにも連中らしい仕打ちで、あれはどうも故意にしているのではないか、と。腹が立つやら嬉しいやらで、気もそぞろのようだった。どうかわたくしからHに連絡し、歓迎の意を示してやってほしいと言う。気の毒に、あの娘さんにとってはとんだ試練だ。まだ自分の気持ちやほかの何についてもろくに確信が持てないうちに、一人で国に残され、わたくしたちみんなと対峙しなくてはならないなんて。さきほど、オクスフォードに滞在中の彼女に手紙を書いて、ピーターをあれほど喜ばせてもらえてそれはそれは嬉しく思っていると言葉を尽くして伝え、ロンドンへ戻られた折には、お訪ねしたいと書き添えておいた。愛しいピーター！　どうか彼女があの子に必要な形で心からあの子を愛してくれますように。それは会えばすぐにわかるだろう。

五月二十一日

お茶のあと、『星の眺める下で（北部の炭鉱労働者たちの生活を描いたA・J・クローニンの社会派小説）』を読んでいたら（忘備録：ひどく気の滅入る小説で、タイトルから期待したのとは大違い——たぶんクリスマスの祝歌めい

たイメージを抱いていたのだろうけれど、たった今思い出した。このタイトルは、何か聖墳墓と関係があったはず――ピーターに訊いてみなければ）、エミリーが「ヴェイン嬢がお見えです」と伝えにきた。あまりの驚きと喜びに、膝の上で眠っていた可哀想なアハスエロス（先代公妃の愛猫。旧約聖書に登場するペルシャ王にちなんだ名）のことをすっかり忘れて飛びあがり、ひどく憤慨させてしまった。「まあ、ようこそ」と挨拶したものの、彼女は誰かわからないほど様子が変わっていた。とはいえむろん、あれは五年半もまえのことだし、誰でもあの陰気な中央刑事裁判所《オールド・ベイリー》の被告人席では最高にすてきには見えないだろう。

彼女は銃殺執行隊でもまえにしているような顔でまっすぐ近づいてきて、あの奇妙に低い声でとつぜん切り出した。「身に余るお便りをいただき――どうお返事をしたものかわからなかったので、いっそお訪ねしようと思いまして。本当にピーターとわたしのことをさほどお気になさっておられないのでしょうか？　なにぶん、わたしは恐ろしく彼を愛していて、それはどうにもならないのです」そこでこちらは、「まあ、ならばどうぞ、そのまま愛してやってくださいな。あの子には何よりそれが必要だし、じつのところ、ピーターはわたくしのいちばんの秘蔵っ子ですの。親はそういうことを言ってはいけないらしいけど――今はあなたになら言えるわけだし、それをとても嬉しく思っていますよ」と答えて彼女にキスした。すると怒り狂ったアハスエロスが両手の爪で猛然と彼女の脚を引っ掻《か》いたので、お詫びを言ってぴしゃりと彼を叩き、Hとソファに腰をおろした。

彼女いわく、「じつは、オクスフォードからの道中ずっと胸に言い聞かせていたんです、『あの方とお会いして本当に何も問題がなければ、ようやくピーターのことを話せる相手ができる』って。おかげで途中で逃げ戻らずにすみました」。気の毒に、本当にそれだけが望みのようで――Hは呆然自失の状態だった。どうやら、すべてが起きたのは日曜の夜遅くで、二人は深夜まで平底舟《パント》の中で夢中でキスを交わしていたらしい。ところがその後、ピーターは何の手配もできずに旅立つ羽目になり、最後の瞬間にあわてて彼女の手に嵌《は》めていった認印つきの指《シグネットリン》輪《グ》がなければ、何もかも夢かと思ってしまうところだったとか。何年間もあの子を拒み続けたあげく、もののみごとに陥落した彼女は、井戸にでも落っこちたように、自分で自分をどうすればよいのかわからないようだ。こんなに心底、とんでもなく幸せなのは、子供時代からこのかた記憶になく、体内にぽっかり穴が開いたように感じるほどだと言っていた。ちょっと尋ねてみたら、文字通り体内が空っぽらしいことがわかった。どうも日曜日からこのかた、ろくに食事も睡眠も取っていなかったようなのだ。

　すぐにエミリーにシェリー酒とビスケットを持ってこさせ、彼女――つまりH――を晩餐まで引き止めた。あとはもう、ピーターの話ばかり。あの子が「いやお母さん、とんだ馬鹿騒ぎ《オージー》（綴《つづ》りが違うかしら？）ですね」と言うのが今にも聞こえそうだった。そういえば、デイヴィッド・ベレッツィが撮ったピーターの写真――あの子がすごくいやがっているポートレイト――にHが目をとめたので、あれをどう思うか尋ねてみた。「ええと……すてきな英国紳士に撮れているけど、今の八方破れな、恋する詩人とは少し違うんじゃないかしら？」という答え。同感だ（なぜあんなものを手元に置いておくのか、我ながら理解に苦しむ。デイヴィッドは喜ぶでしょうけど）。そこで家族のアルバムを取り出してきた。ありがたいことに、赤ん坊のピーターが敷物の上で足をばたつかせているのを見ても、彼女はむやみに子供を欲しがったりはしなかった——母性本能の塊《かたまり》のような若い女性はどうも苦手だ。まあたしかに、小さいころのピーターはふよふよの黄色い髪をした何ともおかしな子だったけれど……今ではその髪もうまいことコントロールしているのだもの、なぜ過去をほじくり返す必要があるだろう？

彼女はそのあとすぐさま、ピーターが〈小さないたずら〉とか〈消えた弦〉と呼んでいる写真に目をとめて、「これは誰か彼をよく理解している人が撮ったんですね——バンターかしら？」と言った——ご明察。彼女はバンターについては、とても心苦しく感じているのだと打ち明けた。彼の気分を害さずにすめばいいのだが——まんいち彼が辞めると言い出せば、ピーターは悲嘆に暮れるはずだから、と。そこでごく率直に、それはもっぱらあなたしだいで、バンターは無理やり追い出されないかぎりは辞めないはずだと答えておいた。「でもわたしはそんなことをする気は毛頭ありません。問題はまさにそこで、わたしはピーターに何ひとつ失ってほしくないんです」とH。ひどく思いつめた様子だったので、こちらまで泣いてしまった。けれどもすぐに、はたとその滑稽さに気づいた。わたくしたち二人がバンターのために泣くなんて——当人が知ったら、さぞかし仰天したことだろう。

そこで気を取りなおし、彼女に何枚か写真をあげて、何か今後の予定は決まっているのか尋ねてみた。すると、Pはいつ帰れるかわからないようだが、こちらはいつでもいいように執筆中の作品を急いで仕上げ、ドレス代を稼いでおくつもりだ。ついては、適当な仕立て屋をご紹介いただけないか、とのこと――なかなか分別がある。本当にすばらしい衣裳のためなら、出費もいとわないつもりのようだが、どう助言するかは慎重に考えなければ。なにしろこちらは小説でいくら稼げるのか見当もつかない、とんだ世間知らずなのだ。とにかく彼女のプライドを傷つけないことが肝心だろう……総じて、とても安堵《あんど》を覚えた一夜だった。寝床へ引き取るまえに、ピーターに長い熱烈な電報を送っておいた。ローマがあまり蒸し暑くありませんように、あの子は暑さが苦手だから。

五月二十四日

ハリエットをお茶に招待。ヘレンが顔を出し――ハリエットを紹介すると、ひどく無礼なしゃくにさわる態度を取った。「まあ、それはそれは！ で、ピーターはどこですの？ また海外へ逃亡？ ほんとにおかしな、わけのわからない人だこと！」その後もロンドンと田舎の社交生活についてひっきりなしにしゃべり、ときおり「何々家のみなさんをご存じかしら、ヴェインさん？ ご存じない？ ピーターのとっても古いご友人ですのよ」「狩猟はお好きかしら、ヴェインさん？ 苦手？ まあ残念！ ピーターまでやめてしまわなければいいけれど。戸外に出るのは彼の健康にいいんですのよ」などと言う。ハリエットは賢明にも言い訳や謝罪はいっさい口にせず、「いいえ」と「もちろん」で押し通していた。言い訳や謝罪は常に危険なのだ（そうよね、ディズレーリ首相！）。

こちらが新作の進み具合を尋ね、ピーターの助言は役に立ったか訊いたときにも、ヘレンは

「あら、そうそう、あなたは作家でいらしたのよね？」などと、名前も聞いたことがないと言わんばかり。新作の題名を尋ね、これで図書館で借りられますわ、ときた。ハリエットは威厳たっぷりに、「恐れ入ります。でもぜひ一冊お送りさせてください——六冊までは無料《ただ》で頼めますので」と答えていた。そのとき初めて、頭にきているのがほの見えたが、無理もない。ヘレンが行ってしまうと、彼女の非礼を詫びて、せめて我が家の次男は〈愛ゆえの結婚〉ができそうで嬉しいと言っておいた。あれこれ注意深く選んで読んでいるのに、相変わらずわたくしの語彙はどうしようもなく古臭いこと（そういえば『星の眺める下で』をどうしたのか、フランクリンに尋ねてみなければ）。

六月一日

ピーターから手紙。聖ミカエル祭の日（九月二十九日）からオードリー広場《スクエア》のベルチェスター邸を借りあげ、改装に取りかからせたいという。さいわい、Hはクロムのパイプより十八世紀風の優雅な内装を好んでくれそうだ。彼女はあの家の大きさにたじろぎながらも、ピーターのための〈巣作り〉を求められずにすんでほっとしていた。わたくしからも、花嫁を迎える家の準備をするのは新郎側の役目だと説明しておいた——どうやら今どきそんな風流な習慣を守っているのは貴族と聖職者だけで、好きな牧師館を選べない気の毒な聖職者たちは、たいがいひどく広すぎる家に住む羽目になるようだ。それに王室の花嫁たちは、常に自分で走りまわって色とりどりのカーテン地を選ぶことになっているようですが、とHが言うので、あれは家庭的な女を好む大衆紙向けの義務的サービスなのだと答えてやった。さいわい、ピーターの奥さんには何の義務もない。二人のために家政婦——誰か有能な人——を捜さなければ。ピーターは妻の仕事が使用人ホールのごたごたで妨げられてはならないと主張している。

六月五日

とつぜん、うんざりするような形で家族の感情が噴き出した。まずはジェラルドが——当然、ヘレンにせっつかれてのことだろう——新婦はどこに出しても恥ずかしくない女性で、〈近代的な考え〉の持ち主なのかと尋ねてきた。もちろん子供の話で、彼女は子供を欲しがらないタイプかという意味だ。そこで余計な穿鑿《せんさく》はやめて、自分の務め、つまりセント・ジョージの監督に専念しろと言ってやった。次にはメアリがやって来て、小さなピーター（メアリの息子でピーター卿の甥）が水疱瘡《みずぼうそう》になったとこぼし、その女性《ひと》は本当にピーターの面倒を見てくれるのかしら、ときた。これには、ピーターは自分の面倒ぐらいきちんと見られるし、たぶん水疱瘡と魚のうまい茹で方で頭がいっぱいの妻を欲しがってはいないと答えておいた。ハリスンの店で美しいチッペンデール様式の鏡と、ゴブラン織りの椅子のセットを発見。

六月二十五日

愛の夢にひたってばかりもいられず、マーブルズ（デンヴァー公爵家の顧問弁護士）のもとで、財産分与に関する厳粛な話し合いが持たれた。今後考えうる——それにとうてい考えられない——あらゆる事態にそなえ、関係者全員の死と再婚にまで言及した恐ろしく長い文書が作成されて、マーブルズによれば、すべてが「遺言書（大文字で記載）により」「カバーされる」ことになる。ピーターがロンドンの資産をこれほどうまく運用していたとは……。Hは個々の条項が読みあげられるごとに、いよいよ気分が悪そうになった。

すっかり意気消沈した彼女を救い出し、〈ランペルメイヤー〉でお茶にした。彼女はようやく口を開くと、「大学を出てから、自分で稼いだお金以外は一ペニーも使ったことがなくて」と話してくれた。「それなら、あなたの正直な気持ちをピーターにお話しなさい。ただし、あの子もおおかたの男性と同じ見栄っ張りのお馬鹿さんだってことをお忘れなく。踏みつけられるほど甘い香りを放つカメレオンとは違うのよ」と答えておいた。でもよく考えてみると、あれは〈カメレオン〉ではなく〈カモミール〉だったような気がする（シェイクスピアの一節？ピーターに訊いてみなければ）。この件についてピーターに手紙を書こうかと思ったけれど、やめておこう――若い人たちには自分で戦わせなければ。

八月十日

昨日、田舎から戻ると財産分与の件はうまく片がついていた。Hがピーターからの三ページにわたる、知的同情心あふれる手紙を見せてくれたのだ。「もちろん、ことの難しさは予見していた」ではじまり、「互いのプライドのいずれかを犠牲にするしかないのなら――そちらのほうにしてくれと、きみの寛大さに訴えるしかない」と結ばれていた。Hいわく、「ピーターはいつもことの難しさを理解してくれる——それでこちらも意地を張れなくなるんです」まったく同感だ——「何を大騒ぎしてるんだ？」なんて言う鈍感な連中には我慢ならない。

Hは今や、しかるべき手当を素直に受け入れる気になっている。ただし、バーリントン・アーケードでシルクのシャツを二ダース注文し、自分のお金で支払うことでプライドをなだめたという。きちんとけじめはつけるという、断固たる決意の表明だ。ヘレンにあら捜しを許せば傷つくのはピーターだと気づき、なすべき務めにあくまで知的に取り組んでいる。あれは教育のたまものだろう——教育は事実を把握することを教えてくれる。Hがピーターの立場という事実と格闘しているさまは、見ていて興味深いものがある。

ピーターからは、国際連盟のやり方にたいそう懐疑的な長い手紙。図書室の蔵書やウィリアム＝メアリ時代様式のベッドに関する細かい指示の合間に、「穴だらけの外交の修理屋さながらに」ローマに留められていることへの苛立《いらだ》ちが書き綴られていた。イタリアでは英国人の評判はガタ落ちだが、Pは教皇とさる歴史的写本についてなごやかに語り合ったとか——どちらにとっても、格好の気晴らしになったことだろう。

八月十六日

ハリエットは田舎に水車を見にゆき（何か新作に関係があるようだ）、帰りにハーフォードシャーをドライブして、グレイト・パグフォードの生家を訪ねてみたという。両親——物静かな田舎町の医者とその妻——のことも話してくれた。父親はかなりの収入を得ていたが、貯蓄それでも、結局のところ、それでよかったのだ。Hにはまるで関心のない人だった（たぶん、永遠に生きるつもりだったのだろう）。Hによい教育を受けさせることにはたいそう熱心だったそうで――結局のところ、それでよかったのだ。Hによれば、彼女自身の子供時代の夢は、お金を稼いで、隣村の〈トールボーイズ〉といういっぷう変わった古い農家を買うことで――今回の旅で久しぶりに見たら、エリザベス朝の、とても愛らしい家だった。人生って思わぬ展開になるものですね、としみじみ言っていた。そこで、あなたとPが週末をすごすのにぴったりのコテージみたいじゃないの、と水を向けてみた。Hは意表を突かれたようで、ええ、たしかに、と言っていた。お節介はそこまでにした。

八月十九日

例のベッドにうってつけの掛け布を発見。ヘレンによれば、その手のものはみなきわめて不衛生だとか。ジェラルドはヤマウズラが激減との報告を受け、田舎もおしまいだと嘆いているという。

八月二十日

Hが〈トールボーイズ〉購入の件でピーターに手紙を書いた。いくらか弁解がましく、ピーターは「みんなにあれこれ贈るのが好き」なようなので、と言っていた。そのとおりよ、可哀想な子！　ようやく種々の事実が直視され――あの子は五年半の忍耐を遅まきながら一挙に報われようとしているようだ。こちらは控えめに、Pには何より嬉しいことでしょうと答えておいた。彼女が帰ったあと、客間でこっそり歓喜のダンスを踊っていたら、フランクリンがぎょっとしていた（困った人――もうとっくにわたくしのことがわかっていそうなものなのに）。

八月二十一日

ハリエットの新作が完成し、出版社へ送られた。あいにく、そうなると彼女は好きなだけアビシニア問題（ムッソリーニ政権下のイタリアが植民地化を画策していた）の心配をする暇ができ、厄介きわまりない。文明は滅び、ピーターには二度と会えないと信じ込む始末だ。熱い煉瓦の上の猫みたいにビクついて、ピーターの人生を五年以上も浪費してしまった自分が許せないという。彼はもう徴兵されない齢《とし》だとはいえ、軍事情報の収集にただならぬ責任を感じているし、たとえ七十歳でも、毒ガスや空爆の犠牲になりかねないというのだ。とにかく、またぞろ戦争になどならないことを祈るばかりだ。肉は配給制、砂糖は消えるわ、人々は殺されるわの、まったく馬鹿げた不要の事態だ。ムッソリーニは母親にお尻を叩かれすぎたか、叩かれ足りなかったのだろうか――近ごろ流行《はや》りの心理学は、どうもわけがわからない。ピーターのお尻を叩いたのはよく憶えているけれど、さほど性格がゆがんだふしはないから、心理学者たちが間違っている可能性は大いにある。

八月二十四日

ピーターは〈トールボーイズ〉の現所有者――ノークスとかいう男――との交渉を代理人に指示した。わたくしへの手紙はごく控えめだったけれど、内心大喜びなのは間違いない。ローマの状況も、あの子の仕事に関するかぎりは見通しがついてきたようだ。Hはまだ戦争になるのではないかと不安がっている。

八月三十日

ハリエットはピーターからの手紙に有頂天。「たとえ今が世界の黄昏《たそがれ》であろうと、夜が訪れるまえに僕はきみの腕の中で眠るだろう」というものだ……（まさに二十年前のあの大仰なピーターが戻ってきたかのよう）。そのあと、ローマでのパイプ修理が完了し、種々の必要書類の発行を申請したことが書き添えられていた。肝心なのはこちらだ。

九月四日

ホールと大広間のシャンデリアは上々の仕上がり。ジェラルドは〈青の間〉の壁掛け《タペストリー》を譲ってもかまわないという――上階《うえ》の踊り場にちょうどよさそうだ。どちらもかなり傷んでいるので、修理とクリーニングを依頼した（ピーターならわたくしの代名詞の使い方にも修理が必要だと言いそうだけど、自分の言いたいことはよくわかっている）。アハスエロスはフランクリンの寝室で戻してしまった――彼女にひどくなついているのは奇妙だ、あちらはあまり猫が好きでないのに。

九月七日

ピーターから来週帰国との手紙。ハリエットがぜひにとわたくしをディナーに連れ出し、シャンペンをご馳走してくれた。彼女は大はしゃぎで、これが最後のチャンスなのだ、ピーターはシャンペンが好きでないから、と言っていた。そこで自由の喪失を悼《いた》む簡潔な（少なくとも自分では簡潔なつもりの）ウィットあふれるスピーチをしてやった。ヘレンがわたくしをディナーに連れ出し、スピーチに耳を傾けるのを見てみたいものだ。

九月十四日

ピーターが帰国。どこかでハリエットと食事をしたあと、わたくしに会いにやって来た——あの子一人で。二人の優しい心遣いだ。こちらはもちろん、彼女も連れてくるように言っておいたのだから。あの子はすっかり痩せて疲れた様子だったけど、あれはムッソリーニか気候か何かのせいだろう。今後のことには、いっさい不安を抱いていないようだった（もちろん国際連盟については別だ）。あの子が二時間近くもそわそわしたり、やたらと多弁になったりもせず、ごく静かにすわっていたのは驚きだった。いつにないことだ。たいていは、落ち着きのないこと甚《はなは》だしいのだから。新居に関するこちらの尽力には、たいそう感謝してくれた。使用人の雇用も、ハリエットには経験がないので一任するという。バンターと家政婦を除いて八人ぐらいは必要だろう——しばらくは大忙しになりそうだ。

九月十五日

今朝がたハリエットがひょっこり顔を出し、指輪を見せてくれた——大粒のルビーをひとつ、エイブラハムズの店で指示どおりにカットして嵌め込ませた特注品だ。可哀想なHは苦笑していた。昨日、ピーターからこれを渡されたときは彼のことばかり見ていたので、十分後に尋ねられても石の色さえ言えなかったとか。いつまでたっても人並みのふるまいはできそうにない、と彼女が嘆くと、ピーターはあっさり、僕の顔がルビーよりも評価されたのは初めてだと答えたそうだ。

ランチにはピーターも加わった——それにヘレンも。彼女は指輪を見せろと言ってきかず、あげくの果てにキンキン声で、「まあ！　保険はかけてあるんでしょうね」ときた。まったく恐れ入る。二週間も両手で数えあげながら知恵を絞っても、あれほど嫌味な言葉は思いつかないだろう。その後も、お式は登記所でひっそりすませるのでしょうね、などと言いつのり、ピーターにぴしゃりとやり返されていた。いいえ、それぐらいなら駅の待合室で結婚しますが、姉上が宗教的行事に疑念を抱かれているのなら、ご参列くださらずともけっこうです。するとヘレンは、「あら、なるほど——ハノーヴァ広場《スクエア》の聖ジョージ教会を考えているのね」と言って、二人の代わりにすべてを取り決めはじめた。挙式の日取り、司祭、招待客や音楽まで。ところが讃美歌の〈エデンの園に響く声〉を決めたところで、ピーターが「ああ、頼むから国際連盟の話はやめてください（エデンとイギリスの外相イーデンを引っかけた駄洒落）！」と叫び、ハリエットと二人して妙な戯《ざ》れ歌を作りはじめたので、ヘレンはすっかり置いてきぼりになってしまった。彼女は昔から客間向けの他愛ないゲームが苦手なのだ。

九月十六日

ヘレンがご親切にも、結婚式用の最新版の典礼文を見せにやって来た。旧来の卑俗な表現がそっくり削除されたもので——当然ながら、ひと騒動。ピーターは大いに笑わせてくれた。いわく——〈子作り〉のことなら、実地はともかく理論的にはよく心得ているつもりだが、ほかの方法で〈人類の繁栄〉を図るのはあまりに急進的に思える。仮に自分がそんな危険な娯楽にふけるとすれば、妻の許しを得て旧来の手法を守りたい。それに〈貞節という恵み〉に関しては、そんなものは恵みにあらずと認めるにやぶさかではない……。

この時点でヘレンは立ちあがって家から出てゆき、Pとハリエットは夫に〈つき従う〉という新婦の誓いの言葉をめぐって議論を戦わせはじめた。妻にあれこれ指図するのは礼儀違反だとピーターが言えば、Hいわく——あら、そうかしら、家が火事になったり木が倒れてきそうになったとき、わたしを助けたければ、あなただって迷わず指示するはずよ。するとピーターが答えて——ならば互いに〈従い合う〉と言うべきだが、それでは新聞記者たちを大喜びさせてしまうぞ。二人でとことん戦えるように席をはずした。しばらくして戻ってみると、ピーターは妻を〈従わせる〉ことに条件つきで同意していた。自分の地上の財貨を〈分かち合う〉のではなく〈授ける〉ことができるなら、と。もののみごとに愛情が信条を打ち負かしたようだ。

九月十八日

まったく、いまいましいったら！　えげつない新聞がこぞってハリエットとフィリップ・ボーイズ（本シリーズ長編第五作『毒を食らわば』に登場するハリエットの元恋人）に関する古い話をほじくり出したのだ。ピーターは怒り狂っている。ハリエットのほうは、「予想どおり」だと言う。Pとの婚約解消を言い出すのではないかと肝を冷やしたが、彼女は立派に感情を抑えてくれた。また以前のような羽目になれば、あの子を死ぬほど苦しめると気づいたのだろう。どうも今度のことは、ピーターをつかまえようと必死だったあのシルヴェスター＝クイックという女のせいではないかという気がする。彼女は以前から、あちこちの日曜版にゴシップ記事を書いているふしがあったのだ。ヘレンは（しぶしぶながら、断固として一族の結束を示し）、最善の方法は盛大な結婚式をして、真正面から立ち向かうことだと言っている。何やらわけのわからない理由で、最適な日取りは十月十六日だとか。花嫁の付添人の選択まで買って出て——ハリエットの友人たちは「どう見ても無理」だからと、こちら側の知人ばかりだが——披露宴には屋敷を貸すという。果ては、ハネムーン用に斜陽貴族の別荘を十軒ほど捜し出してきた。

ついにピーターが堪忍袋の緒を切らし、「結婚するのは誰ですか、ヘレン？　あなた、それとも僕らかな？」と嚙《か》みつくと、ジェラルドが家長としての威厳を示して場を収めようとして——きれいに鼻であしらわれていた。ヘレンがふたたび意見を述べ、「では十六日で決まりね」と結ぶと、ピーターは「お好きなように」と答えた。ヘレンは自分が二人のために最善を尽くしているのをわかってもらえるまで、いっさい手を引くと言い出し――ジェラルドがすがりつくような目をしたので、ピーターは非礼を詫びた。

九月二十日

代理人から〈トールボーイズ〉の買い取り価格が決まったとの報告。山ほど改装や修理が必要なものの、骨組みはしっかりしているという。即時引き渡しを条件に、購入の契約が結ばれた――現所有者は、ピーターがハネムーン終了後に訪ねこちらの希望を確認して職人たちを送り込むまで、家に留まることになっている。

九月二十五日

ヘレンやら新聞やらのせいで、しだいに耐えがたい状況になっている。ピーターは聖ジョージ教会で挙式するという考えや、あれこれの大騒ぎにげんなりした様子。ハリエットのほうは、劣等感の再発を周囲に気取られまいと必死だ。招待状の発送はすべて保留にした。

九月二十七日

ピーターがやって来て、このままでは二人とも頭がどうかしてしまうと言い出した。あの子とHは内輪の友人たち以外は誰にも話さず、すべてをひそかに運ぶことにしたという。オクスフォードで簡素な式を挙げ、披露宴にはこの家を使い、ハネムーンはどこか田舎の静かな場所ですごす由。ふたつ返事で協力することを承知した。

九月三十日

あの子たちは〈トールボーイズ〉でハネムーンをすごせるようにノークスと話をつけ、それについては誰にも知らせないことにした。どうやらNはすぐにも家を明け渡し、家具もそっくり貸し出す用意があるらしい。「下水施設は？」と尋ねてみたら、ピーターは「知るものか」と言っていた――自分の子供時代には、〈デンヴァー・ホール〉にも下水施設（と言えるほどのもの）はなかったと（そうそう、よく憶えているわ！）。結婚式（大主教の認可による）は十月八日とし、ヘレンには――それに新聞各社にも――ぎりぎりまで好きなように思わせておくそうだ。

ハリエットは大いにほっとしている。ピーターはこうも言っていた。どのみち、ホテルでのハネムーンなどぞっとする――英国紳士には、我が家でのハネムーンのほうが（とりわけ、それがエリザベス朝のコテージなら）はるかにふさわしいというものだ。そんなわけで、ウェディングドレス――〈ワース〉に注文――の件で、てんてこまい。生地は張りのある金襴《きんらん》、時代がかったデザインで、長そで、四角いネックライン。ベールは顔にかからないすっきりしたもので、宝飾品はデラガルディ大伯母さまから譲られたわたくしの細長いイアリングだけ（注：出版社は期待に応え、Hの新作で費用をたっぷりかき集めてくれたとみえる）。花嫁は母校の学寮から送り出されてくる予定（なかなかすてきなアイデアだ）――山ほどの電報を打ち、秘密厳守を誓わせた。バンターが事前に〈トールボーイズ〉へ出向き、準備がきちんと整っていることを確認する予定。

十月二日

バンターの下見は断念せざるをえなかった。彼は記者たちにつけまわされている。貨物用エレベーターでピーターのフラットに侵入する者まであらわれ、Bはあやうく暴行容疑で裁判所に出頭を命じられるところだった。もう〈トールボーイズ〉の件は（下水施設も含めて）、先方の誠意を信じるしかないとピーターは言っている。支払いはすませたし、ノークスはすべてきちんと準備しておくと請け合った——夏の休暇用に家を貸し出すことには慣れっこのようだから、何の問題もないはずだ、と。ヘレンは十六日の式への招待状がまだ発送されていないことにやきもきしている。そこで、まだ正式に十六日と決まったわけではなさそうよ、と言ってやった！　すると、どうしてこんなに手間取っていますの？　ピーターは怖じ気づいたのかしら？　それとも彼女がまた彼をじらしてるのかしら、ときた……これには、結婚は当事者たちの問題だし、二人ともいい大人です、と答えておいた。

ハネムーンには使用人はバンターしか連れていかないらしいが、彼なら八面六臂《はちめんろっぴ》の大活躍で、地元の人たちの手を借りながら、二人の望みを残らずかなえてくれそうだ。たぶんピーターはハリエットが新婚当初から、なじみのない使用人たちに萎縮しないようにしてやりたいのだろう。どのみち、都会暮らしに慣れたロンドンのメイドたちは、田舎では足手まといになるだけだ。それにハリエットもこの機にバンターとの信頼関係を築ければ、もういっさい家の中のことで頭を悩まされずにすむだろう！

十月四日

ピーターのフラットに顔を出し、あの子がイタリアで買い集めた宝石のデザインについて助言。そうこうするうちに、書留郵便で大きな平たい封筒が届いた――ハリエットの筆跡だ。自分で届けずに送ってくるなんて、中身は何？（我ながら穿鑿好きなこと！）。ジルコン（すてきな色！）を調べるふりをしながら、ピーターが封を切るのを見守った。あの子はぱっと頬を赤らめた――誰かに何か私的なことを言われたときの、例のあの馬鹿げた癖だ。じっと突っ立って封筒の中身を見つめているので、こちらはすっかりしびれを切らし、「何が届いたの？」と尋ねた。あの子はどこか奇妙な声で、「新婦から新郎への贈り物ですよ」と答えた。じつはその件については、彼女がどう解決するのか、わたくしもしばらくまえから気になっていたのだ。自分のほうも恐ろしく裕福でないかぎり、金満家の男性に贈れるものは本当にかぎられているし、下手なものなら、むしろ贈らないほうがましだろう。とはいえ、親切めかして「どうぞ身ひとつでおいでなさい」などと言われて心底喜ぶ者はいない――たいそう聞こえはいいけれど、保護者ぶった、バーリー卿（エリザベス一世の重臣）じみた言い草だ。それに結局のところ、誰しも人間らしい本能は持っている。他人にものを贈りたがるのもそのひとつだ。

そこで駆け寄って封筒の中身をのぞくと、たいそうみごとな十七世紀風の筆跡で書かれた一枚の手紙だった。ピーターいわく、「驚きだな。これのカタログがローマに送られてきて、すぐに予約の電報を打ったのに、売約ずみと知らされて馬鹿みたいにくやしがってたんですよ」「でもあなたは手稿の蒐集はしていないはずよ」と言うと、「ええ、でもこれはハリエットに見せたかったんだ」との返事。あの子が手紙を裏返すと、〈ジョン・ダン（英国の詩人、聖職者）〉という署名が見え、それで合点がいった。そうそう、ピーターは昔からダンに夢中だった。どうやらそれはDから教区民の誰かさんに宛てた、神の愛と人間の愛についての麗しい手紙のようだった。どうにか読もうとしたけれど、わたくしはあの手の古めかしい書体がどうも苦手なのだ（ヘレンならあれをどう思うだろう？　たぶん金のライターのほうがはるかにふさわしいと考えるでしょうね）。

　気づくとピーターは電話の受話器を握りしめ、これまでついぞ聞いたこともないような声で「ねえ、愛しい人」とか言っている。あわてて部屋を飛び出したら、ちょうどホールのドアから入ってきたバンターと鉢合わせした。ピーターは少々、羽目をはずしすぎなのではないかと心配だ。あの子が電話を終えて出てくると、バンターがこう報告したのだ。「お申しつけどおり、御前、十六日の晩は〈ロード・ウォーデン〉ホテルの最上のお部屋を予約し、マントン（南仏の保養地）までの船室と汽車のお席も押さえておきました」Pが地獄の猟犬どもは追ってきたかと尋ねると、Bは答えた。はい、リーダー格の猟犬があんのじょう、全力でかまをかけてまいりました。なぜ夜行船か飛行機ですぐに発たず、〈ロード・ウォーデン〉にお泊まりなのか尋ねられたので、ご新婦が乗り物酔いなさるのでと答えておきました。猟犬は満足したとみえ、十シリングのチップを渡してくれましたので、勝手ながら服役囚支援協会に寄付させていただきます……。思わず、「まあ、ピーターったら！」と叫ぶと、あの子はしかるべきカップルのために大陸旅行の手配をしたまでだと言って、その予約情報をクリンプスン嬢に転送させた。何でも、暮らし向きが傾いている結核患者の会計士と奥さんに使ってもらうのだとか（疑問：暮らし向きは、どうすれば傾くのだろう？）。

十月五日

〈ワース〉が大車輪で仕上げたドレスを届けてくれた。その後、ごく内輪の友人たちが嫁入り支度のお披露目に招かれ、その一人のクリンプスン嬢は、ピーターが贈ったミンクのケープを見て柄にもなく絶句していた。たしかに、九百五十ギニーの贈り物は少々贅沢かもしれない。けれどピーターが出資したのはそれだけだし、あのケープを渡すとき、あの子はひどく怯えたうしろめたげな顔をしていた。ちょうど小さいころに、大好きだったあの古だぬきの密猟者、メリウェザーと夜じゅう出歩いて、ウサギをポケットいっぱい詰め込んで戻ったところを父親につかまったときのよう——まったく、あの老人のコテージの臭いときたら！　それはともかく、あれはたいそうすてきなケープで、ハリエットも、「まあ、ロチェスターさま！」と言うに留めてくれた。ジェーン・エアのせりふを借りた冗談だが、どうもジェーンはあの気の毒な男性にひどくつれない仕打ちをしたように思えてならない——いくら重婚者でも、花嫁にさえないアルパカだかメリノだかの服を着ると言い張られては、辛気くさくて、恋心に水を差されりする必要もないし、自分たちを取り巻く世界はきわめて単純明快なのだ。何しろ、自分は十八歳であって、世間の皆は十七歳かそれ以下で幼稚だから、わたしが説明してもわかりっこない、とかね。その齢を過ぎたら、人は謙虚になる……謙虚にならなきゃいかんのだよ。いつまでも十八のままでは、頭が固すぎて、ユーモアもこわばって、辛辣な皮肉しか言えなくなる――それが老いというものだ……。

《モーニング・スター》紙に、例の猟犬の記事。用心深く名前は伏せられているものの、誰のことかは一目瞭然だ。あれは事実かとヘレンから電話があった。そこで嘘偽りなく、ぜんぶ作り事に決まっていますと答えておいた！

夜にはピーターとハリエットをチェイン通りへ連れ出し、ポールと食事――彼は関節炎であろうとなかろうと、結婚式に出席すると言い張っている。ふと、PとHがいつになく遠慮がちなのに気づいた。昨夜、食事と観劇に送り出したときには何の問題もなかったのに。ポールは二人をちらりと見るなり、例の七宝《しっぽう》細工に関する蘊蓄《うんちく》や、自然に熟成させたフランスワインのほうがポートワインより上だとかいう話をぺらぺらしゃべりはじめた。気まずい一夜で、誰もがいつもと違っていた。ついに、ポールがPとHを一足先にタクシーで帰らせた。わたくしと事務的な話があるとか言っていたけれど、見えすいた口実だ。何か気にさわったのかと尋ねると、ポールはこう答えた――「Au contraire, ma sœur, c'est nous qui sommes de trop. Il arrive toujours le moment où l'on apprend à distinguer entre embrasser et baiser（いや、その反対さ、邪魔者はわれわれのほうだ。誰しも、いずれはただのキスと抱擁のちがいに気づくものだからな）」それから例によってにやりと笑い、「ピーターがいつまで禁を解かずにおるのか、不思議に思っとったんだよ――あいつは父親そっくりだからな。それにちょっぴりわしにも似とるぞ、ホノーリア、このわしにもな！」

ポールに腹を立てても、時間とエネルギーの無駄。彼は根っから多情な女好きなのだ。もちろんピーターの父親もそうだった——こちらは心から愛していたけれど。そこでこう言ってみた。「ええ、でもポール、ハリエットのほうはどうかしら——?」ポールいわく、「はん! 彼女の相手は並々ならぬ魅力を備えた男なんだぞ。それに、Il y a des femmes qui ont le génie（一部の女たちには天与の才能が）——」

ポールに〈le génie de l'amour（愛の天分）〉について聞かされるのはまっぴらだった。なにしろ話はえんえんと続き、刻一刻とフランス風の入念さを増して、実体験にもとづく具体的エピソードが織り交ぜられてゆくのだ。といっても、ポールの中のフランス人の血はこちらと同じだけ——ちょっきり八分の一だ。わたくしは急いで口をはさみ、たしかにあなたの対角《ダイアゴ》線《ナル》（〈目線《アングル》〉か〈見立て《ダイアグノーシス》〉のつもりだったのかしら?）は正しいのだろうと言った。じっさい、そうなのだろう——情事の進展についてポールが見誤ったためしはない。なるほど、それで彼とハリエットは初めからうまくいったのだ。彼女の慎み深さとポールの女性についての通常の好みからすると、ひどく意外に思えるけれど。

あなたはもう休んだほうがいいわ、と言ってやったら、ポールは恨めしげに答えた。「そうだな、ホノーリア——わしもすっかり齢《とし》を取り、あちこち骨が痛んでならん。罪深い生活ともおさらばだ。仮に若返れるものなら、心してもっと悪さをするのだが。いまいましいピーターめ! Il ne sait pas vivre. Mais je voudrais bien être dans ses draps.（あいつは人生の何たるかを知らん。それでも、あいつのシーツにもぐり込みたいものだよ）」「じきに自分の屍衣《ワインディングシーツ》に包んでもらえてよ」わたくしはぴしゃりと言った。「どうりで、ピーターがあなたのことを〈パンダロス（ギリシャ神話の登場人物で、チョーサーやシェイクスピアの作品では男女の仲を取り持つ男）おじさん〉と呼ぶわけね。ほんとに恥知らずなお爺さん」するとポールは、「しかし、わしがあいつに男の務めを教えてやったことは否定できまい。おかげで、わしもおまえも面目がたつというわけだ」ときた。これには返す言葉もなかったので、さっさと逃げ出した。『星の眺める下で』をまた読んでみたけれど、不快きわまる登場人物ばかり……まあ要するに、誰しも自分の息子の生々しい姿は想像したくないのだ……でも、ポールにあれほど苛立ちをぶつけることはなかった。

十月七日

ハリエットがオクスフォードへ発つまえに会いにきた。とても優しい心遣いだ。彼女ならピーターの求めるものをすべて与えてくれるはず——そう、心からそう思う。もしも誰かに可能なら……。それでも、半時間近く気分が落ち込んだ。その後、祝宴の準備——こっそり進める必要があるのでなおさら大変なのだ——に取り組んでいると、ピーターからの電話に邪魔された。あの子はとつぜんカリカリして、昨夜の雨で道路がすべりやすくなっているから、ハリエットはオクスフォードに着くまえにスリップ事故で死んでしまうに違いないなどと大騒ぎ。お願いだから馬鹿なことを言わないで、とたしなめてやった。何かまともな暇つぶしをしたければ、エミリーが客間のキャビネットから出した飾り物をそっくり洗うのを手伝いにいらっしゃい、と。結局、あの子ではなくジェリーがやって来て、花婿の付添人を務めることに有頂天になり、ドレスデン焼きの女羊飼いを壊していった。

追記――ピーターとジェリーが無事に(やれ、ありがたや!)オクスフォードへ旅立った。準備は完了し、望ましい列席者たちが招集されて、貧しい人たちのための輸送手段も確保……晩方、デンヴァーのヘレンからいきり立った長距離電話がかかってきた。ピーターから電報が届いたとかで、この無分別なふるまいは何ごとかと問い詰められた。そこで嬉々として、すべてはそちらの無神経なやり方のせいだと(長々と、料金は彼女持ちで)諭《さと》してやった。

十月八日

ピーター挙式の日。すっかり疲れ果て、万事が完璧に運んだと書くだけの気力しかない。Hは本当にすてきで、風に旗をなびかせて入港する光り輝く船のようだった。今どきの船もそこらじゅうに旗をつけているとしたらの話だが。ピーターのほうは気の毒に、顔面蒼白だった。初めて自分の懐中時計をもらった日のように、大事な宝物が手の中で粉々に割れてしまうか、本物でないことがわかるのではないかと戦々恐々だったのだろう。それでもどうにか気を引き締め、どのお客さまにもいつも以上に感じよくふるまっていた(あの子なら異端審問にかけられても、社交的才能を発揮して処刑人を楽しませるに違いない)……五時半にロンドンに戻った(他人の運転する屋根付きの車で、混雑した道路を六十マイルも走らなくてはならないと気づいたときのピーターの顔ときたら! でもさすがに、あの子にダイムラーのオープンカーでHを連れ帰らせるわけにはいかなかったのだ。ましてや、婚礼用の衣裳にシルクハットというでたちで!)……七時十五分前に、二人をこっそり家から逃がしてやった――バンターが公園の向こうに車をとめて待っていたはず。

午後十一時。すべてが申し分なく運んでいますように――もう筆を置いて少しは眠らなければ、朝にはボロボロになってしまいそう。『星の眺める下で』は、寝しなに読むにはあまり心安らぐ本ではなさそうだ――やっぱり『鏡の国のアリス』にするとしよう。

1　新婚の閣下

ドライデンの言うとおり、「結婚とは気高き冒険」である。
サミュエル・ジョンソン『食卓談義』

マーヴィン・バンター氏は、リージェンツ・パークの向こう側にとめたダイムラーの座席に辛抱強く腰をおろし、刻々とすぎゆく時を意識していた。後部座席の羽根布団にくるまれたケースには、二ダース半の年代もののポートワインが収められており、彼はそれが気がかりでならなかった。あまり速度を出して運べば、揺すぶられたワインは二週間は飲めなくなる。猛スピードなら半年間はだめだろう。それに〈トールボーイズ〉のほうの準備――というより、準備不足――も心配だった。到着時にすべてがきちんと整えられていればいいのだが。さもないと、新郎新婦にいつになったら食事をお出しできるやら。たしかに、〈フォートナム＆メイソン〉の食料品をどっさり持ってきてはいるものの、ナイフやフォークや皿が見つからなかったら？　やはり当初のご指示どおり、事前にこちらが足を運んであれこれ確認できればよかったのだ。どうにも仕方のないことなら、御前はいつでも快く我慢してくださる。とはいえ本来、何かを我慢させるべき方ではないのだし――奥さまのほうは、まだいくらか測りがたい部分がある。この五、六年というもの、御前があのご婦人からどんな我慢を強《し》いられたかはご本人しか知らぬことだが、バンター氏にも想像はついた。たしかに、今ではじゅうぶん改心されたようだとはいえ、当の奥さまがちょっとした不便にさらされたら、どうふるまわれるかはまだ判然としない。バンター氏は仕事柄、人間を行動で評価するのに慣れていた。人の真価は大きな危機への対応よりも、日々のちょっとした適応力にあらわれる。彼はいつぞや、御前の目の前でメイドに当たり散らしたご婦人が、あやうくご庇護を（各種の手当とクレヴェール街の家具つきアパルトマンの使用権も含めて）失いかけるのを目にしていた。だが妻ともなれば、一方的に縁を切れるものではない。それにバンター氏には、先代公妃のお屋敷のほうがどうなっているかも気がかりだった。何ごとも、彼の助力なしにきちんと計画どおり運ぶとは思えなかったのだ。

やがてついに、タクシーが到着した。どこぞの新聞記者がスペアタイヤにしがみついたり、後続の車にひそんでいたりする気配がないのを見て、バンターは言葉にならないほど安堵《あんど》した。

「来たぞ、バンター。すべて異状なしか？　よし。僕が運転しよう。本当に寒くないかね、ハリエット？」

バンター氏は新婦の脚をひざ掛けでしっかりとくるんだ。

「例のポートワインを積んでございますので、ご留意いただけましょうか、御前？」

「腕に赤児《あかご》を抱いているかのごとく、慎重な運転を心がけるよ。そのひざ掛けがどうかしたのか？」

「シリアルのかけらが少々ついておりました。さきほど勝手ながら、お手荷物のあいだからも一と四分の三ポンドほど取り除かせていただきました。それに、種々の大量のお履物を」

「きっとセント・ジョージ卿のしわざよ」とハリエット。

「はい、おそらくは、奥さま」

〈奥さま〉――こんな事態をバンターが受け入れてくれるとは、彼女は考えてもみなかった。ほかのみんなはともかく、バンターだけは無理なはずだった。だがどうやら、そうではなかったらしい。ならば、信じがたいことが起きたのだ。自分はじっさい、ピーター・ウィムジイと結婚したに違いない。ハリエットがじっとすわってピーターを見つめるうちに、彼らを乗せたダイムラーはすいすいと路上の車のあいだを進みはじめた。あの高い鉤鼻《かぎばな》の横顔も、ハンドルにかけられた細長い手も、もう長いこと彼女にとっては見慣れたものだった。それがとつぜん、未知の男の顔と手になっていた（あのピーターの両手に、天国と地獄の鍵が握られている……そんなふうに何でも文学的引喩で考えてしまうのは、小説家の性《さが》というものだろう）。

「ピーター！」

「何だい？」

「いえね、あなたの声に聞き覚えがあるかしらと思って――何だか、顔がまえとは違うみたいに思えるから」

　大きな口の端がヒクヒクするのが見えた。

「まるで別人みたいに？」

「そうなのよ」

「心配は無用だ」彼は落ち着きはらって言った。「夜にはすべて解決するさ」

　そんな言葉に驚くほどうぶではないし、とぼけたりするには正直すぎた。ハリエットは四日前の出来事を思い浮かべた。観劇のあと、彼に家まで送ってもらい、二人で暖炉のまえに立っていたときのことだ。彼女が何かを――ごくさり気なく、冷やかすように口にした。すると彼がふり向き、とつぜん、しゃがれ声で言ったのだ。

「Tu m'enivres（僕はきみに夢中だよ）！」

　そのフランス語の響きと声が、稲妻のようにまばゆい一筋の閃光《せんこう》となって過去と未来を照らし出し、あとには漆黒《しっこく》のベルベットさながらの暗闇が残された……やがて、彼はしぶしぶ唇を引き離すと、こう言った。

「ごめんよ。檻《おり》の中の獣《けもの》を残らず目覚めさせてしまうつもりはなかったんだ。とはいえ、きみの中に動物園があるとわかって嬉しいね！　しかも、そこにいるのは飼いならされたみじめな虎（ラルフ・ホジソンの詩「天国の鐘」より）じゃない」

「わたしの虎はみじめそうだと思っていたの？」

「まあ、ひょっとしたら、少々ビクついてるんじゃないかとね」

「あら、そうでもないわ。むしろピカピカの生まれたての虎みたい。以前は虎なんて飼っていなかった――ただの動物好きだったのに」

「僕の愛しい人が虎をくれた、
つややかな、すばらしい虎、
縞々《しましま》模様の、光り輝く虎を、
すべては人生の葉陰で起きたこと」

これまでほかの人たちは誰も、とハリエットは考えた――わたしの中にそんな虎がいるとは考えもしないようだった。もちろんあのご老体、ポール・デラガルディは別だが。彼の皮肉な目は何でもお見通しだ。

ピーターの最後のコメントはこうだった。

「これで僕はすっかり本性をさらけ出したわけだ。英語の語彙が乏しい。ほかの英国女性との経験はなし。言い訳にできるのは、せいぜいそれぐらいだな」

やがて徐々に、密集したロンドンの灯火が背後に遠ざかりはじめた。車はぐんぐん速度をあげてゆく。ピーターが肩越しにふり向いた。

「今のところ振動は取るに足りません、御前」

「赤児を揺り起こしてはいないだろうね、バンター？」

そのやりとりで、もう少しまえの記憶が呼び覚まされた。

「子供といえば、ハリエット。きみはぜひ欲しいと思っているのかね？」

「さあ、よくわからないけど……あなたと結婚するのは子供を持つためじゃない、そういう意味で訊いたのなら」

「ありがたや！　誰しもそんな畜産家みたいな目で己《おのれ》を見たり、見られたりするのは嬉しくないからな……で、子供にはあまり関心がない？」

「ひとくくりに、子供と言うならね。でもいずれは欲しくなるかもしれない――」

「きみ自身の子供が？」

「いいえ――あなたの子供がよ」

「ああ！」彼は意外なほどうろたえた。「なるほど。それはまた……僕がどんな父親になりそうか、考えたことはあるのかい？」

「それはよくわかってる。無頓着で、弁解がましい、逃げ腰の、愛すべき父親よ」

「仮に僕が逃げ腰だとしたら、ハリエット、それはひとえに根深い自己不信のせいさ。うちの家系にはたいそう長い歴史があってね。その結果がセント・ジョージで、みじんも道徳心がない。あいつの姉（タイムズ紙に掲載された原稿にのみ登場したレディ・ウィニフレッド。原文は sister で、姉という訳語は推定）は生気がないし――セント・ジヨージと僕に次ぐ爵位継承者に至っては、何をか言わんやだ。またまた従兄《いとこ》か何かなんだが、完全にいかれてる。それに、ポール伯父さん言うところの〈神経過敏で鼻ばかりでかい（穿鑿好きの意）〉僕自身の資質を思えば――」

「クレア・クレアモントがバイロン卿に言ったことを思い出すわ。『あなたのおふるまいの優しさと、そのお顔の個性あふれる荒々しさを終生記憶に留めます』」

「いや、ハリエット――僕は本気で言ってるんだよ」

「あなたのお兄さまは実の従妹《いとこ》と結婚なさったわ。平民と結ばれたあなたの妹さんの子供たちには、これといった欠点はない。あなただって、一人で子供は作れないのよ――こちらは平民そのものだし、わたしのどこに問題があるの？」

「何もないさ、ハリエット。それはたしかだ。ああ、そうとも。じつのところ、僕は責任を負うのが怖いんだ。これまでずっとそうだった。じゃあ――もしきみが危険を承知のうえで望むなら――」

「それほど危険があるとは思えないけど」

「いいだろう。すべてまかせるよ。いつでもきみがその気になったらね。さっき尋ねたときは、きみがノーと言うんじゃないかと思ってた」

「そのくせ、わたしが『ええ、もちろん欲しいわ！』と言うのをひどく恐れていたわ」

「ああ、まあね。とにかく、あんな答えが返ってくるとは思わなかったよ。あまり買いかぶられると戸惑うものなんだ――一人の人間として」

「でもピーター、わたしの気持ちや、あなたの思い描く〈双子の怪物〉だか〈九頭の大蛇〉だかのおぞましいイメージは別として――あなたは子供が欲しいの？」

ピーターの自意識過剰な顔に浮かんだ葛藤の色は、なかなか見物《みもの》だった。

「僕は自分本位の馬鹿者だから」と、彼はようやく答えた。「ああ。欲しいさ。当然だろう。なぜかは知らんがね。人はなぜ子供を欲するのか？　持てる能力を証明するためか？　〈イートン校にいるせがれ〉の自慢話を楽しむためか？　はたまた――」

「ピーター！　そういえば婚約後にマーブルズさんが作った、あの長ったらしいあなたの遺言書――」

「おいおい、ハリエット！」

「あなたは資産をどんなふうに遺すことにしたの？　つまり、不動産のことだけど」

「参ったな」彼はうなった。「悪事が露見した。限嗣相続（不動産を代々、長男のみに継がせる相続法）だよ――それは認める。だがマーブルズが男なら誰しもと……ちくしょう、そんなに笑うな、マーブルズに押し切られたんだ。それに、いちおうあらゆる不測の事態にそなえたのさ」

　どこかの町。幅の広い石橋があり、川面にキラキラ光が反射している――それで思い出したのは、つい今朝（〝この午後〟の誤りか）のこと。先代公妃の箱型の車で、公妃は慎み深く助手席に腰をおろしていた。ハリエットは金色のドレスとふわふわの毛皮のケープをまとい、ピーターのほうは昼間用の礼装で、滑稽《こっけい》なほどぴんと背中をのばしている。襟にはクチナシの花、膝の上ではシルクハットがあぶなっかしく揺れ動いていた。

「さてと、ハリエット、僕らはルビコン川を渡ったぞ（古代ローマ、シーザーの故事より。あと戻りできない地点に来た、という意味）。何か不安を感じるかね？」

「いいえ、二人でチャーウェル川をさかのぼったあの夜と同じ。対岸の土手に平底舟をつないで、あなたが同じ質問をしたときと」

「よかった！ その調子だぞ、愛しい人。あとはもうひとつ川を渡るだけだ」

「ヨルダン川（キリストが洗礼を受けた、荒野と約束の地を隔てる川）ね」

「今すぐきみにキスするのはやめておくよ。たちまち理性を失って、このいまいましい帽子に何か取り返しのつかないことをしてしまいそうだからな。ここはお互い、他人行儀につんと澄ましていよう――結婚なんかしてないみたいに」

渡る川はあとひとつ。

「少しは近づいてるのかな？」

「ええ――ここはグレイト・パグフォード、わたしたち家族が住んでた町よ。見て！ あれがわたしたちの昔の家――ドアまで三段の階段があるところ。まだ医者が住んでるみたいだわ、診療所の門灯がある……二マイルほど先でパグフォード・パーヴァ方面へ右折して、大きな納屋のわきを急角度で左に曲がったら、そのまま小道をまっすぐ進んで」

彼女が幼かったころ、ヴェイン医師は一頭立ての二輪馬車を持っていた――古めかしい本の中の医者たちが乗っている、まさにあの馬車だ。彼女も父親の横にすわって、幾度となくこの道を走り、ときには手綱《たづな》を取っているふりをさせてもらった。その後、乗るのは車になった――このなめらかに動く馬鹿でかい高級車とは似ても似つかない、小さな、やかましい車だ。しじゅうエンストを起こすので、医師はたっぷり余裕を取って往診に出かけなければならなかった。二台目は戦前のフォードで、もう少し頼りになった。彼女はその車で運転を憶えたのだ。仮に父親が生きていれば、じきに七十歳になる。風変わりな新しい義理の息子に、〈先生〉と呼ばれていたことだろう。こんなふうに、もう我が家ではない我が家に帰ってくるのは奇妙なものだった。そうこうするうちに、パグルハムに着いた。ここには、リューマチで両手がひどく曲がった老女が住んでいた。ええと、名前はたしか――ワーナー夫人。そう、それだ。あの人は、とうの昔に死んでいるはずだ。

「あれがその納屋よ、ピーター」

「なるほど。するとあれが目指す家かな?」

ベイトスン夫妻が住んでいた家だ――愛すべき、仲睦まじい老夫婦で、そろってよろよろなのも微笑ましかった。いつも〈ヴェイン先生の小さなお嬢ちゃん〉を歓迎し、イチゴやシードケーキをご馳走してくれたものだ。そう――あの家――黒い破風《はふ》がいくつも連なり、屋根の上に二列に並んだ煙突は星空をおおい隠さんばかり。ドアを開ければ、砂だらけの小さなホールを通ってまっすぐ大きなキッチンに入っていけるはずだ。そこには木製のベンチがいくつか置かれ、堂々たるオーク材の梁《はり》には、自家製のハムが吊るされている……。といっても、あの老夫婦はもう亡くなり、今はノークス（ぼんやり記憶にあるが、無愛想ながめつい男で、貸自転車屋をしていた）がこちらの到着を待っているはずだ。しかし――〈トールボーイズ〉の窓にはどこにも明かりが見えなかった。

「ちょっと遅くなったから」ハリエットはおずおずと言った。「わたしたち、彼に見棄てられてしまったのかも」

「それなら断固、考えなおしてもらうまでさ」ピーターは陽気に答えた。「きみや僕みたいな人間は、そう簡単に厄介払いできるものじゃない。もともと何時になるかはわからないが、八時以降に着くと言ってあるんだ。これが門のようだな」

バンターが車をおりて門へと向かった。その沈黙は雄弁に語っていた。あんのじょう、いやな予感が的中し、何か手違いがあったのだ。やはり、どんな犠牲を払っても――たとえあの記者どもを素手で絞め殺す羽目になろうとも――事前に確かめに来るべきだった……。そのとき、ヘッドライトのまばゆい光の中に、木戸の上の横木に留めつけられた小さな白い紙が浮かびあがった。バンターは疑わしげに目をこらし、横木に打たれたブリキの鋲《びょう》を注意深くはずすと、黙りこくってそのメモを主人に見せにいった。

〈追って連楽するまで〉（とそれには書かれていた）。〈パンとミルクいりません〉

「ふむ！」とピーター。「どうやら、居住者はすでに立ち去ったようだぞ。こいつはどう見ても、数日前から掲げられていたようだ」

「でも、ノークスさんはここでわたしたちを迎えてくれるはずなんでしょう？」ハリエットは言った。

「たぶんほかの誰かに頼んでいったのさ。これは本人が書いたものじゃない——彼からの手紙には、ちゃんと〈連絡〉と書かれていたからね。ただし、その誰かはいささか配慮に欠けていて、僕たちもパンとミルクを欲しがるかもしれないとは気づかなかったようだ。まあ、その点はどうにかなるだろう」

ピーターは紙切れをひっくり返し、裏面に鉛筆で〈パンと牛乳、どうぞお願いします〉と書き込んだ。それを渡されたバンターは、門の横木にブリキの鋲で留めなおし、憂鬱《ゆううつ》げに木戸を開いた。そのかたわらを車がそろそろと通り抜け、家の戸口へ通じる短い泥んこ道を進んでいった。小道の左右にはキクとダリアが咲き乱れる、手入れの行き届いた花壇があり、彼らの背後には、何かの生垣の黒々とした輪郭が浮かびあがっていた。

「砂利でも敷けばいいものを」バンターはつぶやき、おぞましげにぬかるみを避けながら小道を進んでいった。その先にはオーク材のポーチがあり、両脇にベンチが置かれた頑丈そうな巨大なドアがそそり立っている。バンターがそこに着いたときには、すでに彼の主人がクラクションで威勢のいい幻想曲を奏《かな》でていた。だがいっさい反応はない。家の中で何かが動く気配はなく、さっと蠟燭《ろうそく》の光が差すでも、窓が開くでもない。何の用かと尋ねる甲高い声も聞こえず、ただ、少し離れたところで犬が苛立《いらだ》たしげに吠えただけだった。

バンター氏は苦りきった顔で怒りを抑え、ずしりと重いノッカーをつかむと、轟《とどろ》くばかりのノックを闇夜に響かせた。例の犬がまた吠えた。彼はハンドルをまわしてみたが、ドアはびくともしなかった。

「まあ、どうしよう!」ハリエットは言った。

これはみな、自分の責任のような気がした。そもそも、彼女が思いついたことなのだ。彼女の家、彼女のハネムーン。そして――これがいちばん予測不能の要素だったのだが――彼女の夫《ハズバンド》(考えてみれば、威圧的な言葉だ。ぶつぶつとばしっ!《バズバング》をくっつけたよう)いわば所有者、種々の権利を有する男だ――自分の所有物のせいで馬鹿を見ない権利も含めて。ダッシュボードのライトは消され、彼の顔は見えない。けれども身体がこちらを向き、左腕がシートの背もたれにかけられたかと思うと、彼が身を乗り出してきて大声で叫んだ。

「裏口を試してみろ!」その自信に満ちた口ぶりで思い出した――田舎の領地で育ったピーターは、農家は裏から攻めるほうがいいことぐらいは心得ているのだ。「それでも誰も見つからなかったら、あの犬の家に行ってみたまえ」

彼がまたクラクションを鳴らすと、犬がひとしきりキャンキャンと応え、バンターらしき人影が家のわきをまわって姿を消した。

「さて、これで」ピーターは満足げに言い、帽子を後部座席に投げ込んだ。「しばらくバンターは忙しくなるぞ。こちらは、ここ三十六時間ほどつまらんことに浪費していた注意を互いに向け合うとしよう…… Da mihi basia mille, deinde centum(我に千の、そしてさらに百の口づけを）（古代ローマの詩人カトゥルスの「カルミナ」より）……ねえ、きみは気づいているのかい？ 僕はついにしてやった……きみを手に入れたんだ。もう追い払ったりはできないぞ、死ぬか離婚するまでは。et tot millia millies Quot sunt sidera cœlo（そして幾千万も、星の数ほど）……バンターのことはいい。あいつが犬を追っかけようが、犬に追っかけられようが知ったことか」

「気の毒なバンター！」

「ああ、気の毒にな！ バンターのための婚礼の鐘は鳴らない……不公平じゃないかね？ あいつはさんざんこき使われて、キスは残らず僕のもの……よし、その調子だ！ せっせとドアを叩き、その音でダンカンを起こせ（シェイクスピア作『マクベス』二幕二場より）。ただし、あと数分は急がんでいいぞ」

ノックの猛攻が再開されて、犬はしだいにヒステリックになっていた。

「いずれは誰かが来るはずよ」ハリエットはまだ、いかなる抱擁《ほうよう》をもってしても抑えられない罪悪感を抱いていた。「だって、そうじゃなければ——」

「そうじゃなければ……例の〈昨夜、きみはガチョウの羽根のベッドで眠った〉とかいう俗謡（新婚の貴族の花嫁が、贅沢な暮らしを捨てて荒野の流浪の民のもとへ逃げ出すという内容の古い民謡）なみの結果になりかねんな。だが、ガチョウの羽根のベッドと新婚の貴族が不可分なのは民謡の中だけだ。 きみは羽根布団と結婚してガチョウ——つまり雄のガチョウだが——とベッドをともにするほうがいいのか、それとも寒い荒野で御前さまと何とかやっていけそうか？」

「わたしがハノーヴァ広場の聖ジョージ教会のことであんな馬鹿げた抵抗をしなければ、御前さまは寒い荒野で夜を明かす羽目にはならなかったわ」

「ああ、それに僕がヘレンの薦めるリヴィエラ海岸の十軒のヴィラを拒まなければ！……ばんざい！　誰かが犬を黙らせたぞ。正しい方向へ一歩前進だ……元気を出したまえ！　夜はまだ若い。それに村のパブにもガチョウの羽根のベッドが見つかるかもしれないし――いざとなれば干し草の下で眠ればいい。そもそも、僕が干し草の山しか差し出せなければ、きみは何年もまえに結婚してくれてたんじゃないのかね？」

「そうであっても不思議はないわ」

「ちくしょう！　惜しいことをしたぞ」

「こちらもよ。それなら今ごろは、五人の幼児を抱えて片目に青あざをこしらえ、あなたのあとをとぼとぼ歩いてたかもしれないのにね。同情深いおまわりさんに、『放っといてよ、この人はあたしの亭主なんだから――あたしを小突きまわす権利があるんだよ』とか言いながら」

「何だかきみは」彼女の夫は非難がましく言った。「五人の幼児より、目元の青あざのほうに未練があるみたいだな」

「当然よ。あなたはぜったい青あざなんか作ってくれそうにないもの」

「そりゃあ、それほど簡単に癒せる傷は作らんさ。ねえハリエット――僕はどうすればきみのまともな伴侶になれるんだろう」

「ピーターったら――」

「ああ、わかってる。だけどこれまで――今にして思うと――誰ともあまり長く一緒にすごしたことがないんだよ。もちろん、バンターは別として。きみはバンターの意見を聞いてみたかい？　あいつは僕を褒めてくれると思うかね？」

「それより」とハリエット。「どうやらバンターはガールフレンドを見つけたみたいよ」

じっさい、家の裏手から二人の足音が近づいていた。誰かがキンキン声でバンターとやり合っている。

「そんなの、この目で見るまで信じるもんかね。とにかく、ノークスさんはブロクスフォードにいるんだ、例によって先週の水曜の晩からずっと。それに、あたしにもほかの誰にも、家を売るだの、ご貴族さま夫妻だのって話はこれっぽっちもしてなかったよ」

おりしも、ヘッドライトの煌々《こうこう》たる光の中にあらわれた話し手は、厳しい顔つきの年齢不詳のご婦人だった。骨ばった体つき、ゴム引きのコートに毛糸のショールといういでたちで、小《こ》粋《いき》に傾けた男物の帽子を丸いつまみのついたピカピカのハットピンで頭にとめている。目のまえの車のただならぬサイズにも、つややかな塗装やライトのまばゆさにも、いっさい感銘を受けたふしはなく、鼻を鳴らしてハリエットのかたわらに進み出ると、喧嘩腰の口調で言った。

「で、あんたがたは誰で、何が目当てなんだい？　まったく、こんなに大騒ぎして……ちょいと顔を拝ませてもらおうか！」

「どうぞ、お好きなだけ」ピーターが答え、ダッシュボードのライトをつけた。彼の黄色い髪と片眼鏡は、期待はずれの印象を与えたようだった。

「はん！」婦人は言った。「見たところ、そっちは映画俳優みたいだね。それに（縮みあがるような目でハリエットの毛皮を一瞥《いちべつ》し）、どうせ、あんたもろくなもんじゃないだろう」

「お騒がせして、まことに申し訳ありません」ピーターが切り出した。「ミセス――ええと――」

「ラドルだよ」帽子をかぶった婦人は言った。「ミセス・ラドル。いい歳《とし》の息子がいる、立派な主婦さ。じきにあの子が銃を持ってコテージからやって来る、ジボンを穿《は》いたらすぐにね。明日は早起きして仕事に出なきゃならないから、さっさと寝ようと脱いだばかりだったんだ。さてと！　こっちのお仲間にも話してたとおり、ノークスさんはブロクスフォードに行ってるし、あたしからは何も聞き出せないよ。こっちはノークスさんちの掃除をしてるだけで、それ以外は知ったことじゃないんだから」

「ラドル？」とハリエット。「ご主人は以前、〈ファイブ・エルムズ〉農場のヴィッキーさんのところで働いてらっしゃいませんでしたか？」

「ああ、そうだよ」ラドル夫人は即座に言った。「けど十五年もまえの話さ。ラドルが亡くなって、こないだの聖ミカエル祭でちょうど五年だ。いい亭主だったよ、酔っぱらってなければね。あんた、どうしてラドルのこと知ってるの？」

「わたしはドクター・ヴェインの娘なんです。ほら、グレイト・パグフォードに住んでいた。憶えていませんか？　あなたのお名前は知ってるし、お顔にも見覚えがある気がするんですけど。でも当時はここには住んでらっしゃらなかったわ。この農場はベイトスン夫妻のもので、裏のコテージにはスウィーティングとかいう女の人が住んでいた。彼女は豚を飼っていて、少しだけ知的障害のある姪御さんがいたんじゃないかしら」

「あれまあ！」ラドル夫人は叫んだ。「こりゃ驚いた！　ヴェイン先生のお嬢ちゃんだって？　そういや、よく見ると昔の面影がある。けど、あんたと先生がパグフォードからいなくなって十七年近くになるからね。先生が亡くなったと聞いて、残念に思ったもんですよ――あんたのお父さんはそりゃもうすばらしい、腕利きのお医者さんだった。うちのバートを取りあげてもらったんだけど、あれはまったく、せめてもの救いだったね。あの子はいわば、まっさかさまにこの世に出てきたんだから、女にとっちゃとんだ試練だ。で、あれからずいぶんたったけど、今はどうなすってるんです？　そりゃあ例の警察沙汰は耳にしました。けどバートにも言ったんですよ、こういう新聞に載ってることは信じられないからねって」

「事件は本当なんです、ラドルさん――警察が見当違いの人間を逮捕しただけで」

「ありそうなこってすよ！」とラドル夫人。「あのジョー・セロンだって、うちのバートがアギー・トウィッタトンのメンドリを盗んだなんて言い張ったんだから。『メンドリだって？』とあたしは言ってやりました。『どうせ次には、あの子がノークスさんの札入れを盗んだとでも言い出すんだろ――どこかに消えちまったとかあの人が大騒ぎしてたやつ。メンドリなら、ジョージ・ウィザーズの店の裏の調理場を調べてみるんだね』って。そしたらあんのじょう、メンドリがごっそり見つかった。『それで警官のつもりかい』と言ってやりましたよ。『あたしならいつでも、ずっといい警官になれるさ、ジョー・セロン』って。ああ、言ってやりましたとも。あたしは警官なんてものの言葉はひとつも信じないことにしてるんだ、たとえ金を握らされてもね。だからご心配なく、お嬢さん。すごくお元気そうで、ほんとに嬉しいですよ。ただ、もしもあんたとその紳士がノークスさんに会いたかったんなら――」

「じっさい、会いたかったんですけど……あなたに助けていただけるんじゃないかしら。こちらはわたしの夫で、わたしたちは〈トールボーイズ〉を買い取り、ここでハネムーンをすごせるようにノークスさんと話をつけていたんです」

「おやまあ！」ラドル夫人は叫んだ。「そりゃまた、おめでたいこって、お嬢――奥さん、それに旦那も」彼女は骨ばった手をゴム引きのコートでごしごし拭くと、新婦と新郎に順ぐりに差し出した。「へえぇ――ハ、ニ、ムーンとはね！　すぐにきれいなシーツを用意しますよ。しっかり乾かしたやつがコテージにあるから、ここの鍵を貸してもらえれば――」

「ところが」とピーター。「まさにそこが問題でね。鍵がないんですよ。ノークスさんが用意万端整えて、ここで僕らを迎え入れてくれることになっていたので」

「ありゃー！　そんな話、これっぽっちも聞いてませんよ。とにかくあの人は水曜の晩、十時のバスでブロクスフォードへ行ったきり。誰にもなんにも言わなかったし、あたしの先週のお給金も置いてかなかったんです」

「でも」とハリエット。「あなたはここのお掃除をするのに、鍵を預かってらっしゃるんじゃないの？」

「おや、とんでもない」ラドル夫人は答えた。「あの人が鍵を預けたりするもんかね。何かくすねられやしないかと、心配なんでしょう。くすねる価値のあるものなんか、ろくに置いてもないくせに。けどまあ、そういう人なんですよ。窓って窓に、泥棒よけの閂《かんぬき》までつけて。あたしはしじゅうバートに言ってるんです、あの人の留守中に家が火事にでもなったらどうするんだろう、パグフォードまで行かなきゃ鍵もないんじゃねって」

「パグフォード?」ピーターが言った。「たしか、ノークスさんはブロクスフォードにいるって話じゃありませんでしたか?」

「そうですよ——あすこのラジオ屋の上に寝泊まりしてるんです。けど、あの人をつかまえるのは難しいだろうね。ちょっと耳が遠いし、呼び鈴は店のほうにつながってるから。いちばんいいのはパグフォードまでひとっ走りして、アギー・トウィッタトンをつかまえるこってすよ」

「例のメンドリを飼っているご婦人かな?」

「そうそう。ほら、昔はブラントの爺さんが住んでた、川っぺりの小さなコテージがあるでしょ、お嬢——いやその、奥さん? ともかく、アギー・トウィッタトンはあすこに住んでて、この家の鍵を持ってるんです。いつもノークスさんの留守中は様子を見にくるんだけど、そういや、ここ一週間ほど姿を見かけない……具合でも悪いのかね。考えてみりゃ、ノークスさんはあんたがたが来るのを知ってたんなら、そのことをアギー・トウィッタトンに話してるはずですよ」

「きっとそうなんだわ」ハリエットは言った。「彼女はあなたに知らせるつもりだったのに、具合が悪くなって伝えそこねてしまったのよ。これから訪ねてみます。どうもありがとう。ちなみに、あちらでパンとバターぐらいは譲ってもらえそうかしら?」

「あらまあ、お嬢——いや、奥さん——それならあたしが用意しますよ。ちょうど、ほとんど手をつけてない美味《おい》しいパンと、バターが半ポンドほど家にあるから。それに」と、肝心なことを決して忘れないラドル夫人は言った。「さっきも言ったとおり、きれいなシーツもね。じゃあ今すぐ、急いで取ってきますから、あんたとご亭主が鍵をもらって戻ったら、じきにちゃんと用意ができますよ。ときに、奥さん、新しい名前は何ていうんです？」

「レディ・ピーター・ウィムジイです」本当にそれでいいのだろうか。まるで自信が持てないまま、ハリエットは答えた。

「たまげたね！ あの人もそう言ったんだけど」――ラドル夫人はバンターのほうにぐいと首を傾け――「あたしは洟《はな》も引っかけなかったんですよ。失礼しました、奥さん。でもよくセールスマンなんかが適当なことを言うでしょ。ねえ、旦那さん？」

「いや、バンターの言うことには誰でも耳を傾けるべきですよ」とピーター。「この一行の中で、本当に頼りになるのはあいつだけなんだから。さてと、ではラドルさん、僕らはトウィッタトンさんの家までひとっ走りして鍵をもらい、二十分ほどで戻ります。バンター、おまえはここに残っていろいろラドルさんのお手伝いをしてくれ。車をターンさせる余裕はあるかな？」

「かしこまりました、御前。いいえ、御前。こちらで向きを変えられるのはご無理かと。手前が門をお開けいたしましょう。失礼ながら、御前。お帽子を」

「わたしがいただくわ」ハリエットは言った。ピーターの両手は車の操作でふさがっていたのだ。

「はい、奥さま。恐れ入ります、奥さま」

「バンターのやつ——」車をバックさせて門を通り抜け、ふたたびグレイト・パグフォードを目指して進みはじめると、ピーターは言った。「あれを皮切りに、攻めまくるつもりだぞ。まんいちラドル夫人がまだ呑み込めていない場合にそなえ、ピーター・ウィムジイ卿ご夫妻は〈御前〉と〈奥さま〉なのだと、はっきり知らしめようとしてるんだ。気の毒なバンター！　あれほど心を掻《か》き乱されたのは初めてだろう。見たところ、映画俳優みたいだね！　どうせろくなもんじゃないだろう！　セールスマンなんかが適当なことを言うでしょ！」

「ああ、ピーター！　わたし、バンターと結婚できればよかったのに。ほんとに彼が大好きよ」

「〈花嫁の新婚初夜の告白：社交家の貴族、従僕を惨殺して自害！〉いや、きみがバンターを気に入ってくれて嬉しいよ——あいつには山ほど借りがあるからな……ところで、これから会いにいくトウィッタトンなる人について何か知っているかね？」

「いいえ——でも以前パグフォード・パーヴァに、そんな名前の初老の労働者がいたような気がする。いつも奥さんを殴るか何かしてたみたいよ。その夫婦は父の患者さんじゃなかったけど。それにしても奇妙ね。いくら病気でも、ラドル夫人に伝言ひとつ送ってよこさないなんて」

「だんぜん奇妙だよ。じつはノークス氏については、僕なりの考えがあるんだ。シムコックスは——」

「シムコックス？　ああ、あなたの代理人ね？」

「彼はあそこがあんな安値で買えると知って驚いていた。たしかに家と畑が少しあるだけで、地所の一部はすでに売却されてたようだがね。しかも、先週の月曜に届いたはずのこちらが送った小切手は、翌日にはロンドンできれいさっぱり現金化されている。同時にもうひとつ、きれいさっぱり消え失せたものがあっても驚かないね」

「何のこと？」

「親愛なるノークス氏自身さ。あの家の購入自体に支障はない――権利証は完璧で、抵当に入れられてるわけじゃないからね。それは確認したよ。抵当の件は、二通りに解釈できそうだ。彼が金に困っていたのなら、あそこを抵当に入れていたはずだ。だがひどく金に困っていれば、さっさと売れるように手をつけずにおいた可能性もある。きみが知ってたころの彼は自転車屋をしていたんだよな？　経営は苦しそうだったかね？」

「さあ……でもたしかその店を売ったとき、買い手は騙されたとか言ってたみたいよ。ノークスはえげつない取引をすることで知られていたの」

「ああ。シムコックスの口ぶりからして、〈トールボーイズ〉も二束三文で手に入れたようだ。元の所有者の老夫婦を何やかやと締めあげ、ブローカーどもをけしかけて。たぶん、投機の対象としてものを売買するのが好きだったんだろう」

「とにかく、抜け目ない人だと言われていたわ。いつも何かに手を出してると」

「種々のささやかな事業ってわけかな？　あれこれ安値で仕入れ、ちょこちょこ傷をふさいで高値で売りさばく――そんな感じかい？」

「まあそんなところよ」

「ふむ。その手のことはうまくいったり、いかなかったりだ。僕がロンドンに持ってる地所の借り手の一人は、二十年前に地下室で中古のがらくたを売ることからはじめたんだがね。ついこのあいだ、彼のためにすごく立派なアパートを一棟建ててやったところだよ。陽射しあふれるバルコニーやら、紫外線透過ガラスやらがついている。さぞうまく経営してくれるだろう。とはいえ彼はユダヤ人で、自分の仕事をよく心得てるからな。僕は投資した金を取り戻すはずだし、彼のほうもだ。金をうまくころがすこつを知っているのさ。いつかディナーに招いたら、成功の秘訣をきみにも話してくれるだろう。商売をはじめたのは戦争中で、ちょっとした障害とドイツ系の名前という二重のハンディを抱えていたんだが、死ぬまでには僕よりはるかに裕福になるはずだ」

ハリエットがいくつか質問すると、彼女の夫は答えを返してはきたものの、ひどく上の空の口調だった。おかげで彼がロンドンの勤勉なユダヤ人に注意を四半分ほどしか向けておらず、彼女のことはまるで意識にないことがわかった。おおかたノークス氏の謎めいた行動について、あれこれ考えているのだろう。ピーターがとつぜん自分だけの考えにひたってしまうことには慣れっこだったので、とくに腹は立たなかった。いつぞや彼女にプロポーズしている最中に、はたと黙り込んでしまったこともある。たまたま何かが見えたか聞こえたかして、ある犯罪のジグソーパズルにぴたりとはまる新たな断片に気づいたのだ。どのみち、今回の瞑想は長くは続かなかった。五分もすると車がグレイト・パグフォードの町に乗り入れたので、彼は我に返ってトウィッタトン嬢のコテージへの道順を妻に尋ねざるをえなかったのだ。

2　ガチョウの羽根のベッド

新婚の床には何がふさわしいか、
それはまだ話されていない。

ドレイトン『ニンフの歌、第八』

くだんのコテージは、三方の壁が黄色で正面だけが赤い煉瓦という、悪趣味なドールハウスさながらのしろものだった。町の中心部からかなり離れてぽつんと建っているので、トウィッタトン嬢が二階の窓から金切り声で訪問者たちを質問攻めにしたのも、無理からぬことなのだろう。そうして彼らの用件と悪意のなさ《ボナ・ファイド》を確認すると、彼女は用心深くドアを開いた。四十代とおぼしき小柄な、金髪の女性で、ピンクのフラノの部屋着をまとい、狼狽《ろうばい》しきった様子で片手に蠟燭《ろうそく》、もう一方の手には大きなディナーベルを握りしめている。いわく――いったいどういうことかわからない。ウィリアム叔父からは、何ひとつ聞かされていない。彼が留守にしていることさえ知らなかったのだ。そもそも、叔父がわたしに黙って出かけるはずはない。黙って家を売るなどありえない……。そうした主張をくり返すあいだもドアにはチェーンをかけたまま、すぐにもディナーベルを鳴らせるように身構えている。片眼鏡のあやしげな人物が狂暴化して、助けを呼ぶ必要が生じた場合のためだろう。そこでとうとう、ピーターはノークス氏の最後の手紙を札入れから取り出し（賢明にも、何か話の行き違いがあった場合にそなえ、出発前にそこに入れてきたのだ）、ドアの隙間から手渡した。トウィッタトン嬢は爆弾でも扱うようにこわごわそれを受け取ると、ピーターの鼻先でぴしゃりとドアを閉め、蠟燭を手に表の居間へ引っ込んで、手紙の内容をとくと吟味した。どうやらそれで納得したとみえ、ついに戸口へ戻ってくると、ドアを大きく開いて訪問者たちを招き入れた。

「申し訳ありません」トウィッタトン嬢は二人を居間へと導いた。緑のベルベットとクルミ合板の応接セットが置かれ、驚くほど種々雑多な小物が飾られている。「こんなふうにお迎えして──どうぞおかけください、レディ・ピーター──しかもまあ、こんな格好で！　お許しくださいね。でもここは少々寂しい場所ですし、ついこのあいだも鶏小屋が襲われたばかりですの。それに本当に、何もかもわけがわからなくて、どう考えればいいのか……まったく戸惑うばかりです。叔父らしくもないことで──さぞかし、あきれた連中だとお思いでしょうね」

「いや、こちらこそ、こんな夜中にあなたをたたき起こしてしまって申し訳ないかぎりです」ピーターが言った。

「まだ十時十五分前ですわ」トウィッタトン嬢は、パンジーをかたどった小さな磁器の時計に恨めしげに目をやった。「もちろん、そちらさまには、どうということもない時間でしょう。けれど田舎の人間は早寝早起きですし、わたしも五時には起きて鶏たちに餌をやるので、少々早めに休みますの──聖歌隊の練習日は別として。練習は水曜の晩で、木曜は市日《いちび》ですから、こちらはとてもきついんですけどね、仕方がありません……とはいえ、もちろん、ウィリアム叔父がそんなとんでもないまねをするなんて、少しでも知っていたら、わたしがあちらへ行ってお二人をお迎えしてましたのに。じゃあ、五分だけ――ひょっとしたら十分――お待ちくだされば、もう少しまともに身づくろいしてご一緒します。すばらしい車をお持ちのようですから、たぶん――」

「どうぞお気遣いなく、トウィッタトンさん」思わぬ展開にいささかあわて、ハリエットは言った。「当面必要なものはたっぷり持ってきましたし、今夜はラドル夫人とうちの従僕にじゅうぶん面倒を見てもらえます。あそこの鍵だけいただければ――」

「鍵？――まあ、そうだわ、恐ろしいこと！　こんな季節はずれの寒い晩に、家の中に入ることもおできにならなかったなんて――叔父はいったい何のつもりだったんでしょう？　しかもたしか――いやだわ！　あの手紙にはすっかり泡を食ってしまって、自分の読んでいることがろくにわかりませんでしたけど――お二人のハネムーンだったんですわよね？　何てお気の毒な――せめてお食事はすまされましてて？　まだ？　まったくどういうことでしょう、叔父がそんなまねを――とにかくケーキを少々と、自家製のワインを一杯お召しあがりください」

「いえ、あの、本当におかまいなく――」ハリエットは言いかけたが、トウィッタトン嬢はすでに食器棚をかきまわしていた。その背後でピーターが両手を顔に当て、こりゃもうだめだ、とばかりのジェスチャーをした。

「あったわ！」トウィッタトン嬢が勝ち誇ったように叫んだ。「ほんの一口できっと元気が出ましてよ。わたしのサトウニンジンのワインは、今年はことのほか上出来で——ジェリーフィールド先生も往診のたびに一杯やっていかれます。といっても、そうちょくちょくは見えませんけど。さいわい、わたしはいつも驚くほど元気ですから」

「それでも、さらなるご健康を祈って飲ませていただきますよ」ピーターは言うなり、サトウニンジンのワインを一気に飲みほした。一見、待ちかねていた感じだが、ハリエットにはむしろ、舌に後味が残るのを防ごうとしているように見えた。「あなたも一杯いかがです?」

「まあ、ご親切に!」トウィッタトン嬢は叫んだ。「そうね——ずいぶん夜も遅いけど——お二人のご幸福に乾杯しないわけにはまいりませんわよね? ではどうぞ、ピーター卿、少しだけ。牧師さまがいつも言われますのよ、あなたのサトウニンジンのワインは見かけよりはるかに油断ならんって——あらあら! でもあなたはもう少しいけますでしょう? 殿方はみなさん、女より頭がしっかりしていらっしゃいますから」

「ありがとうございます」ピーターはしおらしく言った。「しかしほら、僕は妻を車でパグルハムまで連れ帰らなくてはなりませんので」

「もう一杯ぐらいよろしいでしょう——あら、じゃあグラスに半分だけ——ほら! そうそう、鍵がご入り用なんでしたわね。今すぐ二階へ取りにいってまいります——あまりお引き止めしてはいけませんもの。一分もかかりませんから、レディ・ピーター、ケーキをもう一切れどうぞ——それも自家製ですのよ。ケーキやパンはすべて手作りするんです、叔父の分まで——それにしても、叔父はどうしてしまったものやら!」

トウィッタトン嬢が部屋から走り出てゆくと、残された二人は蠟燭の光の中でじっと目を見合わせた。

「可哀想なピーター。我慢強い、雄々しき子羊さん――それはあの葉蘭の鉢に空けておしまいなさい」

ウィムジイはその植物を見やって眉をつりあげた。

「あれはただでさえ具合がすぐれないようだぞ、ハリエット。僕のほうがまだ体力がありそうだ。えいっ！　だがちょっとキスして、この味を拭い去ってくれないか？……ともあれ、あの女主人には思いのほか洗練された（とでも言うべき）ところがあるな。一発できみの称号を言い当てたが、それはなかなかできることじゃない。人生のどこかで、卑しからぬ教育を受けたに違いない。父親はどんな人物だったのかね？」

「たしか牛飼いだったわ」

「じゃあ身分が上の女性と結婚したんだ。奥さんはたぶん、ノークスのお姉さんだったはずだが」

「そういえば、奥さんはブロクスフォードの近くのどこかの村で小学校の先生をしていたはずよ」

「なるほど……お、トウィッタトン嬢がおりてくるぞ。ここで僕らは立ちあがり、古い革のコートのベルトをきゅっと締め、ソフト帽をつかんでただちに立ち去るそぶりを見せんとな」

「あそこの鍵です」二本目の蠟燭を手に、息せききってあらわれたトウィッタトン嬢が言った。

「大きいほうが裏口のですけど、あちらは閂《かんぬき》がかけられてるはずです。小さいほうは玄関の鍵で――最新式の、防犯装置つきの錠前だから、仕組みをご存じないと少々手こずるかもしれません。やっぱり、わたしがご一緒してお見せしたほうが――」

「ご心配なく、トウィッタトンさん。その手の鍵のことはよく知っていますから。いや本当に。どうもありがとうございました。おやすみなさい。いろいろ恐れ入ります」

「こちらこそ、叔父に代わってお詫びしますわ。本当に、どうしてこんな無礼千万なことができたのか。すべて支障なく運べばよろしいけど。ラドルさんはあまり頭のいい人じゃありませんから」

ハリエットはバンターがすべてうまくやってくれるはずだとトウィッタトン嬢に請け合い、ようやく二人は無事に解放された。〈トールボーイズ〉への帰路で特筆すべきことといえば、トウィッタトン嬢の手作りワインに関するピーターの評言ぐらいのものだろう。あれは〈忘れがたい〉しろものと呼ぶしかない。どうせ新婚初夜に吐き気に襲われるなら、サザンプトンからルアーブルへの船中にいても（ヘレンの薦める南仏へ行っても、という意味）同じだったな、と彼は言ったのだ。

家のまえでは、バンターとラドル夫人に加え、遅まきながら駆けつけたバートが待っていた。〈ジボン〉は穿いているが、銃は持っていない。それでも援軍を得て安心したのか、ラドル夫人はいくらか穏やかな顔つきになっていた。表のドアが開かれ、バンターが懐中電灯を取り出すと、一行は朽ちかけた木材とビールの臭いが鼻を突く広い石造りの廊下に足を踏み入れた。

右手のドアの奥は、天井の低い石敷きの広々としたキッチンだった。年代ものの梁《はり》は黒光りして、洞穴のような暖炉の片側には、ピカピカに磨かれた巨大な古めかしいコンロが鎮座している。漆喰塗《しっくいぬ》りの炉床《ろしょう》には小さな調理用の石油ストーブ、そしてそのまえには長年の使用でシートがたるんだ肘掛け椅子。モミ材のテーブルの上には、茹で卵二個分の殻と干からびたパンの耳、チーズのかけら、ココアのかすがついたカップが載っていた。それに寝室用の燭台に立てられた、燃えさしの蠟燭が一本。

「あれまあ！」ラドル夫人が叫んだ。「ノークスさんたら、ちょっと知らせてくれりゃ、あたしがぜんぶ片《かた》しといたのに。十時のバスに乗るまえに、軽く腹ごしらえしてったんでしょう。でもほら、こっちはなんにも知らず鍵もないんじゃ、どうしようもない。ともかく今はこうしてここに入れたんだから、すぐに片しますよ、奥さま、一分もかかりゃしません。ノークスさんは三度の食事をここですませてたけど、居間のほうがゆっくりできるしね。ほら、こっちです、奥さま……キッチンよりずうっと明るい感じで、飾りつけもきれいでしょ。ねえ、御前さま」ここでラドル夫人はちょこんと膝を曲げてお辞儀らしきものをした。

その居間はたしかに、キッチンよりも〝ずうっと明るい〟感じだった。暖炉の左右に直角に置かれた二脚の古びたオークの長椅子と、奥の壁にかけられた古風なアメリカ製の八日巻きの大時計——ハリエットの記憶にある古い農家の家具の名残はそれだけだ。さきほどラドル夫人が灯したキッチンの蠟燭の炎が、ちらちらと躍るように室内を照らし出していた。緋色の布が張られたエドワード七世時代の椅子のセット、頭でっかちなサイドボード、蠟細工の果物が置かれたマホガニーの丸テーブル、小さな鏡や棚が四方八方に突き出た竹の飾り棚……窓敷居には鉢植えの葉蘭がずらりと並び、その上には針金のバスケットに入った珍奇な植物がいくつか吊るされている。大きなラジオ・キャビネットの上には、真鍮《しんちゅう》の大鉢に入れられた異様にねじくれたサボテンが吊るされていた。ほかには、表面にバラの絵が描かれた鏡がいくつかと、真っ青なフラシ天が張られた大型ソファ、黒光りするオークの床板を隠すように敷かれた、ちぐはぐな柄の極彩色の二枚のカーペット――そうしたものを見れば、ノークス氏が競売屋のセールで買い集め、転売しそこねた品々で自宅を飾ったことはあきらかだった。あとはわずかに残った本物の年代ものの家具と、ラジオ屋の店舗から借り出した在庫品が少々だ。彼らはノークス氏のがらくたコレクションをとくと眺める機会に恵まれた。ラドル夫人が蠟燭を手に部屋を一周し、ひとつひとつの美点を示してみせたからだ。

「みごとです！」ピーターが大きなキャビネットつきのラジオに関する夫人の賛辞（「風向きによっちゃ、あっちのコテージでもよく聞こえるんですよ」）をさえぎった。「さてと、ではラドルさん、さしあたり、僕らは火と食料が欲しいんですけどね。もう何本か蠟燭を手に入れて、バートにはバンターが車の後部座席から食料を運び込むのを手伝ってもらえれば、こちらは暖炉に火を――」

「暖炉？」ラドル夫人は疑わしげな口調になった。「けどねえ、旦那――いやその、御前さま、この家にちょびっとでも石炭があるか……ノークスさんはもう長いこと、暖炉を焚いてないからね。どうせあのどでかい煙突《エントツ》が熱を食っちまうからって、料理にも晩方の暖を取るにも、石油ストーブを使ってたんですよ。ここの暖炉に最後に火を入れたのはいつだったか、思い出せないほどで――そういや四年前、すごい冷夏の八月にここを借りた若夫婦が火を焚こうとしたときも、煙突《エンドツ》の通りが悪くてね。中に鳥の巣か何かが詰まってるみたいだったけど、ノークスさんは煙突《エンドツ》掃除なんかに大枚をはたく気はないって。ええと、石炭でしたね。とにかく、燃料小屋にないのはたしかです。外の洗い場に少しはあるかもしれないけど――長いこと置きっぱなしのはずだからねえ」ラドル夫人は心もとなげに結んだ。石炭は保存すると台なしになるとでも言わんばかりだ。

「俺がコテージからバケツ一杯ぐらい取ってこようか、母さん」バートが申し出た。

「そうしてくれるかい、バート」彼の母親は同意した。「うちのバートはすごく頭がよくってね。じゃあ、そうしてもらおうか。ついでに焚きつけも少し頼むよ。裏口から行けばすぐだ。ああ、それと、バート――通りがかりに地下室のドアを閉めとくれ――あすこから、ものすごい隙間風が吹きあがってくるんだ。それとね、バート、何と砂糖を忘れちまったよ。うちの食器棚に包みがあるから、ポケットに入れてきとくれ。お茶はここのキッチンにあるはずだけど、ノークスさんは砂糖はザラメしか使わなかったから、奥《あさ》さまのお口には合わないだろう」

このころにはもう、臨機応変のバンターがキッチンを漁りまわって蠟燭を捜し出し、サイドボードの上の一対《いっつい》の細長い真鍮の燭台（ノークス氏の家財の中では、いくらか許容できるものだ）に差し込もうとしていた。いかなる危機のさなかでも、何より整然たる秩序を重んじる彼らしく、受け口にたまった蠟のかすをペンナイフで慎重にこそぎ出している。

「じゃあ、奥さまはよければこちらに」ラドル夫人は、羽目板張りの壁の中のドアへと突き進んだ。「寝室をお見せしましょう。どっちもきれいな部屋だけど、使われてたのは片っぽだけなんですよ――もちろん、夏のお客があるときは別として。階段に気をつけてくださいね、奥さま。でも、そういや、あんたはこの家をご存じなんでしたっけ。あとで暖炉に火が入ったら、そのまえにベッドのマットを立てかけましょうかね。ついこないだの水曜まで使ってたんだから、それほど湿っちゃいないはずだけど。それにシーツのほうは、パリッパリに乾いてますよ。リネンだから、リューマチにでもかかってなけりゃ、たいていの紳士淑女は気に入るはずです。ただ、古い天蓋式のベッドがおいやでなけりゃいいけど、お嬢――奥さん――いや、奥さま。ノークスさんも売っちまいたがってたのに、下見に来た紳士が、これはオリジナルとは言えないとか難癖をつけてね。虫食いの跡を修理してあるってだけで、ノークスさんのつけた値段を出そうとしなかったんですよ。まあ、たしかに古臭いしろものだ。ラドルとの結婚が決まったとき、あたしは言ってやったんです。四隅に真鍮の飾り玉がついたやつじゃなきゃ、ぜったいいやだって。そしたら、あたしを喜ばそうと用意してくれましたよ――真鍮の飾り玉がついた、すごくきれいなベッドをね」

「それはすてきね」ハリエットは見棄てられた寝室に足を踏み入れた。天蓋式のベッドはカバーを剝《は》ぎ取られて裸の姿をさらし、ひとまとめに巻きあげられた敷物が強烈な防虫剤の臭いを放っている。

「ほらね、奥さま」ラドル夫人が言った。「でも中には、ああいう古めかしいのを喜ぶお客もいるんです――趣《おもむき》があるとか言って。それに必要なら、カーテンはきれいになってます、夏の終わりにトウィッタトンさんと二人で注意深く繕《つくろ》っといたから。それと奥さま、あんたと旦那が――いや、ご主人さまだね、奥さま――ちっとばかり家の中のことで助けを借りたけりゃ、バートとあたしがいつでもうかがいますよ、ついさっきバンターさんにも言ったようにね。はい、奥さま、ありがとうございます。さてと、これが――」ラドル夫人は奥のドアを開けた。「見てのとおり、ノークスさんの部屋で、いろんな細かいものさえどければ、すぐにも使えます。一分もしないうちに片せるはずですよ」

「ノークスさんは日用品をそっくり残していかれたようね」ハリエットはいつでも着られるようにベッドの上に出された古めかしい寝間着に目をやった。洗面台には髭剃《ひげそ》り道具とスポンジが置かれたままになっている。

「ああ、それはね。何でもかんでもブロクスフォードにもう一組用意して、あとはひょいとバスに飛び乗りゃいいようにしてたんですよ。ノークスさんはしじゅう店の用事でブロクスフォードに行ってたからね。でも今すぐぜんぶ片します。それからちょっとシーツを換えて、掃除機をかけりゃいい。ビートリス（〈ベアトリス〉は石油ストーブのこと）にやかんをかけてお湯でも沸かしましょうか、奥さま。それにほら！」――ラドル夫人の口ぶりからして、これから見せられるものは、夏のあいだここを借りるか考慮中の客たちにしばしば決定的な影響を及ぼしてきたようだ――「このちっちゃな階段の下の部屋には――頭に気をつけて、奥さま――モダンな設備がそっくりあるんです。夏のあいだここを貸し出すようになったとき、ノークスさんがつけたんですよ」

「バスルームかしら？」ハリエットは期待を込めて尋ねた。

「ああ、いや、奥さま、風呂はないんだけどね」そこまで期待するのは無理だといわんばかりの口調だ。「ほかのものはみんな最新式です。ただし朝晩、流し場のポンプで水を汲んできてもらわないと」

「ああ、なるほど——すてきだわ」ハリエットは格子窓から外をのぞいた。「もうスーツケースは運び込んでもらえたのかしら」

「あたしがひとっ走り見にいってきましょう」ラドル夫人は化粧テーブルのわきを通りすぎながら、ノークス氏の洗面道具を残らずさっさとエプロンの中に入れ、最後に彼の寝間着を放り込んだ。「お荷物のほうは、あっという間にお届けしますから」

しかし、荷物を運んできたのはバンターだった。彼はいささか疲れているように見えたので、ハリエットはなだめるような笑みを浮かべた。

「ありがとう、バンター。こんなことになって、あなたにはずいぶん面倒をかけそうね。旦那さまは——？」

「あのバートとかいう若者と、お車をしまえるように薪小屋を片づけておいでです、奥さま」バンターは女主人の顔を見て、いくぶん心をやわらげた。「ずっとフランス語で歌を口ずさんでおられるようで、それは御前が意気揚々とされているしるしかと。それはそうと、奥さま、お二人に当面のご不便をお許しいただけるなら、隣室を御前のお着替えの間とすれば、こちらは奥さまにゆったりお使いいただけそうですが。失礼いたします……」

バンターは衣裳戸棚の扉を開き、中に吊るされたノークス氏の衣類に目をこらすと、いとわしげに首を振って次々とフックからはずし、腕に引っかけて持ち去った。五分後には、整理ダンスの中身もそっくり片づけられ、さらに五分後には、あらゆる抽斗《ひきだし》に彼が上着のポケットから取り出した《モーニング・ポスト》の古新聞が敷き詰められていた。バンターは反対側のポケットから二本の新しい蠟燭を取り出し、鏡の左右の空っぽの燭台に差し込んだ。それからノークス氏の黄ばんだ石鹸とタオル、洗面用の水差しを持ち去ったかと思うと、おろしたてのタオルと水と、セロハン紙に包まれた未使用の石鹸、小さなやかんとアルコールランプを手に戻ってきた。マッチでランプに火をつけながら彼が言うには、ラドル夫人が階下《した》の石油ストーブに巨大なやかんをかけたものの、手前の見るところ、あれが沸くには半時間ほどかかるであろう。当面、ほかに何かご用がなければ、下では居間の暖炉に火をつけるのに少々手間取っているようなので、自分も御前のスーツケースの荷解《にほど》きがすんだら、様子を見にゆこうと思う……。

そんな状況だったので、ハリエットは着替えをあきらめた。部屋はゆったりとして、白壁と木組みの美しい造りだが、冷え冷えとしていた。あれこれ考え合わせると、大陸のどこかの〈巨大ホテル〉のほうがピーターは気楽にすごせたのではなかろうか。彼女は彼が薪小屋での奮闘のあと、パチパチと燃えさかる炎に迎えられ、遅めの夜食を心地よく取れることを祈った。

そう願う気持ちは、ピーター・ウィムジイも同じだった。薪小屋の片づけはたいそう時間を食った。薪はさほどなかったものの、ボロボロの絞り機や手押し車といったものが無尽蔵に置かれていたからだ。古い二輪馬車の残骸、今では使えそうにない火格子が数枚、穴のあいたメッキの煮沸器まである。だが空模様があやしくなっていたので、マードル夫人（ディケンズ『リトル・ドリット』に登場する、ガタガタいうのが嫌いな女性）（という名の九代目ダイムラー）を朝まで野ざらしにしておく気にはなれなかった。自分の妻が豪華な寝床より干し草の山のほうがいいと言ったことを思うと、フランス語の歌が口をついて出た。だが彼はときおり歌うのをやめ、結局のところ、大陸のどこかの〈巨大ホテル〉のほうが彼女は気楽にすごせたのではないかと考えた。

やがて、村の教会の鐘が十時四十五分を告げはじめると、ようやくマードル夫人をどうにか新居に収めたピーターは、両手からクモの巣を払い落としながら家の中に戻った。ところが敷居をまたぐや否や、もうもうたる煙に喉が詰まってむせ込んだ。それでも無理やり押し進み、キッチンの入り口に着いて、すばやくあたりを見まわしたときには、家が火事になったとしか思えなかった。ぎょっとして居間へ逃げ込むと、何やらロンドンの霧じみたものに包まれ、その向こうにぼんやり、暖炉の周囲でうごめく霞《かすみ》の精のような黒っぽい影がいくつか見えた。

彼は「やあ！」と叫び、たちまち咳の発作に襲われた。もうもうと渦巻く煙の中から、うっすら見憶えのある人影があらわれた。あれはもしや、今日の早めの時間に、彼が〝愛し慈しむ〟と誓った女性ではなかろうか。両目からぽろぽろ涙を流し、しゃにむに突き進んでくる。彼は腕を差しのべ、彼女とともにひとしきり咳込んだ。

「ああ、ピーター！」ハリエットは言った。「ここの煙突はみんな呪われてるみたい」

居間の窓という窓が開け放たれて、風が吹き込むたびに、新たな煙が渦巻きながら廊下へ流れ出している。その煙とともに、バンターがあらわれた。ふらつきながらも、生来の有能さを失わず、彼は玄関と裏口のドアをさっと開け放った。ハリエットはポーチのひんやりした空気の中へよろめき出て、一息つこうとベンチに腰をおろした。ふたたび目が見え、息ができるようになって居間へ戻りかけると、ちょうどシャツ一枚でキッチンから出てきたピーターと鉢合わせした。

「だめだ」御前さまは言った。「どうにもならん。どっちの煙突も詰まってる。中にもぐり込んでも、星ひとつ見えやしないぞ。キッチンのほうは煙棚に十五ブッシェルは煤《すす》がたまってる――さわってみたんだよ」（たしかに、彼の右腕を見ればわかった）「二十年は掃除をしてない感じだ」

「あたしの記憶にあるかぎり、一度もしてません」ラドル夫人が言った。「あのコテージに越してきて、今度のクリスマスの勘定日で十一年になるけどね」

「じゃあ、そろそろしないとな」ピーターはきびきびと言った。「明日にも掃除を頼んでくれ、バンター。当面は石油ストーブで海ガメのスープを温めて、フォアグラとウズラのゼリー寄せ、それに白ワインを一本もらおう」

「かしこまりました、御前」

「それと、ちょっと身体を洗いたいんだが。キッチンにやかんがなかったな？」

「はい、御前さま」ラドル夫人が震え声で言った。「そりゃ、もう――みごとなやかんがあっつあつになってます。あとは居間のビートリスでマットを乾かして、きれいなシーツさえかけりゃ――」

ピーターはやかんを手に流し場へ逃げ込み、新婦がそのあとを追った。

「ピーター、わたしの理想の我が家についてはお詫びのしようもないわ」

「お詫びなんかやめてくれ――それに僕を抱きしめるのは危険だぞ。ベロックのサソリみたいに真っ黒なんだから（フランス生まれの英国の詩人、随筆家ベロックの滑稽詩「サソリ」の一節をもじったせりふ）。夜にベッドの中では出会いたくない、不快きわまる生き物だ」

「たしかに、きれいなシーツの中では出会いたくないわ。それより、ピーター――ああ、ピーター！　あの民謡のとおりよ。ここの布団はガチョウの羽根布団なの！」

3　ヨルダン川

贅を尽くした長い宴《うたげ》が、
ようやく幕を閉じ……
夜が訪れた、その後もまた
あれこれの儀式で手間取らされる……
花嫁は〝おやすみ〟を言う間もなく、
服を脱ぎ捨て寝床に飛び込まねばならぬ
霊魂が誰にも気づかれず、そっと肉体から抜け出すように。
だがそうして彼女が横たわっても、そのあとは？
またまた手間取るばかり。花婿はいずこに？
ようやく彼があらわれ、あれこれ順に通りすぎてゆく
まずは彼女のシーツ、次は彼女の両腕、そこかしこを。
では今日の昼はともかく、夜はあなたのものとしよう
この一日は、このひとときの前段にすぎなかったのだ、愛しい人よ
ジョン・ダン「王女エリザベスとプファルツ選帝侯の祝婚歌」

ピーターはさきほど、ノークス氏の種々雑多な陶磁器からスープとフォアグラのパテとウズラを取り分けながら、バンターに言っていた。

「給仕は自分たちでするよ。頼むからおまえも少しは食べて、自分の寝床をラドルさんに用意させてくれ。今夜は僕の自己中心癖が危機的段階に達しているが、おまえがそれに付き合う必要はない」

バンターは穏やかに微笑み、「ではお言葉に甘えまして、御前」と言って姿を消した。

しかし、ウズラに手がつけられるころにはもう戻ってきて、奥さまのお部屋の煙突は詰まっていないようだと報告した。おそらく、エリザベス女王の御世から使用されていないからだろう。そんなわけで、どうにか灰受け石の上で薪を燃やし、小さな炎を起こすことができた。なにぶん薪架がないため、炎の大きさはかぎられているものの、室内の冷気がいくらかやわらぐものと思われる……。

「バンター」ハリエットは言った。「あなたには感心するばかりよ」

「バンター」ピーターは言った。「おまえは完全に規律を乱しかけてるぞ。僕はね、少しは自分の心配をしろと言ったんだ。おまえが指示に従わなかったのは初めてだ。これが慣例にならなければいいがね」

「ご心配なく、御前。それと、さきほどラドル夫人を帰らせるまえに、明日も手伝いに来るよう申しつけておきました——奥さまがよろしければですが。あの者は態度こそがさつですが、見たところ仕事ぶりはまずまずで、この家はみごとに清潔に保たれております。奥さまにご異存がおありでなければ――」

「できればあの人に仕事を続けてもらいましょう」ハリエットは内心、そんな判断を仰がれたことに少々戸惑っていた（何といっても、ラドル夫人のおかしな性癖にいちばん悩まされそうなのはバンターなのだ）。「あの人はずっとここで働いてきたから、何がどこにあるかわかっているし、精いっぱいのことをしてるみたいだわ」

おぼつかなげにちらりとピーターを見やると、彼は言った。

「僕の知るかぎり、あの人の最大の欠点は僕の顔を好きじゃないことだが、それで困るのは僕より彼女のほうだろう。だって、しじゅう僕の顔を見なきゃならないのはあっちだからね。このまま仕事を続けてもらおう……それはさておき、例のバンターの不服従の件だがね。ラドル夫人やら何やらの煙幕で話をそらされる気はないぞ」

「はい、御前」

「いいか、バンター、今すぐここにすわって食事を取らないと、おまえをこの連隊から放り出すからな。まったく！」ピーターは縁の欠けた皿に特大のフォアグラのパテを載せ、従者に手渡した。「おまえが不摂生で餓死したら、僕らがどうなるかわかっているのかね？　コップはふたつしかないようだから、おまえには罰として紅茶茶碗でワインを飲み、あとでスピーチをしてもらおう。日曜の晩に母の家で、使用人たちがちょっとした宴会をしたそうだな。そのときおまえがしたスピーチに、僕らのうぶな耳に合うようなしかるべき修正を加えればいい」

「畏《おそ》れながら」バンターは従順に椅子を引き寄せながら尋ねた。「御前はどうしてそのことをお知りになったのでしょう?」

「僕の手法は承知だろう（シャーロック・ホームズ得意のせりふ）、バンター。じつはね、言ってはなんだが、ジェイムズがチクったのさ」

「ああ、ジェイムズが！」ジェイムズにとっては不吉な口ぶりだった。バンターは食事を終えるまで少々考え込んでいたものの、いざ求められると、まずまず潔《いさぎよ》く紅茶茶碗を手に立ちあがった。

「ではご指名により」バンター氏は言った。「ご婚儀を控えられた――今は晴れてご夫婦となられた――お二人のご健勝を祈り、乾杯の音頭を取らせていただきます。この二十年ほど、こちらのご一族にお仕えするのはわたくしの誇りであり――計り知れぬ喜びでもありました。ただし、いささか保存状態に難のある死者の写真撮影に関するご用命は別かもしれません」

バンターは、何かを期待しているように言葉を切った。

「そこで調理場のメイドが悲鳴をあげたの?」ハリエットは尋ねた。

「いいえ、奥さま――部屋付きメイドのほうでございます。調理場のメイドは家政婦のミス・フランクリンが話されているときにくすくす笑ったため、すでに追い出されておりました」

「ラドルさんを帰らせてしまったのは残念だったな」とピーター。「それじゃ、金切り声はちゃんとあがったことにしよう。続けて！」

「恐れ入ります、御前……それでは」バンター氏は話を再開した。「たいそう不快な件に触れて、ご婦人方を驚かせましたことはお詫びすべきかと存じます。しかしながら、ひとたび奥さまのご麗筆にかかれば、百万長者の他殺死体も注意深い読者にとっては快い話題——舌の肥えた者にとっての、芳醇《ほうじゅん》なるバーガンディのごとく好もしきものとなりましょう。（いいぞ！　よく言った！）もとより、御前はすぐれたボディ（きわどいことを言うな、バンター！）——つまり、あらゆる意味でのボディ（この言葉には女性の体形、死体、ワインのこくなどの意味もある）の目利きとしてご高名で（笑い）、さらにはすぐれたスピリット（拍手）——こちらもあらゆる意味でのスピリット（蒸留酒を中心とした酒類、精神、勇気など）にも深く通じておられます（改めて笑いと拍手）。願わくは、このご結婚が極上のポートワインさながらに——力強いボディが最高のスピリットに支えられ、歳月とともにまろみを増して——高貴に熟成されますように。御前、そして奥さま——お二人のご健勝を祈って！」（長々と続く拍手のあいだに、弁士は茶碗のワインを飲みほし着席）

「いやはや」ピーターが言った。「これほどみごとな食後のスピーチはめったに聞いたことがないぞ。簡潔で、なおかつ——あらゆる事情を思えば——時宜にかなったものだ」

「あなたも返礼のスピーチをなさいよ、ピーター」

「じゃあバンターほど雄弁じゃないが、やってみるか……ところで、あの石油ストーブは天まで届くほどの臭気を放ってるような気がするんだが、僕の思い違いかね？」

「まあ、ともかく煙は出てるわね」とハリエット。「この世のものとは思えないほど」

　そちらに背を向けていたバンターが、ぎょっとしたように立ちあがった。

「遺憾ながら、御前」しばし無言で格闘したあと、彼は意見を述べた。「火《ほ》口《くち》に何らかの惨事が起きた模様でございます」

「ちょっと調べてみよう」とピーター。

その後の格闘は、静かでも、実り多くもなかった。

「こんなろくでもないストーブは火を消して片づけちまえ」ついにピーターは言った。テーブルに戻ってきたときには、縞々《しましま》模様の哀れな姿になっていた。今では部屋のいたるところで油臭い煤《すす》が降りはじめている。「こんな状況だから、バンター、僕らの幸福を祈ってくれたおまえの祝辞に応えて言えるのはこれだけだ。妻と僕は心から感謝して、おまえの祈りがあらゆる点でかなうことを願うだろう。僕としては、こう言い添えたいところだ――よき妻とよき従僕を持つ男は、それだけで友に恵まれている。どうせいずれは死ぬ身なら、二人のどちらかに(言うなれば)愛想を尽かされるまえに逝きたいものだ。ではバンター、おまえの健康に。そして天なる神が奥さまとおまえに、僕が生きているかぎり、僕に耐え抜く不屈の力を与えたまわんことを。ちょっと警告しておくが、こちらは断固、可能なかぎり長生きする決意だぞ」

「それでしたら」とバンター氏。「不屈の忍耐力など不要と存じますが、手前としては――こんな表現をお許しいただけるなら――最後までお見届けしとうございます、アーメン」

ここでみなが握手を交わし、しばしの間。そのあと、バンター氏がいくらかぎごちない早口で沈黙を破り、そろそろご寝室の暖炉の様子を見たほうがよさそうだと言った。

「その間こちらは」ピーターが言った。「居間のベアトリスのまえで最後の煙草を一服させてもらおう。それはそうと、僕らがちょっと顔を洗うぐらいの湯はあのストーブで沸かせるんじゃないのかな？」

「はい、おそらくは」とバンター氏。「新たな灯心さえ見つかれば、いつでも可能かと。現在の灯心では、残念ながら無理なようでございます」

「そうか！」いくらか呆然とした口調だった。

なるほど、彼らが居間に着いたときには、ベアトリスは今にも消え入りそうな青い光をちらつかせていた。

「とにかく、寝室の暖炉がどうにかなりそうか見てもらいましょう」ハリエットは言った。

「かしこまりました、奥さま」

「まあ、少なくとも」ピーターは煙草に火をつけながら言った。「マッチはまだ擦れば火がつくぞ。このドタバタ騒ぎのせいで、自然界の法則がすべて停止してしまったわけじゃなさそうだ。僕らは外套《がいとう》にでもくるまって、雪国で行き暮れた旅人たちがよくやる方法で暖め合おうじゃないか。『たとえここがグリーンランドの海辺でも』（民謡〈丘を越えて〉の一節で、愛する人が一緒なら寒い夜が半年続いても苦にはならないと続く）というやつさ。もっとも、こんな夜が半年続くとは思えないがね。そうならよかったのに。ああ、もう真夜中すぎだ」

バンターはやかんを手に二階へ姿を消した。

「もしもあなたが」数分後にハリエットは言った。「その珍妙なものを目からはずしてくだされば、鼻柱をきれいに拭いてあげられるんだけど。やっぱりパリかマントンに行けばよかったと思ってるんじゃない？」

「いや、とんでもない。今のこの状態にはたしかな現実感がある。何だか、納得できる感じだよ」

「わたしも納得しはじめたところよ、ピーター。これほど所帯じみた災難に次々と襲われるのは、結婚した人間だけだもの。お互いの本性を発見するのを阻む、わざとらしい金ぴかハネムーンとは大違い。あなたは苦難への耐性テストにみごと合格よ。すごく心強いわ」

「ありがとう――だがじっさい、さほど文句を言うべきことがあるとは思えないがね。僕はきみを手に入れた、そこが肝心なところさ。しかも食料と何がしかの炎、頭上には屋根もある。どんな男でもこれ以上の何を望めるだろう？　それに、バンターのスピーチやラドルさんのおしゃべりを聞きそこなったら痛恨のきわみだったよ。トウィッタトン嬢のサトウニンジンのワインですら、人生にたぐいまれなる風味を添えてくれるというものだ。まあ欲を言えば、もう少し熱い湯があって、身体にくっついた油を流せるほうがよかったかもしれないが。灯油自体はとくに女々しい匂いじゃないけどね――僕は原則として、男が香料をつけることには反対なんだ」

「でも心なごむ、清潔な匂いよ」彼の妻は慰めた。「そこらで売ってるどんなパウダーよりもはるかに個性的。それにきっとバンターがどうにか落としてくれるわ」

「そう願うよ」ピーターはふと、いつぞや言われたことを思い浮かべた。相手は彼についてそうした判断を下す機会をたっぷり持っていたご婦人だが、彼女は「ce blond cadet de famille ducale anglaise（イギリスの公爵の金髪のご次男）」について、こう言ったのだ――「il tenait son lit en Grand Monarque et s'y démenait en Grand Turc（彼は大王のようにベッドを占領し、トルコの太守のようにふるまった）」と。どうやら、運命の女神たちは彼からすべての虚栄を剝《は》ぎ取ることにしたようだ――たったひとつの自慢の種をのぞいて。それならそれでいい。この戦いは身ひとつで戦える。彼は不意に声をあげて笑った。

「Enfin, du courage! Embrasse-moi, Chérie. Je trouverai quand même le moyen de te faire plaisir. Hein? tu veux? dis donc!（さあ、勇気を出して！ キスしてくれ、愛しい人。僕はいつでもきみを楽しませる方法を見つけてみせるぞ。どうだ？ そうしてほしいかい？ そうだと言ってくれ！）」

「Je veux bien（ええ、お願い）」

「愛しているよ！」

「まあ、ピーター！」

「ごめん――痛かった？」

「いいえ。少し。もういちどキスして」

その後の五分間のある時点で、ピーターが「しけたカナリヤとは大違いの味わいだ（恋人の唇をカナリヤ諸島にたとえたジョン・ダンの詩「エレジー十八恋の旅路」より）」とつぶやくのが聞こえた。ハリエットが漠然と〈しけたカナリヤ〉を〈みじめなトラ〉と結びつけてしまったのは、そのときの彼女の精神状態からして無理からぬことだろう――まったく別の詩からの引用だと気づいたのは、十日近くもたってからだった。

バンターが階下《した》におりてきた。片手に湯気のたった小さな水差し、もういっぽうの手には、剃刀《かみそり》のケースと携帯用の化粧品入れを持っている。腕にはバスタオルとパジャマの上下、それにシルクの部屋着がかけられていた。

「寝室の暖炉の通気はまずまずでございます。奥さまにお使いいただけるよう、少しばかり湯を沸かしておきました」

彼の主人は不安げな顔をした。

「だが僕は？　ねえ、僕はどうなるのかね？」

バンターは口に出しては答えなかったが、ちらりとキッチンに向けた目が雄弁に語っていた。

ピーターは考え込むように両手の爪を見つめて身震いした。

「じゃあ奥さん、僕のことは運命に委ねて寝床へ向かいたまえ」

炉床《ろしよう》の薪は陽気にパチパチと燃えあがり、わずかながら湯も沸いていた。鏡の左右に置かれた真鍮《しんちゆう》の燭台は、燃えあがる主の僕《しもべ》たち（シェイクスピア『オセロ』五幕二場。元は旧約聖書「詩篇」より）を敢然と支えている。色褪《あ》せた青と深紅のパッチワークのカバーと、歳月と洗濯でくすんだ更紗《さらさ》の垂れ布がかけられた大きな天蓋式のベッドは、ほの白い漆喰《しつくい》の壁を背に、祖国を追われた王侯のような威厳を漂わせていた。

ハリエットは冷えた身体を暖めてパウダーをはたき、ようやく煤の臭いから解放されると、へアブラシを片手にふと動きをとめ、ピーターはどうしているのだろうと考えた。冷え冷えとした暗い化粧室をそっと横切り、反対側のドアを開いて耳をそばだててみた。ずっと下のほうのどこかから、金物のガチャガチャいう不吉な音が響いてきたかと思うと、ひゃっという叫びと息が詰まりかけたような笑い声が聞こえた。

「可哀想なピーター！」ハリエットは言った。

それから寝室へ戻って蠟燭《ろうそく》を消した。シーツは使い古して薄くなってはいるものの、上等なリネンだし、室内のどこかでラヴェンダーの香りがする。ヨルダン川……薪の一本が折れて火花を散らしながら炉床に落ち、細長い影たちが天井でちらちらと躍った。

ドアの掛け金がカチャリと開き、彼女の夫が遠慮がちに室内へすべり込んできた。懲罰を耐え抜いて得意満面、とでもいった様子に、ハリエットは忍び笑いを漏らした。そのいっぽうで、全身の血が調子っぱずれにドクドクいって、呼吸もどうにかなってしまったようだった。彼がかたわらにひざまずいた。

「愛しい人」情熱と笑いで声が震えている。「きみの花婿を受け入れてくれ。すっかりきれいになって一滴の油もついていないが、びしょ濡れで寒いんだ。流し場のポンプの下で、小犬みたいにごしごし洗われたよ！」

「あらあらピーター！」

〈大王のような男〉ともあろうものが……）

「思うに――」彼はろくに聞き取れないほど口早に続けた。「バンターのやつめ、ひそかに楽しんでたに違いない。湯釜のゴキブリを退治するように言いつけてやったよ。まあいい。何があろうと知ったことか。僕らはここにいる。ああ、笑うがいいさ、好きなだけ。これが旅の終わりで、あらゆる喜びのはじまりだ」

マーヴィン・バンター氏はゴキブリを追い払ってしまうと、湯釜に水を張ってすぐにも火にかけられるようにした。それから外套二枚とひざ掛けにくるまって、向かい合わせに置いた二脚の肘掛け椅子にゆったり寝そべった。けれどすぐには眠らなかった。とくに心配なわけではないが、あれこれ気がかりでならなかったのだ。彼は（さんざん骨折って！）お気に入りの名馬をスタート地点へと導いた。あとは自分で走ってもらうしかないのだが、いかに分《ぶん》をわきまえていようと、大事な生き物の今後の一歩一歩を思いやらずにはいられなかった。バンター氏は小さなため息をつき、蠟燭を引き寄せると、万年筆と便箋を取り出し、母親への手紙を書きはじめた。こんな息子としての義務を果たすことで、いくらか心が静まるかもしれない。

親愛なる母上――田園地帯の〈某所〉からのこの便りが……

＊

「今、僕を何と呼んだ？」
「いやだわ、ピーター――馬鹿みたい！　考えなしに口走ったのよ」

「だから何と呼んだんだ？」

「御前さま！」

「そんな言葉で興奮するとは思いもよらなかったぞ。何でも、額に汗して手に入れるまでは真価がわからんものだな。ねえ、愛する奥さん――これを終えるまでに僕は王にでも皇帝にでもなってみせるぞ」

さる批評家が〈婚礼の床における興味深い発見〉と呼んだものを長々と書き綴《つづ》るのは、歴史家の使命には含まれない。ただ、使命に忠実なマーヴィン・バンターがついに筆記用具をしまい、蠟燭を吹き消して、手足をゆったりのばしたことを書き添えればじゅうぶんだろう。そうして、この古き屋根の下で眠る者たちのうち、いちばん固く冷たい寝床に横たわった者がいちばん安らかな眠りについたのだった。

4　家の守護神たち

ねえ旦那、そいつがうちの親父の家の煙突を作り、その煉瓦が今でもしっかりしてるってのがいい証拠です。

ウィリアム・シェイクスピア『ヘンリー六世第二部』四幕二場

レディ・ピーター・ウィムジイは注意深く片肘をついて身を起こし、眠り続ける夫をしげしげと見た。あのからかうような両目がまぶたに隠れ、自信たっぷりの口元がゆるんだ今は、大きな骨ばった鼻とくしゃくしゃに乱れた髪のせいで、ぶざまな青臭い中学生のようだった。髪そのものも、麻くずみたいに淡い色だ——何であれ雄の生き物が、こんな明るい金髪なのは滑稽《こっけい》だった。たぶん、あとでたっぷり湿らせて撫でつければ、いつもの大麦色に戻るのだろうけど。昨夜、バンターに容赦なく洗われたあの髪を見て、彼女はいたく心を揺さぶられた——殺されたロレンツォの手袋を見つけたイザベーラのように（英国ロマン派詩人、ジョン・キーツの「イザベーラ」より）。思わず、彼の頭をタオルでごしごし拭いて、田舎の言いまわしを借りれば〈あるべきところ〉に抱きしめたのだった。

それはそうと、バンターは？　ハリエットは眠気とそれに伴う快感でぼうっとした頭で、取りとめなく考えた。彼はもう起き出したようだ。階下《した》でドアを開け閉めし、家具を動かしているかすかな音がする。昨夜は何たる混乱状態だったことか！　けれど、バンターはすべてを奇跡のようにうまく片づけてしまう。すばらしいバンター――こちらは好きなように生き、何ひとつ頭を悩ます必要はない。バンターが夜通しゴキブリを追いまわしていたのでなければいいけれど……。

　ぼんやりそんな考えが浮かんだものの、当面、頭の大半を占めているのはピーターのことだった。彼を起こしてしまいたくない。もうじき自然に目を覚ますのだろうけど、そのとき彼は何と言うだろう？　第一声がフランス語なら、少なくとも彼は昨夜のなりゆきにまずまず満足したと見てよさそうだ。けれども総じて、英語で何か言ってくれるほうがいい。それなら、相手が誰だったか明確に憶えているのがわかる。

　まさにそのとき、この小うるさい考えに眠りを破られたかのように、彼がもぞもぞ動いて、両目を閉じたまま、片手をのばして彼女を引き寄せた。最初の言葉はフランス語でも英語でもなく、「ううーん？」という物問いたげな、間延びした声だった。

「んん！」ハリエットは答えて身をまかせた。「Mais quel tact, mon dieu! Sais-tu enfin qui je suis?（あらまあ、うまいこと！　ほんとにわたしが誰かわかってる？）」

「わかってるとも、僕のシュラムの乙女（旧約聖書「雅歌」に登場する、ソロモン王の花嫁）。だから鎌などかける必要はないぞ。寄り道だらけの人生の過程で、僕は紳士の第一の務めは朝起きたとき、ベッドをともにした相手を憶えてることだと学んだのさ。きみはハリエット、黒いけれども美しい（「雅歌」一章五節より）。ちなみに、僕の妻でもあるんだが、もしも忘れてるなら、一から学びなおしてもらおう」

「ははあ！」パン屋は言った。「きっと泊まり客が来てるんだと思ってましたよ。ノークスの爺さんやマーサ・ラドルがパンを頼むのに〝どうぞ〟なんて書くわけがない。何斤《なんきん》ご入り用で？　あっしは毎日来ますよ。よしきた！　コテージチーズとサンドウィッチ。それに小さな黒パン？　オーケイ、旦那、ほらよ」

「できれば」バンターは庭の小道へ引っ込みながら言った。「中まで来て、キッチンのテーブルに置いてもらえるとありがたいんだがね。両手が油だらけなんだ」

「よしきた」パン屋は言われたとおりにしてやった。「ストーブの具合が悪いんですかい？」

「少々ね」バンターは認めた。「バーナーをばらばらに分解して組み立てなおすしかなくて……でもまあ、これでまずまず機能を果たしてくれるだろう。むろん、暖炉に火を焚ければもっと快適なんだがね。ついさっき牛乳屋に、パフェットとかいう人への伝言を頼んだところだよ。どうやら、煙突掃除を得意にしているらしいから」

「ならもう心配ねえ」パン屋は言った。「トム・パフェットの本業は建築屋だが、煙突掃除《エンドツ》も小まめに引き受けるんだ。ここには長いこといる予定ですかい？　一か月？　じゃあパン代はツケでいい。で、ノークスの爺さんはどこなんで？」

「ブロクスフォードに行っているとか。いったい何のつもりか知りたいものだがね。こちらが着いても何の用意もできていないし、煙突は使いものにならない。書面ではっきり指示して約束を取りつけていたのに、ひとつも守られてないときた」

「ははあ！　約束するのは簡単だからね」パン屋は片目をつぶってみせた。「約束は無料《ただ》だが、煙突《エンドツ》掃除は一本につき十八ペンスで、出てきた灰も始末しなけりゃならん。おっと、急がなきゃ。村に何かご用はありますかい？」

「じゃあ、せっかくだから」とバンター氏。「食料品屋の店員に脂の乗ったベーコンと卵を届けさせてもらえれば、朝食のメニューを少しは充実させられそうだ」

「あいよ」パン屋は請け合った。「お安いご用だ。ウィリスにジミーをよこすように言っときましょう」

「けどさ」青いチェックのエプロン姿で袖をまくりあげたラドル夫人が、とつぜん居間から姿をあらわした。「それじゃジョージ・ウィリスに、ここの食料はぜんぶあすこで買うつもりだと思わせちまうよ。ベーコンなら〈オーム&コロニアル〉のほうが一ポンドにつき半ペニー安いし、脂が少なくて上等なんだ。あすこの店の者が通りかかれば、難なくつかまえられるしね」

「今日のところはウィリスの店にしとくこったよ」パン屋がやり返す。「朝めしをディナーの時間に取りたくなけりゃな。〈オーム&コロニアル〉のやつが十一時前にここへ着くことはないし、たいていは昼近くになるはずだ。で、今日はそれだけですかい？　よしきた。じゃあな、マーサ。失礼しやす、旦那」

パン屋は大声で自分の馬を呼びながら、小道を足早に遠ざかっていった。あの芝居がかったしぐさからして、どこかさほど遠くない町に映画館があるのだろう。

「ピーター！」

「何なりと、お望みのままに」

「誰かがベーコンを焼いてるわ」

「馬鹿な。誰が夜明けにベーコンを焼いたりするものか」

「さっき教会の鐘が八時を告げたし、朝陽がさんさんと差し込んでるじゃない」

「出しゃばり爺の、度しがたい太陽よ（ジョン・ダンの詩「日の出」より）――だがベーコンの件はきみの言うとおり。はっきり匂いが立ちのぼってくるぞ。あそこの窓からだろう。これは調べてみなければ……やあ、ゴージャスな朝だ。お腹は空いているかね？」

「ぺこぺこよ」

「それはロマンチックじゃないが、頼もしい。じつのところ、僕もたっぷり朝食を取りたいところだ。なにしろ、生きるために懸命に働いてるんだからね。バンターに声をかけてみよう」

「お願いだから、何か着て――あなたがそんな姿で窓から身を乗り出してるのをラドルさんが見たら、ものすごいひきつけを起こすわ」

「彼女にはいい目の保養だよ。新奇な体験ほど胸躍るものはない。おおかた、今は亡きラドル氏は長靴を履いたまま寝床に入ってたんだろう。バンター！　バン・ターやーい！……しまった、ほんとにラドルさんがいるぞ。笑ってないで、ガウンを放り投げてくれ……ええと――おはよう、ラドルさん。僕らは朝食を取る準備ができたとバンターに伝えてもらえますか？」

「承知しました、御前さま」ラドル夫人は答えた（何といっても、相手は貴族さまなのだ）。けれども後刻、仲良しのホッジスさんに本音をぶちまけた。

「素っ裸なんだよ、オッジスさん。ほんとだってば。こっちが恥ずかしくて、目のやり場に困ったよ。しかも胸はつるつる、あたしよりも毛がないときた」

「良家の旦那はそうなのさ」ホッジス夫人はひとつ目の非難に応えて言った。「あの人たちがリドー島で日光浴とやらをしてる写真を見りゃわかる。そういや、うちのスーザンの最初の亭主はすんばらしく毛深い男で、馬車の敷物みたいだったよ――この意味がわかるならね。だけど」彼女はそっけなく言い添えた。「毛がありゃいいってもんじゃない。その男が死んでピゴットの若いタイラーと結婚するまで、スーザンには子供ができなかったんだ」

バンター氏が慎ましくドアをノックして、焚きつけでいっぱいの桶を手に入ってゆくと、奥さまはすでに姿を消し、御前は窓敷居に腰をおろして煙草をくゆらせていた。

「おはよう、バンター。いい朝だね」

「この季節ならではの、すがすがしい秋の天気でございます。昨夜はすべてご満足いただけましたでしょうか」

「ふむ。バンター、おまえは〈arrière pensée（底意）〉という言葉の意味を知っているかね？」

「いいえ、御前」

「それを聞いて嬉しいよ。忘れずにタンクに水を汲みあげてくれたかい?」

「はい、御前。石油ストーブの修理も終えて、煙突掃除を頼んでおきました。ご朝食は間もなく準備できますが、今朝はお茶でご容赦いただければと存じます。地元の食料品店にはコーヒーは瓶詰のものしかございませんので。ご朝食を取られているあいだに、隣の更衣室の暖炉に火が焚けるかやってみようかと。昨夜は試す時間がなかったうえに、煙突にボードが貼られておりまして——隙間風と鳩を閉め出すためでしょうが、どうやら、簡単にはずすことができそうです」

「よし。熱い湯はあるかね?」

「はい、御前——ただ、湯釜に小さなひびがあり、ともすれば、漏れた水で火が消えてしまうという難点がございます。よろしければ、四十分ほどで沐浴《もくよく》の湯をお持ちいたしますが」

「沐浴だって? ありがたや! ああ——そうしてもらえれば文句なしだ。ノークス氏からはまだ何の連絡もないんだろうな?」

「ございません」

「まあ、その件はいずれどうにかするとして……薪架を見つけたようだな」

「はい、燃料小屋で。お召し物は深緑色のツイード、それともグレイのスーツになさいますか?」

「どちらでもない——オープンシャツとだぶだぶのフラノのズボンを出してくれ。それと、あの古いブレザーは荷物に入ってるかね?」

「もちろんでございます、御前」

「じゃあもう下へ行って、朝食を用意してくれ。僕が骨と皮《スケリントン》ばかりのウェリントン公爵みたいになり果てるまえに……ああ、それと、バンター」

「何でございましょう?」

「おまえにこんな面倒をかけて、本当にすまないと思ってる」

「めっそうもありません。御前にご満足いただけますなら――」

「ああ。わかったよ、バンター。ありがとう」

ピーターは愛情表現とも、〈さがってよし〉の合図とも取れるしぐさで従僕の肩に手を置いた。そのあと、考え込むように暖炉の中を見つめていると、妻がまた姿をあらわした。

「ちょっと探検してみたの――この家の裏の一角には入ったことがなかったから。例の最新式設備まで階段を五段おりたあと、角を曲がって六段あがると、頭をぶっつけそうなほかの廊下に出るわ。その先はちょっと枝分かれして、寝室がふたつと三角形の小部屋、それに屋根裏部屋へ続く梯子《はしご》。給水タンクは専用の戸棚の中よ――扉を開けて、二段ほどころげ落ちて頭をぶつけると、顎が浮き玉コックをはじきあげる仕掛けになってるの」

「おやおや!　浮き玉コックを壊したりはしなかっただろうな?　いいかね、田舎の生活はもっぱらタンクの浮き玉コックとキッチンの湯沸かしの調子にかかっているんだぞ、わかってるのか?」

「わかってるわよ――あなたが知っているとは思わなかったけど」

「へえ？　こちらは寝室が百五十もあって、たえずハウスパーティが開かれてる家で育ったんだぞ。水は一滴残らず人の手で汲みあげ、沸かして部屋まで運ばなくちゃならない。なにしろバスルームはふたつしかなくて、あとは腰湯ですませるしかなかったんだ。しかも何と、皇太子の滞在中にボイラーがパンクしたとなれば、不衛生な給排水の仕組みについては、いやでも知るべきことはすべて知る羽目になるさ」

「ピーター、あなたはとんだペテン師ね。偉大な探偵にして研究者、世界を股にかけるプレイボーイのふりをしてるけど、根は田舎者の英国紳士なの。心は常に馬小屋にあり、意識は領地のポンプにある」

「これが既婚者の定めか！　きみは僕の心の秘密を暴き出す気だな。いや、そういうことじゃなく――うちの親父は旧弊な人間で、今どきの贅沢な設備は人を軟弱にして、使用人たちをつけあがらせるだけだと考えていたのさ……入っていいぞ！　ああ！　僕はエデンの園にベーコン・エッグがないのを発見して以来、楽園追放を悔やんだことはないんだよ」

「ここの煙突の問題は」パフェット氏はおごそかに切り出した。「どれも掃除が必要だっちゅうことですな」

彼はでっぷり太った男で、服装のせいでさらに太って見えた。近ごろの医学用語で〈高度の玉ネギ化〉と呼ばれる域にまで達している。緑がかった黒い上着とズボン、それに色とりどりのセーターを襟ぐりの小さいものから順に何枚も重ね着し、襟元から少しずつのぞかせている。

「この界隈でもいちばんの煙突なのにねえ」パフェット氏は上着を脱ぎ、いちばん上の、鮮やかな赤と黄色の横縞のセーターを披露した。「ちっとは手入れをしてやれば。それは、ほんの小僧っ子のころに何度も中をのぼったあたしが保証しやすよ。親父は煙突掃除屋だったんです」

「ほう?」とバンター氏。

「今じゃ法律で禁じられちまって」パフェット氏は山高帽をかぶった頭を振った。「まあこの齢《とし》でこんな体形じゃ、どのみち無理ってもんでしょうがね。ここの煙突なら、炉床《ろしょう》からてっぺんの通風管まで知り尽くしてやすよ。こんな通りのいい煙突はめったとあるもんじゃない――まともに掃除さえしてやりゃね。どんな煙突でも掃除しなきゃだめだ、部屋と同じで。そうでしょ、バンターさん」

「たしかに」バンター氏は言った。「じゃあ仕事にかかってもらえますか?」

「あんたがぜひにとおっしゃるなら、バンターさん。それにこちらのご夫妻のために、喜んでやらせてもらいやす。あたしは建築屋だけど、お呼びがかかればいつでも煙突掃除をするんです。煙突にゃ弱いって言うのかな……煙突の中で育ったようなもんだからねえ。自分で言うのも何だけど、バンターさん、あたしほど煙突を優しく扱ってやる者はいやせん。まずは、相手をよく知るこってすよ――どこをすっきりさせてほしいのか、どこを棒で力いっぱい突いてほしいのかをね」

そう言いながら、パフェット氏は色とりどりの袖をまくりあげ、何度かぐっと腕の筋肉を収縮させると、廊下に並べてあった棒とブラシを取りあげ、どこからはじめやしょうか、と尋ねた。

「まずは居間のをやってもらえませんか」バンター氏は言った。「キッチンのほうは当面、石油ストーブでどうにかなりそうだから。ではこちらへ、パフェットさん」

居間はすでにラドル夫人の手できれいに片づけられていた。ウィムジイ家ご一行に関するかぎり、がぜん〈やる気満々〉になっている彼女は、とりわけおぞましい家具にことさら注意深く埃《ほこり》よけの布地をかけていた。床のけばけばしい敷物は新聞紙で被《おお》われ、暖炉の両脇の台座に置かれたブロンズ製の荒々しい騎馬像には——重すぎてそこから動かせなかったので——大きな紙の三角帽子（昔、学校で怠け者の生徒に罰としてかぶせた）がかぶせられている。ドアのそばのペンキ塗りの土管に差されたしおれたシロガネヨシは、「こういうもんは埃がつきやすいからね」というわけで、布巾をかぶせて根元を紐で縛りあげられていた。

「おお！」パフェット氏は帽子を脱ぎ、いちばん上のセーターを脱いで青いセーター姿になった。埃よけの布をかぶせられた二脚の長椅子のあいだに仕事道具を広げ、粗布で被われた暖炉に身をもぐり込ませた。ふたたび姿を見せたときには、満足げな笑みを浮かべていた。「だから言わんこっちゃない——この煙突は煤《すす》だらけでやすよ。何年も掃除しとらんのでしょう」

「そうだろうとは思っていましたよ」とバンター氏。「この煙突の件では、ノークスさんとちょっと話をしたいところです」

「ははあ！」パフェット氏は煙突にブラシを突っ込み、柄の下端に延長用の棒をねじ込んだ。

「もしもあたしがあんたにね、バンターさん」——棒をぐいと突きあげ、もう一本つなげて

――「ここ十年かもっとのあいだに」――棒をさらにもう一本つなげ――「ここの煙突掃除代として」――さらにもう一本つなげ――「ノークスさんがあたしに」――さらにもう一本つなげ――「っていうか、ほかの誰にでも支払った」――さらにもう一本つなげ――「一ペニーにつき、一ポンドをあんたにやったとしても」――さらにもう一本つなげ――「誓って言うが、バンターさん」――さらにもう一本つなげ、床に尻をついたままくるりと向きなおって話のオチを強調してみせた。「あんたは今より半ペニーも金持ちにゃならんでしょうな」

「そうでしょうとも」バンター氏は言った。「その煙突を少しでも早くきれいにしてもらえれば、大助かりですよ」

バンター氏が流し場に引っ込むと、そこではラドル夫人がひしゃくを手に、煮たった湯を胴釜から湯あみ用の大きな缶に移していた。

「あとはわたしがやります、ラドルさん。あの階段は曲がり目があって湯を運びあげるのは厄介だから、よければあんたは手桶を持ってあとについてきてください」

二人で行列を組んでふたたび居間を通りかかると、ほっとしたことに、パフェット氏はでっぷりした下半身を暖炉の下から突き出してせっせと仕事に取り組んでいた。己《おのれ》を叱咤するかのようなうなり声と叫び声が、煉瓦の筒の中で虚《うつ》ろに轟《とどろ》いている。自分よりさらに厳しい仕事に励む同胞を見るのは、いつでも快いものだ。

時の変転とともに男女間の不均衡は正されてきたが、その最たるものは、起床後の身づくろいだろう。女は今や〈高度美容文化〉の担い手でもないかぎり、顔を洗って服の一、二枚も身に着け、階下《した》へおりてゆく以外にはあまりやることがない。ところが、男はいまだにボタンと剃刀《かみそり》の奴隷であり、だらだらと昔ながらの儀式にしがみついて徐々に目覚めてゆく。ハリエットが襟元にスカーフを結んでいると、ようやく隣室でパシャパシャと水の撥《は》ねる音がしはじめた。そこで彼女は自分の新たな所有物を〈救いがたいのんびり屋〉と分類し、ピーターが早くも〈トイレの階段〉という身も蓋もない――そのものずばりの――呼び名をつけた階段をおりていった。その先には、くだんの近代的設備を擁する狭い廊下があり、長靴置き場と掃除用具の戸棚があった。さらに進めば、最終的には階下《した》の流し場と裏口のドアにつながっている。

何はともあれ、庭だけは手入れが行き届いていた。家の裏にはキャベツとセロリ、それに丁寧に藁《わら》で被われたアスパラガスの畑があり、巧みに剪定《せんてい》されたリンゴの木が立ち並んでいた。黒っぽい房を半ダースほどつけた耐寒性のブドウと、あれこれの半耐寒性の鉢植え植物が収められた小さな温室もある。家の表側では、ダリアとキクがみごとに咲き誇り、花壇のひとつでは深紅のサルビアが陽射しに彩りを添えていた。どうやらノークス氏も庭については多少の審美眼をそなえていたようだ。あるいは少なくとも、腕のいい庭師を雇っていたのだろう。これまでにわかったノークス氏についてのいちばん喜ぶべき情報だ、とハリエットは考えた。

物置小屋をのぞくと、園芸用具が整然と収められ、植木ばさみが見つかったので、それを持ち出して、葉の茂ったブドウの長めの蔓《つる》と、ブロンズ色の花をびっしりつけたキクを何本か切り取った。そうして自分が家庭内に不可欠な〈女らしい気配り〉をしていることに気づき、ハリエットはにやりとした。ふと目をあげると、ご褒美のように夫の姿が見えた。部屋着のまま、開いた窓の敷居に背を丸めてすわり、膝の上に《タイムズ》紙を広げ、くわえ煙草で爪の手入れをしている。世界も時もしばし我がもの（アンドルー・マーヴェルの詩「内気な恋人へ」より）と言わんばかりの、思索的な悠然たる態度だ。窓の反対側では、いったいどこから来たものか、大きなショウガ色の猫が一心不乱に前脚を嘗《な》めては耳のうしろを掻《か》いている。いとも優雅に己の世界にひたる二匹のつややかな生き物は、どちらも中国の磁器のように静かにすわり続けていたが、やがて落ち着きに欠ける人間のほうがやりかけの仕事から目をあげ、ハリエットの姿に気づいて「やあ！」と言った。たちまち気分をそこねた猫は腰をあげ、視界から跳び去った。

「そいつはえらく上品な、レディらしい暇つぶしだな」ときおりこちらの考えていることをずばりと口にする、不思議な能力があるピーターは言った。

「そうでしょう？」ハリエットは片足立ちになり、頑丈な粗革の靴にこびりついた一ポンドかそこらの庭土をしげしげと見た。「庭とは、かくも愛らしきものなり（T・Eブラウンの詩「我が庭」より）よ」

「ペティコートの下の彼女の両足は、小ネズミのようにちょろちょろ出たり入ったり（サー・ジョン・サックリングの詩「婚礼のバラード」より）」御前さまは重々しく言った。「ところで、薔薇色の指をした曙の女神《アウローラ》（ホメロス『オデュッセイア』より）、この下の部屋にいる不運な人間はじわじわと殺されかけているのか、それとも何かの発作を起こしただけなのかね？」

「わたしも気になりはじめてたところよ」とハリエット。居間から奇妙な、窒息しかけたような叫び声がしきりに聞こえていたからだ。「ちょっと調べにいったほうがよさそうね」

「どうしてもかい？　きみのおかげで景色がぐんとひき立ってるのにな。僕は人物のいる風景画が好きなんだ……おっと！　ものすごい声だ——敷石の下の料理女ネルってところだぞ（カンタベリー大聖堂の言い伝えで、生き埋めにされた料理女の悲鳴が床下から聞こえるとされる）！　隣の部屋の真下から響いてくるようだ。神経がズタズタになりそうだよ」

「とてもそうは見えないわ。憎たらしいほど落ち着きはらって、人生に満足してる感じよ」

「いやまあ、そのとおりだけどね。人は自分だけ幸福にひたってるべきじゃない。どうもこの家のどこかで、同胞の一人が苦難に見舞われてるとしか思えないんだ」

　おりしもバンターが表のドアから姿をあらわし、天啓でも求めるかのように空をふり仰いで芝生の上をあとずさりはじめた。彼はやがて、『批評家』（リチャード・シェリダンの喜劇）のバーリー卿さながらに、おごそかにかぶりを振った。

「まだ埒《らち》が明かんのかね？」と窓からラドル夫人の叫び声。

「ああ」バンターは家へと戻りはじめた。「いっこうに進展はないようです」

「これは何やら」ピーターが言った。「面白いことになりそうだぞ。Parturiunt montes（山山が産気づいている）（ホラチウス『詩論』より。大山鳴動して鼠一匹の意もあり）ってところかな。ともかく、結果を出すにはたっぷりうめいたり、いきんだりする必要があるみたいだ」

　ハリエットは花壇から出て、植物用の名札で靴底の泥をこそぎ落とした。

「そろそろ景色を美化するのはやめて、室内装飾の一部になりにいくわ」

　ピーターは窓敷居から立ちあがり、部屋着を脱いで、ショウガ色の猫の下からブレザーを引きずり出した。

「要するにこの煙突の問題は、バンターさん、煤ですな」パフェット氏は宣言した。いわば〈入ったときと同じ道から出てきた〉彼は、細心の注意を払って棒を一本ずつねじ穴からはずし、煙突からブラシを引きおろしはじめた。

「まあ、そうだろうとは思っていましたよ」バンター氏の皮肉な口調は、パフェット氏にはまるで通じなかった。

「そういうこってす」パフェット氏は続けた。「腐りきった煤。こんなに通風管が腐った煤でいっぱいじゃ、どんな煙突でも煙なんか吸い込めやしない。無理な注文ってもんですよ。筋が通らねえ」

「そんな注文はしてませんバンター氏がやり返す。「それをきれいに掃除してほしいだけです」

「けどねえ、バンターさん」パフェット氏は傷ついた様子で言った。「ちょいとこの煤を見てください」と溶岩さながらのものをつかんだ真っ黒な手を差し出し、「陶器みてえなんだから、この煤は。腐ってカチコチに固まってるんです。あんたんとこの通風管はこんなやつでいっぱいで、どんだけ力を込めても、ブラシなんか通りゃしない。あたしはこの煙突に四十フィート近くも棒を押し込んで、通風管に通そうとしたんでやすよ、バンターさん。それで文句を言われちゃ、どんな男にも棒にも酷ってもんだ」彼は次の継ぎ目まで棒を引きおろし、愛しげにねじをはずして汚れを拭いた。

「何かその障害を突破する手だてを考え出すしかなさそうですね」バンター氏はじっと窓に目を向けたまま言った。「それも早急に。奥さまが庭から入ってこられる。朝食のトレイを運び出してもらえますか、ラドルさん」

「おっと!」ラドル夫人はトレイをさきほどバンターが置いたラジオ・キャビネットの上から取りあげるまえに、皿蓋の下をのぞき見た。「どっちも食欲旺盛、若夫婦にゃいい徴候ですよ。あたしとラドルが結婚したころなんか——」

「それと、ランプはどれも新しい芯が必要だし」バンターはぴしゃりと言い添えた。「新しいのを入れるまえに火口《ほくち》を掃除しないと」

「ノークスさんはもう長いこと、ランプを使ってないからね」ラドル夫人は鼻を鳴らした。「蠟燭《ろうそく》の明かりでじゅうぶん見えるとか言って。まあ、そのほうが安あがりだったんでしょうよ」彼女はトレイを手に部屋から飛び出し、ドアの外でハリエットと顔を合わせると、皿蓋がこぞってずり落ちるほど勢いよく膝を曲げてお辞儀した。

「ああ、煙突掃除をしてもらってたのね、バンター——よかった! 何かが起きてる音が聞こえるような気がしたの」

「はい、奥さま。パフェットさんが引き受けてくださいました。しかし、煙突の上部で突破しがたい障害に遭遇したようでして」

「お越しくださってありがとう、パフェットさん。昨夜はみんな本当にひどい目に遭いました」

掃除人の目つきからして、ここは懐柔策を取るのが賢明そうだったので、ハリエットは片手を差し出した。パフェット氏はその手を見つめ、自分の手に目をやると、何枚ものセーターを引きあげてズボンのポケットをまさぐり、洗いたての赤い木綿のハンカチを取り出した。それをゆっくり振り広げ、手のひらにかけてハリエットの指先を握りしめたさまは、その昔、国王の代理人がシーツをあいだにして主《あるじ》の花嫁と床入りしたとかいうエピソードを思わせた。

「そりゃもう、奥さま」パフェット氏は言った。「いつでも喜んでうかがわせていただきやす。ただね、ここまでカチコチに詰まった煙突じゃ、どんな男にも掃除道具にも酷ってもんだ。そいでも、ここの通風管にこびりついた煤を取り除ける人間がいるとすりゃ、それはあたしです。肝心なのは、経験と力加減ですからな」

「そうでしょうとも」とハリエット。

「手前の理解するところでは、奥さま」バンターが口をはさんだ。「詰まっているのは通風管で、煙突そのものに構造的な欠陥はない模様です」

「そのとおり」パフェット氏は自分の主張が認められたことに気づいて態度をやわらげた。「問題があるのは通風管のほうでして」彼はもう一枚セーターを脱ぎ、エメラルドグリーンの姿になった。「今度はブラシをつけずに、棒だけで試してみやしょう。ひょっとして、うんと力を込めりゃ、煤を突き通せるかもしれやせん。それでだめなら、梯子を持ち出すしかなさそうだ」

「梯子？」

「屋根から近づくのです、奥さま」バンターが説明した。

「まあ面白そう!」ハリエットは言った。「きっとパフェットさんならどうにかしてくださるわ。ねえバンター、この花を生ける花瓶か何かを見つけてもらえるかしら?」

「かしこまりました、奥さま」

(オクスフォード大学の教育をもってしても、とバンター氏はひそかに考えた——女性の注意がどうでもよいことへそれていってしまうのは防げぬようだ。だがこれまでのところ、感情がみごとにコントロールされているようなのは喜ばしい。それで家庭内の調和が保たれるなら、水を入れた花瓶のひとつぐらいはお安いご用だった)

「ピーター!」ハリエットは階段の上に向かって叫んだ(バンターがまだ室内にいてそれを目にすれば、結局のところ、彼女は肝心なことを忘れない人間なのだと認めていただろう)。「ねえ、ピーター、煙突掃除屋さんよ!」

「おお、すばうるらしき日よ!(ルイス・キャロルの造語。『鏡の国のアリス』より)。今すぐ行くよ、僕の掃除屋《スウィープ》さん(スウィートとスウィープをかけた言葉遊び)」彼はパタパタと階段を駆けおりてきた。「きみはどんぴしゃりのことを口にする名人だ! 僕は生まれてこのかたずっと、その『ねえピーター、煙突掃除屋さんよ』という妙《たえ》なる言葉が聞こえるのを待っていたのさ。僕らは神の御名により結ばれた! ほんとに夫婦なんだね。そんな気はしてたけど、これで納得したよ」

「納得するのにいろいろ必要な人もいるのね」

「幸運を信じるのは怖いものだからな。煙突掃除か! さっきから、ともすれば首をもたげる希望を押し殺してたんだ。いや、と胸に言い聞かせてね――あれは雷雨か小さな地震、あるいはせいぜい、見棄てられた雌牛が煙突の中で徐々に死にかけているだけのこと、と。失望するのがいやだったのさ。もう久しく、誰からも煙突掃除屋が来ていると教えてもらったことがないんだよ。バンターはいつだって、御前のお邪魔にならないようにと、僕の留守中にこっそり呼び入れるから。そんな余計な気は使わずに、ちょっと見に来いと僕を呼びつけるのは妻だけで――わっ！」

ピーターが話しながらパフェット氏に目をやると、見えたのは彼のブーツの底だけだった。しかもまさにその瞬間、暖炉の奥からすさまじいうなり声が長々と響き渡ったのだ。ピーターは真っ青になった。

「彼はあそこにつかえてしまったんじゃなかろうね？」

「いいえ――棒を全力で押しあげているのよ。通風管だか何だかに腐った煤が詰まって、大変なことになってるみたいでね……ああピーター、ノークスがブロンズの騎馬像や竹の飾り棚や葉蘭でいっぱいにするまえのこの家をあなたに見せたかったわ」

「しっ！　葉蘭の悪口なんか言っちゃいけない。罰《ばち》が当たるぞ。あの煙突から何か恐ろしいものがあらわれてきみに襲いかかるんだ――うらめしや！　いや、しかしまあ！　あのラジオの上のトゲトゲのすさまじいやつを見てくれ！」

「あんな立派なサボテンになら、何ポンドも支払う人がいそうよ」

「そんな連中はよほど想像力に欠けているのさ。あれは植物じゃない――何か病的なできもの

——じわじわと腎臓を蝕《むしば》むたぐいのものだ。それにあれを見てると、ひげを剃《そ》ったか心配になる。剃ってあるかな？」

「ええと——剃ってあるわ——絹みたいになめらかに。あら、だめよ！　そのいやらしい鉢植えを放り出したら、きっとわたしたちを恨みながら死んでくわ。見かけによらず繊細な植物なんだから。それに、ノークスさんからそれと同じ重さの金《きん》を要求されそう。わたしたち、いつまでこのぞっとするような家具を借りてるの？」

「一か月間だが、もっと早くに厄介払いしたいところだな。この気品あふれる古屋をこんながらくたで台なしにしておくのはじつに恥ずべきことだ」

「あなたはこの家が気に入ってるの、ピーター？」

「美しい家だ。愛らしい身体に邪悪な霊魂が住み着いてるようなものさ。僕は家具のことだけ言ってるんじゃない。ここの家主——今は借家人か何か知らんが——にも嫌悪を覚えてきたんだよ。どうもノークスはろくなことを考えない人間で、この家は彼を厄介払いできれば大喜びなんじゃないかという気がする」

「この家は彼を憎んでるはずよ。きっと栄養も与えられずに侮辱され、虐待されてきたんだわ。何と、煙突掃除さえ——」

「ああ、そうそう、煙突だ。ちょっとあの我が家の守護神、小さなラル神さま（ローマ神話の家庭の守護神）に挨拶できるかな？　ええと——ちょっとお邪魔しますが、ミスタ——ええと——」

「パフェットさんよ」

「パフェットさん――おおい、パフェット！　ちょっといいかな？」

「ったく！」パフェット氏はいさめるように言い、床に膝をついてくるりとふり向いた。「誰か知らんが、人の棒で尻を小突いたりして。そんなのはどんな男にも棒にも、酷ってもんだ」

「失礼」とピーター。「大声で叫んでみたけど、注意を引けなかったのでね」

「まあ、お気になさらず」どうやらパフェット氏は、ハネムーン気分に水を差すまいと思い直したようだった。「おおかた、あんたが旦那さまでしょうな。ご機嫌よろしゅう」

「ありがとう、僕らは元気満々だよ。だがこの煙突は少々具合がすぐれないようでね。呼吸に問題でもあるのかな」

「煙突を貶《おとし》めることはありやせん」とパフェット氏。「悪いのは通風管のほうで、さっきも奥さまにお話ししたんですがね――ほら、通風管がこの煙突のサイズに合わんうえに、煤がカチコチにこびりついちまって、ブラシはおろか、針金だって通りそうにない。どんなに太い煙突を作ったって、煙は最後には残らず通風管を通らにゃならんし、そこに――あたしの言ってる意味がおわかりなら――問題があるってわけでやす」

「言いたいことはわかるよ。たとえチューダー朝の煙突でも、どこかでちゃんと通風管につながっている（スウィンバーンの詩「プロセルピーナの庭」のもじり）」

「ああ！　まさにそういうこってす。そんでも、ツーダー朝の通風管さえついてりゃ、何の問題もなかったでしょうな。ツーダー朝の通風管なら、手慣れた煙突掃除屋は誰でも喜んで扱うはずだ。本人も道具もちゃんと力を発揮できやすからね。ところがノークスさんはそのツーダー朝の通風管をいくつかはずして、日時計の部品用に売り払っちまったんで」

「日時計の部品用に？」

「そうなんでやすよ、奥さま。あたしに言わせりゃ、こすい金儲けだ。いかにもあの人らしい。で、代わりにつけた今どきのちゃちな通風管は、こんな長さと太さの煙突にはいいことなしってわけでね。ほんの一か月で煤だらけになっちまっても、不思議はありやせん。とにかく通風管さえきれいになりゃ、残りはわけもない。そりゃ、曲がり目にはボロボロの煤がたまってるけど、別に害はないんです——火がつくようなことさえなきゃね。それがあるから、通風管のほうが片づいたらすぐにそっちも掃除しやすが——とにかく腐ったカチコチの煤が通風管に詰まっとるかぎり、この暖炉で火を焚くのは無理ですな、御前さま。要はそういうこってす」

「じつにわかりやすい説明だ」とピーター。「さすがは専門家だな。じゃあどうか実技を続けてくれたまえ。こちらのことは気にせずに——あなたの仕事道具に見惚れてるだけだから。この巨人国のワインの栓抜きみたいなものは何かな？　見ているだけで喉が渇いてきそうだが——どうかね？」

「恐れ入りやす、御前さま」パフェット氏はあきらかにこれを招待と解したようだった。「まずは仕事、お楽しみはそのあと。やることをやったら、遠慮なくいただきやす」

彼は二人に温かい笑みを向けると、やおらエメラルドグリーンのセーターを脱ぎ、今度は複雑な幾何学模様のフェアアイル編みのセーター姿で、ふたたび煙突掃除に取りかかった。

5　銃の猛威

そこでメンドリさんとオンドリさん、アヒルさんと
ガチョウさん、シチメンチョウさんと、キツネさんも
みんなそろって、空が落っこちてくると王さまに話しにいきました。
ジョーゼフ・ジェイコブズ『英国お伽噺集《とぎばなし》』

「ほんとに、お邪魔でなければよろしいんですけど」トウィッタトン嬢は気遣わしげに声を張りあげた。「その後どうされているか、ちょっとだけ見にうかがわずにはいられませんでしたの。お二人のことを思うと一睡もできなくて――あんなまねをするなんて、叔父はどうかしています――何てまあ、思いやりのないことを！」

「まあ、どうぞご心配なく！」ハリエットは言った。「わざわざお越しいただいて恐縮です。ちょっとおかけになりません？……あら、バンター！　そんなものしか見つからなかったの？」

「まあ！」トウィッタトン嬢は叫んだ。「あのボンゾーちゃん（挿絵画家スタッディによる犬の人気キャラクター）の花瓶だわ！　叔父が福引で当ててましたの。面白いでしょう？　そんなふうに口に花をくわえて、小さなピンクのチョッキまで着て。そのキクもすてきじゃありません？　フランク・クラッチェリ

ーが世話をしているんです。彼はとても腕のいい庭師で……まあ、どうも、ありがとうございます――ほんとに、すぐに失礼するつもりですのよ。ただ、どうしても気になってしまいましてね。ほんとに、お二人が快い一夜をすごされたのならよろしいのですけど」

「ありがとう」ピーターが重々しく言った。「夜の一部はすばらしく快適でした」

「いつも思うんですけれど、肝心なのはベッドですわよね――」トウィッタトン嬢は切り出し、パフェット氏を愕然とさせた。ピーターが笑いをこらえきれなくなりそうなのに気づいたパフェット氏は、彼女のわき腹を肘で小突いて注意をそらそうとした。

「まあ！」トウィッタトン嬢はようやく、室内の状態とパフェット氏の存在に気づいたようだった。「いやだわ、何かありましたの？　よもやまた煙突から煙が逆流したんじゃないでしょうね？　あれは以前からほんとに困った煙突ですの」

「そりゃないだろう」パフェット氏は問題の煙突に、雌虎が子供たちに抱くような感情を抱いているようだった。「そいつはいい煙突だ、誰が何と言おうと。上の階の煙道や、切妻の高さや角度を考えりゃ、あたしだってこれ以上の煙突は造れない。だのに誰かさんのしみったれ根性のおかげで、一度も掃除してもらえなかったんだ。それでとやかく言われちゃ、煙突にも掃除人にも酷ってもんだぞ。あんただってわかっとるでしょうが」

「ああ、まったくもう！」トウィッタトン嬢は椅子のひとつに力なくすわり込み、すぐさまぱっと立ちあがった。「そろいもそろって何て連中だとお思いでしょうね。叔父はいったいどこなのかしら？　それがわかりさえすれば――あら！　フランク・クラッチェリーだわ！　よかった。叔父は彼に何か言い残したかもしれません。フランクは毎週水曜日に庭の手入れに来ますの。じつに優秀な若者ですわ。こちらへ呼び入れましょうか？　きっと何か知恵を貸してくれます。わたしは何か困ったことがあると、いつでもフランクを呼びにやるんです。とっても頭がよくて、何か解決法を見つけてくれますからね」

トウィッタトン嬢はハリエットが「ええ、どうぞ」と答えるのも待たずに窓辺へ駆け寄り、すでに興奮しきった声で叫んでいた。

「フランク！　フランク！　いったいどういうことかしら？　叔父さまが見つからないの！」

「見つからない？」

「ええ――ここにはいないし、この家をこちらのご夫妻にお売りしたきり、行方知れずなのよ。おまけに暖炉の煙は逆流するし、何もかも大混乱。叔父さまはいったいどうしたのかしら？」

フランク・クラッチェリーは窓から室内をのぞき込み、頭を掻《か》いた。困惑しているようだが、無理もない。

「俺にはなんにも言ってませんでしたよ、トウィッタトンさん。たぶん、あっちの店の二階にいるんじゃないのかな」

「あなたが先週の水曜に来たときにはここにいた？」

「ええ、そのときはちゃんとここにいました」庭師はそこで言葉を切った。不意に何か思い出したようだった。「今日だってここにいるはずだったのにな。見つからないって？　どうしちゃったんだろう？」

「だからそれがわからないのよ。こんなふうに誰にも話さず消え失せるなんて！　あなたにも何も言わなかったの？」

「俺はてっきりここにいるものと思ってましたよ――少なくとも――」

「まあ中へ入りたまえ、クラッチェリー」ピーターが言った。

「はい、旦那さん！」庭師は男性の話し相手ができて、いくぶんほっとしたようだった。彼は裏口のほうに姿を消し、そちらであがった音声からして、ラドル夫人にけたたましく一部始終を聞かされているようだった。

「きっとフランクがブロクスフォードまで車を飛ばして」トウィッタトン嬢が言った。「叔父はどうしたのか調べ出してくれますわ。具合でも悪いのか……でもそれなら、わたしに知らせてきそうなものですわよね？　フランクはいつでも整備場の車を借りられますの――パグフォードのハンコックさんのところで運転手をしていますから。じつは今朝も、こちらへうかがうまえにつかまえようとしたんですけど、もうタクシーで出かけていましてね。彼は車の扱いがとてもうまいし、本当に腕の立つ庭師です。差し出がましいようですけど、この家を買われて誰かに庭をまかせたいと考えておいでなら――」

「どこもみごとに手入れされていますね」とハリエット。「すばらしい庭だと思いました」

「そう思っていただけて嬉しいですわ。フランクが懸命に努力して、どうにかきれいに保とうと――」

「入りたまえ、クラッチェリー」ピーターが言った。

庭師は部屋の入り口で、差し込む光に顔を向けたまま躊躇《ちゅうちょ》していた。三十がらみの、敏捷《びんしょう》そうな、引き締まった体格の若者で、上下そろいの小ぎれいな作業着に身を包み、礼儀正しく脱いだ帽子を片手に持っている。黒っぽい縮れ毛と碧《あお》い両目、力強い真っ白な歯が好もしい印象だが、今は少々苛立《いらだ》っているようにも見える。ちらりとトウィッタトン嬢に向けられた目差《まなざ》しから、ハリエットは見て取った——彼は自分を褒めそやすさっきの言葉を耳にして、迷惑がっているようだ。

「こんな騒ぎになっていようとは」ピーターが続けた。「いささか予想外だろうな？」

「ええと、はい、旦那さん」庭師はにっこりし、すばやくパフェット氏を眺めまわした。「またその煙突みたいですね」

「悪いのは煙突じゃなく——」煙突掃除屋が憤然と切り出したとき、トウィッタトン嬢が口をはさんだ。

「それより、フランク、わからない？　叔父さまは誰にも話さずにこの家を売って、消え失せてしまったの。まったく理解できないわ、叔父さまらしくもない……。昨夜は何の準備もできていなくて、どなたか迎え入れようにも、誰ひとりここにはいなかったのよ。ラドルさんも叔父さまがブロクスフォードへ行ったことしか知らなくて——」

「だったら、誰かをあすこにやってノークスさんを捜してみたのかな？」若者は流れをせき止めるべく、虚《むな》しくあがいた。

「いいえ、まだよ——ただしピーター卿が——行ってごらんになりまして？　いえ、そんなお暇はありませんわよね？　昨夜は鍵さえなくて、あんなふうにご足労をおかけして恥じ入るばかりでしたわ。もちろん、こちらはそんなこととは夢にも知らなかったわけですけど。あなたなら、フランク、今朝がたすぐにも調べにいけたはずだし――わたしが自転車で行くこともできたけど――ハンコックさんがあなたはタクシーを運転して出かけたと言うから、ともかく様子を見にうかがったほうがいいと思ってね」

フランク・クラッチェリーの視線が助言を求めるかのように室内をさまよった。埃《ほこり》よけの布、葉蘭、煙突、ブロンズの騎馬像、パフェット氏の山高帽、果てはサボテンとラジオ・キャビネットにまで目を向けたあと、彼はついに無言の哀願を込めてピーターの両目を見つめた。

「まずは一から見なおしてみよう」ピーターは提案した。「ノークスさんは先週の水曜日にはここにいて、その晩十時のバスでブロクスフォードへ向かった。それ自体は、よくあることだったようだね。しかし、彼は僕らが到着するまでにはここに戻って、用意を整えているはずだった。きみのほうも、今日ここに彼がいるものとばかり思っていた」

「そのとおりです、旦那さん《サー》」

トウィッタトン嬢がびくりとし、気遣わしげに〝まあ〟という形に口を開いた。

「いつも水曜日にきみが来るときには彼はここにいるのかね？」

「ええと、それは場合によります、旦那さん《サー》。いつもじゃありません」

「フランク！」トウィッタトン嬢が怒り狂って言った。「こちらはピーター・ウィムジイ卿ですよ。〈御前さま《マイ・ロード》〉とおっしゃい」

「それは今はお気になさらず」とピーター。口調は穏やかだが、証人の話の腰を折られた苛立ちがうかがえる。クラッチェリーは耳のうしろを洗えと公衆の面前でたしなめられた少年のような顔でトウィッタトン嬢を見やり、やおら答えた。

「ときにはここにいるし、そうじゃないこともあります。いねえときには」（トウィッタトン嬢が眉根を寄せた）「俺はあの人に鍵をもらって」（庭師はトウィッタトン嬢のほうにぐいと首を傾けた）「家の中に入り、時計のねじを巻いて鉢植えの世話をするんです。けど、今朝はノークスさんに会えるとばかり思ってましたよ。特別の用事もあったしね。それで真っ先に家のほうに押しかけ――っていうか、来たんです」トウィッタトン嬢のやきもきした顔を見て、庭師は不機嫌に言い添えた。「どっちだって、御前さま《マイ・ロード》には一緒だと思うけど」

「わたしに言うときは〈閣下《ヒズ・ロードシップ》〉よ」トウィッタトン嬢は力なく言った。

「ノークスさんははっきり、ここにいると言っていたのかね？」

「はい――御前さま。少なくとも、俺があの人の商売に投資した金を返すと言ってました。今日、返してもらう約束だったんです」

「まあ、フランク！　また叔父さまをせっついていたのね？　言ったでしょ、お金のことでとやかく言うのは馬鹿だって。叔父さまにまかせておけば、ぜったい間違いないんです」

　ピーターはトウィッタトン嬢の頭ごしにちらりとハリエットと視線を交わした。

「ノークスさんはその金を今朝、きみに返すと言ったんだな。かなりの金額だったのか、訊いてもかまわないかね？」

「四十ポンドってとこです」庭師は答え、「例のラジオ屋の商売に投資させられたんですよ。あん方にはたいした額には思えないかもしれないけど」と、少々おぼつかなげに続けた。ピーターの華麗な肩書と、古いよれよれのブレザーの経済的関係をどう評価すべきか決めかねているらしい。従僕と奥さんのほうは、どうとでも取れるツイードの服だ。「けど俺にはもっとましな金の使い途《みち》ができたから、ノークスさんにそう言ってやったんです。先週、今すぐ返してくれと言ったら、例によって言い訳たらたらで……そんな大金は家に置いてないとか、はぐらかしやがって――」

「でもねえ、フランク、そりゃあそんなお金は置いてなかったはずよ。盗まれかねませんからね。じっさい、叔父さまはいつぞや十ポンドも失くしているわ、札入れに入れてあったお金を――」

「それでも俺は引っ込まなかった」クラッチェリーはかまわず先を続けた。「どうしてもその金が必要なんだと言うと、ついにノークスさんは、今日返すことを承知したんです。少しばかり金が入る予定があるからと――」

「彼がそう言ったのかね？」

「はい、旦那――御前さま。だから、そうだといいな、と返してやったんです――でなきゃ、あんたを訴えてやるからなって」

「まあ、フランク、何てことを！」

「だってそう言っちまったんだ。閣下が知りたがってなさることを話しちゃいけないんですか？」

またもやハリエットがピーターの視線をとらえると、彼はうなずいた。入ってくるはずだったのは、この家の代金だ。ノークスはそこまでクラッチェリーに話したのなら——

「彼はその金がどこから入ってくるか言っていたかい？」

「まさか。必要最低限のことしか話さないタイプですからね。こっちはじつのところ、とくに金の入る予定なんかないんだろうと思ってました。言い逃ればかりする人だったから。借りた金は最後の最後まで返さず、土壇場になってもできれば引き延ばす……半日分の利子も惜しいってやつですよ」クラッチェリーはとつぜん、苦々しげに笑った。

「それだけなら、手がたい方針だろうがね」と御前さま。

「たしかに、あの人はそうやって金を稼いできたんです。抜け目ないんですよ、ノークスさんは。けど、それはそれとして、俺はどうしてもあの四十ポンドが必要なんだと言ってやりました、新しい車屋のために——」

「ええ、整備場のね」トウィッタトン嬢が口をはさんだ。小さく眉をひそめて首を振りながら。

「フランクは自分の自動車整備場を開くために、長いことお金を貯めてきたんです」

「だから」クラッチェリーが力を込めてくり返す。「その車屋のために金が必要だって、言ってやったんです。『俺の金は今度の水曜に返してもらいます』って。『さもなきゃ、あんたを訴えてやる』と言ってやりました。そのあと外に飛び出し、それきりあの人には会ってません」

「なるほど。では」——ピーターはクラッチェリーからトウィッタトン嬢へと視線を移し、ふたたび若者に戻した——「僕らが今すぐブロクスフォードへ車を飛ばし、問題の紳士を捜し出すとしよう。そうすれば、いろいろきちんと話をつけられる。当面、庭のほうはきれいにしておきたいから、きみはいつもどおり仕事をしてくれてはどうかな?」

「承知しました、御前さま。これまでどおり水曜に来ることにしますか? ノークスさんには五シリングもらってました、日当で」

「同じだけ出すよ。ところで、きみは自家発電装置の動かし方を知っているかね?」

「はい、御前さま。仕事先の車屋にも一台あります」

「つまりね」ピーターは妻に微笑みかけた。「蠟燭《ろうそく》や石油ストーブにもそれなりのロマンチックな魅力はあるものの、やはり〈トールボーイズ〉を電化する必要があると思うんだ」

「お望みなら、パグルハムを村ごと電化できますよ」クラッチェリーは、ぱっと満面に笑みを浮かべた。「俺が喜んで——」

「フランクは」トウィッタトン嬢が嬉々として言った。「機械のことなら何でも知っていますの!」

今にも爆発しそうになった哀れなクラッチェリーは、ピーターの目つきに気づいて、困惑したように微笑んだ。

「いいだろう」御前さまは言った。「じゃあその件はいずれまたゆっくり話すとして。さしあたり、きみはいつも水曜日にすることをしてくれたまえ」

庭師がこれさいわいと逃げ出すのを見て、ハリエットはしみじみ考えた。トウィッタトン嬢の体内には脈々と女教師の血が受け継がれているようだが、おおかたの男にとって、あれほど腹の立つ態度はないだろう。小うるさく叱るかと思えば、自慢たらしく褒めそやすのだから。

そのとき、遠くで門の扉がガチャリと開き、クラッチェリーが立ち去ったあとのつかのまの静寂を破って、小道に足音が響き渡った。

「もしかしたら」トウィッタトン嬢が叫んだ。「叔父が戻ったんじゃないかしら」

「ともかくあれが」とピーター。「いまいましい記者の一人でないことを願うよ」

「違うわ」窓辺に駆け寄ったハリエットは言った。「村の牧師さまよ——ここを訪ねていらしたんだわ」

「まあ、牧師さまが！　あの方なら何かご存じかもしれません」

「ははあ！」とパフェット氏。

「これはすごいぞ」とピーター。「僕は村の牧師をコレクションしてるんだ」彼は庭を見渡せる場所に立ったハリエットのかたわらにやって来た。「あれはたいそう発育のいい牧師の見本で、背丈は六フィート四インチかそこら。近眼、庭いじりの達人、音楽好き、パイプをたしなみ——」

「驚きましたわ！」トウィッタトン嬢が叫んだ。「グッドエイカー先生をご存じですの？」

「——身なりは雑だが、妻はささやかな俸給で可能なかぎりのことをしてくれている。どこか伝統ある学府——おそらくは一八九〇年代の、オクスフォード大学出身……ただしキーブル（英国国教会に高教会派の教理を取り入れた聖職者、ジョン・キーブルを記念したカレッジ）ではなさそうだが、今は教区で許されるかぎり高教会派的な視点を取り入れている」

「ご本人に聞こえてしまうわ」ハリエットは言った。おりしも牧師はダリアの茂みの真ん中から鼻を引っ込め、眼鏡の奥の両目をぼんやり居間の窓へと向けた。「わたしの知識と想像からして、おおむねあなたの言うとおりよ。でもなぜ高教会派的な考えの持ち主だと言いきれるの？」

「あの宗派が好むローマ・カトリック風の聖職服だし、懐中時計の鎖についた記章が上向きだからさ。僕の手法は承知だろうに、ワトソン君。とはいえ感謝頌《テ・デウム》の楽譜の束をわきに抱えているところからして、朝禱は国教会式なのだろう。今朝も教会の鐘が八時を告げるのは聞こえたが、日々の聖餐式の鐘は鳴らなかった」

「いったいどうしてそんなことまで思いつくの、ピーター！」

「ごめんよ」彼女の夫はうっすら頬を赤らめた。「僕は何ごとにつけ、あれこれ気づかずにはいられないのさ」

「ますます悪いわ」彼の妻は答えた。「あのシャンディ夫人（ローレンス・スターン『トリストラム・シャンディの生涯と意見』に登場する、ベッドの中でも常に細かいことを気にする女性）もショックを受けそうね」

まったく話についてゆけずにいたトウィッタトン嬢が、急いで説明した。

「もちろん、今夜は聖歌隊の練習がありますから。ほら、いつも水曜日ですの。決まって水曜日。牧師さまはあの楽譜を教会へ持っていかれるんですわ」

「なるほど、おっしゃるとおりです」ピーターは楽しげに答えた。「水曜はいつでも聖歌隊の練習。Quod semper, quod ubique, et quod ab omnibus（いつでも、どこでも、誰にでも）……英国の田舎では何ひとつ変わらない。なあハリエット、きみのハネムーン・ハウスは大正解だぞ。僕は二十歳も若返った気分だよ」

彼は牧師が近づいてくるとすばやく窓辺を離れ、情感たっぷりに唱えた。

「我に田舎のコテージを与えよ、そこではいにしえの煤《すす》が降り注ぎ、

完璧な朝の仕上げに、見よ！　英国の牧師がやって来る！

少々意外に思われるかもしれませんけど、トウィッタトンさん、僕もかつては村の聖歌隊の一員として、鍛冶屋の娘のうなじを見おろしなら、モーンダーやギャレット（ともに教会音楽の作曲家）をがなりたてたものですよ。異郷の蛮人どものもとに槍兵隊を送り込め、とかね。ちょっと自分なりに強調点を工夫したりして」

「ははあ！」とパフェット氏。「ありゃ厄介な歌ですわ、蛮人どもがどうとかってのは」

今の〈煤〉という言葉ではたと思い出したのか、パフェット氏はしぶしぶ暖炉のほうに踏み出し、牧師はポーチの中へ姿を消した。

「あなたったら」ハリエットは言った。「トウィッタトンさんに、この夫婦は頭がどうかしてるんだと思われてしまうわよ。パフェットさんのほうはすでにお気づきだけど」

「いや、いや、奥さま」とパフェット氏。「頭がどうかしとるなんて。お幸せなだけでやすよ。その気持ちはあたしにもわかる」

「やっぱり男同士だ、パフェット」新郎が言った。「その温かい同情の言葉には感謝するしか

ない。ところで、あなたはどこへハネムーンに行ったのかな？」

「アーン・ベイ（ケント州のハーン・ベイ）でやすよ、御前さま」

「いやあ、そうか！　ジョージ・ジョーゼフ・スミスが一人目の〈浴槽の花嫁〉を殺したところだな。そいつは思いつかなかったぞ！　ハリエット――」

「いやな人」とハリエット。「せいぜい悪さをなさい！　ここには腰湯のたらいしかないけど」

「やっぱり！」トウィッタトン嬢が今のやりとりで唯一、意味をなすように思える言葉をとらえて叫んだ。「わたしも以前からずうっと、叔父に言っていましたの、ちゃんとした浴室を作るべきだって」

さいわい、ピーターがそれ以上〈頭がどうかしている〉ことを見せつけるまえに、バンターが来客を告げにきた。

「サイモン・グッドエイカー牧師がお見えでございます」

細身の、きれいにひげを剃《そ》った年配の牧師は、いわゆる〈僧服色〉のグレイのスーツに身を包んでいた。ふくれあがったポケットには煙草用のポーチが詰め込まれ、ズボンの左ひざには注意深く繕《つくろ》われた大きなかぎ裂きがある。それでも室内に進み出たその姿には、もともと慎み深い人間に確たる信仰心がもたらす、穏やかな自信が漂っていた。ざっと室内の面々を見まわした牧師は、トウィッタトン嬢に目をとめて親しげに握手をすると同時に、パフェット氏の姿に気づいてうなずきかけ、「やあ、トム！」と陽気に言った。

「おはようございます、グッドエイカー先生」トウィッタトン嬢が嘆かわしげにさえずった。

「何とまあ！　お聞きになりまして？」

「ああ、うかがいましたぞ。じつに驚くべきことだ！」牧師はずり落ちた眼鏡を押しあげ、周囲に漠然と笑みを向けると、ピーターに話しかけた。「お邪魔して申し訳ありませんな。聞くところによれば、ノークスさんが――あ――」

「いや、ようこそ」ピーターはトウィッタトン嬢に紹介されるのを待つよりは、自ら名乗り出たほうがよさそうだと見て取った。「お会いできて嬉しいですよ。僕はウィムジイ。こちらは妻です」

「あいにくこんな混乱状態で……」ハリエットは言いながら、内心、グッドエイカーさんは十七年前とあまり変わっていない、と考えた。少しだけ白髪が増え、以前より痩せて、膝と肩のあたりが少々だぶついて見える。けれど基本的には、彼女がときおり父親についてパグルハムに来ると見かけた、あの昔のグッドエイカーさんのままだ。あきらかに、あちらは少しも記憶にないようだが。

そのとき、いわば未知の海域を探査していたグッドエイカー牧師の視線が、なじみのあるものにぶつかった――古びた紺色のブレザー、胸ポケットにOUCCという刺繍《ししゅう》。

「オクスフォードのご出身のようですな」牧師は満足げに言った。それ以上の身元確認は不要とでも言わんばかりだ。

「ベイリオル・カレッジです」とピーター。

「こちらはモードリンですよ」と応じたグッドエイカー師は、〈キーブル〉の出身だと口にすれば、相手の面目をつぶしかねなかったことなど知るよしもなかった。彼はふたたびピーターの手をつかんで握手した。「いやはや！　ベイリオルのウィムジイとは。ええと、あれはたしか……？」

「クリケットでしょう、たぶん」ピーターが助け船を出す。

「そうだ」と牧師。「うん──そうだ。クリケットと、それに──ああ、フランク！　ここにいては邪魔になりそうかね？」

　ちょうど脚立とじょうろを手にきびきびと入ってきたクラッチェリーは、「いえ、ぜんぜん」と答えたが、その口調は「はい、すごく」と響いた。牧師はひょいと身をかわした。

「おかけになりませんか？」ピーターは長椅子の端の埃よけをはずした。

「それはどうも、ありがとう」グッドエイカー師が答えるのと同時に、今しがたまで彼が立っていたまさにその場所に脚立が立てられた。「あまりお時間を頂戴してはいかんのだが……そうそう、クリケットだ、それに──」

「今や残念ながら、中高年の部に入りそうですが」ピーターは首を振りふり言った。だが牧師は注意をそらされたりはしなかった。

「たしか、ほかにも何かあったはずだぞ。失礼ながら──おたくの執事さんの言葉がよく聞き取れませんでね。よもやあのピーター・ウィムジイ卿では？」

「悪趣味な称号だが、たしかに我がものです（シェイクスピア『お気に召すまま』五幕四場のせりふのもじり）」

「何と！」グッドエイカー師は叫んだ。「そうか、そうだったのか。ピーター・ウィムジイ卿

──クリケットと犯罪学《クライム》の大家！　いや、これは光栄ですな。つい先日も家内と新聞でちょっとした記事を読ませていただいたばかりで──たいそう興味深い──あなたの探偵としてのご経験に関する──」

「探偵！」トウィッタトン嬢が興奮しきった金切り声をあげた。

「まったく無害なものですのよ、本当に」とハリエット。

「しかし」グッドエイカー師はちょっぴりおどけた口調で続けた。「何か事件の調査をしにパグルハムに来られたのでなければいいが」

「まったくですよ」ピーターは言った。「じつのところ、僕らは心静かなハネムーンをすごすつもりでここへ来たので」

「おお、それは！」牧師は叫んだ。「おめでたい。どうかお二人が神の祝福のもと、至福のひとときをすごされますように」

トウィッタトン嬢は煙突と使い古しのシーツを思い浮かべて打ちひしがれ、深々とため息をついた。それからふと、フランク・クラッチェリーに目を向けて眉をひそめた。脚立の上という優位な場所に立った彼は、雇い主たちの頭上で、不遜としか思えないしかめ面《つら》をしていたのだ。彼女の視線に気づくと、若者はたちまち不自然なほど真面目くさった顔になり、サボテンの鉢をせっせと拭きはじめた。つかのま注意がそれたせいで、縁から水があふれ出てしまっていたのだ。その下ではハリエットが二人とも大満足していると牧師に請け合い、ピーターが相槌《あいづち》をうっていた──。

「僕らは結婚して二十四時間近くになりますが、まだ結婚しています。それは近年では記録的快挙というものでしょう。とはいえ、司祭《パードレ》、僕らは古風な、田舎育ちの人間ですからね。じつのところ妻は以前、こちらのいわば〈ご近所さん〉だったんですよ」

前半の指摘を面白がるべきか嘆くべきか決めかねているようだった牧師が、これを聞くなり興味津々の顔になったので、ハリエットは急いで自分の正体を告げ、〈トールボーイズ〉へやって来た経緯を話した。グッドエイカー師は彼女が被告人となった殺人事件の公判について、何か聞くか読むかしていたとしても、まったく知っているそぶりは見せなかった。それよりもただ、ヴェイン医師の娘さんに再会できたこと、そしてこの教区に新たな二人の住民を迎えられたことを大いに喜んだ。

「ではこの家を買われたのですな？　それはそれは！　しかし、トウィッタトンさん、あなたの叔父さまがわれわれを見棄てようとしているのでなければいいが」

長々と自己紹介と挨拶が交わされるあいだ、かろうじて自分を抑えていたトウィッタトン嬢は、牧師の言葉を聞くなり、堰《せき》を切ったように話しはじめた。

「それどころじゃありません、グッドエイカー先生。じつにひどい話で……叔父はそのことをわたしに一言も話してくれなかったんです。ただの一言も。おまけに家をこんなふうにしたまま、さっさとブロクスフォードかどこかへ行ってしまって！」

「だがきっと、じきに戻られるでしょう」とグッドエイカー師。

「フランクには今日もここにいると言ったのに――そうよね、フランク？」

すでに脚立からおりたクラッチェリーは、ラジオ・キャビネットを吊り鉢のきっちり真下に戻すことに専念しているようだった。トウィッタトン嬢の問いかけに、

「そんなふうに言ってはいましたよ、トウィッタトンさん」と答えた。

それから、牧師のまえではめったなことは口にできないとばかりに、きゅっと唇を引き結び、じょうろを手に窓辺へ引っ込んだ。

「なのに叔父はここにいないんです」トウィッタトン嬢は言った。「さっぱりわけがわかりません。しかも、お気の毒なピーター卿ご夫妻は――」

彼女は興奮しきって昨夜の顛末《てんまつ》を語りはじめた。鍵のこと、煙突のこと、クラッチェリーの新しい自動車整備場のこと、シーツのことから十時のバスのこと、果てはピーターが発電機を導入するつもりでいることまでが、支離滅裂に語られてゆく。牧師はときおり驚きの声をあげ、いよいよ戸惑いを深めたようだった。

「それはさぞかし、大変でしたろう」ついにトウィッタトン嬢が息を切らして話をやめると、牧師は言った。「いや、お気の毒です。何か家内とわたしにできることがあれば、レディ・ピーター、どうぞ遠慮なくおっしゃってください」

「恐れ入ります」ハリエットは言った。「でも本当に、わたしたちはちっとも気にしてません。こんなちょっとした不便を体験するのも愉快なものですわ。ただし、トウィッタトンさんはもちろん、叔父さまのことがご心配でしょうけど」

「おおかた、どこかで用事が長引いとるのでしょう」牧師は言った。「あるいは」――はたと

思いつき——「手紙がうまく届かなかったのか。そうだ、そういうことに違いない。郵便というのはすばらしい仕組みだが、誰にでも失敗はある。きっとノークスさんはブロクスフォードで無事にぴんぴんしとられますよ。うまく会えずに、わたしが残念がっていたとお伝えくだされ。今日ここへ来たのは、〈教会音楽基金〉への支援のために計画中のコンサートに寄付をお願いするためで——それでこうしてお邪魔しとるわけです。どうもわれわれ聖職者はみじめな物乞いでしてな」

「こちらの聖歌隊は今でも盛んですの?」ハリエットは尋ねた。「ほら、いつぞやグレイト・パグフォードで開かれた休戦記念日(第一次世界大戦の終結を記念した十一月十一日の祝日)の大合同祝賀コンサートに参加なさったでしょう? あのとき牧師館のお茶会でわたしは先生のお隣にすわって、教会音楽に関するごく真剣な議論を交わしましたのよ。今でも懐かしいバネットの〈ヘ調合唱曲〉を歌われるのかしら?」

ハリエットは冒頭の数小節をハミングした。ずっと慎み深く沈黙を保っていたパフェット氏が——今はクラッチェリーが薬蘭の埃をスポンジで拭うのを手伝っていたのだが——ぱっと目をあげて朗々たる声を合わせた。

「いやいや!」グッドエイカー師は満足げに言った。「われわれもあれからずいぶん進歩しましてな。スタンフォードのハ調を歌うまでになりました。このまえの収穫祭には、ハレルヤ・コーラスに挑戦して大成功を収めたばかりです」

「ハレルヤ!」パフェット氏が轟《とどろ》くばかりの声を張りあげた。「ハレルヤ! ハレールヤ!」

「トムは」牧師があやまるように言った。「うちのもっとも熱心な隊員の一人でしてな。フランクもです」

トウィッタトン嬢がちらりとクラッチェリーに目をやった。もしも彼までやかましく歌いはじめるそぶりを見せたら、すかさず押しとどめようという意気込みで。けれどほっとしたことに、彼はすでにパフェット氏のそばを離れ、ふたたび脚立に乗って時計のねじを巻こうとしていた。

「それにもちろん、トウィッタトンさんは」とグッドエイカー師。「オルガンを弾いてくださっとります」

トウィッタトン嬢はかすかに笑みを浮かべて両手の指を見つめた。

「しかし」牧師は続けた。「あのオルガンには残念ながら、新しい送風機が必要だ。今のはもうつぎはぎだらけで修理がきかんうえに、リードを新品に付け替えたので力が追いつかなくなっとるのです。ハレルヤ・コーラスでは、その弱点が情けないほどあらわになりました。何と、みごとに息切れしてしまいましてな」

「本当に困りましたわ」トウィッタトン嬢が言った。「どうすればいいのかわかりませんでした」

「これは何としても、トウィッタトンさんを困らせないようにしなければ」ピーターが札入れを取り出した。

「いやはや！」牧師は言った。「そんなつもりはなかったのですが……何と、ご寛大な！　恐縮です、教区に来られたばかりの日だというのに。いや、本当に——お恥ずかしいほどですよ。ご親切にも——多額のご寄付を——よろしければ、コンサートのプログラムをご覧ください。ああ！」子供じみた喜びに顔を輝かせ、「じつのところ、まともなイングランド銀行券を手にしたのは久方ぶりです」

牧師がつかんだ一枚のパリパリの紙片の魔力で、しばし部屋じゅうの者が動きをとめるのをハリエットは目にした。トウィッタトン嬢は畏敬《いけい》の念に打たれてぽかんと口を開け、パフェット氏はスポンジを持ったまま作業の手をとめている。脚立を肩にかついで部屋を出てゆこうとしていたクラッチェリーは、さっと首をめぐらして奇跡に見入った。当のグッドエイカー師は興奮と喜びの笑みを浮かべ、かたやピーターは、子供部屋にテディベアを贈った優しいおじさんよろしく、周囲の反応を楽しみながらも、ちょっぴり自意識過剰になっている。何だかみなで推理小説の表紙絵のためにポーズを取っているようだ。題して、『教区の銀行券』。

そのとき、ピーターが遅まきながら「いや、どういたしまして」と言い、牧師が紙幣をつかんだ拍子に落としたコンサートのプログラムを拾いあげた。それを合図に、中断されていたすべての動きがふたたびフィルムのように流れはじめた。トウィッタトン嬢がお上品に小さく咳払いし、クラッチェリーが部屋から出てゆく。パフェット氏はスポンジをじょうろに放り込み、牧師は十ポンド札を注意深くポケットにしまうと、小さな黒い手帳に寄付の金額を書き込んだ。

「すごいコンサートになりそうね」ハリエットは夫の肩越しにプログラムをのぞいた。「いつなの？　わたしたちがここにいるあいだ？」

「十月二十七日だ」とピーター。「そりゃあ、ぜひとも行かせてもらおう。当然だ」

「そうよね」ハリエットは相槌をうち、牧師に微笑みかけた。

ピーターとの結婚生活については、ときおりあれこれ突拍子もない場面を思い描いてきたものだが、村のコンサートに出席することまでは考えてみなかった。けれど、もちろん足を運ぼう。今ではよくわかる気がした――いつも仮面をかぶり、洗練された都会人を装《よそお》って、奇妙に心を閉ざした逃避的な態度を取っているピーターが、なぜあれほど揺るぎない雰囲気を漂わせているのかが。彼は秩序正しい社会に属する人間であり、これがまさにその社会なのだ。ハリエットの周囲のどんな友人よりも、ピーターは彼女が子供時代に慣れ親しんだ言葉を口にした。ロンドンでは誰がいつ、何をしても、どんな立場になっても不思議はない。けれど田舎の村では――どんな村でも――みなが不変の役割を担う。教区司祭、オルガン奏者、煙突掃除屋、公爵の息子と医者の娘。それぞれがチェスの駒さながらに、割り当てられた役目どおりに盤上を動きまわるのだ。そう思うと、奇妙に胸が高鳴った。まさに「わたしは英国と結婚した（エリザベス一世が口にしたとされる言葉）」というわけだ。ハリエットは夫の腕にかけた指にぐっと力を込めた。

当の英国卿は、自分にそんな象徴的意義があるとはつゆ知らぬまま、肘をぎゅっと閉じて妻の合図に応えた。「すばらしい！」彼は熱を込めて言った。「ピアノ独奏、トゥイッタトン嬢――これはぜったい聞き逃せないぞ。それにサイモン・グッドエイカー師の独唱、〈クレタ島のハイブリアス〉――力強い、男らしさいっぱいの歌ですね、司祭《パードレ》。聖歌隊による民謡と船乗りのはやし歌……」

（妻の指先が腕を撫でるのを感じ、ピーターはこのプログラムへの賛辞に対する同意のしるしと受け取った。じっさい、二人の思いはそれほどかけ離れてはいなかった。彼はこう考えていたからだ――この古風な連中は、何と定石どおりのことをするのだろう！　〈クレタ島のハイブリアス〉とは！　子供のころによく、教区の副牧師が歌っていた――「この自慢の剣で我は耕《たがや》し、刈り取り、種を蒔く」――ハエ一匹傷つけそうにない、穏やかな人だった……マートン、それともコーパス・カレッジの出身だったかな？……小柄なくせに迫力満点のバリトンで……うちの家庭教師と恋に落ちたんだ……）

〈シェナンドー〉、〈リオグランデ〉、〈デメララ（英領ギアナの植民地。砂糖の産地として有名）の地で〉……ピーターは埃よけのカバーに被《おお》われた室内を見まわし、「今の僕らの心境にぴったりだ。僕らのための歌だぞ、ハリエット」と言うなり、声を張りあげた。

「我らはここにうずくまる、荒野の小鳥たちのように――」

　このさい、みんなで羽目をはずすのも悪くない……ハリエットは声を合わせた。

「荒野の小鳥たち――」

　パフェット氏がこらえきれずに大声を轟かせた。

「荒野の小鳥たち——」

牧師が口を開いた。

「我らはここにうずくまる、荒野の小鳥たちのように、
はるかデメラの地で！」

最後はトウィッタトン嬢までもが甲高い声で加わった。

「おりしも、一人の老人が煙に巻かれて死んだ、
煙に巻かれて死んだ、
煙に巻かれて死んだ、
一人の老人が、煙に巻かれて死んだ、
はるかデメラの地で！」

〈そういえば、誰かがちょうどこんな詩を書いていた——〈不意に誰もが大声で歌いはじめた
（サスーンの「誰もが歌った」より）〉〉

「そこで我らはここにうずくまる、荒野の小鳥たちのように、
荒野の小鳥たち、
荒野の小鳥たち！
我らはここにうずくまる、荒野の小鳥たちのように、
はるかデメララの地で！」

「いいぞ！《ブラヴォー》」とピーター。

「さよう」グッドエイカー師が言った。「じつに心のこもった合唱でしたな」

「ははあ！」とパフェット氏。「悩みを忘れるにゃ、気持ちのいい歌がいちばんだ。ねえ、御前さま？」

「いかにも！」ピーターは言った。「つまらん憂《うれ》いよ、消え去れ！ Eructavit cor meum（心に湧きいずる、美しき言葉よ）（旧約聖書「詩篇」四十五篇二節より）」

「いやいや」牧師が異議を唱えた。「まだ悩みなど口にするには早すぎますぞ、お若い方々」

「男は結婚すれば」パフェット氏がもったいぶって言った。「あれこれ悩みができるものでやすよ。ときには家族、ときには煤って形で」

「煤だって？」牧師は叫んだ。この所帯じみた合唱団の中でパフェット氏が何をしているのか、初めて考えてみる気になったようだ。「そういえば、トム――あんたはノークスさんの――と

いうか、ピーター卿の――煙突に少々手こずらされとるようだが。どうかしたのかね？」

「何やら、悲惨なことになってるようですよ」家の主が言った。

「そんなことはありゃせん」パフェット氏がたしなめた。「煤が詰まっとるだけで。腐った煤が。手入れをせんからです」

「でもきっと――」トウィッタトン嬢が弱々しく口をはさんだ。

「今ここにいる人たちに責任があるわけじゃなく」とパフェット氏。「トウィッタトンさんにゃお気の毒だし、御前さまにもお気の毒なこってす。けど煤が腐ってカチコチになり、棒も通らんときた」

「それはまた、難儀なことだ」牧師は声を張りあげた。教区内で起きたこの非常事態に対処すべく、牧師として当然の覚悟を決めて。「いつぞや、わたしの友人の一人も腐った煤にいたく悩まされましてな。しかし、昔ながらの手法で助けてやることができました。ひょっとして、今ここに――ええと――ラドルさんはいますかな？　あのかけがえのないラドル夫人は？」

ピーターの礼儀正しい無表情な顔からは何のヒントも得られなかったので、ハリエットはラドル夫人を呼んできた。あとは牧師が引き受けた。

「ああ、おはよう、マーサ。さてと、あんたの息子の古い散弾銃を借りてきてはもらえんかの？　いつも小鳥たちを脅すのに使っとるあれだ」

「ちょいと見にいってきます、先生」ラドル夫人はおぼつかなげに答えた。

「クラッチェリーに行ってもらいましょう」ピーターが言い、不意にそっぽを向いてパイプに煙草を詰めはじめた。ハリエットはその顔に目をこらし、にわかに不安をつのらせた。彼は何やら胸躍る期待でいっぱいになっている。今後どんな惨事が差し迫ろうと、いっさいそれをとめる気はなさそうだ。天が崩れ落ちるにまかせ、残骸の上で踊り狂うつもりなのだろう。

「そりゃまあ」ラドル夫人はしぶしぶ認めた。「フランクのほうがあたしよか足が速いですからねえ」

「むろん、弾を込めておくのだぞ」牧師が、クラッチェリーを追ってドアの向こうへ姿を消そうとしているラドル夫人の背中に向かって叫んだ。それから、「腐った煤を取り除くには」と誰にともなく説明しはじめた。「あの手の古い鳥撃ち銃を煙突の上に向かってぶっ放すのがいちばんですからな。例のわたしの友人は――」

「そりゃあ賛成できませんわ、先生」パフェット氏が言った。丸々とした身体のそこここから、内心の義憤が見て取れる。誰が何と言おうと、一歩も退《しりぞ》かないかまえのようだった。「煤を取るなら、棒に力を込めてやるしかねえ」

「しかしだな、トム」とグッドエイカー師。「友人の家の煙突は、散弾銃でたちまちきれいになったぞ。にっちもさっちもいかん状態だったのだがね」

「そうかもしれやせん」パフェット氏は返した。「けど、あたしならそんな手は使いませんな」

彼は苦りきった顔で、脱ぎ捨てたセーターが積みあげられた場所へ行き、いちばん上の一枚を取りあげた。「棒がだめなら、次は梯子《はしご》の出番だ。ズドンと一発なんかじゃねえ」

「本当に、グッドエイカー先生」トウィッタトン嬢が気遣わしげに叫んだ。「そんなことをしてだいじょうぶでしょうか？　わたしはいつも、家の中に銃があるだけで不安でなりません。しじゅう事故が起きて――」

牧師は彼女に心配ないと請け合った。ハリエットが見るに、この家の所有者たちはとにもかくにも、自宅の煙突へのあらゆる責任を免れようとしていた。とはいえ、煙突掃除屋を少しばかりなだめておいたほうがよさそうだ。

「わたしたちを見棄てないでね、パフェットさん」彼女は小声で訴えた。「グッドエイカー先生のお気持ちを傷つけるわけにはいきません。でも何かあったら――」

「頼むよ、パフェット」ピーターが口添えした。

パフェット氏は小さなきらめく両目でじっと家の主を見つめ返した。ピーターの明るく澄みきった、それでいて底知れぬ深みをたたえた一対《いっつい》の灰色の湖のような目を。

「そりゃまあ」パフェット氏はゆっくりと答えた。「何でも仰せのままにしやすよ。けど、あたしが忠告しなかったとは言わんでくださいよ、御前さま。どうにも賛成できんこってす」

「煙突が崩れ落ちたりはしないでしょうね？」ハリエットは尋ねた。

「いや、煙突は崩れ落ちたりはしやせん」とパフェット氏。「ただしご老体を喜ばせたきゃ、何が降りかかっても責任はご自分たちでかぶってくだせえよ。こいつは言葉のあやってもんですがね、奥さま」

パイプに火をつけるのに成功したピーターは、両手をズボンのポケットに入れ、ドラマの出演者たちを満足げに超然と見守っている。やがてクラッチェリーとラドル夫人が銃を持って入ってくると、彼はこぼれた香水をうっかり踏んでしまった猫のように、部屋の隅へと静かにあとずさりはじめた。

「いやはや！」ピーターは小声でささやいた。「ワーテルローの戦い（ナポレオンが敗北を喫した一八一五年のベルギーでの戦い）で使われたみたいなしろものだぞ！」

「すばらしい！」牧師が叫んだ。「いや、ありがとう、マーサ。これで準備は整った」

「ずいぶん早かったのね、フランク！」トウィッタトン嬢が言い、おっかなびっくり銃に目をやった。「弾が勝手に飛び出したりはしないでしょうね？」

「軍のラバが勝手に飛び出したりするか？」ピーターが小声でまぜ返す。

「どうも火器ってものは好きになれません」とトウィッタトン嬢。

「いや、いや」牧師が言った。「心配は無用ですぞ。おかしなことにはならんから」彼は銃を受け取り、いかにも発射の仕組みに通じた者らしく安全装置と引き金を調べた。

「ちゃんと弾を込めて、いつでも撃てるようになってます、先生」ラドル夫人がバートの有能さを誇るかのように保証した。

トウィッタトン嬢がきゃっと悲鳴をあげたので、牧師は注意深く銃口を彼女からそらしたが、ちょうど廊下から入ってきたバンターに狙いが定まることになった。

「失礼ながら、御前」バンターはみごとに平然としながらも、両目を油断なく光らせて言った。「戸口に訪ねてまいった者がおりまして——」

「ちょっと待て、バンター」主人がさえぎった。「今しも花火大会がはじまろうとしてるんだ。

この煙突の汚れをね、ごく自然な気体の膨張で一掃しようというわけさ」

「かしこまりました、御前」バンターはくだんの火器と牧師の力を引きくらべているようだった。「僭越《せんえつ》ながら、先生、よろしければわたくしが――」

「いや、いや」グッドエイカー師は叫んだ。「お心遣いはありがたいがね。わたし一人でちゃんと撃てるよ」牧師は銃を手に、暖炉を被う粗布の下に頭と肩を突っ込んだ。

「ふむ！」とピーター。「きみは僕より勇敢だ、ガンガ・ディン（ラドヤード・キプリングの詩より。インド人のディンは詩の語り手である兵士を救うために命を落とす）」

ピーターはパイプを口から抜き取り、空いているほうの手で妻を抱き寄せた。しがみつける夫がいないトウィッタトン嬢は、庇護を求めてクラッチェリーに駆け寄り、哀れっぽく叫んだ。

「ああ、フランク！　きっと銃声を聞いたら悲鳴をあげてしまうわ」

「怖がることはありませんぞ」牧師がまるで芸人のように幕の陰からひょいと頭をのぞかせた。

「さてと――みなさん用意はいいですかな？」

パフェット氏が山高帽をかぶった。

「Ruat caelum!（天よ落ちろ）！」ピーターが叫ぶと同時に、銃が撃たれた。

この世の終わりを告げるかのような轟音《ごうおん》が鳴り響き、発射の反動は（ピーターの予想どおり）強烈だった。銃と射手はともに炉床《ろしょう》の上をころがって、ぐるぐる巻きついた布でがんじがらめになっている。バンターが救助に飛び出したとき、粉々になった数世紀分の煤が煙突の上からどっと降り注いできた。それが静かに猛然と床を打ち、漆黒《しっこく》のキノコ雲となって立ちのぼると同時に、今度は石とモルタルのかけらがガラガラと降ってきた。ニシコクマルガラスの巣、コウモリとフクロウの骨、種々の棒切れや煉瓦や金属細工、それにタイルや陶器の破片もだ。ラドル夫人とトウィッタトン嬢の金切り声を圧して、すさまじい轟音が長さ四十フィートの煙管の曲がり目から曲がり目へと響き渡った。

「ああ、すごいぞ！」ピーターが妻を抱きしめて叫んだ。「ああ、惜しみなきエホバの神よ！かつての苦難が千倍も報われし喜びよ！（讃美歌の一節）」

「そらね！」パフェット氏が勝ち誇ったように声を張りあげた。「言わんこっちゃない」

それに応えて口を開きかけたピーターは、ふと、ヌビアの女神のごとく黒々としたバンターの姿に気づいた。目も見えず、苦しげに鼻を鳴らしている。そのうっとりするような光景に、ピーターは言葉を失った。

「まあ、どうしましょう！」トウィッタトン嬢が叫び、布地にすっぽりくるまれた牧師の周囲をおろおろと行ったり来たりした。「あら、まあ、まあ。ああ、フランク！　ああ、何てこと！」

「ピーター！」ハリエットはあえいだ。

「こうなると思ったよ！」ピーターは言った。「わーい！　思ったとおりだ！　きみがあの葉蘭の悪口を言ったせいで、何か恐ろしいものが煙突から出てきたんだぞ！」

「ピーター！　あの布の中にはグッドエイカーさんがいるのよ」

「わーい！」ピーターはまた叫んだあと、どうにか気を静めてパフェット氏とともに、牧師をくるむ繭《まゆ》をほどきにかかった。ラドル夫人とクラッチェリーは、不運なバンターを部屋の外へと導いている。

やがて、グッドエイカー師がいささか乱れた姿をあらわした。

「お怪我はないでしょうね、先生？」ピーターがさも気遣わしげに尋ねた。

「いやいや、何ともありません」牧師は肩をこすった。「ちょっとアルニカチンキを塗ればすぐに治りますよ！」彼は乏しい髪を両手で撫でつけ、眼鏡はないかと手探りした。「あの爆音でご婦人方がひどく驚かれたりはせんかったでしょうな？　それなりの効果はあったようだが」

「目覚ましい効果でしたよ」ピーターは土管からシロガネヨシを一本引き抜き、そっと周囲の残骸をつつきまわした。牧師の身体から煤をはたき落としていたハリエットは、ふと鏡の国のアリスが白の王の灰を払ってやる場面を思い浮かべた。「古い煙突の中に見つかるものときたら、驚くばかりですね」

「よもや死体はなかったでしょうな」と牧師。

「鳥類のものだけです。あとはコウモリの骸骨がふたつ。それにパグルハムの歴代町長が着けていたとおぼしき、古びた鎖が八フィートかそこら」

「ほう！」グッドエイカー師は好事家らしい熱意をみなぎらせた。「おそらく、鍋を吊るすのに使われとった鎖でしょう」

「そうに違いありやせん」パフェット氏が同意した。「おおかた、暖炉の奥の棚のひとつに引っかけられとったんでしょう。ほら！　あすこに昔よく使われてた焼串回転器がある。それにほら！　あれがその鎖のかけられてた横木と滑車みたいだ。うちの婆ちゃんも、これとそっくりのやつを持っていたっけ」

「さてと」ピーターが言った。「何はともあれ、いくらか詰まりが解消されたようだぞ。これで通風管に棒を通せそうかね？」

「もしも」パフェット氏が脅しつけるように言った。「まだ通風管があるとすればね」彼は暖炉の奥へもぐり込み、ピーターがそのあとに続いた。「頭に気いつけてください、御前さま──ほかにもぐらついてる煉瓦があるかもしれやせん。まあ、目をこらせば空が見える、今朝よりはましってとこでしょう」

「失礼ながら、御前！」

「何だね？」暖炉から這いずり出て上体を起こしたピーターは、気づくとバンターと鼻をつき合わせていた。かなり手荒く洗われたようで、すっかりきれいになっている。彼は従者をじろじろ眺めまわした。「おやおや、バンター、親愛なるバンターよ。僕は昨夜の流し場でのしごきの恨みを晴らしたぞ」

何やら強烈な感情が、うっすらバンターの顔をよぎった。しかし、訓練を積んだ従僕はみごとに耐え抜いた。

「戸口におります人物が、ノークス氏に面会を求めておりまして。ここにはいないと話しても、信じようとしないのです」

「トウィッタトンさんに会ってはどうかと尋ねてみたかい？　いったい何の用事なんだろう？」

「当人が申しますには、御前、差し迫った個人的な用件だとか」

パフェット氏は自分の立ち入るべき問題ではないと感じ取り、控えめに口笛を吹きながら、掃除用の棒を集めて紐でくくりはじめた。

「どういった〈人物〉なのかね、バンター？」

バンター氏は軽く肩をすくめて両手を広げた。

「外見から判断いたせば、御前、金融関係の人物かと」

「ほほう！」パフェット氏が小声でつぶやいた。

「ユダヤ系の名前かね？」

「マクブライド（吝嗇と言われるスコットランド系の姓）と名乗っております」

「似たようなものだ。さてと、トウィッタトンさん、その金融関係のスコットランド人とお会いになりますか？」

「まあ、ピーター卿、何とお答えすればよいのやら。ウィリアム叔父の事業については、何ひとつ存じませんの。わたしが鼻を突っ込むのを叔父が喜ぶかどうかも。せめて叔父が――」

「では僕がそいつと渡り合ってみましょうか？」

「恐れ入ります、ピーター卿。ご面倒をおかけすべきでないのは承知しています。でも叔父は消えてしまうし、何もかも戸惑うばかりで――それに取引のことは、やはり殿方のほうがずっとよくおわかりですものね、レディ・ピーター。ああ、いやだ！」

「主人が喜んでお力になるはずです」ハリエットは言った。ふざけて「取引は大の得意ですから」とつけ加えたい思いに駆られたが、さいわい当の殿方が先まわりした。

「これほど嬉しいことはありません」御前さまは断言した。「余計なお世話をするのは大好きなんですよ。ではその人物を通してくれ。ああ、それと、バンター！　おまえに〈煙突騎士団最高勲章〉を授与したい——圧倒的劣勢にもかかわらず、救助を試みた英雄的行為に対してだ」

「痛み入ります、御前」バンター氏は顔色ひとつ変えずに頭をさげ、古びた鎖を首にかけられると、右手で従順に焼串回転器を受け取った。「ありがとうございます。ほかに何かご用はございましょうか？」

「そうだな。出ていくまえに——あそこの遺骸を片づけてくれ。だがあの兵士たちに弔砲は無用だろう。みんな今朝はもう、たっぷり聞かされたからな」

バンター氏は一礼し、種々の骨をちり取りに集めて出ていった。だがハリエットは彼が長椅子のうしろを通りながら、そっと鎖を首からはずして土管に投げ入れ、焼串回転器を壁に立てかけたのを見逃さなかった。紳士がジョークを飛ばすのはかまわない——が、紳士の従者にも保つべき立場というものがある。往年のパグルハム町長や田舎じみた騎士団長さながらの扮装で、穿鑿《せんさく》がましいユダヤ人の相手をするわけにはいかないのだ。

6　戦闘部隊へ逆戻り

日々が日々を殺《あや》めて
いくつもの季節がめぐりゆき、
ふたたび夏をもたらした。
そして今、わたしは草地に寝そべっている
以前はこれだけで喜びを覚えたものだ
正しいことにも間違ったことにも手を出さぬうちは

ウィリアム・モリス「人生の半ばをすぎて」

部屋に通されてきたマクブライド氏は、きびきびとした青年だった。山高帽をかぶり、周囲のあらゆるものを在庫目録に記入しているかのような油断ない黒い目をしている。ただし、ネクタイの趣味は恐ろしく悪い。彼はすばやく牧師とパフェット氏を値踏みして、彼らに用はないと切り捨て、一直線に片眼鏡の紳士へと歩を進めた。

「おはようございます。ピーター・ウィムジイ卿でいらっしゃいますね？　お邪魔してまことに申し訳ありません。こちらにご滞在中とうかがいました。じつは、ちょっと仕事の件でノークス氏とお会いする必要がありまして」

「そのようだな」ピーターは悠然と言った。「ところで、今朝はロンドンは霧が出ていたかね?」

「いやあ、ぜんぜん」マクブライド氏は答えた。「よく晴れてましたよ」

「やっぱり。いやね、きみはロンドンの出じゃないかと思ったんだよ。おいらはイバラの茂みで生まれ育ったのさ、キツネどん（J・Cハリスの寓話集『リーマスじいやの物語』より。主人公のウサギは生来のはしっこさで他の動物を手玉に取る）って感じだからな。だがむろん、その後はどこにいたのだとしても不思議はない。だから訊いてみたんだ。名刺はもらっていないようだが」

「ええっと、それは……」マクブライド氏は説明しはじめた。じっさい、もともとの訛《なま》りは――歯《し》擦音《さつおん》に少々難があるのは別として――まぎれもなくロンドンの下町のものだった。「用があるのはノークスさんだからです。個人的な内密の用件なんですよ」

ここでパフェット氏が床に落ちた長い撚《よ》り紐を見つけ、ゆっくりと丹念に巻きあげはじめた。あまり好意的とは言いかねる目つきで、このよそ者の顔をじっと見つめている。

「それなら」ピーターが続けた。「残念ながら無駄足だったよ。ノークスさんはここにはいない。いてほしかったんだけどね。たぶんブロクスフォードで会えるだろう」

「おや、だめですよ」マクブライド氏は言った。「その手は通じません。これっぽっちもね」

そこでドアの外の足音に気づいてさっとふり向いたが、バケツと箒《ほうき》とシャベルを手にしたクラッチェリーがあらわれただけだった。マクブライド氏は声をあげて笑った。「ついさっきブロクスフォードへ行ったら、ノークスさんはここで見つかるはずだと言われたんですよ」

「本当かい?」とピーター。「そうだ、クラッチェリー。このゴミの山を掃《は》いて、新聞紙を片づけてくれたまえ。で、彼はここだと言われたって? ならばその連中が間違っていたんだ。ノークスはここにはいないし、どこにいるか僕らは知らない」

「でも」トウィッタトン嬢が叫んだ。「そんなはずありません! ブロクスフォードにもいなかった? じゃあ、叔父はいったいどこにいるの? 何とも気が揉めること。ああ、グッドエイカー先生、何かお知恵はありませんか?」

「すっかりごたごたしていて申し訳ない」ピーターは言った。「ちょっとした家庭内の事故で煤《すす》が飛び散ってしまってね。花壇に撒くにはちょうどいい。庭木につく害虫は煤を嫌うと言うからな。うん。さてと、こちらはノークス氏の姪御さんのトウィッタトン嬢だ。彼女にきみの用件とやらを話してみてはどうかな」

「悪いけど」とマクブライド氏。「そうはいきません。ご本人にじかに合わないと。僕を体《てい》よく追っぱらおうとしても無駄ですよ。そういう策略には慣れっこなんだから」彼はクラッチェリーがせっせと足元で振りまわしている箒をひょいと飛び越え、勧められてもいないのに長椅子に腰をおろした。

「いいかね、お若いの」グッドエイカー師が非難がましく言った。「少しは礼儀にかなった物言いを心がけることだぞ。ピーター・ウィムジイ卿が自ら、ノークス氏の所在は不明だと請け合われたのだ。よもや御前が事実に反することを言われるはずはなかろう」

部屋の向こうの飾り棚へとぶらぶら歩を進め、バンターがそこに置いた私物の山を漁《あさ》っていた御前さまは、ちらりと妻を見やって控えめに眉をつりあげた。

「へえ、そうでしょうかねえ?」とマクブライド氏。「この国の貴族ほど、平気な顔で真っ赤な嘘を言ってのける連中はいませんよ。あのお顔なら、いつ証人台に立っても成功間違いなしだ」

「まあそれは」ピーターは私物の山から葉巻入れを引っ張り出しながら、自信たっぷりに返した。「いくらか知られた話ではあるが」

「ほらね」とマクブライド氏。「だからその手はきかないよ」

彼はてこでもここを動かんぞとばかり、無造作に脚を投げ出した。その足元の床を探りまわっていたパフェット氏が、ちびた鉛筆を見つけ、うなり声をあげてポケットに入れた。

「マクブライドさん」葉巻入れを手に戻ってきたピーターが言った。「まあ一服やりたまえ。それで、きみはどこから派遣されてきたのかな?」

心の底まで見通すような目とユーモアあふれる口元にじっと見おろされた相手は、葉巻を受け取り、その品質に気づいて居ずまいを正した。さっと背筋をのばし、対等の知性を持つ相手に陰謀めかしてウィンクしてみせた。

「〈マクドナルド&エイブラハムズ〉ですよ。ベドフォード通りの」

「ああ、そうか。昔ながらの氏族経営のスコットランド系企業だな。弁護士事務所かね? そうだと思ったよ。何かノークスさんの利益になるような話でも? むろん、そうだろう。さてと、きみは彼に会いたがっている。それはわれわれも、こちらのご婦人も同じだが……」

「ええ、本当に」トウィッタトン嬢が言った。「叔父のことが心配でなりません。先週の水曜日から誰も姿を見ていないなんて、ぜったいに――」

「ただし」とピーターが続けた。「彼は僕の家では見つからないはずだ」

「あなたの家？」

「ああ、僕の家だ。ここをノークス氏から買ったばかりなんだよ」

「へえっ！」マクブライド氏は興奮した様子で叫び、ふうっと煙を吐き出した。「じゃあ、そういう裏があったのか。この家を買った？　金は払ったんですか？」

「これこれ、何てことを！」牧師があきれ返って口をはさんだ。セーターの一枚を着ようと悪戦苦闘していたパフェット氏は、両手をあげたまま動きをとめた。

「もちろん」とピーター。「代金は支払いずみだ」

「ちくしょう、とんずらしやがったんだ！」マクブライド氏は叫んだ。とつぜん身体を動かしたので、山高帽が膝から吹っ飛び、パフェット氏の足元までごろごろころがった。クラッチェリーは床から拾い集めた新聞紙を取り落とし、ぽかんと両目を見開いている。

「とんずら？」トウィッタトン嬢の金切り声が響いた。「それはどういう意味なの？　ああ、この人は何を言っているんでしょう、ピーター卿？」

「まあ、どうか落ち着いて！」ハリエットは言った。「あの人だってわたしたちと同様、何もわかってないんです」

「逃げ出した、ってことですよ」マクブライド氏が説明した。「ずらかった。高飛びした。現《げん》生《なま》を手にとんずらしたんです。これでわかりましたか？　だからエイブラハムズさんにも、口を酸《す》っぱくして言ってきたんだ。あのノークスってやつには用心しないと、今にとんずらされますぜって。ほうら、やられちまったじゃないか」

「たしかに、そのようだな」とピーター。

「とんずらした？」クラッチェリーが憤然と口をはさんだ。「あんた方は平気でそんなことを言うけど、俺の四十ポンドはどうなるんだ？」

「まあ、フランク！」トウィッタトン嬢が叫んだ。

「へえ、あんたもやられたのか」マクブライド氏は恩着せがましく同情を示した。「四十ポンドだって？　けど、それならこっちはどうなんだ？　こっちの顧客の金は？」

「何のお金ですの？」トウィッタトン嬢があえぎながら言う。不安に身もだえせんばかりだ。

「誰のお金ですって？　さっぱり理解できません。そもそも、それがウィリアム叔父と何の関係があるんです？」

「ねえピーター」ハリエットは言った。「どうかしら――」

「無駄だよ」と御前さま。「どうせ、いずれはわかることなんだ」

「ほらね？」マクブライド氏は言った。「これが差し押さえ令状ですよ。ほんの九百ポンド分の」

「九百だって？」クラッチェリーはその書類が九百ポンドの価値を持つ手形であるかのように、

つかみかかった。

「九百ポンド！」トウィッタトン嬢の甲高い声がコーラスに加わった。ピーターはかぶりを振った。

「元利の合計でね」マクブライド氏は落ち着きはらって続けた。「〈レヴィ・レヴィ&レヴィ金融〉への、五年越しの借入金です。あっちだって、永遠に待っちゃいられませんからね」

「でも叔父の事業は――」トウィッタトン嬢は言葉を切った。「ああ、何かの間違いに決まっています」

「おたくの叔父さんの事業はね」マクブライド氏はぶっきらぼうだが、どこか同情的でなくもない口調で言った。「あぶなっかしいもいいとこだったんだ。店は抵当に入れられ、在庫品は百ポンド分もない――それだって、代金は未払いだったんじゃないかな。つまり叔父さんは破産した、そういうこってすよ。破産」

「破産した？」クラッチェリーが怒声をあげた。「じゃあ、俺がつぎ込まされた四十ポンドはどうなるんだ？」

「まあ、二度と拝めることはないだろうね、どなたさんか知らないけど」弁護士の助手は冷ややかに答えた。「どうにかあの爺さまを見つけ出し、金を吐き出させないかぎりは。たとえそうできても――ちなみに、御前、この家をいくらで買われましたか？　悪いけど、それによって事情が変わってくるので」

「六百五十だよ」とピーター。

「ずいぶん安値だな」マクブライド氏はそっけなく言った。

「僕らもそう思ったよ」と御前さま。「抵当としての評価額は八百だったからな。だがノークスは即金で支払うというこちらのオファーを受け入れた」

「ここを担保にしてしのぐことも考えてたのかな？」

「それは知らない。とにかくこちらはあれこれ骨折って、面倒な抵当権なんかがついていないことだけ確かめたんだ。それ以上のことは調べなかった」

「はは！」とマクブライド氏。「そりゃあ、お買い得でしたね」

「今後の修復にかなりの金が必要そうだがね。それでも、もっと強く出られれば、あちらの言い値で買っていただろう。ここは妻のお気に入りの家だったからな。だが彼はこちらの最初のオファーを受け入れた。なぜかはこちらの知ったことじゃない。商売は商売だ」

「ふむ！」マクブライド氏は敬意をにじませた。「貴族はやわだなんて思ってる連中の気が知れないや。それじゃ、あなたはこの展開にさほど驚かれてないんでしょうね」

「ああ、ぜんぜん」とピーター。

トウィッタトン嬢は呆気にとられたようだった。

「けど、うちの顧客にはいよいよ困ったことになりましたよ」マクブライド氏はざっくばらんに言った。「六百五十じゃ、たとえ回収できても融資の全額はカバーできない。しかも当人はその金を持って雲隠れときた」

「俺にまで一杯食わせやがって、あのたぬき爺め！」クラッチェリーが憤懣《ふんまん》やるかたなげに叫んだ。

「まあまあ、落ち着いて、クラッチェリー」牧師がなだめた。「場所をわきまえることだぞ。トウィッタトンさんの身にもなってみなさい」

「ここの家具があるわ」ハリエットは言った。「みんなノークスさんのものです」

「代金を支払ってあればね」マクブライド氏は蔑《さげす》むような目で、室内に置かれたものを値踏みした。

「でもそんな!」トウィッタトン嬢が叫んだ。「とても信じられません! わたしたちはずっと、叔父はうまくやってると思っていたんです」

「そのとおりですよ」とマクブライド氏。「うまいこと、この苦境からも逃げ出した。今ごろは一千マイルも彼方ってとこでしょう。先週の水曜から音沙汰なしだって? まあ、そういうこってすよ。とくにお手柄ってわけでもないけどね。じっさい、近ごろは交通の便がいいから、借金を踏み倒してどろんするのはわけもないんだ」

「おいおい!」すっかり自制を失ったクラッチェリーが叫んだ。「それじゃ、たとえあいつが見つかっても、俺の四十ポンドは戻らないってことか? そんな馬鹿な、いくら何でも——」

「そうあせるなよ」マクブライド氏は言った。「別に、共同経営者にさせられたとかってわけじゃないんだろ? それはない? だったら、ともかくあんたはいくらかついてたよ。こっちはあんたに弁済を迫るわけにはいかないんだから。四十ポンドの損失ですんだ幸運に感謝するこった。何ごともいい経験じゃないか、な?」

「冗談じゃねえ！　あの四十ポンドは誰かに返してもらうぞ。そうだ、なあ、アギー・トウィッタトン――あんたはあいつが俺に金を払うと約束したのを知ってるはずだ。あんたを訴えてやる！　あの腹黒い、いんちき野郎の――」

「これ、よしなさい」グッドエイカー師がふたたび割って入った。「こうなったのはトウィッタトンさんの責任じゃない。かっとなってはいかんぞ。みんな冷静に考えることだ――」

「たしかに」とピーター。「おっしゃるとおりです。ここは感情を抑えてなごやかに行きましょう（シェイクスピア『ハムレット』三幕二場のせりふのもじり）。なごやかと言えば、軽く一杯やるのはどうかな？　バンター！――ああ、そこにいたのか。この家に何か酒はあるかね？」

「もちろんでございます、御前。ライン地方の白ワイン、シェリー、ウィスキー……」

ここでパフェット氏は少々口を出したほうがよさそうだと考えた。ワインや蒸留酒は好みではなかったのだ。

「ノークスさんは」と、さり気なく言う。「いつもこの家に美味《うま》いビールの樽を置いてやしたよ。それは褒めてやってもいい」

「すばらしい。厳密に言えば、マクブライドさん、それはおたくの顧客のビールなのだろうがね。きみに異議がなければ――」

「いやまあ」マクブライド氏はしぶしぶ認めた。「このさいビールの少しぐらい、大勢《たいせい》に影響はないでしょう」

「じゃあ、ビールをジャグに一杯持ってきてくれ、バンター。それとウィスキーだ。ああ、ご婦人方にはシェリーがいいだろう」

バンターがこの懐柔策を果たしに出てゆくと、室内の空気はいくらか落ち着いたようだった。

グッドエイカー師がすかさずピーターの最後の言葉をとらえ、当たりさわりのない話題を持ち出した。

「シェリー酒といえば」牧師は快活に言った。「以前から、いちばん好ましいワインのように思えていたのですがな。近ごろはまた真価を認められつつあると新聞で読み、大いに嬉しくなりました。マデイラもです。どちらもロンドンで人気が復活中とか。大学でもよく飲まれているそうですぞ。非常に喜ばしい徴候だ。どうも今どきのカクテルは、健康的とも風味がよいとも思えませんからな。いや、まったく。とはいえ、たまには本格的なワインを一杯やるのも悪くはない——使徒が言われるように、胃袋のためにね（新約聖書「テモテへの第一の手紙」五章二十三節より）ちょうど今のように、心が波立ったときには間違いなく効果てきめんだ。こんなことになって、トウィッタトンさん、あなたにはさぞショックでしたろう」

「叔父がそんなまねをするなんて、夢にも思いませんでした」トウィッタトン嬢は悲しげに言った。「ずっと尊敬の的でしたから。とても信じられません」

「俺には信じられるね——やすやすと」クラッチェリーが煙突掃除屋に耳打ちした。

「わからんもんだねえ」パフェット氏は上着を着ようと格闘しながら言った。「あたしはずっと、ノークスさんてのは抜け目ない男だと思ってた。けっこうなやり手のように見えたがね」

「人の四十ポンドを持ち逃げしたんだぞ！」クラッチェリーは機械的に床の新聞紙を拾い集め

ながら言った。「しかも、俺にはたった二パーセントの利子しか払ったためしがないときた。あの盗《ぬす》っ人《と》め！　どうもあのラジオ屋の商売は端《はな》から気に食わなかったんだよ」

「おっと！」パフェット氏は新聞紙のあいだから垂れさがった紐の切れ端を見つけ、ぐるぐる指に巻き取った。おかげで、たくましい老嬢と彼女の付添婦《コンパニオン》が古毛糸を巻いているような、滑《こっ》稽《けい》きわまる図になった。「しっかり束ねときゃ、すぐに見つかる——そういうこったよ、フランク・クラッチェリー。金の置き場にゃ、よくよく注意するこった。見つけたそばから拾いあげ、注意深くしまっとくのがいちばんさ、ちょうどこの紐みたいにな。そうすりゃほら、欲しいときにはすぐに使える」パフェット氏はどこか奥のほうのポケットに紐をしまった。

　この警句めいた一言にクラッチェリーは何も答えなかった。彼は部屋から出てゆき、入れ替わりにバンターが入ってきた。何やら不可解な表情で、薄っぺらいトレイをあぶなっかしく捧げ持っている。その上には黒い瓶とウィスキーの瓶、素焼きのジャグ、昨夜も使った二客のタンブラーと三客のカットグラスのゴブレット（ひとつは脚の部分が欠けている）、取っ手つきの陶製のマグ、それにサイズが不ぞろいのピューターのジョッキがふたつ載っていた。

「おやおや！」ピーターが声をあげた。（バンターがちらりと、叱られたスパニエル犬のような目で彼を見あげた）。「ベイカー街のでこぼこ軍団《イレギュラーズ》（シャーロック・ホームズの手足となって働くロンドンの貧しい少年たち）ってところだな。まあ、どれもてっぺんに飲み口があるだけましだろう。近ごろは、ウルワース氏の店でもけっこうなグラス類が売られてるそうだぞ。まあ当面はこれで我慢するとして、トゥイッタトンさん、マーゲイトみやげのマグでシェリーを飲まれますか、それともジョッキでウィスキーを一気飲み？」

「あら！」トウィッタトン嬢は言った。「グラスならあの戸棚にいくつかあるはずで――まあ、ありがとうございます。でも朝のこんな時間に――といっても、きっと埃《ほこり》だらけだわ、叔父は使っていませんでしたから――あらあら、ほんとにそんな――」

「飲めば気分が落ち着かれますよ」

「少しは何か口にされないと」とハリエット。

「まあ、そうでしょうか、レディ・ピーター？　じゃあ、ぜひにとおっしゃるのなら――シェリーでけっこうですわ、ほんの少しだけ――もちろん、もうそんなに早い時間じゃありませんわよね？　あら、どうぞもう本当に……いやだわ、そんなにお注ぎになって！」

「ご心配なく。これはあなたのサトウニンジン酒と同じぐらいマイルドなはずですから」ピーターは重々しくマグを彼女に手渡すと、今度は妻のためにタンブラーに少しだけシェリーを注いだ。ハリエットはそれを受け取りながら、ちくりと言った。

「あなたは緩叙法（控えめな表現で逆に印象を強める話法）の名人ね」

「ありがとう、ハリエット。何になさいますか、司祭《パードレ》？」

「ではシェリーを。お言葉に甘えて、シェリーをいただきましょう。さてと、ではお若いみなさんの健康を祝して」牧師はタンブラーをおごそかにトウィッタトン嬢のマグにカチリと合わせ、彼女を仰天させた。「元気を出しなされ、トウィッタトンさん。事態は見かけほど悪くないかもしれませんぞ」

「いや、どうも」マクブライド氏は片手を振ってウィスキーを辞退した。「よければビールが来るのを待たしてもらいます。勤務時間中に蒸留酒は飲まないことにしてるんで。こっちだって、他人《よそ》の家にこんなひどい騒ぎを持ち込むのは嬉しかないんですけどね。商売は商売、ねえ、御前さま？　それにうちの顧客のことも考えないと」

「きみを責める気はないよ」ピーターは言った。「トウィッタトンさんだって、きみはいささか不快な務めを果たしてるだけだとわかっておられるさ。令状の執行もまた神への務め、ってところだな（ミルトンのソネットのもじり）」

「でもきっと」トウィッタトン嬢が叫んだ。「叔父が見つかりさえすれば、何もかも説明してもらえます」

「もしも見つかればね」マクブライド氏は意味ありげに同意した。

「たしかに」とピーター。「あくまで仮定の話だが。もしもノークス氏が見つかって――」不意にドアが開き、彼はどこかほっとしたようにその話題を打ち切った。「ああ！　ビールだ、お待ちかねのビールだぞ！」

「失礼ながら、御前」バンターは手ぶらで部屋の入り口に立っていた。「あいにくノークス氏が見つかったようでございます」

「あいにく見つかった？」主従がじっと見つめ合う。その目差《まなざ》しに無言のメッセージを読み取ったハリエットは、夫に歩み寄って片手を彼の腕にかけた。

「おいおい、バンター」ピーターの声には緊張がにじんでいた。「よもやおまえは――どこでだ？　地下室か？」

ラドル夫人の悲鳴が、バンシー（家の中に死人が出ることを泣き声で知らせる妖精）の叫びもかくやとばかり、あたりの緊張を破って響き渡った。

「フランク！　フランク・クラッチェリー！　ノークスさんだよ！」

「さようでございます、御前」

トウィッタトン嬢が思いがけない鋭さを見せ、ぱっと立ちあがった。「死んでいたのね？　叔父さまは死んでいたんだわ！」手からころげ落ちたマグが炉床《ろしょう》の上で粉々になった。

「まあ、まさか」とハリエット。「そんなはずはありません」

「そうとも、ありえんことだ」グッドエイカー師にすがるような目を向けられたバンターは、頭《こうべ》を垂れた。

「まことに遺憾ながら、事実でございます」

クラッチェリーがバンターを押しのけて飛び込んできた。「どうしたんだよ？　ラドルのおばちゃんは何をわめいてるんだ？　いったいどこに――？」

「やっぱり、思ったとおりだわ！」トウィッタトン嬢が彼には目もくれずに金切り声で叫んだ。

「何か恐ろしいことが起きたのはわかっていたの！　叔父さまは死んで、お金はそっくり消えてしまった！」

彼女は不意にしゃっくりでもするような笑い声をあげ、クラッチェリーに駆け寄った。彼が息を呑んで身を引くと、トウィッタトン嬢は差しのべられた牧師の手をふり払い、泣きわめきながらハリエットの腕の中に飛び込んだ。

「どれ！」パフェット氏が言った。「ちょいと見にいってみやしょう」

ドアへと向かったパフェット氏は、クラッチェリーともろにぶつかった。その混乱に乗じてバンターがすばやく扉を閉め、そのまえに立ちはだかった。

「お待ちください。何もいじらずにおくほうがよろしいかと」

その言葉が待ち望んでいた合図でもあるかのように、ピーターはテーブルから冷えたパイプを取りあげた。それを手のひらに打ちつけ、粉々になった灰をトレイに放り込む。

「おそらく」いかなる場合も希望を失わない、グッドエイカー師が言った。「ノークスさんは気を失っとるだけだろう」居ても立ってもいられぬ様子で腰をあげ、「どうにかしてやれるかも――」

その声が尻すぼみに消えた。

「あの様子では」バンターが言った。「息絶えて数日になるようです」彼の両目はまだピーターに向けられている。

「例の金は身に着けてましたか？」マクブライド氏が尋ねた。牧師はかまわず、石の壁に打ちつける波さながらに、無表情なバンターにまたもや質問をぶつけた。

「しかし、どうしてそんなことに？　何か発作でも起こして階段をころげ落ちたのだろうか？」

「それよか、喉でも掻《か》っ切ったんだろうよ」とマクブライド氏。

バンターがまだピーターに目を向けたまま、力を込めて言う。「自殺ではございません」そこでドアが肩にぶつかるのを感じ、わきにどいてラドル夫人を中に通した。

「やれやれ！　何とまあ！」ラドル夫人は叫んだ。両目をぞっとするほど得意げにきらめかせている。「見るも哀れに、頭をぶち割られちまってさ！」

「バンター！」ピーターがついにあの言葉を口にした。「これは殺人だというわけか？」

トウィッタトン嬢がハリエットの腕から抜け出て床にくずおれた。

「断言はいたしかねます、御前。しかしたいそう遺憾ながら、その可能性が大かと」

「水を一杯お願い」ハリエットは言った。

「はい、奥さま。ラドルさん！　水を一杯――今すぐに！」

「いいだろう」ピーターは機械的にゴブレットのひとつに水を注ぎ、掃除婦に手渡した。「では何もかも、そのままにしておくように。それからクラッチェリー、きみには警察署へ行ってもらおう」

「だったら」ラドル夫人が言った。「もしも警官に来てほしいなら、あの若造のジョー・セロン――例の村の巡査だけど――がちょうど今、うちの木戸のまえでアルバートとしゃべくってます。さっき見てから五分とたっちゃいないし、あたしの知るかぎり、今どきの若いもんが無駄話をはじめたら――」

「水を」ハリエットは言った。ピーターがストレートのウィスキーをなみなみと注いだグラスを手に、そっとクラッチェリーに歩み寄る。

「これを飲んで気を静めるといい。それから裏のコテージへひとっ走りして、そのセロンとかいう男を連れてきてくれ。大至急だぞ」

「すいません、御前さま」はっと我に返った若者はウィスキーを一気に飲みほした。「ちょっとショックだったもんで」

彼は出てゆき、パフェット氏があとに続いた。

「たぶん」と、通りがかりにバンターのわき腹を小突き、「こうなるまえに例のビールを取ってくる暇はなかったんでやしょうな？　まあ仕方ない――戦争中にゃ、もっと悪いことだって起きるんだ」

「この人もいくらか具合がよくなりましたよ、気の毒に」ラドル夫人が言った。「さあ、ほらほら、しっかりして。ゆっくり横になって、お茶でも飲むことだ。二階に連れてきましょうかね、奥さま？」

「そうしてちょうだい」とハリエット。「わたしもすぐに行きます」

彼女は二人を行かせると、ピーターに目を向けた。彼は身じろぎもせずにじっとテーブルを見おろしている。まあ、いやだ！　ハリエットはその顔つきにぎょっとした。まさに中年男――人生の半ばをすぎてしまった男の顔だ。もうあんなことをさせるわけには――

「ああ、ピーター、何てこと！　わたしたちは静かなハネムーンをすごしにここへ来たのに！」

彼女が手を触れるとピーターは目をあげ、悲しげに笑った。

「ちくしょう！　参ったね！　またあの七面倒な仕事に逆戻りだ。死後硬直、誰が最後に彼を見たか、血痕、指紋、足跡。情報を集めて、逮捕のさいにはお決まりの警告。Quelle scie, mon dieu, quelle scie!（ああもう、ほんとに、うんざりだよ）！」

青い制服姿の若者がドアから首を突き出した。

「あのう」セロン巡査は言った。「いったいどういうこってすか?」

7　ロートスとサボテン

わしは知っている、今も昔も
不可解なことなど何ひとつない
長いこと、あらゆる変化の中を
生き抜いてきたからな。
わしにはわかる、と彼はゆっくり言った。
相手が善人か悪人か、元気か病んでいるのか
悲しんでいるのか喜んでいるのか、正気か狂っているのか、
ただ眠っているのか、死んでいるのかも……

そして何も見えない闇夜には、
ようやく冷たい朝が訪れるまで、
古いベッドが幾多《いくた》の経験談で
部屋じゅうのものを感じ入らせる。
暗闇で語られる、人間の悲しみと喜び、

熱にうなされる声、赤子の泣き声、
誕生と死と婚礼の夜の話に、
みなぞくぞくと身を震わせるのだ。

ジェイムズ・トムスン「部屋の中で」

ハリエットは婚礼の床《とこ》に横たわったトウィッタトン嬢を毛布でくるみ、湯たんぽを入れてアスピリンを飲ませてやると、静かに隣の部屋へ入っていった。そこでは彼女の夫がシャツを頭からかぶろうとしていた。シャツの上にふたたび顔がのぞくのを待って、ハリエットは「やあ！」と声をかけた。

「やあ！　すっかり落ち着いたかい？　下のほうはどう？」

「ええ。だいぶましになったわ。下のほうはどう？」

「セロン巡査が郵便局から電話して、もうすぐブロクスフォードの本署から警視が来ることになった。監察医を連れてね。それでこちらは身なりを整えにきたのさ」

なるほどね、とハリエットはひそかに面白がった。自分たちの家で人が死んだら、きちんとシャツを着てネクタイをする。じつにわかりやすい行動だ。男というのは、何て滑稽《こっけい》なのだろう！　それに賢くもある。こうして鎧《よろい》で身を固めるのだ！　どんなネクタイを締めるのだろう？　黒ではどう見てもやりすぎだ。くすんだ紫か控えめな水玉模様？　いや。母校の紋章入りのネクタイだ。これほどぴったりのものはない。いかにも形式張っていて、中立的。じつに馬鹿げた、すてきな考えだ。

ハリエットは口元の笑みを消し、夫のさまざまな私物が粛々《しゅくしゅく》と、ブレザーのポケットから上着とチョッキのしかるべき場所へ移されてゆくのを見守った。

「まったく、迷惑な話だよ」ピーターは寝具を剝《は》ぎ取られたベッドの端に腰をおろし、スリッパを茶色い靴に履きかえた。「きみはあまり気に病んだりしていないだろうね？」屈み込んで靴紐を結んでいるせいで、声がいくらかくぐもっている。

「だいじょうぶよ」

「とにかく、これは僕らとは何の関係もない。つまり、ノークスはこちらが払った金のせいで殺されたわけじゃないんだ。金は残らずポケットに入っていたよ。札束がごっそり」

「まあ、驚いた！」

「たぶんそのまま行方をくらまそうとしてたとき、誰かに邪魔されたのさ。僕としては、あまり同情を覚えるとは言いがたいがね。きみはどう？」

「少しも同情できないわ。ただ――」

「ん？……やっぱり気に病んでるんだな。ちくしょう！」

「そうでもないわ。ただ、あの人がずっと地下室に倒れてたことを考えるとね。すごく馬鹿げてるのは自分でもわかってるけど――彼のベッドで寝たりしなければよかったと思わずにはいられない」

「きみがそんなふうに感じやしないかと心配してたんだ」ピーターは立ちあがり、しばし窓の外に目をやった。庭の小道の向こうには、なだらかに傾く野原と森林地帯が広がっている。

「だがね、あのベッドはこの家と同じぐらい古そうじゃないか——少なくとも、修復されていない部分は。これまで数えきれないほどの誕生や死や、婚礼の夜の出来事を見てきたはずだ。こういうことは避けられないよ——真新しいヴィラにでも住んで、トッテナムコード・ロードで家具を買い揃えないかぎりは。とはいえ僕だって、こんなことになって本当に残念だ。つまり、きみが思い出すたびにいやな気持ちになるのなら……」

「まあ、ピーター、まさか。そんな意味で言ったんじゃない。ただ何だか——もっと別の機会にここへ来たのなら、話は違うんでしょうけど」

「だからそれを言っているのさ。僕はむしろ、誰かどうでもいい相手と気晴らしにここへ来たのなら、いたたまれない気持ちになってると思う。じつに理不尽な話だが、僕だってその気になれば人並みに理不尽になれるんだ。だが今はその気はない！　きみや僕はいっさい、死というものを愚弄するようなことはしていない——きみがそう考えないかぎりはね、ハリエット。むしろ、あの卑劣な老人が遺した空気を浄化できるものがあるとすれば、それは僕らの気持ちだろう——少なくとも、僕のきみへの気持ち。そちらも同じように感じてくれているのなら、きみの僕への気持ちもそうだ。とにかく僕に関するかぎり、浮薄な思いはいっさいないと請け合うよ」

「そうね。あなたの言うとおりよ。もうあんな考え方はやめるわ。だけどピーター——ひょっとして——地下室にクマネズミなんかいなかったでしょうね？」

「ああ、うん、いなかった。それに、どこもかしこも乾燥しきっていたよ。まさに理想的な貯蔵庫だ」

「よかった。何だかネズミが群がってるのを想像しちゃって……まあ死んだ本人には大差ないんでしょうけど、こちらはネズミのことさえ考えずにすめば、ほかのことはさほど気にせずにすみそう。ほんとに、今はもうまったく平気よ」

「おそらく、僕らは検死審問がすむまでここを離れられないはずだが、どこかよそに泊まるのはわけもない。それについても訊こうと思ってたんだがね。パグフォードかブロクスフォードなら、まともな宿屋のひとつぐらいはあるだろう」

ハリエットは考えてみた。

「いいえ。どこにも移りたくない。ここにいるほうがいいわ」

「たしかかね?」

「ええ。ここはわたしたちの家よ。一度も彼の家だったことはない——本当の意味ではね。それにわたしがあなたとは違う思いを抱いてるなんて、考えないで。そんなのネズミより最悪よ」

「おいおい、ここに残るか否かできみの愛情を試す気はないぞ。愛する者にそんな試練を課すのは、愛ならぬ虚栄だと彼は言った(ハントの詩「手袋とライオン」より)。もともと僕には気にもならないことなんだ。僕が生まれたベッドでは、十二代ものご先祖が生まれ、結婚し、死んでゆき——しかもその一部は司祭の目から見れば、たいそう嘆かわしい最期だった。だからあまりその手のことでくよくよ悩んだりはしない。しかしきみがそうでなくたって、ちっとも不思議はないんだよ」

「もうそのことは言わないで。わたしたちはここに残って亡霊たちを追い払う。そのほうがいいわ」

「じゃあ、もしも気が変わったら言ってくれ」ピーターはまだ安心できないようだった。

「気は変わらないはずよ。それより、支度ができたらそろそろ階下《した》へおりたほうがいいんじゃないかしら。できればトウィッタトンさんを少し眠らせてあげないと。そういえば、彼女も別の部屋がいいとは言わなかったわ――実の叔父さんが亡くなったのに」

「田舎の人間は、生死をごくあたりまえのこととして受け入れるのさ。現実と密着した生活を送っているからね」

「あなたがた貴族もそうね。不衛生だの非文明的だのと大騒ぎして、ホテルで結婚するのはわたしみたいな人種。生まれるのも死ぬのも、誰にも迷惑をかけない施設ですませるの。ねえ、ピーター、その監察医とか警視とかいった人たちみんなに食事を出すべきかしら？　すべてバンターが一人で進めるの？　それともわたしが何か指示したほうがいい？」

「過去の経験からして」二人で階段をおりながら、ピーターが言った。「バンターはいかなる事態にも対処できるやつだよ。今朝も単純きわまる方法で《タイムズ》紙を入手した。牛乳屋に伝言を頼んで郵便局の女性局長にブロクスフォードへ電話してもらい、その後、バスの車掌があちらで受け取った新聞を郵便局に届け、電報配達係の女の子がここへ持ってきてくれたんだ。これぞバンターの機略縦横の行動力のちょっとした例だろう。とはいえ、きみがその昼食に関する悩みをバンターに訴え、用意は万端だと言われたところで喜んでやれば、あいつも悪い気はしないはずだ」

「そうしてみるわ」

彼らが二階にいたわずかのあいだに、パフェット氏は煙突掃除を終えたとみえ、居間では埃《ほこり》よけのカバーが取り除かれて、暖炉に火が起こされていた。テーブルが一台、部屋の真ん中に引っ張り出され、その上に皿とカトラリーが山と載ったトレイが置かれている。廊下へ歩を進めてみると、すでにさまざまな活動が進行中だった。地下室の閉ざされたドアのまえには制服姿のセロン巡査が陣取り、兜を着けた若きハリー（シェイクスピア『ヘンリー四世第一部』四幕一場より）よろしく、任務遂行の邪魔はさせじと立ちはだかっている。キッチンではラドル夫人がサンドウィッチ用のパンを切っていた。流し場をのぞくと、クラッチェリーとパフェット氏が細長い松材のカウンターから大量の鍋釜と古い植木鉢をどけ（すぐかたわらに湯気のたつバケツが置かれているところからして）、今は亡き主の遺体を乗せるためにごしごし洗う準備をしているようだった。バンターは裏口の外で、どこからか運送用のバンでやって来たらしい二人の男と何やら支払いの交渉をしている。その向こうでマクブライド氏が裏庭をぶらついているのが見えた。周囲のものを一覧表にして、価格を査定しているかのような雰囲気だ。

そのとき、表のドアを重々しくノックする音がした。

「警察の連中だろう」ピーターが言った。彼が訪問者たちを迎え入れにいくと同時に、支払いを終えたバンターが家の中に戻って裏口のドアをぴしゃりと閉めた。

「ああ、バンター」ハリエットは言った。「何かみんなのお昼を用意してくれているようね――？」

「はい、奥さま。うまいこと〈ホーム＆コロニアル〉の者を呼びとめ、サンドウィッチ用のハムを入手できました。ロンドンから持参したフォアグラとチェシャーチーズもございます。地下室の生ビールは当面、容易には手をつけられそうにありませんので、勝手ながらラドル夫人に申しつけ、村からバースを数本買ってこさせたところです。ほかにも何かご入り用でしたら、バスケットにキャビアが一瓶ございますが、遺憾ながらレモンを切らしておりまして」

「そうね、バンター、キャビアはちょっとこの場にふさわしくないように思えるけど……どうかしら？」

「はい、奥さま。それと今しがた、〈カーター・パターソン〉社が残りの重い荷物を届けてまいりましたので、荷解《にほど》きをする余裕ができるまで燃料小屋に入れておくように指示いたしました」

「残りの荷物！　すっかり忘れてた」

「畏《おそ》れながら、ご無理もないことかと。それと、流し場の件ですが」バンターはためらいがちに続けた。「キッチンよりはふさわしく思えましたので――その――医師たちが作業をいたしますのに」

「もちろんよ」ハリエットは力を込めて言った。

「恐れ入ります。それとさきほど、かような事情を考慮して、石炭を注文したほうがよろしいか御前にお尋ねしたところ、奥さまにお伝えくださるとのことでしたが……」

「聞いてます。石炭を注文してちょうだい」

「かしこまりました、奥さま。あと、おそらく昼食とディナーのあいだに――警察から邪魔が入らなければ――キッチンの煙突も掃除できるのではないかと。そのように指示させていただいてもよろしいでしょうか?」

「ええ、お願い。あなたみたいによく気のつく人がいてくれて、大助かりよ、バンター」

「まことに痛み入ります、奥さま」

警察の一行は居間に通されていた。半開きのドアの向こうから、ピーターの高いなめらかな声が聞こえる。この信じがたい一件をわかりやすく説明し、ときおり辛抱強く間を置いて、種種の質問に答えたり、のんびりメモを取る巡査が話に追いつけるようにしたりしている。ハリエットは腹立たしげにため息をついた。

「彼がこんな煩《わずら》わしい目に遭わされなければよかったのに! ひどい話ね」

「はい、奥さま」何やら人間らしい感情が飛び出そうとしているかのように、バンターの顔がヒクついた。彼はそれ以上のコメントを控えたが、どこか共感めいたものが漂ってくるのを感じ、ハリエットは思わず口にした。

「どうなのかしら……本当に石炭を注文したほうがいいと思って?」

そんな微妙な判断をバンターに迫るのは、少々ルール違反というものだろう。彼は冷然たる態度を保った。

「手前には何とも申しかねます」

だがハリエットはくじける気はなかった。

「あなたはわたしよりはるかに長いこと彼を知ってるわ、バンター。あの人は自分のことだけ考えればいいのなら、さっさとここを立ち去ると思う？　それとも残るかしらね？」

「こうした状況でしたら、奥さま、おそらく残られるかと」

「それが知りたかったの。じゃあたっぷり一か月分の石炭を注文してもらったほうがよさそうね」

「かしこまりました」

居間から男たちが姿をあらわした。一人ずつ紹介される――ドクター・クレイヴン、カーク警視、ブレイズ巡査部長。地下室のドアが開けられ、誰かが懐中電灯を取り出すと、彼らは下へおりていった。黙って静かに待つという女の役割を委ねられたハリエットは、キッチンでサンドウィッチ作りを手伝うことにした。退屈ではあるが、無益な役割ではなさそうだった。ラドル夫人は大きなナイフを手に、洗い場の入り口に突っ立っていたからだ。地下室から運びあげられてくるはずのものに、検死解剖でもしようと待ちかまえているかのように。

「ラドルさん！」

ラドル夫人はびくりと飛びあがってナイフを落とした。

「やだよ、奥さま！　びっくりしたの何のって」

「パンはもう少し薄く切ってね。それと、そのドアは閉めてください」

ゆっくりと、重たげに何かを引きずる音。そしていくつかの声。何やら勢い込んで話しはじめていたラドル夫人は、はたと口を閉じて耳をそばだてた。

「それで、ラドルさん？」

「はい、奥さま。それであたしは言ってやったんです、『そんなふうに人をはめようったって無駄だよ、ジョー・セロン』って。『いっちょまえのふりをしたいんだろうけど』って。『アギー・トウィッタトンのメンドリのことであんなどじを踏んどいて、よくも大きな顔ができたもんだね。え？』と言ってやりました。『まともな警官なら、何でも好きなことを訊いてくれてかまわない。けど、あんたにあれこれ指図されるのはごめんだよ』って。『こっちはあんたの婆さんでもおかしくない齢《とし》なんだ。そんな手帳はしまいな。さあさあ――あんたを見たら、うちの老いぼれ猫だって大笑いだろうよ』って。『あたしは知ってることをぜんぶあの連中に話すつもりだからね。そのときが来たら、じたばたしないことさ』って。そしたら何と、『あんたには法の執行を邪魔する権利はねえんだぞ』ときた。だから『法の？』と言ってやりましたよ。『あんたが法の執行だって？　だったら、法なんてたいしたもんじゃないね』って。ジョーが真っ赤になって、『そんな口きくと、ただじゃすまねえぞ』って言うから、『そっちこそ、ただじゃすまないさ。生意気言うんじゃないよ』と返してやりました。『連中はあたしの話を喜んで聞くはずだ、あんたがさんざん話をねじ曲げちまうまえにね』って。そしたらジョーは――」

悪意と勝ち誇った響きが奇妙に入り混じったその声は、例のメンドリの件だけが原因ではなさそうだ。だがちょうどそのとき、廊下のドアからバンターが姿をあらわした。

「御前からのご伝言でございます、奥さま。お差し支えなければ、カーク警視が居間で少しだけお目にかかりたいそうですが」

カーク警視は大柄な男で、思慮深い穏やかな表情をしていた。すでにピーターから必要な情報をおおかた入手したとみえ、ハリエットにはほんのいくつか確認の質問をしただけだった。ウィムジイ家の一行が〈トールボーイズ〉に到着した時刻、家に入ったときの居間とキッチンの様子などについてだ。じつのところ、彼がハリエットから聞きたがっていたのは寝室の状態だった。ノークス氏の衣類はすべて室内に残されていましたか？　洗面用具は？　スーツケースは見当たらなかったでしょうか？　すぐにも家を出ようとしていたような感じは？　ぜんぜん？　なるほど、それならノークス氏は逃げ出そうとはしていたが、とくに急いではいなかった――たとえばその晩、とくに気の進まない約束があったとかいうわけではなさそうですな。

警視は女主人にねんごろに謝意を表した。そして気の毒なトウィッタトン嬢を煩わせるのは忍びないし、どのみち今すぐ寝室を調べてもあまり成果はないだろう、すでに室内はいじりまわされてしまったのだから、と続けた。それはもちろん、ほかの部屋にも言えることだった。残念ではあるが、誰のせいでもない。いずれクレイヴン医師の報告書が届けば、もう少しいろいろ判明するだろう。ノークス氏が地下室の階段を落ちたときには生きていたのか、それとも殺されたあとで下へ投げ込まれたのかもわかるかもしれない。頭蓋は衝撃で割れていたのに、出血がないことも判断を難しくしている。この家には昨夜から今朝にかけて、大勢の人間が出入りしたから、足跡とかいったものにはあまり期待できない。ともかく、揉み合ったような形跡はなかったのですな？　なるほど。ありがとうございました。

ハリエットは「どういたしまして」と答え、昼食の件をもごもご切り出した。むろん、お取りいただいてかまわないとのことだった。さしあたり居間での用事はすんだ、あのマクブライド氏とやらに故人の事業の財政面について少々話を聞きたいが、すんだらすぐにこちらへお帰しします、とカーク警視は言った。一緒に席に着くのは如才《じよさい》なく辞退したものの、キッチンでパンとチーズでも、という誘いは快く受け入れた。医師の作業がすんだら、何であれ医学的調査で判明したことを踏まえ、残りの尋問を終えるつもりのようだった。

後年、レディ・ピーター・ウィムジイは折にふれて言ったものだった――とにかくハネムーンの最初の数日間は種々の驚きの連続で、その合間合間に、奇妙きわまる食事を取っていたような気がすると。彼女の夫の記憶はさらに支離滅裂で、自分は終始ほろ酔い状態のまま、毛布の中であちこちころがされていたようなものだという。

気まぐれな運命がその毛布にとりわけ強烈なひねりを加えたとみえ、その日の奇妙な気まずい昼食会が終わるころには、ピーターは天高く舞いあがっていた。彼は窓辺に立ち、口笛を吹いていた。いっぽう、室内を歩きまわってサンドウィッチを配りつつ、煙突掃除屋が残していった最後のわずかな乱れを直していたバンターは、その意気揚々たる旋律に気づいた。昨夜も薪小屋で耳にしたものだ。これほどこの場にふさわしくない響きはなく、バンターの生来の慎ましさはいたく傷ついた。にもかかわらず、あの詩人ワーズワースのように、彼はそれを耳にして喜んだ（「カッコウの歌」より）。

「サンドウィッチをもうひとついかが、マクブライドさん？」

（新婚の奥方は、初めて我が家のテーブルで接待役を務めていた。妙な感じだが、現実だ）

「いや、もうたくさんです、ありがとう」マクブライド氏はビールを最後の一滴まで飲みほすと、礼儀正しく口元と指をハンカチで拭った。バンターがすかさず空になった皿とグラスを取りあげる。

「あなたも何か食べたのでしょうね、バンター？」

（使用人たちに配慮しなければ。この世で不動の定めはふたつ——死と、使用人たちの食事だ。どちらもここにある）

「はい、恐れ入ります」

「あの人たちはじきにこの部屋を使いたがるんじゃないかしら。ドクターはまだ下なの？」

「さきほど検査を終えたようでございます、奥さま」

「あんまし愉快な仕事とは思えませんやね」とマクブライド氏。

La caill', la tourterelle
Et la joli' perdrix—
Auprès de ma blonde
Qu'il fait bon, fait bon, fait bon,

Auprès de ma blonde—
(ウズラ、キジバト、
可愛いヤマウズラちゃん——
わたしの金髪さんのそばで眠るのは
何てすてきな、すてきな、すてきなこと、
わたしの金髪さんのそばで眠るのは——)

マクブライド氏があきれ返って目を向けた。彼にもそれなりの礼儀の観念があったのだ。バンターはさっと部屋を横切り、歌い手のさまよいがちな注意を引きつけた。

「どうした、バンター?」

「畏《おそ》れながら、御前。今は悲しむべき状況でございますゆえ——」

「えっ、何のことだ? ああ、すまない。耳ざわりだったかね?」

「あなたったら——」彼のすばやい、秘密めかした、追想にふけるような微笑が挑みかけてきた。ハリエットは負けじと、妻ならではの非難がましい口調で言った。「お気の毒なトウィッタトンさんが眠ろうとなさってるのよ」

「ああ。悪かった。まったく配慮が足りなかったよ。しかも、この家で人が亡くなったばかりなのにな」とつぜん、奇妙な苛立《いらだ》ちに顔が曇った。「だが言わせてもらえば、この中に誰か——誰か一人でも——とくに悼《いた》みを感じてる者がいるのかね」

「ただし」とマクブライド氏。「四十ポンドを失くしたあのクラッチェリーは別ですよ。あの悲しみは本物みたいだ」

「そういう見方をするなら」御前さまは言った。「きみがいちばん嘆き悲しんでるはずだぞ」

「夜も眠れないほどじゃありません」とマクブライド氏は返し、「失くしたのは僕の金じゃありませんから」とざっくばらんに言い添えた。彼は立ちあがり、ドアを開いて廊下をのぞき見た。「とにかく、あっちのほうが早く片づいてくれりゃいいけどな。さっさとロンドンに戻って、エイブラハムズさんに会わないと。ここに電話がないのは残念ですよ」そこでしばし言葉を切り、「僕があなたなら、こんなことは気にしません。だって、死んだあの御仁《ごじん》はえらくいやな爺さんだったんだ、いい厄介払いじゃないですか」

彼が出ていったあとには、まるで葬儀の花が片づけられたような、すっきりした空気が漂った。

「悪いけど、そのとおりよね」とハリエット。

「かえってよかったさ」ピーターはわざとらしいほど軽い口調で言った。「僕は殺人の調査をするときは、あまり死体に同情を抱きたくないんだよ。私的な感情は足手まといになるだけだ」

「でもピーター――あなたがこの事件を調査する必要がある？　いい加減うんざりでしょうに」

バンターは集めた皿をトレイに積みあげ、ドアへと向かった。むろん、こうなることは目に見えていた。お二人にはとことん、やり合っていただくしかない。彼なりの警告は発しておいたのだ。

「そりゃ、必要はない。だが調査することになるだろう。殺人は酒のように僕を酔わせるからね。防ぎようがないんだよ」

「こんなときでも？　あちらは協力なんて期待するものですか！　あなたにだって、ときには自分の人生を楽しむ権利があるわ。それにせこい犯罪じゃないの——浅ましい、みじめな事件よ」

「そのとおりさ」ピーターは不意にいきり立って叫んだ。「だからこそ、放っておけないんだ。まるで絵にならん、胸の躍らない、面白くもない事件だよ。ただの卑劣で野蛮な犯行だ、犯人が斧でぶっ叩いたみたいなね。反吐《へど》が出る。だがこちらだって、鼻を突っ込む事件を選り好みできるような立場かね？」

「それはわかるけど、やっぱり、これはわたしたちにとっては無理やり押しつけられた事件よ。あなただって助力を乞われたわけじゃなし」

「僕が助力を〈乞われる〉なんて、そうそうあることか？」ピーターは苦々しげに言った。「おおかた頼まれもしないのに、茶目っ気と好奇心からしゃしゃり出てるのさ。貴族探偵ピーター・ウィムジイ卿——やれやれ！　捜査に首を突っ込む、暇な金持ち。それが世間の評だ——そうだろう？」

「まあ、ときにはね。わたしも一度、誰かがそう言うのを聞いて頭にきたことがある。あなたと婚約するまえだったけど。それで、あなたのことをけっこう好きになりかけてるんじゃないかと疑いはじめたの」

「ほう？　じゃあ、僕はそんなふうに見られても当然だとあきらめないほうがいいのかもしれないな。どうすればいいんだ、天と地のあいだを這いずりまわる僕のような男は（シェイクスピア『ハムレット』三幕一場より）。とにかく、さっさと手を引くわけにはいかないよ――バンターが煙突掃除について言うように、〈御前のご迷惑になる〉なんていうだけの理由では。僕は暴力が嫌いだ！　戦争や殺戮《さつりく》、それに人間同士が獣《けもの》のように争い、いがみ合うのは我慢ならない！　あなたには関係ないことだなんて言わないでくれ。誰にでも関係があることだ」

「もちろんよ、ピーター。だったらおやりなさい。わたしはただ、女々しい気遣いか何かをしてただけ。あなたも少しは、静かで安らかなひとときをすごしたほうがよさそうに見えたから。でもロートスの実（ギリシャの伝説で、現実世界のすべての憂さを忘れさせるとされた果物）を食べるのは苦手みたいね」

「そうはできないだけさ、たとえきみと一緒でも」ピーターは哀れっぽく言った。「そこらじゅうで他殺死体が飛び出してくるんじゃね」

「ええ、ええ、そうでしょうとも。じゃあロートスの代わりに棘《とげ》だらけのサボテンでも頑張るのね。あなたの行く手をバラの花びらで埋め尽くそうとする、わたしの愚かしい努力なんか無視して。一緒に犯罪現場の足跡を追う羽目になったのは、これが初めてじゃなし。とにかく――」結婚生活を破壊しかねないもうひとつの可能性が悪夢のように浮かび、ハリエットはしばしたじろいだ。「何をするにせよ、わたしもかかわらせてくれるわね？」

ほっとしたことに、ピーターは声をあげて笑った。

「いいとも、女領主《ドミナ》さま。それは約束しよう。サボテンを食うも食わぬも一緒、ロートスは二人で分け合えるまでおあずけだ。僕はよき英国人の夫を演じるつもりはない——きみはぎょっとするほど一気に妻らしくなったけど。エチオピア人は黒き肌のまま、雌豹の斑点もそのまま（旧約聖書「エレミヤ書」十三章二十三節のもじり）がいちばんさ」

彼は満足したようだったが、ハリエットは自分の愚かしさを呪った。やはり新たな立場に適応するのは容易ではない。誰かを途方もなく愛していても、うっかり傷つけてしまうことはあるものだ。ピーターの自信を揺るがせてしまったようで気がかりだった。そんな行き違いはこれが最後ではないだろう。

とはいえ、内心どう思っても、「ダーリン、あなたはすばらしい、あなたのすることは何でも正しいわ」と言っておけばすむ話ではない。ピーターはそんなお世辞を喜ぶ男ではなく、馬鹿かと思われるだけだろう。それに彼は、「自分のしていることぐらいわかってる、黙ってついてこい」と言い放つタイプでもない（まあ、それはありがたいことだが!）。相手が理性的に同意してくれることを望み、だめなら何も期待しない人なのだ。じっさい、ハリエットの理性は彼に同意していた。しかし、どうやら感情のほうが理性との協調を拒んでいるようだ。それがピーターへの愛情ゆえなのか、それとも無惨に殺されて人のハネムーンを台なしにした亡きノークス氏への反感からなのかは判然としなかった。あるいはたんに、今は死体や警官たちに煩わされたくないという利己的な感情なのかもしれない。

「まあきみ、元気を出したまえ」ピーターが言った。「彼らは僕の善意のご助力を望まないかもしれないぞ。カーク警視が僕を締め出して、この難問をばっさり解決してくれるかもしれない」

「それなら、彼は大馬鹿者よ！」ハリエットはすぐさま憤然と答えた。

とつぜん、パフェット氏がノックもせずに部屋に入ってきた。

「ノークスさんが運び出されるとこです。そろそろキッチンの煙突掃除にかかりやしょうかね？」彼は暖炉へと歩を進めた。「煙がきれいに吸い込まれとるようですな。だからあたしはずっと、煙突にゃ問題はないと言ってたんだ。ああ！　ノークスさんが生きとらんでよかったですよ——そんなにどっさり石炭が積まれとるのを見たら、どうしたことか。それにしても、どんな煙突でも自慢に思うようなみごとな火だ」

「そうだな、パフェット」ピーターは上の空で答えた。「仕事を続けてくれ」

小道に足音が響き、陰気くさい小さな行列が窓の外を通りすぎるのが見えた。巡査部長ともう一人の制服姿の男が、ストレッチャーを運んでいる。

「承知しやした、御前さま」パフェット氏は窓から目を離して山高帽を脱いだ。「まったく、あんなにケチってどうなったんだ？　なんにもなりゃしねえ」

彼はずんずん部屋から出ていった。

「De mortuis（死者を悪く言うなかれ、というラテン語の格言の一部）——とは言うものの、ってところだな」

「ええ、どうやらすごい弔辞が乱れ飛びそうね。気の毒なノークスさん」

現にそこらじゅうに存在する死体と警官たち——こちらの感情がどうあれ、消し去ることはできない。ならば事態を受け入れ、最善を尽くすほうがずっといい。

室内にカーク警視、続いてジョー・セロンがあらわれた。

「これは、これは」とピーター。「拷問の準備完了というわけか?」

「そういうことにゃならんはずです、御前」カーク警視は陽気に答えた。「お二人とも先週は、殺人よりましなことでお忙しかったでしょうからな。いいぞ、ジョー、さあさあ。ちょいと速記の腕前を見せてもらおうじゃないか。うちの巡査部長はブロクスフォードにやって、できるだけの調査をさせるので、みなさんのお話を記録するのはジョーに手伝ってもらうことにしました。よろしければ、この部屋を使わしていただきたいのですが」

「かまわないとも」ピーターはふと、警視がエドワード王朝時代の職人技の見本のようなひょろ長い椅子に遠慮深い目を向けているのに気づき、すかさず頑丈な、背もたれの高い椅子を押し出した。腕《アーム》も脚もずんぐりとして、頭部にはびっしりと渦巻き模様がほどこされている。

「これならきみの重量に耐えられそうだぞ」

「堂々たる感じよね」とハリエット。

村の巡査がコメントを加えた。

「そいつはノークスさんが使っちょった椅子です」

「それじゃ」とピーター。「魔法使いマーリンの座を継ぐ勇者ギャラハッド（アーサー王伝説を主題にしたテニスンの詩集『王の牧歌』より）というわけだ」

十五ストーン（約九十五キロ）の巨体を椅子に沈めようとしていたカーク警視は、びくりと立ちあがった。

「アルフレッド――テニスン卿ですな」

「ずばり的中だ」ピーターはいささか驚いて言った。警視の雄牛のような両目に、うっすらと熱いきらめきがのぞいた。「なかなか勉強家のようだね、警視？」

「余暇に本を読むのが好きでして」カーク警視は気恥ずかしげに認めた。「頭が柔らかくなりますから」彼は腰をおろした。「どうも警察の決まりきった業務ばかりしとると、偏狭な石頭の人間になりそうな気がしてならんのです。で、そうなりかけとるのに気づくと、こう胸に言い聞かせるわけでして――おまえに必要なのは、サム・カーク、夕食後にちっとばかし偉大なる精神に触れることだぞ。人は読書で心を豊かにし――」

「協議でそなえをし」とハリエット。

「書くことで正確に把握する」警視は締めくくり、「いいかね、ジョー・セロン、そのメモだって、誰が読んでも意味がわかるように書くこったぞ」

「フランシス・ベーコン（ベーコン「学問について」より）」ピーターが少々遅まきながら言い当てた。「いやカーク警視、あなたとは気が合いそうだ」

「恐れ入ります、御前。ベーコンは偉大なる精神の一人だと思われませんか？　おまけにこの国の大法官になったんだから、法にも通じとったわけですし。おっと！　それより、仕事にかからにゃいけませんな」

「もう一人の偉大なる知性がいみじくも言ったように、『色鮮やかな観念《イメージ》の庭をぶらつくのがいかに楽しかろうと、それは同じくらい重要な問題から注意をそらせることになりはしないか？』というわけだな」

「そいつは何でしょう？　初耳です。〈色鮮やかなイメージの庭〉？　そりゃいい言葉だ」

「『カイ・ルン』ね」とハリエット。

「『カイ・ルンの黄金の時』」とピーター。「アーネスト・ブラーマだ」

「ちょっとメモしといてくれんかね、ジョー？　色鮮やかなイメージ――それぞまさに、詩の中に見出せるものですな。色鮮やかな画像、と言ってもよく――庭の中にも見出せる――空想の花々ってやつでしょう。たぶん。ええ、さてと」警視は気を引き締めてピーターに目を向けた。「そんなわけで、余計なお遊びで時間を無駄にしてはおれんのでして。例の遺体が身に着けとった金の件ですが。この家にいくら出されたと言われましたかな？」

「六百五十ポンドだ、総計で。交渉開始時に五十、残りの六百は四半期決算日に支払った」

「なるほど。それでポケットに六百ポンド入っとったわけか。現金化したばかりの日に殺《や》られちまったんでしょう」

「決算日は日曜だったから、小切手はじっさいには前日の二十八日付で振り出された。月曜には彼の手元に届いていただろう」

「なるほど。そのあたりは銀行で確認させていただきますが、ほんの便宜上の手続きにすぎません。それにしても、そんな大金を預金口座に入れず、現金で持ち去ったのを連中はどう思ったんでしょうかね。うーむ。あいにく、客が高飛びしそうな気配を見せても、銀行は警察に合図をよこす義務はありません。しかし当然、それは困ったことでして」

「気の毒なクラッチェリーに今は四十ポンドも返せないと言ったとき、そのお金はもうノークスさんのポケットに入っていたはずよ。その場で返すこともできたのでしょうに」

「そりゃあできましたよ、奥さま、そうしたければ。だがノークス氏は、正真正銘のたぬき爺でしたから。まさに〈天下のごまかし屋《アートフル・ドッジャー》（ディケンズ『オリヴァー・ツイスト』に登場するスリの少年の仇名）〉です」

「チャールズ・ディケンズだ！」

「当たりです。あれはなかなか、悪党どものことをわかっとる作家ですな。ディケンズの言うとおりなら、当時のロンドンはえらく荒っぽい場所だったに違いない。フェイギンみたいなやつらがのさばって。だが今じゃ、スリを働いただけで縛り首にはなりません。ええと――それで、小切手を送られたあと、今週ここへ来られるまで、あとのことはノークス氏にまかせておかれたわけで？」

「ああ。ここに彼の手紙があるが……ほら、準備はすべて整えておくと書かれてる。うちの代理人に宛てた手紙だ。本来なら、誰かを下見によこすべきだったのだがね。さっきも話したように、新聞記者たちに追われるやら何やらで――」

「まったく、あの連中には悩まされますな」カーク警視は同情をにじませた。

「なにしろ」とハリエット。「人のフラットにまで押し入って、使用人たちを買収しようとするんですから」

「さいわい、バンターは青緑色の海のごとく濁りを知らず――」

「カーライル」カーク警視が満足げに言った。「『フランス革命』でしょう（引用部分は、青白い顔をしたロベスピエールについて述べたもの）。よくできた人のようですな、バンターさんは。分別ってものがある」

「なのに、すべて無駄骨」ハリエットは言った。「これでそこらじゅうの記者たちがこぞって押しかけてくるわ」

「ははあ！」とカーク警視。「有名人の辛いところです。王冠に降り注ぐまばゆき光（『王の牧歌』より）からは逃れられんもので――」

「おっと！」ピーターがさえぎった。「それはルール違反だぞ、テニスンを二度使うのは。まあ、すんでしまったことは仕方がないとして――いや、シェイクスピアはまたあとにしよう。ともかく皮肉にも、僕らは平安を求めてここへ来るのだとノークス氏にはっきり伝えておいたんだ。だからこのことは隣近所にもあまり吹聴《ふいちょう》しないでほしいとね」

「で、彼もそこはしっかり気をつけた。やれやれ、おかげでことが容易になったんでしょうな？　お茶の子さいさい。ふいと姿を消し、何の穿鑿《せんさく》もされない。といっても、あれほど遠くへ行く気はなかったんでしょうが」

「つまり、自殺の可能性はないってことか？」

「まずないでしょう、あんな大金を持っとったんだから。それに、監察医も自殺の可能性を否定しとります。その話はまたあとで。今はドアについてうかがいます。ここに着かれたとき、どちらのドアも施錠されていたのはたしかですか？」

「ああ、間違いない。表のドアは僕らが鍵で開けたし、裏のほうは――ええと――」

「あちらはたしか、バンターが開けたのよ」とハリエット。

「バンターを呼んだほうがよさそうだ」ピーターは言った。「あいつならわかるだろう。何ひとつ忘れないやつだから」彼は大声でバンターを呼び、「ここに必要なのは呼び鈴だな」とつぶやいた。

「それで、とくに異状は見られなかったのですな？　さきほど触れられた、卵の殻とかいったものは別として。何かの痕跡や、凶器は？　場違いな感じのものはありませんでしたか？」

「たしかにわたしは何も気づきませんでした」ハリエットは言った。「でもろくに明かりもなかったし、もちろん、こちらは何かを捜してたわけじゃないんです。捜すべきものがあるなんて知らなかったんですもの」

「ちょっと待て」とピーター。「そういえば今朝、ふと何か思いついたんじゃなかったか？　ええと——いや、だめだ。なにせほら、煙突掃除の件で大騒ぎだったからな。何を思いついたのか——大事なことだったとしても、忘れてしまったよ……ああ、バンター！　カーク警視がね、昨夜ここに着いたとき、裏口のドアが施錠されていたかどうかを知りたいそうだ」

「施錠されたうえに閂《かんぬき》がかかっておりました、御前。ドアの上下に」

「この家に何かおかしな点があるのに気づいたかね？」

「しいて申せば」バンターは語気を強めた。「用意されていてしかるべき品々——ランプや石炭、食料、家の鍵、それにきちんと整えられたベッドや、掃除の行き届いた煙突がなかったことぐらいでしょうか。さらにはキッチンに汚れた食器が残され、寝室にノークス氏の私的な置きみやげがあったことを大目に見ますれば、とくにおかしな点はございませんでした。常軌を逸した異様な点には気づきませんでしたが、ただ――」

「何でしょう?」カーク警視が期待を込めて尋ねた。

「そのときはべつだん何とも思わなかったのですが」バンターは自分のわずかな手落ちを認めようとしているかのように、ゆっくりと答えた。「この部屋のサイドボードの上に、燭台がふたつございまして。いずれも受け口に、燃え尽きた蠟燭《ろうそく》のかすが残っておりました」

「そうだった」とピーター。「おまえがペンナイフで蠟を搔《か》き出すのを見た記憶があるよ。夜の蠟燭は燃え尽きていたんだ」

バンターの供述の意味を考えるのに夢中だった警視は、その挑戦に気づかなかった。ピーターは彼のわき腹をつついて引用をくり返し、「やっぱりまたシェイクスピアを使いたくなったぞ!」と言い添えた。

「え? 夜の蠟燭? 『ロミオとジュリエット』(三幕五場より)か……この事件にはあまりそぐいませんな。燃え尽きていた? そうか。ノークス氏はそれがついているときに殺《や》られたに違いない。つまり、暗くなってから」

「黄昏《たそがれ》に死す。何だか高尚なスリラー小説の題名みたいだな。きみの作品にぴったりだぞ、ハリエット。見つけたら、すぐに書き留めろ」

「カトル船長(ディケンズ『ドンビー親子』の登場人物)だ」今度はすかさず言い当てたあと、警視は続けた。「十月二日――日没は五時半ぐらいのはずですな。いや、まだ夏時間だった。するとだいたい六時半。これが大きな進展につながるかどうかはわかりませんがね。何か凶器になりそうなものがころがっとるのを見ませんでしたか？　木槌とか棍棒とか。そうした――」

「例のお約束のせりふを言うぞ！」ピーターがハリエットにささやいた。

「鈍器のたぐいを」

「そら言った！」

「ほんとにあんなふうに言うとは思ってもみなかった」

「じゃあ、これでわかったろう」

「いえ、そのようなものは何も」バンターはしばし考え込んだあとで答えた。「どの家にでもあるような道具が、それらしい場所にあっただけでございます」

「ちなみに、警視」御前さまが尋ねた。「僕らの捜し求めるおなじみの鈍器とやらは、どんなたぐいのものなのかね？　大きさは？　形状は？」

「かなり重いもの、としか言えませんな。ただし先端部はなめらかで、丸みを帯びている。というのも、被害者の頭蓋は卵の殻のように割れているが、皮膚はほとんど切れとらんのです。そのため、手がかりになるような出血はない。何より痛いのは、正確な犯行現場がさっぱりわからんことです。ちなみに、ドクター・クレイヴンによれば被害者は――おい、ジョー、先生が検死官に送るようにと書かれたあの手紙はどこだ？　あれを読んでさしあげなさい。御前ならおわかりになるかもしれんぞ。こういう事件は扱い慣れておいでのようだし、きみやわたしより教養がおありだからな。まったく、医者ってのはどうしてあんな長たらしい言葉を使いたがるのやら。まあ、勉強にはなりますがね。それは認めます。寝るまえに辞書と首っ引きで読んでみれば、何かを学んどる気にはなれるでしょう。だが正直いって、ここらじゃ殺人や横死事件はめったと起こらんので、いわば技術的な経験はあまり積めんのです」

「よし、バンター」彼への質問は終わったようなので、ピーターは言った。「もうさがっていいぞ」

ハリエットの見るところ、バンターはいささか落胆したようだった。彼なら医師の〈勉強になる〉言いまわしを大いに楽しんだに違いない。

セロン巡査が咳払いして読みあげはじめた。「拝啓——まずは一筆ご報告——」

「そこはいい」カークがさえぎった。「被害者に関する記述がはじまるところからだ」

セロン巡査はそこを見つけ、ふたたび咳払いした。

「『ざっと外面的な検査をしたところでは——』これでしょうか、警視?」

「そうだ」

「『故人はかなり表面積のある、重い鈍器で殴打されたものと見られ——』」

「ドクターによれば、それは」警視が説明した。「金槌の尖ったほうの先とかいった、ちっぽけなもんじゃないって意味だそうです」

「『損傷は何とかの後部——』よく読めんのですが、警視。自分には〈玉ネギ〉としか見えなくて……そんならいちおう意味はわかるけど、医者の使う言葉らしくありませんよね」

「玉ネギってことはなかろうよ、ジョー」

「けど〈ジェラニウム〉でもないし——どのみち、Gの字らしい尻尾はありません」

「〈頭蓋《クラニウム》〉じゃないのかな?」ピーターが助け船を出す。「つまり後頭部ってわけだ」

「それだろう」とカーク。「ともかく、傷はそこにあるんだから――医者が何と呼ぼうとな」

「はい、警視。『左耳後部のわずかに上方で、打撃は背後から下向きに加えられたものと見られる。広範にわたる骨折が――』」

「やったぞ!」とピーター。「左側、背後から下向きに……おなじみのケースみたいじゃないか」

「左利きの犯人ね」とハリエット。

「ああ。探偵小説に驚くほどしじゅう登場するやつさ。キャラクターに不吉な(原語の sinister には〝左の〟という意味もある)ひねりが加わるからな」

「ひょっとすると、逆手《さかて》で殴ったのかも」

「ありそうもないね。誰がわざわざ逆手で人を殴り殺したりする? 地元のテニス・チャンピオンが技をひけらかしたかったのなら別だが。あるいはへまな土木作業員が、ノークスを地面に打ち込まなきゃならない杭と間違ったのでもなければね」

「土木作業員ならまっすぐ真上から打ったはずよ。彼らは必ずそうするの。一見、杭を支える人の頭をぶち割ってしまいそうだけど、決してそうはならない。あるとき気づいたの。でも別の問題があるわ。わたしの記憶では、ノークスさんは恐ろしく背が高かった」

「おっしゃるとおり」カークが言った。「彼は長身でした。六フィート四インチ……ただし、いくらか腰が曲がってた。まあ六フィート二、三インチってとこでしょう」

「それじゃ、えらくのっぽの殺人者でないと」ピーターが言った。

「長い柄のついた凶器だったら？　クロッケーの木槌《マレット》みたいな。あるいはゴルフクラブ」

「ああ、クリケットのバットでもいいな。それにもちろん、大槌も――」

「踏み鋤《すき》も行けそうね――平らな面を使えば」

「あるいは銑床。ことによったら火掻き棒でも――」

「長くて重いだけじゃなく、丸い握りがついていればね。キッチンにひとつ、そんなのがあった気がする。それにあんがい、箒《ほうき》なんかも――」

「重さが足りなそうだが、可能性はある。斧とかつるはしなんかはどうだろう？」

「尖りすぎてるわ。縁も角ばってるし。ほかに長いものといったら何かしら？　殻竿《からざお》ってものは話には聞くけど、一度も見たことがないのよね。鉛のパイプなんかは、長ささえ足りればいいかも。サンドバッグはだめね――ぐにゃりと曲がってしまうから」

「古いストッキングに鉛の塊《かたまり》を詰めるのなんかも手軽そうだぞ」

「ええ――でも考えてみれば、ピーター！　何でもいいわけよ――ただの麺棒でも。ただし――」

「それは僕も考えた。彼はすわってたかもしれないんだ」

「それなら石ころか文鎮だっていいはずよ。ほら、あそこの窓敷居の上にあるのみたいな」

カーク警視がビクリと飛びあがった。

「いやあ！　じつに鋭くていらっしゃる、お二人とも。ほとんど何も見逃されんのでしょうな？　奥さまもご主人に劣らず頭脳明晰だ」

「仕事ですからね」ピーターが言った。「彼女は探偵小説を書いてるんですよ」

「そうなのですか？」と警視。「わたしはその手の本をあまり読まんのですが、家内はよくエドガー・ウォーレスなんかを愛読しとります。まあ、こんな仕事をしとる者にとっては、必ずしも心なごむジャンルとは言えんのですが。いつぞやアメリカの探偵小説を読んだら、警察の仕事ぶりが――どうもその、しっくりきませんで。ああ、ジョー、その文鎮を持ってきてくれるかね？　おっと！　そんなつかみ方はいかん！　指紋ってものについて聞いたことがないのか？」

大きな手で石の文鎮を握りしめたセロン巡査は、おずおず立ちどまって鉛筆で頭を掻いた。うぶな顔つきの大柄な若者で、指紋の測定や犯行時刻の特定よりも、酔っ払いどもとの格闘のほうが向いていそうに見える。やがてようやく指を開くと、広げた手のひらに文鎮を載せてやって来た。

「指紋は取れそうにないな」とピーター。「その石は表面がざらざらだ。見たところ、エジンバラ花崗岩《かこうがん》だろう」

「しかし、被害者を殴るのに使われた可能性はありますな」カークが言った。「少なくとも底のこの部分か、こっち側の丸みを帯びたところなら。何かの建物の模型でしょうかね？」

「エジンバラ城だろう。皮膚や毛髪か何かが付着している形跡もない。いや、待てよ」ピーターはちょうど手頃な大きさの煙突をつまんで模型を持ちあげ、表面を拡大鏡で調べると、「やはりない」ときっぱり言った。

「ふむ。それじゃまあ、こいつは何の参考にもならんわけか。キッチンの火掻き棒のほうもすぐに調べてみます」

「あちらは指紋がわんさと見つかりそうだぞ。バンターのと僕の、それにラドル夫人と――ひょっとしたらパフェットとクラッチェリーの指紋もだ」

「そこが頭の痛いとこでして」警視はざっくばらんに言った。「それでも、いいか、ジョー、何でも凶器になりそうなものには指を触れるな。さきほど御前と奥さまが挙げられたようなものがそこらにあるのを見かけたら、そのままにして、大声でわたしを呼べ。いいな？」

「はい、警視」

「では」とピーター。「医師の報告書にもどるとして。ノークスは自ら階段をころげ落ちて後頭部を強打した可能性はないわけだな？　彼はやや高齢だったようだが」

「六十五歳です、御前。といっても、見たところ釣鐘《つりがね》なみに頑丈でした。どうかね、ジョー？」

「そんとおりです。本人もそれが自慢で、あと四半世紀は保つと医者に言われたとか、大口をたたいちょりました。フランク・クラッチェリーに訊いてみてください。きっとあいつも耳にしてます、パグフォードの〈豚と呼子亭〉で。この村で〈王冠亭〉をやっちょるローバーツさんだって、いやってほど聞かされとるはずですよ」

「ははあ！　たしかに、そうかもしれんがな。何でも自慢するのは考えものだぞ。由緒ある家系を鼻にかけたりしとっても――まあ、こういうのは御前のほうがお詳しいのでしょうがね

――グレイの『哀歌』にあるとおり、みんな結局は墓場行きだ。ともあれ、ノークス氏は階段をころげ落ちて死んだんじゃありません。額のあざは、いちばん下の段にぶつけたときのものだから――」

「ほう！」とピーター。「じゃあ、落ちたときには生きていたわけか」

「はい」カーク警視は、先を越されて少々むっとしていた。「それを申しあげようとしとったんです。しかしこれまた、何の証明にもなりません。どのみち即死じゃなかったようでして。ドクター・クレイヴンの見るところでは――」

「そこを読みましょうか、警視？」

「いや、いいんだ、ジョー。どうせわけのわからん御託が並んどるばかりだからな。玉ネギだ ジェラニウムだと言われなくとも、御前にはちゃんとご説明できる。要はこういうことでして。被害者は何者かに頭蓋をぶち割られ、倒れ込んで意識を失ったものと見られる――いわゆる脳《のう》震盪《しんとう》ってやつでしょう。ややあって、おそらくは意識を回復したものの、何が起きたのかわからず、何ひとつ思い出せんままだった……」

「そうでしょうね」ハリエットは勢い込んで言った。そういうケースなら知っていた――じっさい、最新作のひとつまえの作品で詳細に描いたばかりなのだ。「殴打される直前のことはすっかり忘れていたはずよ。それどころか自力で立ちあがり、しばらくは何も異状を感じなかったかもしれない」

「ただし」と、厳密さを重んじるカーク警視は言った。「頭は少々痛んだでしょうな。だが概して、おっしゃるとおりです――ドクターによれば。被害者はそこらを歩きまわって、あれこれした可能性もある――」

「殺人者が出ていったドアに鍵をかけたとか？」

「まさに、そこが悩ましいところです」

「そのあと」ハリエットは続けた。「急に目まいと眠気に襲われるのね？　そこでふらふら飲み物を取りにいくか、助けを呼ぼうとして――」

とつぜん、開け放たれた地下室のドアが記憶に浮かんだ。裏口と洗い場のあいだにあんぐり口を開いていたドアだ。

「そのまま地下室への階段をころげ落ち、そこで息絶えた。あのドアはわたしたちが着いたとき、開けっ放しになってたわ。ラドルさんがバートに閉めるように言ってたのを憶えてる」

「二人が中をのぞいてみなかったのは残念です」警視はぼやいた。「もう故人には何の役にも立たなかった――とうの昔に死んどった――はずだが、そのときわかれば、この家をいわば〈現状維持〉しといていただけたでしょうからな」

「そりゃあ、そうだろうがね」ピーターが語気を強めて言った。「正直、こちらはそんな気分じゃなかったよ」

「たしかに」カーク警視はしばし考え込んだ。「おっしゃるとおりでしょう。うむ。あれこれ考え合わせると、それはそれで厄介だったでしょうな。わかります。しかしやっぱり、残念だ。なにせこのとおり、手がかりがろくにないのでね。あの不運な老人は、どこで殺されたのだとしてもおかしくない——二階、一階、奥さまの部屋——（不信心な老人が階段の下へ投げ落とされるという内容の童謡の一節）」

「いえ、いえ、鵞鳥おばさん《マザーグース》」ピーターがあわてて言った。「そこじゃない、ねえ、そこじゃないのよ——フェリシア・ハーマンズ（「よりよき国」より）だ。話を先へ進めよう。彼は殴られたあと、どれぐらい生きていたのかな？」

「ドクターによれば」巡査が口をはさんだ。「三十分から一時間です、ええと——その——ヘム何とかから判断して」

「出血《ヘマリッジ》か？」カーク警視は医師の報告書を取りあげた。「そうだ。大脳皮質への出血性浸出。ごたいそうな表現ですな」

「脳内出血か」とピーター。「いやはや——それなら時間はたっぷりあったわけだぞ。家の外で殴られた可能性だってある」

「でもそんなことが、いつ起きたというの？」ハリエットは尋ねた。この家をおぞましい犯罪から切り離そうとするピーターの配慮はありがたいものの、そのことで少しでも過敏な反応を見せてしまった自分が腹立たしかった。これでは彼の気を散らせてしまう。そのため彼女の口調は、ことさら事務的なそっけないものになっていた。

「そこのところを」警視が答えた。「これから探り出さねばならんわけでして。とにかくドクターの意見と他の事実を考え合わせたかぎりでは、先週の水曜の晩のいつか……あの二本の蝋燭が参考になるとすれば、暗くなってからです。ということは——ふむ！　あのクラッチェリーを呼んだほうがよさそうだ。生前の被害者を最後に見た人物ってことになりそうですからな」

「あきらかな容疑者の登場」ピーターが軽やかに言う。

「あきらかな容疑者は常に無罪よ」ハリエットも同様の口調で言った。

「本の中ではね、奥さま」カーク警視は彼女に向かって鷹揚に小さく頭をさげた。〈ご婦人方ときたら……やれやれ！〉とでも言わんばかりに。

「まあまあ」とピーター。「お互い、この件に職業上の偏見を持ち込むのはやめようじゃないか。どうだろう、警視――僕らは席をはずそうか？」

「どうぞご随意に、御前。このままおいでくだされば助かりますが。こうした調査のこつをご存じのようだから、いろいろご教示いただけるでしょう。ただしそちらには、バス運転手の休日《バスマンズ・ホリデー》（運転手がドライブ旅行をするような、いつもと同じ仕事に明け暮れる休日の意味）みたいなことになってしまいそうですな」警視はおぼつかなげに結んだ。

「わたしもそう考えていたんです」とハリエット。「バス運転手《バスマンズ》のハネムーン。無惨に切り裂かれし――」

「バイロン卿！」カーク警視は、少々早まって叫んだ。「無惨に切り裂かれし、バス運転手の――いや、どうも違うみたいだぞ」

「〈ローマの休日〉の線で考えてみたまえ」ピーターが言った（物語詩「チャイルド・ハロルドの巡礼」の一節を踏まえたやりとり）。「いいだろう、僕らも最善を尽くすよ。法廷内での喫煙には異議なしだろうね？　ええと、マッチはどこに置いたんだったかな？」

「どうぞ、御前」セロン巡査が箱を取り出し、マッチを擦った。ピーターは興味深げに彼を見つめた。

「へえ！　左利きなのか」

「はあ、場合によっては。書くのは右ですが」

「マッチを擦るときだけ――それにエジンバラ花崗岩を扱うときも左かね？」

「左利き？」カークが言った。「おや、そうだったのか、ジョー。よもやきみが例の、われわれが捜しとる〈長身の左利きの殺人者〉じゃなかろうな？」

「違います」巡査はそっけなく答えた。

「そうだったら、えらいことだろうが」彼の上司は腹を抱えて大笑いした。「いつまでも話の種にされるところだ。さて、じゃあちょっとクラッチェリーを呼んできてくれ……気のいい若者なんですがね」セロンが出てゆくと、警視はピーターに向かって言った。「勤勉だがシャーロック・オームズじゃない、ってとこでしょう。どうも呑み込みが遅くて。それに近ごろはときどき、仕事に身が入っとらん感じがするんです。まあ要は、結婚するのが早すぎたんですな。おまけに子供ができたもんだから、若い警官には荷が重いんです」

「ああ！」とピーター。「この結婚は端《はな》から悲しい過ち、というわけか」

彼は妻の肩に手を置き、カーク警視は如才なく手帳に目をこらした。

8　ポンド・シリング・ペンス――金の問題

水　夫：なあ、ディック・リードよ、当てにしても無駄だぞ。
あいつはろくに良心を持たん、ひどいしみったれで、
おまえのためになりそうなものなぞ、何ひとつ手放さんはずだ……
リード：祈りも懇願も役には立たず、
あの無慈悲な心を打たぬとあれば、
あいつを呪って、どうなるか見てやろう

『フェヴァシャムのアーデン』

庭師はいくらか喧嘩腰の態度でテーブルのまえに進み出た。警察がここにいるのは、もっぱら彼の邪魔をするため――彼が法的権利を行使して、四十ポンドを取り戻すのを阻むためだと考えているかのようだ。尋ねられると、自分の名がフランク・クラッチェリーであることをぶっきらぼうに認め、〈トールボーイズ〉には週に一度、五シリングの日当で庭の手入れに来ているのだと答えた。残りの時間はパグフォードにあるハンコック氏の自動車整備場で、トラックやタクシーの運転といった雑用をしている。

「そうして、こつこつ金を貯めてきたんです」クラッチェリーは主張した。「自分の車屋を持つために。だのにその四十ポンドをノークスの爺さんにくすねられちまった」

「もう忘れることだ」カーク警視は言った。「その金は消えちまったんだから、今さら嘆いても仕方ない」

クラッチェリーは少しも納得しなかった。講和条約の締結後、無一文の敗戦国に賠償金を求める虚《むな》しさをケインズ氏に説かれたときの連合国と同じだ（第一次大戦後のヴェルサイユ条約でドイツに莫大な賠償金が課されたことに、経済学者のケインズは批判的だった）。人間、金はないぞと言われても信じられないものなのだ。金はすぐそこにあり、大声で要求しさえすればいいというほうがはるかに説得力がある。

「ノークスさんは約束したんですよ」フランク・クラッチェリーは警視の異常な愚鈍さを打ち負かそうと、頑固に言い張った。「俺が今日ここに来たとき、金を返すって」

「そりゃまあ」とカーク。「じっさい返したのかもしれんさ、とつぜんしゃしゃり出てきた誰かに脳天をぶち割られなければ。もちっと抜け目なく、先週のうちに支払わせとくべきだったな」

そんな馬鹿な話があるものか。クラッチェリーは辛抱強く説明した。「だから、そのときは手元に金がなかったんですよ」

「ほう、そうかね？　きみがそう思い込んどるだけかもしれんぞ」

これは彼には衝撃だった。クラッチェリーは顔面蒼白になった。

「何てこった！　まさか――」

「ああ、金はあったんだ」カークは言った。彼のにらんだとおりなら、この情報は証人の舌をゆるめ、多くの面倒をはぶいてくれるはずだった。クラッチェリーは逆上しきった様子で室内のほかの面々に目を向けた。ピーターがうなずき、カークの言葉が事実であることを保証する。ハリエットのほうは――わずか四十ポンドの損失が、ピーターにとっての四万ポンドよりはるかにこたえたはずの時代を経験していたので――同情を込めて言った。

「ええ、クラッチェリー。ノークスさんはずっとそのお金をポケットに入れて持ってたの」

「嘘だろ！　金を持ってた？　ポケットに入ってるのが見つかったんですか？」

「ああ、見つかった」警視は認めた。「今さら隠すこともないだろう」彼は証人がごく当然の結論にたどり着くのを待った。

「つまり、もしもあの爺さんが殺されてなきゃ、俺は金を取り戻せたかもしれないってことか？」

「マクブライドさんより先に取り立てられればね」ハリエットは言った。カークの戦略への配慮より、率直さを優先して。けれどクラッチェリーは、マクブライド氏のことで頭を悩ませたりはしなかった。では、殺人犯があの四十ポンドを奪ったのだ。クラッチェリーは怒りを隠そうともしなかった。

「ちくしょう！　いいか――見てろよ――きっと――ただじゃすまさねえ――」

「ああ、そうだろうとも」警視が言った。「その気持ちはよくわかる。今がチャンスだぞ。何かわれわれに話せる事実があれば――」

「事実だって？　俺はもう終わりだ、そういうことさ。だから――」

「いいかね、クラッチェリー」ピーターが言った。「きみがひどい目に遭ったのはわかるが、それはもうどうにもならない。ただし、ノークス氏を殺した人間が事態を悪化させたわけだし、僕らはそいつをつかまえようとしてるんだ。きみもせいぜい知恵を働かせ、そいつへの報復に何か助力できないか考えてみたまえ」

冷めた、辛辣《しんらつ》な口調が功を奏した。クラッチェリーの顔に理解の色らしきものが広がった。

「恐れ入ります、御前」カーク警視が言った。「要はそんなところで、たいそうわかりやすくご説明いただきました。さてと、クラッチェリー。金の件は気の毒だったが、その気になればこちらに手を貸すことはできるぞ。わかるな？」

「はい」クラッチェリーは猛々《たけだけ》しいほどの熱意を込めて答えた。「わかりました。何を知りたいんです？」

「そうだな、まず最初に――ノークス氏を最後に見たのはいつかね？」

「水曜の晩です、さっきも言ったように。六時ちょっとまえに外の仕事を終えて、鉢植えの世話をしにここへ入ってきたんです。それが終わると、いつもどおり五シリングもらって、そのとき四十ポンドの件を切り出したんですよ」

「どこでかね？　この部屋か？」

「いや、キッチンで。あの人はいつもあすこにすわってた。俺がここから脚立を持って出ていくと――」

「脚立？　なぜ脚立が要《い》ったんだ？」

「そりゃ、あすこのサボテンと時計のためですよ。時計のほうは毎週ねじを巻くんです――八日巻きだから。どっちも脚立がなきゃ手が届かない。で、さっきも言いかけたように、脚立をしまいにキッチンへいくと、ノークスさんがいた。そして日給をくれたんです――正確に知りたきゃ、半クラウン銀貨を一枚、一シリング白銅貨を一枚、六ペンス銀貨を二枚と、残りは銅貨で六ペンス。ぜんぶ別々のポケットから出してね。あの人は半ペニー稼ぐのも一苦労ってふりをするのが好きだったけど、こっちはそんなの慣れっこだった。それでその猿芝居が終わると、例の四十ポンドを返してほしいと言ったんです。あの金が要るんだって――」

「なるほど。整備場を開くのに金が必要だったんだな。すると彼は何と言った？」

「次に来たとき必ず返すって――つまり今日ってことです。端《はな》からそんな気はないのを見抜くべきだったんだ。これまで何度も約束しては、いつも何だかんだと言い逃れてきたんだから。けど、今度は本気みたいで――あのペテン師め、そりゃあ何でも約束するはずだ。札束をポケットいっぱい詰め込んで、とんずらする気だったんだからな。ごうつく爺めが」

「これこれ」カークがたしなめ、弁解がましくちらりと令夫人に目をやった。「口を慎みたまえ。で、きみが出ていったとき、彼は一人でキッチンにいたのか？」

「そうですよ。みんながちょっとおしゃべりしにくるような人じゃなかったから。俺も用事がすむと帰り、あの人を見たのはそれが最後です」

「きみは帰り」警視がくり返し、ジョー・セロンの右手がせっせと速記を続ける。「残された被害者はキッチンに腰をおろしていた。では、と――」

「いや、そうは言ってません。あの人は例の金は朝いちばんに返すとか言いながら、廊下の先までついてきた。そうして俺を送り出したあと、ドアに鍵をかけて閂《かんぬき》を差すのが聞こえましたよ」

「どっちのドアだ？」

「裏のほう。あの人はおもにあっちを使ってましたから。表のドアは錠をおろしたまんまで」

「ああ！　ばね錠かね？」

「いや。箱錠です。あの人はエール錠ってやつを信じていなかった。かなてこ一本でこじ開けられるとか言ってね」

「それは事実だ」とカーク。「じゃあ、表のドアは鍵がなければ開けられなかったわけか――内側からも外からも」

「そのとおりです。警察ならちょっと調べりゃ、わかりそうなもんだけど」

じつのところ、カーク警視はどちらのドアの締め具も注意深く調べていたのだが、こう尋ねただけだった。

「表口の鍵がドアに差しっぱなしだったことはあるかな？」

「いや――あの人はいつもほかのと一緒に束ねて持ち歩いてました。大きな鍵じゃないから」

「昨夜はたしかに差されてなかったよ」ピーターが口をはさんだ。「僕らはトウィッタトンさんの鍵で表口から入ったんだが、鍵穴に障害物はなかった」

「なるほど」と警視。「きみの知るかぎり、ほかに予備の鍵があったかね？」

クラッチェリーはかぶりを振った。

「ノークスさんがみんなに鍵を配りまわったりするわけないでしょう。誰かが忍び込んで、何かくすねるかもしれないのに」

「ははあ！　じゃあ、話を元に戻すとして……きみが先週の水曜の晩にこの家を離れたのは――何時だ？」

「どうだったかな」クラッチェリーは考え込んだ。「六時二十分ごろだと思うけど。とにかく、あすこの時計のねじを巻いたのは六時十分すぎでした。あいつは正確なんですよ」

「今もちゃんと合っとるな」自分の時計をちらりと見やってカークが言った。ハリエットの腕時計も、ジョー・セロンの時計もそれを裏付けていた。ピーターは自分の時計を呆然と見つめたあと、「僕のはとまってるぞ」とつぶやいた。ニュートンのリンゴが上向きに飛んだか、BBCのアナウンサーが卑猥な表現を使ったとでも言わんばかりの口ぶりだ。

「ひょっとして」ハリエットは事務的な口調で言った。「あなたがねじを巻き忘れたんじゃないかしら」

「僕はぜったいねじを巻き忘れたりはしない」彼女の夫は憤然と答えた。「だが、きみの言うとおりだよ。きっと巻き忘れたんだ。昨夜は何か別のことに気を取られていたに違いない」

「無理もありません。たしかに、いろいろ大変だったでしょうからな」とカーク警視。「こちらへ着かれたとき、あの時計が動いていたかは憶えておられますか？」

その質問で、ピーターは自分の記憶力の低下から気をそらされた。ねじを巻かないままの懐中時計をポケットに戻し、壁の時計をじっと見た。

「ああ」ややあって、ついに答えた。「動いていたよ。二人でここにすわってるとき、チクタク音がしていた。この家の中でいちばん心なごむ事象だったね」

「それに、時刻も合ってたわ」とハリエット。「あなたがもう真夜中すぎだとか言うんで目をやったら、わたしの腕時計と同じ時刻を指していたから」

ピーターはそれには答えず、ほとんど聞き取れない小さな音で二小節ほど口笛を吹いた。ハリエットは平然たる態度を保った。二十四時間の結婚生活で、多くを学んでいたからだ。グリーンランドの海辺（前夜のラブシーンに登場した民謡）やら何やら、ふざけてほのめかされるたびにうろたえていたら、たえずどぎまぎしながら生きてゆく羽目になりかねない。

クラッチェリーが言った。

「そりゃ動いてたはずですよ。八日巻きなんだから。それに今朝がた巻いたときにも時刻は合ってた。どのみち、それがどうしたっていうんです？」

「まあまあ」とカーク。「じゃあ、きみはあの時計が六時十分を指したしばらくのちにここを出た。そしてあの時計はおおむねきちんと合っていた、ってことだな。そのあとは何をした？」

「まっすぐ聖歌隊の練習に行きました。ほら、ここに――」

「聖歌隊の練習だって？　それなら容易に確認できそうだ。練習の開始は何時かね？」

「六時半。俺はゆうゆう間に合いましたよ――誰にでも訊いてください」

「そうだろうとも」カークはなだめた。「これはみんな型どおりの手続きでね――いちおう時刻を整理したりせにゃならんのさ。きみがこの家を出たのは六時十分よりもあとで、ええと――六時半には教会に着いたんだから、六時二十五分をすぎてはいなかった。よしと。さて、これも型どおりの質問ではあるが、その後はどうしたのかな？」

「牧師さんの車でパグフォードまで行きました、運転の代行を頼まれたんで。先生は暗くなると自分で運転したがらないんです。もう齢《とし》だしね。で、俺はあすこの〈豚と呼子亭〉で夕めしを食い、ダーツの試合を見物した。トム・パフェットが保証してくれますよ。試合に出てたから。牧師さんが一緒に乗せてってやったんです」

「パフェットがダーツを？」ピーターが愉快げに尋ねた。

「元チャンピオンで、今でもかなりの腕前ですよ」

「へえ！　あれも力の込め方がミソなんだろうな。夜さながらの黒き姿で立ちはだかった彼は、嵐の十倍の激しさ、地獄のごときすさまじさで、恐るべき矢を投げつけた（ミルトン『失楽園』より）」

「はっはっは！」不意を打たれたカーク警視が大喜びで叫んだ。「そいつはいい。聞いたか、ジョー？　いやあ、傑作だ。黒き姿？　さっき見たときも、真っ黒な姿でキッチンの煙突をのぼりかけとりましたよ。それに、恐るべき矢を投げつける――これは本人に話してやらなきゃな。残念ながら、ミルトンなんて聞いたこともないでしょうがね。嵐の十倍の激しさ――いやはや、あのトム・パフェットがねえ！」

警視はそのウィットに富んだ引用句をもういちど口ずさんだあと、尋問に戻った。

「トム・パフェットにはあとで話を聞くとして。きみはそのあと、グッドエイカー牧師を家まで送ってきたのかね？」

「そうですよ」クラッチェリーはもどかしげに言った。ジョン・ミルトンには興味がなかったのだ。「十時半か、ちょっとすぎに先生を家へ送り届けて、あとは自分の自転車でパグフォードに戻った。十一時きっかりに着いて、すぐに寝床に向かいました」

「きみはどこに寝泊まりしとるんだ？　ハンコックの自動車整備場か？」

「そうです。もう一人の従業員の、ウィリアムズと一緒に。あいつが話してくれますよ」

カークがウィリアムズについてもっと詳しく聞き出そうとしていると、不意にドアの外からパフェット氏が煤《すす》まみれの顔を突き出した。

「すいませんが、あっちの通風管もどうにもなりやせん。また牧師さんの銃でやりますか、御前さま？　それとも、暗くなるまえに梯子《はしご》を取ってきましょうかね？」

侵入者をたしなめようと口を開いたカーク警視は、とつぜん誘惑に屈し、「夜さながらの黒き姿で立ちはだかった彼は」と嬉々としてつぶやいた。こんなふうに、かしこまらずに引用句を使うのがすっかり気に入ったようだ。

「あらまあ」ハリエットはピーターに目をやった。「どのみち明日にしたほうがよくはない？」

「そうなんですがね、奥さま」煙突掃除屋は言った。「バンターさんが頭を抱えちまってるんです、あのろくでもない石油ストーブでディナーを用意しなきゃならんのかって」

「わたしが話しにいってみるわ」ハリエットは言った。これ以上、バンターが苦しむのは見るに忍びなかったのだ。それに、自分がいないほうが男性陣は話しやすいだろう。

彼女が出ていくと、カーク警視はパフェット氏を室内に呼び入れた。

「ちょっといいかな。このクラッチェリーが言うには、先週の水曜の晩は六時半から聖歌隊の練習に出ていたそうだが。それについて何か知っとるかね？」

「知っとりやすよ、カークさん。あたしも一緒でしたから。六時半から七時半。収穫祭の賛歌です。『神の恵みは絶ゆることなく、ついぞ揺るがず、いついつまでも……』」いつもほど声に張りがないことに気づき、パフェット氏は咳払いした。「ずっと煤を吸い込んでたんでね。『ついぞ揺るがず、いついつまでも！』ええ、そのとおりでやす」

「それに〈豚と呼子亭〉でも俺を見ただろ」とクラッチェリー。

「見たともさ。ちゃんと目玉があるんだから。おまえさんはあすこであたしをおろし、牧師さんを教区の集会所まで送ったあと、五分もしないうちに戻って夕めしを食っていた。パンとチーズ、それにビールを四パイント半。しっかり数えてたんだ。そんなこっちゃ、じきに酒びたりになっちまうぞ」

「クラッチェリーはずっと店にいたのかね？」カークが尋ねた。

「閉店時間まで。十時ですがね。そのあと、また集会所まで先生を迎えにいかにゃなりませんでした。ホイスト大会は十時で終わってたけど、先生がご老嬢のムーディさんとおしゃべりしてたんで、十分近く待たされましたな。まったく、あの婆さまの話の長いことったら！　そのあと、先生と一緒に帰りやした。そうだな、フランク？」

「そのとおりです」

「それと」パフェット氏はオーバーに片目をつぶってみせた。「もしもあたしを疑っておいでなら、何時に家に着いたかジニーに訊いてください。ジョージにも。ジニーのやつはえらくお冠でやしたよ、あたしがジョージに長々と試合のことを話して聞かせたもんだから。まあ、仕方ない！　あいつは四人目の子を身ごもって、そのせいでカリカリしとるんです。親父に小言は無用だと言ってやったら、どうもジョージに八つ当たりしとるみたいでね」

「なるほど」警視は言った。「こちらが知りたかったのはそんなところだ」

「よしと」とパフェット氏。「じゃあ、例の梯子の件はどうなったか見てきやす」

彼がさっさと出てゆくと、カークはふたたびクラッチェリーに向きなおった。

「さて、とくに問題はないようだ。きみはここを――いちおう六時二十分に――離れ、その夜はもう戻らなかった。きみの知るかぎり、家の中に残ったのは故人だけで、裏のドアは施錠されたうえに閂が差され、表のドアにも鍵がかけられていた。窓はどうかな？」

「俺が帰るまえに残らず閉めて鍵をかけました。ほら、泥棒よけの掛け金がついてるでしょう？　ノークスさんは新鮮な空気にはあんまりこだわらなかったんですよ」

「ふむ！」ピーターが言った。「用心深い御仁《ごじん》だったようだな。それはそうと、警視、遺体から表口の鍵は見つかったのかな？」

「これが彼の鍵束です」とカーク。

ピーターはトウィッタトン嬢にもらった鍵をポケットから取り出し、鍵束を調べて同じものを選び出した。「ああ、これだ」二本の鍵を手のひらに並べ、拡大鏡でじっくり見くらべる。やがてようやく、いっさいがっさいをカークに手渡した。「見たところ、とくに異状はないようだ」

　カークは無言で二本の鍵に目をこらしたあと、クラッチェリーに尋ねた。

「それから一週間のうちにまたここへ来たかね？」

「いや。来るのは水曜と決まってましたから。水曜はアンコックさんから休みをもらってるんですよ。もちろん、日曜も休みだけど、この日曜はここには来てません。若い女性に会いにロンドンへ行ったんです」

「きみはロンドンっ子なのかい？」ピーターが尋ねた。

「いえ、御前さま。けど以前はあっちで働いてたから、友だちがいるんです」

　ピーターはうなずいた。

「で、ほかには情報を提供できんのだな？　誰かその晩、ノークスさんを訪ねてきたかもしれない人物を思いつかんかね？　何か彼に恨みを抱いていそうな人物を」

「それなら山と思いつきそうですよ」クラッチェリーは力を込めて答えた。「けど、とくに誰とは言えません」

　カークがもう行ってよしという身ぶりをしかけたとき、わきからピーターが尋ねた。

「きみはノークスさんがしばらくまえに失くした札入れについて、何か知っているかね？」

　カーク、クラッチェリー、それにセロンが、こぞって彼をまじまじと見た。ピーターはにやりとした。

「いや。僕は生まれながらの千里眼じゃない。ラドルさんがしきりにそのことを話してたのさ。きみは何か聞いてるかい?」

「ノークスさんがその件でえらく騒ぎたてたのは知ってるけど、それだけです。十ポンド入ってた——っていうか、本人はそう言ってましたがね。俺みたいに四十ポンドも失くしたら——」

「それはもういい」カークが言った。「その財布の件で何か聞いとるか、ジョー?」

「いえ、警視。とうとう見つからなかったってこと以外は何も。おおかた、通りでポケットから落としたんでしょう」

「それでもあの人は」クラッチェリーが口をはさんだ。「そこらじゅうのドアと窓に新しい鍵をつけさせたんですよ。二年前の話だけど。そのことなら、ラドルのおばちゃんに訊くといい」

「二年前か」カークは言った。「まあ——今回の件とはあまり関係なさそうだな」

「ただし」とピーター。「被害者がなぜそれほど戸締まりに神経質だったかの説明にはなる」

「ああ、はい、もちろんです」警視は同意した。「では、クラッチェリー。当面はそんなところだ。また何か訊きたいことが出てくるかもしれんから、しばらくここを離れんようにな」

「どのみち今日はここにいる日だから、庭で仕事をしてます」

カークは庭師が部屋を出てドアを閉めるのを見守った。

「どうやら、あいつじゃなさそうですな。あいつとパフェットは互いのアリバイを証明できるわけだし」

「パフェット？　パフェットのほうは本人自体が最高のアリバイだよ。一目でわかる。正しき心を持つ穏やかな男に鈍器や青酸は無用。ホラチウス、ウィムジイ訳だ」

「じゃあパフェットの証言でクラッチェリーも除外できそうだ。もっとあとでやったんなら別ですがね。ドクターは『死後一週間程度』としか言っとりませんから。仮に、クラッチェリーが翌日になって――」

「ありそうにない話だな。翌朝、ラドル夫人が来たときにはもう中に入れなかったんだ」

「たしかに。パグフォードで例のウィリアムズとかいう男に水曜のアリバイを確かめてみましょう。クラッチェリーは十一時以降に戻ってきて犯行に及んだのかもしれない」

「その可能性はあるな。だがそら、ノークスはベッドに入らなかったんだ。もっと早い時間はどうだろう――たとえば六時。クラッチェリーがここを離れるまえだ」

「蠟燭《ろうそく》が燃え尽きてたのと辻褄が合いません」

「そいつを忘れてた。しかしだな、六時にアリバイ作りのために蠟燭を灯すこともできたはずだぞ」

「それはまあ」カークは慎重に同意した。どうやら、そんな狡猾《こうかつ》きわまる犯罪は扱い慣れていないようだ。彼はしばし黙考し、やおら尋ねた。

「だがそうなると、あの卵とココアは？」

「そういう細工までしたケースを見たことがあるんだよ。殺人者が二台のベッドで眠り、二人分の朝食を平らげたんだ。そうでもなければ説得力を欠く話に真実味を与えるために」

「ギルバートとサリバン（ギルバート作詞、サリバン作曲のオペラ〈ミカド〉より）」警視はいささか心もとなげに言った。

「主としてギルバートのほうだろう。ともかくクラッチェリーのしわざなら、六時ごろのほうが可能性がありそうだ。ノークス老人が暗くなってからクラッチェリーを家に入れるとは思えんからね。そうだろう？　クラッチェリーがじつは鍵を持っていたのでないかぎり」

「ははあ！」カークは椅子の中で重々しく向きを変え、ピーターを真正面から見すえた。

「あの二本の鍵に何を捜しとられたんです、御前？」

「みぞに蠟のかすでもついてないかとね」

「おお！」とカーク。

「もし合鍵が作られたのなら」ピーターは続けた。「ここ二年のあいだだ。追跡するのは難しいが、不可能じゃない。とりわけロンドンに友人がいれば」

カークは頭を掻《か》いた。

「けっこうな大仕事になりますぞ。だがどうでしょう。わたしの見方はこうでして。仮にクラッチェリーのしわざなら、どうしてあの金を見落としたのか？　そこがどうもね。筋が通らん気がするんです」

「そのとおり。それがこの件のいちばん不可解なところさ、誰がノークスを殺したにせよね。まるで金が目当てじゃなかったみたいだ。だがほかの動機を見つけるのは容易じゃない」

「おかしな話ですな」

「ところで、仮にノークス氏が少しでも金を遺せば、誰が受け取るはずだったんだ？」

「ああ！」警視はぱっと顔を輝かせた。「それならわかります。キッチンのあの古いデスクに、この遺言書があったんですよ」カークはポケットから一枚の紙を取り出して広げた。「ええと、『各種の正当な負債を返済したのち――』」

「人を小馬鹿にしたやつだ！　まったく、けっこうな遺産だよ」

「『小生の死亡時の財産はすべて、存命する唯一の親族である姪のアグネス・トウィッタトンに遺すものとする』驚かれましたか？」

「いや、ちっとも。どうして驚かなきゃならないんだね？」

だが、一見鈍重そうなカーク警視は、ピーターがわずかに眉をひそめたのを見逃さず、そこをぐさりと突いてきた。

「あのマクブライドとかいうユダヤ人があれこれぶちまけたとき、トウィッタトンさんは何と言っとりましたか？」

「ええと――そうそう！　彼女はすっかり取り乱してたよ、当然ながら」

「当然です。あの人にはちょっとしたショックだったのでしょうな？」

「まあ、意外なほどではなかったがね。ところで、その遺言書の作成時の立会人は誰なんだ？」

「サイモン・グッドエイカー牧師とジョン・ジェリーフィールド――パグフォードの医師ですよ。形式はすべて整っている。で、トウィッタトンさんですが、おたくの従僕が遺体を見つけたときには何と言っとりましたか？」

「ええと、ちょっと金切り声をあげたりして、ヒステリーを起こしていたな」

「とくに何か口にはしませんでしたか、悲鳴のほかに」

ピーターは妙に気が重くなるのを感じていた。理論的には、犯人を絞首台に送るのに男女の区別はないはずだ。けれど、狼狽《ろうばい》しきってハリエットにしがみついていたトウィッタトン嬢を思い出すと、心が掻き乱された。結婚は若い警官には重荷だとカークが言うのも、うなずける気がした。

「いえね、御前」そう切り出したカークの雄牛のような目は、穏やかながら断固としていた。「じつはほかの連中から、ひとつふたつ聞かされたことがありまして」

「それなら」ピーターは言い返した。「その連中に尋ねてみたらどうかね？」

「そうするつもりです。ジョー、マクブライドさんにちょっとここへ来るように言ってくれ。さて、御前、あなたは紳士でいらっしゃるし、ご自分なりの感情をお持ちでしょう。それはよくわかるし、ご立派なことだと思います。しかしわたしは警官ですから、個々の感情にかまってる余裕はありません。感傷にひたるのはご上流の方々の特権でしてね」

「ご上流の特権なぞ知ったことか！」ピーターは息巻いた。言われても仕方のないことだけに、なおさら胸に突き刺さったのだ。

「そこへいくと、マクブライドは」カークは陽気に続けた。「まったく上流の人間じゃありません。わたしがぜひにと言えば、あなたは事実を話されるでしょうが、そのことで心を痛められかねない。ならばマクブライドから聞き出せば、彼ならちっとも気にせんでしょう」

「なるほど」とピーター。「無痛の抜歯が売りというわけか」

彼は暖炉に歩み寄り、むっつりと薪を蹴りつけた。

マクブライド氏は、やる気満々でやって来た。これがさっさと片づけば、それだけ早くロンドンへ帰れると言わんばかりの顔つきで。すでに故人の財政状態を警察にこと細かに話し、お上の手から解放されたくてじりじりしていたのだ。

「ああ、マクブライドさん、もうひとつだけ確認したいことがありまして。ひょっとして、今回の遺体の発見がいわゆる知人縁者にどんな影響を与えたか気づかれましたか？」

「そりゃあ」とマクブライド氏。「みんな泡を食ってましたよ。当然でしょう？」（そんなアホらしい質問をするために人を待たせておいたのか）

「何かとくに記憶に残っている言葉は？」

「ああ、そうか！　なるほどね。ええと、そうだな、あの庭師——彼は真っ青になってたし——ご老体は困惑しきってましたよ。姪はヒステリーを起こしてたけど——何だか、ほかのみんなほど驚いてなかったみたいですよね？」

同意を求められたピーターは、相手の鋭い視線を避けてぶらぶら窓辺へ歩を進め、外のダリアの花々に見入った。

「それはどういう意味でしょう？」

「だから、あの従僕が入ってきてノークス氏が見つかったと言うと、彼女は即座に叫んだんですよ。『死んでいたのね？　叔父さまは死んでいたんだわ！』って」

「そうなのですか？」とカーク。

ピーターはくるりとふり向いた。

「それはちょっと酷な言い方だぞ、マクブライド。誰だってバンターの態度から見当がついただろう。僕もすぐにわかったよ」

「そうですか？　あなたはすぐには信じようとしなかったようだけど」マクブライド氏がカークに目をやると、警視は尋ねた。

「トウィッタトンさんはほかにも何か言いましたか？」

「たしか、『叔父さまは死んで、お金はそっくり消えてしまった！』とか。それからヒステリーを起こしたんです。まったく、金の問題ほど切実なものはないですからねえ？」

「そうとも」とピーター。「僕の記憶違いでなければ、きみは真っ先に、遺体が金を身に着けていたか尋ねていたな」

「そのとおりです」マクブライド氏は認めた。「ノークスさんは僕の身内じゃないですからね、そうでしょう？」

どこを突いても打ち負かされたピーターは、敗北を認めて矛《ほこ》を収めた。

「そんな仕事をしていると、キリスト教徒の家庭生活の全貌を見透《す》かせるのだろうね。きみの目にはどう映ってるのかな？」

「とくに何とも」マクブライド氏はあっさりと答えた。それからテーブルに向きなおり、「ねえ、警視さん、まだ僕にご用がありそうですか？　こっちはロンドンに戻らなきゃならないんですけどね」

「いいでしょう、住所は書いてもらいましたし。では、マクブライドさん、ご協力ありがとうございました」

若者が出ていってドアが閉まると、カークはピーターに視線を移した。「今の話のとおりでしょうか？」

「そうだ」

「いやはや！　では、トウィッタトンさんにもお会いせねばならんでしょうな」

「家内に呼びにいってもらおう」ピーターはそう言って逃げ出した。

カーク警視は魔法使いマーリンの椅子にゆったりもたれかかって、考え込むように両手をこすり合わせた。

「あの方は正真正銘の紳士だぞ、ジョー。まさにトップクラスのな。感じがよくて、気さくそのものだ。教養もある。だが捜査の風向きを察知して、それがお気に召さんようだ。まあ無理もないがね」

「けど……」巡査が異議を唱えた。「あの人だって、まさかアギー・トウィッタトンがノークス爺さんの頭を木槌でぶち割ったとは思わんでしょう。あんなちっちゃな人が」

「わからんぞ、きみ。女は男より執念深いもんだ。ラドヤード・キプリングがそう言っとる(詩「とかく女は」)。それは御前もご存じだが、育ちのせいでそうは言えんのさ。そりゃまあ、マクブライドにまかせたりせずにあの方がご自分で話しとれば、はるかにましに聞こえたろう。だが仕方ない！　どうしても口にできなかったのだろうよ。それに、どのみちこちらがマクブライドから聞き出すことは百もご承知だったんだ」

「けど、あんまりトウィッタトンさんのためにはなりませんでしたよね」

「ああいう情けは」カーク警視は断言した。「えてしてことを面倒にするだけで、あまり役には立たんのさ。それでも快いものではあるし、扱い方さえ間違わなければ害はない。おまえさんも上流の紳士を相手にするときは、あまり相手の気持ちを踏みにじらんようにすることだ。それと、これを忘れるな。彼らが口にせんことは、口にすることより重要だ。とりわけ、あの御前のように頭が切れるお方の場合はな。御前はよくご承知なんだ——もしもノークスが遺産目当てに殺されたのなら——」

「けど遺産なんてなかったんですよ」

「わかっとるさ。だが彼女は違う。アギー・トウィッタトンは、そうとは知らなかったんだ。そしてもしノークスが遺産目当てに殺されたのなら、遺体が身に着けとった六百ポンドが取られなかったことの説明がつく。彼女はあの金のことは知らなかったのかもしれんが、知っていても、取る必要はなかったんだ。どうせいずれはぜんぶ自分のものになるのだからな。少しは頭を使え、ジョー・セロン」

いっぽう、ピーターは戸口でマクブライド氏をつかまえていた。

「ロンドンへはどうやって戻るのかね？」

「見当もつきません」マクブライド氏は率直に答えた。「行きはグレイト・パグフォードまで汽車に乗り、あとはバスで来たんです。都合のいいバスがなきゃ、誰かの車に乗っけてもらうしかないでしょう。ロンドンから五十マイルと離れてないとこに、こんな場所があるとはね。みんなどうやって暮らしてるんだか。まあ、趣味の問題なんでしょうけど」

「うちの車でバンターにパグフォードまで送らせよう」ピーターは言った。「当面、もう警察のほうはあいつに用はなさそうだから。こんなことになって、きみにはとんだ災難だったな」

マクブライド氏はその申し出をありがたく受け入れ、「これも仕事のうちですから」と言い添えた。「ある意味、いちばんの被害者はあなたと奥さまでしょう。僕は昔から、こういうせせこましい村が苦手でね。やっぱり犯人はあの小柄な女性かなあ？　まあ、決めつけるのは何だけど、こういう仕事をしてると、親族にはよくよく注意しなきゃならないんですよ。とりわけ金銭が絡むとね。中にはぜったい、遺言書を作らない人もいるぐらいです――自分の死刑執行令状に署名するようなもんだと言って。あながち的外れな見方じゃありません。けどねえ！　あのノークスってやつは、ずいぶん切羽詰まってたみたいじゃないですか。陰で何かやばいことでもやってたのかもしれないな。僕は金以外のことで消された男も何人か知ってます。ああ、それじゃどうも。奥さまによろしく、ほんとにありがとうございました」

マクブライド氏はバンターが玄関先につけた車に飛び乗り、愛想よく手を振った。その後、ピーターはハリエットをつかまえて警視の要望を話した。

「気の毒なトウィッタトンさん」ハリエットは言った。「尋問にはあなたも立ち会うつもり？」

「いや。ちょっと外で一息ついてくる。すぐに戻るよ」

「どうしたの？　カークに何か無礼なまねをされたわけじゃないんでしょうね？」

「ああ、それはない。彼はすごく気を遣ってくれたよ。こちらの地位やら品位やらといったハンディに、しかるべき配慮を示してね。悪いのは僕のほうだ、自業自得さ。おや、あれは牧師先生だぞ。いったい何の用だろう？」

「また戻ってくるよう警察に言われてたのよ。さあ、あなたは裏口から出て、ピーター。先生のお相手はわたしがするわ」


カークとセロンは居間の窓から、マクブライド氏が立ち去るのを見守っていた。

「自分がアギー・トウィッタトンを呼びにいったほうがよかったんじゃないですか？」セロンが言った。「御前は奥さんからアギーに用心しろと伝えさせるかもしれません」

「おまえさんの欠点はな、ジョー」警視は答えた。「いわゆる、人間心理ってやつがわからんところだ。ああいう人たちは、決してそういうことはせんものさ。重罪を見逃したり、法の執行を妨げたりする気はないんだよ。ただ、御前はご婦人方を傷つけたくないし、奥さまのほうは旦那を傷つけたくないだけで。どちらも捜査の邪魔はいっさいせんはずだ。そういうことは礼儀に反するからな。彼らは礼儀に反することはしない――要はそういうこった」

　こうして貴族と紳士淑女の行動規範を喝破すると、カーク警視は洟《はな》をかんで席に戻った。そのとき、ドアが開いてハリエットとグッドエイカー牧師が室内にあらわれた。

9　時機

声価とはいかなるものか、知っておるのか？
教えてやろう——今さら聞いても、とうに手遅れ
ろくな役には立たんだろうがな……
ひとたび声価と別れの握手をすれば、
もう二度と目にはできんもの。

ジョン・ウェブスター『マルフィ公爵夫人』

サイモン・グッドエイカー牧師は、いわば戦闘隊形を組んだ二人の警官をまえに、おずおずと両目をしばたたいた。ハリエットが二階へ向かうまえに、「先生から何かお話があるそうです、警視」と告げていってくれたのだが、それでもろくに緊張は解けなかった。

「やれやれ！　ええと……そうだ。何かご用はないかと戻ってみたんですよ。たしか、そんなふうに言われておったので。それに、ちょっとトウィッタトンさんに話しておこうかと——今はここにはおられんようだが——つまりその、さきほどラッグに会ったので——ええと、そら、棺《ひつぎ》の件で。むろん、棺がいるはずだ——こうした場合の公的な手続きはよく知らんのですが、

やはり棺は用意せねばならんのでしょうな？」

「もちろんです」カークは言った。

「ああ、いや、どうも。そうだろうとは思っとりましたよ。ラッグには、そちらにご連絡するように言っておきました。たぶん――遺体はもうこの家にはなかろうと思って」

「〈王冠亭〉に安置されてます。あそこで検死審問が開かれるはずなので」

「いやはや！　検死審問――そうでしたな」

「通常の手配は、検死官事務所のほうで便宜を図ってくれるでしょう」

「ああ、よかった、ありがとう。それと――今しがた、そこの小道でクラッチェリーに声をかけられましてな」

「彼は何と言っていましたか？」

「どうもその――自分が疑われそうだと思っとるようでした」

「なぜそう思うのでしょうな？」

「いやいや！」グッドエイカー師は言った。「とんだへまをしてしまったようだ。本人がはっきりそう言ったわけではないのですよ。ただ彼の口ぶりから、そんなふうに思っとるんじゃないかとこちらが考えただけで。だがたしかに、警視さん、あの若者のアリバイはわたしが残らず保証してやれます。六時半から七時半まで聖歌隊の練習、そのあとわたしをパグフォードのホイスト大会の会場まで送り、十時半にこの村へ連れ帰ってくれた。だから、じっさい――」

「ご心配なく。その時間帯のアリバイが必要だとすれば、あなたと彼はシロです」

「わたしがシロ?」グッドエイカー師は叫んだ。「いやはや、警視さん――」

「ただの冗談ですよ、先生」

グッドエイカー師には、その冗談は悪趣味としか思えなかったようだった。それでも、彼は穏やかに答えた。

「ああ、なるほど。ではまあ、クラッチェリーには心配ないと言ってやってよさそうですな。わたしはあの若者をたいそう高く買っとるのですよ。頭が切れて勤勉だ。例の四十ポンドがどうとかいう恨みごとを過大視せんでやってください。あんな立場の者には馬鹿にならん金額なのです」

「その件でしたら、ご懸念は無用です」カークは言った。「いろいろ時刻をご確認いただき、大いに助かりました」

「ああ、いや。ちょっと言っておいたほうがいいと思いましてな。さてと、ほかに何かお役に立てることはありますか?」

「恐れ入ります、先生。とくには思いつきませんが……ちなみに、水曜の晩の十時半以降は家ですごされたのでしょうな?」

「ああ、間違いありません」牧師はともすれば自分の行動に話が向くことに、すっかり心を乱されていた。「それは家内と使用人が保証してくれるはずです。だがよもやわたしが――」

「今はまだ、あれこれ仮定する段階ではありません。それはあとの話です。これはみな通常の手続きでして。ひょっとして、先週中のいつかここを訪ねられませんでしたか?」

「いや。ノークスさんはご不在でしたからな」

「ほう！　故人が不在だったのをご存じだったわけですか、先生？」

「いやいや。そうじゃないかとは思っとりましたがね。つまり、そう——木曜の朝にここへ寄ってみたら、何の返事もなかったので、ノークスさんは例によって出かけているのだと思ったわけです。じっさい、ラドルさんにそう言われたような気もするぞ。うん、そうだった」

「訪ねられたのはそのときだけですか？」

「そりゃまあ、ちょっと寄付をお願いしにきただけですからな——じつは、今日もその件で来たのです。門のまえを通りかかったら、パンとミルクの配達を頼むメモが貼られておったので、ノークスさんが戻られたのかと思ってね」

「ああ、なるほど。木曜日にいらしたときには、この家の周辺で何か妙なことに気づかれませんでしたか？」

「めっそうもない。ひとつも変わったことはありませんでしたよ。何に気づけばよかったのです？」

「たとえば——」カークは言いかけた。だが結局のところ、この近眼《ちかめ》の老人が何に気づくというのだろう？　取っ組み合いの痕跡？　ドアについた指紋？　小道の足跡？　ありそうにないことだ。死体がまるごところがっていて、たまたまそれにつまずけば、さすがのグッドエイカー師も気づいたかもしれない。だがそれより小さなものでは無理というものだ。

そこで警視は礼を述べ、もう帰られてけっこうですと言った。牧師はまたもや、クラッチェリーと自分の六時半以降の行動はすべて説明できるとしどろもどろに述べたあと、動揺しきって何度も「では失礼」と言いながら出ていった。

「はてさて」カーク警視は眉をひそめた。「ご老体はどうしてあの時間帯のアリバイが肝要だと確信しとるんだ？　こちらにもまだそうとはわかっとらんのに」

「そうですね」とセロン。

「そのことでえらく躍起になっとるようだったぞ。とうていあの先生の犯行だとは思えんが、考えてみれば、背丈はじゅうぶんだ。おまえさんより高いし――ノークス氏と同じぐらいありそうだ」

「だけど」とセロン巡査。「牧師さんのはずはありません」

「だからそう言っとるだろうが。あの時間帯が重要だというのは、おおかたクラッチェリーの考えだろう――こちらが細かく追及したせいで、そう思いついたのさ。難しいもんだ」警視はぼやいた。「あれこれ質問すれば、こちらの狙いを証人に気取られてしまう。だが質問しなければ、何もわからん。しかもようやく何かをつかみかけたと思えば、〈裁判官の判断基準〉（警察官による調書を証拠として採用しうるか否かを判断する基準）とやらにぶち当たる」

「はい、警視」セロンは敬意を込めて言った。そのとき、ハリエットがトゥイッタトン嬢を連れて入ってきたので、巡査は立ちあがって椅子をもうひとつまえに押し出した。

「ああ、お願いです！」トゥイッタトン嬢がか細い声で叫んだ。「わたしを一人で置いていらっしゃらないで、レディ・ピーター」

「ええ、ええ」ハリエットは答え、カーク警視が急いで証人に請け合った。

「まあおかけください、トウィッタトンさん。ご心配には及びませんぞ。さて、ではまず最初に……あなたは叔父さまがピーター・ウィムジイ卿と交わされた取り決め――つまり、この家の売却とかいったことについては何もご存じないようですが。それで間違いありませんな？では、ノークスさんと最後に会われたのはいつでしょう？」

「まあ！ ええと――」トウィッタトン嬢は言葉を切り、両手の指を使って慎重に数えた。「十日ほどまえになりますわ。このまえの日曜日、朝の礼拝の帰りに寄ったときです。もちろん、一週間まえの日曜日という意味ですけど。いつも牧師さまのために、この村へオルガンを弾きにくるんです。とても小さな教会で、信徒さんも多くはありませんけど――パグルハムにはオルガンを弾ける人がいないので、何でもお役に立てるならと……それで礼拝のあとに訪ねると、叔父はまったくいつもどおりに見えました。それが――叔父に会ったのはそれが――最後です。ああ、何てことでしょう！」

「先週の水曜日から叔父さまが出かけておられたことはご存じでしたか？」

「でも出かけてなんかいなかったのよ！」トウィッタトン嬢は叫んだ。「叔父はずっとここにいたんです」

「おっしゃるとおりです」と警視。「では叔父さまが出かけてはおらず、ここにおられたのをご存じでしたか？」

「もちろん知りませんでした。叔父はしじゅう留守にしますけど、たいていはわたしに話してゆく――というか、そうしてましたから。ただし、ブロクスフォードに泊まり込むのはいつものことでした。つまり、留守だと知っても、わたしは何とも思わなかったでしょう。でもそんなことは何も知らなかったんです」

「そんなこととは？」

「いっさい何も、です。誰も叔父がここにいないのを話してくれなかったから、叔父はここにいるものとばかり思ってました――現にそうだったわけですけど」

「仮にここのドアが閉めきられ、ラドル夫人も入れないと知らされても、あなたはべつだん驚いたり、不安を抱いたりはしなかったでしょうか？」

「あら、ええ。ちょくちょくあることでしたから。きっと叔父はブロクスフォードにいるのだと考えたはずです」

「あなたは表口の鍵をお持ちですね？」

「ええ。それに裏口の鍵も」トウィッタトン嬢は古めかしいたっぷりしたポケットの中を探った。「でも裏口のほうは使ったことがありません、いつも閂《かんぬき》がかかっていますから――裏口のドアには」彼女は大きなリング状のキーホルダーを取り出した。「どちらも昨夜、ピーター卿にお渡ししました――ここからはずして。いつも自分の家のと一緒にこのリングにつけて、肌身離さず持っているんです。むろん、昨夜は別で、ピーター卿がお持ちになりましたけど」

「ふむ！」とカーク。彼はピーターから渡された二本の鍵を取り出した。「これがそうですか？」

「ええと、そのはずですわよね、ピーター卿からお預かりになったのなら」

「これまで表口の鍵を誰かに貸したことは？」

「まあ、とんでもない！」トウィッタトン嬢は断言した。「誰にも貸したりはしていません。叔父の留守中も、フランク・クラッチェリーが水曜の朝に中に入りたければ、必ずわたしのところへ来ることになっていました。わたしがここまで一緒に来てドアを開けてやるんです。その点、叔父はほんとにやかましかったですからね。わたしのほうも、室内に異状がないか自分で確かめたかったし。じっさい、ウィリアム叔父がブロクスフォードにいるときは、ほとんど毎日足を運んでました」

「だが今回は、叔父さまが留守にしていることをご存じなかったと？」

「ええ、ちっとも。何度もそう申しあげてるでしょう。わたしは何も知らなかった。だから当然、ここには来ませんでした。それに、叔父は出かけてはいなかったんですよ」

「たしかに。では、これらの鍵を誰かにくすねられるというか、ちょっと借用されそうな場所に置き忘れたことはないと断言できますか？」

「ええ、ぜったいに」トウィッタトン嬢は勢い込んで答えた——あれでは自ら進んで絞首刑になろうとしているようなものだ、とハリエットは考えた。この家の鍵が問題を解く鍵であることぐらい、彼女にもわかるはずなのに。無実の人間があれほど無邪気にふるまえるものだろうか？　だが警視は落ち着きはらって、こつこつと質問を続けた。

「夜間はその鍵束をどこに置かれているのでしょう？」

「いつも寝室に置いています。鍵束と、母の形見の銀のティーポット、それにソフィ大伯母の薬味入れ――祖父母の結婚祝いに贈られたものですが――それをぜんぶ毎晩欠かさず二階へ持ってゆき、枕元の小さなテーブルに置くんです。火事にでもなったらすぐに鳴らせるように、ディナーベルも一緒にね。こちらが眠ってるあいだに誰かが入ってこられるはずはありません、いつも階段のてっぺんをデッキチェアでふさいでおきますから」

「そういえば昨夜、わたしたちを入れてくださったときもディナーベルをお持ちでしたね」ハリエットは半ば上の空で言った。格子窓の菱形のガラスの向こうからのぞき込んでいる、ピーターの顔に注意をそらされたのだ。愛想よく手を振ってみた。たぶん彼はそこらを歩いて自意識過剰の発作をなだめ、ふたたび捜査の進展に興味を覚えはじめたのだろう。

「デッキチェアですと?」カークが尋ねていた。

「夜盗をつまずかせてやるためですわ」トウィッタトン嬢は大真面目で説明した。「あれほど効果的なものはありません。賊が足を絡ませて大騒ぎすれば、こちらはそれを聞きつけて窓辺でディナーベルを鳴らし、警察を呼べますからね」

「あらあら!」とハリエット（すでにピーターの顔は消えていた――こちらへ入ってくるところなのだろう）。「容赦ないこと、トウィッタトンさん。気の毒なその男は転んで首の骨を折ったのかもしれないのに」

「どの男が?」

「夜盗ですよ」

「でも、レディ・ピーター、それをご説明しようとしているんです――夜盗になんて入られためしがないって」

「何はともあれ」カークが言った。「ほかの誰かがその鍵を使えた可能性はなさそうですな。では、トウィッタトンさん――例の叔父さまの財政難の件ですが――」

「ああ、いやだ！」トウィッタトン嬢は心底いとわしげにさえぎった。「そんなこと、何ひとつ知りません。ひどい話だわ。本当にショックでした。わたしは――周囲の誰もが――叔父はとても裕福だと思っていたんです」

ピーターは音もなく入ってきたので、気づいたのはハリエットだけだった。彼はドアのそばで立ちどまり、懐中時計のねじを巻いて壁の時計と時刻を合わせた。いつものピーターに戻ったようで、その顔には抜け目ない知性しかあらわれていない。

「ノークスさんが遺言書を作られていたかは、ご存じですか？」カークはその質問をさり気なく投げかけた。一目でそれとわかる書類は、彼の手帳の下に隠されている。

「ああ、はい」トウィッタトン嬢は答えた。「叔父は遺言書を作ったはずです。あまり意味はなさそうでしたけど――存命する親族はわたし一人ですから。でもたしかに、本人の口から作ったと聞きました。わたしがあれこれ心配していると――わたしはあまり裕福じゃありませんので――叔父はいつも言ったものです。まあ、あせるなって、アギー。今は商売で手一杯だから助けてやれんが、わしが死ねばみんなおまえのものになるんだぞ、って」

「なるほど。で、叔父さまが心変わりする可能性は考えてもみなかったのですね？」

「あら、もちろん。だってほかの誰に財産を遺すというんです？　わたしはたった一人の身内です。でももう、何も残りそうにないんでしょうね？」

「残念ながら、そのようですな」

「いやだわ！　商売で手一杯というのは、そういう意味だったのかしら？　まったくお金がないという……」

「えてしてそういう意味なんですよ」とハリエット。

「じゃあ、それで――」トウィッタトン嬢は言いかけ、はたと口をつぐんだ。

「それで、何ですか？」警視が先をうながす。

「何でもありません」トウィッタトン嬢はみじめそうに言った。「ふと思い浮かんだことがあるだけで……個人的なことです。でもそういえば叔父はいつぞや、みんながきちんと勘定を払わないから資金不足だとか言って……ああ、わたしは何てことをしてしまったの？　いったいどう説明すれば――」

「何をです？」カークがまたせっついた。

「何でもありません」トウィッタトン嬢はふたたび、あわてたようにそう答えた。「ただ、我ながら馬鹿なことをしたように思えて……」もともとはそう言おうとしたわけではなさそうだったが、トウィッタトン嬢は続けた。「じつは、叔父に少しだけ、お金を貸したことがあるんです――たいした額じゃありません――もちろん、わたしはたいして持っていませんでしたから。ああ、いやだ！　こんなときにお金のことを考えるなんて。あきれた話ですけど……じっさい、少しは老後のそなえができるかと……近ごろ暮らしも厳しくて……それに……それに……コテージの賃料や……それに……」

彼女は今にも泣き出しそうに身を震わせた。ハリエットは思わずうろたえ、口をはさんだ。

「心配しないで。きっとどうにかなりますよ」

カークは誘惑に逆らえず、「ミコーバー氏（ディケンズの『デヴィッド・コパーフィールド』に登場する楽天家）だ！」と、どこかほっとした口調で言った。背後で同じことをつぶやく声がしたので、ピーターがいることに気づいて警視はちらりと目をやった。トウィッタトン嬢はハンカチを捜して無我夢中でポケットを掻《か》きまわし、糸くず、ちびた鉛筆、鶏の脚につけるセルロイドの輪っかを周囲に雨と降り注がせている。

「いくらか遺してもらえるかと――当てにしきっていましたの」トウィッタトン嬢はすすり泣いた。「ああ、すみません。どうぞお気になさらないで」

カークが咳払いした。いつも豊富にハンカチを用意しているハリエットも、あいにく今朝にかぎって優美なリネンのものしか持っていなかった――ハネムーンにありがちな、かすかな喜びの涙を拭うのにぴったりのものだ。そのとき、ピーターが休戦の白旗のようなまっさらのハンカチを手に、救助に駆けつけた。

「これは清潔そのものです」彼は陽気に言った。「僕はいつもスペアを持ち歩いてるんですよ」

（そうでしょうとも、とハリエットは考えた。愁嘆場《しゅうたんば》には慣れっこでしょうから）

トウィッタトン嬢はシルクの布地に顔をうずめてぶざまに泣きじゃくりはじめた。その背後では、ジョー・セロンが速記帳のうしろのほうのページにせっせと目を走らせている。この状況は長引きそうだった。

「まだ何かトウィッタトンさんにご用がありそうですかしら、カークさん？」ついに、ハリエットは思いきって口をはさんだ。「なにぶん、こんな――」

「ああ――ええと」警視は言った。「差し支えなければ、トウィッタトンさんに――ほんの形式的な質問ですが――先週の水曜の晩はどこにおられたかお訊きできればと」

トウィッタトン嬢はさっとハンカチから顔をあげた。

「水曜はいつも聖歌隊の練習日です」そんなわかりきったことを訊くなんて、という驚きのにじむ声だった。

「ああ、そうでしたな」とカーク。「で、練習がすむと当然、叔父さまのもとに立ち寄られたのでしょう？」

「まあ、いいえ！　ここには寄っていません。すぐに帰宅して夕食をすませました。水曜の晩はいろいろ忙しいので」

「そうなのですか？」

「ええ、それはもう――木曜は市日《いちび》ですからね。何と、寝床に就くまえに鶏を六羽も絞めて羽根をむしらなくてはなりませんでした。深夜までかかりましたわ。グッドエイカー先生はいつも――とてもお優しい方ですから――練習が水曜では不都合だろうと言ってくださるんですけど、あいにく水曜のほうがいい殿方が何人かおられ、そんなわけで――」

「六羽の鶏を絞めて羽根をむしる……」カークが考え込むように言った。その作業にどれぐらい時間がかかるか推し測っているようだ。ハリエットはか弱げなトウィッタトン嬢に驚異の目を向けた。

「まさかご自分でされるわけじゃありませんよね？」

「あら、自分でやりますよ」トウィッタトン嬢は明るく答えた。「はたで思うよりずっとたやすいんです、慣れてしまえば」

カークがゲラゲラ笑いだし、ピーターは――妻がこの件をひどく大げさに考えそうなのを見て――おどけた口調で言った。

「ねえきみ、首を絞めるのはこつさえわかれば簡単なんだ。力はいらない」

彼がすばやく両手をひねってみせると、カークは当面の仕事を本当に忘れたのか、あるいは故意に脅しをかけたのか、こう言い添えた。

「そのとおりです」と、自分のずんぐりした首を想像上の縄で絞めあげ、「あんなふうにひねるか、縄で吊るして――ぎゅっと引き絞ればいい」

警視の頭がとつぜん、ぐにゃりと横向きに倒れると、トウィッタトン嬢は恐れをなして悲鳴をあげた。そのとき初めて、この尋問の行き着く先に気づいたのだろう。ハリエットは腹を立て、顔にもそれがあらわれた。男たちときたら。束になったらみんな同じだ――ピーターでさえ。今の彼はカークとともに大きな亀裂の向こうに立っており、彼女はどちらにも嫌悪を覚えた。

「気をつけたまえ、警視」御前さまは言った。「ご婦人方を驚かせてしまったぞ」

「おやおや、それはまずいぞ」カークは陽気に応じたが、その牛のような茶色い目はピーターの灰色の目に劣らず油断なかった。「では、ありがとうございました、トウィッタトンさん。当面はこんなところです」

「じゃあもうよろしいのね？」ハリエットは立ちあがった。「終わりましたよ。ちょっとご一緒に、パフェットさんがキッチンの煙突をどう料理しているか見にいってみましょう」彼女はトウィッタトン嬢の手を引いて立ちあがらせ、部屋から連れ出した。二人のためにドアを開いたピーターをさっと非難がましくにらんだものの、ランスロットとグイネヴィアのように、視線が合うと彼女のほうが目を伏せた（テニスン『王の牧歌』より）。

「ああ、それと奥さま！」警視が落ち着きはらって言った。「恐縮ですが、ラドルさんにここへ来るように言っていただけますか？……この時間の件をもう少しはっきりさせんとな」彼がセロン巡査に向かってそう続けると、巡査は何やらうなってナイフを取り出し、鉛筆を削りはじめた。

「とにもかくにも」ピーターが挑むような口調で言った。「トウィッタトンさんは例の件ではごく率直だったな」

「はい、御前。遺言書があるのをちゃんと知っとったんです。生半可な知識は危険なものですな」

「知識じゃないよ――学識だ！」ピーターは苦々しげに訂正した。「生半可な学識は危険なもの──アレクサンダー・ポープ（ポープ『批評論』より）」

「そうでしたか？」カーク警視は少しも動じなかった。「それはメモしておかんと。さて！鍵はほかの誰も手にできなかったように見えるが、わかりませんぞ」

「彼女はありのままの事実を話してたようだがね」

「そりゃ、事実にもいろいろありますからな。自分の知るかぎりの事実、尋ねられたかぎりの事実。それらは全《まった》き事実を示すわけじゃありません──必ずしも。たとえば、わたしはあの小柄なご婦人に尋ねなかった──誰かが立ち去ったあと、あなたがこの家の鍵をかけたのかとは。ただ、最後に父親──いや、叔父さんを見たのはいつかと尋ねただけで（ヴィクトリア時代の絵画、〈最後に父親を見たのはいつか〉に引っかけた言葉）。ね？」

「ああ、たしかに。とにかく僕なら、死体が発見された家の鍵なぞ持っていたくはないね」

「そりゃそうでしょう」とカーク。「だが場合によっては、ほかの誰かよりは自分が持ってたほうがましってこともある──この意味がおわかりならね。そしてときには──彼女が『わたしは何てことをしてしまったの？』と言ったのは、どういう意味だったのでしょうな？ ひょっとするとあのとき、忘れたふりをして故意に鍵を置きっぱなしにしたのを思い出したのかもしれない。あるいは──」

「あれは金の話をしているときだった」

「そうでした。しかし、彼女は何か自分がやらかしたほかのことを思い出したのかもしれません──何か彼女自身や、ほかの誰のためにもならなかったことを。とにかくわたしが見るに、トウィッタトンさんはあのとき、何かを隠そうとしていた。相手が男なら、すぐにも聞き出してやったんですがね――女どもときたら！　泣くわ、わめくわで、手のつけようがありません」

「たしかにな」とピーター。今度は彼のほうが、妻を含めた女性全般にしばし怒りを覚える番だった。なにしろハリエットは彼が首をひねるまねをしただけで何やらふくれ返っていたではないか？　それに今、エプロンで手を拭きながら入ってきた女は、偉そうな口調で「何かあたしにご用ですかね？」ときた――これでは、静かなる騎士道精神を掻きたてられようはずもない。だがカークのほうは、浮世における自分の優位を心得ており、自信たっぷりに攻撃を開始した。

「ああ。この殺人事件の犯行時刻について、もう少し正確に把握したいと思ってね。ええと、クラッチェリーによれば、水曜の晩の六時二十分ごろにはノークス氏はぴんぴんしとったそうだが。そのころあんたはもう家に帰っていたのだろうな？」

「ええ、そうですよ。いつもノークスさんとこに来るのは午前中だけでしたから。昼すぎにはここにはいませんでした」

「そして翌朝来てみると、この家は閉めきられていた？」

「そうそう。で、両方のドアをがんがん叩いてみたんです――あの人はちっとばかし耳が遠いから、いつもがんがん叩くんですよ。それから、ええと、寝室の窓の下で大声で叫んだあと、もういちどドアを叩いてみたけど、何の返事もない。やれやれ、きっとブロクスフォードへ行っちまったんだ、とあたしはつぶやきました。てっきり、まえの晩の十時のバスに乗ったんだと思ってね。ったく！　それならそうと言ってくれりゃいいのに、今週のお給金ももらってないのにさ、って」

「ほかには何をしたのかな？」

「何も。どうしようもありませんからね。パン屋と牛乳屋に、配達はいらないと伝えただけです。新聞屋にも。あと、ノークスさんへの手紙はうちへ届けるように郵便局に言っときました。結局、来たのは二通きりで、どっちも請求書だったから、わざわざ転送はしなかったけど」

「ははあ！」とピーター。「それは請求書への正しい対処法だな。ほら、例の詩人が文法を無視して言ったように、そこにとどまらす《レイ》べし（バイロン『若武者ハロルドの遍歴』より。ここのレイは本来ならライ）というわけだ――金の卵を産《レイ》むガチョウのように」

話を混乱させそうなこの引用について、警視はあえて追求しなかった。

「トウィッタトンさんに連絡しようとは考えなかったのかね？　いつもノークスさんの留守中はあの人が様子を見にきとったのだから、姿が見えんのは妙に思えたろうに」

「本人に来る気がないなら、あたしが呼び出すこともないですからね」ラドル夫人は言った。

「ノークスさんはアギー・トウィッタトンに来てほしけりゃ、自分で言えたはずだ。ともかく、こっちはそんなふうに考えたんですよ。そりゃ、あの人は死んでたんだから、今にして思や自分で言えたはずはないけど、あたしにそんなことわかりっこないでしょう。それに、お給金をもらえないだけでもじゅうぶん迷惑だったんです――ただでさえ忙しいのに、二マイルも向こうまで人を呼びにいってる暇はありません。そんなことで切手を無駄にするのもごめんだったし。それに」ラドル夫人はぐっと力を込めて言った。「こうも考えたんですよ。ノークスさんがわざとあたしに黙って出かけたんなら、アギー・トウィッタトンにもわざと黙ってたのかもしれないって——あたしは他人のことに嘴《くちばし》を突っ込むような人間じゃありませんからね」

「ほほう！」とカーク。「ではノークスさんには何か、ここをこっそり離れたい理由があったんじゃないかと考えたわけだな？」

「まあ、そうだったのかどうかは知らないけどね。こっちはそんなふうに考えたってことですよ。ねえ？　そりゃ、一週間分のお給金のことはあったけど——あわてるほどのことじゃない。頼めば、アギー・トウィッタトンが払ってくれたでしょうし」

「そりゃそうだ」とカーク。「日曜に彼女が教会のオルガンを弾きにきたとき、頼んでみようとは思わなかったのかね？」

「日曜に？」ラドル夫人は憤然とした。「あたしは非国教徒《チャペル》ですからね。うちの礼拝が終わるころには、あの人たちはとっくに帰ってますよ。あたしも何度かあっちの礼拝に行ってみたけど、ろくなもんじゃない。立ったりすわったり、立ったりすわったり……こっちは一週間の床磨きでいいかげん膝にガタがきてるってのに。おまけに説教はあっけなくて、心がこもってないときた。グッドエイカー先生はすごく優しい紳士で誰にでも親切だから、これっぽっちも悪く言う気はないけど、あたしは非国教徒だし、これまでもずっとそう。で、うちのチャペルは村の向こう端だから、あたしが戻ったころには国教会の連中はみんなもう家に帰ってて、アギー・トウィッタトンも自転車で行っちまったあとだった。だからたとえつかまえたくても、つかまらなかったってわけですよ」

「なるほど。いいだろう」とカーク。「では、あんたはトウィッタトンさんに知らせようとはしなかった。だがノークスさんが留守にしとることを村で誰かに話したんじゃないのかね？」

「話したでしょうよ」ラドル夫人は認めた。「別に悪いことじゃないからね」

「あなたはたしか」ピーターが口をはさんだ。「ノークスさんは十時のバスで出かけたと言ってたね」

「だから、そうだと思ったんですよ」とラドル夫人。

「で、それはとくにおかしなことじゃないから、あれこれ穿鑿《せんさく》する人はいなかった。その週のうちに、誰かノークスさんを訪ねてきた人は？」

「グッドエイカー先生だけですよ。木曜の朝に、ここをのぞきまわってるのを見かけたんです。あたしに気づくと、大声で『ノークスさんはお留守なのかね？』と尋ねてきたんで、『そうですよ。ブロクスフォードに行ってるんです』と答えときました。そしたら、『じゃあまたほかの日に出直そう』って。そのあとは、誰も来た憶えはありません」

「それで、昨夜」カークがふたたび尋問にかかった。「こちらのご夫妻をここにお迎えしたときは、いつもと変わった様子はなかったのかね？」

「ありませんでしたよ。ただ、テーブルの上に汚れた食器とかが置きっぱなしになってたけど。ノークスさんはいつも、決まって七時半に晩ごはんを食べてたんです。それからキッチンでゆっくり新聞を読んだあと、ここに九時半のヌースを聴きにくる。そりゃまあ、すごく規則正しい人でした」

カークは満面に笑みを浮かべた。まさにこんな情報を捜し求めていたのだ。

「すると、彼は夕食をすませていた。だがベッドで眠った形跡はなかったんだな?」

「ええ、ありませんでした。けど、あたしはもちろん、ご夫妻のために洗いたてのシーツに換えましたよ。それぐらいの常識は心得てるつもりだ。そのとき敷いたシーツは」ラドル夫人は事情をはっきりさせようと、躍起になって説明した。「まえの週に持ち帰ったやつで、きれいに洗って乾かして、水曜にはすっかり用意ができてたんです。ところがこの家には鍵がかかってて、持ち込めなかった。それで、きちんとたたんで、うちのキッチンに置いといたんですよ。おかげでちょっと火に当てただけで、国王ご夫妻にだってお使いいただけるほどパリッとなった」

「これは大いに参考になるぞ」とカーク。「ノークス氏は七時半に夕食を取った——ならばおそらく、その時刻には生きていたわけだ」そこでちらりとピーターを見やった。だがピーターはもう、被害者の食事を平らげた殺人者の話を持ち出したりはしなかったので、警視は勇んで先を続けた。「寝床に就いた形跡はなかった、ということだが——ノークス氏がいつもは何時に寝ていたか知っとるかな、ラドルさん?」

「十一時ですよ、カークさん、時計みたいに正確に。いつもその時刻にラジオのスイッチを切って、蠟燭《ろうそく》を手に上の部屋へ持ってあがってくのが見えました。あの人の寝室は、うちの裏の窓からまる見えなんですよ」

「ほう！　それじゃ、ラドルさん、ちょっと水曜の晩のことを思い出してみてもらおうか。その日も蠟燭の光が二階の寝室へあがってゆくのを見た記憶はあるかな？」

「あれ、まあ！」ラドル夫人は叫んだ。「そう言われてみりゃ、カークさん、あの日は見ませんでしたよ。翌日、バートにこう言ったのを憶えてる。『やれやれ、夕べはもちっと長く起きてりゃ、寝室の窓が暗いままなのを見て、ノークスさんが出かけたのに気づいただろうにね。けどさ！　あたしはすっかりくたくたで、枕に頭を置くなり眠っちまったんだ』って」

「まあ、仕方ない」カークはがっかりして言った。「どのみち、それはたいした問題じゃないだろう。ベッドに横になった形跡がなかったのなら、彼はたぶん階下《した》にいるうちに――」

（ありがたや！　とピーターはひそかに考えた。ことが起きたのは、我が奥方の部屋ではなかったわけだ）

ラドル夫人がキンキン声でさえぎった。

「ありゃま、カークさん！　そういえば！」

「何か思い出したことでも？」

じっさいラドル夫人は何か思い出したようだった。カークからセロン、さらにはピーターへと視線をさまよわせた彼女の顔つきを見れば、それが重要どころか、驚くべきことなのがわかった。

「そうですよ。今まで思いつかなかったのが不思議だけど、あれこれ恐ろしいことがあって、それどこじゃなかったからね。でも、考えてみりゃ、ノークスさんはあの晩のバスで出かけたんでなきゃ、九時半まえには死んでたはずだ」

メモを取っていた巡査の手がはたととまった。カークが鋭く尋ねる。

「どうしてそう思うのかね？」

「だってほら、あの人のラジオがついてなかったから。バートにも言ったんですよ――」

「ちょっと待った。そのラジオがどうのってのは、何の話なんだ？」

「そりゃあ、カークさん、もしもノークスさんが生きてりゃ、何があっても九時半のヌースを聴き逃すもんかね。いつも最後のヌースをすごく楽しみにしてたんだ――何がそんなによかったのか知らないけど。とにかく、先週の水曜はバートにこう言ったのを憶えてますよ。『おかしいね。今夜はノークスさんがラジオをつけてない。あの人らしくもないよ』って」

「しかし、ドアと窓が閉め切られとれば、あんたのコテージからあのラジオの音は聞こえんはずだぞ」

ラドル夫人は唇を嘗《な》めた。

「いやね、正直に言うと、カークさん」彼女はごくりとつばを飲み、いつにも増して口早に続けた。両目は警視の視線を避けて、ジョー・セロンの鉛筆に向けられている。「あたしは九時半ちょっとすぎにここへひとっ走りして、あの人の小屋から灯油をちょっぴり借りたんですよ。そのときラジオがついてりゃ、いやでも耳に入ったはずだ。ここの裏側の壁は漆喰《しっくい》を塗っただけの薄っぺらいもんだし、ノークスさんは耳が遠くて、いつもすごい音でがんがんラジオをかけてたからね」

「なるほど」とカーク。

「別に害はないでしょう」ラドル夫人はテーブルのまえからじりじりあとずさった。「灯油をちょっぴり借りたからって」

「そりゃまあ」カークは用心深く答えた。「これとは関係のない話だ。九時半のニュースか……全国放送のやつだな」

「そうそう。あの人は六時のヌースなんか聴こうともしなかった」

ピーターは了承を得るようにちらりとカークに目を向けたあと、ラジオ・キャビネットに歩み寄って蓋を開いた。

「針は……」と目をこらし、「地方局に合わせてある」

「てことは、その後におたくのほうで変えてなければ」ピーターが首を振るのを見て、カークは続けた。「やはりノークス氏はラジオをつけなかったようだ――九時半のニュースを聴くためには。ふむ。少しは近づいてきましたな。時間帯が狭まってきた。着々と、こちらで少し、あちらで少し――」

「イザヤ書だ」ピーターがキャビネットの蓋を閉めながら言った。「それとも、もっとこの場に合いそうなエレミヤ書（ともに旧約聖書の預言の書）のほうかな？」

「イザヤ書ですよ、御前――前途を悲観する必要はなさそうですからな。むしろ、大いに満足できる展開だ。九時半には死亡、あるいは意識不明で――最後に生存を確認されたのは六時二十分ごろ。その後、軽い夕食を――」

「六時二十分?」ラドル夫人が叫んだ。「やだよ! あの人は九時にもぴんぴんしてましたよ」

「何だって? どうしてあんたにわかるんだ? なぜもっと早くに言わなかったのかね?」

「だって、そっちは知ってるものとばかり思って。訊かれもしなかったしね。どうしてわかるかって? そりゃ、あの人を見たからですよ。おや! 何が言いたいんです? あたしに何か罪をおっかぶせようっての? そっちだって、あの人が九時に生きてたことは百も承知のはずですよ。このジョー・セロンと話してたんだから」

カークは驚きに口をあんぐり開けた。「ええっ?」と叫び、巡査をまじまじと見た。

「はあ」セロンはゆっくり、ぶつぶつと言った。「そんとおりです」

「あたりまえだよ」ラドル夫人は小さな両目を意地の悪い勝利感にきらめかせたが、その奥には恐怖の影がちらついていた。「そんなふうに人をはめようとしたって無駄さ、ジョー・セロン。あの晩、九時にバケツに水を汲んで戻りかけたら、あんたがまさにこの窓の下でノークスさんと話してるのが見えたんだ、間違いようもないほどはっきりね。ああ! それに声も聞こえた。まともな女ならとても聞いちゃいられない、汚い言葉を使ってさ——まったく、恥を知れっていうんだよ。あたしはね、カークさん、裏庭を進んでたんです——ほら、あすこにポンプがあるでしょう? 村まで行かずに飲み水を汲めるのはあすこだけだから、いつでも裏庭のポンプを使っていいことになってるんです。ただし洗濯用の水は別で、毛織物を洗うときはいつも雨水を使うんですけどね。で、ポンプのとこからあんたの声が聞こえて——ああ、せいぜいにらむがいいさ! それで、『おやおや、いったい何の騒ぎだろう?』と思って家のわきをまわってみたら、あんたの姿が見えた――それにヘルメットがね。だから人違いだとか言っても無駄だよ」

「もういい、マーサ」カークが言った。動揺しながらも、あくまで部下を守ろうとしている。

「大いに参考になったよ。これでかなり時刻が絞れるぞ。それは九時だったってことだな？」

「だいたいのところね。うちの時計じゃ十分すぎだったけど、あれはちょっと進んでるから。まあ、ジョー・セロンに訊いてみるといい。時刻が知りたきゃ、おまわりさんに訊くこった（俗謡の歌詞）！」

「よしと」警視は言った。「ちょっとその点を確認したかっただけだ。証人は一人より二人のほうがいいからな。まあ、そんなとこだろう。ではもう行ってかまわんが――いいかね、あまり余計なことをしゃべりまわるんじゃないぞ」

「しゃべるもんかね」ラドル夫人は憤然とした。「あたしはそんな口の軽い人間じゃありません」

「まったくだ」とピーター。「よりにもよって、あなたが余計なおしゃべりなどするはずはない。だがほら、あなたは――あなたとこのセロン巡査は――重要きわまる証人だし、世間にはいろんな連中がいるからね。新聞記者やら何やらが、うまいこと言ってあれこれ聞き出そうとするかもしれない。だからせいぜい慎重に――セロン巡査みたいに口をつぐんで――やつらをぎゃふんと言わせてやるといい。でないと、カークさんの仕事をやりにくくしてしまいかねないぞ」

「ジョー・セロンみたいにだって？」ラドル夫人は見下すように言った。「それならいつでもできますよ。新聞社の連中にべらべらしゃべるほど馬鹿じゃないつもりだ。いやらしい、無礼な連中ですからね」

「じつに不快な輩《やから》だよ」ピーターは迷子の鶏でも追い込むように、そっと彼女をドアへといざなった。「あなたなら信頼できること間違いなしだ、ラドルさん——汝《なんじ》、沈黙とゆるやかなる時の育て子よ（ジョン・キーツの詩、「頌歌ギリシャの壺」より）。まあ何はともあれ」ラドル夫人を敷居の外へと追い立てながら、彼は真面目くさって言い添えた。「バンターには何も言わないように。あいつは世界一、口の軽い男だからね」

「もちろんですよ、御前さま」ラドル夫人は出てゆき、ドアが閉まった。カークがやおら、大きな椅子の中で背筋をのばす。彼の部下は身を縮こめて、怒りが爆発するのを待っていた。

「さてと、ジョー・セロン。これはどういうことなんだ？」

「はあ、警視——」

「きみには失望したぞ、ジョー」カークは怒りよりも苦痛のにじむ、困惑しきった口調で続けた。「まったく驚きだ。きみは事件当夜の九時にあそこでノークス氏と話しとったのに、それをまったく言わなかったというわけか？　道義心ってものはないのかね？」

「ほんとにすいません、警視」

ピーター・ウィムジイ卿はぶらぶら窓辺へ歩を進めた。他人が部下を叱り飛ばすのに口出しは無用だ。とはいえ——

「すいません？　何て言い草だ。きみは――警官なんだぞ？　それが重要な証拠を隠しておいて……すいませんだと？」

（職務怠慢。そう――それが真っ先に思い浮かぶ言葉だ）

「そんなつもりは――」セロンは切り出し、それから怒り狂った声で、「あの意地悪婆に見られたなんて知らなかったんです」

「誰に見られようと、それがどうした？」カークは苛立《いらだ》ちをつのらせ、大声で叫んだ。「真っ先にわたしに話すべきだったんだ。やれやれ、ジョー・セロン、きみのことをどう考えたものやら……どうにもわからんよ。いいか、ただじゃすまんぞ」

しょげ返ったセロンは両手を揉み絞り、答えを見つけられずに哀れっぽくつぶやいた。

「すいません」

「それじゃ、訊くが」カークの声に不穏な響きがこもった。「きみはあそこでいったい何を――誰にも知られたくない、どんな話をしとったんだ？　はっきり答えろ！　いや待てよ。ちょっと待て」（彼は気づいたのだ――ピーターは思わずふり向いた）「きみは左利きじゃなかったか？」

「ああ、まさか、そんな！　ぜったい違います！　誓って、自分じゃありません！　そりゃ、殺したっておかしくない理由はあったけど、ぜったい違います――あの人を傷つけたりは――」

「理由？　どんな理由だ？……さあ、いいから言ってみろ！　ノークス氏と何をしとったんだ？」

セロンは死にもの狂いであたりを見まわした。彼の背後には、ピーター・ウィムジイが謎めいた表情で立っていた。

「あの人には指一本、触れちょりません。何も危害は加えてない。あと一分で死ぬとしたって、警視、自分は無実です！」

カークは小うるさいアブにつきまとわれた雄牛よろしく、巨大な頭を振った。

「きみは夜の九時にここで何をしとったんだ？」

「何も」セロンは頑固に答えた。さきほどまでの昂《たかぶ》りは消えている。「ちょっと立ち話をしちょっただけです」

「立ち話だと！」カークはおうむ返しに言った。あまりに軽蔑と苛立ちでいっぱいの声だったので、ピーターは勇気をふるって口をはさんだ。

「いいかね、セロン」かつては幾多《いくた》の悩める兵士たちに、みじめな秘密を打ち明けさせた声だ。「カーク警視にそっくり話してしまったほうがはるかにいいぞ。何を隠しているのであれ」

「まったく」カークがうなるように言った。「とんでもないことを。警官ともあろうものが――」

「まあそうむきにならずに、警視。彼はまだまだ若いんだ」ピーターはそこでしばし、ためらった。あるいは部外者が見ていないほうが、セロンは話しやすいかもしれない。「僕は庭に出ているよ」彼が安心させるように言うと、セロンはさっとふり向いた。

「いいえ、待ってください！　ぜんぶ話します。ああ、どうか――行かないでください、御前さま。お願いだ！……まったく馬鹿なことをしちまいました」

「誰でもそんなことがあるものさ」ピーターは静かに言った。

「あなたになら信じてもらえそうだけど、御前さま……ああ、もうおしまいだ」

「そうであっても不思議はないぞ」カークがぴしゃりと言った。

ピーターはちらりと警視に目をやった。彼もまた、部下が昔ながらの権威にすがろうとするのを認めているようだったので、ピーターはテーブルの端に腰をおろした。

「しっかりしたまえ、セロン。カーク警視は誰に対しても不当に厳しく当たるような人じゃない。それで、いったいどういうことだったんだ？」

「あの……例のノークスさんの札入れのことで――あの人が失くした――」

「二年前にだな――ああ、で、それがどうしたって？」

「自分が見つけたんです……つまり、その――あの人が通りに落っことしたのを。十ポンド入っちょりました。それで――ちょうど女房が産後ですごく具合が悪くて――特別な治療が必要だって医者に言われてたけど――貯金はぜんぜんなかったし――給料もたいしたことないうえに、手当だってろくにない。それでひどく馬鹿なまねを――すぐに返すつもりだったんです。あっちは裕福なんだから、十ポンドぐらいどうってことないと思ったんですよ。警官は正直でなきゃいけないのはわかってるけど、やっぱり人間だから、すごい誘惑で……」

「ああ」とピーター。「太っ腹なお国は、週に二、三ポンドで山ほどの誠意を期待するのさ」

カークはショックで口もきけないありさまだったので、ピーターは続けた。

「で、そのあとは？」

「あの人にばれちまったんです、御前さま。なぜかばれちまって、署に報告すると脅されました。そうなりゃ当然、自分は終わりです。仕事は首だし、そんなまねをしたやつを誰が雇ってくれますか？　それで黙らせとくために、あっちの言いなりに金を払うしかなかった」

「金を払う？」

「そりゃあゆすりだ」呆然自失の体《てい》だったカークが、はっと我に返って言った。なぜかその言葉が、この信じがたい事態の解決になるとでも言わんばかりの口調だ。「告訴に値する犯罪だぞ、ゆすりとは。しかも重罪私和（重罪を犯した者を訴追・告発せずに、その者から対価を得る罪）だ」

「何て呼んでもらってもいいけど——こっちには死活問題でした。この二年間、週に五シリングも搾《しぼ》り取られてきたんだから」

「何とまあ！」ピーターは胸のむかつく思いで言った。

「だから正直言って、御前さま、今朝ここに呼ばれてあの人が死んだと聞いたときは、天にも昇る心地でした……けど、あの人を殺したりはしてない——ぜったい違います。信じてもらえますか？　ねえ、御前さま、信じてください。自分がやったんじゃありません」

「きみがやったのだとしても、無理はないように思えるがね」

「けど、そうじゃないんです」セロンは夢中で訴えた。ピーターの表情からは何も読み取れなかったので、ふたたびカークに目を向けた。「わかりました、警視。自分が馬鹿だった——ただの馬鹿じゃすまんのはわかってるから、その罰は受けます。でもぜったい、ノークスさんを殺したりはしてません」

「だがな、ジョー」警視は重々しく言った。「そうでなくとも、じゅうぶんひどい話だぞ。きみが馬鹿だったのは間違いない。まあ、それはまたあとで考えるとして――今は何があったのか、正直に話してもらおう」

「あの晩、あの人に会いにきたのは、今週は金がないと話すためでした。そしたら、あのごうつく爺め、ゲラゲラ笑いやがった。だから――」

「それは何時のことだ？」

「ええと、自分はあの庭の小道を進んできて、あすこの窓から中をのぞいてみたんです。カーテンは引かれてなかったけど、中は真っ暗でした。そのとき、あの人が蠟燭《ろうそく》を手にキッチンから入ってきて……あすこの時計のほうに蠟燭を掲げると、九時五分すぎなのが見えました」

ピーターはわずかに立ち位置を変え、すばやく言った。

「あの窓から時計を見たというのは、たしかかね？」

その警告するような響きを証人は聞き逃し、手短に「はい、御前さま」と答えると、神経質に唇を嘗めて先を続けた。

「そのあとガラスをコツコツ叩くと、あの人がやって来て窓を開けました。それで金がないことを話すと、気色の悪い声でゲラゲラ笑って、『いいとも。それじゃ朝になったら警察に届けよう』って。だからこっちも勇気を出して言ってやったんです。『できっこねえさ。これはゆすりだ。これまであんたが懐に入れてきたのはぜんぶゆすり取った金なんだから、それを訴えてやる』ってね。そしたらあいつ、『金だと？　おまえさんがこっちに一度でも金を払ったとは証明できんはずだぞ。領収書はどこだ？　紙に書かれたものは何ひとつ持っとらんだろう』なんて言うから、思いきり罵《ののし》ってやったんです」

「無理もない」とピーター。

「そしたら、『さっさと失せろ』と言って、窓をぴしゃりと閉められちまいました。表と裏のドアを叩いてみたけど、どっちも鍵がかかってて……。だから帰りました。それがあの人を見た最後です」

カークが深々と息を吸った。

「家の中には入らなかったんだな？」

「はい、警視」

「事実を包み隠しなく話しとるのか？」

「はい、神に誓って」

「それはセロン、間違いないのかね？」

今度は、警告の響きは聞き逃しようもなかった。

「神にかけて事実です、御前さま」

ピーターの顔つきが変わった。彼はゆっくり暖炉のほうに歩いていった。

「ふむ。いやはや」とカーク。「何と言ったものかわからんな。それじゃ、ジョー、きみはまっすぐパグフォードへ行って、クラッチェリーのアリバイを確認してくれ。例の整備場のウィリアムズとかいう男に会って、裏を取るんだ」

「承知しました、警視」セロンは沈んだ声で言った。

「この件はきみが戻ったら、また話そう」

セロンはふたたび「承知しました、警視」と答えると、燃えさかる薪を身じろぎもせずに見おろしているピーターにちらりと目をやり、「どうかお手やわらかに、警視」と言い添えた。

「それは何とも言えんがな」カークはあながち冷たくはない口調で答えたが、巡査は大きな肩を落として出ていった。

「さてと」警視は言った。「あの話をどう思われますか？」

「じゅうぶん筋が通っているように聞こえたね――例の札入れの件に関しては。ともかく、ひとつの動機が見つかった――みごとに育って花開きそうな、ピカピカの動機だ。これで容疑者の範囲がちょっぴり広がるんじゃないのかね？　ゆすりは通常、被害者が一人に留まることはない」

ごく当然の疑念からカークの目をそらそうとするこの巧妙な試みに、当の警視はろくに気づきもしなかった。彼は何より、部下の一人が義務を怠ったことに傷ついていたのだ。窃盗および証拠の隠滅！　その何とも情けない背信行為のことしか考えられなかった。どうにも腹が立つのは、そんなことになる必要はまったくなかったからだ。

「あの馬鹿な若造は金が足りなかったのなら、なぜ巡査部長に――あるいはわたしに――相談しにこなかったんだ？　何よりそこが悔やまれて……さっぱり理解できません。信じられん話です」

「天地のあいだには思いもよらぬことがあるものさ（『ハムレット』一幕五場より）」ピーターは物悲しげな、おどけた口調で言った。

「まったくですな、御前。『ハムレット』には山ほど真理が隠されている」

「ハムレット（英語では小さな村の意味）には？」ピーターは突如《とつじょ》、甲高い笑い声をあげて警視をぎょっとさせた。「いや、そのとおり。この陽気な国の小さな村で、池の泥水を掻きまわせば驚くような悪臭が立ちのぼる」ピーターはせかせか室内を歩きまわりはじめた。ノークス氏の種々の活動に光が当たったことで、以前から抱いていた疑念が裏付けられていた。この世に素手で首を絞めてやってもいいような犯罪者がいるとすれば、それはゆすり屋だ。二年のあいだ週に五シリング。話のその部分は疑う余地がない。誰しも事実を話しているのでなければ、あそこまで自分に不利な証拠を積みあげたりはするまい。とはいえ——ピーターは警視のかたわらでつと足をとめた。

「そうだ！　あの財布の盗難については、公式の届けは出てないんだったな？　それに金は返却されている——二倍以上も」

　カークはひたと彼を見すえた。「むろん、あなたが同情なさるのは簡単でしょう。ご自身の責任じゃありませんからな」

　今度ばかりは手加減なしのパンチが、ピーターの急所を直撃した。

「いやはや！」カークは考え込むように言い添えた。「それにしてもノークスってのは、よほど食えない爺さんだったんでしょう」

「まったくいやな話だよ。あれじゃどんな男でも――」

いや、違う。何ごともあんな罪を犯す理由にはならない。「ああ、ちくしょう！」ピーターは苛立ち、打ちひしがれていた。

「どうなすったんです？」

「警視、あの若者には気の毒だが――ええいっ、やはりこれは言っておくしかなさそうだ――」

「ほう？」

何か重大なことが明かされようとしているのを察知したカークは、それを受けとめるべく身構えた。ピーターのように守りの固い人間も、いざとなれば真実を話す。カークはさきほど自分でそう言ったのだ。今やその言葉が事実であることが証明されようとしており、どれほど手痛い真実が飛び出そうと、それを受け入れるしかなさそうだった。

「あの巡査の話だがね。おかしなところはないように聞こえたが……そうじゃない。ひとつだけ嘘があったんだ」

「嘘が？」

「ああ……彼は家の中には入らなかったと言った。あの窓から時計を見たのだと……」

「それで？」

「じつは、僕はついさっき同じことをしてみたんだよ、庭を歩いてたときに。懐中時計の時刻を合わせたくてね。ところが……できなかった。そういうことだ……あのいまいましいサボテンが邪魔になってね」

「ええっ！」

カークはがばと立ちあがった。

「だから、あのろくでもないサボテンが邪魔になるんだよ。時計の文字盤を隠してしまうのさ。あの窓から時刻は見られない」

「見られない？」

カークは窓辺へ駆け寄ったものの、そこで何がわかるかは百も承知していた。

「試してみたまえ」ピーターは言った。「どこでも好きな位置から。どうしたって、ぜったいに無理なんだ。その窓からあの時計は見えない」

10 大衆酒場

「じゃあ、どうすればよかったんだ？」わたしは少々熱くなって叫んだ。

「いちばん近くのパブへ行くべきだった。田舎の噂話の中心地だよ」

アーサー・コナン・ドイル「ひとりきりの自転車乗り」


お茶の時間には、警官たちは家から引き揚げていた。じつのところ、哀れなカークは捜査を引きのばす熱意を失っていた。いくら屈み込もうと背伸びしようと、問題の窓から時計の文字盤を見ることはできないのを確認し、すっかり意気消沈していたのだ。彼はおざなりに、ノークスは六時二十分以降にサボテンをしばらくどこかへ移し、九時半前に戻したのかもしれないと指摘した。だがなぜそんな無意味なまねをしたのか、ろくに説明できなかった。むろん、サボテンが六時二十分にはいつもの場所にあったとみなす根拠はクラッチェリーの証言だけだし——それすらはっきりはしていない。クラッチェリーはサボテンに水をやったと言っていた——床におろして水をやり、戻すのはノークスにまかせておいたのかもしれない。そこを尋ねてみてもいい。だが〈クラッチェリーに確認のこと〉とメモしながらも、カークはその結果にあまり希望を抱いていなかった。

彼は元気なく寝室を調べ、戸棚のひとつから帳簿と書類をどっさり押収したあと、事件当夜のセロンとノークスのやりとりについて、ふたたびラドル夫人に話を聞いた。

いずれの結果も、思わしくなかった。ある帳面には、ほかの種々の項目にまじって、一週間ごとの収支のリストが見つかった。J・Sというイニシャルで、毎週五シリングが払い込まれている。だがこれで確認されたのは、ほとんど確認の必要のない話の信憑性《しんぴょう》だけだ。さらに、セロンが正直に話したのは、道義心より必要に迫られてのことだったとも取れる。こんな記録があるかもしれないとなれば、それを突きつけられるまえに、進んで告白したほうがましだとセロンは気づいたはずだ。ピーター卿の意見はこうだった――仮にセロンが殺人者なら、なぜやばい書類がないか家じゅうを捜さなかったのか？　それもそうだと、カークは懸命に自分を慰めようとした。

ほかには誰からも金をゆすり取っていた形跡はなかったが、ノークスの事業がこれまでの印象よりさらに破滅的状況だったことをうかがわせる証拠は山ほどあった。中でも興味深いのは、ノークスの手書きのメモがついた大量の新聞の切り抜きで、どれもスコットランド西岸の安価なコテージに関するものだった。スコットランドといえば、他所《たしょ》で生じた私的債務の取り立てが困難なことで悪名高い国だ。ノークスがカークのにらんだとおり、〈食えない爺〉だったことはあきらかだった。だがあいにく、必要なのは彼の悪事に関する証拠ではない。

ラドル夫人も役に立たなかった。彼女はノークスがぴしゃりと窓を閉めるのを聞き、セロンが表口のほうに姿を消すのを目にしていた。そこで出し物は終わったとみなし、水の入ったバケツを手に家へと急いだのだ。しばらくあとにふたつのドアを叩く音を聞き、「そんなことしたって無駄さ！」と考えた記憶があるという。二人が何を言い争っているのか耳にしたかと問われると、彼女は残念そうに、聞いていないことを認めたが、（にやりと意地の悪い笑みを浮かべて）「それはぜんぶジョー・セロンが知ってるでしょうよ」ときた。さらに言うには、セロンは「しじゅうノークスさんに会いにきて」いた。彼女自身の意見を聞きたいなら、セロンは何度も「金を借りようとして」、もうこれ以上はだめだとノークスに拒まれたのだろう。セロンの嫁さんが浪費家なのは、誰でも知っている……。

カークとしては、ラドル夫人にこう訊いてやりたいところだった――最後に見たときノークス氏が激しく言い争っていたのなら、その後、彼の姿が見えなくなったことに何の不安も覚えなかったのか、と。だがその質問は喉に引っかかったままだった。それでは、警官だって人を殺すかもしれないのだと公言するようなものだ。もっと確たる証拠がなければ、とてもそんなまねはできない。次の憂鬱《ゆううつ》な仕事はセロンを尋問することで、考えるだけで気が重かった。これ以上ないほど落ち込んだまま、カークは検死官と話しにいった。

いっぽう、屋根の上からキッチンの煙突掃除を終えたパフェット氏は、暖炉に火を起こすのを手伝ったあと、謝礼を受け取り、温かい同情の言葉をあれこれ口にしながら立ち去っていた。トウィッタトン嬢もようやく、涙に暮れながらも気を取りなおし、バンターに車でパグフォードへと送られていった。後部座席には彼女の自転車が〈高々と頭《こうべ》を掲げて（メルヴィル卿『回想録』より。エリザベス一世の姿を描写した言葉）〉鎮座している。ハリエットが彼らを見送って居間に戻ると、そこでは彼女の〈ご主人さま〉が飾り棚から見つけ出した脂じみたトランプで、陰気くさくカードの家を組み立てていた。

「さてと！」ハリエットは不自然に明るい声で言った。「みんな帰ったわ。やっと二人きりになれたわね！」

「ありがたいことだ」ピーターは無愛想に答えた。

「ええ。もう長くは耐えられそうになかった。あなたは？」

「一分だって持ちそうになかったよ……今も耐えられない」

乱暴な口調ではなかった。ただ疲れきって途方に暮れた感じだ。

「わたしはあれ以上、我慢する気はなかったけど」とハリエット。

彼は何も答えなかった。カードの家に四階を加えるのに没頭しているようだ。ハリエットはしばしその様子を見守ったあと、今はそっとしておくのがいちばんだと心を決め、二階へペンと紙を取りに向かった。先代公妃に手紙でも書けば、いい気分転換になるだろう。

ピーターの更衣室を通り抜けると、誰かがせっせと手を入れたのがわかった。カーテンがかけられ、そこここに敷物が置かれて、ベッドが整えられている。ハリエットは立ちどまり、これは何を意味するのだろう——もしも意味があるなら——と考えた。彼女自身の部屋では、トウィッタトン嬢のつかのまの滞在の跡はきれいに消し去られていた。羽根布団はよく振ってふくらまされ、枕のしわものばされている。湯たんぽは持ち去られ、洗面台と化粧テーブルの上は元どおりに片づけられていた。カークが開けっ放しにしていった扉と抽斗《ひきだし》もすべて閉められ、窓敷居の上にはキクの生けられた鉢。バンターがスチームローラーさながらに、あの大騒ぎの痕跡をひとつ残らず押しつぶしていったのだ。

ハリエットが必要なものを取り集めて階下《した》へ戻ると、カードの家は六階になっていた。だが彼女の足音にピーターはぎくりとし、手が震えた拍子に、もろい構造物は一気に崩れ落ちてしまった。彼は何やらぶつぶつ言うと、頑として一から立てなおしはじめた。

ハリエットは時計に目をやった。もう五時近く、お茶が飲みたいところだった。さきほどラドル夫人にやかんを火にかけて、少しは仕事をするようにはっぱをかけておいたところだ。さほど長くはかからないだろう。ハリエットは長椅子に腰をおろして手紙を書きはじめた。必ずしも元公妃が期待していそうなニュースではないが、ともかくロンドンの新聞に派手な見出しが躍るまえに、一言知らせておかなければ。それに、いろいろ義母に話したいこと——どのみち話したはずのことがある。一枚目を書き終えて目をあげると、ピーターは眉根を寄せていた。ふたたび四階まで積みあがったカードの家が、今にも崩れ落ちそうな様相を見せている。ハリエットは思わず、声をあげて笑った。

「何がおかしいんだ?」とピーター。ぐらついていたカードがたちまちばらばらになり、彼は苛立《いらだ》たしげに毒づいた。そのあと、不意に表情がやわらぎ、唇の片端にいつものゆがんだ笑みが浮かんだ。

「何だか滑稽《こっけい》に思えてきたの」ハリエットはあやまるように言った。「ちっとも新婚生活らしくないから」

「ああ、まったくだ!」ピーターは悲しげに言い、立ちあがって彼女に近づいてきた。「どうも僕は」どこか他人事《ひとごと》のようなおぼつかない口調だ。「間抜けな無骨者みたいなふるまいをしてる気がするよ」

「そうなの？　それならわたしに言えるのはこれだけよ――あなたには無骨って言葉の意味がろくにわかっていない。あなたが無骨になんてなれるものですか」

そんな冷やかしも、慰めにはならなかった。

「こんなはずじゃなかったんだ」ピーターはぎごちなく言った。

「いやだわ、馬鹿らしい――」

「きみのために、すべてがすばらしくなるようにしたかった」

ハリエットはそれに対する答えを彼が自分で見つけるのを待った。彼は拍子抜けするほどすぐに気がついた。

「まあ、虚栄心ってやつだろう。ペンとインクを取りあげて書き留めておいてくれ。御前さまはすっかり意気消沈、なぜか自分の思いどおりに神のご意志をねじ曲げられないからである」

「お母さまにそうお知らせしましょうか？」

「母に手紙を書いているのか？　いやはや、そんなことはまるで思いつかなかったけど、きみが気づいてくれて本当によかったよ。気の毒に、母は今回のことでさぞ動揺するだろう。自分の最愛の息子と結婚した者は、何の憂《うれ》いもない生涯を送れるものと信じきっているんだ。至福の地で、世々かぎりなく、アーメン（祈禱書の一節）。おかしなものだな、母親が子供のことをろくにわかっていないとは」

「あなたのお母さまは、これまでわたしが出会った中でいちばん分別のある女性よ。あなたよりはるかに人生の現実をわかっていらっしゃる」

「そうかね？」

「ええ、もちろん。ところで、夫には妻の手紙を読む権利があるなんて主張しないでしょうね？」

「ええっ、まさか！」ピーターはぞっとしたように答えた。

「よかった。読んでも、さほどいいことはなさそうだもの。あら、バンターが帰ってきた。これでお茶が飲めそうよ。ラドルさんは興奮しきってるから、ミルクをぐらぐらに煮たてて、お茶っ葉をサンドウィッチにはさんだんじゃないかしら。ちゃんと終わるまで、そばで見張ってるんだった」

「ラドル夫人をとっちめろ！」

「ぜひそうしたいけど、それはもうバンターがやってるはずよ」

その推測を裏付けるように、ラドル夫人がお茶のトレイを手にあたふたと姿をあらわした。

「そりゃねえ」暖炉のまえの小さなテーブルにガチャリとトレイを置くと、ラドル夫人は言った。「ちょうどトーストを焼きかけたとき、ブロクスフォードから来た警官が飛び込んで来なきゃ、もっとまえにお出しできたんですよ。何か恐ろしいことでもあったのかと、心臓が喉から飛び出しそうでした。けど、検死官からの召喚状を届けにきただけでね。ほんとにどっさり持ってきて、これがお二人の分です」

「ああ、そうか」ピーターはびりびり封を破った。「ずいぶんすばやかったな。ええと――『ピーター・デス・ブリードン・ウィムジイ卿殿、ジョン・パーキンズ署名捺印の本状により』――ああ、ラドルさん、給仕はけっこうだよ」

「パーキンズさんは弁護士で」ラドル夫人は説明した。「すごく礼儀正しい紳士だって話です。あたしは会ったことがないから、何とも言えないけど」

「『……上記ハーフォードシャーの国選検死官たる名を以て、貴殿に十月十日木曜日』……明日には彼に会って話を聞けるぞ、ラドルさん……『午前十一時ちょうどに同州パグルハム教区の〈王冠亭〉にて開かれる検死法廷の場で、ウィリアム・ノークスの死に関する証拠を提出し、国王陛下の代理人による尋問を受けることを命ずる。なお、証人は許可なくして立ち去らぬこと』」

「そりゃあけっこうですけどね」ラドル夫人は息巻いた。「うちのバートのお昼は誰が用意するんです？　いつも十二時って決まってるんだ。ジョージ王さまやほかの誰のためだろうと、うちのバートにひもじい思いをさせるわけにゃいきません」

「残念ながらバートには、あなたなしでどうにかしてもらうしかないだろう」ピーターはおごそかに言った。「ほら、こう書いてある――『上記の責務を怠った場合は処罰が下される』」

「おや。処罰って、どんなことでしょうかね？」

「監獄行きだ」ピーターは凄みをきかせて言った。

「あたしが監獄行き？」ラドル夫人は憤慨しきって叫んだ。「まともな女にけっこうな話だよ」

「バートのお昼は誰かお友だちに頼めばいいわ」ハリエットは言ってみた。

「そりゃまあ」ラドル夫人は心もとなげに答えた。「オッジスさんなら引き受けてくれるかも。でもきっと検死審問を聞きにいきたがるだろうしね。そうだ！　今夜のうちにパイを作ってバートのために置いてってやる手もある」考え込みながらドアへと向かったラドル夫人は、不意に取って返してひそひそ声で言った。

「あの灯油のことも話さなきゃいけませんかね？」

「そうは思わんな」

「ああ！　別に灯油をちょっとばかし借りたって、悪いこたないんですよ。いつでも返せるんだから。けど警察の連中ってのは、女の言うことを妙にねじ曲げて取るからね」

「心配は無用だと思いますよ」とハリエット。「じゃあ、部屋を出たらドアを閉めてね」

「はい、奥さま」ラドル夫人は答え、意外にも素直に出ていった。

「さっきのカークの様子からして」ピーターが言った。「たぶん審理は捜査が進むまで延期されるから、さほど長くはかからんだろう」

「そうね。ジョン・パーキンズが迅速にことを運んでくれてよかった――新聞記者や野次馬がわんさと押しかけることはなさそうだわ」

「記者たちのことがそんなに気になるのかい？」

「どう見ても、あなたほどじゃなさそうだけど。そう悲観しないで、ピーター。今度は、こちらがしっぺ返しを食らう番だと観念することよ」

「なるほど、まさにそうだな。ヘレンも今回の件でさぞ大騒ぎするだろう」

「まあ好きにさせておくのね。気の毒に、あの人はあまり人生を楽しんでるようには見えないわ。それにどのみち、事実は変えられない。だってほら、わたしはこうしてここで、あなたのためにお茶を注いでいるのよ。たしかにポットの口は欠けてるけど――わたしはここにいる」

「そんな仕事をヘレンが羨むとは思えないがね。僕は必ずしも彼女の好みのタイプ《カップオブティー》じゃないからな」

「彼女はどんなお茶《ティー》でも楽しめないの――いつも欠けた部分のことばかり考えてるのよ」

「ヘレンは小さな欠けも許さないんだ」

「そうね――純銀でなきゃいけないの――たとえ空っぽのポットでも。お茶をもう少しどう？どうしても受け皿にぽたぽた垂れてしまうけど、これはわたしの気前のよさか、あふれんばかりの愛情か何かの証《あかし》よ」

ピーターはお茶を受け取り、黙りこくって飲んだ。彼はまだ自分に不満を抱いていた。慎重に選び抜いた女性を一世一代の晩餐《ばんさん》に招いたのに、テーブルの予約ができていなかったとでもいうように。そんな屈辱的な状況では、男たちはたいていウェイターの落ち度をあげつらい、料理に文句をつける。そうして、損なわれた楽しみを埋め合わせようとする周囲のあらゆる努力を撥《は》ねつけてしまうのだ。彼の場合は生来の礼儀正しさのおかげで、傷ついた虚栄心を最悪の形であらわすことは免れた。だが自分に非があるとわかっているだけに、のびのびした自然な態度を取り戻すのはいっそう難しかった。

いっぽう、ハリエットは彼の内心の葛藤を同情深く見守っていた。二人がもう十歳ほど若ければ、こんな状況は口論と涙、和解の抱擁《ほうよう》で解決していただろう。けれど今や、その進路には〈出口なし〉の標示がでかでかと貼り出されていた。仕方がない。彼にはどうにか自力でふさぎの虫をふり払ってもらうしかなさそうだ。こちらだってまる五年以上も喧嘩腰の態度で彼を苦しめたのだから、文句を言えた立場ではない。じっさい、彼女自身にくらべれば、ピーターはたいそう立派にふるまっていた。

彼がお茶の道具をわきへ押しやり、二人分の煙草に火をつけた。それから、苛立たしげに古傷をこすりながら言った。

「きみは僕の仏頂面《ぶっちょうづら》に見あげた忍耐力を示しているな」

「それが仏頂面だというの？　わたしがこれまで見てきた仏頂面にくらべたら、じつにまあ可愛いものよ」

「何にせよ、きみは僕の機嫌を取って立ち直らせようとしてるんだ」

「とんでもない」（いいだろう、彼のほうからはじめたのだ。ここは奇襲をかけて、一気に攻め落とすしかない）「こちらはできるだけやんわり、あなたに教えようとしてるだけ――わたしはあなたと一緒なら、耳が聞こえなくても、口や足や目やおつむが不自由でも、さして気にしない。ヘルペスや百日咳にかかっても、裸で食べ物もないまま小舟に揺られ、おまけに嵐が近づいていてもかまわないとね。なのにあなたはどうしようもないとんまで、少しもわかろうとしないの」

「いやはや！」ピーターは破れかぶれの口調で言った。顔が真っ赤になっている。「そんなことを言われて、僕はいったいどう答えればいい？　そりゃあ、こっちも何ひとつ気にしないべきなんだろう。だがね、考えなしにそのいまいましい小舟を漕ぎ出したのは、自分のように思えてならないんだよ。嵐を呼び寄せ、きみを素っ裸にしたまま積み荷を投げ捨て、きみの心身に打撃を与えたうえに、百日咳を移し、ええと——もうひとつは何だったっけ？」

「ヘルペスよ」ハリエットはそっけなく答えた。「ちなみに、そっちは移らないけど」

「また撃破されたぞ」ピーターの瞳が躍り、ハリエットは不意に胸がきゅんと高鳴るのを感じた。「おお、神々よ！　我をこの気高き妻にふさわしき者にならしめたまえ。とはいえ、どうもうまいこと操られてる気がするな。本来なら大いに憤慨すべきだが、僕はバターつきトーストと感傷で胸がいっぱいなんだ——そのふたつは、きみも気づいているだろうが、妙にしっくり合うんだよ。それで思い出したけど、今日は車でブロクスフォードへ行って夕食を取らないか？　きっとパブの一軒ぐらいはあるはずだし、ちょっと新鮮な空気でも吸えば、僕も頭がすっきりするだろう」

「いい考えね。バンターも連れていかない？　あの人、もう長いこと何も食べてないんじゃないかしら」

「またバンターの心配か！　僕だって愛のために多くを耐え忍んでるのになー——こんなことまで。まあバンターはいいとして、ダブルデートはおことわりだぞ。ラドルさんは今夜は連れていかない。僕は円卓の騎士のルールを遵守してるんだ——ただ一人の女性を愛し、忠誠を尽くすのさ。むろん、一度に一人という意味だがね。これまでほかの女性とかかわったことがないとは言わないが、同時に二人を相手にするのは断固拒否する」

「ラドルさんは家に帰ってパイを焼けばいいわ。わたしはもうすぐ手紙を書き終わるから、そうしたらブロクスフォードで投函できそうね」

だがバンターは、その夕食会への参加をうやうやしく辞退した——むろん、何か手前のお世話がご必要であれば別ですが。よろしければ、せっかくのお暇を利用して、〈王冠亭〉を訪ねてみたいと存じます。地元の人々と知り合うよい機会でございますし、手前の夕食でしたら、さきほどパフェットさんがご親切にも、いつでもお宅に寄れば、あり合わせのものでご歓待くださるとか言ってくださいましたので。

「つまりだな」ピーターはその決断の意図をハリエットに説明してみせた。「バンターは地元の噂話を通じて、今は亡きノークスとその身辺に関する裏情報を得たいのさ。ついでに、パブの亭主や石炭屋、最高の野菜を育てる農園主と外交関係を築ければしめたものだし、たまたま立木を伐採したばかりで薪を分けてくれそうな農夫や、ここらで随一の熟成肉を売る肉屋、村の大工や下水管の修理工とも知り合っておきたいんだ。やっぱりきみは僕と二人で我慢するしかなさそうだぞ。バンターが何やらたくらんでるときは、邪魔をしたって何ひとついいことはない」

バンターが入っていったとき、〈王冠亭〉の店内は驚くほど混み合っていた。おそらく、鍵のかかったドアの奥でひっそりと眠る亡きノークス氏の存在が、ここのビールに特別なこくを与えているのだろう。室内によそ者があらわれるや、がやがやと響いていた声がやみ、さっと戸口に向けられたみなの視線がすばやくそらされて、掲げられたジョッキの陰に隠れた。これはじゅうぶん作法にかなった対応だ。

バンターは一同に礼儀正しく「こんばんは」と挨拶し、昔ながらのエールの大ジョッキとプレイヤーズを一箱注文した。亭主のガッジョン氏は悠然と注文の品をそろえ、十シリング札への釣銭を渡しながら、今日は気持ちのいい日でしたなと言った。バンターは同意を示し、都会の人間には田舎の空気は快いものだと言い添えた。ロンドンの方々はみなそうおっしゃいやすよ、とガッジョン氏は返したあと、お客さんはこのあたりは初めてかと尋ねた。バンターはちょくちょく車で通りかかってはいたものの、滞在するのは初めてだと答え、パグルハムは風光《ふうこう》明媚《めいび》なところのようですねと言った。さらに進んで、自分はケント州の生まれなのだと明かした。ほう、とガッジョン氏。たしかあすこはホップの産地でしたな？　そのとおりだとバンターは答えた。

ここでたいそう太った隻眼《せきがん》の男が割り込んできて、うちの女房の従兄《いとこ》がケントに住んでるが、家のまわりはホップ畑だらけだと言い出した。バンターは母親の住んでいるところもそうだ、自分は五歳からロンドンで育ったので、ホップのことはあまり知らないが、と答えた。今度は陰気な顔つきの痩せた男が割り込み、おおかたこの六月にガッジョンから一ガロンほど買ったビールもケント産だろうと言った。これは何やら内輪の笑い話に関する発言らしく、みなが愉快げに笑い、他愛ないジョークがひとしきり飛び交ったあと、痩せた男がこう言って議論に幕をおろした。「いいだろう、ジム。それで気がすむならオップのせいにしな」

このやりとりのあいだに、ロンドンからの客はジョッキを片手に、静かに窓辺の席へ引っ込んでいた。室内の話題は、しばしサッカーへと移った。それでもついに、丸々太った一人の女（ほかでもない、ラドル夫人の友人のホッジス夫人だった）が女らしい衝動で、万物の長たる男たちもあえて触れぬ領域に踏み込んでいった（ポープ『批評論』の一節のもじり）。

「どうやら、お得意さんを一人失くしちまったようじゃないの、ガッジョンさん」

「まあね！」ガッジョン氏はさっと窓辺の席に目をやったが、見えたのはよそ者の後頭部だけだった。「誰かが去りゃあ、ほかの誰かがやって来るさ、ホッジスさん。ビールの売り上げが一気に減ることはなかろうよ」

「そりゃそうだ」とホッジス夫人。「ほかの誰も困りゃしないだろうしね。けど、あの人が殺されたってのは本当なの？」

「まあ、どうとも言えんが」ガッジョン氏は用心深く答えた。「明日になりゃわかるさ」

「そいつも商売の邪魔にはなりそうもないな」片目の男が指摘した。

「さてね」亭主がやり返す。「審理がすむまで、店を閉めにゃならんだろうからな。いちおう礼儀を払って。それに、カークさんはやかましいから」

年齢不詳の骨ばった女が不意に声を張りあげた。

「あの人はどんなふうだったの、ジョージ？　ちょっと顔をのぞかしてもらえない？」

「ケイティらしいぜ！」陰気な顔の男が、首を振る亭主を横目に言った。「生きとろうが死んどろうが、男と見れば放っとかん」

「やだよ、パドックさん！」ケイティが言い、ふたたび店内が笑いに包まれた。「そういや、あんたは陪審員の一人なんでしょ？　最前列の特等席にただですわれるね」

「近ごろは陪審員だって、遺体を見る必要はないんだ」パドック氏が誤解を正す。「こっちから頼まんかぎりはな。ああ、ジョージ・ラッグだぞ。あいつに訊けばいい」

奥の部屋から葬儀屋が姿をあらわすと、みなの目がそちらへ向けられた。

「葬式はいつになりそうかね、ジョージ？」

「金曜だ」ラッグ氏は答え、ビターを一杯注文した。そのあと、奥から出てきてドアをロックし、鍵をガッジョン氏に返した若者に向かって言った。「準備にかかってくれ、ハリー。俺もすぐに行くから。審問がすんだら棺《ひつぎ》を封印したほうがいい。それまでは何とか持つだろう」

「そうさね」とハリー。「ちょうど、うまい具合に冷え込んどるから」彼は小ジョッキのビールを注文し、一気に飲みほすと、「じゃあ、またあとで、親爺さん」と言い残して出ていった。

葬儀屋はたちまち、小さな人垣の中心になり、誰もが貪欲《どんよく》にあれこれ聞き出そうとした。やがて、あの抑えのきかないホッジス夫人が声を張りあげた。

「マーサ・ラドルの話じゃ、あの人と取引のなかった人がいちばん被害がなさそうだって」

「ああ！」砂色の髪が頭の周囲を縁取る、鋭い目の小男が言った。「そんなこっちゃないかと思ったよ。あちこち商売の手を広げすぎたのさ。こっちは、たいして文句もないけどな。一か月以上の掛け売りはせず、金はきっちり払わせた——あいつがいちゃもんをつけた、肩肉のベーコンの代金を別とすればな。まあ、例のアトリーとかいう大会社が潰れちまったのと一緒だ——あっちこっちへ金をつぎ込んどるうちに、残りがいくらあるのかわからなくなっちまうのさ」

「たしかに」片目の男が言った。「たえずあれこれ投資しとったな、やっこさん。小才《こさい》のきくやつだった」

「何でも値切り倒してたよね」とホッジス夫人。「まあ、ひどいの何のって！　うちの可哀想な妹がちっとばかりお金を借りたときのことを憶えてる？　まったく、いくら搾《しぼ》り取られたか。おまけに妙な書類にサインさせられて、家具をそっくり巻きあげられちまってさ」

「まあ、あの家具はろくな儲けにゃならんかったがね」砂色の髪の男が言った。「あれが売っぱらわれた日はすごい土砂降りでよ。トム・ダッデンがパグフォードまで運んだんだが、来たのはプロの業者だけだったとさ」

長い灰色のひげをたくわえた老人が、そこで初めて声をあげた。

「邪《よこしま》な手で得た富は決して栄えん。そう聖書に書いてある。あいつは貧しき者を虐《しいた》げ、見棄ててきた。自ら建てたものではない家を——ああ！　それに家具も——力ずくで奪い去ってきた。それでは誰ひとり、あいつの商《あきな》うものには見向きもせんはずだ。あふれんばかりのものに囲まれながら、困窮《こんきゅう》するしかない——そうじゃないかね、ガッジョンさん？　ああ、いかにも

――あいつは鉄の刃からは逃れるだろう。だが悪しき者を罰する神の御手《みて》からは逃れられんぞ。わしらはあいつにかけられた呪いが成就するのを目にした。今朝がたロンドンから、令状を携えた男がやって来おったではないか？　あいつは他人を陥れようとして掘った穴に足をすくわれたのだ。搾取《さくしゅ》する者には、持てるすべてを浪費させよ――と聖書に書いてある。ああ！　あいつの子らが路頭に迷い、パンを乞うのを――」

「まあまあ、親爺さん」パブの亭主は、老人がしだいに興奮してゆくのを見て言った。「あの人にゃ子供はおらんよ、ありがたいことに」

「たしかにな」と片目の男。「けど姪っ子が一人いる。こんなことになって、アギー・トウィッタトンはさぞがっかりだろうよ。これまでずっと、いずれは金が手に入ると自信満々だったからな」

「でもねえ」ホッジス夫人が言った。「ああいう、お高くとまって人を見下すような連中には当然の報いだよ。あの人の父親はしょせん、テッド・ベイカーの農場の牛飼いでしかなかったんだ。下卑《げび》た騒々しい男で、飲むと口が悪くなってね。自慢できたもんじゃないはずさ」

「そうとも」さっきの老人が言った。「じつに荒っぽい男でな。気の毒なおかみさんを容赦なく殴りつけとった」

「人間、ゴミくずみたいに扱われれば」と片目の男が意見を述べた。「ゴミみたいなふるまいをするようになるものさ。ディック・トウィッタトンはそこそこまともなやつだったのに、あの淑女気取りの女教師と結婚しようなんて思い立ったのが運のつきでね。『お茶の間《パーラー》に入るまえに、長靴をマットでお拭きになって』とか言われてさ。牛のフンまみれで腹を空かして帰った男に、そんな女房が何の役に立つ？」

「でも風采のいい男だったよね？」とケイティ。

「こらこら、ケイティ！」悲しげな顔の男がとがめるように言った。「ああ、たしかにいい身体をしとったよ、ディック・トウィッタトンは。そこにあの女教師は惚れたんだ。おまえさんもそんなふうに惚れっぽいと、今にとんだことになるぞ」

これを受けて、またひとしきり冗談が飛び交った。そのあと葬儀屋が口を開き、

「そうは言っても、アギー・トウィッタトンには気の毒な話さ」

「ふん！」悲しげな男が言った。「あいつなら心配ないさ。鶏と教会のオルガンがあるんだし、それほど困っちゃいないはずだ。ちっとばかし齢《とし》を食っちまったが、あれぐらいで手を打つ男だっているかもしれん」

「おや、パドックさんったら！」ホッジス夫人が叫んだ。「あんたが求婚でもしようってんじゃなかろうね」

「ほんと、よく言うわよね？」ケイティが大喜びでさっきの仕返しをする。老人がおごそかに同意した。

「そうとも、早まるんじゃないぞ、テッド・パドック。アギー・トウィッタトンは両親から悪い血を受け継いどるんだ。あれの母親がウィラム・ノークスの姉なのを忘れるな。おまけに、父親のディック・トウィッタトンは乱暴者の罰当たりなやつで、安息日も守らん口汚い――」

店のドアが開いて、フランク・クラッチェリーが入ってきた。若い娘と一緒だ。隅の席でみなに忘れ去られたバンターは、油断ない目つきの、活発そうな娘だと見て取った。二人は〈ねんごろ〉とまでは言わないが親しげな様子で、どうやら、クラッチェリーは金を失った痛手を酒神と愛の女神に二人がかりで癒してもらおうとしているようだった。彼は娘のためにラージサイズのグラス入りポートワインを買い（バンターはぞっと身震いした）、その場のみなに酒を一杯ずつふるまった。あれこれ冷やかされても、上機嫌で受け流している。

「でかい儲けでもあったのか、フランク？」

「いや、こいつもノークス爺さんに借金を踏み倒されたくちだよ」

「そういや、山がはずれたとか言ってたよな」

「ああ、それがこいつら資本家さまのすごいところさ。百万ポンド損するたびに、シャンペンをケースで注文するんだ」

「よう、ポリー、あぶねえ山を張る男と出歩くほど分別がねえのか？」

「彼女はそいつが給金を家に持ち帰るようになりゃ、もっと利口にしつけてやれると思ってるのさ」

「ええ、そのつもりよ」ポリーが力を込めて言った。

「ほう！　おまえさんたち、一緒になるつもりかね？」

「考えるだけなら無料《ただ》だろう」とクラッチェリー。

「ロンドンの彼女とやらはどうするんだ、フランク？」

「どの彼女だい？」クラッチェリーがやり返す。

「聞いたか！　大勢いすぎて、数えきれなくなっちまったとさ」

「気をつけろよ、ポリー。そいつはもう三度も結婚しとるかもしれんぞ」

「かまうもんですか」娘はつんと首をそらした。

「これはこれは、葬式のあとは婚礼か。日取りを教えてくれよ、フランク」

「まずは司祭に払う金を貯めないと」クラッチェリーは腹も立てずに言った。「なんせ、四十ポンドがパーになっちまったんだ。けど、アギー・トウィッタトンの顔を見られただけでその価値はあったよ。『ああ！　叔父さまは死んでお金も消えてしまった！』だと。『ああ、あんなに裕福だったのに――こんなこと、誰が考えたでしょう？』馬鹿な婆さんだ！」クラッチェリーは見下すように笑った。「早くその酒を空けちまいな、ポリー。あのごたいそうな映画に遅れたくなければさ」

「じゃあ映画に行くつもりか。どうやら、ノークス爺さんのために喪に服す気なんぞないとみえる」

「俺がかい？」とクラッチェリー。「まっぴらごめんだよ、あのいかさま野郎め。今度の殿さまのほうがよっぽど金をしぼり出せそうだ。ポケットが銀行券でいっぱいの、生っちろいアナウサギみたいな鼻をした――」

「おい！」ガッジョン氏が警告するように目くばせした。

「御前がさぞ感謝なさることでしょう、クラッチェリーさん」バンターが窓辺の席から進み出た。

「失敬」クラッチェリーは言った。「あんたがそこにいるのが見えなかったんだ。悪気はなかったんだよ。ただのジョークさ。何を飲む、バンター？」

「馴れ馴れしい口は慎みたまえ」紳士は威厳たっぷりに返した。「バンターさん、と呼んでもらおうか。それはそうと、ガッジョンさん、九ガロンの樽入り生ビールを〈トールボーイズ〉まで届けてもらえないかと思ってね。どうやら、あそこにあるのは債権者の所有物らしいので」

「ようがす」亭主はきびきびと言った。「いつにしやしょう？」

「明日の朝いちばんに」バンターは答えた。「あと、それが落ち着くまでのつなぎに、バス・エールを一ダース……おや、パフェットさん、こんばんは！　ちょうどお宅に寄らせていただこうかと考えてたところです」

「どうぞどうぞ」パフェット氏は快く言った。「ちょっと夕飯用のエールを買いにきたんでやすよ、ジョージが呼び出されちまったんで。家に作り置きのパイがあるし、ジニーもお会いできて喜ぶでしょう。じゃあ、一クォート（二パイント）もらおうか、ガッジョンさん」

　パフェット氏が持参のジャグをカウンターごしに差し出すと、亭主はそれにビールを注ぎながらバンターに言った。

「じゃあ、そういうことで。十時きっかりにお届けして、注ぎ口をおつけしやしょう」

「それは大助かりだ、ガッジョンさん。わたしがじかに立ち会わせてもらいます」

　クラッチェリーはその間に娘と店外へ姿を消していた。パフェット氏はかぶりを振った。

「また映画か。あたしに言わせりゃ、近ごろの娘はあれのおかげで妙な考えを抱いてばかりだ。絹の靴下だ何だって……。こっちの若い時分には、そんなもの見たこともありやせんでしたがね」

「あら！　いいじゃないの」ホッジス夫人が言った。「ポリーはもうずいぶん長いことフランクと付き合ってるわ。そろそろ身を落ち着けてもいいころよ。ちょっと生意気なとこがあるけど、いい子だわ」

「フランクのほうも肚《はら》を決めたのかね？」とパフェット氏。「てっきり、ロンドンの娘を嫁にする気かと思ったぞ。それがどうだ！　まあ四十ポンドも失くしちまったから、そっちはあきらめたのかもしれん。あっちがだめならこっち、ってやつだろう――近ごろはみんなそうやって結婚するんだ。男ってのはどれほど好き勝手をしても、結局はどこかの娘につかまっちまう――どんなに必死に逃げまわっても、路地に追い込まれた豚みたいにな。それにしたって、少しは先立つものがないとな――結婚は床《とこ》の中の四本の裸の脚だけで成り立つものにはあらず、とか言うだろう」

「やだ、ねえ聞いた？」とケイティ。

「それに絹の靴下を履いた脚でもだめだ」とパフェット氏。

「だったら、トム」ホッジス夫人が落ち着きはらって言った。「あんたは小金のあるやもめだから、あたしらにもまだチャンスがあるってもんだわ」

「そうかね？」パフェット氏がやり返す。「まあ、そっちが試してみたけりゃかまわんぞ。さてと、バンターさん、ご用意がよければ行きやしょう」

「フランク・クラッチェリーはパグルハムの生まれなんですか?」路上に出るとバンターは尋ねた。ビールを泡立てないように、二人はゆっくり歩いていた。

「いや」パフェット氏は答えた。「あいつはロンドンから来たんでやすよ。アンコックさんが出した求人広告を見て。こっちへ来て六、七年になるかな。両親はおらんみたいでね。やる気のある若者だけど、そこらじゅうの娘に追いまわされて、なかなか身を落ち着けられんのです。ポリー・メイスンなんかと付き合う気はないのかと思っとりましたがね——つまり、本気では。あいつはずっと、いくらか金のある嫁をもらう気でいましたからな。それがどうだ! いくら偉そうなことを言っとったって、男はいったん求婚すりゃあそれきり女の尻に敷かれて、もう用心したって手遅れでやすよ。おたくのご主人だって——まあ、さぞかし多くのご裕福な令嬢に追っかけられていなすったんでしょう。けど、その中の誰も気に入らんかった。そしてようやく、アニムーンに来られたわけだけど、牧師さんに話されてた感じからして、やっぱりお相手は裕福なご婦人じゃなさそうですな」

「御前は愛ゆえにご結婚されたのです」とバンター。

「そうだろうとは思いやしたよ」パフェット氏はジャグを反対側の手に持ちかえた。「いや、まあ——あの方ならそれでかまわんわけでしょうがね」

気持ちのよい、総じて有益な夕べをすごしたバンターは、自分の数々の試みと業績に快い満足を覚えた。ビールは注文ずみだった。それに（パフェット氏の娘のジニーを通じて）明日の夕食用の上等なカモを手に入れた。明日の朝にはパフェット氏の知り合いが、遅蒔きのエンドウ豆を三ポンドほど届けてくれることになっている。パフェット氏の義理の息子とは、湯釜の漏れをふさぎ、流し場の二枚の割れた窓を修理してもらう約束をした。自家製のベーコンを売ってくれる農場主の名前も聞き出したし、ロンドンの店には、コーヒーと缶詰肉と種々の保存食の注文書を書いて投函した。夕方、〈トールボーイズ〉を出るまえにラドル夫人の息子のバートと大きな荷物を二階に運びあげておいたので、今では御前の衣類一式がいつでも使えるように、できるだけ整理して戸棚に収められている。ラドル夫人が裏の一室にバンターの寝床をしつらえてくれており、これも些細なことではあるが、いくらかの満足をもたらしていた。

彼はすべての暖炉を見まわって炎を掻《か》きたてた（嬉しいことに、ラドル夫人の友人の夫であるホッジス氏が注文どおり薪を届けてくれていた）。御前のパジャマを用意したあと、奥さまの寝室のラヴェンダー水が入った鉢をかき混ぜ、化粧テーブルの上のわずかな乱れを直し、こぼれた白粉《おしろい》を払い落として、爪切りばさみをケースに戻した。そこでふと、口紅が見当たらないのに気づいて好意を覚えた。御前はピンクの汚れがついた煙草の吸殻をことのほか嫌われるのだ。それに、以前に目をとめて嬉しくなったのだが、奥さまは血まみれの鉤爪《かぎづめ》のようなマニキュアもなさらない。ツヤ出しが一瓶あるにはあるが、ほとんど色のついていないものだった。じつにいいご趣味だ、とバンターは考え、頑丈な靴を磨きなおすために取りあげた。そのとき階下《した》で、車が息をはずませながら戸口にとまるのが聞こえ、バンターはすばやく、〈トイレの階段〉をおりていった。

「疲れたかい、女領主《ドミナ》さま？」

「ちょっとね——でも車で走ったおかげでだいぶ気分がよくなった。ほら、このところ何だか災難続きだったでしょ？」

「一杯やるかい？」

「ううん、やめておく。まっすぐ上にあがるわ」

「そうだな。じゃあちょっと車をしまってくる」

だがそれはすでにバンターが処理していた。ピーターは裏の小屋へと歩を進め、彼の報告に耳を傾けた。

「そうか。こちらはブロクスフォードでクラッチェリーと連れの娘さんを見かけたよ。男の胸が不安に曇るとき、ってやつだな（ゲイ〈乞食オペラ〉の歌詞。「女があらわれりゃ霧が晴れる」と続く）。二階へ湯を運んでおいてくれたかね？」

「はい、御前」

「じゃあもうさがって休んでくれ。僕もたまには自分で自分の面倒を見るさ。明日はグレイのスーツってところかな、おまえの許可がおりればね」

「僭越《せんえつ》ながら、まことにふさわしいご選択かと」

「それじゃ戸締まりを頼むぞ。われわれも屋敷の所有者たる自覚を持たんとな、バンター。近いうちに猫でも飼って外を見まわらせよう」

「かしこまりました、御前」

「じゃあそれだけだ。おやすみ、バンター」

「おやすみなさいませ、御前。恐れ入ります」


ピーターがドアをノックしたとき、彼の妻は暖炉のまえに腰をおろして、何やら考え込みながら爪を磨いていた。

「ねえ、ハリエット、今夜は僕と一緒に寝るかい？」

「そうね――」

「ごめんよ――ちょっと曖昧な言い方だった。つまりね、あっちの部屋のほうがいいんじゃないか？　きみがくたくたなら、ちょっかいは出さないから。それとも、部屋を交換しようか？」

「お気遣いありがとう、ピーター。でもわたしが馬鹿げた態度を取ってるだけなのに、あなたがあれこれ譲る必要はないはずよ。妻を甘やかし放題の夫になるつもり？」

「とんでもない！　僕は勝手きわまる暴君さ。だがときには情にほだされる――それに人並みの愚かさだって持ち合わせている」

ハリエットは立ちあがり、蠟燭《ろうそく》の炎を吹き消すと、彼の部屋へ移って背後のドアを閉めた。

「愚かなのはお互いさまのようだな」ピーターは言った。「よし。それじゃ二人で大いに馬鹿をやらかそう」

11　警吏の定め

エルボウ：では閣下、この性根の曲がった悪党をどういたしましょう？
エスカラス：そうだな、警吏、こやつには、おまえがその気になれば暴き出せる罪がいくらもありそうだ。それが何かわかるまで、そのまま放っておくがよい。

ウィリアム・シェイクスピア『尺には尺を』

いっぽう、悩めるカーク警視は骨の折れる一夜をすごしていた。彼は何ごとにも慎重で、心優しい男でもあったから、しぶしぶ必死に頭を働かせ、この異例の事態への自分なりの対処を考え出そうとしていたのだ。

捜査から戻った巡査部長にブロクスフォードまで送ってもらうあいだも、彼は帽子を目深《まぶか》にかぶって無言で助手席にもたれ、ああでもない、こうでもないと、埒《らち》の明かない考えをぐるぐる駆けめぐらせていた。ひとつだけ、たしかなことがある。明日の審問では最小限の証拠だけを取りあげ、捜査が進むまで審理を無期限に延期するよう、どうにか検死官を説得しなければ。さいわい、今ではそういう手順が法的に認められている。パーキンズ氏がとやかく言わなければ、すべて順調に運ぶはずだった。

むろん、あの困り者のジョー・セロンは、水曜の九時に生きているノークス氏を見たと証言するしかなさそうだ。だが運がよければ、そのさいのやりとりの詳細には触れずにすむだろう。最大の障害はラドル夫人だ。彼女はもともとおしゃべりだし——例のアギー・トウィッタトンの鶏をめぐる不運な一件で、警察に悪意を抱くようになっている。おまけに、厄介な事実がもうひとつ。ノークス氏が札入れを失くしたとき、数人の村人たちが首を振りふり、マーサ・ラドルの関与をほのめかしたのだ。彼女はそんな誤解を招く元になったジョー・セロンを容易には許すまい。証言台で余計な口をきけば灯油の件を追及されかねないと——あからさまな脅しや不適切な方法を使わずに——暗に伝えることはできるだろうか。それともたんに、あまりマーサにしゃべらせると職務遂行の邪魔になると検死官にほのめかすほうが安全だろうか？

(「ちょい待てや、ブレイズ」警視は瞑想のこの時点で声をあげた。「あいつは何のつもりだ、あんなふうに通行の邪魔をして——おい、こら！　そんなトラックを見通しの悪い交差点にとめちゃいかんことぐらい知らんのか？　タイヤを交換したけりゃもちっと先へ進んで、道端に寄せなさい……よし、もうそれでじゅうぶんだ……免許証を見せてもらおう」)

さて、ジョー・セロンの件だが……こんなふうに曲がり角に駐車するといったことなら、カークはぜったい許さない。運転のうまい者が高速で飛ばすより、はるかに危険な行為だろう。警察は公平な判断をしたいのだ。けれど治安判事たちは、時速何マイルかにこだわる。車はどんな交差点にものろのろ運転で近づかなければならない。たしかに、通りの真ん中にすわり込んだ馬鹿者がいるかもしれないからだ。しかしそれなら、誰も通りの真ん中にすわり込んだりすべきではない——今しもどこかの馬鹿者が角を曲がってくるかもしれないのだから。危険は五分五分で、責任も五分五分に負わせるのが筋というものだろう。そうした日常的な問題なら、自分なりの方針を決めるのは簡単だ。だが今回のジョー・セロンの場合は……まあ、どのみち、ジョーはただちにノークス事件の担当からはずすしかない。こんな事情では、彼に捜査をさせるのは問題外だ。いや、そういえば、ついこのあいだカーク夫人が読んでいた本の中では、何と担当捜査官の一人が殺人犯だと判明したのだ。今もはっきり憶えているが、それを聞いてカークは呵々《かか》と笑い、「まったく物書き連中の考えることときたら！」と言ったものだった。その手の本を書いているあのピーター・ウィムジイ卿夫人なら——そんな話を大喜びで信じることだろう。おそらく、ほかのみんなもだ。

(「あの生垣の向こうへ飛び込んだのはビル・スキプトンかね、ブレイズ？　何だか気づかれたくない様子だったが。あいつには目を光らせといたほうがいい。レイクスさんが鳥のことで苦情を訴えとるんだ。ビルがまた例の悪さをしたのかもしれんぞ」

「はい、警視」)

早い話が、警官は労を惜しまず部下たちのことを知っておかねばならないということだ。何か悩みはないかと優しく尋ね——時宜にかなった言葉をかける。そうしていれば、セロンがこんな窮地に陥ることもなかっただろう。フォスター巡査部長はセロンのことをどれほど知っているのだろう？　そこを調べてみなければ。フォスターが独り身の絶対禁酒主義者で、〈プリマス同胞教会〉とかいうお堅い教団の一員なのは、いささか不運なことだった。非常に信頼できる警官ではあるのだが、若者が気軽に悩みを相談できる男ではない。たぶんこちらもそうした個々の性向にもっと留意すべきなのだろう。

中には生まれつき人の扱い方を心得ている者もいる——たとえば、あのピーター卿がそうだ。セロンは初対面だったにもかかわらず、上司よりも彼に自分の無実を訴えようとした。むろん、それを憤慨したりはできない。ごく当然のことである。紳士などというものは、他人の苦境に耳を傾けるためにいるのだ。そうとも、カークの子供時代の郷士ご夫妻を見るがいい——みなが悩みを訴えようと、朝から晩まで大きな屋敷に出入りしていた。あの種の人々が死に絶えようとしているのは、何とも残念だ。今では誰もあそこの新たな当主を頼りにはできない——ひとつには、しじゅう留守にしているし、もうひとつには、都会育ちの当主には田舎のやり方が通じないからだ……それにしても、ジョーはなぜ御前に嘘をつくような馬鹿なまねをしたのだろう？　あの手の紳士は決して嘘を見逃したりはしない。あれを聞くなり、顔色を変えたのがわかった。自分に同情的な紳士に嘘をつくのは、よほどの理由があってのことだろう——まあ、その理由は考えたくもなかったが。

車が検死官の家のまえでとまると、カークは深々とため息をついて座席から巨体をあげた。結局のところ、セロンは事実を話していたのかもしれない。調べてみなければ。さしあたり、いちばん手近なことを片づけよう——これはチャールズ・キングズリー、それともロングフェローだったかな？　やれやれ、三本脚の犬が生垣のまえに置き去りにされていたらどうなるか、これでよくわかるというものだ（キングズリーの詩「トーマス・ヒューズへの手紙」の〝正直者のイギリス人は退屈でも手近なことを片づけ、脚の悪い犬が生垣を乗り越えるのを助けてやる〟という一節をもじったもの）。

検死官はなかなか話のわかる人だった。種々の情報にもとづいて捜査が進行中であることを考慮して、明日審理はできるだけ形ばかりのものにしてほしい――そんなカークの提案をすんなり聞き入れてくれたのだ。パーキンズ氏が弁護士なのもさいわいだった。検死官が医師だと、自分の重要性や法的権力を妙に勘違いしてしまうことがある。といっても、警察は検死官の特権を奪いたいわけではない。検死審問はときに、ほかの手段では得がたい情報を引き出すたいそう有用な場になるからだ。無知な大衆は証人の心情を考えろとか騒ぎたがるが、それが大衆というものだ――彼らは常に自分たちを守れと声高に要求し、こちらがそうしてやろうとすると邪魔をする。あっちもこっちも欲しがるのだ。そう、検死官はいてくれてかまわない。ただし、彼らは警察の意向に従うべきだというのがカークの考え方だった。どのみち、パーキンズ氏は余計な波風は起こしたくないようで、ひどい風邪を引いていたこともあり、審理が手っ取り早くすめばむしろありがたそうだった。そういうわけで、話は決まった。次はジョー・セロンだ。まずは署に立ち寄り、何かとくに注意が必要なことがあるか確かめたほうがいい。

署に着くと真っ先に手渡されたのは、ほかならぬジョー・セロンの報告書だった。彼が面談した例のウィリアムズなる男は、問題の夜、クラッチェリーはたしかに十一時ちょっとまえに整備場に戻り、すぐに寝床に就いたと断言していた。二人はひとつの部屋を共有し、ウィリアムズのベッドはクラッチェリーのベッドとドアのあいだにある。仮にクラッチェリーが夜のあいだに抜け出せば、こちらも目覚めていたはずだ、あのドアは蝶番《ちょうつがい》がひどくきしむから、とウィリアムズは言っていた。彼は眠りが浅いたちなのだ。じっさい、その夜も一時ごろ、クラクションを鳴らして整備場のドアを叩いた男に目を覚まされていた。業務用の車の給油管が漏れるので、修理してガソリンを入れてほしいとのことだった。そのとき、クラッチェリーはぐっすり眠り込んでいた。車を修理しにおりてゆくまえに蠟燭《ろうそく》に火をつけたので、それが見えたのだ。部屋の窓は小さな屋根窓で、そこから抜け出て下へおりるのは無理な話だし、誰かがそうした形跡もない。

とくに問題はなさそうだった——が、どのみち意味はない。ノークスは九時半前に死んでいたはずなのだから。ラドル夫人が嘘をついているのなら別だが、カークに思いつくかぎりでは、あえて嘘をつく理由はない。燃料小屋へ灯油を取りにいったことまで話したのは、それが事実だからだろう。セロンを窮地に陥れようと故意に嘘をついたのでないかぎり。カークはかぶりを振った。それは勘ぐりすぎというものだろう。とはいえ、嘘か否は別として、あらゆるアリバイをできるだけ仔細にチェックするのはいいことだし、このクラッチェリーのアリバイはたしかなようだった。ただし、ジョー・セロンがまた嘘をついているのでなければだ。ちくしょう！　自分の部下たちも信頼できないとは……やはり、セロンはこの件からはずすしかない。それればかりか、いちおう形だけでも、ウィリアムズの証言を確認しなおす必要がありそうだ——煩瑣《はんさ》で、時間の無駄ではあるが。

そのあと、セロンはどこかと尋ねたカーク警視は、彼が警視の帰りをしばらく待ったあと、一時間ほどまえにパグルハムへ戻ったことを知らされた。では途中のどこかですれ違ったのに、なぜか見落としてしまったのだろう。あいつはなぜ〈トールボーイズ〉に来なかったのだ？

——ああ、いまいましいジョー・セロンめ！

何かほかに報告は？　たいしたことはなかった。ジョーダン巡査は〈王の樫亭〉の客をなだめるために呼び出されていた。その客は、治安を揺るがしかねないほど無礼な言葉と態度で亭主に食ってかかったのだ。ほかにはさる女性から、九ポンド四シリングと往復切符の半券と玄関の鍵が入ったハンドバッグの紛失届が出されていた。衛生設備検査官はダチェット農場の豚コレラの件を調査中。オールドブリッジから川に落ちた子供は、たまたま通りかかったグーディ警部に首尾よく救出されていた。ノーマン巡査は飼い主が制御を怠ったグレートデンに自転車を倒され、親指を捻挫。ノークス事件については、インフルエンザで伏せっている地区警察長に電話で報告したところ、ただちに詳細な報告書を送るように求められたとのことだった。またエセックス州警察隊本部から、十七歳前後の不審な徒歩旅行者（人相書き添付）に厳重注意せよとの指示が伝えられていた。サフラン・ウォールデンの民家（詳細添付）に押し入り、チーズ一切れとインガーソルの腕時計、時価三シリング六ペンスの植木ばさみを盗んだあと、ハーフォードシャーを逃走中と見られるという。サウス・アヴェニューでは煙突火災が発生し、署員が救助に駆り出されていた。あとはさる家主から、犬の吠え声についての苦情。メソジスト派の礼拝堂の階段でさいころ賭博をしていた少年二名を補導。ジェイクス巡査部長は、月曜の晩にふざけて火災報知機を鳴らしたごろつきをみごとに突きとめてしょっぴいていた。

まったく、静かな一日だ。カーク警視は辛抱強く耳を傾け、しかるべきところで同情と称賛の言葉をかけたあと、パグフォードに電話してフォスター巡査部長につないでほしいと言った。だが彼は例のケチな押し入りの件でスネティスリーへ出かけていた。ああ、そうだった。さてと……カークは何通もの型どおりの書類に注意深く署名しながら考えた。ダチェット農場はパグルハム地区にある。セロンはあそこの担当にしてやろう。豚コレラが相手なら、さして害はあるまい。カークはふたたび受話器を取りあげ、フォスター巡査部長が戻りしだい事態を報告させるように指示すると、にわかに空腹を覚えて帰宅し、ビーフステーキパイとプラムケーキ、それにマイルド・エール一パイントの夕食をできるかぎり楽しんだ。

ちょうど食事をあらかた終えて、いくらか気分が上向いたとき、フォスター巡査部長がやって来た。彼は押し込み事件の捜査の進展にご満悦だった。本来なら家で夕食を取っている時間にここまで呼び出されたが、律儀に義務を果たしているのだと言わんばかりの顔で、酒好きの上司に冷ややかな目を向けた。カークは以前からフォスターが苦手だった。何よりもまず、この絶対禁酒の行いすました態度が鼻につく。夕べの一杯を〈アルコール〉などと呼ばれてはたまらない。そのうえ、階級はカークよりずっと下なのに、フォスターは彼より言葉遣いが洗練されている。古きよき初等学校ではなく無粋なグラマースクールで教育を受けたので、決してhの発音を抜かしたりはしない。そのくせ、上質な読書や詩の引用といったことは苦手で、やりたがりもしないのだ。そして第三に、フォスターは失意の塊《かたまり》だった。自分では当然とみなしている昇進を、なぜかいつも逃がしてきたからだ。じっさい、優秀な警官ではあるのだが、どうも何かが欠けている。本人はその相対的な欠陥が理解できずに、カークに嫌われているせいではないかと疑っていた。そして第四に、フォスターはどう見ても正しいことしかしない。おそらくこれが彼の本当の弱みなのだろう。仕事においても部下たちの扱いにおいても、想像力に欠けることを意味するからだ。

　そんなわけで、年齢も地位もはるか下の相手に妙な引け目を感じていたカークは、フォスターがスネティスリーでの成果について話したいだけ話し終えるのを待って、やおら〈トールボーイズ〉事件の詳細を説明しはじめた。パグルハムはパグフォード地区内の村だから、フォスターはむろん、大まかなところはすでに知っていた。じっさい、セロンの最初の報告書は彼のもとへあがってきたのだが、それはスネティスリーからの通報が届いたほんの十分後のことだった。一度に二か所にはいられないから、フォスターはブロクスフォードの本署に電話で指示を仰いだ。するとカークに、スネティスリーへ赴くように言われたのだ。殺人事件のほうは彼（カーク）がじきじきに指揮を執る、と。何か重要な事件があるたびに、まさにこんなふうにカークが邪魔をする。あとでパグフォードへ戻ってみると、セロンの何やら要領を得ない報告書が待っていた――セロン本人の姿はなく、どこへ行ったのかもわからない。どういうことか考え込んでいるところへ、カークからの伝言が届いたのだ。いいだろう、こちらはこうしてここに来た。警視の言いたいことを何でも拝聴するつもりだ。じっさい、そろそろ少しは事情を聞かせてもらってよいころだ。

しかし、フォスターは聞かされた話が気に食わなかった。しかも、怒濤《どとう》のように恥ずべき顛《てん》末《まつ》が明かされるにつれて、自分が責められているように思えてきた――いったいなぜ？　どうやら、ジョー・セロンの赤ん坊の乳母役を務めてやらなかったせいらしい。じつに理不尽な話ではないか。この自分に、パグフォード地区のあらゆる村の巡査の懐具合を点検しろとでもいうのか？　こちらはあの若者が「何か悩んどった」ことを見抜くべきだったらしいが――やれやれ、冗談じゃない。巡査たちはいつもあれこれ悩んでいる。たいていは若い女の件、それでなければ仕事仲間への嫉妬だ。フォスターはパグフォード署の男たちだけで手一杯だった。小さな村の所帯持ちの巡査なら、自分の面倒ぐらいは見られそうなものだ。けっこうな給料と手当だけでは暮らせないというのなら、所帯など持つべきではない。

セロンのかみさんには何度か会っていたが――頼りない女だった。独身のころは愛らしく、安ピカの服でめかしたてていた。今もよく憶えているが、あの娘《こ》と結婚するのはどうかとセロンに警告したものだ。もしも、金に困ったセロンが彼のところに相談に来ていたら（たしかに、セロンはそうすべきだったのだが）、上司の助言を小馬鹿にするからだ、それ見たことかと言ってやったことだろう。それに、禁酒禁煙すればかなりの節約になるし、魂の救済にもなるはずだと指摘しているところだ。ただし、セロンが不滅の魂に少しでも興味を持っていればの話だが。彼（フォスター）が巡査だったころには、毎週給与の中からかなりの額を貯金したものだ。

「優しき心は」カークが言っていた。「王冠にも勝る（テニスンの詩「レディ・クララ・ヴィア・ド・ヴィア」より）。そう書いた本人はのちに桂冠詩人となったのだがね。何も、きみが義務を怠ったなどと言っとるわけじゃない。だが、ほんのわずかの助けと導きがなかったために、若者が人生を棒に振るのは残念に思えてならんのだ。むろんもうひとつの疑惑のほうは、いずれきれいさっぱり晴れるだろう」

フォスターはとても黙っていられなかった。彼は説明した――自分はセロンが結婚するとき、助けと導きの手を差しのべたのだ。しかし、それは素直には受け取られなかった。「馬鹿なまねはやめろ、あんな娘は破滅の元だと諭《さと》してやったのです」

「そうかね？」カークは穏やかに言った。「まあ、ならば、セロンが苦境に陥ってもきみに相談しなかったのは無理もなかろう。わたしだってあいつの立場ならどうだったか。なあ、フォスター、すでに心を決めとる若者に、相手の女の悪口を言っても無駄だ。それではむしろ疎《うと》まれて、何もしてやれんようになってしまうだけだぞ。わたしも家内と付き合っとったころには、彼女の悪口には聞く耳を持たなかったはずだ。たとえほかならぬ、警察長のお言葉でもな。そういうものだ。相手の身にもなってみたまえ」

フォスター巡査部長はそっけなく答えた。自分としては、女にのぼせて馬鹿なまねをするような者の身になって考えたりはできない――ましてや、他人の金をくすね、職務を怠り、上司にまともな報告書も出せないときては、とうてい理解を超えている。

「セロンがよこした報告書はさっぱりわけのわからんものでした。それを出しにちょっとだけ署に立ち寄り、当直のデヴィッドスンにもろくに説明しないまま、今ではどこかへ消えて行方知れずです」

「それはどういうことだ?」

「セロンは家にも戻ってません」フォスター巡査部長は言った。「電話もよこさず、伝言も残していないそうです。逃げ出したんじゃないですかね」

「あいつは五時にはこっちに来とったんだぞ、わたしを捜して」カークは不安を抑えて言った。

「パグフォードから報告書を持ってきたんだ」

「そういえば、それを署で清書していたそうですよ。そして速記のほうを一束残していったんです。今、そいつをタイプさせてますがね。デヴィッドスンによれば、どうも途中でぷっつり切れてるようだとか。たぶん例の時点で——」

「当然だろうが」カークはやり返した。「セロンが自分の告白をずらずら書き留めるはずはなかろう。無茶を言うな……それより気になるのは、あいつが五時にこっちにいたのなら、パグルハムへの道中ですれ違ったはずなのだ——家へ帰ろうとしとったのなら。どこかへ何か早まったことをしにいったのでなければいいが。だったらえらいことだぞ。バスに乗ったのかもしれんが——それなら、あいつの自転車はどこに行ったんだ?」

「仮にバスに乗ったのだとしても、家に帰ったわけじゃありません」巡査部長は容赦なく言った。

「かみさんはさぞ心配しとるだろう。これはちょっと調べてみたほうがよさそうだ。何かまずいことが起きんうちにな。さて——あいつはどこに行った見込みが大きいだろう? きみが自転車で——いや、だめだ——それじゃ時間を食いすぎるし、きみは大忙しの一日をすごしたあとだ。ハートにバイクを出させて、誰かピリントン方面でセロンを見かけた者がいないか調べさせよう。あのあたりは林だらけだし――川もある」

「まさか本気でそんなことを――？」

「自分でもどう考えればいいのかわからんよ。とにかくセロンのかみさんに会いにいくとしよう。一緒に乗っていかんか？　自転車は明日にでも送り返してやろう。そうすればパグルハムでバスに乗れる」

憤慨するには当たらない申し出だったが、フォスター巡査部長は傷ついた声で受け入れた。彼に理解できるかぎりでは、今しもジョー・セロンをめぐって罰当たりな騒ぎが起きようとしており、そのうえ何が起きても、カークは例によって彼――フォスターに責めを負わせようとしているのだ。そんなわけで、パグルハムの少し手前で地元の路線バスを追い越したときには、カークは心底ほっとした。これでこの堅苦しい同乗者をさっさと放り出し、セロンの家まで一緒に行くかと誘わずにすむ。

セロン巡査の妻は、ラドル夫人なら〈半狂乱〉とでも呼びそうなありさまだった。ドアを開けてカークを迎えたときには、恐怖のあまり今にも倒れかねない様子で、ずっと泣いていたのはあきらかだった。金髪の、いかにも頼りなげな美人で、神経が細そうだ。彼女が次の赤ん坊を身ごもっているのに気づき、カークは苛立《いらだ》ちながらも同情を覚えた。こんな状態ですみません、とあやまりながら彼女はカークを中に通したが、じっさい室内はひどい散らかりようだった。二歳になる子供は――その誕生がセロンのたび重なる不運の間接的な原因となったわけだが——車輪のきしむ木馬を引いて騒々しく走りまわっていた。テーブルの上には、とっくにすんでいたはずの夕食の皿が並んでいる。

「ジョーはまだ帰っとりませんかね？」カークはまずまず快活に尋ねた。

「はい」とセロン夫人。「ほんとに、どうしちゃったんでしょう。ああ、もう、静かにして、アーサー！——あの人は朝早くに出てったきりで、夕飯は冷めてしまうし……ああ、カークさん！ジョーは何かまずいことになってるわけじゃありませんよね？マーサ・ラドルがそんなことを言ってて——アーサー！　悪い子ね——言うことを聞かないとその馬を取りあげるわよ」

カークはアーサーをつかまえ、自分の大きな膝のあいだにしっかりはさみ込んで立たせた。

「さあ、いい子にするんだぞ」と言い聞かせたあと、「ずいぶん大きくなりましたな？　さぞ世話が焼けるこってしょう。いやね、奥さん——ちょっとジョーについてお尋ねしたいことがあったんですよ」

カークには地元出身という強みがあった。彼はグレイト・パグフォードの生まれなのだ。セロン夫人とはほんの数度しか会ったことがないものの、多少の面識はあり、それゆえ端《はな》から恐れられてしまうことはない。あれこれ水を向けると、彼女は懸念と悩みを一気にぶちまけた。

カークのにらんだとおり、彼女はノークス氏と彼が失くした札入れのことを知っていた。もちろん、そのときすぐに聞かされたわけではない。けれどもその後、ノークスへの毎週の支払いが家計を圧迫しはじめると、彼女はジョーから〈ちょろちょろ聞き出した〉のだった。それ以来、何か恐ろしいことが起きるのではないかと不安でならなかった。そして、ちょうど一週間前の水曜日のことだ。今週は金を払えないとノークス氏に話しにいく羽目になったジョーは、〈ひどいありさま〉で帰ってきて、「俺たちはもうおしまいだ」と言い出した。以来ずっと〈ひどく様子がおかしかった〉のだが、今ではノークスさんが死に、ジョーは行方知れずで、おまけにマーサ・ラドルによれば、二人は口汚く言い争っていたという……。

「ああ、どうしよう、カークさん、あの人は何か早まったことをしたんじゃないかと心配で」

カークはできるだけやんわり、そのノークス氏との口論について、何かジョーから聞いていないか尋ねてみた。

あの、いえ、とくには。彼はただ、ノークスさんは何も聞いてくれない、もうだめだって。それきり、何を訊いても答えず――うんざりしきってるようでした。そのあと急に、何もかも放り出してカナダのお兄さんのところへ行くのがいちばんだとか言い出して……一緒に来るかと言うんです。だから、冗談じゃないわ、ジョー、って言ってやりました。ノークスさんが今さらあんたのことを告げ口するわけはないでしょ。そんなのひどすぎる、あんなにお金を払わせといて、って！　ジョーは陰気な顔で、さてね、明日になればわかるさ、と答えただけでした。あとは両手で頭を抱えてすわり込んだきり、何も話そうとしないんです。翌日、ノークスさんが出かけたって話を聞きました。最初は、ブロクスフォードにジョーのことを話しにいったんじゃないかと心配で……でも何も起きず、ジョーもちょっぴり元気を取り戻しました。だから今朝、ノークスさんが死んだことを聞いて、どれほどありがたく思ったか。なのに今度はジョーがどこかへ消えちゃって、マーサ・ラドルが妙なことを話しにきたんです――もうカークさんも札入れのことをお聞きなら、ぜんぶばれちゃったんでしょうね。ああ、ほんとにどうしよう、ジョーはどこへ行ったの？

どれも、心安まる話ではなかった。セロンが例の口論のことを妻にざっくばらんに話していれば、カークとしては大いに勇気づけられたのだが。カナダの兄のところへ云々も、ひどく気に入らなかった。仮にセロンがじっさいノークスを手にかけたとすれば、カナダに逃げのびられる確率は、人食い人種の王さまになれるのと同じぐらい低い。本人だってよく考えれば、そう気づいたはずだ。にもかかわらず、国外へ逃げ出したい衝動に駆られたのなら、それはそれで不快な事実を暗示していた。

そういえば、ふと思いついたのだが、誰であれノークスを殺した者は、さぞかし戦々恐々としていたのだろう。なぜなら、その者がノークスを地下へ突き落としたとは思えないからだ。それでなければ、どうしてあのドアは開けっ放しになっていたのだ？ 犯人はノークスを殴り、死んだものと思ってその場をあとにした。そして、てっきり――何を予期したのだろう？

ええと。仮に犯行現場が居間かキッチンかどこか一階の部屋だったとすれば、そのあと誰かがたまたま窓からのぞき込めば、遺体を見られてしまいかねない――ラドル夫人か郵便屋、あるいは好奇心旺盛な村の子供か、ときおりひょっこり訪ねてくる牧師に。アギー・トウィッタトンが叔父に会いにくる可能性だってある。いつ何時《なんどき》、発見されても不思議はなかったのだ。その気の毒なやつ（カークはじっさい、犯人にちらりと同情を覚えた）はまる一週間も、いつ発覚するかとビクつきながらすごしていたわけだ！　いずれにせよ、遺体は次の水曜（つまり今日）には発見されてしまうはずだった。毎週、水曜にはクラッチェリーがやって来るからだ。むろん、それを犯人が知っていればの話だが、おそらく知っていたはずだ。ただし、通りすがりの浮浪者か何かの犯行ならば別だ——そうだとわかれば、どれほど嬉しいことだろうか！

（そうしてあれこれ考えながら、カークはいつものゆったりした口調で、なだめるように話し続けていた。ジョーは何か思わぬ用事で呼び出されたのかもしれない、すでに部下の一人に捜させているところだ。制服姿の巡査はそう簡単に姿を消せるものではないし、妙な想像をしてもはじまらない）

それにしても妙なのは、セロンが……。

ああ、そうだ、とカークは考えた。あれはたしかに妙だぞ。考えたくもないほど妙な話だ。あとでじっくり検討してみなければ。今はまともに考えられない、セロン夫人の愚痴っぽい声を聞きながらでは……しかし時間が合わない。クラッチェリーは遺体が発見される一時間以上もまえからあの家にいたのだ。もしもジョー・セロンが十二時すぎではなく、たとえば十一時にあそこをうろついていたのなら……やはり、ただの偶然だ。カークはふたたび息をしはじめた。

セロン夫人は嘆き続けていた。

「そりゃあ二人ともびっくりしました、今朝がたミルクを届けにきたウィリー・アボットから、どっかの紳士が〈トールボーイズ〉にいるって聞いたときには。どういうことか、さっぱりわからなくて。それでジョーに言ったんです、『ノークスさんらしくもないね、そんなふうに家を貸してふいと出かけちゃうなんて』って——もちろん、あの人は以前もちょくちょくしてたみたいに、家を貸したんだとばかり思って。『誰にも知らせないで行くなんて変よ』とあたしが言うと、ジョーはひどく泡を食った様子でした。『あの人、どこかへ逃げ出したのかしら？妙な話ね』と続けると、ジョーは『さあね、じきにわかるさ』と答えるなり、出ていきました。あとで戻ってきたときも、朝ごはんがろくに喉を通らないみたいで、『何も聞けなかったよ。とにかくどっかの紳士と奥さんがやって来て、ノークスのほうは消えちまったみたいだ』って。そのあとまた出ていって、それが彼を見た最後です」

やれやれ、万事休すだ、とカークは考えた。彼はウィムジイ夫妻のことを忘れていたのだ。彼らがやって来て、すべてを引っ掻《か》きまわしたことを。カークは想像力豊かな男ではないが、そのときのセロンの反応は目に見えるようだった。彼はあの家に誰かがいることを聞いて仰天し、最新のニュースを求めて飛び出したのだ。ところが、遺体が発見されていないことを知り、言葉を失うほど当惑したのだろう。おおっぴらに調べにいく度胸はなかったものの、バート・ラドルと——ラドル親子とは仲良くもないのに——おしゃべりするという口実をでっちあげ、あの家のそばでぐずぐず待っていた。そうすればこの村で唯一、調査の権限を有する自分がいずれは呼び出されるのを百も承知で。うまいこと遺体を調べるのをまかせてもらえれば、やばい証拠をすべて持ち去り——

カークは額を拭い、この部屋は少々蒸しますなと弁解がましく言った。セロン夫人の返事は耳に入らず、またもや想像しはじめていた。

しかし、その殺人者（セロンとは呼ばずにおこう）が家の中で出会ったのは――呑気に休暇をすごしにきたロンドンの夫婦ではなかった。彼が目にしたのは、実務にうといぼんやり者の芸術家カップルでも、数週間ほど田舎の新鮮な空気と卵を味わいにきた、快活な引退後の女教師でもなく――人を人とも思わぬ公爵のご子息だったのだ。その男は、パグルハムでこの四百年間に起きたよりも多くの殺人事件の捜査にかかわっており、地元の巡査の権限を正確に心得ていた。おまけに妻は探偵小説の作家で、従僕はすばやく足音もたてずにいたるところにあらわれる。けれども、仮に（あくまで仮の話だが）、最初にやって来たのが――本来ならそうだったはずの――アギー・トウィッタトンとクラッチェリーなら？　彼らが相手なら、ただの地元の巡査でも好きなようにふるまえる。その場の主導権を握り、彼らを家から追い出して、あれこれ望みどおりに手を加えられたはずだ――

カークの頭は回転が遅めだが、ひとたび何かつかめば、本人もぎょっとするほど効率的に働く。

彼がセロン夫人に何か型どおりの返事をしようとしていると、一台のオートバイが門のまえでとまる音がした。窓の外に目をやると、ハート巡査部長がうしろの荷台にジョー・セロンを乗せていた。一頭の馬にまたがる二人のテンプル騎士さながらの格好だ。

「やれやれ！」カークは内心とはかけ離れた明るい口調で言った。「何はともあれ、ジョーは戻ったようですぞ。無事に元気で」

だがハートにうながされて狭い庭の小道を進んでくるセロンは、見るも哀れな、打ちひしがれた疲れきった顔をしている。彼に尋問するのは何とも気が進まなかった。

12　植木鉢の明暗

おやおや、諸君！　仕事も礼儀もわきまえぬ、
どうにも厚かましい方々だ！
我らはこの家の主として諸君をもてなすべきか、
それとも、ここはいつでもドアを叩ける
安宿にでもなりさがってしまうのか？　まともな時間まで
待てぬほど、何をそんなに急《せ》き込んでおられる？
諸君はこの国の支配者で、
遠慮など無用というわけか？

ジョン・フォード『哀れ、彼女は娼婦』

カーク警視は辛い仕事の大半を免れた。セロンは長時間の尋問に耐えうる状態ではなかったからだ。
ハート巡査部長が最初に失踪人の消息をつかんだのはピリントン村で、セロンは六時半ごろにそこを自転車で通りすぎていた。そのあと、一人の警官が野原の小道を歩いてゆくのを目撃

した少女が見つかった。その小道の先にあるのは、ブラックレイヴン森——夏には散歩好きの人々や子供たちで賑わう行楽地だ。めったに制服警官など見かけない場所だから、よけい目についたのだろう。

その証言にそって進んだハートは、くだんの小道の入り口で、生垣にセロンの自転車が立てかけられているのを見つけた。ハートは先を急いだ——小さな森がパッグ川の堤へ続いていることを思い出し、にわかに不安を覚えたからだ。そのころには夕闇がおりはじめ、木々のあいだは真っ暗だった。懐中電灯の明かりを頼りに、できるだけ大声でセロンの名を呼びながら、しばしあたりを捜しまわった。すると四十五分ほどたったとき（どう見ても、それよりはるかに長く感じられたが）、倒木の幹に腰をおろしたセロンに出くわした。彼は何をするでもなく——ただすわり込んでいた。呆然とした様子で。いったい何のつもりかと問いただしても、まともな答えは引き出せなかった。そこでハートは厳しい口調で、今すぐ一緒に来い、警視がご用だそうだ、と言ってやった。セロンは口答えもせず、素直についてきた。もういちど、どうしてこんなところへ来たのか尋ねると、「いろいろじっくり考えようと思って」ということだった。ハートは——パグルハムでの事件の詳細を知らなかったので——何のことやらさっぱりわからなかったが、とにかくセロンを一人で自転車で帰らせるのはあぶなっかしく思えたので、オートバイの荷台に乗せてまっすぐ自宅へ連れ帰ったのだという。

大正解だ、とカークはねぎらった。

ハートからこの説明を受けたのは、居間でのことだった。セロン夫人はジョーをキッチンへ連れてゆき、なだめすかして何か少しでも食べさせようとしていた。あいつはちょっと具合が悪くて困ったことになっとるのさ、とカークは説明し、このことは同僚たちにはあまり話すなと釘をさして、ハートをブロクスフォードへ帰らせた。そのあと、厄介者の部下の話を聞きに向かった。

ほどなく、セロンのおもな問題は――例の心配事を別にすれば――純然たる疲労と空腹なのがわかった（そういえば、〈トールボーイズ〉でハムサンドとパンとチーズをたっぷり出されたにもかかわらず、セロンはろくに昼食を食べていなかった）。

カークがようやく聞き出した本人の弁によれば、セロンはウィリアムズの話を聞いて報告書を書きあげると、カークがすでに帰っているものと思って、まっすぐブロクスフォードの本署へ行った。〈トールボーイズ〉には戻りたくなかった。あんなことが起きたあとだから――遠ざかっていたほうがよさそうに思えたのだ。それから半時間ほど、カークの帰りを待っていた。けれどたえず誰かにあの殺人事件のことを尋ねられるやら何やらで、とうとう耐えられなくなった。それで署を離れて運河のほとりへ行き、しばらくしたら戻るつもりで、ガス工場の周囲をぶらついた。ところがそうこうするうちに、自分のしでかしたことが「ずしりと胸にのしかかって」きた。たとえ殺人の嫌疑は晴らせても、もう何の望みもないのだと。そこでふたたび自転車に乗って逃げ出したのだ。

なぜ、どこに向かおうとしたのかは、頭がぼんやりしていてよく思い出せない。とにかくどこかでちょっと歩きまわれば、もう少し考えがまとまるような気がしたのだ。ピリントンを通り抜けたあと、野原を歩いたのは憶えている。たぶん、とくに理由があってブラックレイヴン森へ行ったわけではない――ただふらふらとさまよっていただけだ。途中で眠り込んだような気もする。川に飛び込もうかと考えたりもしたが、女房を悲しませるのは忍びなかった。本当に申し訳ないが、それ以上は何も話せない。ただし、あの殺人は自分のしわざではない……。

セロンはそのあと奇妙にも、こう言い添えた――だけど御前さまに信じてもらえないなら、もう誰にも信じてもらえっこありません。

今は御前さまが信じてくれない理由を説明する好機ではなさそうだった。そこでカークは、そんなふうにふらふら姿を消すのは馬鹿なことだ、きみが事実を話しさえすれば、みんな喜んで信じるはずだとセロンに言った。さっさと寝床に入って、朝にはいくらか理性的になれるように努力したまえ。今日はもう奥さんをさんざん心配させたのだし、じきに十時だ（しまった！　まだ警察長への報告書を書いとらんぞ！）。こちらは明朝また検死審問のまえに会いにくるとしよう。

「むろん、きみも証言せねばならんはずだが」カークは言った。「さきほど検死官に会ったときの感じからして、さほど厳しく追及されることはあるまい。まだ捜査が進行中だしな」

セロンは両手で頭を抱え込んだだけだった。こんな状態ではろくにしてやれることもなさそうだったので、カークはその場をあとにした。家を出るさいには、セロン夫人をできるだけ元気づけてやり、夫をあまり質問攻めにせず、ゆっくり休ませてやるように助言した。

ブロクスフォードへ戻るあいだじゅう、頭の中ではあれやこれやの新たな考えが渦巻いていた。マーサ・ラドルのコテージの戸口で、じっと機会をうかがうセロンの姿が脳裏を離れない——

それでも、ひとつだけ希望を抱けることがあった。じつに馬鹿げた希望なのだが……あの奇妙な言葉、「御前さまに信じてもらえないなら、もう誰にも信じてもらえっこありません」という言葉だ。それを言うなら、そもそも御前さまがセロンを信じなければならない理由はない——まるで筋の通らない話だ。とはいえ、あの言葉には……嘘偽りのない響きがあった。セロンの必死の叫びが耳によみがえった。「行かないでください、御前さま！　あなたになら信じてもらえそうだけど……」カークは頭の中のファイルキャビネットをかきまわし、この場にふさわしそうな言葉を見つけた。「あなたは皇帝に訴え出たのだ、皇帝のもとへ行くがよい（新約聖書「使徒行伝」二十五章十二節より）」。だが皇帝はその訴えを却下したのだ……。

まばゆいばかりの光明がひらめいたのは、疲労困憊《こんぱい》しつつも辛抱強く、警察長への報告書をしたためはじめてからだった。カークはペンを片手に作業を中断し、ひたと壁を見すえた。新たな考えらしきものが浮かんだのだ。以前にも、あと一歩のところまで行きながら、きちんと追求せずにいた考えだ。しかしもちろん、それですべての説明がつく。セロンの供述の説明もつき、彼の無実が証明されるはずだった。彼はなぜ窓から時計を見ることができたのか。ノークスはなぜ鍵のかかったドアの奥で殺されたのか。遺体が身に着けていた金はなぜ盗まれなかったのか。そうしたすべての説明がつき、あの殺人そのものまでもが——一気に解明される。なぜなら、とカークは勝ち誇った思いで考えた——殺人など端《はな》からなかったからだ！

いや、ちょっと待て。警視はいつもどおり慎重に考えなおしてみた。あせりは禁物。まず、この考えには大きな障害がある。それをいかに乗り越えるべきだろう？

大きな障害とは――この仮説を成立させるには、サボテンがいつもの場所から動かされていたとみなすしかないことだ。カークはすでに、その考えを馬鹿げたものとして切り捨てていた。だがあのときは、それでどれほど多くのことの説明がつくか気づいていなかったのだ。

それでも〈トールボーイズ〉を離れる直前に、キクの手入れをしていたクラッチェリーに確かめることまではした。たいそううまく探りを入れたつもりだ。あからさまに、「帰るまえにサボテンを元に戻したかね？」などと訊かないように留意して。そんなふうに言えば、当面はカークと御前さまだけの秘密にしてある問題に注意を引いてしまっただろう。カークが自分なりのやり方でセロンに問いただすまえに、少しでもそのことが彼の耳に入ってはまずい。だからさっきの尋問の答えを忘れたふりをして、クラッチェリーにノークスと最後に話したときのことを尋ねなおしたのだ。

彼とはキッチンで話したのかね？　はい。そのあと、どちらか居間に戻ったかな？　いいえ。だが、たしかきみはそのとき、あそこの植物に水をやるつもりだったと言わなかったか？　いや、水やりを終えて、脚立を戻しにいったんです。ああ！　ではこちらの記憶違いだ。すまんな。じつはちょっと、ノークスとの口論がどれぐらい続いたのか確かめたくてね。きみが植物の手入れをしているあいだも、彼はそばにいたのか？　いや、あの人はキッチンにいました。

だがきみは植物をキッチンへ持っていって水をやったわけじゃないんだな？　ええ、いつも吊るしてある場所で水をやり、時計のねじを巻いて、キッチンへ脚立を片づけにいったんです。そのあとノークスさんがその日の手当をくれて、口論がはじまった。だからせいぜい十分かそこらのことですよ――口論なんて。まあ、十五分ぐらいだったかもしれないけど。いつも六時きっかりに仕事を終えることにしてるんです――昼休みを除いて一日八時間働いて、手間賃は五シリング。

カークは自分の思い違いを詫びた。脚立の件で混乱してしまってね。天井から吊るされた鉢から植物を出すのに脚立が必要なのかと思っとったんだ。いや。脚立に乗って水をやるんです、今朝もそうしたように。どの鉢もこっちの頭より高いですからね。それにさっきも言ったけど、時計のねじを巻くのにも必要だ。それだけですよ。脚立を使うのはごく普通のことで、いつもそうして、あとでキッチンに戻しておくんです。「まさかとは思うけど」クラッチェリーはいくらか喧嘩腰で続けた。「俺がハンマーを持って脚立に乗り、あの爺さんの頭を殴ったとでもいうんじゃないでしょうね？」それはこれまで誰も思いつかなかった独創的なアイデアだった。いや、とくに何か考えているわけではないとカークは答えた。ただ、いろいろな時間を頭の中で整理しようとしているだけだ、と。こちらの疑念が脚立に向いているかのような印象を与えられたのは上出来だった。

とはいえ残念ながら、六時二十分にはサボテンは吊り鉢から出されていたと主張することはできそうにない。だが、どうだろう――何らかの理由で、ノークス自身が鉢から取り出したとしたら……どんな理由で？　まあ、それを言い当てるのは難しい。

　しかし、仮にノークスが何かの異状——ああした奇怪な植物がかかる、うどんこ病か何かの徴候に気づいたとしよう。彼はサボテンを下へおろしてカビを拭き取るか何かしたのではなかろうか。しかし、それなら脚立に乗れば容易にできたはずだし、あれほどの長身なら、そこらの椅子に乗ればすむことだ。あまり説得力はない。ほかに鉢植えの植物に起きそうなことは？　ええと、根詰まりだ。あの手のカクタシーズ（それともカクティというのだったか？）（どちらもサボテンの複数形）が根詰まりになるものかカークは知らない。だが、のびすぎた根がプランターの底から飛び出していないか、ちょっとのぞいてみたくなったら？　それには吊り鉢から取り出すしかないだろう。あるいは鉢の栓を抜き——いや、水をやったばかりなのだ。いや、待てよ！　ノークスはクラッチェリーが水をやったのを見ていない。クラッチェリーが手抜きをしたのではないかと疑ったのかもしれない。表面に指を触れたら、じゅうぶん湿っていなかったので——いや、それよりありそうなのは、水をやりすぎのように思えたという線だ。ああしたトゲトゲのサボテンは、水気が多すぎるのを嫌う。いや、そうだったかな？　じれったいことに、あの手のものの特質がわからない。カーク自身の庭仕事は、ありきたりの花壇と菜園の手入れにかぎられていた。

　ともあれ、ノークスが何か彼なりの理由でサボテンを吊り鉢から出したというのは、考えられないことではない。彼がそうしなかったという証拠はないのだ。仮に、ノークスがサボテンを動かしたとしよう。よし。そのあと、九時にセロンがやって来て、ノークスが居間に入ってくるのを目にする……。

ここでまた、カークは立ちどまって考えてみた。ノークスがいつもどおり九時半のニュースを聴きにきたのだとすれば、少々時間が早すぎる。彼は居間に入ってくると（セロンによれば）壁の時計に目をやったのだ。あの男は携帯用の時計を身に着けていなかったから、カークはこれまで、たんにニュースまでの時間を確かめにきたのだと決め込んでいた。だが同時に、ノークスはサボテンを吊り鉢に戻すつもりでおり、そのため少し早めに居間へ来たのかもしれない。

いいだろう。彼は居間へ入ってくる。そして考える——はて、ニュースのまえにあの植物を流し場（かどこか）から持ってくる時間はあるだろうか？ 彼は時計に目をやる。そのときジョー・セロンが窓をコツコツ叩き、ノークスは窓辺にやって来る。二人は言葉を交わし、やがてセロンは立ち去る。老人のほうはサボテンを取ってきて、それを吊り鉢に戻そうと椅子か何かの上に乗る。あるいは脚立を取ってきたのかもしれない。そうして、サボテンを鉢に戻しかけたとき、もう九時半近いことに気づいて、いささかあわてふためく。それで身を乗り出しすぎたか、脚立がすべったか、はたまた不用意におりようとしたのか、彼は仰向けに倒れて床に——いや、もっといいのは長椅子の角に——頭をしたたかにぶつける。それで意識を失ったのだ。しばらくして意識が戻ると、椅子だか脚立だかを片づけ、そのあと——いや、そのあと彼に何が起きたかはわかっている。そうとも。単純きわまる話ではないか。ぶん殴るとか、鍵を盗むとか、鈍器を隠すとか、あれこれ嘘をつくとか、そんなことはいっさいなく——あれはただの事故で、誰もが事実を話していたのだ。

カークはこの単純明快な、無駄のない解答に言葉を失った。コペルニクスが初めて太陽系の中心に太陽をすえることを思いついたときも、きっとこんな気分だったのだろう。そうすればすべての惑星がごちゃごちゃの幾何学模様を描く代わりに、整然とおごそかに円形の軌道上を進んでゆくのだ……。カークは十分近くも愛しげにこの考えを温めたあと、思いきって点検しなおしてみた。あせって、せっかくの成果を台なしにしたくはない。

ともかく、仮説はあくまで仮説にすぎないのだ。それを裏付ける証拠を見つけなければ。少なくとも、否定的な証拠がないことを確かめる必要がある。まず第一に、人は脚立から落ちたぐらいであんな死に方をするものだろうか？

英国の詩人と哲学者たちの廉価版出版物と並んで——右にはバートレットの『日常引用句事典』、左には種々の犯罪を犯行方法ごとに網羅した警察のハンドブックという位置に——青い大判の上下本が周囲を圧するように鎮座していた。罰当たりな行為の聖典、死への裏道を示すガイドブックとでもいうべき、テイラーの『法医学大全』だ。カークはこれまでも不慮の事態にそなえ、この本にちょくちょく目を通してきた。彼はその第一巻を棚からおろしてぺらぺらめくり、〈頭蓋内出血——暴力か病か〉という見出しのついたページを開いた。たしか、軽装二輪馬車《シェーズ》から落ちた紳士の話があるはずだ。ああ、これだ。一八五九年度のガイ病院の報告書から、その人物がいわば生身の人間として浮かびあがってきた。

とある紳士が軽装二輪馬車から投げ出され、頭から地面にたたきつけられて意識を失った。しばらくのちに意識を回復し、気分もすっかりよくなったので、ふたたび馬車に乗り込み、同乗者に父親の家まで送ってもらった。彼はその事故を取るに足りぬことだと片づけようとしたものの、ほどなくだるさと眠気を覚え、寝床へ向かわざるをえなくなった。症状はさらに深刻になり、一時間ほどのちに脳内の血液浸出により死亡した。

すばらしい、不運な紳士。姓名は不詳、年格好も不明、その人生は謎に包まれているが、王侯貴族の金ぴかの記念碑（シェイクスピア『ソネット』より）より長持ちする不朽の名声を得たわけだ！　父親の家に住んでいたのなら、おそらくは未婚の若者で——小粋《こいき》な真新しいインヴァネス・ケープをまとい、最新流行のつややかな頰髯《ほおひげ》をたくわえた、いっぱしの洒落者だったのではなかろうか。どうして馬車から投げ出されたりしたのだろう？　馬が暴走したのか、ついつい酒でもすごしたのか。ともかく馬車に被害はなく、同乗者も彼を家に送れる程度はしっかりしていたようだ。彼は（決然と馬車に乗りなおしたほどの）勇気ある紳士、そして（両親を心配させないように、たいした事故ではないふりをした）思慮深い紳士だ。その早すぎる死は、ご婦人方を大いに嘆かせたことだろう。当時は誰も予想だにしなかったはずだが、八十年近くものちに、片田舎の一人の警視がこうして彼の短い墓碑銘を読んでいる。「とある紳士が軽装二輪馬車から投げ出され……」

といっても、カーク警視はそうした伝記的な推測で頭がいっぱいだったわけではない。それより苛立《いらだ》たしいのは、馬車の地面からの高さや進行速度がどこにも書かれていない点だった。この落下事故と、脚立に乗った老人がオーク材の床に落ちるのとでは、衝撃度にどれぐらい差があるのだろう？

次の事例はさらに要領を得なかった。こちらは十八歳の若者が喧嘩で頭を殴られたあと、十日間は普通に動きまわっていたにもかかわらず、十一日目に頭痛を訴え、その夜のうちに死亡していた。次は五十歳の酔っぱらった御者《ぎょしゃ》が、荷馬車の長柄《ながえ》から落ちて死んだケースだ。こちらのほうが希望がありそうだった。ただしその困り者は三、四回もころげ落ち、最後は馬が跳ねあがった拍子に車輪の下に投げ出されていた。それでも、低いところから落ちてもかなりのダメージがあることを示していると言えそうだ。

カークはしばし考え込んだあと、電話をかけに向かった。

クレイヴン医師はカークの仮説に辛抱強く耳を傾け、それが魅力的な考えであることに同意した。「ただし」と医師は言った。「あの男は仰向けに落ちたのだと検死官に言ってほしいのなら、それはできんぞ。背中にはあざひとつできておらんし、遺体の左側面も同様だ。検死官に宛てたわたしの報告書をよく見れば、死因となった殴打の跡を除けば、傷はすべて右側面と前部にあるとわかったはずだ。どんな傷か、もういちど説明しよう。右の前腕と肘に重度の挫傷、いずれも表層血管からかなりの溢血《いっけつ》があり、死亡時よりもしばらくまえにできたことがわかる。おそらく被害者は左耳のうしろを殴打されたとき、その衝撃で右前に倒れ込んだのだろう。あとは左右のすねと両手と額に、いくつかあざと軽い擦り傷があるだけだ。両手と額に埃《ほこり》がついていたから、たぶんそれらの傷は地下室の階段を前向きにころげ落ちたときのものだろう。その後間もなく絶命したとみえ、溢血はほとんど見られない。これはむろん、その後まる一週間も地下室でうつ伏せに倒れていたことによる沈下鬱血《うっけつ》を除外しての話だ。そちらは当然ながら、遺体の前面に集中している」

カークは医師が信じがたい発音で口にした〈沈下鬱血《ハイポスタティス》〉の意味が思い出せなかった。だがどのみちそれは、例の仮説の裏付けになることではなさそうだった。そこでカークはもういちど、ノークスはどこかから落ちて頭を打ったせいで死んだ可能性はあるか尋ねてみた。

「ああ、あるとも」クレイヴン医師は答えた。「だがなぜ落ちた拍子に後頭部を打ったのに、うつ伏せに倒れたのか説明する必要があるだろうな」

カークはそれで満足するしかなかった。どうやら彼の美しい、完璧な仮説にひびが入りはじめているようだ。こんなリュートのわずかな裂け目が、徐々に広がって音楽を鳴りやませてしまうのだ（テニスン『王の牧歌』より）、カークはそう陰気に考えたあと、腹立たしげに首を振った。テニスンか何か知らんが、戦わずして屈してなるものか。彼はもっと果敢で勇気づけてくれる詩人を思い浮かべた——「人は立ちあがるために倒れ、よりよく戦うためにくじかれるのだ（ブラウニングの詩『アソランドウのエピローグ』より）」。それから妻に大声で出かけることを告げ、帽子とコートを取りあげた。あの居間をもういちど見ることさえできれば、どうすればそんな落ち方ができたのかわかるかもしれない。

〈トールボーイズ〉に着くと、居間は真っ暗だったが、上の部屋とキッチンにはまだ明かりが見えていた。カークが表口をノックすると、ほどなくワイシャツ姿のバンターがドアを開いた。

「こんな遅くにお邪魔してまことに恐縮ですが」カークはそう切り出したあと、もう十一時すぎなのに気づいた。

「御前はもう」とバンター。「お休みになられています」

カークは説明した。思いがけず、居間を調べなおす必要が生じ、ぜひともそれを審問のまえにすませておきたいのだ。御前が自らお立ち会いくださる必要はない。ただ、中に入ることをお許しいただきたいだけだ。

「こちらとしても、職務のお邪魔をしたくないのは山々なのですが」バンターは答えた。「今はもういささか時刻が遅く、使用できる照明もかぎられております。しかも、あの居間は御前のお部屋の真下でございまして――」

「警視！　警視！」上の窓から、低い、からかうような声が呼びかけてきた。

「御前？」カーク警視はポーチから出て声の主を見あげた。

「『ヴェニスの商人』五幕一場。しっ、静かに！　月の女神がエンデュミオンと眠っておいでだ、起こしてはならぬ！」

「申し訳ありません、御前」カークは夜の仮面が顔を隠してくれている（シェイクスピア『ロミオとジュリエット』二幕二場より）のを心底感謝した。奥さまにまで聞かれてしまったのだ！

「いいんだよ。何か僕のお役に立てることでも？」

「いやその、階下《した》の部屋をもういちど見せていただければと」カークは遠慮がちに願い出た。

「ありあまるほどの世界と時間があれば、そんな些細な頼みは罪にも当たるまい（マーヴェル「内気な恋人へ」のもじり）。好きにしたまえ、警視。ただし詩人の吟じるように、ひそやかな聖職者の足取りで、跡も残さず、すみやかに（ブルック「グランチェスターの旧牧師館」より）ね。最初がマーヴェル、ふたつ目はルパート・ブルックだ」

「恐れ入ります」カーク警視は入室の許可と今の情報に対し、ひとまとめに礼を言った。「じつは、ふと思いついたことがありまして」

「みなまで聞かせてもらわずともいいんだけどね。その話を今ここで披露したいのか、それとも明日の朝でもかまわないかな?」

どうかお気になさらず、とカーク警視は懸命に押しとどめた。

「それじゃ、幸運を祈って失礼するとしよう」

そう言いながらも、ピーターはためらった。生来の好奇心が、ごく当然の考えと格闘していた。カークには一人で調査を進めるだけの知性があるはずだ、まかせておけばいい。そんな当然の考えが勝利を占めたにもかかわらず、彼は十五分ほど窓敷居に腰かけたまま、何かがこすれたりぶつかったりする階下《した》のかすかな音に耳をそばだてていた。やがて表のドアが閉まり、小道を遠ざかる足音がした。

「がっくり肩を落としているぞ」ピーターは妻に向かって言った。「大発見をしたつもりが、とんだ幻だったとみえる」

まさに図星だった。カークの仮説のひびは広がり、彼がジョー・セロンのために言ってやれそうなことはみるみるうちに消え去っていた。ノークスにはどうすれば身体の両面に傷を負うような落ち方ができたのか、そこが何とも想像しがたいうえに、今や、サボテンがずっと元の場所にあったことは明々白々だった。

カークはふたつの可能性を考えていた。外側の吊り鉢が鎖からはずされたか、中のプランターが鉢から取り出されたかだ。注意深く調べると、最初のほうはまずなさそうだった。真鍮《しんちゅう》の吊り鉢は底が円錐形になっていて、下におろすとまっすぐ立てられない。おまけにフックに重みがかかりすぎないように、鉢のわきから出ている三本の鎖をリングで束ね、それがフックの上の太い鎖に留めつけられていた。それも頑丈な針金を六回ひねり、両端をペンチできれいに丸めるという入念なやり方で。正気の男なら、わざわざそれをはずすようなまねはするまい。もっと簡単に中のプランターを取り出せるのだから。

だがここでカークはあることに気づき、おかげで彼の探偵としての能力は証明されたものの、中のプランターが取り出された可能性はゼロになっていた。つややかな真鍮の鉢の縁にはぐるりと複雑な模様の飾り穴が開けられ、その穴の部分だけ、中の素焼きの陶製プランターが黒ずんでいたのだ。これは間違いなく、真鍮用の磨き剤の跡だ。最後に真鍮の鉢が磨かれたあとに誰かが中のプランターを取り出したとすれば、飾り穴の隅に一筋の赤い陶土も見えないほどきっちり正確に入れなおしたわけだが、とうていそんなことができたとは思えない。

カークは落胆し、バンターを呼んで意見を尋ねてみた。バンターは非難がましい顔をしつつも、しかるべき協力を惜しまず、自分もまったく同感だと言った。さらに二人で力を合わせ、内側のプランターを鉢の中で動かそうとしてみると、ひどくぴっちりはまっていることがわかった。これでは、とても一人で中のプランターをまわすことはできそうにない。プランターを吊り鉢に押し込んでから、陶土に刷り込まれた模様が外の穴と合うように調整するのは至難のわざで――気のせいている老人に、遠い蠟燭《ろうそく》の光だけでそんなことができたはずはない。はかない希望と知りつつ、カークは尋ねてみた。

「クラッチェリーは今朝、この真鍮の鉢を磨きましたか?」

「そうは思えませんね。真鍮用の磨き剤を持ってきませんでしたし、キッチンの戸棚にある道具も使いませんでしたから。今夜はほかに何か、ご用がおありでしょうか?」

カークはぼんやり室内を見まわした。

「ええと」と破れかぶれで尋ねた。「あの時計が動かされた可能性はないのでしょうな?」

「ご自身で確かめられてはいかがでしょう」とバンター。

だが漆喰《しっくい》の壁には、時計を一時的に移したとおぼしきフックの跡はいっさい見当たらなかった。いちばん見込みがありそうなのは、〈魂の目覚め〉なる額がかかった右のほうの釘だろう。左の壁には、石膏の像が載った雷紋《らいもん》の透《す》かし彫り入りの棚があったが――どちらも時計の重みを支えるほどの強度はなさそうだし、窓からは見えない場所だった。カークはあきらめた。

「まあ、これではっきりしたようだ。ありがとうございました」

「こちらこそ」バンターはいかめしく答えた。シャツ一枚の姿にもかかわらず、あくまで威厳を失わず、まるで公爵夫人を見送るように、この歓迎されざる客を戸口へと導いた。

カークも人の子だ。明日の審理がすむまで、あの仮説をそっと胸に収めておくのだったと思わずにはいられなかった。これであれを法廷で持ち出すのは問題外になってしまった。もう良心に恥じることなく、事故の可能性をほのめかすことすらできなくなってしまったのだ。

13　あっちも、こっちも

「やっぱり蛇よ！」鳩はくり返し……泣きべそをかくように続けました。「あっちもこっちも試してみたのに、どれもうまくいかない！」

「何の話か、さっぱりわからないわ」アリスは言いました。

「木の根本も試したし、川の土手や、生垣だって試したわ」鳩はアリスの言葉に耳も貸さずに続けます。

「なのに、あの蛇どもときたら！　どうやってもだめなの！」

ルイス・キャロル『不思議の国のアリス』

「それで」ピーター・ウィムジイ卿は翌朝、バンターに尋ねた。「警視は昨夜、いったい何の用で来たのかね？」

「あの吊り鉢のサボテンが先週のいつぞや、鉢から取り出された可能性があるか確かめたかったようでございます、御前」

「へえ、またか？　そんなはずはないことに気づいてるのかと思ったが。あの真鍮《しんちゅう》用磨き剤の跡を見れば、容易にわかったはずだぞ。夜の夜中に脚立を持ち出して、瓶の中のマルハナバチみたいにブンブン飛びまわらずともね」

「まったくでございます。けれど邪魔はしないほうが賢明かと存じましたし、御前があらゆる便宜を図るようにと望まれましたので」

「ああ、たしかにな。あの男の頭は神の碾《ひ》き臼《うす》さながらに動く（動きは遅いが確実だ、という意味の成句）のさ。彼はほかにも神さながらの資質を持っている。どう見ても並々ならぬ度量の広さだし、情けにも富んでいるようだ。セロンへの嫌疑を晴らしてやろうと必死なんだよ。それはまあ、当然だろう。だがセロンを疑う論拠の弱みを突くのではなく、強固な側を攻めてしまっている」

「あなた自身はセロンのことをどう考えてるの、ピーター？」

彼らは二階で朝食をすませたところで、ハリエットは着替えを終え、窓辺で煙草を喫っていた。ピーターのほうは中途半端なガウン姿のまま、暖炉のまえで脚のうしろを温めている。あのショウガ色の猫が朝の挨拶にやって来て、彼の肩にすわり込んでいた。

「どう考えたものかわからないんだよ。じつのところ、考えるための材料がろくにない。まだ何か考えるような段階じゃなさそうだ」

「セロンは人を殺しそうには見えないわ」

「そりゃあ、殺人者はたいていそうは見えないからね。それを言うなら、彼はよほどの理由がないかぎり、僕に真っ赤な嘘をつくような人間にも見えなかったよ。だが誰でも怯えきっているときには、嘘をつくものだ」

「彼はあの時計の件を口にしてしまうまで、それだと家の中に入ったことになってしまうとは気づかなかったんじゃないかしら」

「ああ。よほど頭の切れる人間でないかぎり、事実の一部だけを話してるときに先のことまでは読めないものさ。最初から最後まで嘘の話のほうが、一貫性はあるはずだ。セロンはあきらかに、ノークスとの口論のことはいっさい話す気がなかったようだから、とっさに心を決めるしかなかったんだろう。だが気になるのは、セロンがどうやって家の中に入ったかだ」

「ノークスが入れたんでしょうね」

「まさにそこだよ。一人の老人が、鍵のかかった家に閉じこもっている。そこへ怒り狂った屈強な若者がやって来て、彼と言い争い、悪態をつくやら脅すやらする。老人はさっさと失せろと言って、ばたんと窓を閉めるが、それでも若者はドアを叩いてどうにか中へ入ろうとする。入れてやっても何の得にもならないのに、老人はドアを開け、ご丁寧にも彼に背中を向けてやる——怒り狂った若者が鈍器で殴りかかりやすいようにね。ありえないわけじゃないが、アリストテレス風に言えば、ありそうにない可能性ってやつだ」

「セロンがじつは金を用意してあると言ったのだとしたら？　ノークスは彼を家に入れ、ペンを手に腰をおろして——いいえ、もちろん彼は領収書を書いたりはしない。紙には書き残さないはずよね。セロンが脅したのでないかぎり」

「仮にセロンが金を持っていたのだとしても、ノークスは窓から渡せと言えたはずだぞ」

「じゃあ、セロンはじっさい窓から渡した——というか、渡すと言ったのだとしましょう。そしてノークスにまた窓を開けさせ、そこから押し入ったのかもしれないわ。でも、そんなことができたかしら？　あの窓仕切りはかなり幅が狭いわよね」

「きみには想像もつかんだろうがね」ピーターは唐突に言った。「推理の手法を心得た相手と話し合うのは、じつに気分がいいものだ。警察の連中は優秀だけど、彼らが真に理解してる推理の原則は、例の馬鹿げた決まり文句──〈誰の利益になるか？〉ってやつだけさ。だから心理学者たちにまかせておけばいいはずの、動機を追うのに血まなこになる。陪審員たちも同じだ。動機が見つかれば、それだけで有罪と決めたがる。どれほど裁判長が口を酸《す》っぱくして、動機を証明する必要はないし、動機だけでは罪の立証にはならないのだと説明してもね。だが本当に必要なのは、その犯行がいかにして達成されたのかを示すことなんだ。その上で、もしもそうしたければ、補強証拠として動機を示せばいい。ある犯罪がたったひとつの方法でしか達成しえず、それができたのはたった一人の人間のはずなら、動機があろうとなかろうと、犯人はあきらかだ。犯罪の解明にかかわる〈いかにして〉〈いつ〉〈どこで〉〈なぜ〉〈誰が〉のうち──〈いかにして〉がわかれば〈誰が〉もわかる。ツァラトゥストラはかく語りき」

「わたしはまともな知性を持つ唯一の読者と結婚したようね。それはまさに、作家が話を結末から構築していくさいのやり方よ。芸術的には、文句なしに正しいわ」

「僕の経験からして、芸術的に正しければおおむねじっさいにも正しいものさ。なにせ、誰かさんの言ってるとおり、自然はあくまで芸術の模倣なんだから（オスカー・ワイルドの評論『嘘の衰退』より）。それじゃ、きみの仮説の続きを聞かせてくれ──ただし、こんなふうだったのじゃないかと憶測しても、じっさいそうだったという証明にはならない。言ってはなんだが、きみの同業者たちはえてしてそこを見落とすんだがね。蓋然性と法的な立証を混同しがちなんだ」

「それじゃ、じきにあなたをぎゃふんと言わせてやるわ……ねえ、ノークスは何かを投げつけられたんじゃない？　窓の外から。いやだ！　これじゃ一度にふたつの仮説を唱えてることになる。いえ――待って！……セロンはノークスに窓を開けさせ、中に入り込もうとする。あなたはまだあの窓仕切りのことを答えてくれていないわ」

「僕ならどうにか入り込めただろうが、僕はセロンよりかなり肩幅が狭い。ただし、頭さえ通れば身体も通るという原則からすれば、たぶん彼にもかろうじて入り込めたろう。あまりすばやくはできなかったはずだから、何をするつもりかノークスにしっかり悟られてしまっただろうがね」

「そこで、何か投げつけたという線が浮上するわけ。仮にセロンが窓枠を乗り越えようとするのを見て、ぎょっとしたノークスがドアへと走り出したら？　セロンは何かをひっつかみ――」

「何を？」

「たしかにね。彼が端《はな》からそのつもりで石か何かを持ってきたとは思えない。でも戸口から窓の外へ戻るとき、庭でひとつ拾ってきたのかもしれないわ。あるいは――そうだ！　窓敷居の上のあの文鎮よ。あれをつかみあげ、遠ざかっていくノークスの背中に投げつける。そんなことって可能？　わたし、飛翔径路とかいったことには詳しくないの」

「じゅうぶん可能だろうね。あとで調べてみなければ」

「じゃあそれはよし、と。ああ、そうそう。あとはとにかく部屋に入って、文鎮を拾って元の場所に戻し、また窓から外に出ればいいのよ」

「本当に？」

「そんなはずないわね。あの窓は内側から施錠されてたんだもの。ええと。彼は窓を閉めて施錠し、ノークスの鍵をポケットから抜き取って表のドアを開け、鍵を元に戻して——だけどそれだと、ドアの鍵を開けたまま立ち去るしかないわ。じゃあ、あとで意識を取り戻したノークスが、律儀にも鍵をかけてくれたのよ。誰が犯人であれ、その可能性は認めるしかないわ」

「じつにみごとだよ、ハリエット。ほとんどケチのつけようのない仮説だ。もうひとつ言わせてもらえば、セロンはドアの鍵を開けっ放しにしておいても危険の少ない唯一の人間だ。むしろ、それは彼の有利に働くはずだった」

「そこまでは考えなかったけど。どうして？」

「そりゃあ、彼は村の巡査だからさ。次はどうなるか考えてみたまえ。彼は真夜中にふと、村内を見まわろうと思い立つ。あとで報告書には、問題の家に注意が向いたのは、居間の蠟燭《ろうそく》がついたままだったからだと書けばいい。だから蠟燭を消さずにおいたのさ、ほかの犯人ならそうはしなかっただろうがね。彼はドアを叩き、鍵がかかっていないことに気づく。中に入って、何も不自然なことがないのを確かめてから、急いで外に出て大声で近所の者たちを呼び集め、どこかの浮浪者か何かが押し入ってノークスの頭を殴ったと告げる。生前の被害者を最後に見た人間になるのは困りものだが、遺体の第一発見者になるのはまたとない名案だ。ところが、戻ってみるとドアには鍵がかかってたんだから、さぞかしショックだったろう」

「ええ。それでその考えをあきらめたわけね。とりわけ窓から中をのぞいて、ノークスがさっきの場所に倒れていないのを見たとすれば。たしか、カーテンは閉められてなかったのよね？　そうだわ――憶えてる。わたしたちが着いたときには、カーテンは開いたままだった。彼はどう思ったかしら？」

「結局のところ、ノークスは死ななかったのだと思ったろうね。そしてびくびくしながら朝が来るのを待ったんだ――いつ、どんなしっぺ返しが来るかと――」

「気の毒に！　ところが、いくら待っても何も起こらず、ノークスは姿を消したきり――それじゃ、気が狂わんばかりになるはずよ」

「もしもそういうことだったんならね」

「そこへわたしたちがやって来た――きっとセロンは朝からここらをうろついて、最悪の知らせを待っていたのよ。遺体が発見されたときも、すぐそこにいたんじゃなかった？……ねえ、ピーター、何だかぞっとする話ね」

「しかしつまるところは、ただの仮説だ。何ひとつ証明できてない。そこがきみたち推理作家のいちばん困ったところさ。筋さえ通っていれば、それで解決。じゃあ、犯人はほかの誰かだという仮説を立ててみよう。誰にする？　ラドル夫人はどうかな？　なかなか手ごわいご婦人だし、あまり共感できるタイプじゃない」

「でも、いったいなぜラドルさんが――」

「理由はどうでもいい。なぜかなんて、いくら考えても答えにはつながらんさ。とにかく、ラドル夫人は灯油を少々借りにきた。すると、様子を嗅ぎまわっていたノークスがその音に気づき、彼女を家に呼び入れて釈明を求めた。常々、あんたに疑いを抱いていたのだと言って。ラドル夫人のほうは一週間分の給金が未払いだと言い返す。激しい言葉が飛び交い、やがて彼が襲いかかった。彼女は火掻《ひか》き棒をひっつかむ。逃げ出したノークスに火掻き棒を投げつけると、彼の後頭部を直撃した。それで〈なぜ〉の説明もつく。人はかっとなると何でもするものだ。もっとも、ノークスがいやがるラドル夫人に言い寄り、きつい一撃をくらったというほうをきみが信じたければ別だがね」

「馬鹿らしい！」

「いや、わからんぞ。ジェイムズ・フレミングとジェシー・マクファースンの例を見たまえ。僕自身はラドル夫人に恋い焦がれる気はないが、もともと好みのうるさいタイプだからな。それはまあいいとして、ラドル夫人はノークスの頭を殴りつけ――待てよ。こいつはけっこう行けそうだ――泡を食ってコテージへ逃げ戻り、『バート！　バート！　ノークスさんを殺しちまったよ！』と泣きわめく。バートが『ええっ、嘘だろ』と言って、彼女と一緒にこの家に来てみると、ちょうどノークスが地下室の階段をころげ落ちるのが見えた。バートは下へおりてゆき――」

「足跡ひとつ残さずに？」

「もう寝るところでブーツは脱いでいたから、スリッパのまま駆けつけたのさ――こことコテージのあいだはずっと草地だしね。で、バートは『今度こそ、あいつは完全にくたばっちまったぞ』と言う。そしてラドル夫人が梯子《はしご》を取りにいってるあいだに、ドアをロックして鍵を死んだ男のポケットに戻す。それから二階へあがり、天窓から屋根の上に出て、ラドル夫人が立てかけた梯子で地面へおりたんだ」

「本気でそう考えてるの、ピーター？」

「そりゃあちょっと屋根を調べてみるまでは、本気では考えられないさ。ともあれ、二人はあとであることを思い出す。バートは地下室のドアを開けっ放しにしておいたんだ――ノークスがうっかり落ちたように見えるようにね。だが僕たちが着くと、二人はいささかあわてふためいた。僕らは遺体を発見すべき人間じゃなかったからさ。それはトウィッタトン嬢の役目のはずだった。彼女なら簡単に騙せるのはわかっていたが、僕らがどうかは見当もつかない。そこでまず、ラドル夫人は僕らをここに入れまいとした――だがこちらがひるまず鍵を手に入れて中に入ると、せいぜい協力的にふるまった。ただし――バートに向かって大声で、『地下室のドアを閉めとくれ、バート！　隙間風が吹きあがってくるんだよ』と叫んだ。少しでも時間を稼ぎ、まずは僕らがどんな人間か品定めできるようにね。

　ちなみに、ノークスが例の特定の時間帯に死んだというのは、もっぱらラドル夫人の証言を頼りに導き出された結論だ。あの晩、彼がベッドに入らなかったとかいうことも。じつは何もかも、もっとずっと遅くに起きたのかもしれない。さらに説明しやすいのは、彼女が翌朝やって来たとき殺したという線だ。それならノークスはもう着替えていて、彼女はベッドを整えなおすだけでよかったろうからね」

「ええっ！　翌朝？　屋根から外へおりたりするのも？　誰かが通りかかったら？」

「バートが梯子に乗って、雨樋を掃除してることにすればいい。雨樋を掃除したって害はあるまい」

「雨樋《ガター》？　それで思い出すのは……ちょろちょろ流れる《ガター》——溶けた《ガタード》——蠟燭よ！　あれが犯行は夜間だったという証拠にならない？」

「証拠にはならんさ。そんなふうに思わせるだけで。そもそも、どれぐらいの長さの蠟燭だったのかもわからないんだ。ノークスはあの蠟燭がすっかり燃え尽きるまで、あそこにすわってラジオを聴いていたのかもしれない。倹約、倹約だ、ホレイショー（シェイクスピア『ハムレット』一幕二場より）。あの日はラジオがついてなかったと言ったのはラドル夫人だ。そうして犯行時刻を九時から九時半のあいだ——セロンとノークスが言い争った直後のように印象づけた。だが考えてみれば、あのラドル夫人が二人の口論をしまいまで聞かずに立ち去ったとは思えない。少々偏見まじりの見方をすれば、彼女の行動はいちいち奇妙に思えるぞ。それに彼女はセロンに恨みを抱いていて、みごとにしっぺ返しをしてのけた」

「そうね」ハリエットは考え込むように言った。「そういえば、お昼のサンドウィッチを作るあいだも、わたしにあれこれほのめかしてたわ。それに警視が来るまで、セロンの質問をうまいことはぐらかして何も答えなかった。でもねえ、ピーター、正直なところ、そんなふうに鍵の件を処理できるような頭が彼女とバートにあると思う？　それに、例のお金に手をつけないだけの分別と自制心があるかしら？」

「それは難しいところだな。だがひとつだけたしかなことがある。昨日の午後、バートは物置小屋から長い梯子を持ってきて、パフェットと一緒に屋根にのぼっていたよ」

「まあ、ピーター！　そのとおりだわ！」

「またひとつ、貴重な手がかりが消えてしまったわけだ。少なくとも梯子があることはわかったが、どの指紋や足跡がいつのものか、見分けられっこない」

「天窓があるわ」

ピーターは悲しげに笑った。

「梯子を取りにきた彼らと会ったとき、パフェットが言ってたよ。ついさっきバートが天窓から屋根に出て、煙突のどこかに〈煤蓋《すすぶた》〉とやらがあるか確かめたんだって。バートはトウィッタトンさんが階下《した》で尋問されてるあいだに〈トイレの階段〉をあがり、きみの寝室を通り抜けたんだ。音が聞こえなかったかい？　きみがトウィッタトンさんを連れておりてくるや否や、すばやくあがったらしいけど」

ハリエットは新しい煙草に火をつけた。

「じゃあ今度は、クラッチェリーと牧師さんに不利な証拠を調べてみましょう」

「ええと――そっちはもうちょっと難しそうだ、アリバイがあるからな。彼らの一人がラドル夫人を抱き込んだのでないかぎり、僕らはラジオが鳴らなかった理由を説明しなきゃならない。彼まずはクラッチェリーだ。彼の犯行なら、窓から入り込んだという話にはできそうもない。彼がやって来れたはずの時間には、ノークスはもうベッドに入っていたはずだ。クラッチェリーは十時半に牧師を家に送り届け、十一時前にパグフォードに戻った。ここに寄って窓辺であれこれ交渉したり、鍵の件を巧みに処理したりする暇はなかったはずだ。むろん、クラッチェリーが整備場に戻った時刻がきちんと確認できるとすればだけどね。まあ彼が犯人なら当然、そのへんはきちんと確認できるだろう。もともと計画の一部だからさ。あれがクラッチェリーのしわざなら、計画的な犯行だったに違いない。つまりどうにかして鍵を盗んだか、合鍵を作っておいたんじゃないかな？　犯行に及んだのは早朝だろう――まずは架空の顧客か何か、その手の理由をでっちあげてタクシーを持ち出す。どこかに車を置いてこの家まで歩き、こっそり中に入って――ふむ！　やっぱり、そのあとが厄介だ。ノークスは二階で、服を脱いでベッドに入っているはずだ。そこを襲う意味がわからん。それにクラッチェリーがやったのなら、金を奪うためだろう――だが金は盗られていなかった」

「今度はあなたが〈なぜ〉にこだわってるわ。でもクラッチェリーは家の中のものを盗みに来たのだとしたら？　そして書き物机か何か――キッチンの、遺言書が見つかったところよ――の中を引っ掻きまわしていると、物音を聞きつけたノークスがおりてきて――」

「わざわざ着替えてネクタイを締め、ご丁寧にも大事な銀行券をそっくり身に着けて？」

「まさか。寝間着姿でよ。邪魔をされたクラッチェリーは、彼に襲いかかる。そして逃げ出そうとした彼を殴り、殺してしまったと思い込んで、震えあがって家から飛び出し、外からドアに鍵をかける。そのあと、ノークスは意識を取り戻したの。自分はこんなところで何をしていたのかといぶかりながら、何だか気分が悪かったので、二階へ戻って着替え、ラドルさんを呼ぼうと裏口に向かった。そこで階段をころげ落ちたのよ」

「すばらしい。だが誰がベッドを整えたんだ?」

「まあ、憎らしい! でも、そう——ラジオのことも説明できてないわね」

「ああ。僕としてはクラッチェリーが犯行前夜のアリバイ作りをするために、ラジオを壊しておいたと説明するつもりだったのさ。彼にはもともと殺意があったとみなしてね。なのに、きみが書き物机の中のものを盗もうとしたとか言い出して、人の話の腰を折るから」

「ごめんなさい。わたしは二兎を追おうとしてたみたいだわ。たしかに、クラッチェリーの目くらましというのは悪くなさそう。ところで、あのラジオは今はちゃんとつくの?」

「あとで確かめてみよう。つかなければ、それが何かの証明になるかな?」

「故意に壊したふしがなければだめよ。あれは電池で動くんじゃないかしら。それなら偶然のように見せかけて、端子をゆるめておくのはわけもないことよ」

「それぐらい、ノークス老人だって自分ですぐに直せただろう」

「そうね。ちょっとわたしが下へ行って、あれが今はつくのか見てきましょうか?」

「バンターに訊けばいい。あいつなら知ってるさ」

ハリエットは階段の下のバンターに大声で呼びかけ、戻ってくるとこう言った。

「問題なく聞こえるそうよ。バンターは昨夜、わたしたちが出かけたあとで試してみたんですって」

「ああ! それじゃどっちみち、何の証明にもならんな。ノークスはあの晩ラジオをつけようとしたが、うまくいかず、ニュースが終わったあとでようやく不調の原因に気づき、直しておいたという可能性もある」

「どんな場合でも、彼があとで直した可能性はあるわけよ」

「すると犯行時刻の件はまたしても白紙に戻ってしまう」

「がっくりだわね」

「まったくだな。だがこれで、十時半から十一時のあいだに牧師先生が猛然と襲いかかった線も出てくるぞ」

「いったいなぜ――？　いやだ！　わたしったら、それぱかり訊いてる」

「夫婦そろって、やたらと好奇心の強い血筋なのさ。例の子作りの件は考えなおしてみたほうがいいぞ、ハリエット。揺りかごに入ってるうちから、えらくうるさい子たちになりそうだ」

「ほんとね。恐ろしや。だけどやっぱり、何か大まかな動機があったほうがすっきりすると思うの。面白半分の殺人じゃ、推理小説のルールをすべて破ってしまうわ」

「いいだろう。ならば仕方ない。グッドエイカー牧師にも何か動機を持たせるとしよう。すぐに思いつくはずだよ。彼は十時三十五分ごろに牧師館から徒歩でやって来て、この家のドアをノックする。ノークスが彼を迎え入れる――いつも温厚で親切な村の牧師を門前払いする理由はないからね。だが相手は職業上の禁欲的態度の下に、聖職者にはよくある、抑圧された衝動を秘めている。英国のリアリズム小説にしばしば描かれる、例のおぞましい衝動だ。もちろん、ノークスのほうもそうだった。牧師は純潔を重んじる教義を盾に、ノークスが村の娘を堕落させたと非難する。だがじつは無意識のうちに、自分がその娘を求めてたんだ」

「なるほどね！」ハリエットは陽気に言った。「それを思いつかなかったのはうかつだったわ。これ以上ないほど見えすいたことなのに。そこで浅ましい老人同士の口論になり――ついに逆上しきった牧師は、我こそ神の鉄槌なのだと思い込む。チェスタトンの話に出てくるあの神父さんみたいにね。彼は火掻き棒でノークスを殴り倒して立ち去るの。そのあと、ノークスは意識を回復し――と話は続くわけ。それなら、遺体がお金を身に着けたままだった点もきれいに説明できるわ。グッドエイカーさんはお金なんか欲しがりそうにないもの」

「そのとおり。そしてあの先生が今は事件のことを聞いても無邪気にけろりとしてるのは、一時的な錯乱状態が収まって、何もかも忘れてしまったからさ」

「いわば分裂人格ね。その仮説はこれまででいちばんの出来よ。あとはその村娘さえ特定できれば」

「そういう話じゃなくたっていいんだ。牧師は何かほかのものに病的な執着を抱いてたのかもしれない――葉蘭のひとつにプラトン風の純愛を感じてたとか、サボテンに横恋慕してたとか。知ってのとおり、あの先生は大の園芸好きだし、ああした植物や鉱物への愛着はときとしてひどく邪悪な面を持つんだよ。例のイーデン・フィルポッツの小説に登場する男を憶えてるかい？――鉄のパイナップル像に執着し、ついにはそれで人の頭をぶち割ってしまうんだ。信じがたい話かもしれないが、牧師はあの夜、よからぬ目的でこそこそ様子をうかがいにきた。そして異変に気づいたノークス老人が目の前にひれ伏し、『わしの命はやってもいいが、このサボテンの名誉だけは汚さんでくれ!』と叫ぶと、牧師は葉蘭の鉢を振りあげ――」

「それはけっこうだけど、ピーター――あの気の毒な老人は本当に殺されたのよ」

「わかってるさ、愛しい人。だが〈いかにして〉を見つけるまでは、どんな仮説もしょせんは空想にすぎない。このろくでもない世界では、何でも笑い飛ばすか悲嘆に暮れるしかないんだ。ここに着いた晩に地下室へおりてみなかったことを思うと、まったく無念でならないよ。あのときならうまくやれたんじゃないかとね。まだこの家は犯行時のままで、手がかりは乱されていなかった。ラドル親子やパフェットやウィムジイ御一行がそこらじゅう歩きまわって、すべてを台なしにしてはいなかったんだ。やれやれ! あれほどひどい夜のお仕事をしでかしたのは初めてさ!」

彼がハリエットを笑わせたかったのなら、今度は期待以上の大成功だった。

「そんなふうにこぼしても無駄よ」ようやく口がきけるようになると、ハリエットは言った。

「わたしたちは決して、ぜったい、何ひとつ、ほかの人たちのようにはできないことになってるの。いつも泣くべきときに笑い、働くべきときに愛し、スキャンダルを巻き起こして顰蹙《ひんしゅく》を買う。まあ、やめて! あなたが灰だらけの髪をしてるのを見たら、バンターは何て言うかしら? そろそろ着替えを終えて、事態を直視したほうがいいわ」彼女はぶらぶら窓辺へ戻った。

「ねえ! 二人の男が小道をやって来る……一人はカメラを持ってるわ」

「ちくしょう!」

「わたしがご接待しにいくわ」

「一人では行かせんぞ」ピーターは雄々しく言い、彼女を追って階段をおりた。

戸口では、バンターが必死に舌戦をくり広げていた。

「無駄だよ」とピーター。「悪事は嗅ぎつけられるものさ。やあ！　きみだったのか、サリー。これはこれは！　今日はしらふかね？」

「あいにくそうなんだ」ピーターの私的な友人でもある、サルコム・ハーディ氏は言った。「ここには何か置いてあるかい？　あの火曜の仕打ちを思えば、きみは俺たちに借りがあるはずだぞ」

「こちらのお二方にウィスキーを、バンター。少しばかり阿片チンキを入れてやってくれ。では諸君、さっさとすませてもらおうか。十一時には検死審問がはじまるし、部屋着姿で出るわけにもいかないからね。どんなネタを追ってるんだ？　上流社会の甘い生活？　それともハネムーン先の家での不可解な死かな？」

「両方さ」ハーディ氏はにやりと笑った。「まずはお祝い兼お悔やみを述べたほうがいいんだろうな。ご夫妻とも虚脱状態だと書いておこうか？　それとも英国一般大衆へのメッセージは、こんな不運な出来事にもかかわらず、すばらしく幸福でございますってところかい？」

「もっと独創的なことを書けんものかね、サリー。僕らは退屈のあまり、しじゅう喧嘩ばかりしてて、ちょっぴり探偵業ができそうなことだけが救いのようだとか」

「そりゃさぞかし面白い記事になるだろうがね」サルコム・ハーディは恨めしげに首を振った。「ほんとは二人で仲良く調査に励んでるんだろ？」

「とんでもない。それは警察がやってるよ。ウィスキーはこれぐらいかな?」

「やあ、どうも。それじゃ、ま、乾杯! 警察か——むろん、公式にはね。だが正直なとこ、きみには何か独自の見解があるはずだ。なあ、ウィムジイ、こっちの身にもなってくれ。こいつは世紀の大スクープなんだぞ。推理作家と結ばれた高名な素人探偵、新婚初夜に死体を発見」

「違うんだ。そこが困った点なのさ」

「へえ! そりゃまた、どういうことなんだ?」

「つまり翌朝、煙突掃除をしたせいで、あらゆる手がかりが灰塵《かいじん》に帰してしまったの」ハリエットが言った。「あなたにはちゃんと話しておいたほうがよさそうね」

　彼女がちらりと目をやると、ピーターはうなずいた。〈ラドル夫人よりは自分たちの口から話したほうがまし〉というのが、二人の頭に浮かんだ考えだった。彼らはことの顛末《てんまつ》をできるだけ簡潔に話した。

「きみはこの犯罪について、独自の考えを持ってると書いてもいいのかな?」

「ああ」とピーター。

「いいぞ!」サルコム・ハーディは言った。

「僕の考えは、サリー、きみが自らあの死体をあそこに置いたというものさ。特ダネを狙って」

「そいつを思いつけばよかったよ。ほかには?」

「だからね、証拠は破壊されてしまったんだ。証拠もなしに仮説は立てられないよ」

「じつを言うと」ハリエットが口をはさんだ。「この人は完全に行き詰まってるの」

「思考の流れが風呂場の給湯機なみに詰まりっぱなしさ」彼女の夫は認めた。「妻のほうも同じだ。二人の息が合ってるのはその点だけでね。皿の投げ合いに飽きると、すわり込んで互いの詰まり具合をあざ笑うんだ。警察も行き詰まってるよ。そうでなければ、自信たっぷりに逮捕を目論んでいる。そのどちらかさ。きみの好きなほうを選べばいい」

「そりゃまあ」サリーは言った。「きみには迷惑千万な話だろうし、俺が来たのも迷惑だろうがね、こればっかりは仕方ない。ちょっと写真を撮ってもかまわないかな？　本物の梁《はり》がある古風なチューダー朝の農家――新婦は感じのいい庶民的なツイードの装《よそお》いで、新郎のほうは、まさにシャーロック・ホームズばりのいでたち――パイプと刻み煙草が少々あればね」

「あるいはバイオリンとコカインか？　いいから、サリー、さっさとすませてくれ。そりゃあ、そっちは生活がかかってるんだろうがね。頼むから、少しは気をきかせてくれないか」

サルコム・ハーディは、いかにも誠実そうに菫《すみれ》色の瞳をきらめかせ、そうすることを請け合った。だがハリエットには、このインタビューで自分もピーターもひどく心を踏み荒らされたように思えた。二人のうちでより傷ついたのはピーターのほうだろう。彼は慎重に言葉を選んでいたが、気軽な口調はガラスのように今にもひび割れそうだった。これからもこんなことが続くのだろう――はるか先まで。

ハリエットは不意に肚《はら》を決め、記者たちを追って部屋から出ると、ドアを閉めた。

「ハーディさん――聞いて！　こちらにはどうしようもないのはわかっています。新聞に何を書かれても、じっと我慢するだけ。それはよくわかっているんです、以前に経験しましたから。

でも、もしあなたがピーターとわたしについて何か胸のむかつくようなこと——どういう意味かはおわかりでしょうけど、こちらが身もだえして、死んだほうがましだと思うようなことを書いたら——わたしたちばかりか、そちらもひどくいやな思いをする羽目になりますよ。ご存じのとおり、ピーターは——サイみたいに鈍感なわけじゃないんです」

「いやだな、ヴェインさん——失礼、レディ・ピーター……ああ、それはそうと、お訊きするのを忘れてたけど、結婚後も執筆を続けるおつもりですか?」

「ええ、もちろん」

「これまでと同じお名前で?」

「当然ですわ」

「そう書いてもかまいませんか?」

「あら、どうぞ、お好きなように。例のろくでもない夫婦間のエピソード以外なら、何でもお書きくださってけっこうよ。『彼はそう言いながら、新婚ほやほやの妻にこぼれんばかりの笑みを向けた』とかいった、甘ったるいたわごと以外なら。ただでさえ、腹の立つことばかりだったんです——できれば、わたしたちにも少しは人間らしい尊厳を残してちょうだい。そうだわ! あなたがそこそこ節度を保ち、ほかの記者たちにも分別ある態度を取らせるようにしてくだされば、わたしたちからあれこれ話を聞き出せるチャンスがはるかに増えますよ。何といっても、わたしたちは話題の人物だし、話題の人物を怒らせるのはうまくないでしょう? ピーターはとても寛大にふるまって、できるだけの事実をあなたにお話ししたわ。あまりあの人に辛い思いをさせないで」

「そりゃね」サリーは言った。「努力はしますよ。ただし編集者はあくまで編集者で――」

「彼らは人を食らう鬼みたいなものよ」

「そのとおり。けどまあ、できるだけのことはしましょう。で、小説の執筆の件ですが――何か特ダネをもらえますかね？　ご主人はあなたが作家としての仕事を続けることを熱望――ってのはどうかな？　ピーター卿は女性たちが家庭内のことに縛られるべきではないと考えている……あなたは夫の経験から得たヒントを探偵小説の中で役立てるのを楽しみにしている……とかは？」

「まあ、あきれた！　あなたがたは何でも私的な話にしなければ気がすまないの？　とにかく、わたしは間違いなく執筆を続けるし、彼は間違いなく反対はしない――というより、心から支持してくれるでしょうね。でも、彼は誇らしげな優しい目つきでそう言ったとかいう、いやらしい潤色《じゅんしょく》はやめてくださる？」

「ああ、もちろん。今は何か書いてらっしゃるんですか？」

「いいえ――一冊仕上げたばかりですから。新作の構想は浮かんでますけどね。じつを言うと、今しがた思いつきました」

「そりゃいいぞ！」とサルコム・ハーディ。

「新聞記者が殺される話で――タイトルは『好奇心は命取り』」

「いいですね！」サリーはびくともしなかった。

「それと」ハリエットは彼らとともにキクのあいだの小道を進みながら言った。「さっき、ここはわたしが子供時代に知ってた家だとお話ししたでしょう？　そのときは触れなかったけど、当時は優しい老夫婦が住んでいて、よくわたしを招き入れてシードケーキやイチゴをご馳走してくれたんです。それならとてもすてきな心温まる話だし、彼らはもう亡くなったから、傷つける心配もないわ」

「すばらしい！」

「ちなみに、あの悪趣味な家具と葉蘭はすべてノークスが持ち込んだものだから、わたしたちのせいにはしないでね。彼は大変なしまり屋で、日時計を作りたがってる人たちにチューダー朝の通風管を売ってしまったの」ハリエットが門を開けると、サリーとカメラマンはおとなしく出ていった。

「それとあれは」ハリエットは意気揚々と続けた。「どこかの家のショウガ色の猫。わたしたちを養子にしてくれたみたいで、いつも朝食のあいだは、ピーターの肩に乗ってるわ。動物の話は誰でも好きでしょう？　あのショウガ色の猫のことを書いたらどうかしら」

彼女はぴしゃりと木戸を閉め、扉ごしに彼らに微笑みかけた。

サルコム・ハーディはしみじみ思いめぐらした――ピーター・ウィムジイの奥さんは、いきり立つとなかなかすてきだぞ。それに、彼女が夫の心情を気遣うのはもっともだ。あの果報者をよほど愛しているのだろう。ウィスキーをたっぷりふるまわれたこともあり、サリーはいたく心を動かされていた。できるだけ尊厳を傷つけない心温まる記事を書こう、と彼は胸に誓った。

細い脇道の中ほどまで進んだとき、なぜか使用人たちに話を聞くのを忘れていたことを思い出した。だがふり向くと、ハリエットがまだ木戸にもたれかかっていた。

《モーニング・スター》紙のヘクター・パンチョン氏は、それほど幸運《つき》には恵まれなかった。サルコム・ハーディが立ち去った五分後に彼が到着したときも、レディ・ピーター・ウィムジイはまだ木戸にもたれかかっていた。無理やり令夫人を押しのけて進むわけにもゆかず、記者はその場で、彼女が話す気になったことを拝聴するしかなくなった。しかも途中で、うなじに何やら生温かいものが吹きかかるのを感じ、彼はぎょっとしてふり向いた。

「ただの雄牛ですわ」ハリエットは愛想よく言った。

都会育ちのパンチョン氏はみるみる青ざめた。雄牛は六頭の雌牛に取り囲まれ、こぞって彼に物珍しげな目を向けている。そばに雌牛がいれば、雄牛は行儀よくしているものだと知っていればよかったのだろう。だがパンチョン氏には、どれも角の生えた大きな獣《けもの》にしか見えなかった。けれど、追い払えば失礼になる。レディ・ピーターは感慨深げに雄牛の額をくすぐりながら、グレイト・パグフォードでの少女時代の興味深い秘話を話してくれていたからだ。記者たるもの、職務遂行中はいかなる危険も覚悟しなければ——彼は断固その場に留まり、気もそぞろで（これぱかりは仕方なかった）話に耳を傾け、「動物がお好きなんですか？」と訊いてみた。

「あら、とても」とハリエット。「それをぜひ読者のみなさんにお知らせしてね。共感を呼ぶエピソードでしょう？」

「もちろんです」ヘクター・パンチョンは答えた。それは大いにけっこうだ。しかし、雄牛がいるのは木戸のこちら側で、彼女は向こう側にいる。茶色と白のまだらの人なつこい雌牛がぺろりと彼の耳を嘗《な》め――その舌がひどくざらついているのに彼は度肝を抜かれた。

「門を閉めたままでお許しくださいね」令夫人は愛嬌たっぷりに微笑んだ。「牛は大好きだけど――庭には入れたくないの」あろうことか、彼女は不意に木戸を乗り越え、片手で彼をしっかりつかんで車へと導きはじめた。かくしてインタビューは終わり、パンチョン氏は例の殺人について、個人的な話を聞き出す機会をろくに得られなかった。車を出すと、牛たちは頭《こうべ》を垂れて四方に歩み去っていった。

驚くべき偶然というしかないが、記者が立ち去るや否や、それまで姿の見えなかった牛飼いがどこからかあらわれ、牛たちを駆り集めはじめた。ハリエットを見ると、彼はにやりと笑って帽子に手を当てた。彼女がぶらぶら家へと戻り、戸口に着いたころには、牛たちはふたたび門のまわりに群がっていた。

開け放たれたキッチンの窓のそばでは、バンターが立ったままグラスを磨いていた。

「好都合だわ」ハリエットは言った。「表の道にあんなに牛がいてくれて」

「はい、奥さま」バンターは落ち着きはらって答えた。「道端の草を食《は》ませておりますようで。言うなれば、たいそう申し分のない取り決めでございます」

ハリエットは口を開きかけ、はたと気づいてまた閉じた。廊下を進んで裏口のドアを開けてみた。ことのほか不細工なブルマスチフ犬が靴の泥落とし《スクレーパー》に綱でつながれているのを見ても、さして驚きはしなかった。バンターがキッチンから出てきて静かに流し場へ入っていった。

「あれはうちの犬なの、バンター?」

「今朝がた、飼い主が連れてまいったのでございます——あの種の生き物を御前がお飼いになりたがるのではないかと申しまして。そこで御前がお手すきになるまで、ここに置いていってはどうかと言ってやりました」

ハリエットがまじまじとバンターを見ると、彼は平然と見つめ返した。

「空からの攻撃のことは考えてみた、バンター? 屋根に白鳥でもとまらせておいたらどうかしら」

「近所に白鳥がいるかは存じませんが、山羊を飼っている者でしたら……」

「サルコム・ハーディさんはずいぶん運がよかったのね」

「あの牛飼いが」バンターはとつぜん怒りをあらわにした。「約束の時間に遅れたのです。はっきり指示しておきましたのに。遅刻分は俸給から差し引いてやります。甘く見られてはなりません。御前はそういうことはお嫌いですから。ああ、失礼いたします、奥さま——ちょうど山羊が着いたようで、戸口の犬と少々面倒なことになるやもしれません」

あとは彼にまかせてハリエットは退散した。

14 検死審問

愛？　わたしが愛する？　わたしは今、
他者のまばゆい思考の中を歩む、栄光に包まれたように。
わたしはかつて闇に閉ざされていた、
暗黒の夜のビーナスの神殿さながらに。
だがその闇はどこか神聖で、
さほど深くはない、柔らかなものだった。
そして豊かな月光が盲人にも届くように、
知らず知らずのうちに心を慰めてくれた。
それから愛がやって来たのだ、
あたかも踏みつけられた星が炸裂したように。

トーマス・ラヴェル・ベドウズ『二番目の兄弟』

結局、検死官は証人たちの氏名を確認するだけではすませなかった。それでも、彼らの扱いにはみごとな分別を示したと言えよう。

最初に呼ばれたトウィッタトン嬢は、真新しい喪服とぴったりしたサイズの小粋《こいき》な帽子、それに――あきらかにこの場のために掘り出された――古めかしいカットの黒いコートというでたちで、鼻をぐずぐず言わせながら話しはじめた。問題の遺体は彼女の叔父、ウィリアム・ノークスのものであること、彼とは先々週の日曜日以来、会っていなかったこと……。彼女はまた、叔父がブロクスフォードとパグフォードを行き来する生活をしていたことや、自宅の鍵が二組あったことを説明した。さらに、その家が売り払われていたことや、叔父の驚くべき経済状態が明かされたことまで説明しようとしたが、それは穏やかながらきっぱりした口調でさえぎられ、入れ替わりにもう少し優雅な物腰のピーター・ウィムジイ卿が証言に立った。彼は婚礼当夜の思わぬ体験を淡々と簡潔に語り、家の購入に関する各種の書類を検死官に手渡すと、相手がぼそぼそ同情の言葉を述べ終えるまえに席に戻って腰をおろした。

次はブロクスフォードからやって来た会計士で、事前に帳簿を調べたところ、ラジオ屋の商売が倒産寸前だったことが判明した旨を証言。続いてマーヴィン・バンターが、家に煙突掃除屋がやって来たあと遺体が発見されるまでの経緯を選び抜かれた表現で語った。ドクター・クレイヴンは死因と死亡推定時刻、遺体の損傷について説明し、それらの傷は自ら加えたものでも、転落事故によって生じたものでもありえないとの意見を述べた。

次はジョー・セロンで、顔面蒼白ながら、警官らしい自制を保っていた。彼は遺体を調べに呼び出されたことを述べ、それがどのように地下室に横たわっていたかを説明した。

「あなたはこの村の巡査ですね？」

「はい」

「生前の被害者を最後に見たのはいつですか？」

「水曜の晩の、九時五分すぎです」

「そのときのことを話してもらえますか？」

「はい。自分はちょっと私的な用事で被害者と話し合う必要がありまして。それであの家へ行き、居間の窓ごしに十分ほど言葉を交わしました」

「そのとき、彼はいつもどおりに見えましたか？」

「はい。ただ、あれこれ言い合っとるうちに、いくらか興奮したようで……話が終わると、彼はぴしゃりと窓を閉めて閂《かんぬき》をかけました。そのあと、自分はふたつのドアを叩いてみたけど、鍵がかかっちょったので、そのまま立ち去りました」

「家の中には入らなかったのですね？」

「入りませんでした」

「そしてあなたが午後九時十五分に立ち去ったとき、彼はまだぴんぴんしていたわけですね？」

「はい」

「では以上です」

ジョー・セロンが席に戻りかけたとき、昨夜バンターがパブで見かけた陰気な顔の男が、陪審団の中から立ちあがって口を開いた。

「ちょっとわしらから証人に訊きたいことがありまして、パーキンズさん。何の話で故人と言い争いになったのかってことです」

「聞いてのとおり」検死官は、いささかむっとしながら言った。「陪審はあなたと故人の口論の原因を知りたいそうです」

「はい。自分はあの人に職務違反で訴えると脅されたのです」

「ほう！」と検死官。「だがまあ、あなたの警察官としての行状は、今ここで取りあげるべき問題ではありません。彼があなたを脅したのであって、あなたが彼を脅したわけではないのですな？」

「そんとおりです。こっちもついつい腹を立て、言葉がちょっときつくなったのはたしかですが」

「なるほど。で、その晩はもうあの家には行かなかったのですね？」

「はい」

「わかりました。それでじゅうぶんでしょう。ではカーク警視」

セロンの証言にみな少々色めきたっていたのだが、カーク警視が悠然と巨体をあらわすと、周囲のざわめきは静まった。カークはごくゆっくりと詳細に、被害者宅の間取りを説明し、ドアと窓の施錠法に触れた。そして事件後に（まったくの偶然とはいえ、不運にも）新たな居住者たちが到着し、あれこれいじくりまわしたために、事実の確認が困難である旨を述べた。

次の証人はマーサ・ラドルだった。彼女は興奮しきっており、少々過剰なほど審理に協力的だった。ただし、その意気込みが本人にとってあだになったのだが。

「……驚いたの何のって」ラドル夫人は言った。「あやうく腰を抜かすとこでしたよ。なにせ夜の夜中に、映画でしか見たことがないほどおっきな車を戸口へ乗りつけてきたんだから。何様だって？　とあたしは言いました。あの人の言葉を信じずに。そりゃ当然でしょう？　悪いけど、むしろ映画スターみたいだって言ってやったんですよ。もちろん、こっちの間違いでしたけど、なにせ車は馬鹿でかいし、ご婦人は毛皮のコート姿だし、紳士のほうはラルフ・リン（一九三〇年代に人気を博した喜劇俳優）そっくりの片眼鏡をはめてるんだから。暗がりで見えるのはそれだけときちゃ――」

ピーターがあきれ返った顔で、片眼鏡のはまった目を憤然と証人に向けると、周囲のくすくす笑いが爆笑に変わった。

「証人は訊かれたことにだけ答えてください」パーキンズ氏は苛々《いらいら》と言った。「あなたはノークス氏の家が売られたことを聞いて驚いた。いいでしょう。どうやって中に入ったかはすでに聞きました。では、そのとき目にした室内の状態を話してもらえますか」

要領を得ないもつれ合った話から、検死官はいくつかの事実を引き出した。二階のベッドは使われた形跡がなかったこと、キッチンのテーブルには夕食の残骸が置かれていたこと、地下室のドアが開けっ放しになっていたこと。パーキンズ氏はうんざりしたようにため息をつき（ひどい風邪だったので、早く仕事をすませて家に帰りたかったのだ）、前週の水曜の件に話を戻した。

「はい」ラドル夫人は言った。「たしかにジョー・セロンを見ました。まったくけっこうな警官ですよ、まともな女なら聞いていられないような言葉を並べて。あれじゃノークスさんに目の前でぴしゃりと窓を閉められたって不思議はないと……」

「あなたは故人がそうするのを見たのですか？」

「見ましたともさ、この目ではっきり。ノークスさんは蠟燭《ろうそく》を持ってあすこに立ってたんだから、見落としようもありません。腹がよじれるほどゲラゲラ笑ってましたよ。そりゃそうでしょう、ジョー・セロンがあんな馬鹿な騒ぎを続けたんじゃね。おやまあ、とあたしは考えました――あんたはたいした警官さ、ジョー・セロン。そりゃあ、誰がトウィッタトンさんのメンドリを盗ったのか、あたしに教えられなきゃ気づかなかったぐらいだし……」

「その件は調査の対象外で――」検死官が言いかけたとき、あの陰気な顔の男がふたたび立ちあがった。

「陪審としちゃ、証人がその口論の内容を聞いたか知りたいもんです」

「ええ、聞きましたよ」証人は検死官の指示も待たずに言った。「二人は彼の嫁さんのことで言い争ってたんです。それが口論の原因で、あたしに言わせれば――」

「誰の奥さんですか？」検死官が尋ね、部屋じゅうが期待にざわめいた。

「そりゃあ、ジョーの嫁さんですよ」とラドル夫人。「俺の女房に何をした、この助平爺め、とジョーは言ったんです。ここじゃとても口にできないような言葉を使って」

ジョー・セロンがぱっと立ちあがった。

「そんなの嘘です！」

「いいから、ジョー」カークがなだめる。

「すぐにあなたの話も聞かせてもらいます」パーキンズ氏は言った。「さてと、ラドルさん。たしかにそういう言葉を耳にしたのでしょうね?」

「汚い言葉ですか?」

「『俺の女房に何をした』という言葉です」

「ああ、ええ――聞きました」

「脅しのようなことは?」

「いいえ、それは」ラドル夫人は残念そうに認めた。「ただノークスさんに、おまえなんか地獄行きだぞって言ったぐらいです」

「なるほど。そこへどんなふうに行きそうかは、口にされなかったのですね?」

「はあ?」

「つまり、殺してやるとかいった言葉は」

「あたしの聞いたかぎりじゃありません。けど、ジョーがノークスさんに殺してやると言ったとしても驚きませんね。ええ、これっぽちも」

「だがじっさいには、その手のことは耳にしなかった?」

「まあ、聞いたとは言えないでしょうね」

「そしてノークスさんは窓を閉めたときには元気だったのですな?」

「はい」

カークがテーブルごしに身を乗り出して検死官に声をかけると、検死官は証人に尋ねた。

「ほかにも何か聞きましたか？」

「もう何も聞きたかありませんでしたよ。あとはジョー・セロンがどんどんドアを叩く音を聞いただけです」

「ノークスさんが彼を中に入れるのは聞こえましたか？」

「中に入れる？」ラドル夫人は叫んだ。「どうしてノークスさんがジョーを家に入れたりするんです？　あんな汚い言葉を浴びせた相手をわざわざ入れたりするもんかね。ひどい臆病者だったんですよ、ノークスさんは」

「なるほど。で、翌朝あなたがあの家へ行くと、ドアを叩いても応えがなかった？」

「そうなんです。だから、おやまあ、ノークスさんはブロクスフォードに行っちまったんだと思って……」

「さよう。それはもう話していただきました。で、前夜それほど激しい口論を耳にしていたにもかかわらず、ノークスさんの身に何か起きたのではないかとは考えてもみなかったのですね？」

「ええと、はい、考えませんでしたね。てっきりブロクスフォードへ行ったのだとばかり。しじゅうあることでしたから……」

「なるほど。つまり、ノークスさんの遺体が発見されるまで、あなたはその口論のことを気にもせず、まったく重要視していなかったのですな？」

「そりゃまあ」ラドル夫人は言った。「気になりだしたのは、あの人が九時半よりまえに死んだはずだってわかったときからですよ」

「どうしてそれがわかったのです？」

ラドル夫人はあちこち寄り道しながら、ラジオの件を話しはじめた。ピーター・ウィムジイが小さな紙切れに数行のメモをしたため、折りたたんでカーク警視にまわしてよこした。警視がうなずき、それを検死官に手渡す。検死官は証人の話がすむのを待って尋ねた。

「ラジオといえば、ノークスさんが店で売っていたものですな？」

「ええ、そうですけど？」

「ではどこか具合が悪ければ、自分で直せたでしょうか？」

「ああ、そりゃね。あの人はそうしたことが大の得意でしたから」

「だが欠かさず聴くのは夜のニュースだけだった」

「そうです」

「彼はいつも何時に床に就いていましたか？」

「十一時です。判で押したみたいに、七時半に晩ごはん、九時半にヌース、十一時にベッド。家にいるときは、ってことですけど」

「なるほど。あなたはどうして九時半に、ラジオがついているかどうかわかるほど近くにいたのでしょう？」

ラドル夫人は口ごもった。

「ちょっと裏の小屋に行ったんです」

「ほう？」

「ちょっと取ってきたいものがあって」

「というと？」

「灯油をちょっぴり借りただけですよ。朝にはちゃんと返すつもりで」

「ああ、なるほど。まあ、それは本件とは関係のないことです。ありがとうございました。さて、ジョーゼフ・セロン――ほかに何か述べたいことでも？」

「はい。ひとつだけ。例のうちの家内に関する言葉ですが、あんなことはいっさい言っちょりません。ひょっとしたら、『署には言わんでください、それで面倒なことになったら、女房はどうなるんです？』みたいなことは言ったかもしれませんけど。それだけです」

「故人はいかなる形でも、あなたの奥さんに手出しはしていないのですね？」

「はい。それはたしかです」

「ちょっと確認しておきますが――あなたの知るかぎりで、さきほどの証人は何かあなたに不満でもあるのでしょうか？」

「はあ、ええと、あのトウィッタトンさんのメンドリの件で。自分は職務上、ラドルさんの息子のアルバートを尋問せざるをえなかっただけなのに、ラドルさんはそれを根に持っとるようで」

「なるほど。それは――はい、何でしょう、警視？」

カーク警視は捜査仲間の貴族からまたメモを受け取ったところで、戸惑いの表情を浮かべながらも、忠実に質問を発した。

「はて」とパーキンズ氏。「それはご自身で訊かれてもよかったように思えますがな。いいでしょう。警視はお知りになりたいそうですよ。故人が窓辺にやって来たとき手にしていた蠟燭は、どれぐらいの長さだったかを」

ジョー・セロンは両目を見開いた。

「わかりません」と、ようやく答えた。「気にもしちょりませんでした。とくに長くも短くもなかったと思います」

検死官はカークに物問いたげな目を向けたが、自分でもこの質問の意図がわからなかったカークは、かぶりを振った。

パーキンズ氏は苛立《いらだ》たしげに洟《はな》をかみ、証人をさがらせて陪審団に向きなおった。

「さてと、みなさん、この審問を本日中に終わらせるのは不可能に思えます。なにしろ故人が死に見舞われた正確な時刻を特定することができないのです。彼がいつものニュースを聴けなかったのは、ラジオが一時的に故障したせいで、のちに自ら修理したのかもしれません。お聞きのとおり、警察は（誰のせいでもない、きわめて不運な偶然により）、現場に残されていたかもしれない種々の手がかりが破壊されてしまったために、証拠集めにかなり苦戦しています。よって、審理の延期を希望されるものと理解しておりますが——それでよろしいですかな？」

カークがそのとおりだと答えると、検死官は審理を二週間後に再開する旨を告げ、がぜん面白くなりかけていた催しに幕をおろした。

聴衆が小さな法廷からぞろぞろ出てゆくあいだに、カークはピーターをつかまえた。

「あの意地悪婆め！」警視は腹立たしげに言った。「パーキンズ検死官はぴしゃりとやり込めてくれましたがね。そもそもこっちの言うことを聞いとれば、今日は氏名の確認だけで、証言はさせせんはずだったんですよ」

「しかし、それは賢明だったろうか？　彼女に好き勝手なことを村じゅうで吹聴《ふいちょう》させておけば、みんなが噂したはずだぞ――あなたがた警察はこれを審問で話させたくなかったのだと。あの検死官は少なくとも、彼女に悪意をおおっぴらに見せつける機会を与えた。あんがい、そちらの有利になるようにしてくれたんじゃないのかな」

「おっしゃるとおりかもしれません、御前。そんなふうには見とりませんでしたが。で、あの蠟燭の件はどういう意味だったのでしょう？」

「セロンはじっさい、あの夜のことをどのくらい記憶しているのかと思ってね。蠟燭の件をはっきり憶えていないなら、時計の件もただの想像かもしれない」

「なるほど」カークはゆっくりと言った。その推測が何を意味するのか、よくわからなかったのだ。じつのところ、それはピーターのほうも同様だった。

「もしかしたら」ハリエットが夫の耳にささやいた。「セロンは時刻について嘘をついたのかもしれないわ」

「そうも考えられるがね。奇妙なことに、彼は嘘をつかなかったんだ。ラドル夫人の家の時計もほぼ同じ時刻を指していた」

「名探偵ホークショー（二十世紀初期の人気連載漫画のキャラクター）のあれよ、『誰が時計を遅らせたのか？』」

「やや！」カークが苛立たしげに言った。「見てください！」

ピーターは目を向けた。戸口でラドル夫人がちょっとした記者会見を開こうとしている。

「いやだわ！」とハリエット。「ピーター、あの人たちをひっさらえない？　ほら、例の泥沼に身を投げた人は誰だった？（古代ローマの伝説で、勇敢な青年クルチウスは神託に従い、自ら犠牲となって広場の沼に身を投げた）」

「古代ローマの英雄は一般市民であって――」

「でもイギリス人はみんな貴族が大好きでしょ。そこよ」

「うちの妻はね」ピーターはぼやいた。「必要とあらば、大喜びで僕をライオンの群に投げ込むんだ。いざ、死にゆかん（古代ローマの剣闘士が競技場に入るさいの挨拶）――いいだろう、やってみようじゃないか」

ピーターは決然と戸口の一団へと近づいていった。パンチョン氏が真っ先に気づいた。この高貴な餌食《えじき》が「バシャンの猛牛」（旧約聖書「詩篇」二十二篇十三節より）に守られもせず丸腰でやって来るのを見て取るや、彼は歓喜の叫びをあげて襲いかかった。すぐにほかの猟犬どもが二人を取り囲んだ。

「だからさ」どこか近くでぶつぶつ言う声がした。「俺にも証言させるべきだったんだよ。あの四十ポンドのことを法廷ではっきりさせとくべきだ。だのに揉み消そうとしやがる、あいつらは」

「きっとあちらはさほど重要な問題とは思っていないのよ、フランク」

「俺には重要な問題だ。それに、今度の水曜に返すと言われてたんだぞ？　それを検死官に話しとくべきだろう」

今朝がたすでにピーターと話したサルコム・ハーディは、まだラドル夫人に張りついている。ハリエットはふといたずら心を起こし、彼を引き離してやることにした。

「ハーディさん——何かいい裏話をお望みなら、庭師のフランク・クラッチェリーをつかまえるといいわ。ほら、あそこ——トウィッタトンさんと話してる人よ。今日は証人として呼ばれなかったから、彼にもいろいろ話の種があるのをほかの人たちは気づいてないんじゃないかしら」

サリーは大喜びだった。

「それなりの謝礼を出せば」ハリエットは蛇のような狡知《こうち》を働かせて言った。「独占取材にしてもらえるかもしれないわ」

「恐縮です」とサリー。「貴重な情報を」

「これもわたしたちの取引の一部よ」ハリエットは晴れやかに微笑んだ。

サルコム・ハーディ氏はにわかに、ピーターの伴侶はじつに魅力的な女性だという結論に達しかけていた。彼は即座にクラッチェリーめがけて突進し、ほどなく彼と連れだって安酒場の方角へ立ち去った。

とつぜん見棄てられたラドル夫人は、憤然と周囲を見まわした。

「あら、そこだったのね、ラドルさん!」ハリエットは言った。「バンターはどこかしら? もう彼に車で家へ連れて帰ってもらいましょう——主人のことはあとでまた迎えに来てもらうとして。でないとお昼を取りそこねてしまうわ。わたしはもう飢え死にしそう。ほんとに新聞記者って、そろいもそろって無礼なしゃくにさわる連中ね！」

「まったくですよ、奥さま！　あたしなら、あんな連中とは口もききません！」

ラドル夫人はつんと首をそらし、ボンネットについた珍妙な黒玉の飾りをカチャカチャいわせながら、女主人について車へと向かった。こんな豪華な乗り物に背筋をのばしてすわっていれば、それこそまさに映画スターになった気分だろう。新聞記者なんて！

車が動き出すと、六台のカメラがパチパチとシャッター音をあげた。

「ほら」とハリエット。「そこらじゅうの新聞にあなたの写真が載るわ」

「へえっ、たまげたね！」ラドル夫人は言った。


「ピーター」

「何だい？」

「妙な感じね、わたしたちがあんな話をしたあとで、セロン夫人がどうとかいう証言がひょっこり飛び出すなんて」

「村の娘ならぬ村の人妻か。ああ。ひどく奇妙だ」

「何の根拠もない話よね？」

「わからんぞ」

「でもあれを話したときには、そうは思わなかったでしょ？」

「僕は常に、あまりに馬鹿げてて信じがたいことを言おうと努めてるのさ。ところが決して、うまくいかない。カツレツをもう一枚どうかね？」

「ありがとう、いただくわ。バンターは料理の天才ね。ともあれ、セロンはあの尋問を驚くほどうまく切り抜けたんじゃないかしら」

「そりゃあ公式の事実をそのまま述べて、余計なことは言わんのがいちばんさ。カークが徹底的に仕込んだんだろう。ひょっとしてカークは――いや、だめだ！　あれこれ考えるのはやめよう。あんな連中のことはどうでもいい。なぜか僕らは、このハネムーンで二人だけの時間をすごさせてもらえないみたいだな。ああ、それで思い出したが――牧師先生が今夜、自宅のシェリー・パーティに来てほしいそうだよ」

「シェリー・パーティ？　おやまあ！」

「こちらがパーティの顔ぶれを提供し、彼がシェリーを提供するというわけだ。牧師夫人は僕らに会えれば大喜びだろう。先にこちらからご挨拶にあがれず申し訳ないが、この午後は婦人会の集まりがあるので、ということだった」

「行くべきかしら？」

「だろうね。こちらが前例を示したおかげで、牧師はこの界隈でシェリーを流行させる気になってるんだよ。今夜のために一瓶取り寄せたそうだ」

ハリエットはぎょっとして彼を見つめた。

「どこから？」

「パグフォード一の高級ホテルからさ……二人とも喜んでうかがいますと答えておいたが、まずかったかな？」

「ピーター、やっぱりあなたって普通じゃない。男性とは思えないほど社交精神に富んでるの。牧師館でパブのシェリー酒だなんて！　そこらのまともな男性なら、さんざん逃げまわったあげく、奥さんに耳を引っ張られて出ていくのにね。それでも何か、これだけはごめんだってものがあるはずよ。パリパリに糊のきいたシャツを着るのはいやだとか」

「パリパリのシャツを着たら彼らは喜ぶと思うかい？　きっと喜ぶぞ。それに、きみは僕に見せたい新しいドレスがあるだろう」

「あなたはほんとに、この世に生きてるのがもったいないような人ね……もちろん、わたしたちはお招きに応じてそのシェリー酒を飲みましょう、たとえ命を落とす羽目になっても。でもこの午後は、ちょっとだけ勝手気ままにすごせない？」

「どんなふうに？」

「二人だけでどこかへ逃げ出すの」

「お安いご用さ！……ほんとにそれがきみの考える幸福ってものなのかね？」

「わたしはそこまで堕落したってわけよ。認めるわ。ねえ、人が落ち込んでるのに、小躍りしたりしないで。ちょっとこれを食べてみない？　何か知らないけど——バンターが作ったの。すごく美味《おい》しそう」

「さて、どれだけ勝手気ままになっていいのかな？……スピードを出してもかまわない？　正真正銘の、フルスピードって意味だけど」

ハリエットは身震いを抑えた。車の運転は好きだし、他人の運転でドライブするのはさらに好きだが、時速七十マイルを超えると腹をえぐられそうな気分になってしまうのだ。とはいえ、既婚者は何でも自分の思いどおりにはできない。

「ええ、正真正銘のフルスピードでいいわ――あなたがそうしたい気分なら」

「ほんとに、生きてるのがもったいないくらいだよ！」

「それより、死ぬのはもったいないと思うけど……とにかくフルスピードは幹線道路に出てからよ」

「よしきた。それじゃ、さっさと幹線道路をフルスピードで走り抜けてしまおう」

試練はグレイト・パグフォードまでですんだ。さいわい、カーク警視の言う迷惑者のドライバーが角に駐車しているのには行き合わなかったが、二人は町のすぐ手前でクラッチェリーの運転するタクシーを追い越し、驚愕と称賛の目差《まなざ》しを浴びていた。時速三十マイルの殊勝な法定速度で警察署のまえを通りすぎると、あとは西へ向かって脇道から脇道へと進んだ。パグルハムを出てからいっさい息をした記憶がなかったハリエットは、胸いっぱいに息を吸い込み、落ち着きはらった口調で、絶好のドライブ日和ねと言った。

「そうだね。この道は気に入った？」

「すごくすてき」ハリエットは熱を込めて言った。「曲がり目だらけで！」

ピーターは笑った。

「Prière de ne pas brutaliser la machine（機械を乱暴に扱うなかれ）。馬鹿なまねをしてごめんよ。僕だって人並みの恐怖心は持ってるんだけどね。きっと親父に似たところがあるんだ。親父は古いタイプの人間で……障害には進んで立ち向かえ、さもないと打ちのめされるだけだとたたき込まれたよ。それは効果があった――ある意味ではね。おかげで臆病者でないふりができるようになったが、そのツケを悪夢で支払っている」

「とてもそんなふうには見えないわ」

「いずれきみには見透《みす》かされてしまうだろうさ。ちなみに、スピードは怖くない。だから派手に飛ばしてみせるのが好きなんだ。だがもう二度としないと約束するよ――このドライブでは」

彼は速度計が二十五マイルを指すまでスピードをゆるめ、二人は無言でどこへともなく、田舎の小道をのんびり進み続けた。午後も半ばにさしかかったころ、気づくと家から三十マイルほど離れた村にやって来ていた。古そうな村だが、こざっぱりとした中央の草地をはさんで、真新しい教会と池がある。そのすべてが小高い丘のふもとに身を寄せ合い、教会の向かい側からのびる細いでこぼこ道は、丘の頂上へと続いているようだった。

「あそこをのぼってみましょう」どちらへ進むか、指示を仰がれたハリエットは言った。「見晴らしがよさそうよ」

車はさっとカーブを切って曲がりくねった小道に乗り入れ、秋色に染まりはじめた低い生垣の間をのんびり進んでいった。左手の眼下には、快い英国の田園風景が広がり、緑と朽葉《くちば》色《いろ》の木々に彩られた野原が、十月の陽射しの中で静かにきらめく小川へとなだらかに傾斜している。牧草地のそこここで、収穫後の刈り株がほの白い光を放ち、一軒の農家の赤い煙突から立ちのぼる青い煙が木々の上を漂っていた。

やがてカーブを切った右側に、廃墟と化した教会があらわれた。残っているのは袖廊と内陣のアーチの一部だけだ。おそらく他の部分の石材は、村の中心に新たな教会を築くために持ち去られたのだろう。それでも古色蒼然たる墓石が立ち並ぶ墓地は、主を失くした今もきちんと手入れされていた。開いた門のすぐ内側の一角は、地面を平らにならしてちょっとした公園のようにしつらえられている。いくつかの花壇と日時計、それに訪問者たちがゆっくりすわって遠くの景色を眺められそうな木のベンチまである。

不意にピーターが大声をあげ、車を草だらけの路肩に寄せてとめた。

「全財産を賭けてもいいが、あれはぜったい、うちの煙突の通風管だぞ!」

「そのようね」ハリエットは日時計に目をこらした。じっさい中央の円柱は、パフェット氏が言うところの〈ツーダー朝の通風管〉に酷似している。彼女はピーターのあとを追って車をおり、門の中に入った。近くで見ると、その日時計はちぐはぐな寄せ集めの材料で作られていた。文字盤と指柱は時代物だが、台座は石臼《いしうす》だ。円柱を力いっぱい叩いてみると、中が空洞らしい音がした。

「僕の通風管を取り戻してやるぞ」ピーターは断固たる口調で言った。「命をかけて。その代わり、この村には立派な石柱を贈るとしよう。ジャックはジルを手に入れ、みなご満足、男は雌馬を取り戻し、万事めでたしめでたしだ（シェイクスピア『真夏の夜の夢』三幕二場より）。これは昔ながらの考古品《ポット》狩りの新たな形を示してるのかもしれないな。二人で売り払われた煙突の行方を追って、国じゅうを津々浦々まで走りまわろう――ローマの軍団が将軍ウァルスの失われた鷲を追い求めたみたいにね。あの家の幸運は通風管とともに去ってしまったようだから、それを取り戻すのが僕たちの務めだ」

「面白そうね。今朝がた数えてみたら、失くなってるのは四本だけだった。これはあそこに残ってる三本にそっくりよ」

「間違いなくうちの通風管さ。なぜかわかるんだ。じゃあ、次に雨が降れば消えてしまう程度のささやかな蛮行で、われわれの所有権を明記してやろうじゃないか」ピーターはおごそかに鉛筆を取り出し、通風管に書き込んだ。〈Talboys. Suam quisque homo rem meminit（トールボーイズ、人はみな我がものを憶えている）。ピーター・ウィムジイ〉。彼に鉛筆を手渡された妻は、〈ハリエット・ウィムジイ〉と書き添え、その下に日付を入れた。

「その名を書いたのは初めてかい？」

「ええ。何だか酔っ払いの字みたいだけど、しゃがんで書かなきゃならなかったせいよ」

「かまわんさ――記念すべき機会だ。ちょっとこの立派なベンチに腰をおろして、みごとな眺望を楽しもう。車は道端に寄せてあるから、誰かがあとからのぼってきても問題ないはずだ」

ベンチは頑丈で、すわり心地も満点だった。ハリエットは帽子を脱いで腰をおろし、髪を揺するそよ風の感触を味わいながら、陽射しのあふれる谷間をのんびり見渡した。ピーターのほうは、すぐ隣の墓石の上で苔《こけ》むした本に読みふけっている丸々とした十八世紀の天使像の腕に帽子を引っかけ、ベンチの反対側の端に腰をおろすと、考え込むように妻を見つめた。

彼の精神はひどい混乱状態だった。殺人の発覚やジョー・セロンと時計の問題は、副次的な攪乱《かくらん》要因にすぎない。それらを頭から追い出し、こんぐらがった個人的感情をいくらか筋道立てて整理してみることにした。

彼は望みどおりのものを手にしていた。そのため六年近くも、ただひとつの目的に一途《いちず》に意を傾けてきたのだ。それを達成するまさにその瞬間まで、勝利の結果がどうなるかは考えてもみずに。おまけにここ二日間は、ろくに考える暇がなかった。彼にわかっているのは、自分がこれまで経験したこともない事態に直面し、それが心に何やらきわめて異例の影響を与えているということだけだった。

ピーターはあえて客観的に妻を眺めてみた。なかなか個性的な顔立ちだが、誰も美人とは思うまい。彼はこれまでずっと——深く考えもせず、ごく当然のこととして——相手の女性に美しさを求めてきたというのに。

彼女は手足の長い、がっしりした体格で、動きはゆるやかでのびのびとしている。もう少し自信がつけば、優雅と言えるようになるかもしれない。けれども彼は、容姿も動きもはるかに魅力的な女性をいくらも見てきたし——その気になれば、手に入れられたはずなのだ。彼女の話し声は深みがあってすてきだが——何といっても彼はかつて、欧州随一のソプラノ歌手を独り占めしていたではないか。では、ほかには何があるだろう? 淡い蜂蜜色の肌、彼の知性を刺激する、穿鑿《せんさく》好きな手ごわい知性。だがこれほど彼の血を騒がせた女性はついぞいなかった。彼女が目を向け、口を開くだけで、彼の体内の骨という骨が震え出す。

今にしてわかったのだが、彼女はこちらが情熱を込めて接すれば、予想をはるかに超えた熱い情熱を返してくれる。そのとき彼女が見せる驚きまじりの感謝の表情は、本人が気づいていない事実まで物語っていた。彼女の死んだ恋人の名は二人のあいだでは礼儀上、禁句となっているのだが、ピーターは種々の事象を大家《たいか》としての知識に照らしてみた結果、あの不運な青年を心ひそかに罵倒を浴びせずにはいられなかった。〈ぶきっちょ〉と〈独りよがりの青二才〉は、その中ではもっとも穏やかな言葉だ。とはいえ、情熱的な交歓だけなら目新しくはない。目新しいのは、二人の関係全体がとてつもない重みを持っていることだった。たんに、今の二人の絆はスキャンダルや多額の出費や弁護士たちの煩《わずら》わしい介入なしには断ち切れないという意味ではない。彼は初めて、愛する人との関係を本気で重視するようになったのだ。以前は漠然と、望みがかなえば、感情と理性は獅子と子羊のように仲良く横たわるものだと考えていた。だがとんでもなかった。宝珠《ほうじゅ》と笏《しゃく》（王権の象徴）を両手に押し込まれた今、彼は権力をつかみ取り、この帝国は我がものだと言うのが怖かった。

いつぞや伯父に、（年甲斐もなく真面目くさった、独断的な口調で）こんなことを言った憶えがある。「そりゃあ、心だけでなく頭で愛することだって可能なはずでしょう」するとデラガルディ氏は、少々そっけなく答えたものだった。「もちろんだ。脳ミソの代わりに、はらわたで考える羽目にならんかぎりはな」それこそまさに、自分に起きていることのように思えた。

何か考えようとするたびに、しなやかだが容赦ない手にはらわたをつかまれてしまうのだ。これまで常に自信満々だった領分で、彼は弱みを感じていた。妻の穏やかな顔を見ると、彼女はなぜか彼の失った自信をそっくり手に入れたのだとわかる。結婚前には、一度もあんなふうに見えたことはなかった。

「ハリエット」彼はとつぜん言った。「きみは人生をどう思ってる？　つまりね、概していいものに思えるかい？　生きる価値があるぐらいには」

（ともかく彼女なら、「せっかくのハネムーンに何てことを！」とおどけてはぐらかしたりはしないはずだった）

　彼女は待ってましたとばかりにふり向いた。ずっと言いたくてならなかったことを口にする機会がめぐって来たとでもいうように。

「ええ！　わたしはいつでも、人生はいいものだと信じきっていた——混乱を正すことさえできればね。自分の身に起きたほとんどすべてのことがいやでならなかったけど、それでもずっと、悪いのは個々の出来事で、人生そのものじゃないとわかっていたの。最悪の気分のときでさえ、命を絶つことは考えなかったし、死にたいとも思わなかった。ただ、どうにかこのめちゃくちゃな状態を抜け出し、一からやり直そうと考えただけ」

「たいしたものだ。僕のほうはいつも逆だった。何でもおおむね楽しめたんだ——それが起きてるあいだはね。ただし、たえず何かをしていなきゃならない——ひとたび立ちどまったら、何もかもどうでもよくなって、明日にも死のうとかまわない気分になるからな。少なくとも、以前の僕はそうだった。今は――わからない。結局のところ、人生は捨てたものじゃないように思えてきたのさ……ハリエット――」

「何だか、ジャック・スプラットと奥さん（童謡に歌われている、脂身が苦手な痩せた夫と、赤身が苦手な太った妻の夫婦）みたいね」

「きみのために人生の混乱を正すチャンスがあったなら……なのに、まったくけっこうなスタートだよな？　こんなろくでもない、めちゃくちゃなことになってしまって。これが片づいたら何でもするよ。だがそれじゃ、また同じことのくり返しだな」

「でも、わたしはそれを言おうとしてるのよ。これじゃ以前と同じはずなんだけど、そうじゃない。もう何もかもすっきりしたの。辛抱強く頑張れば、そうなることはずっとわかってた。今にきっと奇跡が起きるって」

「本当かい、ハリエット？」

「とにかく、奇跡のように思えるわ――これからやって来るすべてのひとときが、どんなすばらしいことをもたらしてくれるのか、楽しみに待てるなんて。以前はこんなふうに自分に言い聞かせたものよ。まあ、さっきはそれほど苦痛じゃなかったし、次の一瞬だって、よほど悲惨なことが襲いかかってこないかぎりは耐えられるかもしれない――」

「そんなに辛かったのかい？」

「ううん、そうでもないわ、もう慣れっこだったから――たえず気を張って何かに立ち向かうことに。でももうそんな必要がなくなってみると、やっぱり違うものね。どれほど違うか、とても口では言えないほどよ。あなたが――あなたが――あなたが――ああ、いやだ、ピーター、あなたがわたしを天にも昇る心地にさせてるのはわかってるでしょ。なのになぜ、あなたは感情を抑え込もうとするの？」

「僕にはそんなことわかってないし、とても信じられないね。だが、こっちへ来てくれれば努力してみよう。ああ、それでいい。剣《つるぎ》が海から戻ったとき、彼は彼女の頭に顎を乗せていた（モリスの詩「剣の航海」より）。いや、きみは重すぎやしないさ——人を見くびらないでくれ。なあ、いいかい、今の話が少しでも本当なら、僕は死ぬのが怖くなりそうだ。この齢《とし》でそうなるのは少々困りものだがね。いいんだ——きみがあやまる必要はない。僕は目新しい感覚が好きなのさ」

これまで、幾多《いくた》の女たちが彼の腕の中に天国を見出し——口をきわめてそれを彼に伝えたものだった。彼はそうした言葉を陽気に受け入れてきた。心地よく感じてもらえさえすれば、天国だろうとシャンゼリゼだろうと、ちっともかまわなかったのだ。けれども今は、柄にもなくうろたえていた。あなたにも魂があるのだと言い渡されたかのように。

厳密に言えば、むろん彼にも人並みに魂を持つ権利がある。それは認めざるをえないだろう。だが例のラクダと針の穴の辛辣《しんらつ》なたとえ話（新約聖書「マタイによる福音書」十九章二十四節。金持ちが天国に入るより、ラクダが針の穴を通るほうがまだやさしい）を思い出すだけで、そんなおこがましい主張は口にできなくなる。天上の王国など望むべくもない。この世の王者たる彼は、それで満足すべきなのだ——むろん近ごろでは、自分はそんな身分に値しないし、そんな身分は望んでもいないという顔をするのがたしなみだとしても。どのみち、今の彼は王者どころではない——自分の手に余ることに首を突っ込んでしまったかのような、奇妙な不安でいっぱいだった。まるで全身を骨ごと巨大な絞り機にかけられ、自分の未知の一部を絞り出されているかのようだ。いまだに曖昧模糊とした、何やら不可解なものを。Vagula, blandula（さまよう、穏やかな魂よ）（古代ローマ皇帝ハドリアヌスの辞世の句。おまえはどこに行くのか、と続く）、とピーターは考えた。それは浮わついた、いかにも頼りないもので——今後もたいしたものになるとは思えない。

彼は邪魔くさい蛾を払いのけるように頭の中で手を振ると、揺るがぬ肉体の存在を確かめるように、妻をぎゅっと抱きしめた。すると、彼女はふふっと鼻にかかった満足げな声をあげた。そのおかしな声が石の蓋を押しあげ、彼の奥底にひそんだ笑いの源泉を解き放ったようだった。泉はぼこぼこと湧きあがり、あっという間に陽射しの中へと噴き出した。それとともに身体じゅうの血が躍り、驚くべき歓喜の奔流《ほんりゅう》に、胸が詰まって息もできなくなった。馬鹿げた気分だが、今なら何でもできそうな気がする。彼は狂喜した。大声で叫びたかった。

だがじっさいには、身動きもせず口も開かなかった。ただじっと、その不思議な歓喜に身を委ねていた。それは何であれ、とつぜん解放されて、新たな自由に酔いしれていた。たわいもなく跳ねまわる、その愚かしさに彼は魅了されていた。

「ピーター？」

「何だい、奥さま？」

「わたしはいくらかお金を持ってるの？」

そのとんでもなく場違いな質問に、歓喜の泉は天まで噴きあがった。

「馬鹿だな、そりゃ、持ってるに決まってるじゃないか。そのために二人で午前中いっぱい、書類にサインしまくったんだぞ」

「ええ、わかってるけど、そのお金はどこにあるの？　つまり、そこから小切手を振り出せるのかしら？　ずっと気になってたんだけど、わたしは自分の秘書にまだ全然お給料を払ってないし、当面あなたのお金以外は一ペニーも持っていないの」

「だからそれは僕の金じゃない、きみのだよ。正式に分与されたんだ。弁護士のマーブルズがぜんぶ説明したはずなのに、きみは聞いてなかったみたいだな。まあ、言いたいことはわかる。ああ、たしかに金はあるし、もちろん、きみはすぐにでも小切手を振り出せる。しかし、なぜそんなにとつぜん無一文になったのかね？」

「それはね、ロチェスターさま、さえない毛織物の服で結婚するつもりはなかったからよ。あなたのお顔を立てるために――それと、ほかのことにも少し――ありったけのお金をはたいてしまったの。気の毒なブレイシー嬢が嘆くのもかまわず、しまいにはオクスフォードまでの十ポンドのガソリン代まで立て替えさせて。ええ、大笑いよ！　わたしはたしかに自分のプライドを殺した――でも、ああ、ピーター！　それは甘美な死だったわ」

「最高の生贄《いけにえ》の儀式だ。ねえハリエット、きみはほんとに僕を愛してくれてるんだな。それほど言語に絶する、神のみ心にかなった行いは、ただの思いつきでできるものじゃない。Quelle folie—mais quel geste!（何と馬鹿げた――何とみごとな意思表示だ！）」

「きっと面白がると思ったわ。だからバンターに切手を借りて銀行に正式に問い合わせる代わりに、あなたに話してみたの」

「つまり、僕の勝ち誇った顔を大目に見てくれるわけだな。寛大な女性だ！　ついでにひとつ、聞いておきたいことがあるんだが。いったいどうして、ほかのもろもろの出費もあったのに、ダンの自筆の手紙なんかが買えたんだ？」

「あれは特別な努力のたまものよ。五千語の短編を三本、それぞれ四十ギニーで《スリル・マガジン》に寄稿したの」

「ええっ？　例の、ブーメランで伯母を殺した若者の話か？」

「ええ。それとあの不愉快な株式仲買人の話。副牧師の家の客間で、ノークス老人みたいに頭を割られているのが見つかった——あら、やだ！　わたしったら、気の毒なノークスさんのことをすっかり忘れかけてた」

「ノークス爺さんなぞ知ったことか！　いやまあ、そんなことは言っちゃいけないが。寄稿の件は本当かもしれないぞ。その副牧師を憶えてる。じゃあ三本目は？　アーモンド入りの糖衣に青酸をまぜた料理人の話かい？」

「そうよ。どこであんな低俗な三文誌を手に入れたの？　バンターが暇なときにむさぼり読んでいるとか？」

「いや。あいつが読むのは写真の専門誌ばかりだ。だが世間には新聞や雑誌の切り抜き代行業ってものがあるのさ」

「へえ、そうなの？　あなたはいつから切り抜きを集めてるの？」

「ええと、もう六年近くになるんじゃないかな？　どれも鍵のかかった抽斗《ひきだし》にこそこそしまい込まれて、バンターもまったく知らないふりをしてるがね。どこぞの無礼な間抜け書評家のせいで、怒り狂った僕が消化不良を起こしても、あいつは礼儀正しく荒れ模様の天候のせいにするんだ。今度はきみが笑う番だな。けどね、僕にも何か思いきり感傷的になれる材料が必要だったのに、きみはそれをろくに与えてくれなかったじゃないか。一度なんか、《パンチ》誌の遅まきながらの紹介記事で三週間もしのいだんだぞ。まったく、血も涙もない女だ——悔悟の言葉ぐらい口にしたらどうかね」

「何ひとつ悔いる気にはなれないわ。後悔のしかたも忘れてしまったほどよ」

ピーターは口をつぐんだ。歓喜の泉がきらめく小川となって、サラサラと彼の意識の中を流れながら、徐々に川幅を広げて彼を呑み込み、溺れさせていた。それを言葉にするのは不可能で、せいぜい馬鹿げた冗談に逃げ込むことしかできそうにない。妻はそんな彼を見て、あまり彼の膝に重みがかからないように両足をベンチの上に引きあげ、彼の気分に無言で寄り添った。

ずっと二人きりなら、はたしてこの無言の恍惚《こうこつ》状態から抜け出せただろうか。ひょっとすると、ダンの夢見心地の恋人たちさながらに、日暮れまで墓地の彫像のように無言で身じろぎもせずにいたかもしれない（ダンの詩「恍惚」より）。だが四十五分ほどのちに、ひげ面《づら》の老人がキーキーきしる一頭立ての荷馬車で小道をあがってきた。彼は二人にじっと、考え込むような目を向けた。とくに好奇心を示したわけではないが、それでも魔法は解けてしまった。ハリエットはさっと向きを変えて夫の膝から立ちあがり、ピーターのほうは——これがロンドンなら、人前で誰かを抱きしめているのを見られるよりは死んだほうがましだと思ったのだろうに——驚くほど平然と荷馬車の御者に親しげな挨拶をした。

「うちの車が邪魔かな?」彼は叫んだ。

「いや、そんなこたねえです。ご心配なく」

「今日はすばらしい天気だったね」ピーターがぶらぶら門まで歩いてゆくと、老人は馬をとまらせた。

「ほんに、まっこといいお日和でしたな」

「それに、ここはなかなか気持ちのいい場所だ。このベンチは誰が作ったんだい?」

「郷士のトレヴァーさまですわ、あっちの大きな屋敷にお住まいの。日曜の午後に花やら何やら供えにくる女たちのために作りなすったですよ。新しい教会は五年まえにできたばかりだで、まだまだ昔の墓地に参りたがる者も多くてね。そりゃ、今はもう埋葬はできんが、だからって居心地よくしていかんわけはなかろう――そう郷士さまは言わっしゃいましてな。たしかにこの小道をあがるのは骨で、子供やら老人やらは疲れきってしまうんですわ。それでベンチができたっちゅうわけで」

「おかげで、僕らも大いにゆっくりさせてもらったよ。そのまえはあの日時計だったわけか」

荷馬車の御者《ぎょしゃ》はくすくす笑った。

「いやいや、旦那。そっちのほうは、ほんのやっつけ仕事ですわ。古い教会を片《かた》してたときに、牧師先生がゴミためにあったあの文字盤を見つけなすってね。そしたらビル・マギンズが言い出した――『古い粉ひき場に、そいつの台座にするのにぴったしの石臼があるぞ。あとは、軸になる土管か何かがありゃあいい』って。お次はジム・ホートレイが、『ちょうどパグルハムにおる知り合いの男が、古い煙突の通風管を半ダースほど売りに出しとるぞ。そいつでどうだ?』と言い出して、それを牧師先生に話すと、先生が郷士さまに話し、時計の骨組みができた。あとは、ジョー・ダッデンとアリー・ゲイツが暇を見てモルタルを塗りつけ、牧師先生が懐中時計と小さな本を手に、きちんと時刻が合うようにあの上のやつをのっけたわけですわ。ほら、今もまずまず合っとるでしょう。むろん、夏場は一時間遅れになりますがな。そいつは神さまの決めた時間を守っとるのに、こっちは政府の決めた時間で動かにゃならんから。けど、その日時計のことを訊かれるなんて不思議だねえ。なにせ、牧師先生にその通風管を売った男が、昨日、家で死んどるのが見つかったばかりだで。しかも殺されたっちゅうことですぞ」

「へえっ。この世には妙な偶然があるものだな。で、この村の名前は? ロプスリー? いや、ありがとう。これで一杯やってくれ……ところで、左のうしろ脚の蹄鉄《ていてつ》がゆるんでいるのに気づいてたかい?」

いや、気づいとらんかったですと御者は答え、注意深い紳士の助言に感謝した。馬がまたよたよたと歩き出す。

「そろそろ帰らないとな」ピーターは名残惜しげに言った。「牧師先生のシェリー・パーティに間に合うように着替えるつもりなら。だが、近いうちにその郷士さまを訪ねてみよう。ぜったいにあの通風管を取り戻してやるぞ」

15　シェリー酒──そして恨みつらみ

馬鹿だの、猫かぶりだの、悪党だのと──おいこら！　そんなふうには呼ばせぬぞ。

ジョージ・リロ『ジョージ・バーンウェルの悲劇』

面倒がらずに着替えてよかった、とハリエットは思った。牧師夫人（遠い昔にバザーや園芸《フラワ》品評会《ーショウ》で見かけたのをぼんやり憶えているが、相変わらずどっしりとして、気さくで、ちょっぴり赤ら顔だった）は客人たちに敬意を表し、黒いレースのドレスと花柄の薄いベルベットの大胆なボレロをまとっていた。彼女は満面に笑みを浮かべて彼らを迎えに進み出た。

「お気の毒に！　とんだ災難でしたわねえ！　よくぞおいでくださいました。わたくしがご挨拶にうかがえなかったことはサイモンがお詫び申しあげたものと存じますけど、なにしろ家のことや教区の仕事や婦人会で、一日てんてこまいで……どうぞ、こちらの暖炉のそばにおかけください。ああ、そうそう、あなたは古いお友だちでしたわね？　きっとわたくしのことなんて憶えてらっしゃらないでしょうけど。どうぞコートは主人にお預けになって。まあ、すてきなドレス！　きれいな色だこと。こんなことを言ってお許しくださいね。明るい色と明るいお顔を見ると、ついつい嬉しくなりますの。さあ、このソファにおかけになって、あの緑のクッションを背になさったら、きっと絵のようにすてきだわ……あらあら、ピーター卿、そこにはおかけにならないで！　それは揺り椅子で、いつもみなさんぎょっとなさいますのよ。殿方はだいたいこちらを好まれます、深々としていて快適だって。あら、サイモン、あの煙草はどこに置いたの？」

「ここだよ、ほら。お口に合えばいいのですがな。わたし自身はパイプ党で、紙巻煙草にはあまり詳しくないのでね。あ、いやどうも、恐縮ですが――食事のまえは控えることにしとります。たまには紙巻を試してみるとしましょう。そうだ、おまえもこのささやかな放蕩《ほうとう》に加わってみないか？」

「いえね、煙草はめったにいただきませんの」グッドエイカー夫人は言った。「ほら、教区のことがありますでしょ。まったく馬鹿げた話ですけど、みなさんのお手本になりませんとね」

「しかし、この二人の教区民は」ピーターは説きつけるようにマッチを擦った。「もう悔悛させる望みもないほど堕落していますから」

「わかりましたわ、では、いただくことにしましょう」

「いいぞ！」とグッドエイカー師。「これで掛け値なしに楽しいパーティになる。さてと！　シェリーをお配りするのはわたしの特権ですな。シェリーはニコチンの女神といがみ合うことのない、唯一のワインと言って間違ないでしょう」

「おっしゃるとおりです、司祭《パードレ》」

「ああ！ ご賛同いただけてよかった——あなたがそう言われるのを聞いて、じつに嬉しい。それにあの——ああ、これだ！ この小さなビスケットを少しいかがですかな？ いやはや、驚くほど種類があるぞ！ まさにembarras de richesses（有り余る豊かさ）だ！」

「あれこれ箱に詰め合わされているのよ」グッドエイカー夫人が飾り気なく言った。「カクテル・ビスケットと言うの。このあいだのホイスト大会でも出されていたでしょ」

「ああ、そうそう！ さて、チーズが入っとるのはどれだろう？」

「ええと、これじゃないかしら」過去の豊富な経験から、ハリエットは言った。「それとこの細長いのも」

「そうだ！ よくご存じですな。この美味なる迷路の道案内はあなたにお願いするとしましょう。やはり、夕食前にこうしたささやかな交流の場を持つのはじつに乙《おつ》なものだ」

「でも本当に、このままお食事もご一緒できればよろしいのに」グッドエイカー夫人が気遣わしげに言った。「いっそ今夜はこちらにお泊まりになってはいかが？ 予備の部屋をいつでも使えるようにしてありますの。あんな恐ろしいことがあっては、〈トールボーイズ〉では心底おくつろぎにはなれないでしょう。夫にもお伝えするように申したんですけど、何かわたくしたちにできることがあれば——」

「そのありがたいお申し出は、先生にしっかりお伝えいただきました」とハリエット。「恐縮ですわ。でも本当に、わたしたちはあそこでだいじょうぶですから」

「それはまあ」牧師夫人は言った。「水入らずでおすごしになりたいでしょうから、あまり余計なお世話は焼かないことにしますわ。ほら、こういう立場にありますと、しじゅうよかれと思って人さまのことに干渉してしまいますの。悪い癖ですよ。それはそうと、サイモン、セロン巡査の可哀想な奥さんがひどくショックを受けてるようでね。今朝も急に具合が悪くなって、保健婦を呼ばなきゃならなかったのよ」

「おやおや！」牧師は言った。「気の毒に！　検死審問でマーサ・ラドルがえらく妙なことをほのめかしおったからな。どうせ、根も葉もない話だろうが」

「もちろんですよ。馬鹿らしい。マーサは知ったかぶりが好きなの。ただの意地悪婆さんよ。とはいえ、今はもう亡くなった人だけど、ウィリアム・ノークスはまったくいやな老人だったこと」

「だがまさか、ああいう意味ではなかろう？」

「わかるものですか。まあ要は、マーサ・ラドルがあの人を嫌ってたのも無理はないってことですよ。そりゃあ、あなたはいいのよ、サイモン。あらゆる相手を常に慈愛の目で見るんですからね。それに、あの人とは庭いじりの話しかしなかったでしょ。じっさいには、あそこの庭の手入れはぜんぶフランク・クラッチェリーがやってたわけだけど」

「そりゃあ、フランクは腕っこきの庭師だからな。じっさい、あの男は何でも器用にこなすんだ。うちの車のエンジンの悪いところもすぐに見つけたよ。今にきっと名をあげるぞ」

「それはいいけど、あのポリーって子と少々深入りしすぎですよ」と夫人がやり返す。「普通ならもう、あなたに結婚予告を頼みにきてるところでしょうに。このまえ、あの子の母親が訪ねてきてね。だから、こう言っておいたの——そうねえ、メイスンさん、若い娘がどんなふうかはご存じでしょうし、たしかに近ごろはなかなか思いどおりにできるものじゃありません。わたくしならフランクと話して、彼がどういうつもりなのか尋ねてみます、って。あら、でも、教区の話はやめておきましょう」

「わたしなら」と牧師。「フランク・クラッチェリーのことを悪く思いたくはないがね。気の毒なウィリアム・ノークスのこともだ。あれはただの噂話だろう。いやはや！　先週の木曜の朝に訪ねたとき、あちらはもうあそこに倒れて死んでおったとは！　そういえば、あの日はとくにノークスさんに会いたかったんだ。あそこのロックガーデンにぴったりのティースデイリア・ニューディコーリスを少々持参しとったんだよ——あの人は岩生植物が好きだったから。今朝がた、それを自分でここに植えたときには、何とも切ない気分になったものだ」

「先生はノークスさんよりさらに植物がお好きみたいですね」ハリエットは古ぼけた室内を見まわした。そこらじゅうのスタンドやテーブルに鉢植えが置かれている。

「遺憾ながら、仰せのとおりですよ。庭いじりはわたしのまたとない道楽でして。家内には金がかかりすぎると言われるが、たぶんそのとおりなのでしょう」

「それより新しい法衣を買うべきだと申しましたの」グッドエイカー夫人は笑った。「でも本人が岩生植物のほうがいいのなら、仕方がありません」

「そういえば」牧師は悲しげに言った。「ウィリアム・ノークスの植物はどうなるのだろう？　たぶんアギー・トウィッタトンのものになるのでしょうな」

「さてね」とピーター。「債権者たちのために、あそこのものはそっくり売り払う必要があるんじゃないのかな」

「おやおや！」牧師は叫んだ。「いや、その後もきちんと世話をしてもらえればいいのだが。とくにサボテン。あれは繊細な植物だし、もう冬も近いですからな。先週の木曜に窓からのぞいたときも、暖房なしにあの部屋に置いておくのはどうかと思ったのですよ。そろそろ冬にそなえて温室に入れてやらんと。とくに吊り鉢に入ったあの大きなサボテンと、窓辺に置かれた新種の鉢植えは。むろん、あなたがたはいつも室内を暖めておかれるのでしょうが」

「ええ、そのつもりです」とハリエット。「おかげさまで、煙突もきれいになりましたから。まだ肩が痛んだりしていらっしゃらなければいいんですけど」

「まあ、多少は痛む気もするが、どうってことはありません。ほんのうっすらあざになっとる、それだけですよ……もしも競《せ》りに出されるようなら、あのサボテンにはぜひ入札したいものだ――アギー・トウィッタトンが自分で買い戻したがらなければ。それにむろん、おまえの許可がおりればだがね」

「正直いって、サイモン、あそこの植物はどれもこれもおぞましいしろものですよ。でもいつでも我が家に迎え入れます。あなたが何年もまえから欲しくてたまらなかったのはわかっていますから」

「人さまのものを羨んだつもりはないのだが」牧師は言った。「サボテンに目がないのは認めざるをえんだろう」

「病的な情熱ですよ」と彼の妻。

「おやおや、それはなかろう——大げさな言い方はよしなさい。さあ、レディ・ピーター——シェリーをもう一杯いかがですかな。まあ、そうおっしゃらず！」

「このエンドウ豆を火にかけましょうかね、バンターさん？」

居間を片づけていたバンターは作業を中断し、足早にドアへと向かった。

「その豆は、ラドルさん、しかるべきときにわたしがやります」彼は時計を見あげた。六時五分すぎ。「御前はエンドウ豆にはたいそうやかましくていらっしゃるから」

「へえ、そうなんですか？」ラドル夫人はこれを会話のきっかけととらえたらしく、居間の外に姿をあらわした。「うちのバートとおんなじだ。いつも『なあ母ちゃん』って言うんですよ、『俺はエンドウ豆が固いのは我慢ならねえ』って。けどおかしなことに、しじゅう固くなっちまう。でなけりゃ、茹だりすぎて皮から飛び出すか。どっちかだ」

バンターが何も答えないので、彼女は話題を変えてみた。「ほらこれ、あんたに磨いとけと言われたもんですよ。きれいになったでしょ？」

ラドル夫人は真鍮《しんちゅう》のパン焼きフォークと焼串回転器の部品をよく見えるように差し出した。どちらも煙突の中から、ひょっこりあらわれたものだ。

「ありがとう」バンターはパン焼きフォークを暖炉のわきの釘にかけ、しばし考え込んだあと、もうひとつのほうは飾り棚の上に立てかけた。

「おかしなもんだ」ラドル夫人は続けた。「上流の人たちはそういう古いもんをありがたがるけどね。骨董《こっとう》だって？　あたしに言わせりゃ、ゴミくずですよ」

「これはたいそう古いものです」バンターは重々しく答え、何歩かさがって惚れ惚れと見入った。

ラドル夫人は鼻を鳴らした。「そんなもの煙突に突っ込んで、何のつもりだったんでしょうねえ。あたしならだんぜん、便利なガスオーヴンのほうがいい。ああ！　そうそう——ビグルズウェイドに住んでる妹んちにあるようなやつ」

「これまで、多くの人がガスオーヴンの中で死んでいるのを発見されました」バンターはいかめしく言って、主人のブレザーを取りあげた。重さで中身を推し測るように軽く振ったあと、ポケットのひとつからパイプと刻み煙草入れ、それにマッチ箱を三つ取り出した。

「やだよ、バンターさん、そんな言い方はないでしょう！　それでなくても、この家は死体だらけだってのに。あの人たちはどうして平気でここに住んでられるんだか！」

「御前とわたしに関して言えば、死体には慣れていますから」バンターはさらにいくつかマッチ箱を取り出し、いつもさまざまなものがひそむポケットの底に、エンジンの着火プラグと栓抜きを見つけた。

「へえ！」ラドル夫人は深々と感傷的なため息をついた。「で、旦那がご機嫌なら奥方もご機嫌ってわけか。そりゃね！　あの人が旦那の踏んだ地面まで崇《あが》めてるのは見え見えですよ」

バンターは別のポケットから男物と女物の二枚のハンカチを取り出し、鷹揚な目で見くらべた。「それは新婚の若い女性にごくふさわしい感情でしょう」

「幸福な日々だ！　でもまだ安心はできませんよ、バンターさん。とどのつまり、男は男だからね。うちのラドルなんか――一杯やると、そりゃあこっぴどくあたしを小突きまわしたもんだった。まあいい亭主で、きちんきちんと家に金を入れてはくれたけど」

「いや、どうか」バンターは部屋のあちこちにマッチ箱を置きながら言った。「そういう比較はやめてくださいい、ラドルさん。わたしは御前にお仕えしてかれこれ二十年になりますが、あれほどお優しい紳士はとうてい見つかるものではありません」

「そりゃ、あんたはあの人と結婚してるわけじゃないからね、バンターさん。いつでも好きなときにお暇を願い出られる」

「自分が恵まれていることぐらいはわかるつもりです、ラドルさん。二十年間お仕えしたこのわたしの知るかぎり、あの方が粗暴な言葉を吐かれたり、不当な仕打ちをされたことは一度もありません」バンターの声にうっすら感情がにじみ出た。彼は白粉《おしろい》のコンパクトを飾り棚の上に置き、ブレザーをそっと折りたたんで片腕にかけた。

「あんたは運がいいってことさ」とラドル夫人。「あたしなら気の毒なノークスさんのことをとてもそんなふうには言えなかったね。死んじまった今だって、あの人は気むずかしい、けちんぼの、疑り深い、いやな老紳士だったとしか言えそうにない」

「紳士と言っても、人それぞれですよ、ラドルさん。御前は――」

「おっと！」ラドル夫人がさえぎった。「誰かと思えば、恋する女の夢の若造が小道をやって来る」

バンターは猛然と顔をしかめた。「それは誰のことかね、ラドルさん？」怒れるジュピターさながらの声だった。

「そりゃ、フランク・クラッチェリーですよ」

「ああ！」ジュピターは怒りをやわらげた。「クラッチェリー？　彼を二度目のご亭主にでもしたいんですか？」

「まさか、バンターさん！　あたしが？　よしてください！　そうじゃなく――アギー・トウィッタトンのこってすよ。大事な子猫を追っかけまわす婆さん猫みたいに、あの男につきまとってる」

「ほう？」

「あの齢《とし》でねえ！　妙に若作りしちゃってさ。反吐《へど》が出ますよ。あの人があたしの知ってることを知ったら――おっと！」

この耳よりな暴露話は、当のクラッチェリーが入ってきたためにぷつりと途切れた。

「やあ、どうも」クラッチェリーは二人のどちらにともなく言った。「今夜はとくに用事はないですか？　どうかと思って、ちょっと寄ってみたんです。アンコックさんのほうの仕事がしばらく空いたから」

「御前から車を洗うようにとのご指示を受けたのですが、今はまたよそへ乗っていかれたので」

「ああ！」クラッチェリーはこれを、好きなだけ無駄話に花を咲かせられる合図と受け取ったようだった。「まあ、今日はドライブ日和だったしね」

彼はためらいがちに腰をおろしかけたあと、バンターの目つきに気づき、長椅子の端に無造作にもたれることで手を打った。

「葬式はいつになったのか聞いてる？」ラドル夫人が尋ねた。

「明日の十一時半だ」

「ずいぶん待たされたもんだ――あの人は一週間以上もあすこに寝かされてたんだよ。けど、言っちゃなんだが、涙ながらに別れを惜しむ者はろくにいないだろうね。ノークスさんには我慢ならなかったって者もいるし、ついには殺しちまった者までいるんだから」

「審問じゃ、あんまし埒《らち》が明かなかったみたいだけどな」とクラッチェリー。

バンターは飾り棚の扉を開け、種々雑多な収納物の中からワイングラスを選び出しはじめた。

「揉み消しさ」ラドル夫人は言った。「それが連中の魂胆だよ。ジョー・セロンとあの人のあいだには何もなかったことにしようとしてるんだ。テッド・パドックにあれこれ追及されたときの、あのカークの顔ったら。見ものだったね」

「そういやあそこはぜんぶ、駆け足ですませちまったみたいだったな」

「事件に警官がかかわってたかもしれないなんて、誰にも思わせたくなかったのさ。あたしが話しはじめたときだって、検死官がぴしゃりと黙らせただろ？　はん！　けど、新聞社の連中は目ざとく食いついてきたよ」

「ちなみに、彼らにあなたの意見を伝えたのですか？」

「伝えるも何も、バンターさん。ちょうどその瞬間に御前さまがあらわれたもんだから、連中はジャムの瓶に群がる蜂みたいにこぞって飛んでっちまいましたよ。明日はそこらじゅうの新聞にご夫妻の写真が載るはずだ。あたしも一枚撮られましたよ、奥さまと一緒のところを。親しい人の顔を新聞で見るのはいいもんでしょうねえ?」

「御前が心底、傷つかれるような事態を喜ぶ気にはなれません」バンターは非難がましく言った。

「ああ! ジョー・セロンについてあたしが考えてることをそっくり話してやれば、きっと一面にでかでかと載ったのに。連中はあの若造を野放しにしとく気なのかね。それじゃこっちはみんな、寝床の中で殺されかねない。あたしは気の毒なノークスさんの死体を見るなり思ったんですよ、『おや、ジョー・セロンはここで何をやらかしたんだろう――生きてるこの人を最後に見た人間なんじゃないのかね?』って」

「ではあのときすでに、事件が起きたのは水曜の晩だと気づいていたのですね?」

「そりゃあ、当然――いや、あのときは気づいてませんでしたよ。ちょっと、バンターさん、人に妙なこと言わせないでくださいよ。あたしは――」

「それより」とバンター。「あなたはもう少し口を慎むことですよ」

「そうだよ、おばちゃん」クラッチェリーが相槌《あいづち》をうつ。「あれこれ変な想像ばかりしてると、今にろくでもない目に遭うぞ」

「けどね」ラドル夫人はドアの外へとあとずさりながら、言い返した「あたしはノークスさんにとくに恨みは抱いちゃいなかった。そこの誰かさんみたいに――四十ポンドも取られたわけじゃなし」

クラッチェリーは遠ざかる彼女のうしろ姿をねめつけた。

「ったく、口の減らねえ婆さんだ！　よくも自分の吐いた言葉で中毒死しちまわないもんですよ。俺ならあいつの証言じゃ犬一匹吊るしませんね。つまらんことをべちゃくちゃと！」

バンターは何も意見を述べず、主人のブレザーとそこらに散らばっていた二、三の衣類を手に上へあがっていった。礼儀作法にうるさい彼の油断ない監視から解放されたクラッチェリーは、静かにぶらぶら暖炉のそばへ歩を進めた。

「ははあ！」ラドル夫人の声がした。明かりを灯したランプを持ってきた彼女は、部屋の反対側のテーブルにそれを置くと、意地の悪い笑みを浮かべてクラッチェリーに向きなおった。

「黄昏《たそがれ》のキスを待ってるわけかい？」

「何が言いたいんだ？」クラッチェリーは不機嫌に言った。

「アギー・トウィッタトンが自転車で丘を下ってくるよ」

「何だって！」若者はすばやく窓の外に目をやった。「ほんとだ」彼は頭のうしろをさすり、小声で毒づいた。

「乙女の祈りにどう答えたものかねえ！」とラドル夫人。

「なあ、いいか、おばちゃん。俺の女はポリーだ。それはあんたもわかってるはずだぞ。俺とアギー・トウィッタトンのあいだには何ひとつ起きちゃいないんだ」

「あんたと彼女のあいだはそうでも――彼女とあんたのあいだは別かもしれないよ」ラドル夫人は警句めいた言葉を残し、彼が何も答えられずにいるうちに出ていった。

ややあって、バンターが階段をおりてきたときには、クラッチェリーは何やら考え込むように火掻《ひか》き棒を取りあげていた。

「おや、どうしてこんなところでぶらぶらしているのかね？　きみは外での仕事が専門だろう。御前のお帰りを待ちたいのなら、車庫で待てばいい」

「ねえ、バンターさん」クラッチェリーは真剣そのものの口調で言った。「しばらくここにいさせてもらえないかな。アギー・トウィッタトンが外をうろついてんですよ。俺の姿に気づこうもんなら――わかるでしょう？　彼女はちょっとばかし――」

クラッチェリーは意味ありげに額に手を当てた。

「ふむ！」バンターが窓辺に行くと、門のまえでトウィッタトン嬢が自転車からおりるのが見えた。彼女は帽子をまっすぐに直し、ハンドルの支柱に取りつけられたバスケットの中をごそごそ探りはじめた。バンターはすばやくカーテンを閉めた。「まあ、あまり長居されては困るが。もう御前と奥さまがいつ帰られてもおかしくない。おや、今度は何かな、ラドルさん？」

「お皿は言われたとおりに並べときました、バンターさん」くだんの婦人は、従順ぶった独りよがりな口調で言った。バンターは眉根を寄せた。ラドル夫人はエプロンの端っこを何かに巻きつけ、話しながらごしごし拭いている。名家の使用人の礼儀作法を彼女にたたき込むのは、容易なことではなさそうだった。

「それと野菜用の皿をもう一枚見つけましたよ――割れてたけど」

「いいでしょう。ではこのグラスを持っていって洗ってください。デカンタはないようだ」

「そんなものなくたってかまうもんかね、バンターさん。すぐにあすこの瓶はぜんぶきれいにしますから」

「瓶？」とバンター。「何の瓶だ？」恐るべき疑念が脳裏を駆け抜けた。「そこに持っているのは何です？」

「そりゃあ」とラドル夫人。「あんた方が持ってきた、小汚い古瓶のひとつですよ」彼女は略奪品を意気揚々と掲げてみせた。「何てひどいありさまだ。こんな真っ白になっちまって」

周囲の世界がぐらりと傾き、バンターは長椅子の端につかまった。

「何てことだ！」

「これじゃとっても、テーブルには出せませんよねえ？」

「おい！」バンターは大声をあげ、彼女から瓶をひったくった。「これは九六年もののコーバーンだぞ！」

「へえ、そうなんですか？」ラドル夫人は戸惑い顔で言った。「まあね！　何かの飲み物だろうとは思いましたよ」

バンターはかろうじて自分を抑えた。あのポートワインのケースを食料貯蔵室に置いておいたのは、安全を考えてのことだ。いくら警察が地下室に出入りしようと、英国のあらゆる法に照らして、他人の家の食料貯蔵室にまでは手を出せない。バンターは震え声で尋ねた。

「まだほかの瓶には手をつけてないのでしょうね？」

「残りは箱から出してまっすぐ立てただけです」ラドル夫人は明るく請け合った。「あの箱は焚きつけによさそうだ」

「ちくしょう！」バンターは叫んだ。仮面が一気に剝《は》がれ落ち、歯と爪を真っ赤に染めた本来の姿（テニスンの詩集『イン・メモリアム』より）が、待ち伏せしていた虎のように飛び出した。「ちくしょう！　信じられるか？　御前の年代もののポートが残らず台なしだ！」彼は震える両手を天に突きあげた。「このろくでもない穿鑿屋《せんさくや》め！　無知な、とんだお節介婆めが！　誰がうちの食料貯蔵室に余計な鼻を突っ込めと言った？」

「それはないだろ、バンター」

「いいぞ」クラッチェリーが大喜びで言った。「おっと、玄関に誰か来た」

「とっとと出ていけ！」バンターはかまわず怒鳴った。「皮をひん剝《む》かれんうちに！」

「ええ、ええ、出てきますともさ！　そんなこと、あたしが知るわけないでしょう」

「出ていけ！」

ラドル夫人は引きさがったが、威厳は崩さなかった。

「何て無礼な！」

「今度ばかりは大どじを踏んだな、おばちゃん」クラッチェリーがにやりと笑って言うと、ラドル夫人はドアのところでふり向いた。

「これからはみんな、汚れ仕事は自分でするんだね」猛烈な剣幕でそう言うと、彼女は出ていった。

バンターは冒瀆《ぼうとく》されたポートワインの瓶を取りあげ、悲しげにかき抱いた。

「あのポートが残らず！　一本残らずだ！　二ダース半ものポートが、めちゃくちゃに揺すぶられてしまうとは！　あれが後部座席にあるからと、御前は赤子を抱くように優しく慎重に運転されてきたというのに」

「へえ」とクラッチェリー。「そりゃ奇跡だな。この午後、パグフォードに向かってたときのあの人の運転を思うと。俺をおんぼろタクシーごと、道から吹っ飛ばしかねない勢いでしたよ」

「これであと二週間は一滴も飲めない！――御前は夕食後の一杯を楽しみにしておられたのに！」

「へえ」クラッチェリーは今度もそう言って、誰もが他人の不運に対してみせる達観した口調になった。「まあ、ついてなかったってことですよ」

バンターは、カッサンドラ（トロイア王の娘で、何を言っても誰にも信じてもらえないという呪いを受けた予言者）もかくやの悲痛な叫びをあげた。

「この家は呪われているんだ！」

彼がそう叫びながらうしろを向いたとき、ドアが勢いよく開いてトウィッタトン嬢が通されてきた。強烈な罵声をまともにくらった彼女は、小さな悲鳴をあげてあとずさった。

「トウィッタトンさんですよ」ラドル夫人が言わずもがなの取り次ぎをして、ばたんとドアを閉めて出ていった。

「あら、まあ！」気の毒な婦人はあえいだ。「申し訳ありません。あの……レディ・ピーターはご在宅でして？　ちょっとさしあげたいものが……ああ、お留守のようですわね……ラドルさんったら、本当に気がきかなくて……何でしたら……」彼女は訴えかけるように男たちに交互に目を向けた。バンターが懸命に気を静めて仮面をつけなおすと、その石のような表情に、トウィッタトン嬢はいよいよ狼狽《ろうばい》しきったようだった。

「あの、もしもご面倒でなければ、バンターさん、レディ・ピーターにお伝えいただけますか？　うちのメンドリが産んだ卵を少々お持ちしましたの」

「もちろんです、トウィッタトンさん」とんだ不作法を働いてしまったが、今さらどうなるものでもない。バンターは貴人の執事がつましい領民に示すべき、へり下った態度でバスケットを受け取った。

「バフ・オーピントン種のメンドリは」トウィッタトン嬢は説明した。「その——とてもきれいな茶色い卵を産みますでしょう？」

「奥さまはお気遣いにさぞ感謝されることでしょう。それで、もしかしたらと——」

「まあ、ありがとうございます……どうしようかしら……」

「お二人ともじきに戻られるはずです。牧師館においでなので」

「あら！　でしたら、待たせていただきますわ」トウィッタトン嬢は勧められた椅子におずおず腰をおろした。「ラドルさんにバスケットを渡すだけのつもりでしたけど、あの人は何だか頭にきているようですし」

クラッチェリーが短い笑い声をあげた。彼は何度か逃げ出そうとしたのだが、バンターとトウィッタトン嬢がドアのまえに立っているので、今ではあきらめたようだった。バンターは言い訳の機会ができて嬉々としていた。

「頭にきたのはこちらのほうですよ、トウィッタトンさん。ラドルさんが御前の年代もののポートを残らず乱暴に揺すってしまったのです。こちらへ運んだあと、ようやくいい塩梅《あんばい》に落ち着きかけていましたのに」

「まあ、ひどい！」トウィッタトン嬢は叫んだ。何のことやらさっぱり理解できなかったが、もともと同情心に富んでいるので、途方もない災難であることは察しがついたのだ。「ぜんぶやられてしまいましたの？　たしか〈豚と呼子亭〉にとてもいいポートワインがあるはずですわ。ただ、ちょっとお高くて――一本四シリング六ペンスで、空き瓶は買い取ってもらえませんの」

「残念ながら」とバンター。「そのようなものでは間に合いそうにありません」

「でしたら、うちのサトウニンジンのワインでよろしければ喜んで――」

「は！」クラッチェリーが、バンターの腕の中の瓶に向かってぐいと親指を突き出した。「そいつはいったい、いくらするんです？」

バンターはこれ以上は耐えられず、くるりと二人に背を向けた。

「一ダース二百四シリングですよ！」

「ひゃあ！」とクラッチェリー。トウィッタトン嬢は耳を疑った。

「何が一ダースで？」

「この瓶入りポートです！」バンターは肩を丸め、打ちひしがれて出ていった。ぴしゃりとドアが閉まると、トウィッタトン嬢はすばやく指を折って計算し、腰を抜かしてクラッチェリーに目を向けた。あざけるような笑みを浮かべたクラッチェリーは、もう彼女と顔を合わせるのを避けようとはしなかった。

「二百四ということは——一瓶十七シリングよ！　まあ、信じられない！　そんなの……どうかしてるわ！」

「ああ。あんたや俺には無縁のしろものさ。ふん！　世間にはポケットから四十ポンド出して誰かにくれてやったって、痛くも痒《かゆ》くもないやつがいるんだ。けど、そうするか？　しやしない！」

彼はぶらぶら暖炉に近づき、さも腹立たしげに、ぺっと炎につばを吐きかけた。

「まあ、フランク！　そんな八つ当たりをするものじゃないわ。まさかピーター卿が——」

「〈ピーター卿〉！——そんな親しげな呼び方をして、何さまのつもりだ？　いっぱしの名士のつもりなんだな？」

「それが正しい呼び方なのよ」トウィッタトン嬢はいくらか背筋をのばして言った。「わたしは上流の方々の敬称には詳しいんです」

「へえ、そうかい！」庭師が皮肉たっぷりに言い返す。「それじゃ、あのいまいましい従僕のことは〈ミスター〉とでも呼ぶんだろ。よしてくれ。俺たちみんなと同じに、〈御前じゃま〉

とか言ってりゃいいんだよ……そりゃ、あんたのおふくろさんが学校の先生だったのは知ってるさ。けど親父はテッド・ベイカーの農場の牛飼いだ。おふくろが下賤《げせん》の男と結婚したんなら、いつまでも気取ってたって仕方ないじゃないか」

「よりにもよって」——トウィッタトン嬢は声を震わせた——「あなたにそんな言い方をされる筋合いはありません」

クラッチェリーは顔をしかめた。

「そういうことかよ？　俺なんかとかかわって、品位が落ちたとでも言いたいのか、え？　いいさ！　あんたはせいぜい名士さまと仲良くすればいい。ピーター、卿となー」

クラッチェリーは両手をポケットに深々と突っ込み、苛立《いらだ》たしげに窓辺へ歩を進めた。喧嘩を吹っかけようと決めているのは、トウィッタトン嬢でさえ見落としようがないほどあきらかだった。理由はひとつしか考えられない。彼女はそこで致命的なミスを犯した——たしなめるように、いたずらっぽく指を振ったのだ。

「まあ、フランクったら、お馬鹿さんだこと！　焼きもちを焼いているのね！」

「焼きもち！」クラッチェリーは彼女を見つめ、大声で笑いはじめた。気持ちのいい笑い方でなく、歯がむき出しになっている。「そりゃいいや！　いやもう、参ったね！　いったい何を考えてんだ？　今度は御前さまに色目を使いはじめたのか？」

「フランク！　あの方は結婚なさってるのよ。よくもそんなことが言えたわね？」

「ああ、たしかにあの人は結婚してるさ。しっかりつながれちまってる。首にぎゅっと縄を巻かれて。『うん、ダーリン！』『いや、ダーリン！』『早くそばにおいで、ダーリン』すてきじゃないか？」

トウィッタトン嬢はじっさいすてきだと思ったので、そう言った。

「二人の人間があれほど一途《いちず》に愛し合っているのは、傍目《はため》にもほんとにすばらしいものだわ」

「何不自由ない連中の、ごたいそうなロマンスさ。あの奥方の立場になってみたいんじゃないのかい？」

「まさか——本気で思ってるわけじゃないわよね？　わたしが誰かと立場を代えたがってるなんて」トウィッタトン嬢は叫んだ。「ああ、フランク！　あなたと今すぐ結婚できさえしたら！」

「ああ、そうとも！」クラッチェリーはどこか満足げに言った。「だのにあんたのノークス叔父さんが、みごとに横槍を入れてくれたもんな？」

「まあ！——それで昼からずっとあなたと会って、わたしたちの今後のことを相談しようとしてたのよ」

「わたしたちの今後？」

「わたし自身のためじゃないの、フランク。わたし、あなたのために身を粉《こ》にして働くつもりよ」

「それでがっぽり稼げるわけじゃなし。俺の車屋はどうなるんだ？　あんたがヘラヘラなだめすかさなきゃ、こっちは何か月もまえに、自分の四十ポンドをあの因業爺から取り返してたんだぞ」

相手の怒り狂った目に、トウィッタトン嬢はひるんだ。

「ねえ、お願い、そんなに怒らないで。こんなことになるなんて、わたしたちには知りようがなかったのよ。それに……ああ！　ほかにも恐ろしいことが――」

「今度は何だ？」

「ええと――わたし――ちょっぴりお金を貯めてたの。ほら、あちこち少しずつ切り詰めて。それで積立口座に五十ポンド預けて――」

「五十ポンドだって？」クラッチェリーの口調がわずかにやわらいだ。「そりゃ、けっこうな額じゃないか……」

「整備場をはじめる足しになると思ってね。あなたをびっくりさせようと――」

「で、それがどんなまずいことになったんだ？」彼女のすがりつくような目とピクピク引き攣《つ》る骨ばった手を見て、クラッチェリーはふたたび苛立ちをつのらせた。「郵便局が倒産しちまったのかい？」

「わたし――それを――叔父さまに貸したの。ちょっと手許金が足りないと言われて――みんながちゃんとお勘定を払わないから――」

「だったら」クラッチェリーはもどかしげに言った。「借用証をもらってあるだろう」彼はがぜん勢いづいた。「それはあんたの金だ。誰も手出しはできない。やつらからぶん取れるはずだぞ――借用証があるんだから。それを渡してくれりゃ、俺があのマクブライドと話をつけてやるよ。ともかく、俺の四十ポンドの穴埋めにはなるはずだ」

「でも実の叔父に借用証を書かせるなんて、考えてもみなかったのよ。身内同士なのに……どうしてそんなことができて？」

「考えてもみなかった？　いっさい記録に残さなかったのか？　阿呆もいいところだよ！」

「ああ、フランク、ほんとにごめんなさいね。何もかも裏目に出てしまったみたい。でもあなただって、こんなことになるとは夢にも思わなかったはずよ」

「ああ。そうでなきゃぜったい、もう少し違う手に出てたさ」

クラッチェリーは腹立たしげに歯ぎしりし、炉床《ろしょう》の薪をかかとで蹴りつけて、ぱっと火の粉を飛び散らせた。トウィッタトン嬢はそんな彼をみじめな思いで見守った。そのとき、新たな希望が首をもたげた。

「フランク、聞いて！　もしかしたら、整備場をはじめるお金はピーター卿が貸してくださるかもしれないわ。とても裕福な方ですもの」

クラッチェリーはそれについて考えてみた。彼の見るところ、生来の金持ちは生来のお人よしだ。こちらが好印象を与えてやれば、金を借りるのは可能だろう――いまいましい貴族さまにへつらうことにはなるが。

「それもそうだな――行けるかもしれない」

ぱっと頰を薔薇色に染めたトウィッタトン嬢には、その可能性がすでに既成事実に見えていた。抑えがたい願望が、光り輝く未来へと突っ走ってゆく。

「きっとそうしてもらえるわ。そうしたら、わたしたちはすぐにも結婚して、角のあの小さなコテージ——ほら——あなたが言ってた街道沿いのコテージを買える。あそこなら、数えきれないほど車が立ち寄るはずよ。それに、わたしもバフ・オーピントンでかなりのお金を稼げるし！」

「例のバフ・オーピントンか！」

「それにまたピアノを教えてもいいわ。きっと生徒は見つかるはずよ。駅長さんのところの小さなエルシーも——」

「小さなエルシーなぞ、くそくらえ！　なあ、おい、アギー、そろそろ無駄話はやめて本題に入ろうじゃないか。あんたと俺は、叔父さんの遺産を当てにして結婚を考えた——それはそれでいいさ！　ビジネスだ。けど、あんたから入るはずの金がなくなったんなら、もうその話はなしだ。わかるな？」

トウィッタトン嬢は弱々しい悲鳴をあげた。クラッチェリーは容赦なく続けた。

「そりゃ、これから人生のスタートを切る男には女房が必要だろう。家に帰るのが楽しみになるような——腕に抱いて可愛がってやれる、いい女だ。バフ・オーピントンのひよっこに囲まれた、痩せこけた婆さん鶏なんかじゃなくて」

「どうしてそんなひどいことが言えるの？」

クラッチェリーはぐいと彼女の肩をつかみ、バラの花が描かれた鏡のほうを向かせた。

「その鏡の中の自分を見てみろ、この阿呆めが！　実の婆さんでもおかしくない齢《とし》の女と結婚する男がどこにいる——？」

トウィッタトン嬢は縮みあがって彼を押しのけた。

「いつも偉そうに先生面《せんせいづら》して、『お行儀よくね、フランク』とか、『発音に気をつけて』とか……御前さまにへいこらして、『フランクはほんとによく気がつきますの』とか……けっ！　こっちは大間抜けに見えちまう」

「あなたがうまくやっていけるように助けたかっただけよ」

「ああ——まるで自分の所有物みたいに見せびらかしてな。あの銀のティーポットみたいに、俺をベッドに連れてきたいんだろ——銀のティーポットだって、どうせあんたには宝の持ち腐れだろうけど」

トウィッタトン嬢は両手で耳をふさいだ。「もうやめて——あなたはどうかしてるのよ。あなたは——」

「叔父さんの金で俺を買ったつもりだったんだろ？　で——その金はどこにあるんだ？」

「なぜそこまで酷《むご》くなれるの？——わたしはあんなに尽くしてきたのに」

「なるほど、尽くしてもらったよ。俺をいい笑い物にして、とんでもない面倒に巻き込んでくれたんだ。どうせ、あとは牧師が結婚予告を出してくれるのを待つばかりだと、そこらじゅうで触れまわってたんだろ」

「そんなこといっさい言ってない——ほんとに、一度も口にしてないわ」

「へえ、そうかい？　じゃあ、さっきのラドルおばちゃんの話を聞かせたかったよ」

「それに、もし」トウィッタトン嬢は、最後の気力を振りしぼって言った。「わたしがそんなふうに触れまわったとしても、どこが悪いの？　あなたは何度も何度も、わたしのことを好きだと言った――そう言ったのよ――あなたは何度も――」

「うるせえな、もうっ！」

「でもあなたはたしかにそう言った。なのに、そんな……そんなひどい仕打ちをするなんて！　あなたはわかっていないのよ、自分が何を言ってるか。ねえフランク、お願い！　愛しいフランク――あなたがすごくがっかりしてるのはわかるわ。でもまさか本気じゃないわよね？　そんなはずない！　だって――わたし――わたし――ああ、どうかわかって、フランク……あなたをほんとに愛しているの」

彼女は無我夢中で、相手の腕の中に身を投げかけた。その湿った頬と筋張った身体に触れたクラッチェリーは、おぞましい怒りを爆発させた。

「くそっ、やめろ！　その小汚い手を俺の首から離せ。黙るんだ！　もうそんな面は見るのもうんざりだ」

クラッチェリーは絡みつく手を振りほどき、あざができるほど乱暴にどさりと彼女を長椅子の上に投げ出した。その勢いで、彼女の帽子が片耳の上にみっともなくずり落ちた。滑稽《こっけい》なほど無力な姿で屈辱にすすり泣く彼女をクラッチェリーが満足げに見つめていると、ダイムラーの排気筒の低いうなり声が門に近づいてきてとまった。掛け金がカチャリと鳴り、足音が小道を進んでくる。トウィッタトン嬢は嗚咽《おえつ》を抑えてごくりとつばを飲み、ぼんやりハンカチを捜した。

「やばい！」クラッチェリーは言った。「あいつらが戻ってくるぞ」

砂利を踏みしめる音にまじって、ふたつの声が静かに歌いはじめた。

Et ma joli' colombe
Qui chante jour et nuit,
Et ma joli' colombe
Qui chante jour et nuit,
Qui chante pour les filles
Qui n'ont pas de mari—
Auprès de ma blonde
Qu'il fait bon, fait bon, fait bon,
Auprès de ma blonde
Qu'il fait bon dormir
わたしの可愛い鳩は
昼も夜も歌う
わたしの可愛い鳩は
昼も夜も歌う

夫のいない
娘たちのために歌う――
わたしの金髪さんの横で眠るのは
何てすてき、すてき、すてきなの
わたしの金髪さんの横で眠るのは
何てすてきなんだろう

「立てよ、この馬鹿！」クラッチェリーは言い、大あわてで自分の帽子を捜した。

Elle chante pour les filles
Qui n'ont pas de mari,
Elle chante pour les filles
Qui n'ont pas de mari―
夫のいない
娘たちのために歌う
夫のいない
娘たちのために歌う――

彼は窓敷居に載っていた帽子を見つけ、ぐいとかぶった。「さっさと逃げ出したほうがいいぞ。俺は行くからな」

女の声がソロで高々と響き渡った。

Pour moi ne chante guère
Car j'en ai un joli—
わたしのためにはあまり歌わない
わたしにはいい人がいるから——

その歌詞はともかく、いかにも勝ち誇ったような旋律がぐさりと胸に突き刺さり、トウィッタトン嬢は固い長椅子の上でみじめに身をよじった。

歌はふたたび二重唱になった。

Auprès de ma blonde
Qu'il fait bon, fait bon, fait bon,
Auprès de ma blonde
Qu'il fait bon dormir
わたしの金髪さんの横で眠るのは

何てすてき、すてき、すてきなの
わたしの金髪さんの横で眠るのは
何てすてきなんだろう

彼女は涙で汚れた、見るも哀れな顔をあげた。だがクラッチェリーはすでに立ち去り――ふとあの歌の歌詞が脳裏によみがえった。村の教師だった母親が持っていた、小さなフランス語歌集に載っていた歌だ――もちろん、学校の子供たちに教えられるような歌ではなかったが。

外の小道に話し声が響いた。

「やあ、クラッチェリー！」気さくだが威厳のある声だ。「車をしまっておいてくれるかね」

そして無慈悲な言葉など使ったこともないかのような、クラッチェリーの静かな、敬意に満ちた声。

「承知しました、御前さま」

どこから出よう？ トウィッタトン嬢はハンカチでそっと涙を拭った。廊下はだめだ、みんなと鉢合わせしてしまう――外にはフランクもいるし、バンターがキッチンから出てくるかもしれない。それにピーター卿にどう思われるだろう？

「今夜はほかにご用はありませんか、御前さま？」

ドアのノブがまわされた。そして奥さまの声――温かい、親しげな声だ。

「おやすみなさい、クラッチェリー」

「じゃあ失礼します、御前さま。おやすみなさい、奥さま」

パニックに襲われたトウィッタトン嬢は、ドアが開くと同時に、夢中で寝室へ続く階段を駆けのぼった。

16　既婚者の冠

ノーバート：説明など無用、ただこのままで
　これぞ人生の絶頂だ
コンスタンス：あなたの、あなたの、あなたのものよ！
ノーバート：きみと僕――
どんな紆余曲折をへて、この迷路の中心にたどり着いたのでも
かまわんじゃないか？　ここを見つけようとして、
幾多《いくた》の者が命を落としてきたのに、僕らは見つけたのだから。
ロバート・ブラウニング「バルコニーにて」

「ああ、やれやれ！　またここに戻れたぞ」ピーターは妻の肩からマントを取りあげ、うなじにそっとキスした。

「義務を果たした誇らしさを胸にね」

　ピーターは部屋を横切ってゆく妻の姿を目で追った。「己《おのれ》の義務を果たすと、じつに気分が引き立つものだな。何だか天にも昇る心地で、目まいがしてきたよ」

ハリエットはカウチにどさりと腰をおろし、両手をだらりと椅子の背にかけた。

「わたしもちょっとふわふわした気分。まさか牧師さんのシェリーのせいじゃないわよね？」

「いや」ピーターはきっぱりと言った。「ありえない。まあ、あれよりひどいのはあまり飲んだことがないし、あっても一度ぐらいだがね。いや——これは善行の刺激的効果か——それでなければ、田舎の空気か何かのせいだ」

「何だかクラクラするけど、気持ちはいいわ」

「ああ、たしかに」彼は首に巻いていたスカーフを解き、妻のマントと一緒に長椅子にかけると、ためらいがちにカウチの背後へ歩を進めた。「つまりその——ああ、たしかにいい気分だ。シャンペンを飲んだか——恋にでも落ちたみたいに。だがそんなはずはないよな？」

ハリエットは顔を仰向けて微笑んだ。彼に見えたのは、奇妙に魅力的なさかさまの笑顔だ。

「そりゃあ、まさかね」彼女はうごめく彼の手をとらえ、無言の抵抗をものともせずに胸から引き離すと、顎の下にしっかりはさみ込んだ。

「そうだと思ったよ。なにせ、僕らは結婚してるんだから。それとも違った？　結婚したのに恋に落ちるなんてありえない。少なくとも、同じ相手とは。そんなの非常識だよ」

「まったくね」

「残念だ。せっかく今夜は何だか若やいだ、馬鹿げた気分なのにな。芽吹いたばかりのエンドウ豆みたいに頼りなく、何かに巻きつきたがってる。じつにロマンチックな気分だよ」

「それは、御前さま、あなたのような身分《コンディション》の紳士にはあるまじきことよ」

「僕の精神状態《コンディション》はまったくひどいものだぞ。オーケストラのバイオリンが甘やかな音楽を奏《かな》で、照明係が月をのぼらせてくれればいいのに……」

「そして、甘ったるい声の歌手たちがささやくように歌い出す！」

「そうとも、悪いか？　ぜったい甘い音楽を流してみせるぞ！　おい、放せよ！　ＢＢＣが何をやってくれるか見てみよう」

ハリエットは彼を放した。今度は彼女がラジオ・キャビネットに近づく夫の姿を目で追った。

「ちょっとそこでとまって、ピーター。いえ——ふり向かないで」

「なぜだ？」彼はそう言いながらも、従順に立ちどまった。「僕の哀れな顔がきみの癇《かん》にさわりだしたとか？」

「ううん——あなたの背骨に見とれてただけ。いかにも弾力のありそうな、しなやかなラインがいいわ。惚れ惚れする」

「本当に？　僕には見えないんだよ。だが出入りの仕立て屋には話しておかんとな。彼はいつも、自分が僕の背中をうまく作ってやったと言わんばかりなんだ」

「その人、あなたの耳と後頭部と鼻梁も自分が作ったと思ってるのかしら？」

「われわれ男は情けないほどお世辞に弱くてね。僕はもうゴロゴロ喉を鳴らしているよ。だがもう少し反応しやすいところを選んでほしかったな。後頭部で熱愛を表現するのはなかなか難しいんだ」

「そこよ。わたしは報われぬ情熱という贅沢にひたってみたいの。ほら、こう考えられるでしょ——彼のあの愛らしい後頭部。でもわたしが何を言っても、あれがとろけることはない」

「そうともかぎらんぞ。とはいえ、お望みに添えるように努力はしよう——愛する人が僕の心を持ち去った（シドニー『アルカディア』より）、けれど僕の骨はまだ僕のもの。目下のところ、その不滅の骨は滅びゆく肉と滅びゆく魂に支配されている（ハウスマンの詩「不死の部分」より）がね。で、僕は何をしにここへ来たんだ？」

「甘い音楽よ」

「そうだった。では、BBCの親愛なる楽師たちよ！　さあ、月桂冠を戴く若人も、蔦《つた》をまとった乙女らも、ともに楽を奏でるのだ！（リットン・ストレイチー『書物と人物たち』より）」

「ガガガガ！」スピーカーが、がなった。「……そして苗床には、あらかじめよく醗酵《はっこう》させた馬糞を注意深く混ぜ込むか……」

「まあ、やめて！」

「それだけ聞けば、もうたくさんだ」ピーターはラジオのスイッチを切った。

「あの人は不純な心の持ち主よ」

「むかむかするね。サー・ジョン・リース（当時のBBC会長）に厳重な抗議の手紙を書いてやろう。よりにもよって、人がいとも純粋な、神聖きわまる感情に沸きたっているときに——ガラハッドとアレクサンダー大王とクラーク・ゲーブルをひとつにしたような気分で——いわば雲にまたがり、天空に座しているような——」

「あなたったら！　シェリー酒のせいでないのはたしかなの？」

「シェリー酒だと！」天まで昇った気分がはじけ、きらめく星くずが降り注いできた。「愛しい人、あの聖なる月にかけて（シェイクスピア『ロミオとジュリエット』二幕二場より）……」ピーターは言葉を切り、薄暗がりに向かって手を振った。「おいおい！　月が逆方向に出てるぞ」

「そそっかしい照明係ね」

「また酔っ払ってるのさ、性懲《しょうこ》りもなく……ひょっとするときみの言うとおり、あのシェリー酒のせいかもしれないぞ……まったく、だらしのない月だ。月の女神にも勝る女《ひと》よ、どうか海面を引き揚げ、きみの軌道の中で僕を溺れさせたりしないでくれ（ダンの詩「涙に寄せて」より）！」ピーターはテーブルの上のランプの脚にハンカチを巻きつけ、妻のそばに持ってきた。彼女の赤みがかったオレンジ色のドレスが、光を浴びて深紅の王旗のようにきらめいた。「うん、このほうがいい。それじゃ、もういちど初めから。愛しい人、あの聖なる月にかけて誓います。あの木木の梢《こずえ》を残らず銀色に染める……どうぞあちらの果樹にご注目を。マルス・アスピディストリエンシス、当劇場が巨費を投じて取り寄せた……」

　彼らの声は、二階の部屋で震えながらうずくまるアギー・トウィッタトンの耳にもかすかに届いていた。彼女は裏の階段から逃げ出すつもりでいたのだが、その下ではラドル夫人が何やら長々とバンターとやり合っていた。キッチンにいるバンターからの返事はよく聞こえない。ラドル夫人は今にも立ち去りそうになっては、すぐにまた戻り、何やかんやとわめきはじめる。とにかく、彼女がいなくなったらすぐに――

バンターが音もなく廊下に出てきたとみえ、とつぜん階段の真下から彼の声が響き渡ってきた。

「もうこちらから言いたいことはありません、ラドルさん。おやすみなさい」

裏口のドアがぴしゃりと閉まり、騒々しく閂《かんぬき》をかける音。これでようやくこっそり逃げ出せる。だが次の瞬間、階段をあがってくる足音がした。トウィッタトン嬢はあわててハリエットの寝室へ引っ込んだ。足音はなおも続き……階段の分岐点を通りすぎた。こちらへやって来る。さらに奥へと後退したトウィッタトン嬢は、ベイラム香油とハリスツイードの匂いがうっすら漂う紳士の寝室に追い詰められたことに気づいて愕然とした。隣の部屋からは、パチパチと暖炉の炎が燃えあがる音、カーテンリングがレールの上をカチャカチャすべる音、そしてふたつの容器が触れ合い、汲みたての水が水差しに注がれるかすかな音が聞こえる。そのあと、ドアの掛け金があがると、彼女は息をひそめてまた階段の暗がりへ逃げ込んだ。

「……ロミオは青臭い馬鹿者で、彼の木には青いリンゴしか生《な》らなかったのさ。さあ、きみはあそこにすわって、アホリバ（旧約聖書「エゼキエル書」に登場する多情な女。エルサレムを象徴している）——女王の役を演じてくれ。ブドウの葉の冠を着け、シロガネヨシの笏《しゃく》を手に。きみのマントを貸してくれれば、諸国の王とお供の騎士たちの役は僕が引き受ける。どうか、せりふはすらすらとなめらかに（『ハムレット』三幕二場より）。さあ！　我が純白の馬は泡を吹きてはみを噛《か》み——ああ、ごめん、これは別の詩だ。だがとにかく、馬は猛然と地面を掻《か》いている。さあ、黄金の声を持つ貴婦人よ、言ってくれ。

『我こそ女王アホリバなり――』」
　ハリエットは笑った。それから、朗々たる声で壮麗なたわごとを唱えた――

我が唇は〝おお〟という叫びを封じて口づけし
嫌悪に悶《もだ》える見知らぬ唇の上で吐息をついた。
神が与えたもうた女王の寝床
その内側は深紅の布
外側は象牙で作られていた。
我が唇は、幾多の騎士たちを従え、
威風堂々と訪れる王たちへの欲望で
炎のごとく燃えあがっていた――
（スウィンバーンの詩「バーセイブ女王の仮面舞踏会」より）

「ピーター、それじゃ椅子が壊れるわ。ほんとに、頭がどうかしたみたい！」
「そうだろうとも、愛しい人」ピーターはマントをわきに放り出し、彼女のまえに立ちはだかった。「僕は真面目になろうとすればするほど、ひどく馬鹿なまねをしてしまうのさ。間抜けもいいところだよ」自信なげに声が震えた。「考えてもみてくれ。そして笑うがいい――いい図体の、小ざっぱりした、裕福な四十五歳の英国紳士ともあろうものが――糊のきいたシャツと片眼鏡を着けて――妻のまえにひざまずくとはね。相手が妻ってところがなおさら滑稽《こっけい》なのに、彼は何と彼女に——こんな言葉を——」
「言って、ピーター」
「だめだ。とても言えない」
ハリエットは彼の頭を両手ではさんで仰向かせた。その顔に浮かんだものを見て、心臓がとまったような気がした。
「ああ、やめて……もうじゅうぶん……あんまり幸せで怖くなる」
「いや、そんなはずはない」彼女の恐れに勇気を得て、彼はすばやく言った。
「ほかのあらゆるものが破滅へ向かおうと、
僕たちの愛だけは朽ちることがない
明日も、昨日も
愛は決して僕らのもとを離れず、
最初から最後の日まで、
とこしえに二人とともにある（ダンの詩「記念日」より）」
「ピーター——」
彼は己の無力さに苛立《いらだ》ち、かぶりを振った。
「僕はどうやって言葉を見つければいいんだ？　言葉は詩人たちが残らず持ち去り、もうこちらには何も言えない。ただ、なすすべもなく――」

「でもあなたは、彼らの言葉の意味を初めてわたしに教えてくれた」

彼には信じがたいことだった。

「僕がそんなことをしたのか？」

「ああ、ピーター――」どうにか彼に信じてもらわなければ。それはとても重要なことだった。

「これまでずっと、わたしは闇の中をさまよっていた。でも今はあなたの心を手に入れて――満たされたのよ」

「どんなたいそうな言葉を並べても、結局はそれに尽きるんだろうな？　きみを愛してる――きみのそばでは心が安らぐ――僕は故郷へ帰ってきたんだ」

下の部屋は静まり返っていたので、トウィッタトン嬢はもうそこには誰もいないのだろうと考えた。バンターに聞こえないよう、一段ずつそっと忍び足で階段をおりてゆく。そして少しだけ開いていたドアを、そろそろと押し開けた。ランプが動かされていたため、彼女の周囲は暗闇に包まれていた。だが結局のところ、室内は無人ではなかった。
部屋の反対側――赤々と燃えるランプの丸い光の中に、まるで絵画のように鮮やかな、微動だにしないふたつの人影が見えた。炎のようなドレスをまとった黒髪の女は、金色の頭を彼女の膝にうずめた男の肩をひしと抱きしめている。あまりの静けさに、その左手に輝く巨大なルビーまでもがきらめきをとめていた。

トウィッタトン嬢は進退きわまり、石のように身を凍りつかせた。「愛しいあなた」とささやくような声。話し手はまだ、じっと動かない。「わたしの大事な大事な、愛する夫……」抱きしめる手にぎゅっと力が込められたのだろう、赤い石がとつぜん、炎のような輝きを放った。「あなたはわたしのもの、隅々まで残らず、わたしのものよ」

するとと頭がもたげられ、男が負けじと勝ち誇った口調で言った。「きみのものさ。こんな僕でよければ、ぜんぶきみのものだ。どんな欠点も、馬鹿なところも、永遠にそっくりきみのものだ。この哀れな、欲深い、見かけ倒しの身体にきみを抱きしめる手があり、きみに愛していると言える唇があるかぎり――」

「ああ！」トウィッタトン嬢は叫び、激しい嗚咽《おえつ》に喉を詰まらせた。「もうだめ！　とても耐えられない！」

ささやかな見せ場が泡のようにはじけた。

主演俳優がぱっと立ちあがり、ごくはっきりと口にした。

「こんちくしょうめ！」

ハリエットも立ちあがった。恍惚《こうこつ》たる気分をとつぜん打ち破られたのと、ピーターに恥をかかせてしまった腹立ちとで、思ったよりもきつい口調になった。

「誰なの？　そこで何をしてるの？」ハリエットはランプの光の中から踏み出し、暗がりに目をこらした。「トウィッタトンさん⁉」

トウィッタトン嬢は言葉を失い、恐怖のあまり考えることもできずに、ヒステリックにむせび泣くばかりだった。暖炉のほうから苦々しげな声がした。

「あんのじょう、とんだ恥をさらしたよ」

「きっと何かあったのよ」ハリエットはいくらか口調をやわらげ、励ますように片手を差し出した。トウィッタトン嬢はやっとのことで口を開いた。

「ああ、お許しください――ちっとも知らずに――そんなつもりは――」みじめな記憶がよみがえり、警戒心を押しのけた。「あの、わたし、たまらなく辛くて……」

「ええと」ピーターが言った。「僕はポートをデカンタに移しにいったほうがよさそうだ」

彼はドアも閉めずに、すばやく静かに出ていった。だがその不吉な言葉はトウィッタトン嬢の意識に突き刺さっていた。新たな恐怖に、あふれかけていた涙がとまった。

「まあ、どうしましょう！ ポートワイン！ きっとあの方はまた腹を立てられるわ」

「あらあら！」ハリエットはすっかり戸惑っていた。「どうなさったの？ いったい何の話です？」

トウィッタトン嬢は身震いした。おりしも廊下であがった「バンター！」という叫びは、危機がすぐそこに迫っていることを告げていた。

「ラドルさんが、あのポートワインに何か恐ろしいことをしてしまいましたの」

「まあ、可哀想なピーター！ 」ハリエットは気遣わしげに耳をそばだてた。今度は何やら長々と言い訳がましく話す、バンターの打ちひしがれた声が聞こえた。

「ああ、もう、どうしたらいいの！」トウィッタトン嬢がうめいた。

「でもラドルさんはいったい何をしでかしたんですか？」

トウィッタトン嬢にも、じつのところはよくわからなかった。

「たぶん、瓶を揺すってしまったんじゃないかしら」彼女は口ごもりながら答えた。「まあ！」鋭い苦悶《くもん》の叫びがあたりの空気をつん裂いた。ピーターの声は、泣き叫ぶようにぐんぐん高まった。

「何だって！あの可愛い雛《ひな》たちと母鳥を残らずか？（シェイクスピア『マクベス』四幕三場より）」

その最後の一言は、トウィッタトン嬢の耳には禍々《まがまが》しい呪いのように響いた。

「あ……ああ！どうか暴力をふるったりなさいませんように」

「暴力？」ハリエットはおかしいやら腹が立つやらだった。「まあ、そんなことにはならないはずですよ」

だが不安は伝染するものだ。それに、災難続きの男たちが積もりに積もった苛立ちを使用人にぶつけるのはめずらしくない。二人の女は身を寄せ合い、ピーターが怒りを爆発させるのを待った。

「まあね」と、遠い声は言った。「僕に言えるのは、バンター、これだけだ——二度とこんな羽目にはならんようにしてくれよ……もういい……おいおい、そんなことは言うまでもない。もちろん、おまえのせいじゃないさ……それより、ほかのやつを調べにいってみようじゃないか」

彼らの声が遠ざかると、女たちはいくらか楽に息ができるようになった。男の暴力というおぞましい脅威の影が、ようやく晴れたのだ。

「やれやれ！」ハリエットは言った。「結局のところ、それほどひどいことにはならなかったわ……。ねえトウィッタトンさん、いったいどうなさったの？　そんなにガタガタ震えて……よもや、ピーターが本当に――あれこれ投げつけたりすると思われたんじゃないでしょうね？　さあ、暖炉のそばに腰をおろして。両手が氷みたいに冷たいわ」

　トウィッタトン嬢は導かれるままに長椅子に腰をおろした。

「申し訳ありません――あんな馬鹿なことを言って。でも、わたしはいつも……殿方が怒ってらっしゃるのを見るとひどく怖くて……。だって……だって……結局はみんなただの男でしょう？　男なんて、みんなろくでなしよ！」

　最後の部分は、震え声で吐き出すように口にされた。やはり、これにはウィリアム叔父さんや二ダース半のポートワインよりも深刻な事情がありそうだ、とハリエットは考えた。

「トウィッタトンさん、何か悩んでいらっしゃるのね？　わたしがお力になれることはありますか？　誰かにひどい仕打ちをされたとか？」

　温かい言葉に、トウィッタトン嬢は思わず、好意の手にすがった。

「ああ、奥さま、奥さま――お恥ずかしい話ですけど……あの人にとてもひどいことを言われましたの。ああ、お許しくださいね！」

「誰にですか？」ハリエットは彼女の横に腰をおろした。

「フランクです。本当に恐ろしいことを……むろん、彼より少々齢《とし》が上なのは承知してますし

――たぶんわたしが愚かだったのでしょう。でも彼はたしかに、わたしを好きだと言ったんです」

「フランク・クラッチェリーが？」

「ええ――それに、叔父のお金の件はわたしのせいじゃありません。わたしたちは結婚するはずでした――あの四十ポンドと、わたしが叔父に貸したささやかな蓄えが戻ってくるのを待って。なのに今ではみんな失くなってしまって、叔父から受け継げるお金もない――そうしたら、彼はわたしの顔も見たくないと言い出して――こちらはこんなに愛してるのに！」

「お気の毒に」ハリエットは途方に暮れた。ほかに何と言えばいいのだろう？　じつに馬鹿げた、忌《い》まわしい話だ。

「あの人――彼は――わたしのことを婆さん鶏と呼んだんです！」口にするのも耐えがたい言葉だったが、ひとたび言ってしまうと、あとはいくらか楽に続けられた。「彼はわたしの蓄えのことで怒り狂って――でも、こちらは叔父に借用証をもらおうなんて考えてもみませんでした」

「おやまあ！」

「わたしはほんとに幸せだった――彼が自動車整備場を持てたらすぐに結婚するつもりで――ただし、誰にも話しませんでした。なにぶん、彼よりちょっぴり年上でしたから。もちろん、社会的立場はこちらのほうが上です。でも彼はだんだん、ひどく偉ぶるようになって――」

　そういうものよ、とハリエットは考えた。そうと決まっているの！　だが、口にしたのはこうだった。

「あなたにそんな仕打ちをするなら、彼は偉くも何ともない――あなたの靴を磨く資格もない人ですよ」

ピーターが歌っていた――

Que donneriez-vous, belle,
Pour avoir votre ami?
Que donneriez-vous, belle,
Pour avoir votre ami?
きみは何をくれるかい、べっぴんさん、
大事な友だちを手に入れるために？
きみは何をくれるかい、べっぴんさん、
大事な友だちを手に入れるために？

(彼は立ち直ったようだ、とハリエットは考えた)

「でも彼はとてもハンサムで……いつも教会の墓地で会っていました。あそこならすてきなベンチがあるし……夜は誰も通らないから……キスを許したんです……」

Je donnerais Versailles,
Paris et Saint-Denis!
ヴェルサイユをあげる、
パリもサン・ドニも！

「……なのに彼は今ではわたしを憎んでる……どうしたらいいのか……いっそ川に身を投げてしまおうかと……わたしがどれほどフランクに尽くしたか、誰にもわかりっこない……」

Auprès de ma blonde
Qu'il fait bon, fait bon, fait bon,
Auprès de ma blonde
Qu'il fait bon dormir!
わたしの金髪さんの横で眠るのは
何てすてき、すてき、すてきなの、
わたしの金髪さんの横で眠るのは、
何てすてきなんだろう！

「ああ、ピーターったら！」ハリエットは苛立たしげにつぶやいた。立ちあがってドアへと歩

を進め、無慈悲な歌声をぴしゃりと閉め出した。自分の激しい感情に疲れ果てたトウィッタト
ン嬢は、長椅子で静かに泣いている。ハリエットの脳裏には、ナポリ風アイスクリームのよう
に何層にも重なった、さまざまな思いが渦巻いていた。

この人をいったいどうしたらいいの？

彼はフランス語で歌ってる……

そろそろディナーの時間じゃないかしら……

そういえば、ポリーとかいう人が……

ラドルさんのせいで、男性陣は浮足立っているはず……

Bonté d'âme（温かい心）……

ノークス老人はうちの地下室で死んだ……

Eructavit cor meum!（心に湧きいずる、美しき言葉よ！）……

可哀想なバンター！……

セロン？

Qu'il fait bon dormir（眠るのは何てすてき）……

〈いかにして〉がわかれば、〈誰が〉もわかる……

この家で……

愛しい人はわたしの心を、そしてわたしは彼の心をつかんだ……

ハリエットは長椅子のそばに戻って立ちどまった。「ねえ！　そんなに泣かないで。彼にはそんな価値はありません。ぜったい、あるはずはないわ。胸が潰れるほど愛する価値のある男なんて、めったにいるものじゃないんです」（そんなことを人に話しまわっても意味はない）「もう彼のことは忘れるようになさい。難しく聞こえるでしょうけど……」

　トウィッタトン嬢が目をあげた。

「あなたなら、そう簡単にできまして？」

「ピーターを忘れることが？」（まさか。それに、ほかのいろいろなことだって）「ええと、もちろん、ピーターは……」

「わかります」トウィッタトン嬢は何の悪意もなく言った。「あなたは幸運な方々のお一人なんですよ。それだけの価値がおありです」

「とんでもありません」（何を言う……人それぞれに応分の報いだと？）（『ハムレット』二幕二場より）

「それにしても、お二人にどう思われたことか！」はたと現実に立ち戻り、トウィッタトン嬢は叫んだ。「御前さまがあまりお怒りでなければよろしいんですけど。お二人が今にも入ってこられようと――ドアのすぐ外にいらっしゃるのが聞こえて――わたしはただ、誰とも顔を合わせる気になれず――二階へ駆けあがってしまいましたの。そのあと、何も聞こえなくなったので、お二人はどこかへ行かれたのかと思っておりてきたら――あんなにお幸せそうにしていらっしゃるのが見えて……」

「そんなこと、ちっともかまいませんから」ハリエットは急いで言った。「どうかもうお気になさらずに。あの人だって、たまたまそうなってしまったのはわかっているんです。さあ――もう泣かないで」

「とにかく、失礼しなければ」トウィッタトン嬢は半ば上の空で、乱れた髪と小粋《こいき》な帽子を整えなおそうとした。「さぞ見苦しい姿でしょうね」

「あら、ちっとも。ちょっと白粉《おしろい》をはたけばだいじょうぶ。わたしのコンパクトはどこに――ああ！　ピーターのポケットに入れたままだわ。いえ、あの飾り棚の上にある。バンターね。彼はいつも、わたしたちの後始末をしてくれるんです。ポートワインの件は気の毒でした――バンターにはさぞショックだったことでしょう」

トウィッタトン嬢はてきぱきした乳母に世話を焼かれる幼女のように、じっと身づくろいをされるがままになっている。「ほら――すっかりきれいになった。ね？　これで誰も何も気づきやしませんよ」

あの鏡！　トウィッタトン嬢はそう考えただけでひるんだが、好奇心に背中を押されてのぞき見た。これがわたしの顔だなんて……奇妙なこと！

「白粉をつけたのは初めてですの。何だか――ふしだらな女になったような気分だわ」

トウィッタトン嬢は魅入られたように、鏡に目をこらした。

「でもまあ」ハリエットは明るく言った。「ときにはいい気晴らしになりますよ。この後れ毛もあげておきましょう――」

そのとき、彼女自身の浅黒い、火照《ほて》った顔がトウィッタトン嬢の背後に映り、ハリエットはぎょっとした。髪にはまだブドウの蔓《つる》が絡みついている。「いやだ！　何ておかしな格好！　二人で馬鹿げたゲームをしていたもので――」

「おきれいですよ」トウィッタトン嬢は言った。「ああ、ほんとに――誰にも妙に思われなければいいけれど――」

「誰も何とも思うものですか。さあ、もうこれ以上は落ち込んだりしないと約束してください」

「はい」トウィッタトン嬢は悲しげに言った。「努力してみます」両目にじわじわと、大粒の涙が浮かんだが、彼女は白粉を塗ったことを思い出して注意深く拭き取った。「本当にご親切にしていただいて……それじゃ、失礼します」

「おやすみなさい」ドアを開けると、バンターがトレイを手に遠くのほうで控えているのが見えた。

「お食事のお邪魔をしてしまったんじゃないかしら」

「いえいえ。まだそんな時間じゃありません。ではお気をつけて、あまりくよくよなさらないでね。バンター、トウィッタトンさんをお見送りしてさしあげて」

ハリエットはぼんやりその場にたたずみ、ブドウの冠を手に、鏡の中の自分の顔を見つめた。

「可哀想な人！」

17　帝王の冠

一人は「神よ、お慈悲を！」、そしてもう一人は「アーメン」と叫んだ
このわたしが首切り役人の手をしていることに気づいたからだ
ウィリアム・シェイクスピア『マクベス』二幕二場

ピーターがデカンタを手に、そろそろと室内にあらわれた。

「だいじょうぶよ」とハリエット。「彼女は帰ったわ」

彼は慎重に測って暖炉からほどよい距離にワインを置くと、くだけた口調で言った。

「ようやく、デカンタを見つけたよ」

「ええ――そのようね」

「いやはや、ハリエット――僕は何を口にしてたんだ？」

「だいじょうぶよ、ダーリン。ダンの詩を引用してただけだから」

「それだけかい？　ひとつふたつ、自作のささやかなせりふも入れたような気がしたんだが……ええい、ままよ！　僕はきみを愛してるんだ、誰に知られようとかまうものか」

「よかった！」

「しかしまあ」ピーターは続けた。気まずい話題を一挙に片づけてしまう決意のようだ。「この家には驚かされっぱなしだな。煙突には骸骨、地下室には死体、ドアの陰には年配のご婦人方がひそんでる。今夜はベッドの下をのぞいてみなきゃ――やれやれ！」

ちょうどバンターがフロアランプを手に入ってくると、ピーターはびくりと飛びあがり、それをごまかそうと、必要もないのに屈み込んでまたデカンタに手を触れた。

「結局、例のポートにしたの？」

「いや、ボルドー産の赤だ。ちょっと若めだが口当たりのいいレオヴィルで、澱《おり》もごくわずかだよ。輸送の影響は見られず――きれいに澄んでいる」

ランプを暖炉のそばにセットし終えたバンターは、無言で苦悶《くもん》の目をデカンタに向け、静かに部屋から出ていった。

「辛いのは僕だけじゃない」彼の主は首を振った。「バンターはすっかり参ってる。今回のラドル騒動《マドル》がひどく応えてるのさ――ほかにもいろいろあったばかりだからな。僕自身はちょっとした騒ぎなら楽しめるほうだが、バンターにはあいつなりの規準があるんだよ」

「ええ――それに彼はわたしにとてもよくしてくれるけど、わたしたちの結婚はただならぬショックだったでしょうからね」

「ショックというより、心労というほうが近そうだ。それに、あいつは今回の事件についてもちょっと気を揉んでるんだよ。僕が本気で取り組んでないんじゃないかとね。たとえば、今日の午後なんかも――」

「残念ながら、ピーター、そのとおりよ。女の誘惑に負けて――」

「O felix culpa!（おお、幸福なる過ちよ！）（賛美歌の歌詞）」

「事件の手がかりを追う代わりに、墓石のあいだで無為にすごした。でも肝心の手がかりがないんじゃね」

「少しはあったとしても、たぶんバンターが手ずからきれいに片づけちまったのさ――共犯者のラドル夫人と二人で。自責の念が、まるでキャベツの中の青虫みたいにあいつの心を蝕《むしば》んでるんだよ……とはいえ、あいつが気を揉むのも当然だ。僕がこれまでにしたことと言えば、あの哀れなセロンに疑いの目を向けさせただけなんだから。どう見ても、ほかの誰にでもよかったのにね」

「たとえば、グッドエイカー先生に？　あの人はじっさい、サボテンに病的な情熱を抱いてるわ」

「それでなければ、あのいまいましいラドル親子だ。ところで、僕はあの窓を通り抜けられたよ。昼食後に試してみたんだ」

「そうなの？　で、セロンがラドルさんちの時計を狂わせておいた可能性があるかどうかもわかった？」

「ああ！　痛いところを突かれたな。推理作家は時計の問題にはうるさいんだった。きみはカナリヤを飲み込んだ猫みたいな顔をしてるぞ。言ってみたまえ――何を見つけたんだね？」

「あそこの時計はね、前後どちらにも、十分ほどしか動かせなかったはずなの」

「へえ？　で、どうしてラドルさんが十五分ごとにチャイムの鳴る時計なんか持つことになったんだ？」

「結婚祝いのプレゼントだったのよ」

「だろうね。ああ、わかるよ。針を進めることはできたが、そうするともう正しい時刻には戻せない。そして遅らせるのも――十分かそこら以上は無理だった。だが十分だって馬鹿にならない長さだぞ。セロンはここに来たのは九時五分すぎだと言っていた。そして、あらゆる法則からして、彼に必要なアリバイは――いや、ハリエット！　どのみち意味がない。犯行時刻のアリバイを証明するには、どうにかして犯行時刻そのものを特定しないと。十分間のアリバイを有効なものにするには、犯行時刻の幅を十分以内にする必要があるんだ。だがまだ二十五分間までしか狭まっていないし――それだって、ラジオの件は確実じゃない。あのラジオの件はどうにかならんものかね？　ミステリ作家のお得意分野だろうに」

「ううん、だめ。時計とラジオの合わせ技でどうにかなるはずなのに、うまくいかないの。あれこれ考えてはみたんだけど――」

「まあ、こいつは昨日はじめたばかりだからね。ずいぶん長く思えるが、たったの一日だ。やれやれ！　僕らはまだ結婚して五十五時間にもならないんだぞ」

「もう一生分もすごした気分だわ――いえ、そういう意味じゃなく。つまり、わたしたちはずっと結婚してたみたいに思えるってこと」

「じっさいそうなんだ――僕らは世界が創造されたときから結ばれていたのさ。ちくしょう、バンター、何の用だ？」

「ご夕食のメニューでございます、御前」

「ああ！　ありがとう。海ガメのスープ……パグルハムで飲むには、いささか都会的で――不似合な気もするが。まあいいさ。カモのローストとエンドウ豆、こちらは上々だ。地元産かね？　よし。マッシュルーム添えのトースト――」

「コテージの裏の野原で摘まれたものでございます」

「どこでだって？　おいおい、ほんとにマッシュルームなんだろうね――今度は毒殺ミステリなんて、ごめんだぞ」

「断じて、毒キノコではございません。手前が相当量を毒味して確かめましたので」

「そうなのか？〈献身的従者、主のために命を賭《と》す〉。わかったよ、バンター。ああ！　それはそうと、うちの階段でトウィッタトン嬢とかくれんぼをしてたのはおまえかね？」

「は？」

「いいのよ、バンター」ハリエットはすばやく言った。

バンターはそれとない合図に従い、「かしこまりました」ともごもご答えて姿を消した。

「彼女はわたしたちから隠れてたのよ、ピーター。ここで泣いてるところにわたしたちが入ってきたので、姿を見られたくなかったの」

「ああ、そうか」ピーターはその説明に満足し、注意をワインに向けた。

「あの人、クラッチェリーにとんでもなくひどいことをされてたの」

「へえっ、そうなのか?」ピーターはデカンタを半回転させた。

「彼はあの可哀想な人にずっと言い寄ってたみたい」

自分も天使ならぬ、ただの人の子であることを示すかのように、ピーターはどこか見下すような笑い声をあげた。

「ピーター——これは笑いごとじゃない」彼は不意に背筋をのばし、語気を強めた。

「ごめんよ。そのとおりだ。笑いごとじゃないわ」

「面白がってる場合じゃないぞ。彼女はあいつが好きなのか?」

「それはもう、痛ましいほどよ。二人は結婚して、新しい自動車整備場をはじめるはずだった——例の四十ポンドと彼女のささやかな蓄えを元手にね。ところが、どちらも消えてしまった。しかも叔父さんからの遺産が一ポンドも入らないとわかると、クラッチェリーは……どうしてわたしをそんな目で見てるの?」

「ハリエット、これはまったく気に食わん展開だ」じっと妻を見つめるピーターの顔には、徐々に不安の色が広がっていた。

「もちろん、クラッチェリーはぽいと彼女を捨てたの——あのろくでなし!」

「ああ、たしかに——だがね、きみはその話が何を意味するかわからないのか? 彼女は当然、金があれば彼にやってたはずだよな? クラッチェリーのためなら、何でもやったはずだろう?」

「自分が彼のためにどれほど尽くしたか、誰にもわかりっこないとか言ってたわ——まあ、ピーター！　まさかそんな！　あの可哀想なトウィッタトンさんのはずはない！」

「なぜだ？」

彼はその言葉を挑むように投げつけた。ハリエットはそれを真正面から受けとめ、立ちあがって両手を彼の肩にかけて視線をまっすぐに合わせた。

「それはひとつの動機よ――たしかにそう。でも、あなたは動機の話なんて聞きたがらなかったじゃないの」

「だがきみはこっちの鼓膜が破れそうになるほど、彼女の動機をわめきたててくれたんだ」怒りすらにじむ叫び声だった。「動機だけでは犯行の証明にならない。しかしひとたび〈いかにして〉がわかれば、〈なぜ〉が容疑を決定づけるんだ」

「いいでしょう」ならば、彼には得意の分野で戦ってもらおう。「〈いかにして〉なの？　あなたは彼女の犯行方法を解明してないわ」

「そんな必要はなかったからさ。彼女なら、わけもなかったはずなんだ。この家の鍵を持ってたんだから。しかも七時半以降のアリバイはない。鶏を殺してたなんて、人殺しのアリバイにはならないよ」

「でもあんな一撃で男性の頭をぶち割るなんて――彼女はすごく小柄で、叔父さんのほうは大男だったのよ。わたしはあなたと同じぐらいの背丈だけど、あんなふうに頭をたたき割ったりはできないわ」

「むしろ、きみはそれができるほぼ唯一の人間さ。僕の妻だからね。きみなら不意を討てる

――愛情深い姪なら、叔父の不意を討てるのと同じようにね。ノークスがのんびり腰をおろして、クラッチェリーやセロンに背後でこそこそ動きまわらせておくとは思えない。だが、相手が信頼している親しい女性なら――話は別だ」

ピーターは妻に背を向けてテーブルのまえに腰をおろすと、フォークを一本取りあげた。

「ほら！　僕はこうして、手紙を書くか帳簿をつけるかしていて……きみはうしろのほうのどこかでばたばた動きまわっている。僕は気にもしていない、そんなことには慣れっこだからな。きみは静かに火掻《ひか》き棒を取りあげ……ビクつくことはない、僕の耳が少々遠いことはわかってるんだから。ただし、忘れずに左側から近づくんだぞ。こちらはペンのほうへ少しだけ頭を傾けているから……さあ……すばやく二歩進んで、さっと脳天を一撃するんだ――あまり力を込める必要はない。これで、きみは大金持ちの未亡人というわけだ」

　ハリエットは急いで火掻き棒をおろした。

「姪よ――未亡人なんていやな言葉。妙に弱々しげで――姪にしときましょう」

「とにかく、くずおれた拍子に椅子がすべって、僕は床に落ちるときテーブルに右のわき腹をぶつける。きみは凶器についた指紋をきれいに拭き取り――」

「ええ――そのあと自分の鍵で外へ出て、ドアに鍵をかける。単純そのものね。それであなたのほうは、意識を取り戻すと、何か知らないけど書きかけのものをご親切にも片づけて――」

「自分自身を地下室へ片づける。そういうことだ」

「この筋書きはずっとまえから思い描いていたんでしょ？」

「ああ。だがうかつにも、動機が不十分だと考えていた。トウィッタトン嬢が養鶏場を拡張する金ほしさに、殺人を犯すとは思えなかったのさ。おかげでこのざまだ。教訓――〈いかに〉を追い続けていれば、〈なぜか〉は誰かが銀の盆にのせて差し出してくれる」

彼はハリエットの抗議の目つきに気づき、力を込めて言い添えた。

「あれはとてつもなく大きな動機だぞ、ハリエット。中年女性が最後の望みをかけた恋――そのために必要な金」

「それはクラッチェリーの動機でもあったはずよ。彼女がクラッチェリーを中に入れたんじゃないかしら？　あるいは彼に鍵を貸した――彼がそれを何に使いたがっているかも知らずに」

「クラッチェリーだと時刻がまるで合わないんだよ。まあ、共犯の可能性はあるがね。それなら、今になって彼女を捨てるのはごくもっともだ。じっさい、それが彼に取りうる最善の行動だろう。たとえ、クラッチェリーが彼女の犯行じゃないかと疑ってるだけだとしても」

ピーターの声は冷徹そのものだ。それがハリエットを苛立《いらだ》たせた。

「それはいいけど、ピーター、証拠はどこにあるの？」

「どこにもない」

「あなたは自分で言ってたはずよ――こうだったかもしれないというだけじゃ、何の意味もないって。あの殺しは誰のしわざであってもおかしくはない――セロン、クラッチェリー、トウィッタトンさん、あなた、わたし、それに牧師さんやカーク警視でも。でもじっさいにどうやってなされたのか、あなたは証明してないわ」

「そんなこと、言われなくてもわかってるさ。こちらには証拠が必要だ。たしかな事実がね。いかに？　いかに？　いかにして？」ピーターはがばと立ちあがり、腹立たしげに両手を宙に突き出した。「屋根や壁に口があれば、この家が教えてくれるものを。人間はみな嘘つきだ！　嘘のつけない、声なき証人を我に与えたまえ」

「この家がですって？　わたしたちがこの家を黙らせてしまったのよ、ピーター。猿ぐつわを嚙《か》ませ、縛りあげてね。火曜の晩にさっさと尋ねていれば——でも今となっては手遅れよ」

「それが悔やまれてならないのさ。〈あるいは〉〈ひょっとしたら〉と言い合って、時間を浪費するのはもうたくさんだ。しかもカークはこの件をあまり念入りに調べそうもない。セロンより見込みのある容疑者が出てきただけで大喜びで、クラッチェリー＝トウィッタトン路線の動機に飛びつくだろう」

「でも、ピーター——」

「そうなると、おそらく」彼は今後の技術的な側面にすっかり注意を奪われていた。「裁判では直接的な証拠の欠如を突かれるぞ。せめて——」

「でも、ピーター——クラッチェリーとトウィッタトンさんのことを警視に話す気じゃないでしょうね！」

「もちろん、彼には知らせるしかないだろう。とにもかくにも、事実なんだから。問題は、カークがそれを——」

「ピーター——だめよ！　やめて！　あの可哀想な人の痛ましい恋愛沙汰を警察に話すなんて

……そんなひどいことしないで。こともあろうに、警察になんて！」

ピーターは妻の言いたいことに初めて気づいたようだった。「ああ！」とつぶやき、顔をそむけて暖炉に目を向けた。「いずれはこんなことになるんじゃないかと恐れてたんだ」それから、肩越しにふり向き――

「証拠を握りつぶしたりはできない、ハリエット。きみは僕に、だったらおやりなさいと言ったはずだぞ」

「あのときはまだ、あの人たちと親しくはなかった。トウィッタトンさんはわたしを信じて話してくれたのよ。彼女は――わたしに感謝していた。信頼しきっていたわ。人から託された信頼を縛り首の綱に変えるなんて、とてもできない。ねえ、ピーター――」

彼はじっと炎を見おろしたままだ。

「何てひどいの！」ハリエットは信じられない思いで叫んだ。だがいくらいきり立っても、彼の断固たる厳しさのまえでは、岩に当たって砕ける波も同然だった。「そんなの――残酷よ」

「殺人は残酷なものさ」

「そりゃそうだけど――」

「きみだって殺された人間がどんなふうに見えるか、何度も目にしてきたはずだ。それにね、僕は今回の老人の遺体を見たんだよ」ピーターはくるりとふり向き、彼女と真正面から向き合った。「哀れなもので、死人は何もしゃべれない。おかげでさっさと忘れ去られてしまう」

「死人は――死人よ。それより、生きてる人たちのことを思いやってあげなくちゃ」

「僕は生きてる人たちのことを考えているのさ。真相が解明されるまで、この村の人間は残らず容疑者だ。僕たちが話そうとしなかったせいで、セロンが追及に屈して絞首刑にされてもいいのか？　犯人がほかの誰とも特定されなきゃ、クラッチェリーはずっと疑われたままなんだぞ？　すぐそこに未知の殺人者がひそんでるのを知りながら、村じゅうの人間がおっかなびっくり生きていくのか？」

「でも証拠はない――彼女の犯行だと証明されたわけじゃないのよ！」

「だが、二人の関係は重要な事実だ。何を警察に話すか、こちらが選んだりはできないんだよ。誰が傷つこうと、真相を解明するしかない。ほかのことはどうでもいいんだ」

たしかに、それは否定できない。ハリエットは破れかぶれで、真の論点をぶちまけた。

「だけど、それをあなたの手でやらなきゃならないの――？」

「ああ！」声の響きが変わった。「そうだ、僕はその質問をする権利をきみに与えたんだったな。そもそも、こんな仕事にのめり込む僕と結婚するから面倒なことになったんだぞ」

彼はさあ見てみろとばかりに、両手を広げた。これがつい昨夜のあの手と同じ手なのだろうか？　ハリエットはそのしなやかな力強さに目を奪われた。さあ、僕のさまよう両手に許可を与え、自由に行かせてくれ――まえに、うしろに、そしてあいだに（ダンのエレジー十九「寝床に就く恋人に」より）

……彼の両手。驚くほど優しく、経験に富んだ手だ……どんなたぐいの経験に？

「死刑執行人の手だ」ピーターは彼女をひたと見つめた。「だが、それは知ってたはずだよな？」

もちろん彼女は知っていた。けれど——思わず、本音が口から飛び出した。

「あのときはあなたと結婚してなかったわ！」

「ああ……それで事情は違ってくるというわけか。なあ、ハリエット、今では僕らは結婚してる。固い絆で結ばれた仲だ。残念ながら、何かをあきらめるしかないときが来たようだ——きみか僕——あるいは二人の絆を」

（こんなにすぐに？　とこしえにきみだけのもの——彼はハリエットのものだ。そうでなければ、何ひとつ信じられなくなってしまう）

「いいえ——だめ！　ああ、もうっ……わたしたちどうかしてるわ。あの安らぎはどうなったの？」

「砕け散ったのさ。暴力のなせるわざだ。暴力はひとたびはじまれば、止《とど》まるところを知らない。いずれは、あらゆる者を呑み込んでしまうんだ」

「でも……そんなの許せない。どうにか免れられないの？」

「ならば逃げ出すしかない」ピーターは力なく両手をおろした。「逃げ出すほうがいいのかもしれないな。僕にはいかなる女性もこんなごたごたに巻き込む権利はない——自分の妻ともなれば、なおさらだ。ごめんよ。あまり長いこと勝手気ままに生きてきたから——義務って言葉の意味を忘れてたんだろう」彼は妻の打ちひしがれた蒼白な顔にぎょっとしたようだった。

「いや、ほら——そんなにしょげないで。一言そう言ってくれれば、すぐにも出かけられるよ。このみじめな一件は置き去りにして、二度と手を出さないことにしよう」

「本気なの?」ハリエットは信じられない思いで尋ねた。

「もちろん本気さ。そう口にした以上は」

打ち負かされた男の声だった。ハリエットは自分が何をしたかに気づき、愕然とした。

「ピーター、どうかしてるわ。そんなこと二度と言い出さないで。結婚というのは何であれ、そんなものじゃないはずよ」

「そんなものって、ハリエット?」

「愛情のせいで判断を狂わせること。わたしと結婚したせいで、あなたが本来のあなたでなくなってしまったら——そんなことをわたしが思い知らされたら——二人の人生はいったいどんなものになるかしら?」

彼はまた顔をそむけた。次に口を開いたときには、妙にうろたえた口調になっていた。

「いやはや、おおかたの女性はそれを勝利と考えるはずだがね」

「ええ、そういう話はいくらも聞いてきた」その蔑《さげす》むような口調は、痛烈に我が身を打ちすえた。今しがた目にした、情けない自分自身を。「みんな得意げに言うの——『夫はわたしのためなら何でもしてくれますわ』って。卑劣だわ。人は誰も他者に対してそんな力を持つべきじゃないのに」

「だがそれは現にそこらじゅうに存在する力だよ、ハリエット」

「それじゃ」ハリエットはぴしゃりと言い返した。「わたしたちはその力を使わないことにしましょう。意見が合わなければ、紳士的にとことん戦うの。夫婦間のゆすりなんか許さずに」

ピーターはしばし無言で炉棚にもたれていた。それから内心の緊張がうかがえる、軽い口調で言った。

「ハリエット、きみには劇的な演出の重要性がわかってないんだな。それじゃ僕らは盛大なベッドシーンもなしに、この家庭内喜劇を演じ通すことになるのかい?」

「もちろんよ。そんな下卑《げび》たことはしません」

「へえっ――そいつはありがたい!」

彼の張りつめた表情がとつぜん崩れ、いつものいたずらっぽい笑顔になった。けれどハリエットには、微笑み返すことができなかった――まだ安心はできない。

「独自の規準を持ってる人間はバンターだけじゃない。あなたこそ、自分が正しいと思うことをすべきよ。そうすると約束して。わたしがどう考えるかはどうでもいいの。それで何かが変わることはぜったいにないと保証するわ」

ピーターは彼女の手を取り、おごそかにキスした。

「ありがとう、ハリエット。それぞ高潔な愛というものだ」

二人はしばし、じっとその場に立っていた。どちらも何かただならぬこと――途方もなく重要なことを成し遂げたのに気づいていた。やがて、ハリエットは実務的な口調で言った。

「ともかく今回はあなたが正しくて、わたしのほうが間違っていた。これはきちんと片づけなくてはならない問題よ。どんな方法を取ってでも、真相を突きとめるべきだわ。それがあなたの仕事だし、やる価値はある」

「あくまで僕にその力があればの話だけどね。今のところ、あまり冴えてない感じだよ」

「いずれはどうにかなるわ。だいじょうぶだってば、ピーター」

彼が声をあげて笑い――バンターがスープを持って入ってきた。

「ディナーが少々遅れまして申し訳ありません、奥さま」

ハリエットは時計に目をやった。さまざまな感情の渦巻く、果てしない時をすごしたように思えたが、時計の針は八時十五分を指していた。二人で家に戻ってから一時間半しかたっていない。

18　髪に挿した麦わら

あの悪党を追え
そのあばずれを引っ立てろ
ウィリアム・シェイクスピア『ヘンリー六世・第二部』二幕一場

「とにかく肝心なのは」ピーターはそう言いながら、スープ用スプーンの柄でテーブルクロスに見取り図を描いてみせた。「まともに動く給湯器を入れて、流し場の上にバスルームを増築することだ。ここにボイラー室を作れば、そっちの貯水槽からまっすぐパイプを引ける。そして浴槽から下水管へ直接、水を流せるはずだ——あれを下水管と呼べるとすればだが。バスルームのそばに、もうひとつ小さな寝室を作れるんじゃないかな。もっとスペースが欲しくなったら、屋根裏を改造してもいい。発電機は厩《うまや》に置けばいいだろう」

ハリエットは賛成し、自分なりの意見を述べた。

「バンターはキッチンのレンジについてしきりにこぼしているわ。たしかに時代物ではございますが、奥さま、畏《おそ》れながら、粗悪な時代のものと申せましょう。ヴィクトリア時代中期のものかと存じます——って」

「じゃあ、いくつか時代を戻してチューダー朝のやつにしよう。開放式のかまどに焼串を取りつけて、豪族風の暮らしをするのはどうかね？」

「焼串を回転させる下男を雇って？　それとも昔ながらの、がに股の犬でも飼う（昔はネズミ車のようなものに犬を入れて走らせ、動力にすることがあった）？」

「ああ、いや——そのへんは妥協して、焼串は電動式のにするつもりだったんだ。それに、あまり時代がかった気分じゃない日のために、電気コンロも入れよう。いわば新旧の時代のいいとこ取りさ。絵になる生活をする気は満々なんだがね、不便なのはよくても、重労働は困る。今どきの犬を訓練して金串を回転させるのは、重労働に決まってる」

「犬と言えば——わたしたち、あの恐ろしいブルマスチフを飼うことになるの？」

「葬儀がすむまで借りてるだけさ。きみが気に入れば別だがね。あいつは鬱陶《うっとう》しいほど愛情深くて表情豊かだからな。まあ、子供の遊び相手にはいいだろう。ただし、山羊のほうはもう返したよ。僕らが留守のあいだに逃げ出して、畑のキャベツを一列とラドルさんのエプロンを食っちまったんだ」

「子供たちのお茶用ミルクを確保するために飼っておかなくてもいいの？」

「いいさ。雄山羊だもの」

「ああ！　それじゃぷんぷん臭うだけで役立たずよね。返してくれてよかった。ほかにもいろいろ飼うつもり？」

「きみは何を飼いたい？　孔雀かい？」

「孔雀にはテラスが必要よ。豚なんかどうかしら。あれは心の安らぐ動物よ。何だか夢見心地でぼーっとしていたいときには、豚の背中を掻《か》きにいけばいいわ——ボールドウィンさん（英国首相、スタンリー・ボールドウィンをさすと思われる）みたいにね。アヒルなんかも賑やかでいいわ。鶏はあまり好きじゃないけど」

「鶏は不平がましい顔をしているからな。ところで、夕食前にきみが言ってたことだが——あながち間違ってないかもしれないぞ。原則的には、カークに情報を渡すべきだとしても、彼がそれをどう利用しそうかは知っておきたい気がするね。ひとたび固定観念を抱かせてしまったら——」

「玄関に誰か来たみたい。もしもカークなら、早く心を決めないと——」

バンターがあらわれた。セージと玉ネギの香ばしい匂い——ただし、匂いだけだ——を携えて。

「御前、ご客人が——」

「ああ、追い払ってくれ。もうご客人にはうんざりだ」

「こちらは食事中なんだ。お引き取り願おう。あとで出直すように言ってくれ」

「しかしながら——」

外の砂利をすばやく踏みしめる音がしたかと思うと、肉付きのいい年配のユダヤ人が室内へ飛び込んできた。

「お邪魔して申じわけありません」紳士は息を切らしつつ、あわただしく言った。「ご迷惑はおがけしたくないのですが、わだしは」と自ら進んで名乗り出た。「〈モス&アイザックス〉と申す者で――」

「おまえの間違いだ、バンター。ご客人じゃない――ご法人だぞ」

「――こうじて、この手に――」

「バンター、ご法人の帽子をお預かりしなさい」

「申じ訳ありません」ご法人は言った。もともと礼儀を欠いているというより、うっかり脱ぎ忘れていたようだ。「失礼いだしました。しがし、ご覧のどおり、こぢらの家の家財道具一式の抵当権売渡証がありまして、それで取《ど》り急ぎ――」

戸口で響いた轟《とどろ》くようなノックの音に、男は観念したように両手をあげた。バンターが足早に出ていった。

「抵当権売渡証？」ハリエットは叫んだ。

　侵入者は勢い込んで彼女のほうを向き、

「七十三ボンド十六ジリング六ベンスの借金のがたです」と激情に喉を詰まらせながら言った。「それでバズの停留所からずっと――ずうっと走ってぎたのですが、ほがにもひとり――」

　なるほど、もうひとりいた。そちらの男がバンターを押しのけ、非難がましくわめきながらあらわれた。

「ソロモンズさん、ソロモンズさんったら！　そりゃないでしょう。この家のものは残らずうちの依頼人のものなんだから。遺言執行者の女性も同意して――」

「こんばんは、マクブライドさん」家の主が礼儀正しく言った。

「仕方なかろう」というソロモンズ氏の声が、マクブライド氏の返事をかき消した。ソロモンズ氏は額をハンカチで拭った。「こちらには家財の抵当権売渡証がある——この書類の日付を見たまえ——」

マクブライド氏はきっぱりと言った。

「うちのは五年前に書かれてますよ」

「ふん」ソロモンズ氏がやり返す。「『チャーリーのおばちゃん（ブランドン・トーマスの笑劇）』なみのロングランだって、知ったことか！」

「まあまあ、諸君！」ピーターがなだめるように言った。「その件はどうにか友好的に収められんものかね？」

「我が社のトレーラーが」とソロモンズ氏。「明日、荷物を取りにまいります」

「うちの依頼人のトレーラーは」マクブライド氏が言い返す。「今しもこっちに向かってますよ」

ソロモンズ氏が怒号をあげ、ピーターがまたなだめようとした。

「ねえ諸君、僕はともかく、妻のことを少しは考えてやってくれたまえ。こちらは食事の最中なのに、きみらはテーブルと椅子を持ち去りたいと言う。それに、こちらはこれから眠らなければならないんだ——横たわるベッドぐらいは残していってもらえないものかね？ それを言うなら、僕らだって少しはここの家具への権利を主張したいところだぞ。金を払って借りてるんだから。まあそうあわてずに……マクブライドさん、きみは僕らと旧知の仲だし、（たぶん）好意を持ってくれているはずだ――だからきっと、こちらの神経や感情を気遣って、夕食抜きでそこらの積み藁《わら》の下で眠らせるようなまねはしないでくれるだろう」

「しかしですね」マクブライド氏はこの嘆願にいくらか心を動かされながらも、職務を意識して言った。「うちの依頼人の利益のために――」

「我が社の利益のためにだ」とソロモンズ氏。

「それより、われわれみんなの利益のために」ピーターは言った。「きみらも腰をおろして、我が家のローストダックを一緒に楽しんではどうかな？　セージと玉ネギを詰めて、アップルソースをかけたものだよ。あなたは、ソロモンズさん、遠くから全速力で駆けてこられた――エネルギーの補給が必要だろう。それにそちらは、マクブライドさん、たしかつい昨日、われわれ英国人の家庭生活について辛辣《しんらつ》な意見を述べていたな。たまには、最良の側面を観察してみてはどうかね？　この幸福な家庭を破壊するなかれ！　一切れの胸肉と一杯の美味《うま》いワインがあれば、些細な行き違いは調整できるかもしれない」

「ええ、本当に」ハリエットは言った。「どうぞご一緒に。あのカモがオーヴンの中でパサパサに干からびてしまったら、バンターがどれほど嘆き悲しむか」

　マクブライド氏はためらった。

「それは痛《いだ》み入ります」ソロモンズ氏が物欲しげに切り出した。「奥ざまがよろじければ――」

「だめだめ、ソリー」とマクブライド氏。「それはまずいよ」

「ねえ、きみ」ピーターが妻に向かって優雅に頭をさげた。「事情も顧みず、いきなりビジネス仲間を食事に招くのは、世の亭主族の救いがたい習性だってことはよく承知だろうね。その習慣抜きには、まともな家庭生活は成り立たない。だから僕はあやまったりはしないぞ」

「もちろんよ」とハリエット。「バンター、こちらのお二方も食事を召しあがっていかれます」

「かしこまりました、奥さま」バンターはすかさずソロモンズ氏の肩に手をかけ、「失礼いたします」と言うなり外套《がいとう》を脱がせた。

マクブライド氏もそれ以上は抵抗せず、自分で帽子とコートを脱ぐと、ピーターに手を貸してあと二脚の椅子をテーブルのそばに運んだ。そうしながら、彼は言った。「こいつをかたにいくら貸したか知らないけどね、ソリー、そんな価値はなさそうだぞ」

「僕らのほうは」とピーター。「ここのものはそっくり、明日中に持っていってもらってかまわんよ。さてと――みんなすっかり落ち着いたかな？　じゃあソロモンズさんは右――マクブライドさんは左の席に。バンター――クラレットを！」

極上のワインと葉巻で機嫌を直したソロモンズ氏とマクブライド氏は、十時十五分前に仲良く連れだって帰っていったが、そのまえにざっと家の中を見まわり、各自の財産目録にある品品を確認した。自分のものまで取られないようについていったピーターは、やがて、ワインを運ぶとき瓶にかぶせた小さな藁づとを手に戻ってきた。

「そんなもの何に使うの、ピーター？」

「僕にだよ」御前さまは答えると、藁を一本ずつ慎重に抜き取り、髪に挿し込みはじめた。そうして、みごとに鳥の巣さながらの頭になったとき、カーク警視の来訪が告げられた。

「こんばんは、カークさん」ハリエットは精いっぱいの歓迎の響きを込めて言った。

「こんばんは。お邪魔して恐縮です」警視が次にピーターに目をやると、こちらはひどいしかめ面《つら》をしている。「お訪ねするにはちょっと遅い時間でしたかな」

「こいつはな」ピーターは猛々《たけだけ》しく言った。「悪鬼フリバティジベットだ。晩鐘とともに起き出し、一番鶏が鳴くまでうろつきまわるのさ（シェイクスピア『リア王』三幕四場より）。さあ、藁を一本取って、警視。話がすむまえに、きっと必要になる」

「どうぞおかまいなく、カークさん」とハリエット。「何だかお疲れのようだわ。ビールかウィスキーでも一杯やって、夫のことはお気になさらないでください。ときどきあんなふうになりますの」

警視は上の空で彼女に礼を述べた。何か思いつきかけて、必死に頭を働かせているようだ。彼はゆっくり口を開き、ふたたびピーターに目をやった。

「さあさあ、腰をおろして」ピーターはにこやかに言った。「余はこのテーベの碩学と話がしたい（三幕四場）」

「わかった！」カークは叫んだ。「『リア王』だ！　あの方々からは、我が城門を固く閉ざし、暴虐な夜があなたさまをとらえるがままにせよとのご命令を受けました。けれどもあえて、あなたさまを捜しにまいったのです（三幕四場）」

「ほんとに、あやういところで」ハリエットは言った。「わたしたち二人とも、暴虐な夜の中に放り出されるかと思いましたよ。それで心を鎮めようと、藁をいじくったりしていましたの」

それはまたどういうことでしょう、とカーク警視。

「つまりね」ハリエットは彼を長椅子のひとつにすわらせながら答えた。「まずは〈モス&アイザックス〉のソロモンズ氏とかいう人が、ここの家財道具の抵当権売渡証を手にあらわれる。いっぽう、あなたもよくご存じのマクブライド氏は、例の令状を盾に家具を差し押さえたがっている。その二人が同時にやって来て、家具を持ち去ろうとしたんです。結局ディナーをふるまって、機嫌よく帰っていただきましたけど」

「不思議だろうね」ピーターが言い添えた。「彼らはなぜ三千ダカットの金よりも、一ポンドの腐れ肉を欲しがったのか（シェイクスピア『ヴェニスの商人』四幕一場のせりふのもじり）」

今度はカーク警視があまり長く黙り込んだので、ピーターもハリエットも、彼は失語症にでも陥ったのかと思ったほどだった。けれどもついに、得々と満面に笑みを浮かべて、カークは口を開いた。

「じゅうぶん満足を得た者は、それでじゅうぶん報われる！　『ヴェニスの商人』だ！」

「名裁判官ダニエルさまのお出ましだ！　なあハリエット、警視は僕らの間抜けな会話法のこつをつかんでくれたようだぞ。どこから見ても立派な男だ、こんな御仁《ごじん》には二度と出会えまい（『ハムレット』一幕二場より）。警視に一杯さしあげよう――彼はそれだけのことをした。どれぐらい注げばいいかな？　妖精《スピリッツ》どもの力を借りて、曖昧なことをすべて解き明かしてもらおうか？（マーロウ『フォースタス博士』より）」

「恐れ入ります」カークは言った。「できれば、あまり濃くないほうが。穏やかにして調和の取れた——」

「スプーンが立つほどの濃さか（シェイクスピア『ジュリアス・シーザー』五幕五場のせりふのもじり）」とピーター。

「いや——結びの部分がちょっと合わんようですな。ともあれ、ありがとうございます。ご健康を祝して」

「で、今日の午後はそちらはずっと何をしていたのかな?」ピーターは暖炉のそばにスツールを持ち出し、妻と警視のあいだに座を占めた。

「じつは、御前」カーク警視は言った。「ロンドンへ行っとりました」

「ロンドンへ?」とハリエット。「それでいいわ、ピーター。もう少しだけこっちへ来て、その藁を抜き取らせて。Il m'aime（彼はわたしを愛してる）—— un peu（ちょっぴり）—— beaucoup（うんと）——（恋占いの文句）」

「しかし、女王陛下に会うため（童謡の歌詞より）じゃありません」警視は続けた。「フランク・クラッチェリーの彼女に会いにいったんです。クラーケンウェルに住んでいる」

「あっちにも恋人がいるのか」

「Passionnément（激しく）—— à la folie（狂おしいほど）——」

「いたのです」とカーク。

「Pas du tout（ぜんぜん愛してない）。Il m'aime（彼はわたしを）——」

「例のハンコックの整備場のウィリアムズって男から住所を聞き出したんですがね。なかなか美人のようで――」

「ちょっぴり――うんと――」

「いくらか金もある」

「激しく――」

「父親と二人暮らしで、フランク・クラッチェリーに首ったけだったとか。ところが――」

「狂おしいほど――」

「まあ、若い娘ですからな。別の男があらわれ――」

ハリエットは十二本目の藁をつまんだまま、動きをとめた。

「早い話が、彼女は三か月前にそっちの男と結婚したんです」

「ぜんぜん愛してない！」ハリエットは、引き抜いた藁をそっくり暖炉に投げ込んだ。

「そりゃひどい！」ピーターがハリエットの視線をとらえた。

「だがそれより度肝を抜かれたのは、父親の仕事がわかったときですよ」

「彼女は盗《ぬす》っ人《と》の娘で、名はアリス・ブラウン。父親はイタリアの小さな町の人々を震えあがらせてたんだな（ギルバートの詩「アリス・ブラウン」より）」

「とんでもない。こっちの父親は――何と！」カーク警視は口元に近づけかけたグラスをとめた。「この世のあらゆる仕事の中で、よりにもよって何をしてたと思います？」

「どうもその様子からして」ピーターは答えた。「あなたはいわば、ばっさり謎を解く鍵を見つけたようだから――」

「見当もつかないわ」ハリエットは急いで言った。「わたしたちはお手上げです」

「では」カークはちょっぴり疑わしげな目でピーターを見ながら、答えを口にした。「お二人が降参なさるなら、お教えしましょう。彼女の父親は錠前も扱う金物屋で、要望があれば合鍵も作っとるんです」

「まあ、まさか！」

カークは酒を一口流し込み、勢いよくうなずいた。

「しかも」グラスをどんとテーブルに置いて続ける。「それだけじゃない。しばらくまえ――六か月かそこらまえに――クラッチェリーがのこのこやって来て、合鍵を作ってほしいと頼んだそうですよ」

「六か月前！ これはこれは！」

「六か月です。しかし」警視は続けた。「これからお話しすることを聞けば、もっと驚かれますぞ。正直、これにはわたしも驚き……ああどうも、では遠慮なく……ええと――親父さんはその鍵のことを隠そうともしなかった。どうやら若い二人が別れるまえに、ちょっとしたいざこざがあったみたいでね。ともかく、親父さんはフランク・クラッチェリーをかばってやる義理はとくに感じとらんようでした。で、合鍵の件を尋ねてみると、あっさり答え、仕事場にまで案内してくれた。几帳面な昔ながらの職人で、新しい鍵を作ると、鋳型《いがた》を取っておくそうで。みんなよく鍵を失くすから、記録があれば重宝だと言うんです。困ったもんだ。これまで警察に目をつけられなかったのが不思議なぐらいです。だが、それは今はどうでもいい話ですな。彼は仕事場を案内し、問題の鍵の鋳型を見せてくれました。で、そいつはどんな鍵だったと思われますか？」

さきほど釘を刺されたピーターは、今度は見当がついていることをおくびにも出さなかった。だがハリエットには、何らかの反応が必要そうに思えた。そこで、およそ人間の声が表現しうるかぎりの驚愕を込め、こう言ってみた。

「まさか、この家のどちらかのドアの鍵だったわけじゃないでしょうね？」

カーク警視は大きな手でぴしゃりと太腿を叩いた。

「ははあ！」彼は叫んだ。「ほらね？　そうくると思いましたよ！　いや――違います、ここのとは似ても似つかぬものだった。さて！　これはどうですかな？」

ピーターは藁づとの残りを取りあげ、せっせと新たな髪飾りを編みはじめた。ハリエットの努力は思った以上に功を奏したようだ。

「何とも驚きですわ！」

「ここのとは似ても似つかぬ」警視はくり返した。「馬鹿でかいやつ――むしろ教会の鍵に近いものでした」

「それは」ピーターが藁のあいだでせわしなく指を動かしながら尋ねた。「元の鍵から、それとも蠟の型から作ったものだったのかな？」

「鍵からです。クラッチェリーが持ってきたんですよ。何かの荷物を入れとくために借りた、物置の鍵だと言って。それは所有者の鍵で、自分が使うのをもう一本欲しいってことだったそうです」

「借り手が使う鍵を用意するのは、所有者側の務めでしょうに」とハリエット。

「でしょうな。クラッチェリーは最初に一本もらったが、失くしてしまったのだと説明したそうですよ。たしかに、そういうことだったのかもしれない。ともかく、彼が親父さんに作らせた鍵はその一本だけだった――少なくとも親父さんはそう言ってたし、嘘をついとったとも思えません。というわけで、こちらは何の収穫もないまま、晩方の汽車で戻ってくることになりました。だが軽い夕食を取ったあと、ふと考えた。いや、これも何かにつながる情報だぞ――それを追いもせずに放ったらかしてどうする、とね。で、あの若者を捜しにパグフォードへ行ってみました。そうしたら、クラッチェリーは自動車整備場にはいなかったものの、ウィリアムズの話では、しばらくまえに自転車でアンブルドン・オーバーブルックへ向かうのを見たというんです。ご存じかもしれませんが、ロプスリー方面への道をパグフォードから一マイル半ほど行ったところの村です」

「この午後、車で通り抜けたばかりです。八角形の尖塔がある、可愛い教会がある村ね？」

「ああ、たしかに尖塔がありますな。それで、ちょっとやっこさんを捜してみようとそちらへ車を進めると――パグフォードを出て四分の三マイルほどのところで、瓦屋根の大きな古い納屋をご覧になった憶えはありませんか？」

「気がつきました」とハリエット。「野原に一軒だけぽつんと立っているから」

「ああ、それです。で、あそこを通りかかると、野原を進んでいく自転車のライトらしき明かりが見えて、それでふと思い出したんですよ。半年ばかりまえに、クラッチェリーがあの納屋の所有者――モファットさんちのトラクターを修理してたことをね。わたしは頭の中であれこれ結びつけてみた。そして車からおり、その自転車のライトを追って野原を進みはじめたわけです。あちらは――自転車を押して歩いとるだけでしたから――さほど速くはなかったし、こちらは全速力で追っかけた。すると野原を半分ほど行ったところで、相手はわたしの足音に気づいたとみえ、不意に足をとめました。そこで近づいてみると、そいつが誰かわかりました」

警視はまたもや間を取った。

「さあさあ」とピーター。「今度は当ててみせるぞ。どうせクラッチェリーじゃなく、グッドエイカー牧師か〈王冠亭〉の亭主だったんだろう？」

「またうまいこと騙したぞ」カークは陽気に言った。「間違いなく、クラッチェリーでしたよ。こんなところで何をしてるのか尋ねると、余計なお世話だときたので、ちょっとばかりやり合うことになりました。モファットさんの納屋の鍵で何をする気か知りたいだけだ、とこちらが言えば、それはどういう意味かとクラッチェリーが言い返す――まあ、早い話が、わたしはあの納屋に何があるのか見にいくつもりだ、きみにも付き合ってもらおうってことになったわけです。二人で歩きはじめると、クラッチェリーが不機嫌そのものの口調で、『あんたのしてることはまるで見当違いだぜ』と言うので、『そうかどうか確かめてみるさ』と答えてやりました。ところが、納屋の戸口に着いて鍵をもらおうとすると、彼は『だから鍵なんか持ってねえよ』と言うのです。『それじゃ、こんな野っ原に何の用があるんだ？　ほかのどこへ続いとるわけじゃなし。ともかく、ちょっと調べてやろう』と返してドアに手をかけると、すぐにすっと開いた。で、あの納屋の中には何がいたと思います？」

ピーターは編み終えた藁の束をじっと見おろし、両端を縒《よ》り合わせて王冠にした。

「当てずっぽうだが」彼は答えた。「まあ――ポリー・メイスンだろうな」

「おやおや！」警視は叫んだ。「また一杯食わせようと意気込んどったのに！　たしかにポリー・メイスンでした。しかも、あちらはわたしを見ても平然としとりましたよ。『はてさて、ポリー』と言ってやりました。『こんなところであんたを見るのは感心せんな。いったいどういうことだ？』とね。するとクラッチェリーがわきから、『そっちには関係ねえだろ、うすのろおまわりめ。彼女は承諾年齢を越えてるんだ』ときた。『そうかもしれんが』と返してやりました。『ポリーにはおふくろさんがいる。彼女をまずまずきちんと育てあげたおふくろさんがな。おまけに――こいつは住居侵入で、立派な違法行為だぞ。モファットさんには何か言い分があるだろうよ』と。そしてまたひとしきりやり合ったあと、わたしはポリーに言いました。『さあ、その鍵を渡しなさい、あんたが持っとる権利はこれっぽっちもないんだから。それに、少しはまともな分別や感情があるなら、わたしと一緒に家に帰ることだぞ』結局、わたしが彼女を連れ帰ることになりましたがね――さんざん小生意気な口をきかれましたよ。まったく、御前《マイロード》あの小娘ときたら。若さま《ミロード》のほうは、そのまま放り出してきました――おっと失礼、――他意はなかったのですが」

ピーターは王冠を作り終えて頭に載せた。

「おかしなことに、クラッチェリーみたいに大きな白い歯がずらりと並んだ男は、ほぼ例外なく放蕩者《ほうとうもの》の女たらしなんだよ」

「それもただの浮薄な放蕩者じゃない」とハリエット。「常に利用できる相手と快楽のための相手を使い分けてるの」

「フランク・クラッチェリーは」カークが言った。「舌がまわりすぎるんですな。まったく、うすのろおまわり《コップ》とはね——小癪《こしゃく》なやつめ、いずれはご用《コップ》になるぞ」

「たしかに少々、繊細な感情に欠けてるな」とピーター。「ユーフィリアは商売に役立つが、本当の恋人はクロエ（マシュー・プライアーの詩「貴重品を守る商人」より）、ってやつだろう。だがクロエに使わせる鍵をユーフィリアの父親に作らせるとは——無神経きわまる」

「わたしは日曜学校の先生じゃありませんがね」とカーク。「あのポリー・メイスンは自分で災難を招いとるようなもんですよ。『次の日曜には結婚予告が出されるはずよ』なんて、しゃあしゃあと口にするんですからな。『そうかね？』と言ってやりました。『それじゃ、わたしなら今すぐ自分で教区司祭にそれを頼みに飛んでくぞ、あの若造の気が変わらんうちにな。あんたと彼がまともな付き合いをしとるなら、他人の納屋の鍵なぞ必要なかろうに』とね。例のロンドンの娘のことは話しませんでした、もうすんだことですから。しかし別の女が一人いたなら、二人いたっておかしくはない」

「二人いたんです」ハリエットは意を決して口にした。「しかも、もう一人のほうはこのパグフォードに」

「何ですと？」

ハリエットは今夜二度目になる話をした。

「いや、参ったな！」カーク警視は腹を抱えて大笑いした。「気の毒なアギー・トウィッタトン！　教会の墓地でクラッチェリーとキスか。そりゃ傑作だ！」

ほかの二人はどちらも無言だった。やがて笑いがおさまると、カークはふたたび何かの考えを温めはじめたようだった。両目がすわり、唇が音もなく動いている。「ちょっと待った、待ってくださいよ」警視が言い、二人は息を詰めて見守った。「アギー・トウィッタトンですと？　それにあの若造のクラッチェリー？　ええと、それを聞いて、たしかに何か思いついたんだが……いや、言わんでください……そうか！　わかったぞ！」

「あなたなら気づくと思ったよ」ピーターがつぶやく。

「『十二夜』だ！」カークは意気揚々と叫んだ。「オルシーノのせりふでしたな！『どう見たって齢《とし》を食いすぎている。女は年上の男と身を落ち着けるにかぎる』（二幕四場より）——やっぱりシェイクスピアはうまいことを言う」そこでまた黙り込み、がらりと口調を変えて「ややっ！」と叫んだ。「それはいいが、しかしですよ！　アギー・トウィッタトンがフランク・クラッチェリーのために金を欲しがっていて、しかもこの家の鍵を持っていたのなら——彼女を阻むものは——？」

「何ひとつなかったはずだ」とピーター。「ただし、証拠を挙げなければならないだろうがね」

「アギー・トウィッタトンには最初から目をつけとったんですよ」警視は言った。「何と言っても、聞き捨てならんことを口にしましたからな。それに彼女は遺言書の件も知っていた。考えてみれば、誰にせよ犯人は家の中に入らにゃならなかったわけだし――そうでしょう？」

「なぜだ？」ピーターは語気を強めた。「ノークスのほうが外に出て、庭で殺されたのかもしれないじゃないか」

「いや」とカーク。「そいつはありえない、それはあなたもよくご承知でしょう。なぜかって？ 彼の靴には土も小石もついてなかったし、倒れたときに着ていたはずの上着も汚れていなかった。冬も近いこの時期に、先週みたいな雨降りが続けば、どこかに土がついたはずなのに。だめですぞ、御前、ヤマシギ（騙されやすい阿呆の意味がある）を罠にかけようなんて！ その手には乗りません」

「『ハムレット（一幕三場）』だ」ピーターはおとなしく言った。「いいだろう。じゃあ僕らが考えてみた、この家へのあらゆる侵入方法をあなたに話すとしよう」

一時間近くのちには、カーク警視の自信も揺らぎはじめていた。とはいえ、彼はまだ納得していなかった。

「そりゃまあ、御前」カークはついに言った。「おっしゃることはわかるし、そのとおりです。彼かもしれんとか、彼女かもしれんとか言ってたところでしょうがない――いつだって利口な弁護士があらわれて、〈かもしれない〉は必ずしも正しくはないと言い出すものですからな。それにわたしが少々早まって、あの窓や跳ねあげ戸や、被害者が何かを投げつけられた可能性を見落としたことも認めます。まあ遅くてもやらんよりはましってことで、明朝またお訪ねして、そうした点をよく調べてみるとしましょう。それと、もうひとつ。そのときはジョー・セロンも連れてきますので、彼があそこの——窓仕切りというのかな?——を通り抜けられるかご自身でお確かめください。なにせ御前、ありていに言って、あいつはあなたの二倍近くも肩幅がありますからな。おまけに、あなたはほとんど何でもうまいことすり抜けられそうなお方だ。失礼ながら、判事や陪審員の追及まで……いや、誤解なさらんでください。アギー・トウィッタトンに罪を着せようというんじゃありません——わたしは誰が殺人者なのかを見つけ、それを証明したいだけだ。たとえこの家を隅々まで調べなおす羽目になっても、きっと証明してみせます」

「それなら」とピーター。「明日はうんと早起きして、例のロンドンの友人たちが家具をそっくり持ち去ってしまうのをとめたほうがいいぞ」

「彼らに跳ねあげ戸まで取られんように気をつけますよ」と警視がやり返す。「ドアや窓もね。では今夜はもう失礼するとしましょう。お二人にこんな遅くまでお付き合いいただき、本当に恐縮です」

「どういたしまして」ピーターは言った。「別れはあまりに甘く切ない(『ロミオとジュリエット』二幕二場より)——お互い、シェイクスピア漬けの一夜だったね」

「やれやれ」ハリエットは、警視を戸口まで送って戻ってきた夫に言った。「あんがい、話のわからない人じゃなかったわ。でも、ああ！　今夜はもう誰も来ないといいけど」

「Nous menons une vie assez mouvementée（何とも目まぐるしい生活だよな）。こんな日はかつて記憶にないほどだ。バンターは憔悴しきってるようだから、寝床へ引き取らせたところだよ。そういう僕だって、朝食前の自分とは別人のような気がするね」

「わたしなんか、夕食前の自分とだって別人みたいよ。ねえ、ピーター――さっきの件だけど。何だか怖いみたいだわ。わたしはこれまでずっと、いかなる種類の所有欲も毛嫌いしてきた。いつもそういうものから逃げ出してきたのは、あなたも知ってるわよね？」

「そりゃあ、いやってほど思い知らされたさ」ピーターは顔をしかめた。「まさに〈赤の女王〉さながらの逃げ足だった（『鏡の国のアリス』より）」

「ええ、わかってる。なのに今になって――よりにもよって、そのわたしが所有欲をむき出しにするなんて！　いったいどうしちゃったのか……ぞっとするわ。これからも、しじゅうあんなことが起きるのかしら？」

「さてね」ピーターは軽やかに言った。「僕には想像もつかないよ。ただし、ワトソン博士なみの幅広い女性経験、別個の三大陸にまたがる多くの国々での経験からして（ドイル『四人の署名』より）――」

「どうして別個なの？　たいていの大陸は、お茶っ葉みたいにブレンドされるものでしょう？」

「知らないよ。本にそう書いてあるんだ。別個の三大陸ってね。とにかく僕の経験からすれば、きみは空前無比の女性だよ。こんな人にはついぞ出会ったことがない」

「なぜ？　所有欲を見せつけられるのは初めてじゃないでしょうに」

「それどころか――日常茶飯事さ。だが自分の所有欲に気づいて、さっさと投げ捨てる者は――めずらしい。きみが普通の人間になりたいのなら、ハリエット、その欲を好き勝手にさせて、自分と周囲のみんなをうんざりさせてやることだ。それも、何か別の呼び名をつけて――〈献身〉とか、〈自己犠牲〉とか称してね。いつまでもそんな理性的で寛大なふるまいをしてると、みんなに僕らは互いに何の興味もないんだと思われてしまうぞ」

「でも――いつかまたわたしがあんなことをしたら、お願いだから譲歩したりしないで。本当は、さっきもそんな気はなかったんでしょ？」

「いざとなったら――そうだな、譲歩したはずだ。言い争いながら生きてくのはごめんだからね。少なくとも、きみとは」

「あなたがそんな弱気になれるなんて、意外だわ。所有欲の強い人間は、ぜったい満足なんかしないのよ。ひとたび譲歩したら、何度も何度も譲歩する羽目になる。デーン税（中世の英国で、デーン人への対策として徴収された租税）みたいにね」

「そんなに責めないでくれよ、女領主《ドミナ》さま。またあんなことになったら、きみを鞭《むち》打ってやるからさ。約束する。でもあのときは、自分が何に直面してるのかよくわからなかったんだ――la femme jalouse de l'œuvre（女性としてこちらの仕事について嫉妬している）のか、ごく理性的な抗議なのか、それとも要は結婚というものなのか。そりゃあ結婚したのに、独身時代とまったく同じでいられるはずはないからね。そうだろう？　ひょっとして、自分は間違った方向へ進んでるんじゃないかと思ったんだ。だからどこが問題なのかをきみに示せば——どうなると思ったのかは、よくわからない。まあいいさ。とにかくひとつだけわかってるのは、きみが最後に言ってくれたことだ。あれには息を呑む思いだったよ」

「わたしにわかってるのは、自分がいやらしいまねをはじめて、すんでのところで思い直したってことだけ。ねえピーター、あのせいで——あなたがまえに言ってくれたことが帳消しになったりしていない？　何も台なしになってない？」

「僕自身よりきみのほうが信頼できそうだ、というあのことかい？　どう思う？……なあ、いいかい——いっそ〈所有〉なんて言葉は首に煉瓦を巻きつけて溺れさせちまおう。僕はもうそんな言葉は使わないし、聞きたくもない——いちばん卑俗な物理的な意味でもね。馬鹿らしい。僕らは互いに所有することなんかできないさ。できるのは、持てるすべてを投げ出して賭けることだけだ（『ヴェニスの商人』二幕七場より）——ここでシェイクスピア！　とカークなら言うところだな。今夜の僕はどうなってるんだか。何やら、たががはずれたみたいだぞ。百まで生きても言えそうになかったことを次々口にしている——おおむね百歳になったら、口にする価値がなくなりそうなことばかりだが」

「そういう日なのかしらね。わたしもいろいろ口にしてしまったわ。でもあらゆることを口にしたのに、ひとつだけ——」

「そうだぞ。きみはまだ一度も言ってくれてない。いつも何か別の言い方を見つけてしまうんだ。Un peu d'audace, que diable!（さあ、ちょっとだけ勇気を出して！）……どうかね？」

「あなたを愛してる」
「よく言った！　ワインの栓でも抜くみたいに、無理やりひねり出さなきゃならなかったがね。なぜそんな言葉を口にするのがそれほどむずかしいんだ？　わたしは――人称代名詞、主格。L―O―V―E、愛す、こちらは動詞、能動態。意味は――まあ、スクウィアーズ氏（ディケンズ『ニコラス・ニクルビー』の登場人物）のひそみにならい、ベッドに入って答えを捜すとしよう」

　窓はまだ開いていた。十月にしては、奇妙に穏やかで静かな晩だ。どこかすぐ近くで一匹の猫――たぶんあのショウガ色の雄猫だろう――が長々と声を張りあげ、満たされぬ想いを訴えている。ピーターの右手が窓敷居を探り、あの花崗岩《かこうがん》の文鎮をつかんだ。だがふと気が変わって指をゆるめ、反対側の手で窓を閉めて錠をおろした。

「何さまのつもりだ？」彼は声に出して言った。「命ある仲間に石を投げつけようとするとは」

　彼は蝋燭《ろうそく》に火を灯し、ランプを消して二階へあがっていった。

　その二分後、いかなる野蛮な衝動に駆られたものか、バンターが裏の寝室からブーツを放り投げると、悲しげな鳴き声はぱたりとやんだ。

19　トゲトゲの鉢植え

ここは死の国
サボテンの国
ずらりと石像が立ち並び
死者の嘆願の手を受けとめる
消えゆく星のきらめきの下《もと》で……

理念と
現実のはざま
内なる思いと
行動のあいだに
影が垂れ込める

T・S・エリオット「虚《うつ》ろな人々」

「ピーター、今朝は何の夢を見てたの？　ひどく苦しげな声をあげていたけど」

彼は苛立《いらだ》った顔をした。

「いやはや、またあれがはじまったのか。夢は自分だけの胸にしまえるようになったつもりだったが……何か口にしてたかい？　いいから包み隠さず話してくれ」

「何を言ったのかは聞き取れなかったわ。でも、とにかく——控えめに表現すれば——何かが気になってるようだった」

「僕はさぞ一緒にいるのが楽しい相手だろうね」ピーターは苦々しげに言った。「わかってる。まえにも言われたことがあるんだよ。寝床をともにするには最高の男——ただし、目を覚ましてるかぎりはだ。きみを巻き込んだりする権利はなかったのに、人はついつい、いずれは治るんじゃないかと期待してしまうのさ。これからは別の部屋で眠るようにするよ」

「馬鹿言わないで、ピーター。わたしが腕をまわしたら、すぐに悪夢はおさまったじゃないの」

「そうだった。思い出したよ……僕らは十五人で、棘《とげ》だらけの荒野を行進してたんだ、全員が鎖でつながれて。僕には何か忘れてしまったこと——するのを忘れたか、誰かに話し忘れたことがあるんだが、その鎖のせいで立ちどまれない……みんな口の中が砂でいっぱいになり、ハエやら何やらにたかられながら……とにかく紺色の制服を着て、まえへ進んでゆくしかない……」

ピーターは、はたと言葉を切った。「どうして紺色の制服なんだ？——いつもは戦争に関する夢なのに。どのみち、自分の夢のことなんか話すのは、自己中心癖のきわみだな」

「でも聞きたいわ。ずいぶんひどい夢みたい」

「ああ、ある意味ではね。僕らは歩きづめで、ブーツも破れ……ふと見おろすと、自分の足の骨が見えるんだ。ずっと鎖をかけられてたせいで、真っ黒でボロボロになりかけている……」

「Mais priez dieu que tous nous veuille absoudre（ただ神に我らの罪への赦《ゆる》しを祈らせたまえ）」

「ああ、それだ。『首を吊られし者たちのバラード（ヴィヨンの詩）』さながらの状態だよ。ただし暑くて、空は真鍮《しんちゅう》みたいな色だけど。それにみんな、旅の終わりは始まりよりもさらに悪いことを知っている。それはすべて僕のせいなんだ。なぜって僕が——何かを忘れてしまったからさ」

「で、旅の終わりはどうなるの？」

「それが、終わらなかったんだ。きみの手が触れると急に夢が変わって——何やら雨とキクの花束に関するものになったから。まあ、もともとよくある、責任感に苦しむ夢で、中ではましなほうだったのさ。ただ、おかしなことに、僕はじっさい何かを忘れてる——それがわかるんだ。目覚めたときにはもう少しで思い出しそうだったのに——忘れてしまったよ」

「気にせずいれば、じきに思い出すわ」

「そう願いたいところだ。あまり罪悪感は抱かんほうがいいんだろうな……やあ、バンター、何だ？　郵便かい？　おいおい、そっちに持ってるのは何だ？」

「シルクハットでございます、御前」

「シルクハット？　よしてくれ、バンター。田舎でそんなものは必要ない」

「今朝は例の葬儀がございますので、御前がご参列を望まれるのではないかと思いまして。祈《き》禱書《とうしょ》は黒のスーツともども、あちらの包みに入っております」

「だがいくら何でも、村の葬式に三つ揃いとシルクハットはなかろう！」

「昔ながらの表敬法は、農村社会では高く評価されるものでございます。とはいえ、どうぞ御前のよろしいように。さきほど二台の運搬車が荷物を取りにまいりまして、カーク警視がマクブライド、ソロモンズ両氏と階下《した》でお待ちです。お許しいただければ、手前はブロクスフォードまで車を走らせ、当面の必需品を注文してまいろうかと――キャンプ用の簡易ベッドを二台、それにやかんといったところでしょうか」

「ピーター」ハリエットは自分宛ての郵便物から目をあげた。「お母さまがお手紙をくださって、今日の午前中に領地内のご隠居所《ダワーハウス》へ発たれるそうよ。〈デンヴァー・ホール〉の狩猟パーティはお開きになって、ジェラルドとヘレンはこの週末はアッテンベリー卿のお屋敷へ行かれるみたい。それで、わたしたちもしばらく領地ですごしてはどうか、二人とも休息と気分転換が必要なのじゃないかって――そこは慎重に、お互いからというより、〈家の維持〉から解放されるために、と説明されているけど」

「まったく母はたいした女性だよ。ずばりと急所を突いてくる手腕ときたら、奇跡的と言ってもいいほどだ――いかにも本人は適当に突いてる感じなんだがね。家の維持《ハウスキーピング》か！　どうもこの分じゃ、僕らに維持《キープ》できるのはこの家《ハウス》だけってことになりそうだからな」

「このご提案をどう思う？」

「まあ、きみしだいだよ。どのみち僕らはどこかへ移るしかない――バンターのやつが嘆かわしげにほのめかしてる、やかんと簡易ベッドの生活のほうがいいのでなければね。とはいえ、あまり新婚早々から姑の介入を許すのは賢明でないと言われているぞ」

「姑と言っても、いろいろよ」

「たしかにな。それに、ほかの義理の家族に煩《わずら》わされる心配はないわけだから、そこは大違いだ。いつか話したことがあったよな、できれば二人だけでゆっくり僕の生家を見にいこうって」

「行ってみたいわ、ピーター」

「よし、ならばそうしよう。バンター、先代公妃に電報を打って、僕らは今夜じゅうに行くと知らせてくれ」

「かしこまりました、御前」

「大満足のようだったな」バンターが出ていくと、ピーターは言った。「あいつも事件の調査を放り出すのは無念だろうが、キャンプ用ベッドとやかんにはさすがに意気をくじかれそうだ。ある意味、ソロモンズ氏が事態を急転させてくれてありがたいぐらいだよ。僕らは逃げ出すわけじゃない。退却命令を受けたんだから、戦士の名誉を保ったまま堂々と出ていける」

「本当にそう思ってる？」

「たぶんね。ああ、そう思ってる」

ハリエットは彼を見つめ、みるみる気分が落ち込むのを感じた。望みどおりのものを手に入れたはずの人間が、しばしば感じるあの気持ちだ。

「あなたはきっと、二度とこの家には戻りたがらないわ」

ピーターは落ち着かなげに、もぞもぞ身体を動かした。「さあ、どうかな。僕はたとえクルミの殻に閉じ込められようと（『ハムレット』二幕二場より。「無限の天地を領する王者のつもりになれる男だ」と続く）平気なタイプだからね――悪い夢さえ見なければ」

だが挫折の影が垂れ込めているかぎり、この家ではずっと悪夢を見るだろう……彼はその話題をわきに押しやり、こう尋ねた。

「母からほかに何かニュースは？」

「ニュースというのじゃないけれど、お母さまはもちろん、わたしたちがこんな目に遭ったのをひどく嘆いてらっしゃるわ。それと、わたしたちにぴったりのハウスメイドを二人見つけて、十一月から来られるように手配してくださったんですって。シャンデリアは天井に吊るされて、あまりジャラジャラいわないように飾り玉の間に詰め物が入れられ……ピアノのほうは調律師に一時間ぶっ続けで弾かせてみたけれど、おかしな音は一度も出なかった。アハスエロスは火曜の晩にネズミをつかまえて、フランクリンの寝室用スリッパの中に入れた。あなたの甥のジエリーは警官とちょっとした意見の相違があったけど、叔父を嫁がせたばかりなのだと言い訳して、罰金と警告だけですませてもらったそうよ。それでぜんぶ。あとは――まあ要するに、わたしがあなたの信用を高めてくれて嬉しい、結婚生活がちょっとした逆境ではじまるのも悪くはないかもしれない、といったところね」

「まあ、そのとおりなんだろう。とにもかくにも、僕の信用が高まったのは何よりだ。ところで、これはパンダロスおじさん――つまりポール伯父――からきみへの手紙だ。僕宛てのやつに同封されてたんだが、そっちの手紙には余計なお世話が書き連ねられてたよ。ここ数年の〈度を越した美徳への耽溺《たんでき》〉のせいで、僕の métier d'époux（夫としての技量）があまり衰えていなければいいが、とか……une vie réglée（節度ある生活）を宗《むね》として、trop émotionné（過度に感情的）にならないように、なぜなら感情はえてして、les forces vitales（活力）を損なうからだとか……。まったく、あのパンダロスおじさんほど、よき助言の手紙に無神経な皮肉を詰め込める者はほかに思い当たらんよ」

「わたしにくださったのも、よき助言の手紙よ。でもそれほど皮肉じゃないわ」

じっさい、デラガルディ氏はこう書いていた——

〈親愛なる姪よ

突拍子もないやつではあるが、概して好もしい我が甥が、うまいことあなたの盃を命のワインで満たしていることを祈ります。彼をよく知る老人として言わせてもらえば、あなたを潤《うるお》すワインは、彼にとっては日々の糧《かて》たるパンなのです。あなたは理性的な方だから、cette franchise（こんな率直な言い方）に腹を立てたりはなさらんでしょう。甥はまったく理性的ではありません—— il n'est que sensible et passablement sensuel. Il a plus besoin de vous que vous de lui; soyez généreuse—c'est une nature qu'on ne saurait gâter. Il sent le besoin de se donner—de s'épancher; vous ne lui refuserez certes pas ce modeste plaisir. La froideur, la coquetterie même, le tuent; il ne sait pas s'imposer; la lutte lui répugne. Tout cela, vous le savez déjà—Pardon! je vous trouve extrêmement sympathique, et je crois que son bien-être nous est cher à tous deux. Avec cela, il est marchand du bonheur à qui en veut; j'espère que vous trouverez en lui ce qui pourra vous plaire. Pour le render heureux, vous n'avez qu'à être heureuse; il supporte mal les souffrances d'autrui. Recevez, ma chère nièce, mes vœux les plus sincères（理性的どころか、すこぶる官能的な男で、あなたが彼を必要としている以上に、あなたを必要としているのです。寛大になってやってください——抑えがたい本能なのですから。彼は自分を与える——あふれさせる必要を感じている。あなたもよもや、そんなささやかな喜びを拒んだりはなさらんでしょう。思わせぶりな駆け引きは禁物。彼は無理強《じ》いするのが苦手で、争うのは大嫌いです。だがそんなことはみな、とうにご承知でしょうな——失礼！ あなたはきわめて同情深い方のようだし、甥の幸福はわれわれ二人にとっても大事なことでしょう。それに、彼は望む者には幸福を与えるはずです。あなたが彼の中に、何かお気に入りのものを見つけられますように。彼を幸せにするには、あなたが幸せであればよいのです。彼は他人の苦痛が耐えられないのですから。親愛なる姪へ、心よりの誠意を込めて）〉

ピーターはにやりと笑った。

「どんな内容かは訊かないでおくよ。ポール伯父の〈よき助言〉については、なるべくコメントを控えるのが身のためだからな。じつに嘆かわしい老人のくせに、腹が立つほど見る目は的確なんだ。彼に言わせれば、僕の弱みはロマンチックな心で、それが現実的な頭とぶつかってとんだ騒ぎになるらしい」

じっさい、デラガルディ氏は甥への手紙にこう書いていた――

〈. . . Cette femme te sera un point d'appui. Elle n'a connu jusqu'ici que les chagrins de l'amour; tu lui en apprendra les délices. Elle trouvera en toi des délicatesses imprévues, et qu'elle saura apprécier. Mais surtout, mon ami, pas de faiblesse! Ce n'est pas une jeune fille niaise et étourdie; c'est une intelligence forte, qui aime à résoudre les problémes par la tête. Il ne faut pas être trop soumis; elle ne t'en saura pas gré. Il faut encore moins l'enjôler; elle pourra se raviser. Il faut convaincre; je suis persuadé qu'elle se montrera magnanime. Tâche de comprimer les élans d'un cœur chaleureux—ou plutôt réserve-les pour ces moments d'intimité conjugale où ils ne seront pas déplacés et pourront te servir à quelque chose. Dans toutes les autres circonstances, fais valoir cet esprit raisonneur dont tu n'es pas entiérement dépourvu. A vos âges, il est nécessaire de préciser; on ne vient plus à bout d'une situation en se livrant à des étreintes effrénées et en poussant des cris déchirants. Raidis-toi, afin d'inspirer le respect à ta femme; en lui tenant tête tu lui fourniras le meilleur moyen de ne pas s'ennuyer. . . （あの女性はおまえの支えとなってくれるだろう。彼女はこ

れまで、愛の苦しみしか知らずにきた。喜びを教えてやりなさい。彼女もおまえのうちに思わぬ妙味を見出し、その真価に気づくことだろう。いいか、何より、弱気になるな！　相手は考えなしの軽率な小娘ではない。じつに聡明な、頭を使って問題を解決するのが好きな女性だ。あまり従順になりすぎるな。彼女に嫌われるぞ。甘い言葉で騙すのもいかん。彼女はあとで考えなおすかもしれない。納得させることが肝要なのだ。そうすれば彼女は度量の広さを見せてくれるだろう。情熱のおもむくままに突っ走るのは、なるべく控えるように――ただし夫婦の親密なひとときなら、それも悪くはなく、あんがい役に立ってくれるかもしれない。それ以外はどんなときにも、おまえにも少しは残っているはずの理性を保つのが賢明というものだろう。おまえたちの年齢では、何でもはっきりさせることが必要だ。夢中で抱き合ったり、泣きわめいたりして片がつくことはない。彼女に敬意を抱いてもらえるように、肚《はら》をくくることだぞ。彼女をうんざりさせないためには、毅然たる態度を取るのがいちばんだ……〉

ピーターは顔をしかめてその手紙を折りたたみ、妻に尋ねた。

「きみは葬儀に行くつもりかい？」

「遠慮しとくわ。あなたのシルクハットにつり合いそうな喪服は持っていないし、ここに残ってソロモンズ＝マクブライドご一行に目を光らせてたほうがよさそうだから」

「それはバンターにまかせておけばいい」

「あら、だめよ――彼は葬儀に出たくてならないの。ついさっきも、とっておきの山高帽にブラシをかけてたわ。そろそろ階下《した》へ行く？」

「僕はもうしばらくここにいるよ。返事を書かなきゃならない代理人からの手紙があるんだ。すべてきちんと片づけてきたはずだったのに、よりにもよってこんなときに店子《たなこ》の一人が厄介事を起こしてくれてね。それに、ジェリーがさる女性と困ったことになってるそうだ。僕を煩わせるのはじつに心苦しいが、彼女の夫がゆすりも辞さない目つきであらわれた。いったいどうすればいいのだろう？　だとさ」

「いやだ！　あの子ったら、またなの？」

「とにかく小切手を送ってやるのだけはやめよう。たまたま、僕は問題の紳士淑女についてよく知ってるんだが、必要なのは断固たる手紙と僕の弁護士の住所だよ。その弁護士も、彼らのことはよく心得てるはずだ。だが階下《した》ではゆっくり手紙も書けないからね。カークがどうにか窓をすり抜けようとするわ、取り立て業者が飾り棚を取りっこするわじゃな」

「そりゃあそうよね。そっちはわたしがどうにかするから、せっせといい子にお仕事をなさい……以前はあなたなんか何の責任もない、天下の暇人だと思ってたのにねえ！」

「あいにく、不動産は手間のかかるものなのさ！　甥っ子もだ。そうそう！　パンダロスおじさんは愛情あふれる助言をするのが好きだよな？　今度はこちらが、いちばんふさわしいやつに愛情あふれる助言をしてやろうじゃないか。誰にでもチャンスはめぐってくるものだ……C'est bien, embrasse-moi... Ah, non! voyons, tu me dépeignes... Allons, hop! il faut être sérieux.（よし、それじゃキスして……わっ、だめだ！　ほら、髪がくしゃくしゃだぞ……さてと！　少しは真面目にならんとな）」

種々の返信を書き終えたピーターが、さんざんむずかりながらも黒いスーツと糊のきいたシャツを着せられて階下《した》におりたころには、カーク警視は今にも立ち去ろうとしていた。かたやマクブライド氏は、彼自身とソロモンズ氏、それに遺言執行者の代理人と称する何やらみすぼらしい御仁《ごじん》の三つどもえの議論に勝利を収めたところだった。厳密にはどう話がついたのか、ピーターは尋ねなかったし、ついに知ることはなかったが、要するに家具はすべて持ち去られることになったようだった。ハリエットが（夫の代わりに）いっさいの権利を放棄したのだ。その理由は――（a）二人は現時点で家具の使用料を払っていない、（b）たとえ一ポンドのお茶をおまけにもらえても、あんな家具はいらない、（c）この週末はよそですごすことになっている、（d）できるだけ早く家から持ち出してもらえれば、自分たちのものを置く場所ができてありがたい。

この件が合意に達すると、マクブライド氏は作業にかかる許可を警視に願い出た。カークはむっつりとうなずいた。

「進展はなしかな？」ピーターは尋ねた。

「これっぱかりも」カークは答えた。「おっしゃるとおりでしたよ。パフェットとバート・ラドルは上階《うえ》のそこらじゅうに指紋を残しているが、その一部が先週つけられたものかどうかはわからない。ここの床には、石が投げつけられたとおぼしき凹《へこ》みはない――とはいえ、この古いオーク材はえらく硬くて、大きな石を一週間も投げつけたって跡は残らんでしょう。まったく、参りましたよ。こんな事件は見たこともありません。とっかかりすらないって感じです」
「セロンがあの窓を通り抜けられるか試してみたのかね?」
「ジョー・セロンですか?」カークは鼻を鳴らした。「これから村へ行かれるおつもりなら、
あいつをご覧になれますよ。いやはや! あれぞ交通渋滞だ! 生まれてこのかた、あんなのは見たこともありません。パグフォードの住民の半分と、ブロクスフォードのほとんど全住民が押しかけとるんです。それにロンドンの新聞社の連中、《ブロクスフォード・アンド・パグフォード・ガゼット》と《ノース・ハーツ・アドヴァタイザー》の記者たち、例の動画用カメラとやらを担いだ男。〈王冠亭〉の前も車がぎっしりで、まず店内には入れんし、中に入ったら入ったで、カウンターのまわりは人だらけで注文もできない。とてもジョー一人の手には負えんようなので、うちの巡査部長を助っ人に残してきたところです。しかも」警視は憤然と続けた。「ようやく車を二十台ほど、ギディーさんちの野原のわきの小道にきっちり駐車させたとたんに、どこかの若造がやって来て、キンキン声で『ありゃあ、頼むよ――そこを通してくんねえか? この雌牛を雄牛んとこさ連れてきたんだ』と言い出す始末だ。おかげで、また車をそっくりどける羽目になりました。頭にくるなんてものじゃない。だがまあね! これが永遠に続くわけじゃなし。そう思えば少しは慰められます。葬儀がすんで一段落したら、ジョーをこちらへ連れてきますよ」

マクブライド氏が連れてきた男たちは、手際よく作業を進めた。ハリエットは自分が結婚後の数日間をすごした家がみるみるうちに中身を剝《は》ぎ取られ、藁《わら》くずと木箱だらけの、埃《ほこり》っぽい、寒々しい場所へと化してゆくのを見守った。巻きあげられたカーテン、まるでクモの巣のように、壁からはずされた針金を四方八方に広げる絵画。自分たちの結婚生活もずっと、こんなふうに目まぐるしく変わり続けてゆくのだろうか。持って生まれた性格は運命だ（ドイツの詩人ノヴァーリスの言葉）。たぶん彼女もピーターも、何かの冒険に乗り出すたびに、とんでもない邪魔が入ったり、運勢が激変したりするように定められているのだ。

ハリエットは作業に手を貸して炉辺の道具を束ねながら、声をあげて笑った。いつぞや既婚の友人が、ハネムーンの顚末《てんまつ》を打ち明けてくれたのを思い出したのだ。

「ジムが静かな場所へ行きたがったんで、ブルターニュの小さな漁村へ行ったの。もちろん、すてきだったわよ。でも毎日雨ばかりで、ろくにすることがなかったのは誤算だったわ。わたしたちはすごく愛し合っていた、それを否定するわけじゃないのよ。だけど、とにかく膨大な時間をつぶさなきゃならなかったし、ただ静かにすわって本を読むのは何だか違うような気がしちゃってね。やっぱり、観光旅行型のハネムーンも馬鹿にはならないわ――日々の予定を与えてくれるもの」

とはいえ……ものごとは必ずしも予定どおりにはいかない。

炉辺の道具から目をあげたハリエットは、少々意外にも、フランク・クラッチェリーの姿に気づいた。

「何かお手伝いすることはありませんか、奥さま？」

「あら、クラッチェリー……どうかしら。今朝は暇なの？」

クラッチェリーは説明した――例の葬儀に出る一行をグレイト・パグフォードから連れてきたところで、彼らは〈王冠亭〉で昼食を取ることになっているので、しばらくこちらの出番はないのだと。

「でも、あなたはご葬儀に行かなくてもいいの？　パグルハム聖歌隊のメンバーなんでしょう？　牧師さまは合唱つきのお式だとか言ってらしたけど」

クラッチェリーはかぶりを振った。

「じつはさっき、グッドエイカー先生の奥さんと口論になっちゃって――ていうか、あっちが突っかかってきたんですけどね。あのカークが……余計な鼻を突っ込むからですよ。俺とポリー・メイスンのことを牧師の奥さんにとやかく言われる筋合いはないのにな。結婚予告を出してもらおうと頼みにいったら、いきなり説教ですよ」

「あらまあ！」ハリエットは言った。彼女自身もクラッチェリーにはあまり好意を抱けなかったが、彼はトウィッタトン嬢が例のいざこざをぶちまけたとは夢にも知らないようだから、それには触れないほうがよさそうだった。今では当のトウィッタトン嬢も、話してしまったことを後悔しているに違いない。あの件をクラッチェリーのまえで持ち出せば、さらにすべてが大事《おおごと》になり、気の毒なトウィッタトン嬢の屈辱を深めてしまうだけだろう。それに運送業者の一人が窓辺にひざまずき、ブロンズの騎馬像やその他の美術品を注意深く木箱に詰めている。もう一人は脚立に乗ってバラの絵の鏡を壁からはずし、今度は時計にかかろうとしていた。

「わかったわ、クラッチェリー。必要そうなら、この人たちに手を貸してあげて」

「はい、奥さま。ここらのものを少し外に運び出しましょうか?」

「ええと――いえ、ちょっと待って」ハリエットは窓辺の男に目を向けた。ちょうど悪趣味な飾りの最後のひとつを木箱に収め、蓋を閉めているところだ。

「この部屋の残りの家具は、最後にしてもらえるかしら? 主人がご葬儀のあと、お客さまを何人かお連れするかもしれないの。そうしたら、おかけいただく椅子が少しは必要でしょうから」

「承知しました、奥さま。じゃあ、ちょっと二階のほうをやらしてもらってもいいですか?」

「ええ、そうしてちょうだい。こちらの部屋も長くはかからないはずよ」

「わかりました。さあ、ビル、こっちだ」

ビルはほんの形ばかりの口ひげを生やした痩せこけた男で、文句も言わずに脚立からおりた。

「よしきた、ジョージ。あの天蓋つきベッドをばらすのは、ちっとばかり手間がかかりそうだな」

「この人にも何かお手伝いできそうかしら? ここの庭師なの」

クラッチェリーは脚立を取りあげて部屋の真ん中に進み出たところだった。ジョージは彼に目をやり、こう答えた。「温室にもいろんな植物がありましてね。その件でとくに指示は受けてないけど、何もかも持ってくように言われとるんです」

「ええ、植物も持っていってちょうだい、ここにあるのもぜんぶ。でもこっちはあとでいいでしょう。まずは温室のほうをお願い、クラッチェリー」

「物置にもどっさり荷物があって」とジョージ。「ジャックがやっとるんですが、手を貸してもらえりゃ喜ぶでしょう」

クラッチェリーは脚立をまた壁に立てかけて出てゆき、ジョージとビルは二階へ姿を消した。ハリエットはふと、ピーターの刻み煙草と葉巻が飾り棚に入れてあったのを思い出して回収した。そのあと、不意に胸騒ぎを覚えて食料貯蔵室へ飛んでいったが、すでに中は空っぽだった。彼女は泡を食って地下室への階段を駆けおりた――ほんの数日まえまで、その下に何があったか思い出す暇もなく。室内は真っ暗だったが、マッチを擦ると、ようやくまた息ができるようになった。万事異状なし。二ダース半のポートワインが注意深くラックに並べられている。正面に留めつけられたメモにはでかでかと、〈御前さま私物。手を触れるべからず〉と記されていた。

ふたたび階段の上の光の中に出たハリエットは、ちょうど裏口から入ってきたクラッチェリーとばったり出くわした。彼はぎょっとしたようだった。

「ワインは無事か確かめにいったの。バンターが張り紙をしたみたいだわ。でも念のため、何があろうとあの瓶には指一本触れないようにみんなに言っておいてね」

クラッチェリーはにっと満面に笑みを浮かべた。その顔がどれほど魅力的になるかを見せつけられたハリエットは、トウィッタトン嬢やポリー・メイスンが無分別に熱をあげたわけがわかったような気がした。

「みんな忘れっこないですよ、奥さま。バンターさんが、じきじきに申し渡してましたから――すごくおごそかにね。あの人は、あのワインをえらく大事にしてるみたいだ。昨日だって、猛然とマーサ・ラドルをどやしつけてましたよ。あれをお聞かせしたかったな」

それはぜひとも聞きたかったものだ。ハリエットはその場の一部始終を目撃者に尋ねたくてならなかったが、クラッチェリーの慣れ慣れしい態度をあまり助長するのはどうかと思い直した。それに、本人が気づいているかどうかは別として、彼はハリエットからすれば悪人なのだ。そこで、こう言うにとどめた――

「まあ、とにかくあの人たちが忘れないようにして」

「承知しました。ビア樽のほうは持ち出していいんですよね」

「あら、ええ――あれはうちのものじゃないから。うちのは瓶詰のビールだけ」

「わかりました、奥さま」

何をしにきたのかは知らないが、クラッチェリーは手ぶらでまた外へ出てゆき、ハリエットは居間に戻った。思えば哀れな末路だと、寛大な気分で窓辺の飾り鉢から葉蘭を取り出し、ひとまとめに床の上に置いた。そしてそのかたわらに、詰め物をしすぎた針刺しのようないやらしい小さなサボテンと、若いゴムの木。めずらしいほど好きになれない植物ばかりだが、感傷的な思い出のせいで、今はみなどこか神聖なものになっていた。ピーターはよくこれを見て笑っていたものだ。彼が笑っただけで葉蘭を崇《あが》めたくなるなんて、わたしはよほど彼にのぼせているに違いない。

「いいでしょう」ハリエットは声に出して言った。「せいぜい、のぼせあがってやろうじゃないの」彼女はいちばん大きな葉蘭を取りあげ、無表情なつるつるの葉っぱにキスした。「でもね」と、小さなサボテンに向かって陽気に言った。「あなたのほうは、ひげを剃《そ》らないかぎりはキスしないわよ」そのとき、不意に窓の外からにゅっと頭があらわれ、彼女は腰を抜かした。

「失礼、奥さん」その頭は言った。「物置の乳母車はおたくのですかね?」

「え? あら、いいえ」とハリエット。昨夜のピーターの心境がいやというほど理解できた気がした(あんのじょう、とんだ恥をさらしたよ――どうやら、二人ともそういう運命らしい)。

「まえの所有者が競売《せり》で手に入れたんじゃないかしら」

「わかりました、奥さん」その頭――たぶんジャックのものだろう――は、口笛を吹きながら消え去った。

ハリエット自身の衣類も荷造りされていた。朝食後間もなく――ピーターが手紙を書いているあいだに――バンターが二階へやって来て、彼女があのオレンジ色のドレスと格闘しているのを見つけたのだ。彼はしばし遠慮深くそれを見守ったあと、お手伝いいたしましょうかと声をかけ、その申し出は安堵《あんど》とともに受け入れられた。どのみちそれ以前にも、彼はもっと私的な衣類の荷造りをしていた――あとで荷物から下着を取り出したハリエットは、記憶にないほど多量の薄紙が使われていることや、自分がいつになく整然と荷造りしたことに驚かされたものだが。

ともあれ、準備は万端整っていた。

そのとき、グラスがどっさり載ったトレイを手に、クラッチェリーが居間に入ってきた。

「これがご入用かと思いまして、奥さま」

「まあ、ありがとう、クラッチェリー。よく気がつくのね。たしかに、グラスも必要そうだわ。あそこに置いてもらえる？」

「はい、奥さま」彼はすぐには立ち去りたくないようだった。

「あのジャックって男が」ややあって、とつぜん切り出した。「缶詰や瓶詰はどうすればいいのか知りたがってるんです」

「食料貯蔵室に置いておくように言ってちょうだい」

「どれがおたくのかわからないんですよ、奥さま」

「〈フォートナム＆メイソン〉のラベルがついたのはぜんぶうちのよ。それ以外のものがあったら、たぶんこの家のものでしょうね」

「わかりました。あの……もしかして、しばらくしたら、奥さまと御前さまはここに戻られるんですか？」

「あら、ええ、クラッチェリー──戻ってくるはずよ。ここでの仕事のことが気になってたの？　そうね、わたしたちは改装がすむまで、しばらくよそに行くかもしれないけど──庭の手入れはあなたに続けておいてほしいわ」

「ありがとうございます、奥さま。承知しました」どこか気まずい沈黙が流れ、そのあと──

「あの、すいません、奥さま。ちょっと考えてたんですが――」クラッチェリーは、手にした帽子をぎごちなくひねりまわした。「――俺とポリー・メイスンが結婚するとしたら、旦那さまは……つまりその、二人で車屋をはじめるつもりだったのに、例の四十ポンドが失くなっちまったから……もしも貸してもらえれば、きちんとお返しするように――」

「ああ、なるほど。でも、クラッチェリー、それはわたしには何とも答えようがないわ。あの人にじかに話してみることね」

「はい、けど……奥さまからもお口添えいただけないかと……」

「考えてみましょう」

ハリエットはどうしても、その言葉に心からの思いやりを込められなかった。むしろ内心、「トウィッタトンさんの蓄えの分もお貸しすることになるの？」と言ってやりたくてならなかった。とはいえ、クラッチェリーはこちらがそこまで知っているとは知るよしもないのだ。こんな頼みごとをしてくるのも不思議はない。会見は終了したはずなのに、若者がまだぐずぐずしているので、ハリエットは門のまえに車がとまる音を耳にしてほっとした。

「あの人たちが戻ってくるわ。あまり長くはかからなかったわね」

「はい、奥さま。葬式なんて、そんなもんです」

クラッチェリーは一瞬ためらったあと、部屋から出ていった。

代わりに入ってきたのは、かなりの人数の一団だった。全員がダイムラーに乗ってきたのなら、まるで葬儀屋の宴会みたいに見えたことだろう。いや！　グッドエイカー師の姿もあるから、一部は彼の小さな車に乗ってきたのだろう。牧師は法衣姿のままで、白い上着《サープリス》とオクスフォード頭巾を腕にかけ、反対側の腕で思いやり深くトウィッタトン嬢を支えている。彼女が昨夜よりはるかに元気そうなのは一目で見て取れた。葬儀の涙で両目が赤くなり、黒い子羊革の手袋をはめた手で黒い縁取りのハンカチを握りしめてはいるものの、これほど重要な葬儀で喪主を務めた興奮が、失われた自尊心をすっかり回復させてくれたようだ。

続いてラドル夫人が入ってきた。ピカピカの黒いビーズがちりばめられた、奇妙な古めかしいマント姿だ。例のボンネットの黒玉の飾りが、検死審問のときよりさらに陽気にきらめいている。彼女は晴れやかに微笑んでいた。そのすぐうしろにはバンター。山ほどの祈禱書と簡素な山高帽を手に、ラドル夫人とは対照的に、あくまでこの場にふさわしい陰気な表情を浮かべている。故人のいちばん身近な親族かと思ってしまうほどだ。バンターの次に入ってきたのは、少々意外にもパフェット氏で、恐ろしく古い奇妙な緑がかった黒のモーニングを着ていた。ボタンをかろうじてとめた上着の下は、例によって重ね着セーターと作業用ズボンといういでたちだ。あの上着は自分の結婚式のときのものに違いない、とハリエットは考えた。山高帽は水曜の朝にかぶっていたものではなく、一八九〇年代に若者たちのあいだで流行《はや》った、つばを小粋《いき》にうねらせたものだった。

「さてと！」ハリエットは言った。「みなさんおそろいのようですね！」

彼女はトウィッタトン嬢に挨拶しようと足早に進み出た。しかし、途中でちょうど部屋に入ってきた夫に注意を奪われた。彼はドアのまえで足をとめ、ひざ掛けをラジエーターにかけたあと、周囲の視線を意識してか、少々派手な身ぶりで入ってきたのだ。地味なスーツとスカーフ、かっちりと仕立てられた黒い外套《がいとう》、細く巻かれたシルクの傘のもたらす効果が、無造作に傾けられたシルクハットのせいでいくらかそがれている。

「やあやあ、ようこそ」御前さまは愛想よく言った。傘を床に置き、はにかんだ笑みを浮かべると、これみよがしにシルクハットを脱いだ。

「さあさあ、こちらへおかけになって」我に返ったハリエットは、トウィッタトン嬢を椅子のひとつへと導いた。黒い子羊革に包まれた手を取って、元気づけるようにぎゅっと握った。

「おおエルサレム、懐かしき我が家よ！（讃美歌の一節）」ピーターは室内を見まわし、感慨深げに呼びかけた。「これがあの、美のきわみと呼ばれし町なのか？　略奪者ども——イスラエルの戦車とそれを操る者たちに災いあれ！」

彼は葬儀やその他の厳粛な儀式のあとに陥りがちな、妙に浮ついた気分になっているようだ。ハリエットは「ピーターったら、お行儀よくなさい」とぴしゃりと言い、すばやくグッドエイカー師に目を向けた。

「お式には大勢の方が見えまして？」

「それはたいそうな数で」牧師は答えた。「じつに盛大なものでした」

「本当にありがたいことですわ」トウィッタトン嬢が叫んだ。「これほど叔父に敬意を払っていただいて」頬がさっとピンク色に染まったところは、愛らしいと言ってもよさそうだった。

「お花もどっさり！　花輪を十六個もいただきました——こちらからのとても美しいものも含

めて、レディ・ピーター」

「十六個！　まあすごい！」ハリエットは内心、みぞおちに強烈なパンチをくらった思いだった。

「それにすばらしい合唱！」トウィッタトン嬢は続けた。「心に響く讃美歌ばかりでした。しかもグッドエイカー先生が――」

「いや、あの先生のお言葉は――」パフェット氏が口をはさんだ。「何ちゅうか、心にぐっときましたな」

パフェット氏は白い水玉模様が入った大きな赤い木綿のハンカチを取り出し、威勢よくぶーっと洟《はな》をかんだ。

「ほんとに」ラドル夫人が相槌《あいづち》を打つ。「何もかもみごとなもんでしたよ。あたしはここ四十年以上もパグルハムの葬式には残らず出てるけど、あれほどすごいのは見たこともない」

彼女が同意を求めてパフェット氏のほうを向いたすきに、ハリエットはピーターに尋ねた。

「ピーター――わたしたち、ほんとに花輪を贈ったの？」

「知るもんか。バンター――僕らはほんとに花輪を贈ったのかね？」

「はい、御前。温室栽培の百合と白いヒヤシンスの花輪を」

「じつに上品でふさわしい選択だ！」

恐れ入ります、とバンターは答えた。

「みなさんがお越しくださいました」トウィッタトン嬢が言った。「ドクター・クレイヴンも足をのばしてくださって。ご高齢のソーワトンご夫妻、ブロクストンのジェンキンズさんご一家、それにウィリアムズ叔父の不運を告げにきた、あの一風変わった青年まで。ミス・グラントは学校の子供たち全員に花を持たせてご参列くださいましたし――」

「フリート街の記者連中もこぞって顔を見せてたよ」とピーター。「バンター、ラジオ・キャビネットの上にグラスがあるようだが。何か飲み物をもらえるかな」

「かしこまりました、御前」

「残念ながら、樽入りのビールは没収されてしまったけど」ハリエットはちらりとパフェット氏に目をやった。

「それはまずいぞ」ピーターは外套を脱ぎ、それとともに、しかつめらしい態度の最後の名残も脱ぎ捨てた。「だがまあ、パフェット、今日のところは瓶詰のやつで勘弁してくれたまえ。初めてビールの瓶詰を思いついたのは、アイザック・ウォルトン（『釣魚大全』の著者として知られる随筆家）だって話だぞ。ある日、釣りをしているときに――」

この長広舌《ちょうこうぜつ》のさなかに、とつぜんビルとジョージが二階からおりてきた。一人は化粧台の鏡と洗面器、もう一人は水差しと寝室用のこまごました道具を束ねたものを持っている。彼らは室内が人でいっぱいなのを見て、嬉しくなったようだった。ジョージがうきうきとピーターのほうに進み出た。

「すいませんが、旦那」ジョージは階段のそばにすわっていたトウィッタトン嬢のほうに、手にした寝室用の道具を漠然と振りまわした。「二階の剃刀《かみそり》やら、銀のブラシやらはぜんぶ――」

「これ！」御前さまはおごそかに言った。「無礼なまねはよしなさい」目障りな陶器にそっと上着をかぶせ、その上にスカーフ、さらにはシルクハットを載せて、仕上げにジョージののばした腕に傘をぶらさげた。「さっさとあちらのドアから出ていって、うちの執事に頼みたまえ――今すぐ二階へ来て、どれが誰のものか教えてほしいとね」

「すいません、旦那」ジョージは答え、少々ぎごちなくそろそろと出ていった。シルクハットがあぶなっかしく傾いていたからだ。意外にも、室内の気まずい空気をやわらげてくれたのはグッドエイカー師で、彼は懐かしげな笑みを浮かべて話しはじめた。

「いや、信じてくださらんかもしれないが、わたしもオクスフォード時代に一度、殉教者記念碑にシルクハットをかぶせてやったものです」

「本当ですか？」とピーター。「僕は仲間たちと謀《たばか》って、あのシーザー像（シェルドニアン講堂の塀の上に並べられた頭像）の頭上にひとつずつ、開いた傘をくりつけてやりました。特別研究員《フェロー》たちの傘をね。ああ！　飲み物が来たぞ」

「恐れ入ります」トウィッタトン嬢は、渡されたグラスに向かって悲しげに首を振った。「それにしても、このままピーター卿のシェリーをご馳走になったときのことを思うと――」

「いやはや！」とグッドエイカー師。「これはどうも。ああ！　まったくですよ」

　牧師は考え込むように酒を舌の上でころがし、パグフォードきってのシェリーにも勝るその風味を堪能しているようだった。

「バンター――キッチンにパフェットさんのお好きなビールがあるだろう」

「はい、御前」

自分がいわば場違いなところにいることに気づいたパフェット氏は、つばのうねった山高帽を取りあげ、快活に言った。

「恐れ入りやす、御前さま。さあ、マーサ。そのボンネットとマントを脱いで。外のあの連中に手を貸してやろうじゃないか」

「ええ、それに、ラドルさん」とハリエット。「バンターが何か簡単なお昼の用意を手伝ってほしがるんじゃないかしら。ご一緒に何か召しあがっていかれません、トウィッタトンさん?」

「まあ、いえ、ご心配なく。もう失礼しませんと。本当にご親切に――」

「でも、あまりお急ぎにならないで」パフェット氏とラドル夫人が姿を消すと、ハリエットは説明した。「あんなふうに言ったのは、ラドルさんが――それなりにすぐれた家政婦ではあるんですけどね――ときどき催促しないと動いてくれないからなんです。グッドエイカー先生、シェリーをもう少しいかがですか?」

「いや、本当に――そろそろ家に帰りませんと」

「でしたら、あなたの植物をお忘れなく」ピーターが言った。「グッドエイカー先生はマクブライドさんをうまく説得されてね、ハリエット。あのサボテンは安住の地へ行くことになったんだ」

「いくらかのお心づけと引換えに?」

「それはまあ、むろん」牧師は言った。「代価は支払いました。当然でしょう。彼も顧客のことを考えねばなりませんからな。もう一人の——たしか、ソロモンズとかいう——男の方はいくらか難色を示したが、それもどうにか片をつけました」

「どう片をつけられましたの？」

「いや、なに」牧師は認めた。「彼にも金を支払ったのですよ。といっても、わずかな額です。じっさい、ごくわずかで……あの植物の価値には及ぶべくもない。あれがみな倉庫へ送られて、ろくに世話もされんのかと思うとぞっとしました。クラッチェリーがずっと、じつによく面倒を見ていましたからな。彼はサボテンのことを知り尽くしているのです」

「まあ、本当に？」トウィッタトン嬢の口調は、牧師が少々驚いて見つめ返すほど辛辣《しんらつ》だった。「フランク・クラッチェリーが少しは自分の責務を果たしていたと聞いて、嬉しいかぎりですわ」

「ともかく、司祭《パードレ》」ピーターが言った。「僕よりはあなたが持っていてくださるほうがいい。僕はああいう植物は苦手なんですよ」

「まあ、たしかに万人向けのものではないでしょう。しかし、たとえばこれなどは——どう見ても、この種のサボテンとしては最高のものです」近眼《ちかめ》の牧師は吊り鉢のサボテンにすり足で近づき、新たな所有者としての誇りを込めて目をこらした。

「ウィリアム叔父は」トウィッタトン嬢が震え声で言った。「いつもそのサボテンをとても自慢にしていました」

両目にみるみる涙があふれた。牧師がすばやく彼女をふり向き、

「わかっていますよ。ええ、本当に、トウィッタトンさん、これからはわたしがちゃんと大事にしてやります」

トウィッタトン嬢は喉を詰まらせ、無言でうなずいた。それ以上の感情表現ができずにいるうちに、バンターが室内にあらわれ、まっすぐ彼女に近づいて言った。

「失礼いたします。家具の搬出業者が屋根裏の片づけにかかるところで、〈トウィッタトン〉というラベルがついた各種のトランクや品物をどうすべきか、お尋ねしてほしいとのことでした」

「まあ！　いやだ！　そうよね。ええと——それじゃ、あの人たちには、わたしがじかに行って確かめると言っておいてください。なにしろ——あらまあ！——どうして忘れてたのかしら？　ここにはわたしのものがどっさりありますの」彼女はうろたえた様子でハリエットに言った。「よろしければ——あまり長くお邪魔するつもりはありませんが——わたしのものとそうでないものを確かめさせていただけますか？　あのとおり、うちのコテージはたいそう狭いので、叔父が親切にも、わたしのささやかな持ち物をここに置かせてくれていましたの。愛する母のものなども——」

「もちろん」ハリエットは言った。「どこでも遠慮なくご覧ください。もしも助けが必要でしたら——」

「まあ、ご親切にありがとうございます。あら、グッドエイカー先生、恐れ入ります」

牧師は階段に通じるドアを礼儀正しく開いて押さえたまま、片手を差しのべた。

「こちらはじきにおいとましますから、今日はこれでお別れですな。だがすぐにまたお目にかかりにいきますぞ。とにかく、あまり一人で考え込まれんように。それと、日曜日にはせいぜい勇気と分別を発揮して、いつもどおりオルガンを弾きにきていただきたいものです。さあ、そうしてくださいますな？　今ではみんなすっかりあなたを頼りにしているのです」

「あら、ええ——日曜日ですわね。もちろん、グッドエイカー先生、そうおっしゃっていただけるなら、できるだけのことをいたします——」

「それはじつにありがたい」

「まあ、恐縮ですわ。わたし——あの——みなさん本当にお気遣いくださって」

トウィッタトン嬢は感謝と戸惑いに包まれて、あわただしく上階《うえ》へと姿を消した。

「いやはや！　気の毒に！」牧師は言った。「何とも痛ましいことです。こんな未解決の謎が頭上にぶら下がっていたのでは——」

「そうですね」ピーターが上の空で答えた。「あまり気分のいいものじゃありません」

ハリエットは夫の目つきに気づいてぎょっとした。冷たく考え込むような視線は、トウィッタトン嬢が出ていったドアに向けられたままだ。ハリエットは屋根裏の落とし戸を思い浮かべた。それに種々のトランクや箱。カークはあれも調べてみたのだろうか？　もしもまだなら——それなら、どうだというの？　あの中のひとつに何かが入っている可能性はあるだろうか？　微量の皮膚と毛髪がついた、何かの鈍器とか。

みながひどく長いこと無言で立っていたように思えたとき、ふたたび愛しげにサボテンを見つめていたグッドエイカー師がとつぜん口を開いた。

「おや、これは奇妙だぞ――じつに奇妙だ！」

ピーターが恍惚《こうこつ》状態から目覚めたようにびくりとし、その奇妙なものを見ようと進み出た。牧師は頭上の不気味な植物を困惑しきった表情で見あげている。ピーターも目をこらしたが、鉢の底が頭の三、四フィートも上にあるので、ろくに何も見えなかった。

「ほら、あれです！」グッドエイカー師の声は、あきらかに震えていた。「あれが何かおわかりですかな？」

牧師はポケットを探って鉛筆を取り出し、それを使ってサボテンの真ん中の何かを興奮した様子でさし示した。

「ここからだと」ピーターがあとずさりながら答える。「うどんこ病の斑点のようにも思えるが、遠すぎてよく見えないな。サボテンの場合は、たんに健康そのもののしるしなのかもしれないし」

「あれはたしかにうどんこ病です」牧師は厳しい口調で言った。何か気のきいた同情の言葉が必要そうだったので、ハリエットはサボテンを同じ高さから見られるように、長椅子に乗った。

「葉っぱの上のほうにもいくつか斑点があるわ――あれが茎じゃなくて、葉っぱだとすれば」

「誰かが――」とグッドエイカー師。「水をやりすぎたのですよ」彼は非難がましい目を夫から妻へと向けた。

「うちの者は誰もそれには手を触れてません」ハリエットはそこではたと言葉を切った。カークとバンターが鉢をいじりまわしたのを思い出したのだ。けれど、彼らが水をやったとは思えない。

「僕も人の子だし」ピーターが切り出した。「そのトゲトゲのやつが好きなわけじゃないけど――」

そこで彼もまた、はたと口をつぐんだ。みるみる顔つきが変わるのを見て、ハリエットはぞっとした。今朝がた、悪夢に悶《もだ》えていたときとそっくりな顔だ。

「どうしたの、ピーター？」

彼は小声でつぶやいた。

「サボテンのまわりをまわろう、ウチワサボテン、ウチワサボテン（童謡〈桑の木をまわろう〉をもじったエリオットの詩の一節）――」

「ひとたび夏が終わったら――」牧師が続けた。「水はごくわずか、本当にごくわずかに抑えなければならんのです」

「でもまさか」とハリエット。「物知りのクラッチェリーがそんなミスをしたはずはありません」

「そうでもないぞ」不意に長旅から戻ったかのように、ピーターが言った。「ほら、ハリエット――きみもクラッチェリーがカークに話すのを聞いたろう。先週の水曜にノークス老人から賃金をもらうまえに、あのサボテンに水をやって時計のねじを巻いたと」

「ええ」

「そしておととい、きみは彼がまたあいつに水をやるのを見た」

「たしかに。わたしたちみんなが見ていたわ」

グッドエイカー師は肝をつぶした。

「しかし、レディ・ピーター、彼がそんなことをしたはずはありません。サボテンは砂漠の植物ですからな。涼しい季節には、月に一度ぐらいしか水をやる必要はないのです」

しばし我に返ってこのちょっとした謎を解いたピーターは、ふたたび悪夢の中へさまよい込んでしまったようだった。彼はぶつぶつ、「思い出せない――」とつぶやいたが、牧師は気づきもしなかった。

「とにかく誰かが最近、これをいじったのですよ。以前より長い鎖にさげられている」

ピーターはすすり泣くようなあえぎ声をあげた。

「そうだ。鎖だ。僕らはみな鎖でつながれていた」

それから苦悶《くもん》の色が消え、ピーターの顔は仮面のように虚ろになった。「鎖がどうかしましたか、司祭《パードレ》?」

20 〈いかにして〉がわかれば、〈誰が〉もわかる

ほらここに、わたしの仕事にぴったりの道具がある！

ウィリアム・シェイクスピア『ヴェローナの二人の紳士』

肝心なときに邪魔が入るのは〈トールボーイズ〉では日常茶飯事となっていたので、ピーターが質問を発したとたんにバンターが入ってきても、ハリエットは少しも驚かなかった。彼の背後にはパフェット氏とクラッチェリーの姿が見え隠れしている。

「お差し支えなければ、御前、あの者たちがこちらの家具を運び出したがっておりますが」「なにせ、ほら」パフェット氏が進み出て、言い添えた。「連中は契約に縛られとりますからな。ちょっくら、そこらのものを運び出してやれればと思いやして――」彼は説得力たっぷりに、丸々した手を壁ぎわの棚のほうに向けた。全体がひとつながりになった、ひどく重そうな巨大な食器棚だ。

「いいだろう」ピーターは言った。「ただしすばやく、さっさとすませて出ていってくれ」

バンターとパフェット氏が食器棚の手前の端をつかみ、前後にぐらつかせながら壁から離すと、裏側は花綱《はなづな》のようなクモの巣に被《おお》われていた。クラッチェリーが向こう端をつかみ、ドア

へとあとずさってゆく。

「さよう」グッドエイカー師が話の先を続けた。ひとたび何かに注意が向くと、イソギンチャクなみの柔軟な粘り強さでしがみつくタイプなのだ。「間違いありません。たぶん、古い鎖ではあぶなくなったのでしょう。こちらのほうがしっかりしている。このサボテンもまえよりはるかに安定したようです」

食器棚はゆっくり部屋の敷居を越えようとしていた。だが素人の作業は手際が上々とはゆかず、途中で引っかけてしまった。ピーターは不意にしびれを切らし、上着を脱ぎ捨てた。

あの人は本当に——とハリエットは考えた。何でもへまなやり方を見るのが大嫌いなんだわ。

「まあ、あせらずに」パフェット氏が言った。

ただの幸運か、うまく統御したのか、ピーターが手を貸すや否や、頭でっかちの巨大な家具は抵抗をやめ、するりと外へ出ていった。

「やったぞ！」ピーターはぴしゃりとドアを閉め、そのまえに立ちはだかった。今の奮闘で顔がわずかに上気している。「さて、先生。その鎖の話でしたね。以前はもっと短かったんですか？」

「ああ、ええ。そうです。ぜったい間違いありません。ええと——この鉢の底がこれぐらいの高さでしたな」

長身の牧師は頭の少し上まで片手をあげてみせた。

ピーターはそちらに進み出た。

「今より四インチほど高い。それはたしかですか？」

「ああ、ええ、それはもう。たしかですよ。それにあの――」

無防備になったドアから、またもやバンターがあらわれた。衣服用のブラシを手にした彼は、ピーターに歩み寄って背後からつかむと、ズボンの埃《ほこり》を払い落としはじめた。グッドエイカー師は興味津々で、そのなりゆきを見守っている。

「いやはや！」今度は窓側の長椅子を取りに入ってきたパフェット氏とクラッチェリーをすばやくよけながら、牧師は言った。「それがあの手の重たい昔の食器棚のいちばん困った点ですな。裏側を掃除するのがじつに大変だ。うちでも、家内がいつもこぼしとります」

「もういいよ、バンター。僕がよければ、埃だらけでもかまわんじゃないか？」

バンターは穏やかに微笑み、もういっぽうの脚にかかった。

「遺憾ながら」牧師は続けた。「わたしがご主人なら、おたくのすばらしい執事さんにしじゅう手間をかけてしまうところです。いつもだらしがないと叱られとりまして」そのとき、二人の男たちが部屋から出てドアを閉めるのが視界の隅に映り、一瞬遅れて、はたと気づいた牧師は言った。「あれはクラッチェリーだったんじゃないかな？　さっきの件を訊いてみればよかった――」

「バンター」とピーター。「僕の言ったことが聞こえたろう。グッドエイカー先生がお望みなら、ブラシをかけてさしあげろ。僕はもういい。たくさんだ」

軽い口調ではあるが、ハリエットがこれまで聞いたこともないほど鋭い響きだった。結婚してから初めて、彼はわたしがいるのを忘れているのだ——そう気づいたハリエットは、彼が脱ぎ捨てた上着のそばへ行き、ポケットの煙草を捜しはじめた。それでも、バンターがちらりと目をあげると、ピーターがかすかにぐいと頭を傾けたのは見逃さなかった。

バンターが無言で牧師の服にブラシをかけにゆくと、解放されたピーターはまっすぐ暖炉のまえへ歩を進めた。そこで立ちどまり、探るように室内に視線をめぐらせた。

「いや、本当に」グッドエイカー師は新奇な体験に嬉々としていた。「執事さんに世話をしてもらうなんて、生まれて初めてですよ」

「鎖か」ピーターは言った。「しかし、どこに——？」

「ああ、そうだ」グッドエイカー師は元の話題に戻って続けた。「さきほどお話ししかけたように、あれはたしかに新しい鎖です。古いのは鉢に合わせて真鍮《しんちゅう》で作られていたが、こちらのほうは——」

「ピーター！」ハリエットは思わず声をあげた。

「ああ」とピーター。「やっとわかったよ」彼は装飾用の土管をつかみ、シロガネヨシを投げ捨てて、さかさまにひっくり返そうとした。ちょうどそのとき、クラッチェリーが——今度はあのビルとかいう男と一緒に——入ってきて、もうひとつの長椅子に近づいた。

「すみませんね、旦那」とビル。

ピーターは土管をすばやく元に戻し、その上にすわった。

「だめだ。ここはまだ使用中だよ。出ていってくれ。こちらにだって、何かすわるものがいるからね。きみの雇い主とはちゃんと話をつけるつもりだ」

「ああ！　それなら――ようがす、旦那。けど、この仕事は今日じゅうにすますことになっとるんです、お忘れなく」

「憶えておくよ」ピーターは答えた。

ジョージなら譲らなかったろう。だがビルは彼より温和なたちなのか、それでなければ美味《おい》しいチャンスに目ざといようだ。従順に「じゃあどうも、旦那」とだけ言って、クラッチェリーを連れて出ていった。

ドアが閉まると、ピーターは土管を持ちあげた。管の底では、真鍮の鎖が眠れる蛇のようにとぐろを巻いていた。

ハリエットは言った。「煙突から落ちてきた鎖ね？」

ピーターの視線が赤の他人でもまえにしたように、彼女の頭上をさっと飛び越えていった。

「あそこには新しい鎖がつけられ、こちらは煙突に隠された。なぜだ？」彼は鎖を取りあげ、ラジオ・キャビネットの真上に吊るされたサボテンをにらんだ。

グッドエイカー師はいたく興味をそそられたようだった。

「しかもそれは」と、ピーターが持っている鎖の端を片手でつかみ、「元の鎖にそっくりですぞ。ほら。煤《すす》で黒ずんではいるが、こするとピカピカになる」

ピーターがもういっぽうの端を放したので、鎖は牧師の手からぶらりと垂れさがった。ピーターは不意にハリエットに目を向け、あまり出来のよくないクラスのいちばん有望そうな生徒に問題を出すような口調で言った。

「クラッチェリーがあのサボテンに水をやったとき——一週間まえにも水をやっていて、本来ならば月に一度でいいはずなのに——」

「涼しい季節なら、ですぞ」とグッドエイカー師。

「——あのとき、彼はその脚立に乗っていた。鉢のまわりを拭き終えると、脚立からおりた。そしてこっちの時計のそばに脚立を置いた。それからこのキャビネットのほうに戻って……彼が次に何をしたか憶えているか？」

ハリエットは両目を閉じた。あの奇妙な朝の室内の様子がまぶたに浮かびあがった。

「ええと、たしか——」

彼女は目を開いた。ピーターがキャビネットの両端にそっと手をかけた。

「ええ——彼はそうしたわ。たしかにそう。そのキャビネットをまえに引っ張って、吊り鉢の真下へ持ってきた。わたしはすぐそばのあの長椅子の端に腰かけていたから——それで気づいたの」

「僕も気づいたよ。どうしても思い出せずにいたのは、そのことだったんだ」

ピーターがそっとキャビネットを押し戻し、その分だけまえに踏み出すと、吊り鉢は今や彼の頭の真上——三インチほど上に垂れさがっていた。

「おやおや」とグッドエイカー師。何かただならぬことが起きているらしいことに気づき、愕然としている。「何もかも、じつに謎めいていますな」

ピーターはそれには答えず、ラジオ・キャビネットの蓋をそっと開いてぱたんと閉じた。「こんなふうに」と小声でつぶやく。「こんなふうに……これがロンドンからの全国放送のニュースだとすれば……」

「どうも、話がさっぱりわからんのですがね」牧師がまた思いきって口をはさんだ。

今度はピーターは目をあげ、彼に微笑みかけた。

「ほら！」と片手をあげて吊り鉢に軽く触れると、それは八フィートの鎖の先でぶらぶら揺れ動いた。「ありうるぞ」ピーターは言った。「いやはや！　ありうるぞ。ノークス氏はあなたと同じぐらいの背丈でしたよね、司祭《パードレ》？」

「ちょうど同じぐらいでしたよ。ほとんどね。わたしのほうが一インチほど高かったかもしれないが、せいぜいその程度です」

「僕もあと数インチ背が高ければ」ピーターは悲しげに言った（彼は背丈にいくぶんコンプレックスを抱いているのだ）。「もっと知恵がまわったかもしれない。だが遅くても、気づかないよりはましだろう」彼の視線が室内をさまよい、ハリエットと牧師を通り越してバンターの上にとまった。「このとおり、数列の最初と最後の項はわかった――あとは間を埋めればいい」

「はい、御前」平板な声で相槌《あいづち》を打ったバンターは、ひそかに胸を高鳴らせていた。今度は新妻ではなく、幾多《いくた》の事件をともに手がけた長年の相棒が選ばれ――意見を求められたのだ。彼は咳払いした。「畏《おそ》れながら、推理を進めるまえに、二本の鎖の差異を確かめてはいかがかと」

「そのとおりだ、バンター。ひとつずつはっきりさせていこう。脚立を持ってきてくれ」

ハリエットはバンターが脚立の上に乗り、牧師が無意識に差し出した真鍮の鎖を受け取るのを見守った。そのとき、階段をおりてくる足音に気づいたのはピーターだった。トウィッタトン嬢が室内にあらわれるまえに、彼は部屋の半分ほどを進み、ドアを閉め終えた彼女がふり向いたときには、すぐかたわらに立っていた。

「荷物の件はすっかり片づきました」トウィッタトン嬢は明るく言った。「まあ、グッドエイカー先生――またお会いできるとは思いませんでしたわ。先生がウィリアム叔父のサボテンをお引き取りくださるなんて、本当に嬉しくなります」

「ちょうどバンターがどうにかおろそうとしているところです」ピーターは彼女と脚立のあいだに立ちふさがった。五フィート九インチの彼の背丈でも、四フィート八インチの彼女の視界をさえぎるにはじゅうぶんだった。「ねえトウィッタトンさん、本当にご用がおすみでしたら、ちょっとお願いしてもかまいませんか?」

「もちろん――わたしにできることでしたら!」

「じつは寝室のどこかに万年筆を落としたようで、上の連中の誰かに踏みつけられやしないかとひやひやしているんです。ご迷惑でなければ――」

「まあ、喜んで!」自分の手にあまる仕事でなかったことに嬉々として、トウィッタトン嬢は叫んだ。「すぐに二階へあがって捜してみます。いつも申しているんですけど、ものを見つけるのは大の得意ですの」

「それはありがたい」ピーターは彼女をそっと部屋の奥へと押し戻し、ドアを開き、彼女が出ていくと静かに閉めた。ハリエットは無言でそれを見守った。ピーターの万年筆がどこにあるかは知っていた。さきほど煙草を捜していたとき、上着の胸の内ポケットに入っているのを見たからだ。みぞおちに冷たい重みが広がった。すばやく脚立からおりたバンターは、真鍮の鎖を手に待ちかまえている。一言命じられれば、すぐにも悪党に足枷《あしかせ》をつけようとしているかのように。ピーターが足早に戻ってきた。

「四インチの差がございます、御前」

主人はうなずいた。

「ではバンター――いや、きみに頼もう」ピーターはハリエットに目を向け、従僕にでも命じるような口調で言った。「さあ、きみは裏階段のてっぺんのドアに鍵をかけにいってくれ。なるべく彼女に聞かれないようにな。それと、ここに家の鍵がある。表口と裏口のドアにも施錠するんだ。事前にラドルとパフェットとクラッチェリーが全員中にいるのを確かめるんだぞ。誰かが何か言ったら、僕の指示だと言っておけ。すんだら、鍵を持って戻ってくる――いいね？……ではバンター、おまえにはその脚立を使って、暖炉のそちら側の壁と天井を調べてもらおう。どこかにフックか釘のようなものが刺されてないか見てくれ」

ハリエットは部屋から出て、廊下を忍び足で進んでいった。キッチンから聞こえる話し声と低いカチャカチャという音からして、昼食の準備が進められ――食べられてもいるようだ。開いたドアの向こうに、ちらりとクラッチェリーの後頭部が見えた――ぐっとビールをあおっている。その向こうではパフェット氏が立ったまま何かを頬張って、大きな顎をもぐもぐ動かしていた。ラドル夫人の姿は見えなかったが、ほどなく、流し場から声が聞こえてきた。「……そしたら、あのジョーだったんですよ、あいつの顔に鼻があるのと同じぐらい、間違いなくね。あの鼻のでかいことときたら……まあいいけどね！　あいつは可愛い女房のことで頭がいっぱいで……」誰かが声をあげて笑った。たぶんジョージだろう。

ハリエットはそそくさとキッチンのまえを通りすぎ、裏口のドアに鍵をかけると、〈トイレの階段〉を駆けのぼった。気づくと、急いだためというより興奮に息をはずませて、自分の部屋のドアのまえで立ちどまっていた。鍵は内側に差したままだ。そっとノブをまわし、中に入った。室内はがらんとして、残っているのは彼女自身の荷物が詰められた箱と、いつでも運び出せるように解体して積みあげられたベッドの残骸だけだった。隣の部屋からはあちこち動きまわる小さな足音が聞こえ、やがてトウィッタトン嬢が狼狽《ろうばい》しきった声でぶつぶつ言った（まるで『不思議の国のアリス』の白ウサギのように）。「ああ、いやだ！　どうしちゃったのかしら？」（それとも、「わたしはどうなるの？」と言ったのだろうか？）ほんの一瞬、片手を鍵にかけたまま、ハリエットは動きをとめた。もしも自分があちらの部屋へ入ってゆき、「トウィッタトンさん、彼は誰が叔父さまを殺したか知っていて……」と話したら？　まるで白ウサギのよう――檻《おり》に入れられた白ウサギ……。

ハリエットは部屋から出てドアに鍵をかけた。

それから下の廊下に戻り……あの開いたドアのまえを静かに通りすぎた。誰も気づいたふしはない。表のドアにも鍵をかけ、これであの殺人があった夜と同様、家はしっかり戸締まりされた。

居間に戻ると、自分がいかにすばやく行動したかがわかった。バンターはまだ暖炉のわきに置いた脚立の上で、懐中電灯を手に、天井の黒ずんだ梁《はり》を調べていた。

「マグカップ用のフックが、御前、黒く塗って梁にねじ込まれております」

「ははあ！」ピーターはそこからラジオ・キャビネット、そしてまたフックへと視線を戻して距離を測った。ハリエットが鍵束を差し出すと、彼はうなずきもせずに上の空でポケットにしまった。

「証明だ。ついに何かを証明するものが見つかった。だが、どこに――？」

あれこれの事実を頭の中で慎重に考え合わせていたらしい牧師が、やおら咳払いした。

「つまりあなたは――いわゆる〈謎を解く鍵〉を発見されたわけですか？」

「いや」とピーター。「僕らはそれを捜しているんです。手がかりを。アリアドネの糸――迷宮脱出の助けとなる小さな糸玉――つまりそう――解決の糸口をね。そういえば、糸だか紐がどうとか言ってたのは誰だ？　ああ、パフェットか！　あの男だ！」

「トム・パフェットが！」牧師は叫んだ。「いや、とうていパフェットがあんなまねをするとは――」

「ここへ連れてきてくれ」とピーター。

脚立からおりたバンターは、「はい、御前」と言うなり、あっという間に姿を消した。ハリエットは彼がキャビネットの上に置いていった鎖に目を向けた。彼女がそれを取りあげると、カチャリという音がピーターの耳にとまった。

「そいつは片づけておくほうがいいな。こっちへくれ」ピーターは鎖を隠す場所を捜して室内を見まわし――くすりと笑って暖炉のほうに踏み出した。

「こいつは元の場所へ戻すとしよう」と煙突の下にもぐり込み、「パフェットお得意のせりふを借りれば、しっかり束ねときゃ、すぐに見つかる」と声がしたかと思うと、両手の煤を払いながら、ふたたび姿をあらわした。

「煙突の中に棚があるのね？」とハリエット。

「ああ。あの鎖は銃をぶっ放した衝撃で落ちてきたのさ。もしもノークスが煙突をきれいにしていれば、彼を殺した者は逃げおおせていたかもしれない。ということは、司祭《パードレ》、ノークスは善を来らせるために悪をなした（新約聖書「ローマ人への手紙」三章八節より）ってことでしょうかね？」

グッドエイカー師は、この教義上の問題を議論する羽目にならずにすんだ。ちょうどパフェット氏がバンターに連れられてやって来たからだ。

「何かご用でやすか、御前さま」

「ああ、パフェット。きみは水曜の朝、煙突の煤が落ちたあとこの部屋を片づけていたとき、床から紐のようなものを拾いあげた憶えはないかね？」

「紐？」とパフェット氏。「紐をお捜しなら、どんぴしゃりの相手を選ばれましたよ。あたしはね、紐と見れば拾いあげてしまっとくんです。ご入り用とあれば……」彼はうなり声をあげて何枚ものセーターをたくしあげ、まるで手品師が色紙を取り出すように、あちこちのポケットからぐるぐる巻きにした紐を取り出しはじめた。「ほら、どれでもよりどりみどりです。フランク・クラッチェリーにも言ってやったんですがね、しっかり束ねときゃ、すぐに見つかる……」

「あれは何かの紐を見つけたときじゃないかね？」

「おっしゃるとおりでやすよ」パフェット氏はやっとのことで、太めの紐を一本引き抜いた。「まさにこの床から紐を一本拾いあげ、フランクに言ってやりました――例のあいつの四十ポンドに引っかけて――だからしっかり――」

「そう、きみが紐を拾うのを見たような気がしたんだよ。今となっては、それがどの紐だったかまではわからんだろうね？」

「ああ！」パフェット氏は、ようやくぴんときたようだった。「なるほど、あの紐をお捜しでやしたか。さてねえ、どれがあのとき拾ったやつかはちょっと……ぜったいこれだとまでは、言えませんわな。そりゃ、なかなかいい紐でやしたよ――太くて結び目もない、一ヤードはありそうな。けど、今ここにあるどれがあれかとなると、何ともね」

「一ヤード？」ピーターは言った。「もっと長かったはずだが」

「いや」とパフェット氏。「あの紐は――まあ、四フィートぐらいはあったかもしれないが、それ以上ってことはありやせん。ほかに二十フィート近くありそうなえらく上等な黒い釣糸があったけど――お捜しなのは紐でしょう？」

「僕のミスだ」ピーターは言った。「もちろん、釣糸と言うべきだったよ。当然、釣糸のはずだ。それも黒いやつ。わかりきった話じゃないか。そいつを持っているかな?」

「ああ!」とパフェット氏。「釣糸をお捜しなら、そう言ってくださりゃよかったのに。しっかり束ねときゃ――」

「ありがとう」ピーターは煙突掃除屋のもたもたした指から、小さく巻きあげられた黒い釣糸をするりと取りあげた。「そう。これだ。これなら二十ポンドの鮭でも釣れる。それにぜったい、両端におもりがついてるぞ。ほら、やっぱり――そうだ」

ピーターは糸の片端を吊り鉢の縁の輪のひとつに通し、おもりのついた両端をひとつに合わせてバンターに手渡した。バンターはそれを無言で受け取ると、脚立に乗って二本の糸を天井のフックに引っかけた。

「まあ!」ハリエットは言った。「やっとわかったわ。ピーター、何て恐ろしい!」

「引き揚げろ!」ピーターはかまわず、先を続けた。「糸がもつれないように、慎重にな」

バンターは渾身の力で引っ張り、糸が指に食い込むと、小さなうなり声をあげた。ピーターが腕をのばして下から支えていた吊り鉢がわずかに揺らぎ、持ちあがり、鉄の鎖の先で大きく弧を描きながら、彼の手の届かないところへとあがっていった。

「よし」とピーター。「中のサボテンは落ちそうにない。ぴっちりはまり込んでいるんだ――おまえはとうに承知だろうがね。そのままゆっくり引いてくれ」

ピーターはそちらへ歩を進め、フックからだらりと垂れさがった釣糸をつかんだ。吊り鉢は今や、梁の下に水平に張りついている。薄暗い天井でサボテンが横向きに突き出ているさまは、飢えた巨大なヤドカリが殻から這いずり出そうとしているかのようだ。

牧師がそれを見あげて、いさめるように口をはさんだ。

「どうか、気をつけてくださいよ。あれがするりと落ちてきたら、容易に人を殺しかねませんぞ」

「ごく容易にね」とピーター。「僕はそれを考えてたんです」彼は両手でつかんだ二本の糸をぴんと張りつめさせたまま、ラジオ・キャビネットへとあとずさっていた。

「十四ポンド近い重さかと存じます」バンターが言った。

「ああ、そんな感じだ」ピーターはいかめしく答えた。「おまえはどうしてカークとあの鉢を調べたとき、この重さに気づかなかったんだ？　何かおもりが入れられているんだ――この感じからして、散弾銃の鉛玉ってところだろう。これはしばらくまえから計画されてたんだよ」

「じゃあ、そうすれば」とハリエット。「小柄な女性でも、長身の男性の頭をぶち割れたというわけね。強靭《きょうじん》な手を持つ女性なら」

「というか、誰でもできたのさ。たまたまそのとき現場にいなくても。鉄壁のアリバイを持っていてもね。神は力を作り、人はそれを動かす道具を作る。そうですね、司祭《パードレ》？」

ピーターは二本の糸の先端をラジオ・キャビネットの縁へと近づけた。ちょうどそこに届く長さだった。キャビネットの蓋を開け、その下に糸の両端をすべり込ませる。そしてその上に蓋をおろした。スプリング式の蓋は張りつめた釣糸にかかる力に耐え、ふたつのおもりがしっかり内側に引っかかっている。ハリエットは吊り鉢の重みでキャビネットのこちら側がわずかに床から浮きあがったのに気づいたが、それほど大きくは持ちあがらなかった。キャビネットの脚が長椅子の端にぴたりと押しつけられているからだ。頭上ではぴんと張りきった、ほとんど目には見えない細い真っ黒な糸が梁のフックへとつながっている。

不意に鋭く窓を叩く音がして、彼らはみな飛びあがった。カークとセロン巡査が外に立ち、興奮しきった様子で手招きしている。ピーターが足早に部屋を横切って格子窓を開くあいだに、バンターは床におりて脚立をたたみ、静かに元どおり壁に立てかけた。

「何だね？」ピーターは言った。

「御前さま！」セロンが夢中でまくしたてた。「ああ、御前さま、自分はぜったい嘘なんかついちょりません。この窓からあの時計が見えます。カーク警視も、たった今――」

「さよう」とカーク。「十二時半、えらくはっきり見えますぞ……ややっ！」窓が開いて中がもっとよく見えるようになると、彼は続けた。「連中があのサボテンをおろしたのか」

「いや、まだだ」とピーター。「サボテンはまだここにある。二人とも、中に入ってきたまえ。表のドアは施錠されているから、この鍵束を持っていって、入ったらまた鍵をかけておいてくれ……だいじょうぶだよ」彼はカークの耳元でささやいた。「ただし、入るときは静かにね――逮捕につながるかもしれないから」

二人の警官たちは驚くほどすばやく姿を消した。考え込むように頭を掻《か》いていたパフェット氏が、すたすたとピーターに近づいた。

「あんなふうに鉢を吊るすのは考えもんですぞ、御前さま。ぜったい落っこちてこないと言い切れやすか？」

万一の場合にそなえて、彼はぱっと山高帽をかぶった。

「誰かが十二時半の音楽番組でも聴こうと、あのキャビネットを開けないかぎりは……だめだ、司祭《パードレ》、その蓋に近づかないで！」

キャビネットへと進みかけていたグッドエイカー師は、その断固たる口調に驚いて、うしろめたげにあとずさった。

「あの糸をもっとよく見ようとしとっただけです」牧師は弁解した。「鏡板を背にすると、まったく見えんのでね。いや驚いた。真っ黒で、ごく細いからでしょうな」

「それで釣糸が使われたんですよ。大声を出して申し訳ありません。しかし、どうか不慮の事故にそなえてさがっていらしてください。お気づきですか？　あなたはこの室内で唯一、安全でない方なんです」

牧師は部屋の片隅に引っ込み、どういうことかと首をひねった。そのときドアがさっと開いて、呼びもしないのにしゃしゃり出てきたラドル夫人が大声で告げた。

「警察ですよ！」

「ほれほれ！」パフェット氏が追い出そうとしたが、ラドル夫人はみなが何を長々と話し込んでいるのか知ろうと心を決めていた。両手を腰に当て、肘を広げてドアのわきで踏ん張っている。

続いてあらわれたカークの雄牛のような目がピーターを見やり、彼の視線をたどって天井に向けられた。そこに見えたのは、奇術さながらの驚くべき光景だった。例のサボテンが、これといった支えもなしにぽっかり宙に浮かんでいる。

「そう……」ピーターが言った。「サボテンはあそこだ。ただしキャビネットにはさわらないようにね。さもないと、何が起きても責任は持てない。たぶん先週の水曜の午後九時五分にもサボテンはあそこにあって、それでセロンは時計を見ることができたんだ。これはいわゆる、犯行の再現というやつさ」

「犯行の？」とカーク。

「そちらが捜し求めてた、長身の男を背後の上方から殴れる鈍器。それがあれだよ。あれなら雄牛の頭蓋でもぶち割れる——すごい力がかかっているからね」

カークはふたたび鉢に目をこらした。

「ふむ」警視はゆっくりと言った。「すばらしい——だがちょっとばかり、証拠が欲しいところですな。このまえ見たとき、あの鉢には血痕も毛髪もついとりませんでした」

「そりゃそうよ！」ハリエットは叫んだ。「きれいに拭き取られたんだから」

「いつ、どのように？」ピーターがさっと彼女に向きなおる。

「ああ、今週の水曜の朝になってからよ。おとといの朝。ついさっき、あなたも言ってたじゃないの。水曜の朝、わたしたちのすぐ目のまえで……わたしたちみんなが周囲にすわって見ているあいだによ。そういうことだったのね、ピーター。そうなんだ！」

「ああ」ピーターは彼女の興奮ぶりに微笑んだ。「そういうことだったのさ。これで〈いかにして〉がわかり、〈誰が〉もわかった」

「よかった、ついに肝心なことが解明できて」ハリエットは言った。けれど当面、〈いかにして〉や〈誰が〉はどうでもいいような気がした。彼女が嬉々としているのは、ピーターが爪先立ってわずかに身体を揺らしながら、小首をかしげ、彼女に微笑みかけているからだ。これで仕事は完了――結局のところ、失敗せずにすんだのだ。もう鎖につながれた打ちひしがれた男たちが失われた記憶を求め、トゲトゲのサボテンだらけの暑い砂漠を歩き続ける悪夢に悩まされることもない。

だが牧師はピーターの妻ではないから、まったく別の受けとめ方をした。

「それはつまり」ショックを受けた声だった。「フランク・クラッチェリーがあのサボテンに水をやって鉢を拭いたとき――ああ！　何と恐ろしい結末だ！　フランク・クラッチェリーが――うちの聖歌隊の一員が！」

カークのほうは、いくらか満足したようだ。

「クラッチェリーですと？　ああ！　見えてきましたぞ。例の四十ポンドの件で恨みを抱いていた彼は――老人にしっぺ返しをして、遺産の相続人と結婚しようと考えた。ひとつの鈍器で一石二鳥というわけですな？」

「遺産の相続人？」牧師は新たな困惑を覚えたようだった。「だがフランクはポリー・メイスンと結婚するつもりで――今朝がた、結婚予告を頼みにきたばかりですぞ」

「それがどうにも悲しい話で、グッドエイカー先生」ハリエットは説明した。「彼はひそかにトウィッタトンさんと結婚の約束をしていたのに――しっ！」

「これは二人で仕組んだことだと思われますか？」カークは切り出し、それからはたと、トウィッタトン嬢が室内にいることに気づいた。

「万年筆はどこにも見当たりませんでした」彼女は生真面目に詫びた。「どうかお許し――」そこでふと、周囲の妙に張りつめた空気に感づいた。それにジョー・セロンは、ほかの誰もが見まいとしている方向にぽかんと目を向けている。

「まあいやだ！」トウィッタトン嬢は叫んだ。「何てことでしょう！　どうして叔父のサボテンがあんなところに？」

彼女はまっすぐラジオ・キャビネットのほうに飛び出した。ピーターがさっと彼女をつかまえて引きもどす。

「そうは思えないがね」彼はカークをふり向いてそっけなく答えると、いまだに驚愕のあまり呆然としている牧師のかたわらへトウィッタトン嬢を導いた。

「では」カークが言った。「ここはひとつ、はっきりさせときましょう。彼は正確にはどうやったとお考えなのですか？」

「犯行当夜の六時二十分にクラッチェリーが立ち去ったとき、あんなふうに罠が仕掛けられていたとすれば――」（トウィッタトン嬢がか細い悲鳴をあげた）「それなら、ノークスがいつもどおり九時半にここへ入ってきて、ラジオをつけてニュースを聴こうとすれば――」

「そうしたろうね」とラドル夫人。「いつも決まってそうしてたんだから」

ば。

だがハリエットは異議を思いついていた。ピーターに何と思われようと、言っておかなけれ

「ああ、すると――」

「でもピーター、誰であれ――いくら蠟燭《ろうそく》の光しかなくても――あのサボテンがないのに気づきもせずにまっすぐキャビネットに近づいたりするかしら？」

「たぶん――」ピーターは言いかけた。

そのとき、さっとドアが開いてラドル夫人の肘にぶつかり――クラッチェリーが室内に入ってきた。片手にフロアランプをつかんだ彼は、外の運搬車に運ぶ途中で何かを取りにきたとみえ、姿の見えない背後の誰かに向かって大声で叫んだ。

「だいじょうぶ――俺が見つけてロックしときますから」

ピーターが口を開いたときには、彼はもうキャビネットの真ん前に来ていた。

「何が欲しいんだ、クラッチェリー？」

その口調に、クラッチェリーは首をめぐらした。

「ラジオの鍵です、御前」とそっけなく答え、じっとピーターに目を向けたまま、キャビネットの蓋を開いた。

百万分の一秒ほど、世界が動きをとめた。そのあと、さっと殻竿《からざお》を振りおろすように、重い吊り鉢が落ちてきた。真鍮の鉢はきらりと閃光《せんこう》を放ったかと思うと、クラッチェリーの頭上すれすれのところを飛び去った。彼の顔が恐怖で蒼白になり、フロアランプの丸い笠が幾多の破

片となってカチャカチャ飛び散った。

そこでようやく、ハリエットはその場のみなが大声をあげたこと——自分もその一人だったことに気づいた。その後はしばし沈黙が漂い、彼らの頭上では、巨大な振り子がきらめく弧を描いて左右に揺れ動いていた。

と、ピーターが注意をうながした。

「離れてください、司祭《パードレ》」

その声が室内の緊張を破り、クラッチェリーがすさまじい形相でピーターに食ってかかった。

「この野郎！ ずる賢い悪党め！ どうしてわかった？ ちくしょう——どうして俺がやったとわかったんだ？ その喉を掻っ切ってやる！」

彼がだっと飛び出し、ピーターが身構えるのがハリエットの目に映った。しかし、クラッチェリーが猛然と揺れ動く鉢の下から飛び出すや、カークとセロンがつかみかかった。クラッチェリーはもがき、息を切らしながらうなった。

「放せ、こんちくしょう！ あいつをとっちめてやる！ 罠を張りやがったんだな？ そうとも、俺があの爺《や》さんを殺ったのさ。金を騙し取られたからだ。あんたもだろ、アギー・トウィッタトン、え？ 俺は当然の権利を踏みにじられたんだ。そうとも、だから殺してやったのさ。結局、何の得にもならなかったがな」

バンターが静かに進み出て、揺れ動く鉢をつかんでとまらせた。

カークが言っていた。

「フランク・クラッチェリー。あなたを逮捕……」

その先は、容疑者の怒り狂った叫びにかき消されて聞こえなかった。ハリエットは窓辺に歩を進めてたたずんだ。ピーターは元の場所から動いていない。警官たちに手を貸すのはバンターとパフェット氏にまかせていた。彼らの助けがあっても、クラッチェリーを部屋から引きずり出すのは大仕事だった。

「いやはや！　信じられん話です！」グッドエイカー師が法衣と襟垂帯《ストール》を取りあげた。

「その人を近づけないで！」揉み合う一団がそばを通りかかると、トウィッタトン嬢は金切り声で叫んだ。「何てひどいの！　早く連れていってちょうだい！　あんな男が近づいてくるのを許したなんて！」小さな顔が怒りにゆがんでいる。彼女は不意に彼らを追って駆け出し、こぶしを振りあげながら、人目もはばからずに叫んだ。「人でなし！　人でなし！　よくも気の毒な叔父さまを殺したりできたものね！」

牧師がハリエットをふり向いた。

「失礼します、レディ・ピーター。わたしの務めはあの哀れな若者のそばにいてやることなので——」

彼女がうなずくと、牧師はほかの面々に続いて部屋から出ていった。そのあとドアへと向かいかけたラドル夫人は、鉢から垂れさがった釣糸に目をとめ、不意に合点がいったようだった。

「ああ、そうそう！」彼女は得々と叫んだ。「ほんとに、奇妙だったらありゃしない。水曜の朝、煙突掃除のまえにあたしがここを片《かた》しにきたときも、あんなふうになってたんですよ。それで鉢からはずして、床に放り投げといたんです」

彼女は賛辞を求めて周囲を見まわした。だがハリエットはもう何ひとつ口にする気力がなく、ピーターのほうはまだ身じろぎもせずに突っ立っていた。どうやら拍手喝采は望めそうにないと徐々に悟って、ラドル夫人はのろのろ出ていった。そのあと、戸口の一団から離れたセロンが部屋に戻ってきた。ヘルメットが傾き、上着は襟元がぱっくり引き裂かれている。

「御前さま——どうお礼を申しあげりゃいいのか。これで容疑が晴れそうです」

「いいんだ、セロン。それでじゅうぶんさ。さあ、早く行きたまえ」

セロンは出てゆき——しばしの間があった。

「ピーター」ハリエットは言った。

ふり向いた彼の目に、ちょうど窓の外を引きずられてゆくクラッチェリーの姿が映った。四人の男たちにつかまれ、まだもがき続けている。

「こっちへ来て、僕の手を握りしめてくれ」ピーターは言った。「仕事のこの部分では、いつも気が滅入るんだ」

祝婚歌

1 ロンドン：公の謝罪

ヴァージズ：おまえは昔から情け深い男と言われているからな。
ドグベリー：まったく、犬一匹くびり殺す気にはなれん、まして人間など問題外だ。

ウィリアム・シェイクスピア『空騒ぎ』

みごとな探偵小説の数々で、殺人好きな読者の心をつかんできたハリエット・ヴェイン女史（カバー広告参照）は、いつでも最高の見せ場で話を締めくくることにしていた。かの有名な変わり者の探偵、ロバート・テンプルトン氏は、最終章でこれみよがしに颯爽《さっそう》と犯人を暴くや、万雷の拍手の中をステージから退《しりぞ》いてゆく。訴訟事実のまとめなどという些細な仕事は、ほかの誰かにまかせて。

しかし、現実の人生ではそうはいかなかった。かの有名な貴族探偵は、パンとチーズだけのあわただしい昼食を――それすらろくに喉を通らないほど上の空の状態で――かき込んだあと、午後の残りを警察署での果てしない供述に費やす羽目になったのだ。探偵の妻と従僕もあれこれ供述し、その後は三人まとめて不作法に放り出された。煙突掃除人、掃除婦、牧師も事情聴取を受け、警察はあわよくば徹夜も辞さず容疑者に口を割らせようとしていた。さらにけっこうなことに、探偵およびその一行は、事前に警察に届けないかぎり、国外はおろか、どこにも行ってはならぬと申し渡される始末だった。訴訟手続きの次の部分は、治安判事裁判所への召喚という形を取るかもしれないからだ。

探偵一家が裁判所から戻ると、家は二人の巡査に占拠されていた。彼らはあちこち写真を撮って計測し、ラジオ・キャビネットと真鍮《しんちゅう》の鎖、梁《はり》のフックとサボテンを〈証拠物件AからD〉として持ち去る準備を進めていた。今では人の手で持ち運べそうなものと言えば、家主夫妻の私物を除けば、その四つしか残っていなかった。ジョージとビルが仕事を終えて、荷物を積んだ車とともに立ち去っていたからだ。警官たちは、ラジオ・キャビネットを置いていくよう彼らを説得するのに大いに苦労していた。それでも結局、法の力が勝利したのだ。やがてようやく警官たちも立ち去って、家にいるのは家族だけになった。

ハリエットは妙に虚《うつ》ろな気分で、空っぽの居間を見まわした。窓敷居のほかにはすわるものがないので、そこに腰をおろした。バンターは二階でトランクやスーツケースに鍵をかけている。ピーターは所在なげに室内を行ったり来たりしていた。

「ロンドンへ行こうと思う」彼は唐突に言い、何やら曖昧な目つきでハリエットを見た。「きみはどうしたいのかわからないがね」

これには戸惑わされた。彼の口調からは、一緒にロンドンへ来てほしいのか測りかねたからだ。ハリエットは尋ねた。

「今夜はあちらに泊まることになりそう？」

「そうはならないと思うが、インピィ・ビッグズに会わないと」

ではそれが問題だったのだ。サー・インピィ・ビッグズは、ハリエットが裁きを受けたさいの弁護人だった。その名を出せば彼女がどう感じるか、ピーターは気にしていたのだ。

「警察は彼を訴追側の代理人にしたがってるの？」

「いや。僕が彼に弁護を頼みたいのさ」

当然だ——何と馬鹿な質問をしたのだろう。

「クラッチェリーにはむろん、弁護が必要だ」ピーターは続けた。「今は何ひとつ話し合える状態じゃなさそうだがね。ともかく警察がどうにか彼を説き伏せて、ある事務弁護士を代理人にさせたんだ。僕はその男に会って、ビギーに弁護を頼もうかと申し出てみたのさ。クラッチェリーには、こちらが少しでも関与していることを知らせる必要はない。本人も尋ねはしないだろう」

「サー・インピィには今日じゅうに会わなきゃならないの？」

「できればね。さっきブロクスフォードから電話してみたら、ビギーは今夜は議会に呼ばれているらしい。それでも、彼がかかわってる法案か何かについての審議が終わったあとなら会えるということだった。きみに付き合ってもらうには、ずいぶん遅い時間になってしまいそうだが」

「そうね……」何が起きても分別を保つ覚悟を決めて、ハリエットは言った。「わたしもロンドンへ連れていってもらおうかしら。そうすれば一緒にホテルに泊まってもいいし、お母さまのお宅に使用人たちが残ってるようなら、あちらに泊まらせていただく手もあるわ。あなたがクラブに泊まりたければ、こちらはいつでもたたき起こせる友人がいるし。何なら、わたしはあちらに置いてきた自分の車で、一足先にデンヴァーへ行ってもいいわね」

「臨機応変な女性だ！　それじゃ一緒にロンドンへ行き、あとはなりゆきしだいということにしよう」

　彼はハリエットの柔軟な姿勢にほっとしたようで、ほどなく車の手入れか何かをしに出ていった。

「奥さま、バンターが気遣わしげな顔で二階からおりてきた。

「奥さま、大きなお荷物のほうはいかがいたしましょうか？」

「どうしたものかしら、バンター。お母さまのご隠居所《ダワーハウス》へ持ち込むわけにはいかないし、ロンドンへ持っていっても、ろくに置き場所がなさそう……新しい家なら別だけど――まだしばらくあそこには住まないでしょうしね。そうかと言って、誰もいないここに残していく気にはなれないわ。こちらは当分、戻ってこられそうにないから。たとえ旦那さまが――つまりその、少しは家具をそろえないと」

「おっしゃるとおりでございます、奥さま」

「旦那さまならどうなさるか、あなたにも見当はつかない？」

「はい、奥さま、遺憾ながら」

バンターはかれこれ二十年近くも、ピカデリーのフラットを考慮に入れない計画を立てたことがなく、今度ばかりは途方に暮れていた。

「そうだわ」ハリエットは言った。「それじゃ、わたしの代わりに牧師館へ行って、グッドエイカー先生の奥さまにお願いしてみてちょうだい――ほんの数日ばかり、大きな荷物をお預かりいただけないかって。こちらのプランが決まりしだい、運賃着払いで送ってもらえばいいわ。わたしが自分でうかがわないことについては、適当に言い訳しておいて。あるいは、どこかにメモ用紙があれば、簡単な手紙を書きます。わたしは旦那さまからお呼びがあったとき、ここにいたほうがいいと思うの」

「ごもっともでございます、奥さま。畏《おそ》れながら、みごとなご解決法かと存じます」

グッドエイカー夫妻にしばしの別れを告げにいかないのは、少々気がひけた。けれど、ピーターからお呼びがかかるかどうかは別として、グッドエイカー夫人の質問攻めと牧師の嘆きを想像しただけで意気をくじかれた。しばらくして戻ったバンターは、牧師夫人からの温かい承諾の手紙を携えていた。牧師館にはトウィッタトン嬢もいたと聞かされて、ハリエットは自分で行かずにすんだことをいよいよ感謝した。

ラドル夫人はどこかへ消え失せたようだった。（じつのところ、彼女とバートはホッジズ夫人の家で、数人の近所の人々と豪華な六時のお茶を楽しんでいた。彼らはみな、熱々のホットニュースを聞きたくてうずうずしていたのだ）。ただ一人、この家の住人たちに別れを告げようと残っていたのはパフェット氏だった。彼は強引にしゃしゃり出たりはしなかった。車が外の小道に出てゆくと、ひょいと隣家の門の上から姿をあらわしたのだ。そこでのんびり煙草をくゆらせていたらしい。

「いやね」パフェット氏は言った。「ちょっとお二人のご幸運を祈らせていただこうと思いやして。じきにまた、こちらでお目にかかりたいものですな。ご期待どおりの快適なご滞在じゃなかったでしょうが、それでパグルハムがお嫌いになられたら、きっと残念がるのはあたしだけじゃない。いずれあの煙突を徹底的に修理するとか、それ以外のちょっとした掃除や大工仕事を思いつかれたら、一言かけてくださりゃいつでも馳《は》せ参じやす」

ハリエットは心から礼を言った。

「そういえば、ひとつ頼みがあるんだ」ピーターが言った。「ロプスリーの古い教会の墓地に日時計があって、それにうちの煙突の通風管のひとつが使われてるんだよ。僕は地元の郷士に手紙を書いて、新しい日時計の製作費と引換えに返してもらおうと思ってる。きみが古いほうの通風管を取りにいって、うちの煙突につけなおしてくれるはずだと書いてもかまわないかね？」

「喜んでそうさせていただきやす」とパフェット氏。

「それと、ほかのやつがどこに行ったかわかったら、ぜひ知らせてくれたまえ」

パフェット氏は、きっとそうすると快く請け合った。みなで握手を交わしたあと、小道の真ん中にたたずむ彼を残して車が走り出すと、パフェット氏は車が角を曲がるまで陽気に山高帽を振り続けていた。

最初の五マイルほどは誰も口を開かなかった。そのあと、ピーターが言った。

「例のバスルームの増築の件だがね――いい仕事をしてくれそうな建築家がいるんだよ。シップスという名の、とくにどうってこともない男だが、古い建築には抜群のセンスを発揮するんだ。デンヴァー公爵領の教会の修復も手がけてる。僕が親しくなったのは、十三年ほどまえに、彼が自宅のバスルームに残された死体の件で頭を抱えてたときなんだがね（本シリーズ長編第一作『誰の死体？』の事件）。彼に一筆書いてみようかと思う」

「あの家にはぴったりの人みたい……じゃあ、あなたはパフェットさんが言うように、〈トールボーイズ〉がお嫌いになったわけじゃないのね？　あなたがあそこを厄介払いしたがるんじゃないかと心配だったの」

「僕は命あるかぎり」ピーターは言った。「あの家をほかの誰にも渡す気はないよ」

ハリエットは満足し、それ以上は何も言わなかった。車はディナーの時間までにロンドンに行き着いた。

サー・インピィ・ビッグズが審議から解放されたのは、真夜中近くのことだった。彼はハリエットに陽気な親しみを込めて挨拶し、ピーターには生涯の友でもある顧客向けの挨拶をすると、二人にしかるべき結婚祝いの辞を述べた。今夜のことについては、さらなる協議があったわけではないのだが、ハリエットが友人宅に泊まるとか、一人でデンヴァーへ行くという話はいつしか立ち消えになっていた。ディナーのあとでピーターがぽつりと、「まだ議事堂へ行っても無駄だろう」と言い出し、二人はニュース映画館（ニュースや短編フィルムのみを上映する映画館）へ行って、ミッキーマウスの映画と鉄鋼業に関する教育フィルムで暇をつぶしていたのだ。

「さて、と」サー・インピィは切り出した。「わたしに弁護をさせたいそうだが。例のハーフォードシャーでの一件だろうな？」

「ああ。初めに断っておくが、あまり勝ち目はなさそうなケースだ」

「かまわんさ。これまでだって、お先真っ暗の仕事にいくつも取り組んだじゃないか。きみが味方なら、いい戦いができるのはわかっているよ」

「そうじゃないんだ、ビギー。僕は訴追側の証人なんだよ」

勅選弁護士は口笛を吹いた。

「何てこった。それじゃなぜ、被告人のために弁護士を雇うんだ？　罪滅ぼしの献金かね？」

「まあそんなところさ。まったく気の滅入る事件でね。被告人にはできるだけのことをしてやりたい。ええと、つまりだな——僕らは新婚ほやほやで、何もかもが快かった。ところがそこへこの事件が起き、地元の警官たちには歯が立ちそうにない。そこで、いかにも上流面《じょうりゅうづら》した僕らがしゃしゃり出て、一件落着となったわけだが……一文無しの哀れな容疑者は、うちの庭をせっせと耕《たがや》しただけで、こちらには何の危害も加えていないんだ。まあ、そんなこんなで、きみに彼の弁護を頼みたいんだよ」

「じゃあ、経緯を一から話してもらおうか」

ピーターはすべてを一から説明し、ときおり年上の男の抜け目ない質問にさえぎられつつ、最後まで話した。長い時間がかかった。

「おいおい、ピーター、たいした若造を押しつけてくれるじゃないか。自白までそろっているときた」

「きちんと宣誓したうえでの自白じゃない。植木鉢を使った僕の卑劣な罠によるショック――苛立《いらだ》ち――恐怖から、自白に追い込まれたんだ」

「彼がその後、改めて警察に自供していたら？」

「執拗な尋問に耐えきれなくなったのさ。よもやきみは、そんな些細なことに悩まされたりはしないだろうね」

「例の鎖やフックや植木鉢の中の鉛玉の件もある」

「クラッチェリーのしわざだと誰に断言できる？　ノークス老人のちょっとしたお遊びの一部だったのかもしれない」

「サボテンに余分な水をやって鉢を拭いたのは？」

「つまらんことさ！　サボテンの新陳代謝については、牧師先生の意見があるだけだ」

「被告人の動機も一蹴《いっしゅう》できるかね？」

「動機は罪の証明にはならない」

「なるとも、陪審員の十人中九人にとっては」

「いいだろう――それなら、ほかにも何人か動機のある者がいる」

「たとえば、そのトウィッタトンなる女性か。彼女の犯行かもしれないと示唆すべきかな」

「振り子は常に吊るされた場所の真下を通ると気づくだけの知恵が、彼女にあると思うのならね」

「ふむ！――ところで、きみたちがひょっこりあらわれなければ、犯人は次に何をしていただろう？　彼はどうなると考えたんだ？」

「クラッチエリーが犯人だとすればかい？」

「ああ、そうだ。彼はそのあと最初に家に入った人間が、居間の床にころがった死体を見つけるものと思っていたはずだ」

「それは僕もよく考えてみたよ。普通なら、次にあの家に入ってくるのはトウィッタトン嬢のはずだった。鍵を持っているからね。そして彼女は完全にクラッチエリーの言いなりだった。それにほら、二人はよく夜にグレイト・パグフォードの教会の墓地で会ってただろう？　その週も叔父さんに会いにいくつもりか、聞き出すのはわけもなかったのさ。もしも彼女がそうするつもりだと答えれば、彼は行動に出ただろう。私用があるとかいって整備場の仕事を一時間ほど休み、あの家へ向かうトウィッタトン嬢とうまいこと路上でばったり出会う。もしもラドル夫人がノークスの失踪を彼女に話すことを思いついてれば、ことはさらに容易になっていたはずだ。トウィッタトン嬢はそのことを真っ先に、物知りの〈愛しいフランク〉に相談しただろうからね。いちばんいいのは、もう少しで実現しかけた展開だ――ラドル夫人はノークスの不在をいつものことだと考えて、誰にも何も知らせない。そこでクラッチェリーはいつもどおり水曜の朝に〈トールボーイズ〉へやって来て、（驚いたことに）中へ入れないことに気づき、トウィッタトン嬢に鍵を借りにゆく。そうして彼自身が死体を発見するというわけさ。

いずれにせよ、彼は――トウィッタトン嬢と一緒であれ一人きりであれ――現場に一番乗りしていたはずだ。一人きりなら、申し分ない。そうでなければ、トウィッタトン嬢を自転車で警察へ行かせて、彼女のいないうちに釣糸を回収すればいい。ついでに鉢の汚れを拭き取り、古いほうの鎖を煙突から取り出して、何ごともなかったように部屋全体を整えるつもりだったのさ。そもそも、古い鎖がなぜ煙突に突っ込まれてたのかはわからない。だが想像するに、鎖を取り換えた直後にとつぜんノークスが入ってきたので、急いでどこかに隠さなければならなかったんじゃないかな？　たぶん、あそこならじゅうぶん安全だと考えて、あまり気にもしてなかったんだろう」

「しかしそのあと、九時半よりまえの明るいうちにノークスがまた居間に入ってきたら？」

「そこは一か八かの賭けだった。だがノークス老人は〈時計みたいに規則正しかった〉んだ。いつも夕食は七時半。あの日の日没は六時三十八分だったし、居間はもともと窓が低くて薄暗い。七時をすぎれば、彼は何も気づかない可能性が大だった。だがそのあたりは、きみの好きなように料理してくれたまえ」

「被告人はきみたちが着いた日には、さぞ悶々《もんもん》と朝をすごしたのだろうな。むろん、この告発が正しいと仮定しての話だが。犯罪が発覚したあと、彼は煙突の中の鎖を取り去ろうとしなかったのだろうか？」

「努力はしたの」ハリエットは言った。「家具の搬出業者がいるあいだに、彼は何度もあそこに入ってきたわ。わたしを部屋から追い出すために、缶詰を調べにいかせようと必死に働きかけてきた。わたしが一度だけ部屋から出たときも、廊下で居間へ向かおうとしてた彼に出くわしたのよ」

「ははあ！」とサー・インピィ。「で、あなたは裁判でそれを宣誓証言することになるのだろうな？　きみらにかかっちゃ、こちらにろくに勝ち目はない。少しは人の立場も考えてくれれば、ピーター、こんな才女とは結婚しなかっただろうに」

「悪いな。その点は配慮が足りなかったよ。だがビギー、この件を引き受けてベストを尽くしてもらえるだろうね？」

「ああ、お望みとあらば。きみたちへの反対尋問をせいぜい楽しませてもらうよ。何か訊かれては困ることを思いついたら、知らせてくれたまえ。さあ、もう行ってくれ。こちらも齢《とし》だから、そろそろベッドに入らないとな」

「これで決まりだ」ピーターが言った。二人はわずかに震えながら歩道に立っていた。もう夜中の三時近くで、空気は肌を刺すように冷たい。「どうしよう？　ホテルを捜すかい？」

（この問いへの正しい答えは何だろう？　彼は疲れてはいるが、じっとしていられないようでもある——そんな体調のときには、おおむねどんな答えも間違っているのだ。ハリエットは思

いきって賭けてみることにした）

「デンヴァー公爵領までは、ここからどのぐらいあるの？」

「九十マイルちょっと——九十五マイルってところかな。まっすぐ行ってしまおうか？　車を取ってくれば、三時半にはロンドンを出られるだろう。あまり飛ばさないと約束するよ。そうすればきみは途中で少しは眠れるかもしれない」

奇跡的に、あれが正解だったのだ。

「ええ、そうしましょう」ハリエットは言い、二人はタクシーをつかまえた。車を預けてきた整備場の住所をピーターが告げると、タクシーは静まり返った通りを走りはじめた。

「バンターはどこなの？」

「あいつは一足先に汽車で発ったよ——僕らは少々遅くなるかもしれないという伝言を携えて」

「お母さまは気になさらない？」

「しないさ。僕のことを四十五年もまえから知ってるんだぞ」

2　デンヴァー公爵領：権力と栄光

「そしてその教訓は」と公爵夫人は言いました……。

ルイス・キャロル『不思議の国のアリス』

またもや、北部方面幹線道路《グレイト・ノース・ロード》を何マイルもひた走る。ハットフィールド、スティーヴネージ、ボルドックを通り抜け、ハーフォードシャーの州境へと突き進む――四日前に通ったのと同じルートだ。あのときはバンターが後部座席にすわり、その足元には羽根布団にくるまれた二ダース半のポートワインが収まっていた。ハリエットはいつしかまどろんでいた。あるとき、ピーターが腕に触れたので目を覚ますと、彼がこう言うのが聞こえた――「あれがパグフォードへの曲がり目だ……」ビグルスウェイド、ハンティンドン、チャタリス、マーチを通りすぎ――なおも北東へ。荒々しい北の海から平野を吹き抜ける風がしだいに強まって、前方の空に夜明けを告げる灰色の冷たい光がのぞきはじめた。

「今はどのあたり？」

「じきにダウンハム・マーケットに入る。今しがたデンヴァーを通り抜けたところだよ――もともとのデンヴァーの町をね。デンヴァー公爵領はもう十五マイルほど先だ」

車は小さな町を通り抜け、東へと向きを変えた。

「今、何時なの？」

「ちょうど六時だ。平均時速はたったの三十五マイルだぞ」

今や沼沢地《フェン》は背後に消え、しだいに木々が豊かになっていた。朝陽が昇ると同時に、車が小さな村に乗り入れ、教会の塔から六時十五分を告げる鐘の音が響き渡った。

「デンヴァー公爵領だ」とピーター。彼は狭い通りにそって、のんびり車を進ませた。そここのコテージの窓に明かりが見え、住人たちが早くも仕事に出かけようと起き出しているのがわかる。木戸のひとつから男が姿をあらわし、二人の車をじっと見ながら帽子に手を触れた。ピーターが挨拶を返し、そのあと気づくと車は村を出て、低い塀のかたわらを走りはじめていた。塀の内側からは、見あげるばかりの鬱蒼《うっそう》たる木々が枝を垂れている。

「隠居所《ダワーハウス》は敷地の向こう端なんだがね——庭園を突っ切ったほうが時間の節約になるだろう」

ピーターは説明し、堂々たる門に向かってカーブを切った。門のわきには番小屋がある。しだいに明るさを増す朝の光が、門柱の上にうずくまる石の獣《けもの》たちを照らし、それぞれが紋章の刻まれた盾を手にしているのが見えた。クラクションが鳴り響くと、番小屋からワイシャツ姿の男が足早にあらわれ、さっと門扉が開かれた。

「おはよう、ジェンキンズ」ピーターは車をとめた。「こんな早くに引っ張り出して悪かったな」

「とんでもねえです、御前」門番は肩越しにふり向き、大声で呼ばわった。「母さんや！　お着きだぞ！」もうかなりの年配で、長年の使用人らしい、親しげな口ぶりだった。「いつかいつかとお待ちしとりましたで、お早いほうが嬉しいぐらいです。そちらがご新婦さまでございましょうな？」

「大当たりだよ、ジェンキンズ」

そこへ一人の女がショールを巻きつけながらあらわれ、膝を曲げてお辞儀した。ハリエットは二人と握手を交わした。

「けど、花嫁をこんなふうにお連れするもんじゃありませんぞ、御前」ジェンキンズはたしなめた。「みんな火曜にはお二人のために鐘を打ち鳴らし、おいでのさいには、大歓迎させていただくつもりでしたに」

「ああ、ああ、わかってる」とピーター。「だが僕は子供のころから、何ひとつまともにはできなかったろう？　子供といえば、みんな元気かね？」

「上々ってとこです、御前、おかげさまで。ビルのやつは先週、巡査部長に昇格しましてな」

「それはよかった」ピーターは心を込めて言うと、クラッチを入れ、広々としたブナの並木道に車を進めた。

「まだお屋敷の玄関まで、一マイルはあるんでしょうね？」

「ほぼそんなところだ」

「そして庭園には鹿が飼われているの？」

「そのとおり」

「テラスには孔雀？」

「残念ながらそうだ。何もかも、お伽噺《とぎばなし》のとおりだよ」

並木道のはるか先には、朝陽を背にして巨大な灰色の館がそそり立っていた。パラディオ式の横長の建物で、正面にずらりと並んだ窓はどれもまだ眠ったままだ。その背後には、左右にだらだらとのびる翼《よく》の煙突と小塔、それに建築家の気まぐれとしか思えない奇怪な飾りが立ち並んでいる。

「あの建物はさほど古くないんだ」ピーターは申し訳なさそうに言い、屋敷を左手に残してカーブを切った。「エリザベス朝よりまえのものは何もない。天守閣も、堀も。当時の城はとうの昔に崩れ落ちてしまったのさ――ありがたいことにね。だがそれ以降のあらゆる悲惨な時代の典型的な特徴を備えてる――まあ、多少はいい時代のものもあるが。隠居所《ダワーハウス》のほうは、非の打ちどころがないイニゴ・ジョーンズ（イングランドでパラディオ様式の伝統を確立した十七世紀の画家・建築家）の傑作だ」

ハリエットが長身の従僕《フットマン》に導かれ、非の打ちどころがないイニゴ・ジョーンズの階段を眠気にふらつきながらのぼっていると、踊り場にせわしげなハイヒールの音と歓声が響いた。従僕がすばやく壁に張りつくと同時に、薔薇色の部屋着姿の先代公妃がさっとそのまえを駆けおりてきた。三つ編みにした白い髪をなびかせ、肩には猫のアハスエロスが必死にしがみついている。

「まあ、よく来てくれたわね！――モートン、早くフランクリンをベッドから引きずり出して、奥さまのお世話をさせてちょうだい――二人ともさぞ疲れて、お腹が空いているでしょう――

あの気の毒な青年の件は、何とも痛ましいこと！——あらあら、手が凍りつきそうじゃないの——こんな震えあがるような朝に、ピーターが時速百マイルで飛ばしたのじゃなければいいけれど——いやだわ、モートン、ぼうっとして……アハスエロスがわたくしを引っ掻《か》いてるのが見えないの？　早くどこかへ連れていってちょうだい——あなたがたには〈綴織の間《タペストリー》〉を用意させたのよ。あそこなら、いくらか暖かいから——おやまあ！　何だか一か月ぶりみたいに思えるわ——モートン、今すぐこちらへ朝食を運ばせて——それにあなたには、ピーター、熱いお風呂が必要ね」

「風呂か」とピーター。「まともな風呂に入るのは、たしかにいい考えだぞ」

彼らは階段の上の広々とした廊下を進みはじめた。壁にはずらりと腐食銅版画《アクアチント》がかけられ、アン女王時代の中国風のテーブルが二、三台、その上には紅色軟彩磁器《ファミーユ・ローズ》の壺。〈綴織の間〉のドアのまえでは、バンターが待っていた。夜明けから起きていたのか、あるいは一睡もしなかったのだろう——イニゴ・ジョーンズ顔負けの、非の打ちどころがない服装だ。これまた非の打ちどころがない姿のフランクリンが——いくらかあわてふためいた様子ではあるが——ほとんど同時にあらわれた。ありがたいことに、どっと湯が流れ出す爽快《そうかい》な音が聞こえる。先代公妃は息子夫婦にキスし、何でも好きなようになさい、お邪魔はしませんからね、と言い残して出ていった。ドアが閉まりもしないうちに、彼女がモートンを叱り飛ばすのが聞こえた。まだ歯医者に行っていないのね？　いつまでも子供じみたことをしていると、歯肉炎、歯槽膿漏《しそうのうろう》、敗血症、消化不良、あげくの果てには総入れ歯ですよ、と脅しつけている。

「これは」ピーターが言った。「ウィムジイ一族の中では見場《みば》のいいほうで——ロジャー卿だよ。宮廷詩人のシドニーと懇意で、詩を詠むやら、若くして熱病で死ぬやら、それらしい要素がそろってる。あれは見てのとおり、エリザベス女王だ。彼女はここに滞在中もいつもどおりの生活をして、あやうくウィムジイ家の財政を破綻させそうになったかという話だぞ。あの肖像画はズッケロの作とされてるが、じつはそうじゃない。だけど同時代の公爵の肖像画のほうはアントニオ・モーロの真作で、そこがいちばんの取り柄だな。当の公爵は一族の持て余し者の一人で、主たる特性は強欲。こっちの鬼婆はその姉のレディ・ステイヴセイカー、あのフランシス・ベーコンに平手打ちをくらわせた人物だ。彼女がここにいる謂《いわ》れはないんだが、ステイヴセイカー家の困窮《こんきゅう》ぶりを見かねて、うちで買い取ったのさ……」

ギャラリー（地方の大きな屋敷に見られる、窓辺の細長い部屋）の細長い窓からは、午後の陽射しが斜めに差し込んでいた。ここではガーター勲爵士の青リボン、あちらでは深紅の軍服を照らし出し……ヴァン・ダイクによるほっそりした二本の手にスポットを当て……ゲインズバラの筆になる、髪粉《かみこ》をふった巻き毛の上でちらちら躍ったかと思うと……陰気な黒いかつらに縁取られた生白い顔をはっとするほど光り輝かせている。

「あのえらく気むずかしげな御仁《ごじん》は、ええと——何代目の公爵かは忘れたが、トーマスという名で、一七七五年ごろに死んだんだ。彼の息子は小間物屋の未亡人とみじめな、軽率きわまる結婚をした。ほら、これがその女性だが、何だかげんなりした顔をしてるだろ。そしてあれがその放蕩《ほうとう》息子――どこかジェリーに似てると思わないかね？」

「ええ、お兄さまとそっくり。こちらは誰？　ちょっと変わった夢想家風のお顔で、悪くないわね」

「それは彼らの下の息子のモーティマーだ。とんでもない奇人で、信者は自分一人という新興宗教を創始した。そしてあれがセント・ポール寺院の主任司祭だったジャーヴァス・ウィムジイ師。メアリ女王の時代に殉教してる。こちらはその弟のヘンリーで、メアリ女王即位のさいにはノーフォークで彼女のために戦った。うちの一族は常にうまいこと両天秤《りょうてんびん》をかけてきたのさ。ああ、あれが僕の親父だ。ジェラルドと似てるけど、はるかにハンサムだな……あっちのあれはサージェントの作で、それがここにあるほぼ唯一の言い訳になっている」

「あなたがいくつのときの絵なの、ピーター？」

「二十一歳だ。勘違いだらけの年頃で、世慣れた顔をしようと必死になっている。いまいましいことに、サージェントはそれを見抜いてたのさ！　これは馬と一緒のジェラルド――ファースの作だ。階下《した》の、ジェラルドが書斎と呼んでる悪趣味な部屋には、彼と一緒の馬の絵がある。そっちはマニングスの作だよ。これはラズロが描いた母で――むろん、大昔のものだが、母の肖像画としては最高級の出来だ。画面がくるくる動く絵でもなければ、彼女本来の持ち味を伝えることはできっこないけどね」

「お母さまを見てるとすごく楽しいわ。今日も昼食前に階下《した》へおりたら、ホールでバンターの鼻にヨードチンキを塗ってらしたの。アハスエロスが引っ掻いたとかで」

「あの猫は誰でも引っ掻くんだよ。さっきバンターに会ったが、あいつはそのことをひどく気にして、『ありがたいことに、御前、この薬剤の色はたいそう移ろいやすいようでして』とか言っていた。母は小さな所帯に押し込めておくのはもったいない人でね。〈デンヴァー・ホール〉で大勢の使用人たちを抱えてたころには、フルに才能を発揮していた。みんな母には戦々恐々としていたものさ。腰痛もちの老執事の背中に、自らアイロンをかけてやったという伝説まである。当人は火のしを当てたわけじゃなく、ケシ軟膏を貼ってやったのだとか言ってるけどね。さて、もうこの〈恐怖の間〉はじゅうぶん堪能したかい？」

「どの絵も興味深いわ――だんだん小間物屋の未亡人に同情したくなってくるけど。このご先祖さまたちの歴史をもっと知りたい」

「それなら、スウィートアップル夫人をつかまえることだな。彼女はここの家政婦で、一族の歴史について知らないことはない。あとは図書室を見せておこうか――あまりまともなものじゃないがね。どうしようもないクズ本ばかりで、いいやつもきちんと分類されてないんだ。父も祖父もそんなことはかまわなかったし、ジェラルドは天から興味がないんだよ。今は年寄りが一人で何やら引っ掻きまわしてる。僕の遠い親戚で――ニースにいる頭のおかしなやつじゃなく、その弟だ。弟のほうは何の財産もないから、ここでぶらぶらしてられるのは大いにありがたいのさ。それに本人はベストを尽くしてる。古書に関する知識もかなりのものだ。ただ、惜しむらくはひどい近眼《ちかめ》のうえに、確たる手法というものがない。一度にひとつの問題に集中できないんだ。ああ、ここは大舞踏室だよ――なかなかいい部屋だ、虚飾は許せんという主義でなければね。ここからだと、いちばん下の水生植物園まで、階段式庭園がきれいに見渡せる。噴水が出てれば、もっとはるかにみごとなはずだよ。あそこの木の間に見える馬鹿げたものは、サー・ウィリアム・チェンバーズの仏塔風東屋《バゴダ》だ。温室の屋根もかろうじて見える……ああ、ほら！　あっちだ――きみがしきりに見たがってた孔雀だよ。きみのためにちゃんと用意しなかったとは言わせんぞ」

「ほんとね、ピーター――まさにお伽噺の世界だわ」

彼らは広々とした階段をおり、彫像の立ち並ぶひんやりしたホールを横切ると、長い回廊を通ってもうひとつのホールへと進んだ。古典的な片蓋柱《ピラスター》と彫刻入りの蛇腹で縁取られたドアのまえで足をとめたとき、従僕の一人が近づいてきた。

「ここが図書室だ」とピーター。「ああ、ベイツ、何だね？」

「レガット氏がお越しです、御前。至急、公爵にお目にかかりたいとかで。公爵はお留守だが、ちょうど御前がおいでだと話すと、少々お時間をいただけないかとのことでした」

「おおかた、例の抵当の件だろうがね――僕にはどうにもできないよ。兄貴に会ってもらわんと」

「それが、本人はぜひとも御前とお話ししたいようでして」

「おやおや――仕方ない、会うとするか。かまわないかね、ハリエット？　長くはかからないはずだ。図書室を見物しててくれ――例の〈マシューおじさん〉に出くわすかもしれないが、まったく無害な御仁だよ。ただしひどく内気で、少々耳が遠い」

図書室は見あげるばかりの書架が並ぶいくつかの区画に分かれ、壁の上方には回廊が張り出していた。東向きのため、すでに薄暗くなっている。とても落ち着く雰囲気だ。ハリエットはぶらぶら歩を進め、そこここで気の向くままに子牛革の本を引き出し、古書特有のカビ臭い、甘やかな匂いに鼻をうごめかせた。暖炉のひとつの上の彫刻入りパネルには、思わず笑みが浮かんだ――ウィムジイ家の紋章からネズミたちが逃げ出し、多量の花と麦の穂が編み込まれた飾り綱のあいだをうろちょろしている。本と書類の山に埋もれた大きなテーブルは、おそらく〈マシューおじさん〉のものだろう――老人らしい震えた文字の書きかけの書類は、一族の年代記の一部のようだった。そのかたわらの書見台には、分厚い手書きの文書《もんじょ》が立てかけられており、一五八七年の家計費の一覧表のページが開かれていた。ハリエットはしばしそれに見入り、〈一、ジョーンズ妃私室用、赤い絹綾織地《サーセネット》のクッション二点〉、〈二、布張り用の鉤《かぎ》五十一本〉、〈三、同、針五十一本〉といった項目を読み取った。それからさらに探検を続け、書架の角を曲がって最後の区画に入っていくと、ぎょっとしたことに、部屋着姿の年配の紳士に出くわした。彼は一冊の本を手に、窓辺にたたずんでいた。一族の特徴――とりわけあの鼻――が際立った顔からして、この老人が誰であるかは疑うべくもない。

「まあ！」ハリエットは言った。「どなたかいらっしゃるとは気づきませんでした。ええと――」もちろん、〈マシューおじさん〉には何か苗字があるはずだ。そういえばニースの頭のおかしな親戚は、ジェラルドとピーターの子孫に次ぐ公爵家の相続人だった。ならばこの兄弟はウィムジイ一族に違いない――「ミスタ・ウィムジイでいらっしゃいますか？」（けれども当然、彼はウィムジイ大佐かサー・マシュー・ウィムジイ、あるいは何とか卿であってもおかしくないわけだ〉。「わたしはピーターの家内です」ここにいる理由を説明しようと、ハリエットは言い添えた。

老紳士はにこやかに微笑み、「どうぞごゆっくり」とでも言うように、片手を軽く振って会釈した。頭のてっぺんが禿げ、白髪まじりの髪は耳の上とこめかみのあたりがごく短く刈られている。年齢は六十代の半ばだろう、とハリエットは踏んだ。そうして室内を自由に見るように伝えると、紳士はまた読みかけの本に注意を戻した。あまり言葉を交わしたそうではなかったし、彼は耳が遠くて内気だという話を思い出し、煩《わずら》わせるのはやめることにした。五分ほどして、ガラスのケースに飾られたおびただしい細密画を眺めていたハリエットがふと目をあげると、〈マシューおじさん〉はまんまと逃げ出して、回廊へ続く小さな階段からじっと彼女を見おろしていた。彼がまた軽く頭をさげ、花模様の部屋着の裾をひるがえして視界から姿を消すと同時に、部屋の入り口で誰かがパチッと明かりのスイッチを入れた。

「こんな暗がりにいたのかい、奥さん？　待たせてごめんよ。さあ、お茶にしよう。例の男と長話になってしまってね。ジェラルドが担保権を行使したがれば、僕にはとめられない――というか、じつは僕がそうしろと助言したのさ。それはそうと、母もこっちに来て、お茶は〈青の間〉に用意されている。あそこの磁器をきみに見せたいんだろう。母は焼き物には目がないんだよ」

〈青の間〉では、先代公妃とともに、ほっそりした初老の男が待っていた。猫背で、服は小ぎれいな古めかしいニッカーボッカーズのスーツ。眼鏡をかけて、白いものがまじったまばらな山羊ひげを生やしている。ハリエットが入ってゆくと、彼は椅子から立ちあがり、何やらおずおずつぶやきながら、片手をのばして進み出てきた。

「やあ、お久しぶり、マシューおじさん！」ピーターが明るく言い、老紳士の肩をぴしゃりと叩いた。「妻にご紹介させてください。こちらはうちの親族のミスタ・マシュー・ウィムジイ。長年放ったらかしにされてたジェラルドの本がボロボロになるのを食いとめてくれているんだ。それに、シャルルマーニュの時代からはじまる一族の歴史を執筆中で、今はロンスヴォーの戦い（七七八年）にさしかかったところだよ」

「ようこそ」〈マシューおじさん〉は言った。「ええと――道中がご快適ならよかったのですが。今日は風がいささか冷たいですからな。やあ、ピーター、元気かね？」

「お会いできて、いよいよ元気が出ましたよ。新たな一章を見せていただけそうですか？」

「一章は無理そうだ」と〈マシューおじさん〉。「とうていな。ほんの数ページしか進んどらんのだよ。ついつい、枝葉の調査に時間を取られてしまってね。どうやら、あの謎のサイモンの消息をつかめそうなんだ――ほら、例の双子の片割れで、姿を消して海賊になったと考えられていた」

「へえ、本当ですか？　そいつはすごい。おや、これはマフィンかな？　ハリエット、きみもマフィンに目がなければいいんだが。結婚前に確かめておくつもりだったのに、機会がなかったんだよ」

ハリエットはマフィンを受け取ると、〈マシューおじさん〉に向きなおった。

「今しがた、馬鹿げた失敗をしました。図書室でお会いしたどなたかを、てっきりあなただと思ってミスタ・ウィムジイとお呼びしてしまったんです」

「え?」と〈マシューおじさん〉。「それはどういうことかな? 図書室に誰かがいた?」

「ここの者はみんな出払ってるはずだがね」とピーター。

「もしかして、リデルさんが『州史』で何か調べにいらしたんじゃないかしら」先代公妃が言った。「お茶を召しあがっていかれればよかったのに」

「こちらにお住まいの方だと思います」ハリエットは言った。「部屋着姿でしたから。六十がらみで、髪は頭のてっぺんが薄くて残りの部分はごく短く刈られていたわ。あなたとけっこう似ていらしたの、ピーター——ともかく横顔は」

「おやまあ」と先代公妃。「きっとご老体のグレゴリーですよ」

「いやはや! そうに違いない」口いっぱいにマフィンを詰め込んだピーターが相槌《あいづち》をうつ。「まあ、たしかに、老グレゴリーとしては精いっぱいの好意を示してくれたんでしょう。いつもはこんな早い時間に出てきたりはしないんだ——少なくとも、訪問者のまえにはね。きみへの歓迎のしるしさ、ハリエット。ご老体もなかなかやるじゃないか」

「老グレゴリーって、どなたなの?」

「ええと、たしか八代目か九代目——どの公爵でしたっけ、マシューおじさん? とにかくその公爵の遠い親戚で、ウィリアム=メアリ共同統治時代(一六八九—一七〇二年)の人だ。彼は何もしゃべらなかっただろうね？　ああ、誰にも決して口をきかないんだが、いつかはその気になってくれるんじゃないかと、僕らはずっと期待してるのさ」

「先週の月曜の夜も、もう少しで口をききそうに見えたんだがね」マシュー・ウィムジイ氏が言った。「彼は第四区画で書架にもたれていた。『ブレドン書簡集』を取るには、どうしても邪魔になる場所だったから、わたしは言ったんだ。『失礼、ちょっとどいていただけますか』とね。すると彼はにこやかにうなずき、今にも何か口にしそうに見えた。しかし思い直して、ふいと姿を消してしまったんだ。気を悪くさせたんじゃないかと心配したが、一、二分後には暖炉のまえにいとも礼儀正しくあらわれて、悪意は抱いていないことを示してくれた」

「あなたは一族の亡霊たちに頭をさげるやらあやまるやらで、さぞ膨大な時間を浪費してるんでしょう」とピーター。「ジェラルドみたいに、さっさと通り抜けてやればいいんですよ。そのほうがずっと簡単だし、どちらにも害はないようですからね」

「よく言うわ、ピーター」と先代公妃。「いつぞや、あなたがテラスでレディ・スーザンに帽子を脱いでお辞儀してるのをたしかに見ましたよ」

「よしてください、お母さん！　そんなの、ただの作り話ですよ。いったいどうして僕がテラスで帽子なんかかぶってるんです？」

ピーターもその母親も、とうてい他人に無礼を働いたりはしそうにないタイプだが、そうでもなければ、これは手の込んだ悪ふざけかと思うところだ。ハリエットはためらいがちに言ってみた。

「それじゃ、あまりにお伽噺みたいだわ」

「そうでもないさ」とピーター。「だって、何の意味もないんだぞ。彼らは誰かの死を予告するでも、埋もれた宝を発見するでもない。何ひとつ明かさず、誰にも警告を発したりはしないんだ。何と、使用人たちにまで鼻であしらわれてる。中には彼らのことがぜんぜん見えない者たちもいるんだぞ——たとえば、ヘレンとか」

「そうそう！」先代公妃が言った。「あなたがたに、何か話すつもりだったような気がしてたのよ。信じられて？　ヘレンは西翼にお客さま用の新しい浴室を作ると言ってきかないの。いつもロジャーおじさまが歩きまわっていらっしゃる、まさにあの場所に。ほんとに愚かしい、思いやりのない考えですよ。いくら、相手は実体のないものだとわかっていてもねえ……お客さまがアムブローズ夫人みたいな方だったら、泡を食うに決まっています。ご挨拶することも廊下に逃げ込むこともできない状態のときに、タオルの戸棚から近衛隊長がひょっこりあらわれたりしたら……。それに、バスルームの蒸し暑さがロジャーおじさまの霊気——と言うのか何か知らないけれど——にいいとは思えません。最後にお見かけしたときは、お気の毒に、ずいぶん影が薄くなっていらしたわ！」

「ヘレンはときおり少々、配慮に欠けることがあるからな」ウィムジイ氏が言った。「バスルームはたしかに必要だが、もう少し向こうに作って、あのタオル置き場はロジャーおじさんのものにしておいてやればいいものを」

「わたくしもそう言ってやったんですよ」先代公妃が言い、話はほかの方向へと進んでいった。

おやおや！　ハリエットは二杯目のお茶を飲みながら、考えた。これならノークス老人の亡霊につきまとわれるのを、ピーターがさして気にするとは思えない。

「……なぜって、もしもわたくしが余計なお節介を焼いているのなら」先代公妃は言った。「今すぐ殺処分でもされたほうがずっとましですからね、可哀想なアガグみたいに——もちろん、聖書（旧約聖書、「サミュエル記・上」）に出てくるほうじゃなく、アハスエロスのまえの猫の話よ。彼はブルー・ペルシャンだったの。どうしてあんなふうに、誰でも好きなときに死なせてもらえないのかしらねえ？　齢《とし》を取って病気になり、自分で自分を持て余すようになっても。それはともかく、初めてそういうことが起きたら、あなたはちょっと心配になるんじゃないかと思って……それで話してみたの。結婚したことで事情が変わって、もうぜんぜん起きないかもしれないけれど……ええ、それはロッキンガムウェア、意匠がすぐれたもののひとつよ。あそこの磁器はたいてい、色が安っぽいけれど、これはブラメルドの風景画なの……ほんとに、あんなにおしゃべりな人間が心を閉ざしているなんて、信じがたいことよね。でもわたくしはいつも思うのよ、あれは弱みを見せまいという馬鹿げた虚勢なんだって。じつに愚かな見栄ですよ、人は誰しも弱みを持っているんですから。ただ、わたくしの夫はそんなことは聞こうともしなくて……ほら、この鉢も面白いでしょう？　釉薬《ゆうやく》を見ればダービー窯のものとわかるわ。でも絵付けはレディ・サラ・ウィムジイ——セヴァーン・アンド・テムズ伯爵家へ嫁いだ方のものでね。モデルは彼女自身とお兄さんとペットの犬、それにほら、そのおかしな小神殿は、あの湖のほとりにある建物よ……当時は素人の愛好家向けの白磁が売られていて、絵付けをしたあと窯に送り返せば焼きなおしてもらえたの。とても繊細な筆遣いじゃなくて？　ウィムジイ家の人間は、絵画や音楽にはとてもセンスがあるか、まったくないかのどちらかなの」

先代公妃は手にした鉢の縁ごしに、首をかしげてハリエットを見あげた。あの小鳥のような、きらめく茶色い目で。

「何となく、そんなことじゃないかとは思ってました」ハリエットは、相手が本当に伝えたがっていた点に話題を戻した。「いつぞや彼が事件を解決し終えたばかりのとき、一緒にディナーに出かけたら、ほんとに具合が悪そうで……」

「あの子は責任を負うのが好きじゃないのよ」先代公妃は言った。「なのに戦争やら何やら、そういう人間には酷なことが続いて……十八か月も苦しんだの……そんなことは決して、あなたには話さないでしょうけど。少なくとも、いくらか傷が癒えるまではね。別に頭がおかしくなったとかいうわけじゃなく、あの子はいつも愚痴ひとつこぼさなかった。ただ、眠るのをひどく怖がって……使用人たちにさえ、何も指示することができなくなってしまったの。何ともみじめなありさまだったわ、可哀想な子！　たぶん四年近くも大勢の人たちに、爆弾で木《こ》っ端《ぱ》みじんに吹き飛ばされてこいと命じ続けていると、自分のほうが……近ごろは何と呼ぶのかしら？――抑圧《インヒビション》だか展示《エキジビション》だかわからないけど――神経が参ってしまうのね……。

あら、そんなにティーポットを抱きしめてなくてもいいのよ、ごめんなさいね――こちらにくれれば、元の棚に戻します……でも本当は、わたくしだって何も知らずにぺちゃくちゃしゃべっているだけで、あの子が今はそうしたことをどう受けとめてるのか、さっぱりわからないのよ。たぶん、わかっているのはバンターだけでしょう——わたくしたちみんながどれほどバンターに救われたかを思えば、アハスエロスはあんなふうに彼を引っ掻くべきじゃありませんでしたよ。バンターがあまり気むずかしくなったりしていなければいいけれど」

「彼は最高です——びっくりするほど気を遣ってくれますし」

「まあ、それはよかったこと」先代公妃はざっくばらんに言った。「ああいう献身的な人たちは、ときには少々厄介ですからね……でも誰かがピーターを正常に戻してくれたと言えるとすれば、それはバンターよ。だから多少のことは大目に見てあげなければ」

　ハリエットはバンターのことをもっと話してほしいと頼んだ。

「ええと」先代公妃は言った。「たしか、彼は戦前はサー・ジョン・サンダートンのお宅で従《フット》僕《マン》をしていて、戦地ではピーターの部隊に所属していた……最後は軍曹か何かだったはずよ。そして二人は何かの——切羽詰まった状況をアメリカでは何と言うんでしたっけ？——窮地《ジャム》かしら？——そう、何かの窮地をともに切り抜けて、互いにすっかり惚れ込んでしまったの……それでピーターは、もし二人ともこの戦争を生き延びたら、きっと自分のもとへ来てほしいと言ったのよ……そうしたら、たしか一九一九年の一月に——ええ、そうだわ、恐ろしく寒い日だったのを憶えているから——バンターがひょっこり、ここにあらわれてね。まんまと逃げ出してやったとか……」

「まさか、バンターがそんなことを言うなんて！」

「ええ、そうね、今のはわたくしの低俗な表現。彼はうまいこと除隊になり、ピーターに保証された職に就くために、ただちにやって来たのだと言ってたわ。ところが、あいにく、そのころピーターは最悪の状態に陥っていて、ただぶるぶる震えながらすわっていることしかできなかったの……でもバンターはなかなかよさそうな人だったから、わたくしはこう言ってみたのよ。『それなら、自分で話してごらんなさい——たぶんあの子は、どちらとも決められないんじゃないかと思うけど』って。そんなわけで、バンターをピーターの部屋に連れていくと、中は真っ暗だった。きっとあの子は明かりのスイッチを入れる気力もなかったのね……だから、おまえは誰かと訊くしかなかったの。そうしたらバンターは、『バンター軍曹であります、御前。お約束どおり、お仕えしにあがりました』と答えるや、パチパチと明かりをつけてカーテンを引き、その瞬間から主導権を握ってしまったの。彼がすべてを取りしきったおかげで、ピーターは何か月ものあいだ、ソーダ水についての指示すらせずにすんだはずよ……

そうこうするうちに、バンターはあのフラットを見つけてピーターをロンドンへ連れ出し、あらゆることをしてくれた……今でも憶えているわ。バンターの話ばかりで、あなたを退屈させてなければいいけれど、ほんとに感動的だった……ある朝早くロンドンへ行って、フラットを訪ねてみたときのことよ。バンターはピーターの朝食を運んでいたところで——当時のあの子はひどく寝坊だったの、ろくに眠れなくてね——お皿を持って出てきたバンターは、こう言ったのよ。『ああ、先代公妃さま！　御前が今しがた、このいまいましい卵をさげてソーセージを持ってこいと申されまして』……彼が感極まって熱いお皿を居間のテーブルに置いたものだから、ニスがすっかり剝《は》がれ落ちてしまったわ……でもあのソーセージを機に」先代公妃は意気揚々と締めくくった。「ピーターは過去をふり向かなくなったみたいなの！」

ハリエットは細かな経緯まで話してくれた義母に礼を言った。「それじゃ巡回裁判がはじまって、何か危機的な状況になったら、バンターに助言を仰ぐことにします。いずれにせよ、ご警告には心から感謝していますし、あまり良妻ぶってうるさくしないようにします――それだけで万事休すとなりかねませんものね」

「ところで」翌朝、ピーターが言った。「じつに心苦しいんだが、きみを教会へ引っ張り出してもかまわないかね？　つまりその、二人でうちの家族席に顔を出せば、好感度が高まるという か……みんなに話題を提供したりできると思うんだ。もちろん、無理にとは言わない。きみが火あぶりにされたどこぞの聖人みたいに真っ赤になって、身もだえしそうな気分になるのなら……。まあ家族席なんて、狭い独房か晒《さら》し台と同程度の穏やかな受難だけどね」

「もちろん、教会には行かせてもらいます」

とはいえやはり、少々妙な気分だった。ピーターと一緒にしおらしくホールに立ち、義母に朝の礼拝へ連れてゆかれるのを待っていると、何だか子供時代に戻ったような気がした。先代公妃は、ハリエットの母親がいつもしていたように、手袋をはめながら階段をおりてきた。そして「忘れないでね、今日は献金がありますよ」と言いながら、自分の祈禱書《きとうしょ》を息子に持たせた。

「ああ、それと！」先代公妃は続けた。「牧師さまから伝言が届いてね、喘息《ぜんそく》が悪化したうえに、副牧師さまはお留守なんですって。それでジェラルドがいないなら、あなたに日課（英国国教会の朝夕の祈禱のさいに読まれる、聖書の一部）を読んでもらえれば大いにありがたいそうよ」

ピーターは快く引き受けた。ただしヤコブにまつわる部分でなければいいけどね、あいつの性格には苛々《いらいら》するよ、と言いながら。

「いえ、だいじょうぶ。エレミヤ書のうんと陰気な一節ですよ。あなたのほうがジョーンズさんよりはるかにうまく読めるはずだわ。わたくしはいつも扁桃腺《へんとうせん》には注意を怠らず、あなたにも鼻呼吸をさせてきましたからね。じゃあ、途中でマシューおじさまを拾っていきましょう……」

小さな教会は人でいっぱいだった。「よき会衆だ」ピーターは袖廊から教区民たちを見渡して言った。「どうやら、ペパーミントの季節が訪れたようだな」彼は帽子を脱ぎ、一族の女たちに続いて、いつにない慎ましさで側廊を進みはじめた。

「……世々かぎりなく、アーメン」

会衆は椅子をきしらせてごそごそ腰をおろすと、公爵家ご子息による預言書の朗読を拝聴すべく、耳をこらした。ピーターは重厚な赤い絹のしおりをいじくりながら堂内を見まわし、うしろのほうの席の注意を集めると、真鍮《しんちゅう》の鷲の左右の翼をしっかり握りしめ、やおら口を開いた。そこで間を置き、聖書台の真下にすわる小柄な少年にじろりと片眼鏡を向けた。

「そこにいるのはウィリー・ブロジェットかね？」

ウィリー・ブロジェットは身を凍りつかせた。

「いいか、もう妹をつねったりするんじゃないぞ。こすいやり方だ」

「ほらごらん」ウィリー・ブロジェットの母親が聞こえよがしにささやいた。「静かにすわってな！　ほんとに恥ずかしいったら」

「では預言者エレミヤの書、第五章より。

エルサレムの街路を駆けめぐり、目をこらし、確かめるがよい。その広場で、正しい裁きを行う者が一人でも見つかるか……」

（そう、まさにそのとおりだ。地元の拘置所にいるフランク・クラッチェリーも、裁きや刑罰について聞かされているのだろうか？　それとも裁判が終わって判決が下るまで、礼拝には出ないでいいのだろうか）

「それゆえ、森から獅子があらわれて彼らを殺し、闇夜には狼が彼らを襲う。豹は彼らの町々に目を光らせ……」

（ピーターはこの動物園もどきの一節を楽しんでいるようだった。ハリエットはふと、家族席の飾りが通常のケシの花ではなく、うずくまった猫なのに気づいた。ウィムジイ家の紋章に敬意を表したものだろう。南側通路の東の端には小礼拝堂があり、天蓋つきの墓石が並んでいる。あれもまた、ウィムジイ家のものに違いない）

「今こそこれを聞くがよい、愚かなる民よ――何ひとつ悟らず、目を持ちながら見ることをせず……」

（あの吊り鉢がきれいに拭かれるのを、みんなで見ていたことを思うと！……だが朗読者はそんな連想に煩わされるふしもなく、すらすらと次の一節に移っていた――逆巻く波についての、ぞくぞくするような一節だ）

「我が民の中には悪《あ》しき者たちがあり、猟師のようにじっと様子をうかがいながら、罠を仕掛けて人々をとらえる……」

（ハリエットは、はっと目をあげた。わずかに声が詰まったように聞こえたのは、ただの想像だろうか？　ピーターの視線は開かれたページにひたと向けられたままだ）

「……我が民はそれを大いに喜んでいる。だがあなたがたは、その最後にどうするつもりか。これにて、第一日課は終了です」

「みごとな朗読だった」マシュー・ウィムジイ氏が身を乗り出し、ハリエットの向こう側の席に戻ったピーターに言った。「すばらしい。いつもきみの言うことはわたしにも残らず聞こえるよ」

　ピーターはハリエットの耳元でささやいた。

「きみにジェラルドの朗読を聞かせてやりたいよ。ヒビ人やペリシテ人やギルガシ人（すべてイスラエルに征服された民族）の話となったら、すごいものだぞ」

　感謝の歌《テ・デウム》がはじまると、ハリエットの思いはまたもやパグルハムに舞い戻り、トウィッタトン嬢はオルガンを弾きにゆく勇気を奮い起こせただろうかと考えた。

3　トールボーイズ：天上の冠

されば ここで夜を徹し、輝く
朝の訪れを待つとしよう。
明朝、彼は八時の鐘を聞くが
九時の鐘を聞くことはない

A・E・ハウスマン『シュロップシャーの若者』

治安判事裁判所での証言がすむと、あとは巡回裁判まで自由の身となった。そこで二人は結局のところ、スペインでハネムーンの残りを終えた。

先代公妃からの手紙によれば、〈デンヴァー・ホール〉から必要な家具が〈トールボーイズ〉に送られ、壁のペンキや漆喰《しっくい》も塗りなおされていた。新たなバスルームの増築は、霜の季節が終わってからのほうがいいだろう。それでも、住むのに支障はなさそうだ。

ハリエットは公判までに帰国するつもりだと返事を書いた。自分たちはまたとなく幸福な結婚生活を送っている――ただ、ピーターはまた悪夢に悩まされています、と。

サー・インピィ・ビッグズによる、反対尋問。

「では、被害者は六時二十分から九時すぎまで、こんな驚くべき仕掛けに気づかなかった——そんな話を陪審団が信じると、あなたは期待しておられるのですか?」

「何も期待などしていません。わたしはこちらが作ってみた仕掛けについて述べたまでです」

そこで裁判長——

「証人に述べられるのは、自分の知る事実についてのみですぞ、サー・インピィ」

「仰せのとおりです、裁判長」

それでも目的は達せられた。証人の主張にはいささか無理があるという印象が植えつけられたのだ……。

「さて、あなたが被告人に仕掛けたこの危険きわまる罠ですが……」

「証人によれば、その仕掛けは実験的に設置されたもので、そこへ思いがけず被告人があらわれ、警告する間もなく作動させてしまったということのようですが」

「おっしゃるとおりです、裁判長」

「では改めてピーター卿にうかがいます……この罠が偶発的に作動してしまったとき、被告人はどのような反応を示しましたか?」

「怯えきった様子でした」

「無理もありません。度肝を抜かれたのでしょうな?」

「はい」

「そんなごく当然の驚愕に見舞われた状態で、被告人は冷静沈着に話すことができたでしょうか？」

「彼は冷静沈着どころではありませんでしたよ」

「自分の口にしていることがわかっているようでしたか？」

「そこはこちらには判断しかねます。ただ、彼は興奮しきっていました」

「狂乱状態だったと言えるほど？」

「はい。まさにその言葉のとおりです」

「被告人は恐怖のあまり、正気を失っていたのですね？」

「わたしはそうだと申しあげる立場にはありません」

「それでは、ピーター卿。あなたの明確きわまるご説明によれば、この破壊的装置が揺れ動くさいの高さは、最低でも床から六フィート以上あった。そうですね？」

「はい」

「つまり身の丈六フィート未満の者なら、まったく危害を受ける可能性はなかった？」

「そのとおりです」

「被告人の背丈は五フィート十インチと聞いております。ならば、彼はこれに打たれる危険はまったくなかったのですね？」

「少しもありませんでした」

「仮に訴追側の示唆するとおり、被告人が自らその鎖と鉢を仕掛けたのなら、彼はそれが自分の頭をかすめもしないことを誰よりもよく知っていたのでは？」
「その場合には、たしかに彼は知っていたでしょう」
「にもかかわらず、彼は怯えきったのですね？」
「本当に怯えきっていました」

的確で、どちらにも偏らない証人。

かたやアグネス・トウィッタトンは、いきり立った、悪意に満ちた証人だった。一目でわかる被告人への敵意は、彼にはむしろ有利に働いた。続いてドクター・ジェイムズ・クレイヴン、高度な専門知識を持つ証人だ。そしてマーサ・ラドル、おしゃべりで回りくどい証人。トーマス・パフェット、慎重な、警句好きの証人。サイモン・グッドエイカー牧師、口の重い証人。レディ・ピーター・ウィムジイ、たいそう物静かな証人。マーヴィン・バンター、うやうやしい証人。ジョーゼフ・セロン巡査、寡黙な証人。カーク警視、公的立場を心得た不偏の証人。あとは被告人に多量の鉛玉と鎖を売った、クラークンウェルのうさん臭い金物屋――有害な証人だ。

最後に当の被告人が、弁護側の証人となった。むっつり黙り込むかと思えば不遜な口をきく、最悪の証人だった。

サー・インピィ・ビッグズは、被告人のために「この勤勉で向上心に富む若者が……」と熱弁をふるった。さらには、「彼に裏切られたと思い込む理由のありそうなご婦人が……」と証人の偏見をほのめかし――「発明の才で知られる紳士の手になる奇抜な破壊的装置」と凶器にやんわり疑念を投げかけ――この容疑はもっぱら、「怯えきった男の行き当たりばったりの発言」にもとづいていると義憤を示した。訴追側の主張に「直接的な証拠がみじんもない」ことを知って驚愕し――こんなつぎはぎのおざなりな証拠で若い貴重な命を犠牲にしてはならないと、心揺さぶる言葉で陪審団に訴えた。

しかし訴追側の代理人は、サー・インピィがぶった切った証拠の糸をかき集め、太綱のようにしっかり編みあげた。

裁判長がそれをふたたび解きほぐし、個々の糸の正確な強度を示したうえで、きちんと整理した判断材料を陪審団に手渡した。

陪審団は一時間ほど退席した。

サー・インピィ・ビッグズがやって来た。「これだけ迷っているのなら、彼らは無罪の評決を出すかもしれないぞ――当の被告人のあんな態度にもかかわらず」

「彼を証言台に立たせるべきじゃなかったよ」

「こちらはやめておくよう助言したんだが。どうもうぬぼれが強いようでね」

「ああ、彼らが戻ってきた……」

「陪審員のみなさん、合意のうえでの評決は出ましたか？」

「はい」

「ウィリアム・ノークスの殺害について、被告人は有罪ですか、無罪ですか？」

「有罪です」

「被告人は有罪というのが、全員一致の評決なのですね？」

「はい」

「当法廷の被告人に告げます。あなたは殺人罪に問われ、その裁きは国家に委ねられました。その国家の代表者たちが今、有罪の評決を出したのです。法にのっとり、死刑の判決が下されることに何か異議はありますか？」

「お前らのたわごとなぞ知ったことか。俺がやったとは、ちっとも証明できてないじゃないか。あのお金持ちの殿さまは、ずっと俺を嫌ってたんだ――あいつもアギー・トウィッタトンもな」

「しかしながら、被告人、陪審団は種々の証言に慎重に辛抱強く耳を傾け、そのうえであなたを有罪とみなしました。その評決を本官も全面的に支持します。当法廷のあなたへの判決は、以下のとおりです。あなたはこれより元の場所へ戻され、そののち処刑場へと移されて、そこで絞首刑に処せられます。死亡が確認されたあと、遺体は最終的に収監された刑務所の構内に埋葬されることになるでしょう……あなたの魂に神がご慈悲を示されますように」

「アーメン」

英国の刑法のもっとも称賛すべき点のひとつは、執行の迅速さだと言われる。被疑者は逮捕後、できるだけ早く裁判にかけられ、その裁判は長くて三、四日。有罪が宣告されたのちには(むろん、控訴しなければの話だが)、三週間以内に処刑される。

クラッチェリーは控訴を拒み、むしろ自分の犯行だと公言し、できるものならもういちどやってやると言い放っていた。さっさと好きにするがいい、こっちは屁でもないんだぞ、と。おかげで、ハリエットはしみじみ、三週間というのは最悪の待ち時間だと思い知らされた。軍法会議のように、被告人は有罪が確定した翌朝に処刑されるべきなのだ。そうすればあらゆる苦痛を一気に片づけ、始末がつけられる。それでなければアメリカのように、疲れきった囚人が何も感じなくなってしまうまで、何か月も何年もだらだら放っておけばいい。

その三週間でいちばんこたえたのは、ピーターがあくまで礼儀正しく、陽気にふるまおうとしたことだった。ときおり州の刑務所に出かけ、何か囚人のためにしてやれることはないかと辛抱強く尋ねるほかは、彼はずっと〈トールボーイズ〉にいて、思いやり深く家の内装や家具を褒めたたえたり、妻の望むままに田園地帯を車でめぐり、失われた通風管やほかの興味深いものを捜したりした。この胸の痛む礼儀正しさの合間合間に、身心を消耗させる、抑えがたい激情の発作がさしはさまれる。ハリエットが不安になったのは、彼の求めがあまりに奔放なうえ、いかにも機械的で、自然な感情に欠けていたためだ。それでも彼女が喜んで受け入れたのは、事後には彼が泥酔したように眠り込んでしまうからだった。ピーターは日ごとに、防御の砦めいたものに固く閉じこもり、ハリエットを一人の人間として見ることができなくなっていた。今の彼は相手の女が誰でもかまわないのだろう、とハリエットはみじめな思いで考えた。ともあれ、先代公妃には言葉にならないほど感謝していた。彼女が前もって警告してくれたおかげで、ある程度は心の準備ができていたからだ。けれど、〈良妻ぶってうるさくしない〉という自分の決断は、はたして賢明だったのだろうか？　ハリエットは手紙を書き、助言を仰いだ。先代公妃からの返信は、あれやこれやの話題に及んでいたが、要は「彼に自分なりの解決法を見つけさせよ」というものだった。追伸には、こう書かれていた。「ひとつ言わせてもらえば——あの子はまだそこにいる。それは有望なしるしです。男なら、どこかよそへ行ってしまうのは、わけもないことですからね」

死刑執行の一週間ほどまえに、グッドエイカー夫人が動揺しきった様子でやって来た。「あのろくでなしのクラッチェリーときたら！　きっとポリー・メイスンを厄介事に巻き込むと思っていたら、あんのじょう！　まったく、どうしたものでしょう？　たとえ彼が許可を得てポリーと結婚したがったとしても——あの子のことなんて、何とも思っちゃいないはずですけどね——生まれてくる赤ん坊のことがあります。父なし子になるのと、殺人罪で処刑された父親を持つのと、どちらのほうがましなのやら……わたしにわかるはずありません！　サイモンにだってわからないんです——あの人は当然、二人を結婚させるべきだとか言ってますけど。そりゃあクラッチェリーはそれでいいでしょう、どうせ何ひとつ変わるわけじゃなし。でも今はポリーのほうも乗り気じゃないんです――殺人犯なんかと結婚したくないって。無理もありません。彼女の母親はもちろん、半狂乱ですよ。だからポリーを家に置いておくか、きちんとしたお屋敷に奉公に出せばよかったんです。わたしは何度も言ってやったんですよ――あの子はパグフォードの服地屋なんかで働かせるにはまだまだ若すぎるし、見かけほどしっかりしてはいないって。そんなこと、今さら言っても手遅れですけどね」

このなりゆきをクラッチェリーは少しでも知っているのか、とピーターは尋ねた。

「ポリーは知らせていないそうです……あら、まあ！」グッドエイカー夫人ははたと、一連の可能性に気づいたようだった。「もしもノークスさんが破産したりせず、クラッチェリーの悪事も露見していなければ、ポリーはどうなってたかしら？　彼は何としてでも、商売の資金を手に入れるつもりだった……わたしに言わせれば、レディ・ピーター、ポリーは自分で思っていたよりずっとあやういところを助かったんですわ」

「あんがい、そんなことにはならなかったかも」とハリエット。

「そうかもしれません。でもひとつの殺人がばれずにすめば、多くの殺人につながるものですよね。とはいえ当面の問題は、生まれてくる子供をどうするかってことです」

クラッチェリーには少なくとも事情を話すべきだろう、とピーターは言った。彼にできるだけのことをするチャンスを与えてやるのがフェアというものだ。自分がポリーの母親を刑務所長と会わせに連れてゆこうか、と。それは助かりますわ、とグッドエイカー夫人は礼を言った。

ハリエットは牧師夫人を送って庭の小道を門へと進みながら、彼女に打ち明けた。クラッチエリーのためにしてやれる具体的なことができたのは、夫にとってもよいことだろう。彼はたいそう悩んでいるのだと。

「そうでしょうとも」グッドエイカー夫人は言った。「そういう方だと、一目でわかります。サイモンもおんなじですよ、誰かに厳しくせざるをえなかったりすると。でもまあ、男の人はみんなそう。さっさと仕事をすませたがるくせに、終わってみれば、やっぱり結果が気に入らない。可哀想に、自分じゃどうにもならないんですよ。論理的な頭を持っていませんからね」

その晩、刑務所から戻ったピーターによれば、クラッチェリーはかんかんに腹を立て、ポリーやほかのいまいましい女どもとは、もういっさいかかわるつもりはないと断言したという。じっさい、彼はメイスン夫人やピーターやほかの誰とも会うのを拒み、俺のことは放っておいてくれと刑務所長に告げていた。

ピーターはその後、ポリーをどうするべきか悩みはじめた。ハリエットはしばし彼をその問題に取り組ませ（少なくとも、それなら実際的な問題だという利点があった）、それからやおら切り出した。

「クリンプスンさんにお願いするわけにはいかないの？　あの人なら高教会派の豊富なコネを使って、何かいい仕事の話を仕入れてくれるはずだわ。このままポリーと会ってみたけど、あんがい悪い子じゃなさそうよ。あなたは必要なお金とかを援助してあげればいいわ」

ピーターは二週間ぶりに会ったかのような目つきで、まじまじと妻を見た。

「ああ、たしかにそうだ。僕の脳ミソはふやけてしまったみたいだぞ。どう見ても、クリンプスンさんに頼むのがいちばんだ。すぐに手紙を書くよ」

ペンと紙を取ってきたピーターは、宛先と「親愛なるミス・クリンプスン」という冒頭の一語を書いたあと、ペンを片手にぼんやり宙を見すえた。

「なあ——こいつはきみのほうがうまく書けると思うんだ。ポリーに会っているからね。いろいろ説明できるだろう……。やれやれ！　僕はもうくたくただ」

鎧《よろい》が初めてひび割れた瞬間だった。

処刑の前夜、彼はクラッチェリーに会うべく最後の努力をした。面会の口実になるクリンプスン嬢からの手紙には、ポリー・メイスンのための願ってもない、思慮深い取り決めの概要がしたためられていた。

「帰りは何時になるかわからない」ピーターは言った。「起きて待っていたりはしないでくれ」

「まあ、ピーター——」

「いや、頼むから先に休んでいてほしい」

「わかったわ、ピーター」

ハリエットはバンターを捜しにいった。彼はダイムラーを隅から隅までくまなく磨きあげていた。

「旦那さまはあなたを連れてくつもりなのかしら？」

「わかりかねます、奥さま。何もご指示は受けておりませんので」

「どうにか一緒に行くようにして」

「最善を尽くします、奥さま」

「バンター……いつもはどうなるの?」

「それは時と場合によりまして……死刑囚が友愛の心を示せる者なら、こちらもみな、さほど苦痛を覚えずにすみます。しかしながら、過去には御前ともどもすぐさま船か飛行機に飛び乗り、遠い異国へ旅立ったこともございます。むろん、今とは事情が違っておりましたが」

「ええ――バンター、旦那さまはわたしにはっきり、起きて待っていないようにと言われたの。でも、もし彼が今夜ここに戻って、どうしても……ひどく落ち着かないようなら……」うまく言葉を結べそうになかったので、ハリエットは改めて言った。「わたしは二階へ行ってるはずだけど、とても眠れそうにない……部屋の暖炉のそばにすわっていると思うわ」

「かしこまりました、奥さま」

二人の目が合った。言いたいことは完璧に通じ合っていた。

車が戸口へまわされてきた。

「よし。バンター。もういいぞ」

「お供の必要はございませんか?」

「もちろんだ。奥さまを一人で家に残しておくわけにはいくまい」

「奥さまは手前が出かけることをお許しくださいました」

「ほう！」

しばしの沈黙。ポーチに立っていたハリエットは、その間に思いめぐらした。僕にお守りが必要だとでも思うのかね、とでも訊かれたら？

そのとき、バンターの声がした。まさにこの場にぴったりの、いかめしい傷ついた口調だ。

「てっきり御前はいつもどおり、手前がご一緒することを望まれるものと思っておりました」

「わかったよ。いいだろう。さっさと乗ってくれ」


古い家は、寝ずの番をするハリエットのよき相棒だった。邪悪な霊魂を追い払い、汚れを清めて飾りつけられた家は、悪魔か天使が訪れるのを彼女とともに今か今かと待ちかまえていた。

夜中の二時をすぎたころ、車が戻ってくるのが聞こえた。砂利を踏みしめる足音がして、ドアが開かれ、閉じられ、しばし低い話し声――あとは静寂。やがて、階段にかすかな足音すら響かせず、とつぜんバンターが部屋の小さなドアをコツコツと叩いた。

「それで――どうだったの、バンター？」

「可能なかぎりの手は尽くされました、奥さま」二人は不運な男がすでに死んで横たわっているかのように、声をひそめて話していた。「あの者が面会に同意するまでには、かなりの時間を要しましたが……ついに刑務所長の説得が功を奏し、中へ通された御前は例の手紙を見せて、あの娘さんの将来についての取り決めを伝えてやることができました。ところが、あちらはろくに関心を示さなかったようでして……刑務所の者たちの話では、あの者は終始むっつりとした、扱いにくい囚人だったとか……御前はたいそう沈んだご様子で戻られました。こうした場合、常に御前は死にゆく者に赦《ゆる》しを乞われます。あのご様子からして、それはかなわなかったのでしょう」

「そのあと、まっすぐここへ戻ったの？」

「いいえ、奥さま。十二時ごろに刑務所を出ますと、御前は西へと車を飛ばされました――五十マイルほど、猛スピードで。それはめずらしいことではありません。夜通しそうして車を駆られることも、過去にはしばしばございました。そのあと、とある十字路で御前は不意にブレーキを踏まれ、お心を決めようとなさっているかのように数分間ほど停車したあと、やおら向きを変え、さらなる猛スピードでまっすぐこちらへ戻られたのでございます。家に入ったときには、ひどく震えておられましたが、何ひとつ口になさろうとしませんでした。とても眠れそうにないとのことでしたので、居間の暖炉にたっぷり薪をくべて火を起こしました。そのあと、御前には長椅子におかけいただき、おそばを離れた手前は裏階段からこちらへあがってまいったしだいです。おそらく御前は、奥さまにご心配をおかけするのを望まれまいと存じまして」

「そのとおりよ、バンター――そうしてくれてよかったわ。これからどこにいるつもり？」

「キッチンにおります、奥さま。それなら、お呼びがあればすぐにお応えできますから。御前が何かお申しつけになるとは思えませんが、もしものさいには、あちらで自分の軽い夜食を準備している手前を見つけていただけます」

「それはいい考えね。旦那さまはきっと一人にしておいてほしがるでしょうけど、もしもわたしに会いたいと——まんいち、そう言われたら——あなたから話してもらえるかしら？——」

「はい、奥さま？」

「わたしの部屋にはまだ明かりがついている、おそらくクラッチェリーのことが気になってならないのだろう、と」

「かしこまりました、奥さま。さしあたり、こちらへお茶を一杯お持ちいたしましょうか？」

「まあ、バンター、ありがとう。ええ、そうしてちょうだい」

お茶が届くと、ハリエットはむさぼるように飲みほし、あとはじっとすわって耳をそばだてた。教会の鐘が十五分ごとに時を告げるのを除けば、あたりはしんと静まり返っている。だが隣の部屋へ行くと、階下《した》でせわしなく歩きまわる足音がかすかに聞き取れた。

彼女は自分の部屋に戻って待った。たったひとつのことしか考えられず、それがぐるぐる頭の中で渦巻いていた。彼のところへ行ってはだめ——あちらがわたしのところへ来なければ。彼がわたしを求めないなら、わたしはみごとにしくじったのだ。そしてその失敗は、一生わたしたち二人につきまとうだろう。けれど決めるのはわたしではなく、彼でなければ。こちらはそれを受け入れるしかない。辛抱するの。何が起きても、わたしが彼のところへ行ってはだめ……。

教会の鐘が四時を告げたとき、待ちに待った音が聞こえた。階段の下のドアがキーッと開かれたのだ。その後しばらくは何も聞こえず、彼は気が変わったのかとハリエットは思った。かたずを呑んで待っていると、ゆっくり、不本意そうに階段をのぼる足音がして、彼が隣の部屋に入ってくるのが聞こえた。そこで足音がとまるかと心配したのだが、彼は今度はまっすぐ歩を進め、彼女が少しだけ開いておいたドアを押し開けた。

「ハリエット……」

「どうぞ、入って」

彼が近づいてきて、無言で震えながら彼女のかたわらに立った。ハリエットが手をのばすと、夢中でその手を取り、ぎごちなくもういっぽうの手を彼女の肩に置いた。

「寒いのね、ピーター。もっと火のそばにいらっしゃい」

「寒いわけじゃない」なかば怒ったような声だ。「いまいましい神経のせいだよ。自分じゃどうにもならないんだ。僕はあの戦争以来、一度も本当にまともになったことはないんだろうな。こんなふるまいをするのは、情けないかぎりだ。一人で耐え抜こうとはしたんだが」

「どうしてそんな必要があるの？」

「ことが終わるまで、こうしてじりじり待つのがたまらないんだ……」

「わかるわ。わたしも眠れなかったの」

彼はぼんやり両手をのばして炎にかざした。やがてようやく、歯がカチカチ鳴るのを抑えられるようになった。

「きみだって、ろくでもない目に遭ったのに……ごめんよ。忘れてた。馬鹿みたいだな。でも僕はずっと一人だったから」

「ええ、当然よ。わたしも似たようなものだわ。すぐにどこか隅っこに這いずり込んで隠れたくなるの」

「それを言うなら」つかのま、いつもの彼らしさがのぞいた。「きみが僕の隅っこで、僕は隠れにきたのさ」

「そうね、あなた」

（ハリエットの頭の片隅で、歓喜のファンファーレが鳴り響いた）

「それほどひどいわけじゃない。最悪なのは本人が罪を認めない場合で、こちらは何度も証拠を見なおし、やっぱり間違ってたんじゃないかと思う羽目になる……それにときには、いやになるほど礼儀正しい犯人もいて……」

「クラッチェリーはどんなふうだった？」

「誰がどうなろうとかまわないみたいだったよ。それに、まんまと逃げおおせなかったことを除けば、何ひとつ後悔していない。今もノークス老人のことを犯行当日と同じぐらい憎んでる。ポリーにはまるで関心がないようで――あいつは馬鹿なあばずれだ、そんな女に金と時間をつぎ込んだこっちはもっと大馬鹿だがな、としか言わなかったよ。アギー・トウィッタトンに至っては、われわれみんなとひとまとめに『さっさとくたばっちまえ』だとさ」

「まあ、ピーター、何てひどいの！」

「神や天の裁きが本当に存在するなら――次はどうなる？　僕らは何をしたんだろう？」

「わからない。でもこちらにはもう、何ひとつ変えられないはずよ」

「そうなんだろうけど。そこがもっとわかればな」

五時。彼は立ちあがって窓の外の暗闇に目をやった。まだ夜が明ける兆しはない。

「あと三時間……死刑囚には何か眠り薬が与えられるから……おおかたの自然死とくらべても、苦痛は少ないくらいだよ。ただ、事前にわかっていてじっと待つのがね……何ともおぞましい最期だ。ジョンソン博士の言ったとおりさ。タイバーン刑場まで行進するほうがまだましだ……『庭いじり用の手袋を嵌《は》めた処刑人が、クッション張りのドアからあらわれ（オスカー・ワイルドの詩「レディイング牢獄の唄」より）』……いつぞや、絞首刑に立ち会う許可をもらってね……どんなものか知っておいたほうがいいと思ったんだが……いまだに余計なちょっかいを出す癖は治らない」

「あなたがちょっかいを出さなければ、ジョー・セロンかアギー・トウィッタトンが処刑されてたかもしれないのよ」

「わかってる。しじゅう自分にそう言い聞かせてるよ」

「六年前にあなたがちょっかいを出さなければ、ほぼ確実にわたしが処刑されていた」

檻の中の獣のように行きつ戻りつしていたピーターは、それを聞いて足をとめた。

「もしもきみが、ハリエット、これからどうなるか知りながら、処刑前の一夜をすごす羽目になってたら……僕も死ぬ気で一夜をすごしていたさ。死など何とも思わなかったはずだ。今とくらべたら、きみは僕にとってまだまだ小さな存在だったがね……やれやれ、僕は何をやっているんだ？　きみにあの恐怖を思い出させたりして」

「でもあんなことがなければ、わたしたちはここにはいなかった――決して出会うことはなかったはずよ。フィリップが殺されなければ、わたしたちはここにはいなかった。わたしはフィリップと同棲しなければ、あなたと結婚することもなかったでしょう。何もかもおぞましい誤りだったけど――そうしたすべてのおかげで、わたしはなぜかあなたを手に入れた。それをどう考えたらいいの？」

「どうとも考えられないさ。まったく道理に合わんことに思えるね」

彼はその問題をさっさと放り出し、またせかせかと歩きはじめた。

しばらくすると、彼は言った。

「我が慈悲深き沈黙よ――妻をそう呼んだのは誰だっけ？」

「コリオレイナスよ」

「もう一人の悩める男か……感謝してるよ、ハリエット。いや、それは正しくない。きみは親切にしてるわけじゃなく、ただ自分らしくしてるんだ。ひどく疲れてるんじゃないのかね？」

「いいえ、ちっとも」

いつしかハリエットには、クラッチェリーのことを考えるのが難しくなっていた。罠にかかったドブネズミよろしく、死に向かって歯をむき出すクラッチェリー……それしか考えられなくなっているピーターの心の目を通して、間接的に彼の苦悶《くもん》をのぞき見られるだけだ。そしてそのピーターと彼女自身の苦痛を貫いて、遠いファンファーレの響きのように、抑えがたい安《あん》堵《ど》がどっとこみあげていた。

「死刑の執行は、ひどくいやがられるんだよ。ほかの囚人たちまで動揺してしまう。ドアをバンバン叩いたりして、大変なんだ。誰もが神経質になる……まるで獣《けもの》みたいに、別々の檻《おり》に閉じ込められて……それが何とも耐えがたいのさ。僕らはみんな独房に入れられて……出られないの、とムクドリは言った（スターン『感傷旅行』より）……ほんの一瞬でも外に出るか、眠ることができたら……あるいは考えるのをやめられたら……ああ、あのいまいましい時計のやつめ！ ハリエット、お願いだから手を離さずに……僕をここから出して……ドアを打ち破ってくれ……」

「しいっ、いいのよ。わたしはここにいる。一緒に最後まで見届けましょう」

窓の東側のガラス戸の向こうで、迫りくる夜明けを告げるように空が白みはじめた。

「僕を離さないでくれ」

じっと待つうちに、光が強まってきた。

やがてひどく唐突に、ピーターが「ああ、ちくしょう！」と言って泣き出した。最初はおかしな、もの慣れない泣きかたで――それから、いくらかゆったりと。そこでハリエットは、自分の膝のまえにしゃがんだ夫を胸に抱き寄せた。八時の鐘が聞こえないように、彼の頭を両手でしっかりと抱えて。

あのタリアの墓で、千五百年も絶えることなく
ひとつのランプが赤々と燃え続けたように、
ここに祀《まつ》られるふたつの愛のランプも、
その聖なる光に負けず、熱く、明るく、燃え続けんことを。
炎は常に天へと立ちのぼり、
あらゆるものを呑み込み、炎に変えるが
やがては灰と化す。しかし、これらの炎が灰と化すことはない
燃料のいらない、炎そのものだから。
これは歓喜の篝火《かがりび》、愛の強力な技により
気高き個々の要素が結びついたもの――
四つの燃える瞳と、ふたつの愛する心からなるひとつの炎なのだ。

ジョン・ダン「サマセット伯爵の御婚儀に寄せる牧歌」

〈トールボーイズ〉余話

Talboys

「お父さん！」

「ああ、何だね？」

「あのパフェットさんちの桃のこと、憶えてる？　ぜったい取るなとお父さんが言ってた、ものすごく大きな実のついたやつ」

「それがどうした？」

「僕ね、あれを取っちゃったんだ」

ピーター・ウィムジイ卿は度肝を抜かれて寝返りを打ち、我が子をまじまじと見た。彼の妻がやりかけの縫物を膝に置き――

「まあ、ブリードン、悪い子ね！　気の毒に、パフェットさんはあれを園芸品評会《フラワーショウ》に出す予定だったのよ」

「だって、ママ、僕はそんなつもりはなかったのに――肝試《きもだめ》しにやらされたんだ」

そう言い訳らしきものをしたあと、ブリードン・ウィムジイ坊ちゃまは包み隠しのない目をふたたび父親に向けた。父親はうめき声をあげて上体を起こした。

「しかも、それをのこのこ親に話しにくるとはな。いやはや、ブリードン、おまえがつまらん優等生になりかけてるんじゃなければいいが」

「ええとね、お父さん、パフェットさんに見られちゃったの。あの人はきれいなシャツに着替えたら、お父さんと話しにくるはずだよ」

「ああ、なるほど」ピーター卿はいくらかほっとしながら言った。「それであちらの話を聞いて父親がもっと怒り狂うまえに、さっさと片づけたほうがいいと考えたわけか」

「うん、まあね」

「ともかく、それならうなずける。いいだろう、ブリードン。二階のお父さんの部屋へ行って、おしおきの準備をしなさい。鞭《むち》は化粧テーブルのうしろだ」

「はい、お父さん。すぐに来てくれるよね？」

「おまえがちょうど、しかるべき不安と悔恨を味わい終えたころにな。さあ、行った！」

罪人がそそくさと家のほうに姿を消すと、処刑人は立ちあがり、悠然たる足取りであとに続いた。歩きながら、厳しい顔で袖をまくりあげている。

「まあ、そんな！」クワーク嬢が叫び、心底ぞっとしたように、平然とパッチワーク作りに戻っていたハリエットを眼鏡の奥から凝視した。「よもやあなたは、ご主人があんな小さな子供を鞭で打つのを許したりはしないでしょうね？」

「許す？」ハリエットは面白がって答えた。「それはちょっとおかしな言葉じゃありません？」

「でもねえ、ハリエット、そんなことはさせるべきじゃありません。そういうやり方がどんなに危険か、あなたは気づいていないのよ。あの子の性格を生涯にわたってゆがめてしまいかねないわ。ああいう小さい人たちには、残虐行為で意気をくじいたりせずに、きちんと言い含めてやらなければ。あんな子供に痛みと屈辱を与えれば、当人はどうしようもない無力感と劣等感を抱くものよ。そうして鬱積《うっせき》した怒りが、いずれはとんでもない形で噴き出すことになるんです」

「あら、あの子は怒りを抱いたりはしませんよ」とハリエット。「父親が大好きなんです」

「そうだとしたら」クワーク嬢がやり返す。「一種のマゾヒズムに違いありません。すぐに歯止めをかける――というか、それとなく何かべつの方向に導いてやるべきでしょう。じつに不自然だわ。どうして自分を鞭打ったりする人間に健全な愛情を抱けるというの?」

「わかりません。でも、よくあることみたいですよ。ピーターの母親はしじゅう彼をスリッパで叩いたらしいけど、二人はずっと大の仲良しですからね」

「もしもわたしに子供がいたら、誰にも手出しはさせません。うちの小さな甥や姪たちはみな、開かれた近代的な方針で育てられています。『いけない』なんて言葉は耳にすることすらなくね。だって、ごらんなさい。おたくの坊やはぜったいだめだと言われたからこそ、桃を取ったりしたんです。取るのを禁じられなければ、言いつけにそむくことはなかったでしょう」

「ええ」とハリエット。「おっしゃるとおりだわ。どのみちあの子は桃を取ったでしょうけど、言いつけにそむいたことにはならなかったはずですもの」

「そうですとも」クワーク嬢は勝ち誇ったように叫んだ。「だからね――あなたがたはわざわざ罪をこしらえて、そのために可哀想なあの子を罰しているの。禁じられたりしなければ、あの子はその桃を放っておいたでしょうに」

「あなたはブリードンをご存じないんです。あの子は何ひとつ放ってはおきません」

「当然ですよ。いつまでたってもそうでしょう、あれこれ禁じられてばかりいたのでは。他人のものに手を出すのは、まさに反抗心のあらわれです」

「あの子はめったに反抗的にはなりません。ただしもちろん、ジョージ・ワゲットみたいに大きな子供にけしかけられたら、拒むのはひどく難しいでしょう。きっとジョージのさしがねだったんです。たいていはそうですから」

「間違いありません」クワーク嬢は主張した。「村の子供たちはみな、あら捜しと反抗のくり返しの中で育ちますからね。そうしたことは伝染するんです。平等主義は大いにけっこうだけど、おたくの坊やを悪に染まらせておくのはどうかしら」

「あなたなら、ジョージ・ワゲットと遊ぶのを禁じられますか？」

クワーク嬢は引っかからなかった。

「何も禁じたりはしません。もっとふさわしい遊び相手を薦めるようにします。ブリードンに弟の世話をさせてみてはどう？　そうすればエネルギーの有効なはけ口ができるし、自分は役に立つ存在なのだと思えるでしょう」

「あら、今でもあの子はロジャーをとても可愛がっていますよ」ハリエットは穏やかに答えた。ふと目をあげると、刑罰を与えた者と受けた者が手に手を取って、家から出てくるのが見えた。

「やっぱり二人は大の仲良しみたいだわ。ブリードンは初めて鞭でおしおきされたときには、何だか誇らしげでしたよ。一人前の大人と認められたみたいに考えてるんです……ねえ、ならず者さん、何発やられたの？」

「三発だよ」ブリードン坊ちゃまは秘密めかして言った。「すごくきついのを。一発は悪さをしたから、もう一発はドジってつかまっちゃったから、それに最後の一発は、『この暑いのにお父さんにろくでもない手間をかけさせた』からだって」

「まあ、ひどい」クワーク嬢はこの何とも不道徳な話にショックを受けていた。「それで、あなたは気の毒なパフェットさんの桃を取って、その人が品評会で賞をもらえなくしてしまったことを後悔していて？」

ブリードンは呆気に取られて彼女を見つめた。

「それはもうけりがついたんだ」そう答えた息子のいささかむっとした口調に、ここは割って入ったほうがよさそうだ、と彼の父親は考えた。

「我が家のルールのひとつなんですよ。処罰がすめば、何も言うべからず。その件はもう、いっさい話題にしないというのがね」

「まあ」それでもクワーク嬢はまだ、蛮行の犠牲者に何か償《つぐな》いをして、憤懣《ふんまん》をやわらげてやるべきだと感じていた。「じゃあ、いい子だからこちらへ来て、わたしの膝におすわりしない？」

「ううん、いいです」ブリードンは答えたあと、躾《しつけ》のたまものか、生来の礼儀正しさゆえか、ご丁寧にも言い添えた。「ほんとにありがとうございますけど」

「そんな無神経な言い草は聞いたこともないぞ」ピーターはデッキチェアにどさりと腰をおろすと、総領息子のベルトのうしろをつかんで彼をひょいと持ちあげ、自分の膝の上にうつ伏せにおろした。「おまえには午後のお茶を四つん這いのまま食べてもらおう、ネブカドネザルみたいに（新バビロニア王国のネブカドネザル二世は晩年、牛になったという妄想に憑かれた）」

「ネブカドネザルって誰なの？」

「ユダ王国の征服者たる、ネブカドネザルはな――」ピーターは切り出した。だがくだんの王者の悪行に関する彼なりの講釈をさえぎるように、家の背後からでっぷりとした人影があらわれた。この季節には似つかわしくないセーターとコーデュロイのズボン、山高帽といういでたちだ。「今しも呪いが振りかかる、とシャルロットの姫君は叫びたり（テニスンの詩『王の牧歌』より）」

「シャルロットの姫君って誰？」

「寝るまえに話してやるよ。そら、パフェットさんが恐ろしい剣幕でやって来るぞ。ここは二人でいさぎよく報いを受けるしかない。やあ、パフェット」

「どうも、御前さま、奥さま」パフェット氏は山高帽を脱いで、汗だくの額を拭った。「そちらさまも」と、クワーク嬢のほうに漠然と手を振って言い添えたあと、「厚かましく、とつぜんお邪魔しやして――」

「そうしてくれて、大いに感謝してるよ」ピーターは言った。「さもなければ当然、こちらから詫びにいかなければならなかったところだ。倅《せがれ》はとつぜん、抑えがたい衝動に駆られてしまってね。たぶん、あの果実の美しさと、悪《あ》しき企《くわだ》ての胸躍る魅力のせいだろう。とにかく、品評会に出せるだけの桃が残ってることを祈るばかりだし、二度とあんなまねはしないように気をつけるつもりだ。こっぴどい三発という形で、すでにそれなりの処罰が下されたことを申し添えておこう。だが何かさらなる処罰が下されるとしても、こちらは相応の忍耐心を持って受け入れるはずだよ」

「おやおや！」とパフェット氏。「だからジニーのやつにも言ったんでやすよ。『なあジニー、坊ちゃんが御前さまに話したりなさらなきゃいいが——さぞやえらく怒られて、こっぴどいおしおきをされるに違いねえ』って。そしたらあいつが、『まあ、父さん——よそ行きの上着なんていいから、早く行って御前さまにお話しして。坊ちゃんが取りなすった桃はふたつだけで、まだたんと残ってるんだから』って。それで、できるだけ急いで来たんですがね。なにせ豚小屋を掃除したりしてたんで、ざっと身体を洗ってきれいなシャツに着替えにゃならん。おまけにもう若くはないし、少々太っとるんで、思うほどはやく坂をのぼれんときた。坊ちゃんを叩いたりされることはなかったんでやすよ、御前さま、たいした被害が出るまえにあたしが気づきましたから。そりゃあ男の子だし、どう見たって、坊ちゃんはほかの悪がきどもに——おっと失礼、奥さま——けしかけられたんでしょう」

「さてと、ブリードン」少年の父親は言った。「パフェットさんはご親切にも、あんなふうに言ってくださってるぞ。ここはおまえが家にお連れして、パフェットさんにビールを一杯お出しするようバンターに頼んではどうかね？　その道すがら、何でも心に浮かんだことを言えばいい」

ピーター卿は奇妙な組み合わせの二人が芝生のなかば向こうまで進むのを待ち、「パフェット！」と呼びかけた。

「何でやしょう?」パフェット氏が一人で戻ってきた。

「じつのところ、かなりの被害があったのかね?」

「いや、御前さま。さっきも言ったとおり、取られた実は二個だけで。ちょうどこちらがひょっこり物置小屋からあらわれたんで、坊ちゃんはすっ飛んで逃げていかれやしたよ」

「ありがたや！　あいつの口ぶりからして、残らず失敬したんじゃないかと心配してたんだ。それと、なあ、パフェット。誰に焚きつけられたかは訊かないでくれ。どのみちあいつは話さんだろうが、言うのを拒んだことで、妙に英雄じみた気分になりかねない」

「承知しやした。なかなか気概のある坊ちゃんですからな?」パフェット氏はウィンクすると、悔い改めた盗っ人のもとへ重々しい足取りで戻っていった。

それで一件落着となるはずだった。ところが、(クワーク嬢を除く)誰もが驚いたことに、翌日の朝食時にまたもやパフェット氏があらわれ、前置きなしにこう告げた。

「失礼ながら、御前さま、夜のうちに桃をごっそりもがれちまいまして。誰のしわざか知りたいものだと思いやしてね」

「桃をごっそりだって、パフェット?」

「じっさい、ひとつ残らずってとこですな。品評会は明日だってのに」

「うわっ！」と叫び、皿から目をあげたブリードン坊ちゃまは、クワーク嬢の視線がじっと自分に注がれているのに気づいた。

「それはひどいな」ピーターは言った。「誰がやったか心当たりはあるのかね？　それとも僕がちょっと調べにいってみようか？」

パフェット氏は大きな両手に持った山高帽をゆっくりと回した。

「わざわざご足労いただかんでも」彼はゆっくりと答えた。「ふと思いついたんでやすがね……こちらのどなたかが、いわばその、何か事情をご存じなんじゃないかと」

「そうは思えんが」とピーター。「訊いてみるのは簡単だ。ハリエット、ひょっとしてきみは、パフェットさんの桃が消えたことについて何か知っているかい？」

ハリエットはかぶりを振った。

「いいえ、何も。ほらほら、ロジャー、いい子だから、卵をそんなに撥《は》ね散らかさずにおあがりなさい。ミスタ・ビリングみたいな口ひげがついているわよ」

「おまえはどうだ、ブリードン？」

「ううん」

「ううん？」

「知りません。ねえ、ママ、もう行ってもいい？」

「ちょっと待って、ダーリン。まだナプキンをたたんでいないでしょ」

「ああ、ごめん」

「クワークさんは？」

今のにべもない否定の言葉にショックを受け、ウィムジイ家の総領息子をまじまじと見つめていたクワーク嬢は、とつぜん呼びかけられてびくりとした。

「わたしが何か知っているかですって？　ええと！」彼女はしばしためらい、切り出した。「ねえ、ブリードン。わたしからお父さまにお話しする？　それより、自分で話したほうがよくはない？」少年はちらりと父親を見やっただけで、何も答えようとはしない。あんのじょうだ。子供をぶったりすれば、嘘つきの臆病者にしてしまう。「さあさあ」クワーク嬢はなだめすかした。「いさぎよく白状したほうがずうっとさっぱりするし、勇敢でかっこいいんじゃないかしら？　わたしに話させてしまったら、お父さまとお母さまがひどく悲しまれてよ」

「話させるって、何を？」とハリエット。

「いやだわ、ハリエット」その愚かしい質問に、クワーク嬢は苛立《いらだ》った。「それを言ったら、わたしが話したことになってしまうでしょうに。それより、ブリードンは自分で話したいに決まっています」

「ブリードン」彼の父親が言った。「クワークさんはおまえが両親に何を話すべきだと思っておられるのか、見当がつくかね？　もし見当がつくなら、教えてくれれば話を先に進められる」

「いいえ。僕はパフェットさんの桃のことは何も知りません。もう行ってもいいかな、ママ？」

「まあ、ブリードン！」クワーク嬢は非難がましく叫んだ。「いいこと、わたしはこの目で見たんです！　今朝早く——明け方の五時に。さあ、そのときあなたが何をしていたか、話してか秘密のこと？」

「ああ、あれか！」ブリードンはさっと顔を赤らめ、パフェット氏が頭を掻《か》いた。

「何をしてたの？」ハリエットが穏やかに尋ねる。「べつに悪いことじゃないんでしょ？　何か秘密のこと？」

ブリードンはうなずいた。「うん、ちょっと秘密のことを――みんなでしてたんだ」ふうっとため息をつき、「でも悪いことじゃないと思うよ、ママ」

「そうは言うが、ろくなことじゃあるまい」ピーターはあきらめきった口調になった。「おまえの秘密はたいていそうだ。まあ、意図的ではないのだろうが、たしかにそんな傾向がある。いいかね、ブリードン、その秘密とやらをさっさと話すか――お父さんに見つかるまえにやめることだぞ。パフェットさんの桃とは関係ないんだろうな？」

「全然ないってば、お父さん。ねえ、ママ、もういい――？」

「そうね、じゃあ行ってもいいでしょう。ただし、クワークさんにお許しをいただかないと」

「あの、クワークさん、失礼してもいいですか？」

「ええ、かまいませんとも」クワーク嬢が嘆かわしげに答えると、ブリードンはするりと椅子からおり、「桃のことはすごくお気の毒です、パフェットさん」と言うなり逃げ出した。

「こんなことを言わなくてはならないのは残念ですけど」クワーク嬢が切り出した。「たぶん、パフェットさん、おたくの桃はここの薪小屋で見つかりますよ。今朝はずいぶん早くに目覚めましてね。そうしたら、ブリードンともう一人の男の子がバケツに入った何かを裏庭の向こうへ運んでいくのが見えたんです。こちらが窓から手を振ると、二人はそそくさと薪小屋のほうに姿を消しました。〝こそこそ〟としか言いようのない様子で」

「さてと、パフェット」御前さまは言った。「こんなことになって残念だ。ちょっと一緒に現場を見にいってみようか？　それとも、薪小屋を調べたいかね？　あそこにおたくの桃がないことはたしかだが、ほかの何が見つかるかは保証しかねるな」

「もしお時間があれば」とパフェット氏。「現場をざっと見て、ご意見をお聞かせ願えればさいわいでやす。不思議なことに、けっこう広い畑に足跡ひとつ残っとらんのです——つまりその、坊ちゃんのらしきものを除いては。で、足跡といえば御前さまの専門分野みたいなもんだから、思い切ってお邪魔したわけでして。そりゃあ、ブリードン坊ちゃんがああ言われたからには、あの足跡は昨日のやつなんでしょう。けど、大人であれ子供であれ、鳥でもなけりゃ、どうして何の跡も残さずにあのぬかるんだ畑を横切れたものやら……あたしにもジニーにも、さっぱり見当がつかんのです」

トム・パフェット氏は、四方を塀で囲われた庭が大のご自慢だった。塀は自ら築いた（彼の本業は建築屋なのだ）、堂々たる煉瓦造りのもので、高さは十フィート。てっぺんには縁の欠けたガラス瓶がぐるりと並べられ、胸壁のごとくそそり立っている。所有者は通りの向かいの小さな家に娘夫婦と住んでいるのだが、庭には頑丈な木戸があり、夜間は南京錠でしっかり閉ざされる。庭の両側は緑豊かな果樹園、そして裏手には、深々と轍《わだち》の刻み込まれた小道があり、そこの地面は今もぬかるんでいた——この夏は、つい数日前まで雨降りばかりだったのだ。

「あすこの木戸は」とパフェット氏。「昨夜もいつもどおり九時に施錠して、今朝の七時に来たときも鍵がかかっとりました。誰であれ、桃を盗ったやつはこの塀を乗り越えたに違いありやせん」

「そのようだな」ピーター卿は答えた。「うちのいたずら坊主はまだほんのちびっ子だ。それでも、うまいことそそのかされて手を貸されれば、ほとんど何でもやってのけるのは認めよう。だが昨日のささやかな一件のあとでそんなまねをするとは思えんし、あの子がやったのなら、ぜったいにそう言ったはずだよ」

「おっしゃるとおりなんでしょう」パフェット氏は木戸の南京錠をはずしながら言った。「あたしがあれぐらいの小僧っ子だったころなら、あんな婆さんにねめつられたら何でも言っちまったでやしょうがね」

「僕もだよ」とピーター。「彼女は義姉《あね》の友人で、田舎での休暇が必要だとかいうことなんだがね。こちらのほうがみな、じきに街での休暇が必要になりそうだ。おたくのプラムはなかなかよく育ってるようだな。ふーむ。砂利敷きの小道は、足跡捜しにうってつけの環境とは言えないんだよ」

「そうですな」パフェット氏は認めた。彼は花や野菜が整然と植えられた苗床のあいだを進み、庭のいちばん奥へとピーターを導いた。塀にそって幅九フィートほどの細長い畑があり、その真ん中の部分は、遅蒔きのエンドウ豆が数列植わっているほかは地面がむき出しになっていた。

その奥に、塀を背にして桃の木が立ち、黒っぽい葉の中でただひとつ、巨大な果実が薔薇色に照り輝いている。そして畑を横切る、二筋の小さな足跡。

「昨日うちの息子がやって来たあと、ここの土を鋤《す》き返したかい？」

「いえ、御前さま」

「ならば、あの子はその後はここに来ていない。たしかに、これはあいつの足跡だ――すぐにわかるよ。うちの花壇でしじゅう見かけるからね」ピーターの口元がわずかにヒクついた。「ほら！　あいつはエンドウ豆を踏みつけまいと、あっぱれな努力を払ってそうっとやって来た。桃をひとつ摘み取り、その場でむさぼり食った。親としては当然の懸念だが、ちゃんと種を吐き出しただろうか？　いいぞ、ほら、吐き出してある。さらにふたつ目の桃を取ったあと、あなたが物置小屋からひょっこり姿を見せたので、あいつは罪人らしくぎょっとして一目散に逃げ出した――残念ながら、今度はエンドウ豆を踏みつけて。ふたつ目の種もどこかで吐き出していればいいのだが。ともあれ、パフェット、あなたの言うとおりだよ。どこにもほかの足跡はない。盗っ人が踏み板を敷いて、その上を歩いた可能性はあるかな？」

「ここには踏み板はありやせん」とパフェット氏。「苗の植えつけに使うちっぽけなやつしかね。長さは三フィートかそこらです。ご覧になりやすか、御前さま？」

「見ても無駄だろう。ちょっと考えてみれば、長さ三フィートの板で九フィートの畑を横切るには、板をずらす必要があることがわかるし、自分が上に乗ったまま板をずらすことはできない。たしかに一枚しかないんだな？　そうか。じゃあその線はボツだ」

「そいつが板を持ってきたってことはありやせんかね？」
「ここの塀は高くて、ただでさえよじのぼるのは骨だ——長さ九フィートの厚板なぞ担いでなくてもね。それにどうやら、板は使われなかったようだ。使われてれば、縁の跡が少しは残っているだろう。いや、パフェット、誰もこの畑を横切ってはいない。ところで、盗っ人が大きな桃をひとつだけ残していったのは奇妙だと思わないかね？ じつに派手なやり方だ。たんにこの悪ふざけを印象づけるためにやったのか、それとも——ちょっと待った、あれは何だろう？」

細長い畑の奥——二人が立っているところから数十フィートほど右にある何かが、ピーターの視線をとらえていた。彼はそれを取りあげた。桃の実だった。まだ固く、赤みを帯びてはいるが熟《う》れてはいない。彼は片手でその重さをはかりながら考え込んだ。

「これを取ってはみたものの、熟れていないことに気づき、腹立ちまぎれに投げ捨てた。そんなことがあるかな、パフェット？ それに僕の見間違いでなければ、この木の根元にはかなりの青い葉が飛び散っている。桃の実を摘むとき、葉まで落としてしまうことはめずらしくないのかね？」

そこで期待を込めてパフェット氏を見たが、答えは返ってこなかった。

「それじゃ」ピーターは続けた。「ちょっと裏の小道を調べにいくとしよう」

塀のすぐ裏側は道端の草むらだった。パフェット氏が先に立ってそこへ歩を進めると、ピーターはきっぱり片手を振ってうしろへさがらせ、その後は昔ながらの探偵術の見本をたっぷり披露した。地面に腹ばいになった御前さまが細長い鼻と細長い指を草のひと房ひと房にそっと突っ込んでゆくあいだ、パフェット氏は脚を大きく開いて中腰のまま、両手を膝にかけて小道の端からもどかしげにのぞき込んでいた。ほどなく探偵は上体を起こし、かかとに腰をかけて言った。

「さてと、パフェット。ここには二人の男がいた。彼らは村のほうからこの小道をやって来たんだ――底に鋲が打たれたブーツを履き、梯子《はしご》を持って。そして、ここに梯子を立てかけた。ほら、草がまだ少したわんでいるし、地面に深めのくぼみがふたつある。一人が梯子のてっぺんにのぼって桃を取るあいだ、もう一人はおそらく下で見張りをしながら、袋かバスケットで桃の実を受け取めていた……。これは子供のいたずらじゃないぞ、パフェット。この歩幅からして、二人とも大の大人だ。あなたはその罪なき生涯に、どんな敵を作ってしまったのかな？あるいは品評会の桃の部で、主たる競争相手は誰なのかね？」

「ええと、そうだな……」パフェット氏はゆっくりと答えた。「たしか牧師先生も桃を出されるし、グレイト・パグフォードのドクター・ジェリーバンド、それにジャック・ベイカー――ほら、村の巡査でやすよ、ジョー・セロンがカナダに行ったあとに来た。それにクリッチの爺さん。あの爺さんとはいつか、煙突のことでやり合いましてね。それと鍛冶屋のマグス――あいつは去年、あたしにカボチャ部門で鼻を明かされてえらくくやしがっとりやしたよ。ああ、それに肉屋のワゲットも、桃を出品するんだった。けど、どいつもこんなひどいまねをするとは思えませんな。それに、御前さま、連中はどうやって桃を取ったんでやしょう？　梯子のてっぺんからじゃ手が届かんし、塀の上からだって無理だ、ましてやあのガラス瓶をまたいどったんじゃね。あの木のてっぺんは、塀のてっぺんより五フィートも下にあるんだから」

「それは簡単さ。あの塀ぎわの畑に落ちた葉っぱと実を思い浮かべて、自分ならどうやったか考えてみたまえ。ちなみに、桃はじっさいこちら側から盗られたという証拠がほしければ、梯子を持ってきてのぞいてみるといい。何を賭けてもいいが、ひとつだけ残ったあの桃は、上からだと葉っぱの陰に隠れて見えないのがわかるはずだ。庭の中からは、まる見えなのにね。ああ、犯行方法を想像するのは難しくない。難しいのは、犯人を特定することさ。あいにく、ブーツの鋲の図柄が完全にわかるほど鮮明な足跡はないのでね」

ピーターがしばし考え込むあいだ、パフェット氏は何かが魔法のように取り出されると信じきっているかのように彼を見つめていた。

「あやしい家を片っ端から訪ね歩いて」と、御前さまは続けた。「あれこれ尋ね、調べあげる手もある。だが証拠品は驚くほどあっさり消え失せるものだし、人は正面きって尋ねられると口をつぐんでしまうんだ。とくに子供たちはね。どうだろう、パフェット——結局のところ、うちの放蕩《ほうとう》息子がこの件について何か知らんともかぎらない。だがそのへんの調査は僕にまかせてくれないか。ごく慎重に扱う必要がありそうだからな」

十人もの使用人がいる大邸宅で常に周囲の注目を浴びる街での生活を離れ、田舎のごく小さな家に引きこもることには、ひとつだけ難点がある。夫婦二人と三人の子供たち、あとは必要不可欠な従僕と、同じぐらい必要不可欠な愛情深いメイド……それだけでもう、時間と空間をほぼ完全にふさがれてしまうのだ。自分の部屋に夫を迎え入れ、年上の二人の息子たちに彼の私室を当てがえば、無理やり押しつけられた——クワーク嬢のような——余分な客もどうにか押し込める。だがその客が悪さをしないように一日じゅう追いまわすのは、とうてい無理というものだ。とりわけ、こちらがプロの作家である場合には。そのうえ幸福な休暇とは、育児や執筆、使用人たちや客への対応をできるだけすばやくきれいに片づけ、残るすべての時間を気心の知れた夫とのふざけ合いに充《あ》てることだと考えている場合には。その夫というのがまた、どうにも気になる存在ときては……。

ハリエット・ウィムジイは居間で必死にペンを走らせつつ、片目を原稿用紙、もういっぽうの目を窓椅子の上の息子に向けていた。ポール・ウィムジイ坊やは目下、古いウサギの縫いぐるみのはらわたをせっせと抜き出している。ハリエットはまた、幼いロジャーの叫び声にも耳をそばだてていた。こちらは外の芝生で小犬と取っ組み合っているのだが、いつ何時《なんどき》とんだ惨事につながるかわからない。彼女の頭は新作のプロットでいっぱいで、その裏では漠然と、すでに締め切りに三月《みつき》も遅れていることを意識していた。そんなわけで、ときたま総領息子のことをぼんやり考えたとしても、ろくに注意は払わなかった。どうせまたバンターの仕事の邪魔をしているか、例によって黙々と、何か両親にことさらひどいショックを与えそうなことを企てているのだろう。ブリードン自身が傷つくことはまずない。彼は間一髪で難を逃れる、類《たぐい》まれな才能の持ち主なのだ。クワーク嬢に関しては、いっさい注意を向ける余裕がなかった。

そのころ、クワーク嬢は薪小屋を調べ終えていた。小屋の中には誰もおらず、とくに疑わしいものも見つからなかった。手斧、のこぎり、ウサギ小屋、古い絨毯の切れ端。あとは、おがくずに輪形の湿った跡がついていただけだ。だが、証拠品がどこかへ移されてしまったことに彼女は驚かなかった。ブリードンは一刻もはやく朝食の席を離れたがっていた。しかも両親は疑惑に目をつぶり、彼を行かせてしまったのだ。ピーターはここを調べようともせずに、あのパフェットとかいう男とさっさと出かけてしまったが、あちらは当然、ここを調べろと言い張ることはできなかったはずだ。ピーターとハリエットはあきらかに調査を阻もうとしていた。自分たちの不道徳な誤った躾の結果を認めたくないのだ。

「ねえママ！　外に来て僕とボンボンと遊んでよ！」

「しばらくしたらね。もうちょっとで終わるから」

「しばらくって、いつ？」

「もうすぐよ。十分ぐらいあと」

「十分って、何？」

ハリエットはペンを置いた。心ある親として、この好機を逃す気にはなれなかったのだ。四歳では早すぎると言われるが、子供たちにも個人差がある。やってみなければわからない。

「ほら、ダーリン。ここに時計があるでしょ。この長い針があっちに着いたら、それが十分よ」

「これがあっちに着いたら？」

「そうよ、ダーリン。だからほんのちょっとだけ、静かにすわってこの針に注意しててね。これがあっちに着いたら教えてちょうだい」

しばしの間。そのころにはクワーク嬢はガレージと温室、それに発電機が置かれた小屋を調べ終えていた。

「これって動いてないよ、ママ」

「あら、やだ、動いてるわよ。ただ、ものすごくゆっくり進んでるだけ。だからうんと注意して見ていないとね」

クワーク嬢は家の裏側までたどり着いていた。裏口から入って流し場を通り抜け、ブーツ置き場のドアやら何やらがある廊下に歩を進めた。この人目につかない場所で、小柄な村娘が、一目で子供用とわかるブーツを拭いていた。

「ねえ、どこかで見かけ——?」と言い出したところで、クワーク嬢はブーツに目をとめた。

「それはブリードン坊ちゃまのブーツ?」

「あの、そうですが」娘はとつぜん未知の相手に質問された若い使用人たちに特有の、ぎくりとしたような顔つきで答えた。

「ずいぶん汚れてるわね」とクワーク嬢。たしか、ブリードンは朝食の席にあらわれたときにはきれいなサンダルを履いていた。「ちょっとそれを貸してちょうだい」クワーク嬢は言った。

小柄な娘は息を呑み、助言と支援を求めて周囲を見まわした。だがバンターもメイドも、どこかほかのところで仕事中のようだった。それでは、この家の客人の求めを拒めるはずもない。

クワーク嬢はブーツをがっちりとつかんだ。「すぐに返しますからね」とうなずきながら言い、その場をあとにした。ブリードンのブーツについた真新しい湿った土。それに、バケツに入れて持ち帰られた秘密のもの——名探偵ピーター・ウィムジイならずとも、何が起きたか察しがつくというものだ。にもかかわらず、ピーター・ウィムジイは正しい場所を調べようともしない。彼に思い知らせてやらなければ。

廊下をさらに進むと、またべつのドアに行き当たった。クワーク嬢が近づくと同時に、それがわずかに開き、扉の陰からブリードンが真っ黒に汚れた顔をのぞかせた。彼女を目にするや、その顔は泡を食ったように引っ込んだ。

「ああ！」クワーク嬢はすかさず、ぐいとドアを押した。だがわずか六歳の子供でも、閂《かんぬき》に手が届くだけの背丈と固い決意があれば、ちゃんとドアを閉ざすことができた。

「ロジャー、ねえ、やめて！　どんなに振っても針の動きは速まらないわ。可哀想な時計がお腹をこわすだけよ。まあ、ほら、ポールがウサちゃんをあんなに散らかしちゃった。いい子だから、拾うのを助けてやって。そうすれば、十分なんてあっという間よ」

パフェット氏の庭から戻ったピーターは、妻と三分の二の家族が、犬のボンボンと元気いっぱい芝生の上をころげまわっているのを見つけた。仲間に入るよう勧められ、彼もころがってみたものの、なかば上の空だった。

「おかしなことに」ピーターは嘆いた。「うちの家族はしじゅうわいわい騒ぎながら僕にのしかかってくるようなのに（それはこの時点では、文字通りの事実だった）、そのとき会いたい相手は決して見つからないんだな。あの困り者のブリードンはどこなんだ？」

「そんなこと、訊く気にもなれなかったわ」

ピーターは立ちあがり、ヒルのようにしがみつく末っ子を肩に乗せたまま、バンターを捜しにいった。バンターは常に何でも知っているのだ。

「ブリードン坊ちゃまでしたら、御前、今はボイラー室のドアごしにクワーク嬢と激論を戦わせておいでです」

「何てことだ、バンター！　内側にいるのはどちらだね？」

「ブリードン坊ちゃまでございます」

「いやあ、よかった。救助活動が必要かとぞっとした。ちょっとこの肩の小悪魔をつかまえて、奥さまに返してやってくれないか？」

クワーク嬢はいくらなだめすかしても、ブリードンをボイラー室からおびき出すことができずにいた。ピーターの声を聞くと、彼女はくるりとふり向いた。

「まあ、ピーター！　あの子に出てくるように言ってちょうだい。例の桃をここに隠しているんです。このままじゃ、きっとお腹をこわしてしまうわ」

すでに驚きの表情を浮かべていたピーター卿は、眉をさらにつりあげた。

「あなたの巧みなご説得が通じないのに、僕の野蛮な脅しが功を奏するでしょうかね？　それに息子がじっさい桃を食っているのだとしても、そんな威圧的な方法で、あの子の人格の自然な発露を抑制すべきでしょうか？　そもそも、あなたはどうして我が家では桃をボイラー室に保管するなどと思われたんです？」

「あの子が桃をここに隠しているのはたしかです」とクワーク嬢。「無理もありません。何かを盗んだ子供を鞭打てば、また盗むだけです。それに、あの子が今朝がた履いて出かけたこのブーツを見て――湿った泥だらけですよ」

ピーターはブーツを取りあげ、興味深げにためつすがめつした。

「調査の基本だな、ワトソンくん。だが失礼ながら、地道な家庭内の調査活動にもいくらかの訓練は必要ですよ。この土はパフェットの庭の土とは色が違うし、じっさいどう見ても園芸用の土じゃない。それに、労を惜しまずあの畑をのぞいてごらんになれば、ブーツがこんな泥んこになるほどぬかるんではいないことがわかるはずです。第三に、この家で必要な調査は僕ひとりでできます。そして第四に、うちの息子を嘘つき呼ばわりするのはいささか無礼というものでしょう」

「そうはおっしゃるけど」クワーク嬢はうっすら顔を赤らめた。「あの子をそこから引っ張り出せば、きっとわかります」

「しかし僕がなぜあいつを引っ張り出して、ボイラー室への恐ろしいトラウマを植えつけなければならないんです？」

「どうぞお好きに。どのみち、わたしの知ったことではありません」

「そのとおりです」ピーターはクワーク嬢が腹立たしげに歩み去るのを見守ったあと、ようやく声をかけた。

「ブリードン！　出てきていいぞ。彼女は行ってしまった」

掛け金のすべる音がして、ブリードンが恐る恐るドアを引き開け、ウナギのようにするりと姿をあらわした。

「あまり清潔とは言えん姿だな」彼の父親は落ち着き払って言った。「どうやらこのボイラー室は掃除が必要らしい。まあ、それを言うなら、こちらもあまり清潔じゃないがね。パフェットさんの庭の裏の小道を這いずりまわっていたんだよ。誰があそこの桃を盗ったのか、つきとめようとして」

「あのおばさんは、僕がやったと言うんだ」

「ちょっと内緒の話をしてやろう、ブリードン。大人というのは常に何でも知ってるわけじゃないのに、知ってるふりをしたがるのさ。いわゆる〈威信〉てもので、欧州大陸を荒廃させる戦争はたいていそれが原因で起きる」

「それよりね」父親が不意に妙な演説をぶつのに慣れっこのブリードンは言った。「あの人は馬鹿なんだと思う」

「同感だ。だがお父さんがそう言ったことは黙ってるんだぞ」

「おまけに礼儀知らずだ」

「おまけに礼儀知らずか。それに比べれば、お父さんは馬鹿ではあるが、めったと礼儀に反することはしない。おまえのお母さんは、礼儀知らずでも馬鹿でもないいな」

「僕はどっち？」

「いちばん手に負えんタイプの、自己中心的な外向型人間さ。なぜブーツを履いて泥遊びに行ったりするんだ？　ブーツよりも足を拭くほうがはるかに手間がかからんだろう」

「トゲだらけのアザミやイラクサがあるんだよ」

「そうか、なるほど！　ああ、どこに行ったかわかったぞ。調教用馬場のはずれにある小川のほとりだ……で、ボイラー室にあるのはその〈秘密のもの〉なのか？」

ブリードンはうなずいたが、口は頑固につぐんだままだった。

「お父さんも仲間に入れてもらうわけにはいかんのかね？」

ブリードンはかぶりを振った。

「だめそうだ」率直な説明が返ってきた。「だって、お父さんはやめさせなきゃと思いそうだもの」

「それは困ったな。お父さんはおおむね立場上、あれこれやめさせるしかないんだよ。クワークさんは何ひとつとめるべきじゃないと考えてるが、どうもそこまで大胆にはなれそうにない。さて、おまえはいったい何を隠してるんだろう？　イモリやカエル、トゲウオはもうすんだし、オタマジャクシは季節はずれだ。クサリヘビでなければいいが、ブリードン。あんなものに手を出すと、身体じゅう腫《は》れあがって紫色になってしまうぞ。お父さんはたいていの生き物は我慢できるが、クサリヘビだけはごめんだ」

「クチャヘビじゃない」ほのかな希望が芽生えた様子で、ブリードンは答えた。「見た目はそっくりだけど。それで、何を食べさせればいいのかわからないんだ。ねえ、もしあいつを飼わせてくれるつもりなら、ちょっと中へ来てくれないかな。バケツから這い出しちゃったみたいなんだよ」

「それなら、今すぐ家じゅう調べたほうがよさそうだぞ。お父さんはけっこう肝のすわったほうだが、そいつが通気管を這いあがってキッチンにあらわれたりしたら――」

ピーターは息子のあとに続いて、すばやくボイラー室に入っていった。

「お願いですから」ハリエットは少々苛立っていた。自分の務めについて説教され、まさにその務めを果たす邪魔をされるのが鬱陶しくてならなかったのだ。「何でも十把《じっぱ》ひとからげに〈子供は〉なんておっしゃらないでください。まるで子供なんてみんな同じだと言わんばかりに。うちの子だって、三人三様なんですよ」

「母親たちは決まって我が子は特別だと考えるものです」クワーク嬢は言った。「けれど、児童心理学の基本原則は常に同じ。わたしはその分野を専門的に学んできたの。たとえばこの懲罰の問題にしても、子供に罰を与えれば――」

「どの子供に?」

「どの子供にでもよ。懲罰は人生への反応を左右する繊細なメカニズムを傷つけてしまうんです。頑《かたくな》になる子もいれば、萎縮する子もいるけれど、どのみち劣等感を植えつけてしまうの」

「それほど単純じゃありません。〈どの子もみんな〉じゃなく――わたしの子供について考えてください。ブリードンはあれこれ言い含めると、かえって依怙地《いこじ》になるんです。何か悪さをしたときは、自分でそれを百も承知なんですよ。ときには罰を受けるのを覚悟のうえで、あえて悪さをするんです。ロジャーは違います。わたしたちも決してあの子を鞭で打ったりはしません。とても感じやすくて、すぐに怯えてしまうから、むしろ感情に訴えるほうがいいんです。ただし、本人はすでにブリードンにいくらか劣等感を抱きはじめています。鞭打ちの罰を受けさせてもらえないからですよ。いずれ、あの罰は長男の特権なのだとでも説得するしかないでしょう。ポールに鞭を使う必要がなさそうなら」

あまりにひどい誤解だらけのスピーチだったので、クワーク嬢はどこから反論すればいいのかわからないほどだった。

「年下の子供たちに長男のほうが優位にあるのだと思わせるのは、とんでもない間違いです。うちの小さな甥や姪たちは——」

「そうですね」とハリエット。「でも子供たちに人生の現実をわからせておくことも必要なんじゃないかしら？　いずれはピーターの不動産の相続権が長男にしかないことを知らされるんですから」

クワーク嬢は、すべての資産を平等に分けるフランスの慣習のほうがはるかに好ましいと言った。「そのほうが、子供たちにとってはるかにいいことですよ」

「ええ。でも資産にとってはひどくまずいやり方です」

「ピーターだって資産より子供たちのほうが大事でしょうに！」

ハリエットは微笑んだ。

「まあ、クワークさん！　ピーターも五十二歳ですからね、昔ながらの領主に戻りはじめてるんですよ！」

　けれど今現在のピーターは、見かけもふるまいも五十二歳とは思えず、領主階級の英国紳士どころか、はるか昔の小僧っ子へと急速に回帰していた。ボイラーの灰落とし穴に入り込んでいたヘビを少々手こずりながらもつかまえた彼は、透化煉瓦《クリンカー》の山に腰をおろして、バケツの底でのたくるヘビを見守っていた。

「いやはや、すごい大物だ！」ピーターは畏敬《いけい》を込めて言った。「どうやってつかまえたんだ？」

「ええと、みんなでヒメハヤを獲りにいったら、そいつが泳いできたんで、ジョーイ・マグスが網でつかまえたんだ。ジョーは嚙《か》まれると大変だからって、そいつを殺したがったんだよ。だけど僕はお父さんからヘビの見分けかたを聞いてたから、そいつは嚙まないと言ってやったんだ。そしたらジョーが、できるもんならおまえの腕を嚙ませてみろって。『いいよ』って答えたら、『やるか？』って言うから、『うん、あとでそいつをくれるんなら』って答えたの。で、腕を出してみたけど、やっぱりそいつは嚙まなかったから、ジョージに手伝ってもらってバケツで家へ持って帰ってきたんだよ」

「じゃあ、こいつはジョーイ・マグスが網でつかまえたんだな？」

「うん。僕はすぐにクチャヘビじゃないってわかったけど。ねえ、お父さん、僕にも網を買ってくれない？　ジョーはすごくいい大きなやつを持ってるんだよ。今朝はずいぶん遅れて来たけどね。みんなジョーはもう来ないのかと思ってたら、誰かに網を隠されちゃったんだって」

「ほう？　それはじつに興味深いぞ」

「うん。ねえ、網を買ってくれる？」

「いいとも」

「わあ、ありがとう、お父さん。それにこいつを飼ってもいいよね、何をやればいいの？」

「まあ、昆虫ってとこだろう」ピーターがバケツに片手を突っ込むと、ヘビは手首に巻きついて腕をするする這いのぼってきた。「いいぞ、カスバート。そういえば小学生のころ、おまえとそっくりのやつをこっそり――」はたと口をつぐんだが、手遅れだった。

「どこに入れたの、お父さん？」

「いやね、すごい嫌われ者の先生がいて、みんなでその先生のベッドにヘビを入れてやったのさ。よくある話だ。じっさい、ヤマカガシなんて、そのためにいるようなものだろう」

「あんまり好きじゃない人のベッドにヘビを入れるのって、すごく悪いことなの？」

「ああ。ものすごく悪いことだぞ。躾のいい子なら、そんなことをしようとは夢にも思わんはずだ……なあ、ブリードン――」

ハリエット・ウィムジイはときおり、長男に戸惑いを覚えていた。「ねえ、ピーター、あの子はどうも腑に落ちない容姿よね。そりゃあ、わたしはあなたの子だとわかるわよ、それしかありえないんだから。髪や目の色もだいたい合ってるし。でもあの四角いぼんやりした顔立ちや、信じがたいほどずんぐりした鼻はいったいどこからもらったの？」

だが今この瞬間、家の奥のボイラー室で——のたくるカスバートの胴体ごしに——見つめ合う四角い顔と細いとがった顔は、瓜二つのいたずらっ子の顔になっていた。

「うわあ、お父さん！」

「お母さんは何て言うかわからんぞ。きっと恐ろしくまずいことになるだろう。あとはお父さんにまかせたほうがいい。じゃあ急いでバンターのところへ行って、何か丈夫な小麦粉袋みたいなものと、しっかりした紐があるか訊いてみてくれ。カスバートをこのバケツの中でじっとさせておくのは無理そうだからな。それと頼むから、火薬陰謀事件のガイ・フォークスみたいな煤《すす》まみれの顔で歩きまわるなよ。袋を持ってきたら、顔を洗いにいきなさい。そのあと、ひとっ走りパフェットさんに手紙を届けてほしいんだ」

パフェット氏がようやく姿を見せたのは、その夜のディナーのあとだった。それまで来られなかったのは、「ロプスリーのほうで仕事があった」からだという。彼は感謝すると同時に、あきれ返っていた。

「あれがビリー・マグスと弟のしわざとは……しかも、例のろくでもないカボチャのせいとき た。いい齢《とし》こいた男が、あんなことを根に持つとはねえ。自分は桃を出品する気もないくせに

──信じられん話だ。ほんの冗談のつもりだったとかほざくから、『冗談？　そんな冗談を治安判事なら何て言うか聞きたいもんだ』と言ってやりやした。けどまあ、どうにか桃は取り戻せたし、品評会は明日だから、とくに害はないでしょう。ビリーとあすこの坊主どもにぜんぶ食われちまわなくてさいわいでやしたよ」

事態がまるくおさまったことにウィムジイ一家が祝意を表すると、パフェット氏はくすくす笑った。

「あのビリー・マグスとろくでなしの弟が、梯子のてっぺんでジョーイ坊主の魚網を振りまわして桃を取っとるのを想像するとねえ。誰かが通りかかったら、さぞ間抜けに見えたでしょうな。『うまくやったつもりなんだろうがね』とビルに言ってやりやした。『何と、御前さまはあすこを一目見ただけで、〝こりゃあ、パフェット、ビリー・マグスと弟のしわざだよ。象の群でも通ったみたいに塀のそこらじゅうに跡がついてる〟と言われたぞ』とね。ったく！　そのときのあいつの阿呆面《あほづら》ときたら。そりゃあ、今にしてみれば、網でも振りまわさなきゃあんなふうに葉っぱが落ちるはずはない。しかもあいつは、あの熟れかけの実をすくいそこねちまったんです。『なあ、ビル』と言ってやりやした。『あんな腕前じゃ、おまえはろくな漁師にゃなれんな』って。みごとにぎゃふんと言わせてやりやした。けど、御前さま、どうしてビリー・マグスんとこのジョーイの網だとおわかりになったんで？　網を持っとる者はいくらもおるでしょうに」

「しかるべき方面で少々、慎重な調査をしてみたら」ピーターは答えた。「ビリー・マグスんとこのジョーイが、ぽろりと種を明かしてくれたのさ。だがね、パフェット、ジョーを責めないでやってくれ。あの子は何も知らなかったんだ。それにうちの息子も。ジョーがブリードンにした何気ない話から、僕が推理をめぐらせただけだ」

「おっと！」とパフェット氏。「それで思い出した。品評会に出しきれんほどたっぷり桃が戻ったんで、失礼ながらブリードン坊ちゃんに半ダースほどお持ちしやした。じつのところ、あたしはほんの一瞬、坊ちゃんのしわざかと思っちまいやしてね。ほんの一瞬だが――男の子がどんなもんかわかっとるから、もしやと思っちまったんですよ」

「ありがとうございます」ハリエットが言った。「ブリードンはもう休みましたが、朝になったら渡してやります。きっと大喜びでいただきますよ。それに、あなたがほかのふたつのことを水に流してくださったと知って、とてもほっとするでしょう」

「ああ、例の！」とパフェット氏。「あのことはもう言いっこなし。ちょっとした笑い話ですよ。じゃあ、みなさんお休みなさいまし。いろいろお世話になりやした、御前さま。しかしまあ！」ピーターに送られてドアへと向かいながら、パフェット氏は言った。「あのビリー・マグスとひょろ長脚の弟が、人んちの塀の上で子供用の網を振りまわして桃すくいとはね。〈王冠亭〉でも、みんな大笑いしたの何のって」

そうしたやりとりのあいだじゅう、クワーク嬢は口をつぐんだままだった。ピーターは裏の階段からそっと二階へあがり、ハリエットの寝室を通って自分の部屋に入っていった。大きな天蓋式ベッドの中で、息子の一人はすやすや眠っていたが、もう一人は、彼が用心深く近づいてゆくと上体を起こした。

「やり終えたのかい、スキャッターブラッド（〈血しぶき〉の意）くん？」

「いや、ティーチ船長（〈黒ひげ〉の仇名で知られる、英国の海賊）。しかしながら、ご命令はただちに――網通し《マーリン》スパイクをひとひねりするあいだに――遂行されましょう。ちなみに、勇敢なるパフェット氏は失われた財宝を取り戻し、罪人どもを引っ立てました。やつらは臨時軍法会議のあと、帆桁の端に吊るされたとか。パフェット氏は戦利品の分け前をあなたに贈ってよこしましたぞ」

「へえっ、いいやつだなあ！　あのおばさんは何て言ってた？」

「何も。いいかね、ブリードン、もしも彼女があやまれば、カスバートの件は取りやめだ。お客はお客だからな、あちらが礼儀正しくふるまうかぎりは」

「うん、わかってる。ああ、あやまったりしませんように！」

「そんなことを願うのはもってのほかだ。それに、そんなにぴょんぴょん跳ねると弟を起こしてしまうぞ」

「ねえお父さん！　あの人、卒倒して口から泡を吹くと思う？」

「そうはならんことを切に祈るよ。ただでさえ、こっちは命がけなんだ。まんいち襲撃中に非業の死を遂げたら、お父さんが真の海賊だったことを憶えていてくれ。お休み、ティーチ船長」

「お休み、スキャッターブラッドくん。ほんとに大好きだよ」

ピーター・ウィムジイ卿は息子を抱き締めると、海賊スキャッターブラッドになりきって忍び足で裏階段をおり、ボイラー室へと向かった。無事に袋におさめられたカスバートは、湯たんぽの上でまどろんだまま、おとなしく上階《うえ》へと運ばれていった。

クワーク嬢はあやまらず、桃の件はそれきり話題にしなかった。それでも、どこか張りつめた周囲の空気に感づいたのか、いつもより早めに立ちあがり、今日は疲れたのでもう休ませてもらうと言った。

「ねえピーター」夫婦二人きりになると、ハリエットは言った。「あなたとブリードンは何をたくらんでるの？　昼食後はずっと、いやに静かだったけど。何か悪さをしようとしてるに違いないわ」

「ティーチやスキャッターブラッドみたいな男たちには」ピーターはいかめしく答えた。「〈悪さ〉なんて言葉は存在しない。荒海ではそれを海賊行為と呼ぶんだ」

「やっぱりね」ハリエットはあきらめきった口調で言った。「息子たちがあなたの人格におよぼすはずの悲惨な影響に気づいていたら、ぜったい産むのはやめておいたのに。やれやれ！あの女史が寝床へ行ってくれてよかった。ほんとに小うるさいったらありゃしない」

「まったくだ。あの幼稚な心理学はどうせ《モーニング・スター》紙の女性欄からでも仕入れたのさ。なあハリエット、今ここで僕の未来のあらゆる罪を赦《ゆる》すと言ってくれ。そうすればこちらは心おきなく楽しめる」

彼の妻はその訴えに心を動かされないでもなかったが、ややあって、こう返した。「結婚して七年もたつのに妻と愛を交わすのは、何だかひどく軽薄な感じよね。それでも旦那さまは喜んで付き合ってくださる？」

「旦那さまは大喜びでお招きに応じるよ」

こうして、教会法に定められた懺悔《ざんげ》も贖罪《しょくざい》もなしに赦免を得るべく立ちあがり、おのれの罪を忘れかけていたピーター卿は、妻の叫び声ではたと我に返った。おりしも、二人は外側の寝室を通り抜けようとしていた。

「ピーター！　ブリードンはどこなの？」

それには答えずにすんだ——長い、血も凍るような悲鳴が何度か聞こえたあと、当惑しきった叫び声があがったからだ。

「大変！　ポールに何かあったのよ！」ハリエットは自分の部屋をだっと横切り、〈トイレの階段〉に飛び込んだ。その先の廊下は、わきの小さな階段で裏の寝室へつながっている。ピーターはもう少しゆっくりあとに続いた。

小さな階段の上には、ネグリジェ姿のクワーク嬢が立っていた。片腕にブリードンの頭を抱え込み、猛烈な勢いでめったやたらに彼をぴしゃぴしゃ叩いている。そうしながらも、金切り声をあげ続けていた。もっと科学的なおしおきに慣れているブリードンは、とくに騒ぐでもなくその状況を受け入れていたが、近くのドアから首を突き出した子守女《ナースメイド》は「ああ、いったい何ごとなの？」と泣き叫んでいる。ほどなく、パジャマ姿のバンターが長い火箸を手に、屋根裏部屋からバタバタ駆けおりてきた。彼はご主人夫妻を目にするや、つと足をとめ、軍隊時代のおぼろな記憶にとらわれたのか、手にした武器で〈捧げ銃《つつ》〉をした。

ピーターはクワーク嬢の腕をつかんで息子の頭を引き抜いた。

「おやおや！　あなたは体罰には反対なのかと思ってましたがね」

クワーク嬢は、道徳を論じ合う気などなかった。

「何て子なの！」彼女はハアハア息をはずませながら言った。「その子はわたしのベッドにヘビを入れたんです。いやらしい、ぬるぬるしたヘビを。ヘビですよ！」

「またもや見当違いの推理です」とピーター。「あいつは僕が入れたんですよ」

「あなたが？　あなたがわたしのベッドにヘビを？」

「だけど僕もぜんぶ知ってたよ」名誉と非難を公平に受けようと、ブリードンが口をはさんだ。

「ぜんぶお父さんのアイデアだけど、ヘビは僕のだ」

彼の父親が食ってかかった。「おまえにベッドから出てうろつきまわれと言った憶えはないぞ」

「うん、でもそうするなとも言わなかったよ」

「まあいい」ピーターはいくらかぶっきらぼうに、「おまえはその報いを受けたんだから」と言うと、いたわるように息子の尻をさすった。

「ふん！」ブリードンは息巻いた。「あんなのへっちゃらさ」

「ちょっとお尋ねしますけど」クワーク嬢が震え声でいかめしく言った。「わたしはなぜ、こんなおぞましい目に遭わされなければならなかったの？」

「まあ、おそらく」ピーターが答えた。「僕は内なる怒りをつのらせてたんでしょうな。こうした衝動には、自然なはけ口を与えたほうがいいんですよね？　抑圧は常にとても危険ですから。バンター、ブリードン坊ちゃまのヘビを見つけて、大事にボイラー室へ戻してやってくれ。名前はカスバートだよ」

解説

三橋　暁

「長らくお待たせしました」。このドロシー・L・セイヤーズの『大忙しの蜜月旅行』を手にされている読者諸氏にかける言葉として、思い浮かぶのはこの一言しかない。

本作は、セイヤーズが生んだ貴族の称号をもつ探偵ピーター・ウィムジイ卿が登場する十一作目の長編小説であり、彼が活躍する最後の長編でもある。わが国でこの作品が出版されるのは三度目のことで、『忙しい蜜月旅行』として過去に二度刊行されている。しかし、原典の刊行順に忠実な創元推理文庫のシリーズを、第一長編の『誰の死体?』から年代記をたどるように繙《ひもと》いてきた読者の中には、掉尾の本作を一日千秋の思いでお待ちになっていた方が多いのではないかと思う。

この『大忙しの蜜月旅行』は、前作の終章からわずか五か月後の物語だ。しかし前日譚《ぜんじつたん》の『学寮祭の夜』の奥付を見ると、初版は二〇〇一年八月とあるから、ほぼ十八年半という長い歳月が流れてしまったことになる。その理由は翻訳権の問題にあるが、二〇〇六年には本文庫のセイヤーズの長編を一手に手掛けてきた翻訳家の浅羽莢子さんが亡くなられてしまった（ちなみに、時間の経過とともにご自身の文体が変わることを危惧《きぐ》され、将来の刊行を見据えて進めていた本作の翻訳原稿が、全編の四割ほど遺されていたという）。

したがって今回の紹介は、新たな訳者に託されることになったわけだが、本作を手がけられた猪俣美江子さんは、クリスチアナ・ブランドやマージェリー・アリンガムなど英ミステリの女性作家の訳著でおなじみの読者が多かろう。旧訳の縛りはなしに、白紙の状態から自由に訳されたそうだが、すでに本編をお読みの読者は、新たになったセイヤーズ文学の芳香とともに、浅羽訳から引き継がれたお約束事項も目にとまり、ニヤリとされているのではないだろうか。


さて、まずはトリビアから始めるとしよう。本書の扉には〝推理によって中断される恋愛小説〟とある。このふるった副題は、イギリスにおける原著の表紙（ダストカバー）にあった惹句の a love story with detective interruptions と重複している。本作ばかりか、ウィムジイ＝ヴェインもの全般に当て嵌《はま》る片言隻句《へんげんせっく》といえるだろう。

本作巻頭の謝辞でセイヤーズ自身も語っているが、恋愛の要素は推理小説にとって邪魔だとする考え方は、ヴァン・ダインの唱えた有名な二十則からも推測されるように、当時のミステリ界では一般的なものだったのだろう。だとすれば、レギュラー探偵の恋愛対象として女性のミステリ作家を登場させるというセイヤーズの試みは、一種の冒険でもあったに違いない。

その一方で、初めの四つの長編（『誰の死体？』『雲なす証言』『不自然な死』『ベローナ・クラブの不愉快な事件』）でピーター卿の物語に倦《う》み疲れたセイヤーズが、卿を引退へと導くためにヴェインを花嫁候補としてキャスティングしたとも言われるが、それにしてはやけに楽しそうなのが、二人のなれそめとなった『毒を食らわば』（一九三〇年）のピーター卿である。元恋人を毒殺した容疑で裁判所の被告人席に立つ閨秀《けいしゅう》作家に一目惚れしてしまうという幕開きは、後年にハリウッドで大流行《おおはや》りするスクリューボール・コメディを思わせる。あろうことか、裁判のさ中でも卿は彼女にプロポーズを繰り返すのである。

その二年後の『死体をどうぞ』（一九三二年）では、今度は徒歩旅行の道すがら海岸で死体の第一発見者となったヴェイン嬢が成り行きから事件に巻き込まれるが、そこにまたもピーター卿が馳《は》せ参じる。二人は互いの推理を丁々発止《ちょうちょうはっし》のやりとりで競い合うが、そんな男女の間には次第に恋心が芽生え……とはならないところが面白い。隙あらば求婚を繰り返す卿の奮闘も虚《むな》しく、暖簾《のれん》に腕押しの体《てい》で、赤い糸をめぐる二人の運命の行方は、またも次作へと持ち越される。

そして、終わりのないラブコメとも思えた二人の仲が急展開を見せるのは、三年後の『学寮祭の夜』（一九三五年）のクライマックスである。母校オクスフォードの学寮を襲った不快な事件でヴェインはまたも渦中の人となるが、国家の用務に追われるピーターは、読者（そしてヴェイン）を焦《じ》らすかのように、なかなか事件に集中できない。それでも犯人探しは大団円を迎えるが、そのエピローグで五年半にわたるウィムジイ＝ヴェインの恋愛騒動は厳《おごそ》かなる決着を見るのである。

一連のウィムジイ＝ヴェインものは、黄金時代を代表する本格ミステリなのに、知的な中にも寛《くつろ》いだ心地よさがあり、ユーモア精神旺盛なところから、コージー・ミステリの始祖ではないかしらん、とも思わせる。創元推理文庫でまとまった形での紹介がなされる遙か以前にも、『毒』（ハヤカワ・ミステリ、一九五五年）、『死体を探せ』（現代文芸社、一九五七年）、『大学祭の夜』（春秋社、一九三六年）の邦訳があるのは、友人以上恋人未満というこの探偵コンビの親しみ易さゆえのことだったのかもしれない。

しかし、もしセイヤーズが本気でシリーズの幕引き役としてヴェインを起用したのだとすると、皮肉な結果に終わったと言わざるをえない。彼女の登場によりシリーズはむしろ活気を帯び、「〔『毒入りチョコレート事件』における〕バークリーの野心的な試みをさらに発展させた」（法月綸太郎氏解説より）『死体をどうぞ』や、「〔『ナイン・テイラーズ』に勝るとも劣らない〕（横井司氏解説より）『学寮祭の夜』といった傑作が相次ぐことになるのだから（※〔 〕内は筆者による補筆）。

さて、〝ここまでのあらすじ〟のつもりが思いのほか長くなってしまった。本作の話に移るとしよう。この『大忙しの蜜月旅行』の初刊は、一九三七年にロンドンのゴランツ書店から出た *Busman's Honeymoon* である。原題は英語で言う Busman's Holiday（休日の行楽にも運転席に座らされるバス運転手）のもじりで、〝名ばかり新婚旅行〟という意味合いになるのだと思う（本文二二五頁の訳注参照）。

前作の終章でやっと婚約まで漕ぎ着けたウィムジイとヴェインは、その五か月後、オクスフォードの小さな教会で親しい人々に見守られ式を挙げた。かくして二人は、ロンドンでの披露宴にまで押しかけた新聞記者たちを撒くようにして、従僕のバンターを伴いハネムーンへと旅立っていく。しかし首都から五十マイルほど行った目的地の農家は灯りも消え、施錠されていた。やがて行方の知れなかった前所有者の死体が地下室で見つかる。

本作は、小説よりも先に舞台劇として成立した。その経緯はマーティン・エドワーズが著した『探偵小説の黄金時代』（国書刊行会、二〇一八年）にも詳しいが、戯曲におぼえのないセイヤーズは、出身校のサマーヴィル・カレッジ時代からの親友で、本作の謝辞にも名前のあるミュリエル・セント・クレア・バーンを合作者とし、専《もっぱ》らストーリーと殺人のトリックを担当したようだ。地方巡業の後、ロンドンでは九か月ものロングランを記録したという。

主な舞台は、ハリエットが幼い頃を過ごした町の近隣にある、〈トールボーイズ〉と呼ばれる農家である。隣人や使用人、前所有者の身内や田舎警察の面々が出たり入ったりの、てんやわんやのハネムーンの顛末《てんまつ》は、随所に舞台劇の骨格を残している。おそらくは笑劇《ファルス》の味わいもあったに違いない舞台を彷彿《ほうふつ》とさせるほど演劇的だが、セイヤーズは伸び伸びと闊達《かったつ》な筆の運びでそれを小説化している。

その自在さの一例が、冒頭の「祝婚歌」と題された序章だろう。学者ぶった冷血漢とも色男とも噂される四十五歳の独身男（即ちピーター卿）の結婚をめぐる貴族社会の反応と、彼の一族に巻き起こる騒動が、社交界を飛び交う手紙のやりとりや、ピーターの母親で先代の公爵夫人の日記というユニークな形式で織り成されていく。次々浮き彫りになる貴族階級のユーモラスな人間模様は、やがて繰り広げられる騒動のプレリュードにふさわしい。

ややもすると暴走する兄嫁のヘレンや、そんな妻になす術《すべ》もない兄で現公爵のジェラルド。彼らを諌《いさ》める母親のホノーリアに、食えない伯父のポールと甥っ子のジェリー。さらには口さがない社交界の煩《うる》さ型連中など、最近テレビドラマの続編が映画にもなった『ダウントン・アビー』の世界とも重なり合う賑やかさだ。

ところで、セイヤーズが理想の男性像を投影していたというピーター卿だが、理知的で人を引きつける人柄ながら、第一次世界大戦の従軍経験から今でいうPTSD（心的外傷後ストレス障害）の影をも引きずっている。『毒を食らわば』で「人を縛り首にするこの仕事がだんだんいやになってきた」と厭世的《えんせいてき》に洩らすのも、その顕れだろう。

本作で描かれるウィムジイ卿の苦悩の姿にも、同様のものが滲《にじ》む。作中、ヴェインの腕に抱かれるピーターの姿は、ゲームとしての殺人を扱うミステリの来し方を省《かえり》みる作者自身のようにも映る。黄金時代の黄昏《たそがれ》を象徴する、セイヤーズ最後の長編にふさわしい幕切れと言っていいだろう。

とはいうものの、実は二人の物語は、それで終わるわけではない。仲睦《なかむつ》まじい夫婦の間には、やがて長男のブリードンが生まれ（『ピーター卿の事件簿』所収の「幽霊に憑かれた巡査」）、ウィムジイ＝ヴェイン一家の物語として続いていくのである。ボーナス短編として併録の

「〈トールボーイズ〉余話」（一九四二年に書かれ、一九七二年刊行の短編集*Striding Folly*に初めて収録された）では、次男のロジャーと末っ子のポールが加わり、一家はさらに賑やかになっている。長男ブリードンとピーターが父子でやんちゃぶりを発揮する、本作の後日譚《ごじつたん》の一つである。

そして、さらにウィムジイ＝ヴェインの物語は書き継がれていく。先に本作が最後の長編と書いたが、よく知られるように生前セイヤーズはウィムジイ＝ヴェインの次の長編小説を準備していた。その*Thrones, Dominations*（王座そして統治、の意）が、没後四十一年目の一九九八年、イギリスの作家ジル・ペイトン・ウォルシュの手で完成され、セイヤーズとの共同名義で上梓された。

セイヤーズの遺稿は、犯人どころか被害者も読み取れない段階のものだったそうだが、そこに描かれるという貴族の妻と作家業の板挟みで苦悩するヴェインの姿は、セイヤーズがヒロインに託した新しい時代の女性像をさらに推し進めたものだったに違いない。没後半世紀以上を経た今も、セイヤーズを愛する読者の興味はまこと尽きないものだと言わざるをえない。

検印
廃止

訳者紹介　慶應義塾大学文学部卒。英米文学翻訳家。アリンガム《キャンピオン氏の事件簿》『ホワイトコテージの殺人』、ピーターズ『雪と毒杯』、ブランド『薔薇の輪』『領主館の花嫁たち』など訳書多数。

大忙しの蜜月旅行

2020年2月28日　初版
2020年9月11日　再版

著者　ドロシー・L・セイヤーズ
訳者　猪《いの》俣《また》美《み》江《え》子《こ》

発行所　(株)東京創元社
代表者　渋谷健太郎

162-0814/東京都新宿区新小川町1-5
電話　03・3268・8231-営業部
03・3268・8204-編集部
URL　http://www.tsogen.co.jp
DTP　工友会印刷
暁印刷・本間製本

乱丁・落丁本は、ご面倒ですが小社までご送付ください。送料小社負担にてお取替えいたします。

ISBN978-4-488-18313-4　C0197

貴族探偵の優美な活躍

THE CASEBOOK OF LORD PETER◆Dorothy L. Sayers

ピーター卿の事件簿

ドロシー・L・セイヤーズ
宇野利泰 訳　創元推理文庫

◆

クリスティと並び称されるミステリの女王セイヤーズ。
彼女が創造したピーター・ウィムジイ卿は、
従僕を連れた優雅な青年貴族として世に出たのち、
作家ハリエット・ヴェインとの大恋愛を経て
人間的に大きく成長、
古今の名探偵の中でも屈指の魅力的な人物となった。
本書はその貴族探偵の活躍する中短編から、
代表的な秀作７編を選んだ短編集である。

収録作品＝鏡の映像，
ピーター・ウィムジイ卿の奇怪な失踪，
盗まれた胃袋，完全アリバイ，銅の指を持つ男の悲惨な話，
幽霊に憑かれた巡査，不和の種、小さな村のメロドラマ

〈レーン四部作〉の開幕を飾る大傑作

THE TRAGEDY OF X◆Ellery Queen

Xの悲劇

エラリー・クイーン
中村有希 訳 創元推理文庫

◆

鋭敏な頭脳を持つ引退した名優ドルリー・レーンは、
ニューヨークで起きた奇怪な殺人事件への捜査協力を
ブルーノ地方検事とサム警視から依頼される。
毒針を植えつけたコルク球という前代未聞の凶器、
満員の路面電車の中での大胆不敵な犯行。
名探偵レーンは多数の容疑者がいる中から
ただひとりの犯人Xを特定できるのか。
巨匠クイーンがバーナビー・ロス名義で発表した、
『X』『Y』『Z』『最後の事件』からなる
不朽不滅の本格ミステリ〈レーン四部作〉、
その開幕を飾る大傑作！

H·M卿、敗色濃厚の裁判に挑む

THE JUDAS WINDOW◆Carter Dickson

ユダの窓

カーター・ディクスン

高沢 治 訳　創元推理文庫

◆

ジェームズ・アンズウェルは結婚の許しを乞うため
恋人メアリの父親を訪ね、書斎に通された。
話の途中で気を失ったアンズウェルが目を覚ましたとき、
密室内にいたのは胸に矢を突き立てられて事切れた
未来の義父と自分だけだった——。
殺人の被疑者となったアンズウェルは
中央刑事裁判所で裁かれることとなり、
ヘンリ・メリヴェール卿が弁護に当たる。
被告人の立場は圧倒的に不利、十数年ぶりの
法廷に立つH・M卿に勝算はあるのか。
不可能状況と巧みなストーリー展開、
法廷ものとして謎解きとして
間然するところのない本格ミステリの絶品。